PARRAINS ET CAÏDS

Frédéric Ploquin est un journaliste d'investigation spécialisé dans les domaines de la police, du banditisme et du renseignement. Il travaille comme grand reporter à l'hebdomadaire *Marianne* et est également l'auteur de plusieurs ouvrages dont *Ils ont tué Ben Barka,* écrit en collaboration avec Jacques Derogy, *La Prison des caïds* ou encore *Carnets intimes de la DST.* Avec sa série *Parrains et caïds,* inaugurée en 2005, il décrit la France du grand banditisme dans l'œil de la PJ.

Paru dans Le Livre de Poche :

PARRAINS ET CAÏDS :
1. Parrains et caïds
2. Ils se sont fait la belle
2. Le Sang des caïds

FRÉDÉRIC PLOQUIN

Parrains et caïds

Le grand banditisme
dans l'œil de la PJ

FAYARD

L'auteur a reçu le Prix national de criminologie pour ce livre et pour le tome 2 : *Ils se sont fait la belle* (Fayard, 2007), le 12 novembre 2007, à Paris.

ISBN : 978-2-253-12025-4 – 1re publication LGF

À ceux, policiers ou bandits, nécessairement anonymes, qui m'ont apporté leurs lumières.

« Hé, j'ai trop envie de rouler en Ferrari !
— En Ferrari... sa mère... vrooom !
— Surtout là ! Regarde le soleil !
— Avec le soleil, là, putain, trop bon !
— Ces keufs [*les flics*], ils me dégoûtent ! Ces fils de putes, là ! C'est des merdes, ça. Tu sais quoi ? Faudrait rien avoir, rien, rien, et tu roules en Ferrari. T'as pas de maison, t'as rien ! T'as une Ferrari ! Ils vont te pister, tu vas rien faire : tu vas aller en boîte t'amuser.
— Ils peuvent rien faire, à part envoyer la Brigade financière.
— Elle va faire quoi ?
— Imagine que tu trouves un blaze [*un nom*] en béton armé !
— La Brigade, tu lui dis quoi : L'argent, je l'ai trouvé ?
— Voilà, je l'ai trouvé ! J'ai acheté la voiture. J'ai trouvé un sac d'argent dans la rue, j'suis parti m'acheter une voiture.
— Voilà, c'est tout.
— Ils l'ont dans le cul, après. Mais attention ! Il faut que tu fasses plus rien ! Faut pas que tu continues à faire tes activités bizarres ! »

(*Extrait d'une écoute téléphonique réalisée par la police judiciaire à Nanterre, Hauts-de-Seine, en 2003.*)

PARRAINS ET CAÏDS,
MODE D'EMPLOI

Il y avait un *Who's who* pour les notables et les célébrités, voici celui des parrains et des caïds des années 2000. Ville par ville, vous y découvrirez les noms de ceux qui tirent les ficelles de cette économie souterraine où l'on ne se fait pas de cadeau. Un monde en marge, avec son langage, ses codes, ses usages. Un monde de seigneurs avides de garder leur territoire intact, et si possible de l'élargir, où les suzerains s'appellent « lieutenants » et les vassaux, « hommes de main ».

Les « artistes » de ce « top 50 » à balles réelles sont des escrocs redoutables, de puissants trafiquants, d'occultes agents d'influence, de fins racketteurs, des braqueurs surdoués ou de féroces chefs de clan. Des parrains à l'ancienne aux caïds débridés, cette galerie de portraits puise aux sources les plus fiables : celles de la Police judiciaire (PJ) et de la justice, dont l'auteur a pu rencontrer de très nombreux représentants dans la France entière, et qu'il remercie vivement.

Cet univers d'une violence parfois inouïe inspire souvent la fiction ; dans ces pages, tout est vrai : les cadavres, la cocaïne, le shit, les faux papiers et les noms – plus de trois cents – qui composent le gratin de la grande délinquance.

Certains n'apprécieront pas de se retrouver cités ; c'est pourtant le signe de leur réussite. Ils sont sortis du lot, comme on le dit des footballeurs qui « montent » en équipe de France. Membres d'un club ultrasélectif, ils ont droit à un dossier individuel dans les fichiers de la PJ, avec curriculum vitae et photo, et à un suivi privilégié. Les flics les qualifient d'ailleurs, non sans un certain respect, de « beaux objectifs », parfois même de « beaux mecs », expression qui doit généralement davantage à leur savoir-faire qu'à leur physique.

« Les voyous sont des aventuriers », dit l'un des meilleurs archivistes de la PJ, qui a épluché bien des carrières et mémorisé des centaines de visages.

« Ce sont des hommes d'un pragmatisme exacerbé, qui ont une énorme capacité d'adaptation face à toutes les règles et à toutes les contraintes », observe le commissaire Hervé Lafranque, chef de l'Office central de répression du banditisme, chargé, comme son nom l'indique, de coordonner la traque des bandits sur tout le territoire. Avec le regard froid du professionnel, il poursuit : « En tant que businessmen, les voyous ont une obligation de réussite parce qu'ils sont pris entre trois feux : la prison, la concurrence et la mort. Cela dit, je les trouve bien plus "normaux" et bien mieux intégrés que certaines personnes que l'on rencontre dans les sectes ! »

Cela peut surprendre le novice, mais la plupart des policiers spécialisés sont sur cette ligne : loin d'éprouver haine ou volonté de dénigrement, ils respectent l'adversaire. Ceux qui les défendent devant les tribunaux font davantage corps avec eux : « Ce sont souvent des gens courageux, dotés d'un certain charisme, qui savent qu'ils n'ont rien à attendre de cette société », dit par exemple l'avocat parisien Denis Giraud, qui se bat à leurs côtés depuis des années avec conviction. Des gens dont la vie tient à peu de chose, aussi, comme il le vérifia encore le jour où ce client lui lâcha sans forfanterie : « Dans ce métier, un jour on est vivant, le lendemain on est mort. »

De fait, le lendemain, le bougre était mort.

Ce magistrat parisien, habitué pour sa part à les côtoyer dans son cabinet, caresse les bandits dans le sens du poil pour mieux souligner leur « duplicité » :

« À condition de ne pas le contrarier, le grand voyou est un psychopathe sympa. Il ne pense qu'à son prochain coup et à l'argent qu'il va prendre, mais il a toujours deux vies, celle qu'il montre aux autorités et la vraie. Devant le juge, il raconte qu'il est maçon ou représentant de commerce, fait les marchés ou vend des flippers, et s'exclame, outré, qu'il n'aurait jamais su que faire de tant de fric ! Dans la vraie vie, parfaitement apte à dépenser cet argent, il porte des costumes de marque, fréquente le casino et joue les nababs, de jet-ski en relais-châteaux... »

Encore faut-il, pour s'en apercevoir, être intellectuellement capable de leur prêter une telle duplicité, ce qui ne serait pas le cas, à en croire ce témoin privilégié, de tous les juges, notamment lorsqu'ils se retrouvent face à de très jeunes caïds.

Pris comme une tribu, ces hommes (le sexe féminin est peu représenté ici) forment une autre des fameuses exceptions françaises. L'Italie dispose de sa propre Mafia, non sans ouvrir ses frontières aux bandits albanais ; l'Allemagne est la terre de prédilection des organisations criminelles russes ; l'Espagne regarde opérer chez elle Italiens, Russes et Français, sans oublier les Colombiens ; l'Hexagone a son propre « milieu ». Un milieu qui prend ses racines dans la « France d'en bas », selon l'expression consacrée, et a toujours plus ou moins contenu les influences étrangères sur son territoire. Un milieu riche d'une histoire forte qui remonte à la bande à Bonnot, au « gang des tractions avant » et à « Pierrot le Fou », qui, tous, en leur temps, ont utilisé les meilleures armes et les voitures les plus performantes pour défier violemment les forces de l'ordre. Un milieu qui ne cesse de s'adapter, comme le remarque l'avocat parisien Pierre Haïk, lui aussi très impliqué dans sa défense :

« Avant, le voyou revendiquait sa marginalité et ouvrait un bar ; aujourd'hui, il cherche une façade de respectabilité. Il investit dans l'économie et fait tout pour se fondre dans le paysage. »

Ce qui frappe surtout ce pénaliste réputé, c'est la jeunesse de ses nouveaux clients : « Aujourd'hui, ce sont les 19-24 ans qui prennent les risques les plus élevés et tiennent le haut du pavé », affirme-t-il.

Les policiers évoquent un « vivier » français et estiment qu'il a toujours été « à la hauteur ». Ils disent même que les parrains actuels sont plus solides que ceux d'hier, n'en déplaise à ceux qui considèrent le milieu comme un vestige du passé. Les règlements de comptes laissent chaque année entre trente et soixante de ses représentants sur le tapis, mais les volontaires sont à l'affût, prêts à endosser le costume importable de grand bandit, les flics sur le dos pour la vie.

Marie-Claude Péna a longtemps officié comme juge d'instruction à Marseille, métier qu'elle comparerait presque à celui d'astronome : « Le grand banditisme, dit-elle, c'est comme le système solaire : des planètes entourées de leurs satellites. » Or ce système solaire s'est profondément renouvelé depuis la cartographie établie en 1977 par le journaliste James Sarazin, auteur de *M... comme Milieu*[1].

---

1. Édité par Alain Moreau.

« L'avenir appartient au nouveau milieu corse et au nouveau banditisme parisien, des gens plus jeunes et plus dynamiques que les parrains d'autrefois », confirme le commissaire Hervé Lafranque, pilier de la PJ.

Qui sont-ils ? Les policiers les appellent par leurs noms de famille. Ils disent « les Hornec », « les Filipeddu », « les Barresi », « les Maldera » ou « les Perletto », parce que le grand banditisme est d'abord une affaire de clans et de fratries. Les pères forment les fils. Les frères s'associent entre eux par deux ou par trois. Peut-être parce que l'on est plus fort à plusieurs. Plus difficile à atteindre, aussi. Car l'ennemi, dans ce « métier », est partout : il faut se méfier du complice autant que du concurrent, sans oublier les flics, bien sûr, que ces grands paranoïaques ont souvent tendance à voir derrière toutes les portes.

À la différence des acteurs ou des hommes d'affaires, cependant, les grands bandits n'inscrivent pas spontanément leur nom au générique de leurs forfaits. Le business se fait ici dans l'ombre. Aux enquêteurs d'y retrouver leurs petits, s'ils le peuvent. À eux de reconnaître la « signature » du hold-up et de pister la bonne équipe.

Jusqu'aux années 90, l'Office central de répression du banditisme et ses correspondants à Lille, Lyon, Marseille et Nice suivaient à la trace environ trois cents personnes à peu près localisées. La difficulté actuelle vient de l'effacement des frontières. Le milieu n'est plus local : il est national et déborde au-delà des Pyrénées, des Alpes, de la Méditerranée, voire de l'Atlantique. L'éclatement des spécialités rend les décryptages encore plus complexes. Il n'est pas rare, aujourd'hui, de trouver des Corses derrière les machines à sous placées dans les cités de la région parisienne, et des Marseillais derrière les tonnes de haschich brassées par des bandits d'origine maghrébine encore inconnus hier. Quant aux équipes de braqueurs, elles sont devenues aussi mobiles qu'interchangeables.

Le premier chapitre de ce livre est précisément consacré à une équipe qui a fait du brassage sa marque de fabrique : la fameuse « Dream Team », attelage composite et efficace qui serait impliqué dans de très nombreux hold-up.

Les quatre chapitres suivants racontent comment des Manouches sédentarisés, les Hornec, sont soupçonnés d'avoir fait main basse sur l'Île-de-France, épaulés par la première génération franco-maghrébine issue des cités de l'Est parisien. Un territoire qu'ils partagent avec les survivants du milieu de la capitale, dont on verra qu'ils sont tous peu ou prou en cheville avec des bandits originaires du sud de la France, Marseillais ou Corses, depuis toujours présents à Paris.

Ultime étape avant de descendre le sillon rhodanien, deux chapitres relatent l'émergence de ces jeunes caïds qui affirment n'avoir peur de personne, surtout pas des « anciens ». Un phénomène qui vaut pour tout l'Hexagone, de Roubaix aux cités-ghettos de Marseille, où émergent les chefs de meute de demain, à l'instar des deux jeunes vedettes du moment : Antonio Ferrara, natif de la banlieue sud de Paris, et « José » Menconi, dépositaire de la grande tradition bastiaise. Deux hommes qui se sont imposés par leurs performances, passant assez rapidement du tribunal pour enfants au rang de bras droit d'un parrain. Deux garçons aussi déterminés que professionnels, à en juger par la concision de ces conversations attrapées au vol par les « grandes oreilles » de la PJ, à peu près certaines d'avoir reconnu les voix de ces « as » aujourd'hui sous les verrous :

Conversation n° 1 :
« Tout va bien ?
— Tout baigne dans l'huile.
— T'es où ? Dans le rade ?
— Non, un autre rade. »

Conversation n° 2 :
« Il est arrivé, l'autre ?
— Ouais, il y a tout le monde.
— On se voit demain à 10 heures ?
— Ouais.
— T'oublies pas de prendre la clef de la voiture... C'est toi qui l'a gardée... et mes gants aussi, s'il te plaît. »

Conversation n° 3 :
« Le grand, ça va ?
— Il vient de partir.
— Oh putain !
— Faut qu'il revienne. »

Conversation n° 4 :
« T'es fatigué ? Tu dors ?
— T'as raison... j'suis debout déjà.
— J'ai appris la bonne nouvelle.
— Ça va ?
— Impeccable.
— J'suis dans un bar.
— On se voit tout à l'heure.
— Pas de problème.
— Pas de problème. »

Conversation n° 5 :

« Hier soir, je me suis payé une bonne soirée. Je m'en suis niqué une, une Italienne... oh, elle était bonne... de ces nichons !

— T'étais débranché ?

— Quand je bosse, je coupe.

— Tu bosses même le soir ?

— Non, le soir je bois.

— Bises.

— Bises. »

Conversation n° 6 :

« Allô ?

— Ouais, mon pote.

— Tu m'as appelé.

— Tout va bien ?

— Impeccable, mon pote.

— À tomorrow.

— Allez, je t'embrasse, mon pote. »

De quoi décourager les adeptes des écoutes téléphoniques, tant les indices concédés par ces professionnels du crime sont minces.

La suite de ce livre se déroule dans l'ordre : à Lyon, Grenoble, Marseille, dans le Vaucluse, le Var, les Alpes-Maritimes, la Haute-Corse et la Corse-du-Sud – l'île de Beauté ayant droit, on comprendra rapidement pourquoi, à deux chapitres à elle toute seule.

Comment les « Lyonnais » se sont-ils implantés en Espagne, sur cette Costa del Sol devenue la base arrière des principaux « clients » de l'Office du banditisme ?

Qui compte aujourd'hui à Marseille, après le meurtre de Francis Vanverberghe, dit « le Belge » ?

Qui a pris la relève à Toulon depuis l'incarcération des frères Perletto ?

Qui ramasse la mise entre Nice et Cannes depuis l'assassinat de Marcel Diavoloni ?

Comment les Bastiais exercent-ils leur ascendant sur tout le territoire, dans le Midi bien sûr, mais aussi dans la capitale, où ils composent une partition délicate avec le clan des Manouches ?

Comment les jeunes pousses issues de l'immigration maghrébine et africaine imposent-elles aujourd'hui leur rythme ?

Voilà quelques-unes des questions auxquelles se frottent *Parrains et caïds*.

Que l'on se garde, cependant, de considérer ce qui est consigné ici comme vérité judiciaire : il s'agit de révéler ce que la PJ croit savoir du grand banditisme, de ses évolutions et de ses alliances. Les personnes citées dans ces pages ont évidemment droit à la présomption d'innocence. Qu'elles aient été répertoriées, à un moment de leur vie, dans le fichier spécial de la répression du banditisme (qui n'est plus un fichier, mais une somme de circulaires de recherche, entre 100 et 250 selon les époques, ventilées dans le vaste fichier des personnes recherchées [1]) n'y change rien.

Certaines d'entre elles diront que ce livre leur accorde plus d'importance qu'elles n'en ont ; d'autres trouveront au contraire que leur rôle a été minimisé. C'est toute la différence entre la vérité policière, qui n'entraîne pas toujours condamnation, et la réalité tout court, par définition insaisissable puisque la plupart de ces personnages ont opté pour une clandestinité plus ou moins totale. Qu'ils nous pardonnent ces éventuels

1. La version imprimée a été supprimée en 1992 après qu'un général à la retraite, averti on ne sait comment, s'est plaint d'avoir vu son nom cité dans la fiche consacrée à un célèbre bandit bastiais.

écarts et concèdent au journaliste le droit d'effectuer son travail, lequel ne saurait se confondre ni avec celui du policier, ni bien sûr avec celui du procureur ou du juge.

D'autres se satisferont évidemment de ne pas figurer dans ces pages. Comme tous ceux qui ont un jour croisé le chemin de la police, ceux-là n'aspirent qu'à une chose : l'oubli. En particulier ces anciens champions de l'attaque à main armée qui, n'ayant plus les ailes pour monter au feu, ont entamé une vie plus paisible, mais non moins rentable, d'escroc, laissant à d'autres le soin d'occuper les plus hautes marches du podium, parfois jusqu'à ce que mort s'ensuive.

1.

Ils se sont appelés la « Dream Team »

« Le Grand Daniel », Limougeaud tendance autoritaire

C'est en 1998 que la Police judiciaire alerte son homologue espagnole. Une équipe de malfaiteurs plutôt chevronnés a décidé de se replier entre la Catalogne et la Costa del Sol. Tous sont recherchés en France, et ils le savent. Déformation professionnelle oblige, elle a établi une sorte d'organigramme : aux yeux des flics, une équipe ne peut aller sans son chef, son lieutenant et ses hommes de main.

Le chef, en l'occurrence, c'est Daniel Bellanger, l'un des rares Limougeauds à avoir inscrit son nom dans les tablettes du banditisme : il a vu le jour dans la capitale de la porcelaine un jour de 1957. Ses proches l'appellent « le Grand Daniel », mais, comme tous les chefs qui se respectent, il cumule les alias. Dans le désordre : « Babar », « le Rat », « Jospin », « le Grand Fada » ou « Grande Détente ». Ce qui renvoie alternativement à un art certain du commandement, tendance autoritaire, et à un gabarit hors normes : 1,97 mètre.

« Le Grand Daniel » trône en première position dans la liste transmise aux Espagnols, mais lorsque

Bellanger hasarde son ombre, Michel Crutel, dit « Michel le Militaire » à cause de son passage par l'infanterie, volontiers décrit comme un homme « très violent », n'est jamais loin. Le troisième sur la liste est un homme originaire de Manosque, charmante cité des Alpes-de-Haute-Provence considérée comme une base de repli pour ceux qui sentent le soufre du côté de Marseille ; il se fait appeler « le Grand Blond ». (Il a été acquitté par la cour d'assises.) Quand ils sont d'humeur légère, ses amis l'affublent de pseudos plus moqueurs : « le Paumé », « Fatigué » ou « Dormeur ».

Derrière ces hommes de tête, un attelage assez hétéroclite, à l'image du grand banditisme d'aujourd'hui. Des Parisiens, un Perpignanais, un Italien. Neuf personnes au total, plus qu'il n'en faut pour constituer une équipe de basket ; et largement de quoi terroriser les sociétés de transport de fonds, car telle est la spécialité présumée du groupe : l'attaque à l'arme lourde de ces fourgons blindés comparables à des tirelires roulantes. Comme au temps des diligences.

On l'explique avec force détails aux Espagnols, sans forcément faire le tri entre ce qui est démontré et ce qui reste à prouver. Le braquage d'un Airbus à l'aéroport de Perpignan, le 13 août 1996, serait leur premier fait d'armes connu ; une opération osée qui rapporta autour de 4 millions de francs[1] à ses auteurs. Leur dernière apparition, le 7 mars 1998, dans l'enceinte de l'aéroport d'Orly, se solda par un échec : le chauffeur du fourgon de la Brink's joua les pilotes de course et s'arracha des pistes. Entre-temps, on leur prêtait une attaque à Limoges (1,6 million de francs envolés[2]), une autre à Créteil (le lance-roquette n'a pas fonc-

1. Environ 609 796 euros.
2. Environ 243 918 euros.

tionné), le vol de 9 millions de francs[1] dans un dépôt de Courbevoie (Hauts-de-Seine), ou encore le pillage d'un dépôt dans l'Essonne, à Vert-le-Grand, avec un butin de 16 millions de francs[2]...

Si Bellanger et les siens sont vraiment mêlés à tous ces braquages, les Espagnols ont toutes les raisons de craindre qu'ils ne se tiennent pas éternellement comme des anges sur leur territoire. La PJ insiste d'ailleurs sur les moyens généralement mis en œuvre par la bande : armes lourdes de type kalachnikov et explosifs ; usage systématique de camions et de véhicules tout-terrain pour bloquer les fourgons blindés ; coups de feu en l'air pour dissuader les convoyeurs de résister ; usage, lors de leurs opérations, de tenues militaires et de cagoules – manière à la fois de se mettre en condition et de limiter les risques d'être identifiés grâce à un vêtement par trop singulier.

Le signal de leur exil ibérique aurait été donné après l'échec de l'attaque de deux numismates belges dans l'enceinte de la gare du Nord, à Paris, au mois d'octobre 1998. Les deux collectionneurs valaient ce jour-là bien plus que leur poids en pesetas : ils transportaient une énorme quantité de pièces d'or. Sauf qu'un grain de sable avait fait dérailler une machinerie d'habitude infaillible. Trois membres de la bande, « le Gros » (Karim Maloum, né à Paris en 1953, ancien international de rugby), « Citron » (le Parisien Gérard Allain) et « le Petit » (Daniel Merlini, né à Marseille en 1959), avaient été interpellés peu après dans leur planque parisienne ; « Michel le Militaire » avait réussi quant à lui à prendre la fuite, mais pas à éviter de laisser derrière lui une trace de son ADN.

1. Environ 1 372 041 euros.
2. Environ 2 439 184 euros.

La police française, en particulier l'Office du banditisme, ne laissait jamais en paix ce genre de « clients ». « Le Grand Daniel » faisait partie des incontournables, de ces hommes sur lesquels le service était capable de mobiliser une année entière un groupe complet (pas moins de huit fonctionnaires) dans l'espoir d'un léger faux pas, d'une infime erreur. Poursuivi pour violences à agent à l'âge de vingt-cinq ans, interpellé cette même année pour vol à main armée, soupçonné de jouer les maquereaux entre Bordeaux, Paris et le Luxembourg, Bellanger était entré dans la ligne de mire du service en 1985 pour une histoire d'escroquerie à la carambouille montée à partir du magasin d'un grossiste en fleurs du marché de Rungis ; parce qu'il était peut-être mêlé aux plus sérieux braquages de ces dernières années, les « chasseurs » de voyous ne pouvaient le laisser refaire impunément sa vie au soleil.

La mort de « Michel le Militaire »

L'interpellation de trois des leurs à Paris a peut-être affaibli provisoirement l'équipe, mais la police espagnole acquiert rapidement la conviction qu'elle n'a pas affaire à des novices. Quelques lignes adressées à ses homologues français l'attestent : « Les recherches sont très difficiles, vu le professionnalisme de l'organisation. » L'épouse de Daniel Bellanger, une certaine Maria Jesus, a été localisée dans une maison de San Pedro de Ribas (Catalogne), mais « la méfiance de cette femme, poursuit le télégramme, empêche toute filature et même toute surveillance ».

Au premier abord, le couple semble vivre dans une opulence qui ne cadre pas avec l'absence de moyens de subsistance légaux, c'est-à-dire déclarés ; pour ne parler que du plus visible, les véhicules et la maison témoignent de rentrées importantes.

Les Espagnols ont par ailleurs pu mesurer la récente notoriété des membres de cette équipe dans le petit monde des trafiquants de haschich implantés dans la région ; il se murmurait même que ces hommes planifiaient des attaques à main armée en vue de faire main basse sur quelques stocks de drogue, et qu'ils s'immisçaient doucement dans le trafic d'armes...

Murmures fondés : le 21 mai 1999, non loin d'Algésiras, porte du Maroc en Espagne, une fourgonnette Peugeot faussement immatriculée, volée en France quelques semaines plus tôt, s'approche à vive allure d'un hangar isolé. Un de ces hangars bourrés de shit comme on en trouve dans la région, à l'intérieur duquel guette un homme armé.

Qui tire le premier ? Nul ne sait, mais la fusillade éclate vite, preuve que les propriétaires du stock ne sont pas prêts à se laisser facilement dépouiller. On voit la fourgonnette rebrousser chemin et prendre à vive allure le chemin de l'hôpital d'Algésiras, où ses occupants déposent un « blessé » qui, en fait, n'est déjà plus qu'un cadavre. Un certain « Christian David », disent ses papiers d'identité apparemment bidons – clin d'œil à une vieille figure du banditisme français ayant autrefois répondu à ce nom.

Dans la fourgonnette abandonnée non loin de là, la police retrouve un important matériel de bricolage acheté chez Leroy-Merlin, enseigne qui dispose d'une succursale à Malaga. Un fil que les flics espagnols ne vont pas lâcher après avoir cueilli l'assassin présumé : un certain Andrès Ruiz, qui veillait le jour de l'attaque sur la bagatelle de 293 kilos de shit.

Au préalable, on se tourne vers les homologues

français, qui identifient sans l'ombre d'une hésitation le cadavre : il s'agit de Michel Crutel, dit « Michel le Militaire », membre éminent de l'équipe de Daniel Bellanger. Trouver le lieu où il s'était installé, sous un faux nom, avec son épouse française ne se révèle pas trop complexe. Et comme la police n'avance jamais sans auxiliaire, quelqu'un, dans le voisinage de la villa en question, a discrètement relevé quelques numéros d'immatriculation aux fesses des voitures des visiteurs ; pour le cas où, comme il le soupçonnait, ces voisins un peu louches se seraient livrés à des activités illicites. L'un de ces numéros renvoie à une Jeep Cherokee – toujours ce goût pour les automobiles hautes sur pattes, pare-buffles inclus... – assurée au nom de l'épouse espagnole de Daniel Bellanger ; de quoi établir un lien entre le cadavre et le Limougeaud baraqué.

Un autre numéro, toujours dû au précautionneux voisin, fait apparaître une femme dans le décor, une Marseillaise dénommée Houria, âgée de trente-six ans ; on savait simplement qu'elle roulait en Mercedes, ce qui dénotait un certain standing, mais on était loin d'imaginer l'importance qu'elle avait dans le cœur des exilés français de la Costa del Sol.

On ne tarde pas à le découvrir, du moins à le deviner, à condition bien sûr que l'informateur de la police espagnole n'ait pas brodé pour se tirer d'on ne sait quel mauvais pas – dans le milieu de la drogue, une bonne partie des trafiquants travaillaient en même temps pour les deux camps, celui des marchands et celui de la répression, ce qui rendait les frontières extrêmement floues.

L'indicateur offre par exemple une vision précise des faits qui ont conduit à l'assassinat, le 19 août 1999, à Marbella, d'un ressortissant français appelé « Yannick » Bouaziz – « Sumo » pour les intimes[1]. Ce meurtre n'aurait rien à voir avec le haschich, à l'entendre. Ce serait un crime d'amour, une affaire purement sentimentale. Et le mobile de ce crime aurait le visage de la Marseillaise Houria, dont l'informateur connaissait apparemment le parcours amoureux sur le bout des doigts.

Houria aurait été, selon lui, la « régulière » de « Yannick » Bouaziz jusqu'à l'incarcération de ce dernier. La belle serait alors tombée dans les bras d'un autre Français connu lui aussi pour ses liens avec le petit monde des trafiquants, un certain Jean-Michel Xantheas. Lequel, pas de chance, fut à son tour incarcéré. Daniel Bellanger se serait alors amouraché de la jeune femme, ce qui ne fut pas sans causer quelques remous lors de la libération de Xantheas. Remous est même un mot faible, car l'ex-prisonnier engagea deux tueurs pour régler son compte à son rival ; ces hommes de main auraient échoué à deux reprises sans que l'on sache si c'était par maladresse ou si la cible était par trop mouvante.

Rachid Bouaziz avait, lui aussi, fini par sortir de prison. Et l'une de ses premières démarches aurait consisté à rendre une visite peu courtoise à Houria, à qui il ne pardonnait pas de l'avoir ainsi abandonné. La Marseillaise se serait ouverte de cette intrusion indélicate auprès de son nouvel homme, « le Grand Daniel », auquel l'indicateur prêtait une réaction offusquée et la promesse de venger l'affront.

Aucune enquête sérieuse ne permet évidemment de reconstituer avec précision la vie amoureuse d'Houria, pas plus que l'on ne cherchera vraiment à donner un nom à l'exécuteur du fougueux Rachid.

---

1. Que l'on retrouvera au chapitre 8.

Quelque part à Madrid, un jeune policier français détaché aura cependant émis ce petit commentaire perfide dont il agrémenta son rapport et qui n'engageait que lui :

« On peut aussi compter sur les femmes pour assainir le paysage crapuleux français. »

« Le groupe de malfaiteurs le plus professionnel en Europe »

L'été brille sur la Costa del Sol, ce 30 août 1999. Il n'est pas loin de 8 heures du matin et de nombreux voyageurs affluent vers l'aéroport de Malaga. Parmi eux, des hommes vêtus de noir qui attirent l'attention de plusieurs personnes : ils portent des habits bien peu en rapport avec la saison – en fait, des tenues de camouflage. Des cagoules sur la tête, aussi, qu'ils ajustent alors qu'un fourgon blindé appartenant à la société espagnole Ausysegur profile sa silhouette massive.

La « tirelire » roule en direction de l'aéroport, le ventre rempli de pesetas, mais aussi de diamants. Des coups de feu retentissent et deux des hommes en noir, apparemment sortis d'une petite camionnette, se mettent à courir en criant des mots en français, langue qu'un témoin, justement, connaît bien.

L'un d'eux s'essaie à l'espagnol, avec un fort accent, pour tenter de rassurer les personnes présentes alentour. « Ce n'est rien ! Ce n'est rien ! » leur lance-t-il contre toute vraisemblance – tous assistent à une véritable attaque à main armée.

L'autre, toujours en espagnol, prononce les mots ad hoc pour immobiliser un témoin :

« Madame, ne bougez surtout pas ! »

L'opération est brève mais lucrative pour ses auteurs : en comptant les diamants, évalués à 120 millions de pesetas, le butin dépasse les 540 millions de pesetas[1]. Les assaillants ont utilisé pour fuir deux véhicules de marque Nissan volés quelques jours plus tôt, que l'on retrouve non loin de là avec les armes confisquées aux convoyeurs.

La camionnette, volée elle aussi, offre de meilleures perspectives aux enquêteurs locaux. Elle a en effet été équipée d'une bâche destinée à cacher les passagers en treillis. Et cette bâche, on parvient à le démontrer, a été achetée quelques jours plus tôt chez Leroy-Merlin, à Malaga. Réglée en espèces en même temps que le rouleau de fil de fer et les deux baguettes abandonnés dans la camionnette.

Les spécialistes locaux du crime organisé français réagissent aussitôt : le matériel de bricolage saisi après la mort de Michel Crutel provenait du même fournisseur, signe que cette équipe avait aussi ses petites fidélités. Les auteurs du vol à main armée pourraient bien être les mêmes que ceux qui avaient tenté de braquer le dépôt de shit.

Ce n'était pas le seul lien. Les deux plaques d'immatriculation rivetées sur les Nissan utilisées lors de la fuite présentaient le même défaut : la lettre « M » n'était pas régulière. On pouvait en déduire qu'elles avaient été fabriquées avec la même découpeuse. Or la plaque de la fourgonnette dans laquelle avait été abandonné le cadavre de Michel Crutel semblait issue du même moule. Avec, là encore, un « M » un peu biscornu.

Le fil est ténu, mais on cherche la découpeuse dans tous les garages de Malaga. Et l'on finit par atterrir

1. Environ 3,6 millions d'euros.

dans un petit atelier tenu par un nommé Javier Bravo, qui admet l'évidence : les trois jeux de plaques ont été commandés par la même personne. Mais l'homme se contredit, donne la nette impression de mentir, et son témoignage ne mène nulle part.

Les assaillants ont curieusement laissé derrière eux un autre indice : un morceau de papier ramassé sous le siège arrière de l'une des Nissan. Une sorte de reçu portant l'inscription *« aeropuerto »* et mentionnant la sortie des diamants de la joaillerie Molina.

Ce papier provient-il des sacs volés dans le fourgon, dont les nouveaux propriétaires auraient rapidement vérifié le contenu ? Ou faut-il en déduire que les assaillants possédaient cette information avant de passer à l'attaque ? Cette dernière hypothèse laisse entrevoir l'idée qu'ils n'auraient peut-être pas braqué le fourgon au hasard. Peut-être même faudrait-il envisager une complicité chez le joaillier.

À Paris, au siège de l'Office du banditisme, on ne nourrit guère de doutes. Pas seulement à cause du renseignement livré par un informateur. Les véhicules tout-terrain, les gilets multipoches décrits par les témoins, les armes portées en bandoulière, les cagoules noires de type commando militaire, les coups de feu pour intimider à la ronde, tout cela renvoie à un mode opératoire bien connu. La grande taille des assaillants, elle aussi mentionnée par les témoins, ne fait que confirmer les soupçons. Comme, dans une moindre mesure peut-être, les douilles retrouvées sur place : calibre 7,62 pour fusils kalachnikov, le même que celui des douilles abandonnées par ceux qui avaient attaqué un Airbus à l'aéroport de Perpignan, en août 1996, comme par les braqueurs d'un dépôt de billets à Courbevoie, en mai 1997. Deux vols à main armée attribués à l'équipe de Daniel Bellanger, comme se chargent de le rappeler les correspondants français de la police espagnole, qui n'hésitent pas, pour l'occasion, à recourir aux superlatifs : selon eux, l'attaque de Malaga aurait été commise par « le groupe de malfaiteurs le plus professionnel existant en Europe ».

Les flics n'assistent pas à un rendez-vous sentimental

Les inspecteurs espagnols mettent en œuvre des moyens rarement déployés jusque-là pour contrecarrer le crime organisé français – d'une manière générale, les mafias italienne, russe, marocaine, colombienne ou mexicaine jouissaient dans la péninsule d'une relative liberté de mouvement, du moins tant que le sang ne coulait pas et qu'elles se contentaient de faire transiter leurs marchandises : cannabis, cocaïne ou cigarettes de contrebande. Peu habituée à des hold-up d'une telle ampleur, la police locale reçoit des renforts venus de Madrid afin de mieux quadriller la zone et d'y détecter la présence de la bande suspecte au cours des semaines précédant le vol à main armée. Des recherches menées en collaboration avec un petit groupe de flics français, selon des modalités fixées au cours d'une réunion au sommet tenue à Barcelone.

La première découverte concerne le « noyau dur », puisque l'on détecte la trace de l'épouse de Daniel Bellanger dans un luxueux hôtel de Marbella, le Puerto Romano. Elle y a séjourné du 6 au 17 août 1999, en chambre double, avant de déménager vers la petite ville de Conil de la Frontera, où elle s'est établie dans un nouvel hôtel.

La seconde découverte est aussi de taille : il s'agit du domicile d'Antonio Santoro, un Italien soupçonné d'être le financier de l'équipe française ; il demeure avec sa compagne dans un luxueux chalet de Castelldefels, station balnéaire de la côte catalane. Une discrète surveillance est mise en place. L'homme est très mobile. Il se rend au moins une fois par semaine sur la Costa del Sol, presque aussi souvent en Suisse, parfois à Madrid, de temps en temps aussi au Maroc. On le voit régulièrement en compagnie d'un Espagnol, Eduardo José Carnicero (littéralement : « le Boucher »), personnage qui présente plusieurs intérêts. Il est le propriétaire en titre de la Jeep Cherokee aperçue par un voisin devant la villa de Michel Crutel. En outre, si son casier judiciaire espagnol est celui d'un citoyen ordinaire, Carnicero a été condamné pour vol à main armée en France en 1984 ; sa peine en partie purgée, il a été expulsé vers Madrid. Ce profil pourrait parfaitement faire de lui l'un des auteurs de l'attaque de Malaga, précisément celui dont un témoin a affirmé qu'il parlait le castillan sans accent.

Le 13 octobre 1999 se produit un petit événement : les flics en planque devant le domicile du « Boucher » voient arriver Daniel Bellanger en personne au volant de la Cherokee. Peu après débarque Houria la Marseillaise, dont on a entre-temps approfondi le curriculum : son fils a été tué par balle en France dans le cadre d'un règlement de comptes entre trafiquants de hasch qui, apparemment, ne le concernait pas ; un autre de ses « ex », français lui aussi, avait apparemment connu le même sort funeste que Rachid Bouaziz à Malaga, le 26 juin 1999, mais il était fort possible, sur ce point, que la légende dépasse la stricte réalité. On cherchait aussi à lui attribuer un rôle actif auprès de la bande. Il était notamment prévu de présenter sa photo au garagiste qui avait fabriqué les plaques avec le « M » un peu tordu.

Ce 13 octobre, les flics n'assistent pas à un rendez-vous sentimental. Ils voient des hommes transporter des sacs très lourds – de quoi alimenter ce qui relevait pour le moment du fantasme : l'équipe ne se contentait pas de s'impliquer dans le marché du shit, elle touchait aussi au trafic d'armes et d'explosifs. Ce qui, au pays de l'ETA, ne pouvait que motiver davantage les enquêteurs du cru.

Quelques instants plus tard, la petite troupe fait mouvement en direction d'un hôtel situé non loin du domicile de Carnicero, le Colibri. Daniel Bellanger se fait remarquer par la réceptionniste en refusant obstinément de remplir sa fiche de police. La suite ressemble fort à une réunion au sommet sous le nez de policiers frustrés de ne rien capter du contenu des discussions.

Un voyage au Maroc se prépare

Surveillances et filatures se poursuivent durant des mois. Les membres de l'équipe, français ou espagnols, pourraient passer pour d'ordinaires hommes d'affaires en train de préparer un contrat vital pour leur entreprise. Le 4 octobre, on voit Antonio Santoro, grand voyageur, déambuler avec Daniel Bellanger sur le paseo maritimo de Castelldefels ; une semaine plus tard, on suit les mêmes au même endroit, cette fois accompagnés du logisticien espagnol (Carnicero), du « Grand Blond », présumé directeur général de l'organisation, de « la Fripouille », autre membre de l'équipe (de son vrai nom Jean-Jacques Naudo, né en 1959 à Perpignan, lui aussi ancien joueur de l'équipe de France de rugby à XIII), et de Dominique Bellanger, que la police française n'avait pas revu depuis les premiers ennuis sérieux de son frère cadet, en 1985.

Rien de répréhensible a priori dans l'attitude de ces promeneurs, à qui l'on ne peut pas non plus reprocher de se retrouver autour d'un verre en différents bars de Barcelone, ni de prendre plaisir à flâner le long des Ramblas, l'avenue la plus populeuse de la capitale catalane, où ils se fondent sans peine dans le flot des touristes.

Plus significatif est le rapport que ces personnes entretiennent avec leurs téléphones portables respectifs. Ils ne sont pas du genre, en effet, à se battre, comme bien des citoyens ordinaires, pour conserver le même numéro lorsqu'ils changent d'appareil. C'est même plutôt le contraire : ils lâchent leurs numéros comme d'autres les cannettes de bière vides. La Marseillaise, par exemple : à peine quatre jours après que les policiers avaient mis son numéro sous surveillance technique, elle avait jeté négligemment son appareil. Tout juste avait-on eu le temps d'entendre « le Grand Daniel » exprimer sa crainte d'être interpellé.

« Je suis surveillé par la police », avait-il répété, allant jusqu'à préciser explicitement à Houria que son téléphone était sous surveillance.

Du coup, elle s'en était débarrassée. Et, dans la foulée, Daniel avait fait de même, mettant définitivement en sommeil tous ses téléphones, jusqu'à la ligne fixe de son domicile, résiliée au bout d'un mois sans la moindre communication ; son épouse, qui effectuait scrupuleusement différentes manœuvres destinées à éventer une éventuelle filature, avait alors recouru aux cabines publiques.

Plus suspect encore aux yeux des enquêteurs, « le Grand Daniel » quitte définitivement son domicile, certainement parce qu'il s'est aperçu que la police était à ses trousses – à moins qu'un ami ne l'en ait aimablement prévenu ? Ce sont des choses qui arrivaient, en Espagne comme en France.

De là à déduire qu'il est pour quelque chose dans le braquage de l'aéroport de Malaga, le pas est encore difficile à franchir.

Eduardo Carnicero se méfie tout autant. Méfiance inhabituelle, note un policier, chez quelqu'un qui ne se livre à aucune activité délictueuse. Jusqu'au jour où il reçoit à son tour un appel lui intimant l'ordre de mettre immédiatement son téléphone hors jeu afin d'éviter de dévoiler ce que son mystérieux correspondant appelle le « téléphone de sécurité ».

À l'approche du nouvel an, une pause paraît s'imposer au groupe. On voit Daniel et son épouse, l'Italien et la sienne, ainsi que « le Grand Blond » prendre l'avion pour le Maroc, plus précisément pour Marrakech, où ils s'offrent ce qu'il y a de plus luxueux en matière d'hôtellerie : la Mamounia, pôle de ralliement d'une partie de la jet-set et de la classe médiatique françaises.

Les affaires reprennent vers le 10 janvier 2000 lorsque « Nono » (Bruno Cellini, né à Villejuif en 1953, lui aussi membre de l'équipe) annonce à l'Italien qu'il arrive de France porteur d'une grosse quantité d'argent ; Antonio Santoro, dont le rôle de « banquier » de l'organisation s'affirme – et pas seulement à cause de ses voyages en Suisse ou de ses liens réguliers avec l'Imperial Canadian Bank –, propose, vu le montant, de lui prêter main-forte : il faut prévoir un petit dispositif pour les accueillir.

Le lendemain, une conversation entre le « banquier » – qui parle parfaitement le français – et « le Grand Daniel » apporte un début d'explication. « Nono » allait venir à Barcelone pour y ouvrir un compte courant. Bien sûr pas à son nom, mais à celui d'un ami. Le « banquier », lui, avait une autre information à livrer, plus sibylline : « La personne venue de l'extérieur pour les petites pierres est arrivée », dit-il. Un décodage presque trop simpliste pouvait laisser imaginer que les diamants volés étaient en passe de trouver acquéreur. Plus prosaïquement, Santoro tenait plusieurs cartes de crédit à la disposition de ses « patrons ».

Vingt-quatre heures plus tard, travaux pratiques : « Nono » débarquant à l'aéroport de Barcelone, on tente vainement une filature. Tout ce que la police espagnole réussit à savoir, c'est qu'il arrive de Budapest (Hongrie), où il a apparemment l'intention de s'installer.

Les écoutes permettent cependant de reprendre le fil, trois jours plus tard. Par l'entremise du « banquier », « Nono » projette de créer une entreprise au Maroc : complice marocain, prête-nom hongrois, tout semble programmé pour dissimuler les véritables acteurs. Seul indice : la société portera le même nom qu'une firme similaire déclarée en Suisse. Une machine à blanchir l'argent occulte, ou la police financière n'y connaît rien !

On s'exprime évidemment à mots couverts – pas assez cependant pour être totalement hermétiques. Un voyage au Maroc se prépare, mais l'information la plus sensible concerne l'identité du complice des Français : Nabil B. est, jusqu'à plus ample vérification, affilié à la famille royale marocaine. Il aurait par ailleurs déjà fait l'objet d'une enquête en Espagne pour trafic de haschich à grande échelle.

Les policiers ont l'occasion de voir le personnage en chair et en os quelques jours plus tard. Sous leurs yeux, à portée de téléobjectif, Nabil B. est attablé au bar de l'hôtel Husa Princesa, à Barcelone, en compagnie de « Nono ». On n'en saura pas davantage, mais tous ceux qui connaissent les dessous du marché du cannabis sont en mesure de décrypter l'importance de ce pion : avoir un douanier marocain ou un gendarme marocain dans sa manche lorsque l'on veut se livrer à ce commerce est la moindre des choses ; approcher la famille royale vous fait à l'époque entrer dans la cour des grands, même si votre interlocuteur est au bord du bannissement – voire pire.

« Tu es le grand malin »

La police prête un rôle actif à la Marseillaise et n'est pas loin de dépasser le simple stade de l'esquisse lorsqu'elle découvre que la jeune femme a téléphoné à sept reprises au domicile d'Antonia Molina Navarro, la patronne de la joaillerie Gomez et Molina, propriétaire des diamants braqués à Malaga. Ces appels sont postérieurs aux faits, mais n'en restent pas moins troublants : quelqu'un a certainement eu vent du transfert des pierres.

En attendant, « le Grand Daniel » sent le danger rôder. Pire : il se croit suivi par la police, comme il le confie par téléphone à « Nono », le 26 janvier 2000. Il doit « se mettre au vert [1] », faute de savoir avec certitude si « la femme a parlé ». La femme ? Au bout du fil, « Nono » n'a apparemment nul besoin qu'on lui fasse un dessin. Bellanger glisse sur le sujet et explique à son interlocuteur qu'il a pris les devants, pour le cas où : il s'est débarrassé de ses « choses » ; il est « propre ». Malheureusement, « Nono » ne lui

1. Changer d'adresse, prendre le large.

est d'aucun secours : il ne sait rien des progrès de l'enquête française.

Grâce au décodeur fourni par leurs homologues français, les flics espagnols croient comprendre. La « femme » évoquée au cours de cette conversation pourrait bien être Ouardia, la compagne de l'un des membres de l'équipe, longuement cuisinée par la PJ au lendemain de l'attaque ratée du numismate dans une gare parisienne. Ouardia, dont ils savent qu'elle en sait long sur les amis du « Grand Daniel »...

Daniel Bellanger met peu de temps à en avoir le cœur net. Deux jours plus tard, il appelle de nouveau « Nono » pour lui annoncer que Ouardia a effectivement parlé après l'arrestation de son compagnon. Mais le temps a passé : quinze mois déjà depuis ce méchant ratage, et le groupe vient d'apprendre la libération imminente de deux des siens à la faveur d'un vice de procédure – le juge a omis de motiver une ordonnance de prolongation de leur détention provisoire. « Le Gros » et « le Petit » vont donc rejoindre leurs rangs : un renfort bienvenu s'ils veulent à nouveau monter au « front ». « Nono » prévoit de les rencontrer au plus tôt, et les flics en déduisent qu'une nouvelle action est en préparation : on ne laissera pas longtemps souffler les ex-taulards, qui ont certainement eux aussi besoin de regarnir leurs comptes.

Le métier comporte cependant nombre d'aléas, et le groupe, comme tous ceux qui fonctionnent selon ce modèle, n'est pas à l'abri d'un contrôle de routine. Ce qui se produit précisément le 27 janvier 2000 : alors qu'il se rend de Valence à Barcelone par l'autoroute, l'un des membres de l'équipe doit garer sa Mégane sur le bas-côté ; dans ses bagages, la Guardia civil découvre trois pistolets, des munitions, des cagoules et une fausse carte de la police française.

« Nono » en tire les conséquences qui s'imposent, comme il l'annonce toujours par téléphone au « Grand Daniel » : « Les choses vont mal, dit-il en substance, je retourne pour quelque temps à Budapest. »

Une information notable, moins cependant que ce qui suit et qui tient en une phrase : « Daniel, ils savent que tu es le chef, tu dois faire attention. »

« Ils » se disent alors, après avoir décrypté la cassette, qu'ils ont eu raison de placer Bellanger à la tête de leur organigramme.

Cependant, l'enquête n'avance plus guère. Elle piétine même sérieusement du côté des présumés avoirs financiers et du patrimoine des membres du groupe, à la porte des paradis fiscaux habituels. Gratter davantage dans cette direction risquerait au demeurant d'éveiller plus encore les soupçons...

« Le Grand Daniel » fait bientôt part à « Nono » de ce qu'il a appris en rencontrant son frère en France : les flics sont partout, tout le monde doit rester caché. Il serait même préférable, explique-t-il, de geler tous les investissements prévus et de placer l'argent ailleurs. Seule nouvelle propre à remonter le moral général, ce jour-là : malgré la prison, « le Gros » est en pleine forme.

Le 1er mars 2000, l'équipe gagne un surnom. « Le Grand Daniel » est ce jour-là en Suisse avec le « banquier ». Quelques transactions à superviser, apparemment. La bande semble en effet posséder des fonds en commun dans des établissements financiers genevois. Une sorte de cagnotte collective, de trésor de guerre communautaire dont la gestion intéresse tout spécialement Jean-Jacques Naudo, lequel se fend d'un coup de téléphone dans la Confédération helvétique : il est impatient de connaître les détails des dernières transactions. « On avance », résume « le Grand Daniel », qui déplore simplement que le « banquier » ait gâché un gros paquet de pesetas pour s'offrir une prostituée.

Au bout du fil, Naudo ne peut s'empêcher de rire.

« Hé, fait Bellanger, il veut jouer au riche avec le chef de la Dream Team ; alors, quand on veut jouer au riche...

— Quoi ? coupe Naudo qui a fort bien entendu.

— Quand on veut jouer au richard avec la Dream Team, reprend l'autre, d'humeur joyeuse, il faut savoir comment le faire !

— Tu es le grand malin ! » s'exclame Naudo, qui n'a rien contre cette appellation sportive : dans le langage des amateurs, la *Dream Team* – l'« équipe de rêve » – désigne l'équipe formée des meilleurs basketteurs américains.

La conversation se poursuit le lendemain dans un bar à tapas de Barcelone, loin des oreilles indiscrètes. « Le Grand Daniel » est là avec « le Grand Blond » et Naudo, tous aussi méfiants les uns que les autres, multipliant les précautions pour qu'on ne les voie pas ensemble.

La police espagnole n'en localise pas moins un appartement utilisé par « le Grand Blond » dans la capitale catalane. Ce pied-à-terre a été fourni par Eduardo Carnicero, l'homme à tout faire, qui a également assuré à son nom l'Audi utilisée par « le Grand Blond », un véhicule doublement « carbonisé [1] » : il a été signalé non loin de l'aéroport de Malaga le jour de l'attaque... et aperçu près de la villa du défunt Michel Crutel !

---

1. Repéré, donc « grillé ».

« La Fripouille », professionnel jusqu'au dernier verre

La Dream Team autoproclamée a tout l'air d'une organisation bien établie, du moins selon les critères policiers. Ses « joueurs », séparés par des milliers de kilomètres, se parlent et se rencontrent régulièrement. Et lorsque l'un de ses membres est derrière les barreaux, la solidarité a cours. « Le Grand Blond » insiste en l'occurrence pour que « Nono » convainque la femme du « Petit », encore incarcéré, d'accepter les 50 000 francs[1] que l'on met à sa disposition – elle vient de refuser cet argent. Avoir des comptes en règle, c'est, chez ces hommes, une habitude, peut-être même une des clefs de la survie du groupe.

Mais une équipe qui gagne, dans ce milieu, c'est d'abord une équipe soucieuse de protéger ses arrières. L'un des réflexes que l'on inculque très tôt consiste à redoubler de méfiance lorsqu'un associé sort de prison. La porte d'une maison d'arrêt est le lieu idéal pour commencer une surveillance ; les flics savent d'expérience qu'un détenu libéré peut conduire à la planque d'un de ses complices. Ces jours-ci, ses amis se méfient tout particulièrement du « Gros » :

« S'il est suivi, déclare un jour "le Grand Blond", toute la bande peut tomber. »

Pas question de rompre les contacts, mais avec des yeux derrière la tête. Et qu'on n'oublie pas de « changer de costume » le plus régulièrement possible – expression très imagée qui désigne les faux papiers, comme si une carte d'identité vous habillait pour la saison !

Un tel professionnalisme contraste avec la masse

1. Environ 7 622 euros.

d'informations que ces hommes laissent filtrer au cours de leurs conversations téléphoniques. Ils ont cependant des excuses : les téléphones écoutés sont précisément ceux qu'ils croient sécurisés, dont ils n'imaginent pas un instant que la police puisse connaître l'existence. Personne, en dehors des membres de l'équipe, ne possède ces numéros, ce qui donne une idée de la cohésion qui règne dans les rangs.

Il arrive malgré tout que l'on se fâche, comme ce jour où « le Grand Blond » s'emporte contre le « banquier ». Il lui a réclamé un million de pesetas[1], mais l'autre n'a rien à lui offrir : il n'a pu se rendre en Suisse, comme il le prévoyait. Il doit se le tenir pour dit : les désirs des chefs doivent être entendus comme des ordres !

Nous sommes au mois de mars 2000 et le besoin d'argent frais se fait de plus en plus pressant... La survie du groupe passe aussi par de nouveaux projets, et « le Gros » s'impatiente, ainsi qu'il le confie à « Nono ». L'argent qu'on lui a versé à sa libération ne correspond pas tout à fait à ce qu'il escomptait ; le chef en avait décidé ainsi, il avait alors accepté, mais il est devenu nécessaire de « préparer un coup ».

« Tout va bien », glisse quelques jours plus tard « le Grand Daniel » au même « Nono ».

Ce qui, traduit par les policiers, donne à peu près ceci : le projet se précise.

Les membres du groupe donnent d'ailleurs de nouveaux signes de fébrilité. Ils commandent de nouveaux « costumes » et appliquent à la lettre les consignes du « Grand Blond » : n'utiliser les téléphones que pour recevoir des appels ; ne pas se servir des véhicules pour se rendre à un rendez-vous professionnel. Bientôt

1. Environ 6 300 euros.

« Nono » entre dans le vif du sujet : « Surtout, pas d'étrangers », dit-il, allusion à peine voilée au choix des personnes qui seront conviées à prendre part au nouveau coup.

La fin de la mi-temps approche. Dans un mois au plus tard, « on va commencer à travailler », lâche « le Grand Blond ». « Pour l'instant, on va juste aller voir », ajoute-t-il. Le jeu consistant, pour les policiers, à deviner qui se cache exactement derrière ce « on »... et quel est ce lieu qu'il s'agit d'aller « voir ».

Mais le travail n'occupe pas ces hommes à plein temps. On sait aussi festoyer, dans la Dream Team ! Installée à Gérone, en Espagne, « la Fripouille » ne lésine ni sur les sorties ni sur l'alcool, et ces excès n'altèrent apparemment pas trop ses réflexes : même tard dans la nuit, le prendre en filature relève de l'exploit. Professionnel jusqu'à l'ultime verre...

« Un coup sûr »

Les gros contrats commerciaux se négocient parfois durant plusieurs années ; dans le milieu, quiconque a l'intention de braquer un fourgon doit savoir éventuellement attendre des mois. Ces délais imprévisibles mettent les nerfs à rude épreuve, comme le constatent ceux qui écoutent la Dream Team à distance.

« Tout ne va pas si mal que ça », dit « le Gros » au mois de mai 2000, mais les « réunions de travail » se succèdent, et toujours rien à l'horizon.

En juin, « Nono » dit ouvertement à Naudo que les choses traînent trop à son goût. Naudo réplique en précisant que le « travail » doit se faire à Paris et que « le Grand Daniel » sera de la partie.

« Le Petit », enfin sorti de prison, en est encore,

pour sa part, au coup précédent : il est mécontent du partage effectué et le dit ouvertement. Au point de se demander s'il va vraiment participer à la nouvelle opération. Il viendra bientôt à Barcelone pour une discussion en tête à tête.

« Nono », probablement frustré par la distance qui le sépare des autres, veut maintenant aller voir sur place, lui aussi. Car, dit-il, « il est bon d'avoir une première impression avant d'entrer dans le vif du sujet ».

« Si on l'attend, on n'y arrivera jamais », ajoute-t-il, laissant poindre une once de reproche à l'égard de ce « chef » qui tarde à donner son feu vert.

Le Hongrois d'adoption a cependant une autre urgence : il n'a pas eu le temps, avant son départ, de transférer certaines « choses » laissées chez une amie qui vient apparemment de recevoir une visite inopportune. Naudo doit agir sans attendre que chacun récupère « son bien » ; « le Gros » connaît un lieu sûr où entreposer ce qui ressemble fort à un stock d'armes.

Fin juillet, l'équipe perd son « banquier » : interpellé en Suisse, Santoro doit être extradé vers l'Italie pour y purger une peine de six ans de prison pour escroquerie. « Le Grand Daniel » se veut rassurant : il pourra le remplacer au pied levé et ventiler les fonds lui-même. Quant à l'opération, elle se fera finalement après l'été. « Un coup sûr », précise-t-il.

L'épisode suisse n'en sème pas moins le doute, qui grandit d'un seul coup lorsque « la Fripouille » annonce que des techniciens en informatique lui ont certifié que son téléphone et ceux de l'équipe étaient sur écoute.

Quatre minutes, cinquante projectiles

Un modeste mobil-home abandonné dans le jardin d'un pavillon de Paray-Vieille-Poste, à quelques kilomètres de Paris en direction du sud : c'est là que sont interpellés « Nono », « le Gros », « la Fripouille » et « le Petit », avec un conséquent stock d'armes sur les bras – un lance-grenades, dix grenades, vingt fusils d'assaut, vingt pistolets, un kilo et demi de plastic, cent détonateurs, cent kilos de munitions – et une montagne d'argent ; pas loin de 16 500 000 francs[1].

Cinq mois se sont écoulés depuis l'arrestation du « banquier ». Nous sommes entre Noël et le jour de l'an, exactement le 27 décembre 2000, période où commerces et banques, fêtes obligent, échangent des brassées de billets.

La bande n'a commis aucune erreur, mais un improbable témoin est passé par là. Il a vu une dizaine d'hommes et trois voitures dont l'une avait franchi la grille de ce pavillon dont on s'est rapidement aperçu qu'il appartenait à un vieil ami de « Nono ». Jamais braquage de ce genre n'a été résolu aussi vite, du moins sur le papier. La Dream Team avait apparemment fini par passer à l'acte à l'automne. On manquait de preuves, comme toujours, mais l'argent saisi semblait bien provenir du fourgon de la Brink's attaqué la veille, vers 13 h 30, après avoir fait le plein à la caisse centrale du CIC, à Gentilly (Val-de-Marne).

Un autre élément retient l'attention des spécialistes du grand banditisme : on a retrouvé dans le mobil-home, sur un gobelet, une empreinte génétique appartenant à un jeune de la banlieue sud dont tout donne à

1. Environ 2 515 400 euros.

penser qu'il est l'étoile montante du milieu : Antonio Ferrara.

Un camion de dix-neuf tonnes s'était mis en travers de la route, stoppant le fourgon dans sa course ; quelques secondes plus tard, selon un scénario bien huilé, une Jeep Cherokee s'était glissée de façon à empêcher toute marche arrière. Quatre hommes cagoulés avaient aussitôt ouvert le feu ; d'autres, cinq ou six, étaient sortis presque simultanément de trois véhicules et avaient vidé quelques chargeurs sur un deuxième fourgon dont le chauffeur était parvenu à prendre la tangente. Le groupe s'était concentré sur la « tirelire » immobilisée. Selon une recette déjà éprouvée, une charge d'explosif bien ajustée avait troué le blindage. Une course de vitesse s'était alors engagée, consistant à ramasser le plus de sacs en un minimum de temps et à les charger à bord des véhicules tandis qu'une partie des assaillants tiraient des rafales en l'air pour éloigner les passants. Quatre minutes durant lesquelles une cinquantaine de projectiles avaient été tirés sans blesser personne, ni convoyeurs ni témoins. Quatre minutes qui avaient permis d'emporter plus de la moitié de la somme charriée : 41,6 millions de francs – le fourgon en contenait 77 millions[1].

Au signal, on avait calmement incendié le camion et le 4 × 4. Puis on s'était replié à bord des trois véhicules qui avaient aussitôt démarré en trombe, se frayant un chemin grâce aux gyrophares, modèle police, fixés sur leurs toits. Lorsqu'une vraie voiture du ministère de l'Intérieur avait braqué ses lumières sur les rétroviseurs, on avait découragé le chauffeur en ouvrant le feu dans sa direction après avoir brisé la

1. Près de 12 millions d'euros.

lunette arrière d'une Audi RS 4 bientôt réduite en cendres sur un parking.

Seulement il y avait eu ce témoin tombé du ciel, comme placé là par une main extérieure. Puis l'entrée en piste d'un juge d'instruction de Créteil, Catherine Giudicelli, qui avait brandi l'arme de l'association illicite – en attendant mieux. Et l'on avait dû faire appel aux avocats, en l'occurrence deux des pénalistes les plus réputés de la place de Paris, Thierry Herzog et Denis Giraud, épaulés par un expert capable de détecter la moindre faille dans une procédure pénale : Me Philippe Dehapiot.

Et ce n'était pas terminé, la police espagnole sachant où retrouver les deux leaders présumés de l'équipe, « le Grand Daniel » et « le Grand Blond », respectivement interpellés les 28 et 29 décembre.

Sauf que le juge a bien du mal à déterminer le rôle de chacun. Sauf qu'il est dans l'impossibilité d'affirmer que tous les hommes présents dans le mobil-home autour du butin étaient bien sur les lieux de l'action. Et que les pénalistes, au jour du procès, se feront un devoir de pointer un doigt accusateur sur le témoin-surprise avant de mettre à mal des écoutes téléphoniques pas vraiment probantes.

« Elles indiquent simplement que ces hommes se connaissaient et se téléphonaient, encore que l'on puisse se demander s'ils étaient les vrais utilisateurs de ces lignes », avançait l'un de ces ténors, à quelques mois du procès, à peu près certain de pouvoir « dégager » son client (membre de la Dream Team) du braquage de Gentilly.

« Tous ont en commun une détermination sans faille »

Entre-temps, la PJ n'est pas restée les bras croisés. L'enquête sur le vol à main armée commis contre le transporteur de fonds Ardial, à Limoges, dans la nuit du 17 au 18 novembre 1996, a singulièrement progressé, encore une fois grâce à une lettre anonyme. Après avoir séquestré une nuit entière un employé du transporteur de fonds, six hommes – dans les rapports de police, on parle de « malfaiteurs » – s'étaient fait ouvrir le centre-fort qu'ils avaient vidé en tenant une vingtaine d'employés en respect. Le mode opératoire ressemblait fort à celui du braquage d'un Airbus à Perpignan, quatre mois plus tôt, attaque attribuée à une équipe conduite par Daniel Bellanger, précisément originaire de Limoges...

Les flics s'étaient penchés sur le cas d'un ancien employé d'une société rachetée par Ardial en 1996. Après son licenciement, l'homme était devenu mécanicien. Le portier d'une boîte de nuit l'avait apparemment mis en relation avec un restaurateur prêt à acheter des renseignements en vue de commettre un vol à main armée.

Plans des lieux, emplacement des caméras et des boîtiers d'alarme, procédures de sécurité, noms des employés, valeur des fonds entreposés le week-end : le mécanicien avait fourni tout ce qu'il pouvait moyennant 25 000 francs [1] en espèces. Une trop petite somme à son goût, mais, lorsqu'il s'était montré plus gourmand, on l'avait menacé de mort.

Le restaurateur, lui, se serait chargé de trouver les « grosses pointures » capables de faire un tel coup. Un

1. Environ 3 800 euros.

de ses amis d'enfance aurait pensé à Daniel Bellanger, dont la présence à Limoges était avérée trois semaines avant le braquage.

C'était assez peu, mais cela faisait partie des modestes traces que l'équipe avait laissées derrière elle au cours de ces dernières années. Le minimum réglementaire, en quelque sorte, comme cette rencontre dans le bois de Boulogne, le 22 octobre 1997, entre « Nono », « Michel le Militaire », « le Grand Daniel » et « Citron ». À l'époque, l'équipe avait loué pour quelques mois un appartement à Montrouge, devant lequel on avait aperçu d'autres membres du groupe. Rencontres que l'on n'avait pu s'empêcher de rapprocher avec le vol à main armée commis à Vert-le-Grand en décembre 1997.

Concrètement, les deux années d'enquête et de surveillance menées en Espagne établissaient des « relations professionnelles » entre toutes ces personnes, dont Daniel Bellanger passait pour être le « directeur ». N'était-il pas, pour tous les autres, une personne de confiance ? N'était-ce pas lui qui décidait des partages ?

Le savoir-faire de l'équipe la protégeait, mais plaidait également contre elle. Les mesures de sécurité observées lors des réunions étaient celles des bandes armées. L'emploi d'explosifs et d'armes militaires chargeait la barque. De même, le fait que ce matériel semblait appartenir à tout le groupe, signe d'une belle régularité et d'une grande solidarité.

En langage BRB (Brigade de répression du banditisme), cela donnait ceci :

« La montée en puissance de ce gang mobile particulièrement actif, toujours bien renseigné, dont toutes les actions sont marquées par un professionnalisme évident et une efficacité hors normes, est détectée dès la fin de l'année 1995. Il comprend alors une quinzaine de membres originaires soit de la banlieue sud de Paris, soit de Manosque (les rescapés du gang des Alpes), soit de Perpignan, voire de Limoges, dotés pour la plupart d'une grande expérience. En matière d'actions violentes, tous ont en commun une détermination sans faille, et l'ensemble fait rapidement preuve d'une redoutable homogénéité. Chacun est rompu aux règles de la clandestinité et parfaitement familiarisé avec les techniques de surveillance policière, ce qui va rendre pratiquement impossible une observation suivie de leurs faits et gestes » (rapport du 22 janvier 2001).

La Marseillaise et ses hommes

Le tour de la Marseillaise vient un mois plus tard. C'était elle, la police espagnole en avait la certitude, qui avait commandé au garagiste les plaques d'immatriculation vissées sur les voitures utilisées lors du braquage de Malaga. Elle vivait désormais avec un autre Français dont le nom traînait dans les fichiers de la PJ, un certain Michel P., originaire de Carcassonne et ami de longue date de Bellanger ; la police espagnole le connaissait pour l'avoir trouvé, en 1999, en possession de toutes les fréquences radio de la Guardia civil, des douanes, des sociétés de transport de fonds, et même des pompiers. Cette fois, le Français leur avait filé entre les doigts en faisant rugir le moteur d'une Honda 1100.

La Marseillaise menait décidément à tout, ou plutôt à tous. Et les informateurs fantasmaient joyeusement sur elle et ses « ex »... Dans son compte rendu, le représentant de la PJ à Malaga note un détail qui relève plus de la chronique glamour que de l'enquête policière. Dans le portefeuille de la Marseillaise, on a trouvé une photo du « Grand Daniel », torse nu, allongé sur un lit. La preuve que son affection pour lui a été réelle, mais ce n'est pas avec ce genre d'indice que l'on conduit un homme devant les juges ! Encore moins que l'on monte un dossier d'extradition.

La police d'Irún finit néanmoins par remettre Bellanger aux mains des policiers du commissariat de Biriatou, le 23 avril 2002, en s'appuyant sur un mandat d'arrêt délivré par une juge de Dijon. Faute d'éléments déterminants, « le Grand Daniel » sera libéré de la prison de Bois-d'Arcy moins de six mois plus tard et placé sous contrôle judiciaire. Au cours de ses différents interrogatoires, il n'a cessé de réfuter toute participation à l'attaque de Gentilly, dont la police persistait à penser qu'il était le « cerveau ». Sauf qu'un cerveau ne laisse pas d'empreintes derrière lui, comme s'est appliqué à le répéter son avocat, Me Emmanuel Marsigny : « Mon client a démontré qu'il était en Espagne au moment des faits. Il n'y a ni empreinte génétique, ni témoin, ni quoi que ce soit qui le mette en cause. »

L'apanage des grands, peut-être...

2.
Le temps des Manouches (les pionniers)

Trois frères

De deux choses l'une : soit la saga des « Manouches de Montreuil » est le plus gros fantasme policier jamais formulé à voix haute, soit le clan regroupé autour des trois frères Hornec occupe une place stratégique dans le paysage, à mi-chemin entre les piliers du milieu arabe et la grande famille des « gens d'en bas », autrement dit des Corses, Marseillais et autres Toulonnais...

On les appelle par commodité les « Manouches de Montreuil », car c'est dans cette ville de cent mille habitants, accrochée au flanc est de Paris, que la famille a planté ses quartiers, fuyant au début du siècle une Alsace où les Allemands ne voulaient plus de leur communauté. Quelques rues forment une sorte d'îlot où leurs détracteurs savent les trouver lorsqu'ils ne sont pas en cavale. Des rues où la rumeur du Quai des Orfèvres dit qu'il est aventureux de chercher à « planquer ». Et où l'on vous voit venir de si loin que vous ne risquez de surprendre personne. Elles ne sont d'ailleurs que la partie émergée du « domaine ». Sur le modèle de ces cités de Nanterre où les nouveaux millionnaires du haschich ont, à l'occasion, abrité des bandits corses en froid avec la police, les Manouches s'appuient sur une multitude de camps de nomades aux adresses mouvantes : lieux commodes pour finir sa course lorsqu'on est pris en chasse.

Comment les trois frères, Jean-Claude, Mario et Marc, fils de Lucien Hornec (né en 1932) et de Marinette Falck (d'un an sa cadette), sont-ils sortis aussi bruyamment de l'anonymat ? Comment ont-ils émergé au point que leur patronyme s'impose ainsi comme une évidence ? Survenue durant l'été 1995, cette étonnante séquence souligne leur détermination et confirme leur formidable ascension sociale.

La Brigade des stupéfiants de Paris est sur leur dos pour le compte d'un juge de Bobigny lorsque le plus jeune et le plus entreprenant des Hornec, Marc, dit « Petit Pral » (« Petit Frère »), est localisé dans un luxueux hôtel de Juan-les-Pins, station balnéaire réputée de la Côte d'Azur... Une équipe est aussitôt constituée au Quai des Orfèvres : une dizaine d'hommes qui partent sur-le-champ épauler leurs collègues niçois.

Dès le lendemain matin, un dispositif est mis en place autour de l'hôtel. Un petit groupe prend également position autour de la villa Californie, point de chute de la famille en été, sur la commune d'Antibes, où personne n'oserait imaginer que les Hornec séjournent sans l'accord tacite du milieu local, réputé très ombrageux.

Lorsque la porte de la chambre 420 s'entrebâille, à l'heure du laitier, les policiers reconnaissent Abdelkrim Hadjadj, un ami du clan, né en Algérie en 1956. Mais pas de Marc Hornec en vue. Il faut attendre midi pour l'apercevoir, assis à la droite de Mario, à bord de la Porsche bleue qui vient de franchir le portail de la villa Californie dans le sillage d'une camionnette. Que se passe-t-il dans la tête de Mario lorsqu'il découvre que la rue est plus ou moins barrée ? Réaction instinctive : il enfonce la pédale et fonce sur l'obstacle, en l'occurrence une Golf appartenant au parc automobile de l'Antigang, information dont il ne dispose certainement pas à cet instant. Il recule ensuite à pleins gaz, tamponne un deuxième véhicule, tente de se faufiler entre un mur et plusieurs voitures, puis, sentant le piège se refermer, se met à jouer de l'accélérateur : un coup en avant, un coup en arrière, un coup en avant...

Un policier presse deux fois la détente de son arme en visant les pneus. Insuffisant pour stopper l'énergique pilote, comme le constate un fonctionnaire : la Porsche est déviée de justesse par une troisième balle alors qu'elle semblait rouler sur lui.

Quelques secondes plus tard, à l'issue d'un bruyant tête-à-queue, Marc descend de voiture et s'enfuit à toutes jambes vers la villa, laissant Mario à son rodéo. Deux policiers, dont le commissaire Frédéric Veaux [1], prennent Marc en chasse, à pied, mais deux hommes s'interposent : Jean-Claude Hornec, l'aîné de la fratrie, qui supplie les policiers de ne pas tirer, et Pierre Falck, un membre de la famille, qui vient juste de donner à Marc le VTT qu'il tenait entre les mains. Un deux-roues avec lequel le jeune frère, le seul à intéresser la justice ce jour-là, est déjà en train de faire montre d'une dextérité insoupçonnée, semant rapidement ses poursuivants éberlués.

Ce genre d'épisode n'est pas sans laisser des

1. Alors chef du groupe de répression du banditisme à Nice, ce commissaire sera bientôt nommé à la tête du service régional de la PJ d'Ajaccio avant de prendre les commandes à Lille et de rejoindre l'Office des stupéfiants, à Paris, puis la direction de l'antiterrorisme.

marques dans l'imaginaire policier, mais ceux qui connaissaient la famille n'ont pas été surpris par une telle résistance. Quelques mois plus tôt, une filature on ne peut plus inattendue avait donné des sueurs froides à deux policiers du Quai des Orfèvres : alors qu'ils étaient en planque à proximité d'un pavillon de Montreuil, une voiture s'était approchée ; le chauffeur avait marqué un temps d'arrêt à hauteur de leur véhicule pour bien montrer à ses occupants qu'ils avaient été détectés ; les fonctionnaires avaient alors jugé préférable de lever le camp, sauf que la voiture les avait suivis, d'abord jusqu'aux portes de Paris, puis dans les rues de la capitale. Le fileur filé, voilà qui était cocasse ! Sueurs froides garanties, d'autant plus que le manège n'avait cessé qu'avec le retour des flics au bercail : d'un culot rare, les gars de Montreuil avaient tenu à raccompagner les « Schmidt » (comme ils appelaient les policiers, en appuyant sur la résonance allemande) jusqu'aux portes du Quai des Orfèvres.

« C'est bon, les Hornec ont franchi le cap »

À entendre les professionnels du crime organisé, qui, tous, conservent en mémoire l'arbre généalogique des Hornec, si le banditisme était une famille, ce serait bien celle-là. Une communauté soudée ; une tradition qui remonte aux origines mêmes du brigandage ; une solidarité rare entre les hommes du clan : tous les ingrédients semblaient réunis pour constituer l'embryon d'une mafia au sens italien du terme – à commencer par le plus important d'entre eux : le territoire.

Comme dans les légendes italiennes, les trois frères avaient commencé dans la rue. Des débuts dont un fonctionnaire, longtemps en poste au commissariat de Montreuil, avait été l'un des témoins privilégiés. Anonymement – droit de réserve oblige –, il raconte :

« Quand j'ai connu Marc, il avait onze ans et volait des mobylettes. Pour le punir, on lui faisait passer la matinée à quatre pattes sous le bureau du chef de poste. Il ne bronchait pas. C'était une teigne, capable de prendre des coups en silence. Son père faisait dans la ferraille et la récupération de métaux, l'un des métiers auxquels il pouvait aspirer, à moins de devenir vannier ou forain comme nombre de ses oncles et de ses cousins. Ce n'était jamais lui qui venait le récupérer au commissariat plusieurs fois par mois : ce rôle incombait à la mère.

« En grandissant, Marc et son frère Mario, que l'on surnommait "le Corse" sans trop savoir d'où cela venait, ont commencé à vendre leurs services aux braqueurs de la banlieue sud. C'est à Montreuil, à l'époque, qu'étaient découpées en morceaux les voitures qui avaient servi aux casses : chez les ferrailleurs, on savait faire. C'est aussi à Montreuil que les gangsters de la région parisienne ont commencé à se fournir en voitures maquillées.

« À l'époque, les vieux voyous français étaient déjà hors jeu dans le secteur de Montreuil, qui avait une solide tradition dans ce domaine. La place était à prendre. Mario, le plus diplomate des trois, s'est détaché du lot le premier, aspiré par le haut. Avec sa belle gueule, Marc faisait encore dans le vol d'automobiles : avec deux voisins, les frères Enrique et Christian Gimenez, il allait jusqu'à Neuilly, en métro, et piquait les plus belles autos dans les parkings, BMW et Golf GTI de préférence, à une époque où la police roulait encore en Renault 12 ou en Renault 18 automatiques.

« Un jour, on a retrouvé à Montreuil la BMW du pilote de course Henri Pescarolo. Une autre fois, ils ont dérobé une BMW affectée à des flics qui l'avaient garée devant une boîte de nuit en laissant sur la banquette une liasse de faux billets destinée à piéger, le lendemain, des trafiquants de drogue. Ils ont fini par être repérés à cause du gyrophare et de la sirène "deux tons" dont ils se servaient abondamment pour frimer dans une cité de Seine-Saint-Denis : piquer une voiture aux "Schmidt", dans ces quartiers, ça vous posait un homme !

« Marc était un pilote hors pair : il avait commencé tout petit et n'avait peur de rien. Plus d'une fois on l'a vu se faufiler entre les mailles d'un barrage au volant d'une Mercedes qu'il conduisait comme une Renault 5, jouant avec le frein à main sous les applaudissements des jeunes. Impossible de le coincer, sauf à utiliser des herses, tant il semblait froid devant l'obstacle, presque sans émotion...

« Jean-Claude, lui, était taillé comme une armoire à glace. On le surnommait "le marquis de Beauregard", parce qu'il louchait. Comme les deux autres, il avait été élevé à la dure, mais sa position d'aîné n'en faisait pas pour autant un chef.

« Quand la police approchait, les frères allaient systématiquement à l'affrontement. "Si vous vous mettez devant, je vous bute", nous a dit Marc plus d'une fois, ce qui avait le mérite d'être clair. Lorsque l'un d'eux se retrouvait en garde à vue, il était en général impossible de lui soutirer un seul mot. Ce n'était pas le genre de la maison de balancer aux "Schmidt". Leur truc, c'était plutôt l'argent rapide, et dans le style, on peut dire qu'ils étaient bons, très méticuleux, même. La réputation du 93 [1] leur doit beaucoup.

---

1. La Seine-Saint-Denis.

« Le premier changement radical s'est produit lorsque les Manouches se sont mis à travailler main dans la main avec les Arabes des cités voisines : Aristide-Briand ou Colonel-Fabien. Ils avaient grandi dans le même périmètre, celui du quartier de la Boissière, mais, jusque-là, c'était chacun pour soi, et même chacun chez soi. Ce jour-là, nous, policiers, on s'est dit qu'on était mal barrés.

« L'alliance s'est confirmée lorsqu'on a vu qu'ils rappliquaient tous ensemble, Arabes et Manouches, dès qu'on mettait l'un d'eux en garde à vue. On a ensuite découvert qu'ils partageaient les mêmes avocats. Pour finir, on a vu les Manouches se mettre à la colle avec des filles arabes.

« Un jour, Mario, qui passait pour le "cerveau", a pris Marc sous son aile. À partir de ce moment, on l'a beaucoup moins vu à Montreuil. Et quand on le voyait, toujours bien vêtu, il n'avait jamais rien de suspect sur lui, pas même ce pistolet automatique toujours chargé – jamais le même ! – dont on disait qu'il l'avait toujours à portée de main. Il nous prenait de haut à chaque fois, dans le genre : "Si vous avez quelque chose contre moi, prouvez-le !"

« Au milieu des années 80, on les piquait encore de temps à autre pour des broutilles, mais la rumeur disait qu'ils étaient passés au niveau supérieur. Les vieux chauffe-eau continuaient à s'amonceler devant chez eux, comme devant chez tous les ferrailleurs, mais on a commencé à les voir circuler à bord de belles voitures parfaitement en règle, le plus souvent louées. On a entendu dire qu'ils touchaient aux braquages et à la came, aux machines à sous et aux saucissonnages à domicile, mais rien ne pouvait être prouvé, et ils prenaient soin de "s'exprimer" loin de Montreuil... »

L'ex-flic de Montreuil était aux premières loges

lorsque débarquaient sur son terrain les brigades spécialisées. Au cours d'une perquisition dans l'une des maisons familiales, se souvient-il, des liasses de billets furent découvertes sous un matelas, mais les Hornec avaient apparemment été prévenus de la visite, à voir le trou béant laissé au milieu du jardin. Prévenus par qui ? « L'un des frères gérait à l'époque une salle de musculation près de la gare d'Austerlitz, où venaient s'entraîner un grand nombre de poulets[1], poursuit notre interlocuteur. Alors, tous les doutes étaient permis. Pour le commissariat local, ces gens étaient de toute façon devenus intouchables. Avec le pognon qu'ils brassaient, c'était de vrais notables ! »

L'anecdote qui suit illustre l'entregent prêté aux frères, stars dans leur spécialité.

Un jour, une patrouille relève l'immatriculation d'une voiture garée à cheval sur le trottoir, devant une maison présentant la particularité de posséder deux entrées donnant sur des rues différentes. Si le numéro n'a pas été piraté, la voiture appartient bel et bien à la PJ : le fichier est formel. L'homme que les gardiens de la paix voient s'installer au volant une heure plus tard est de « type européen » et porte costume et cravate. Sur le terrain, on décide de prendre le véhicule en chasse, faute d'un avis contraire émis sur les ondes. Mais le conducteur ne se laisse pas faire : il accélère, grille un feu rouge et gagne l'autoroute par la bretelle d'accès située à quelques centaines de mètres de là, laissant les « flics d'en bas » complètement dubitatifs sur le sens de cette rencontre. Un patron de la police venu s'entretenir avec la famille ? Comme disait le

1. Mot qui désigne les policiers depuis l'époque où l'on vendait des poulets sous les fenêtres de la préfecture de police, à Paris.

policier, « tous les doutes étaient permis »... Et aussi tous les fantasmes !

Depuis sa modeste lucarne, le fonctionnaire voit bientôt les frères investir dans plusieurs discothèques à la mode de la région parisienne : « On a alors compris que “nos” Manouches étaient en train de devenir les patrons sur le pavé parisien », confie-t-il. Il capte au cours des années 90 quelques échos de leurs vacances sur la Côte d’Azur, comme ce jour où on lui raconte que les frères se vantaient d’avoir « échappé aux Schmidt à vélo ». Au tournant des années 2000, un bavard vient jurer devant lui que les frères seraient pour quelque chose dans le spectaculaire assassinat, à Paris, du parrain marseillais « Francis le Belge » : « Ça n’était probablement pas vrai, commente le policier, mais ce genre de rumeur avait d’abord une vertu pédagogique : elle devait servir à renforcer l’ascendant des frères sur les autres. Les jeunes en rajoutaient toujours lorsqu’ils parlaient d’eux, et je peux dire que ce n’était pas forcément pour leur déplaire. »

Dans la lutte contre le grand banditisme, ce témoin a œuvré au bas de l’échelle. Connaître le commanditaire de l’assassinat du Marseillais Francis Vanverberghe, dit « le Belge », l’intéressait à titre personnel ; en revanche, rechercher concrètement qui il était ne relevait pas vraiment de ses fonctions. Ces rumeurs, propagées volontairement ou non, en disaient long, cependant, sur l’ambition de cette famille, capable, disait-on, de « fumer » (tuer) n’importe qui pour dégager le terrain. Tout avait d’ailleurs commencé avec la mort d’un autre parrain, Claude Genova, dont l’exécution avait littéralement fouetté la carrière des frères Hornec.

« Ce jour-là, on s'est dit : c'est bon, ils ont franchi le cap. »

Claude Genova, ses pâtes, ses pizzas, son orchestre

« Si les méthodes d'acharnement continuent, je me verrai dans l'obligation d'envoyer un petit mot au Front afin qu'il s'occupe de faire cesser cela en employant la manière la plus expéditive que nous connaissions. »

Telle est la teneur du « petit mot » envoyé par Claude Genova au directeur de la prison au printemps 1990, soit quelques mois après son incarcération pour une histoire de trafic de voitures. En clair : si ses conditions de détention ne s'amélioraient pas, il appellerait à l'aide ses amis du Front de libération national de la Corse (FLNC)...

Cette lettre, écrite « sous le coup d'une petite déprime », plaide-t-il devant la commission de discipline, lui vaut trois mois de prison supplémentaires pour « menaces de représailles ». Il tient cependant à s'excuser par écrit auprès du directeur, à qui il a, insiste-t-il, serré la main deux jours plus tard.

Avec sa bouille ronde, son sourire généreux, son mètre quatre-vingts et son double menton prononcé, Claude Genova, dit « le Gros », Italo-Corse né à Tunis en 1951, n'en obtient pas moins quelques concessions. Cet incident contribue même à l'« installer » dans l'établissement, où il fait désormais la loi avec l'accord tacite de « son » directeur. À condition de contribuer au maintien d'une ambiance sereine entre les murs, il bénéficie d'un téléphone portable. Il ne manque ni d'alcool ni de petits plats – il a un faible pour les bonnes pâtes et les pizzas, qu'il cuisine lui-même dans sa cellule. Il monte même un petit orchestre local, car Genova chante, tout spécialement la chanson napolitaine ; c'est là, paraît-il, son principal bagage culturel.

Ce confort relatif laisse cependant intacte la détermination de celui qui passe pour le dernier parrain de la capitale. Ces quelques mots, adressés à un juge alors qu'il vient d'apprendre les ennuis de l'un de ses proches, en sont la preuve éclatante : « Monsieur le Juge, c'est pas un nabot comme vous qui va nous faire chier ! En Italie, on en tue pour moins que ça. »

Claude Genova sait qu'il sera libérable en 1995. Il lui reste à tenir. Sauf que les nouvelles du dehors ne sont pas franchement bonnes. Les attaques de fourgons se multiplient, mobilisant des moyens considérables pour des butins colossaux. La police ne dispose que de vagues renseignements, mais Genova, lui, croit savoir. Il pense jour et nuit aux Manouches de Montreuil, dont il est bien placé pour connaître les méthodes de travail : entre lui et les frères Hornec, c'est de l'histoire ancienne. Ils ont grandi dans le même quartier et fréquenté les mêmes cours de récréation. Puis ils ont fait affaire ensemble, le premier dans le rôle du patron, les seconds dans celui des élèves surdoués.

La jovialité de l'Italo-Corse a longtemps plu à ses « disciples ». Son pragmatisme les a séduits. Pour ne rien gâcher, Claude Genova avait épousé une Gitane, Georgette, surnommée « Fifine ». Mais la rigidité du patron les a bientôt dressés les uns contre les autres. Car Genova, selon les dires d'un proche, avait une vision du monde assez manichéenne : les amis à gauche, les ennemis à droite, rien au milieu.

« Dans ces conditions, avait poursuivi ce connaisseur, être son ami était une assurance tous risques. »

L'inverse était également vrai.

Dans la rue, l'ambiance sent la redistribution de cartes, et Genova y est certainement pour quelque chose, même s'il rit au fond de sa cellule quand on le lui fait remarquer. Le premier signe sérieux survient avec l'assassinat d'un demi-Manouche, Michel Thiry, le 25 novembre 1993, à Montreuil, alors qu'il venait de garer la Clio de sa compagne devant son domicile ; un homme dont la police n'a aucun mal à souligner les liens avec Marc Hornec, son ami d'enfance, en compagnie de qui il se trouvait encore la veille de sa mort.

L'épisode suivant ne sera découvert que plus tard grâce au témoignage d'une prostituée qui partageait la vie de l'un des protagonistes. Durant le mois de février 1994, les fidèles de Genova prennent en otage un membre du clan Hornec, Nordine Mansouri, et le séquestrent dans un lieu mystérieux qu'ils appellent entre eux le « gourbi ». Genova lui-même les y aurait rejoints deux jours, les 10 et 11 février, à la faveur d'une permission, histoire de contrôler l'état de l'« otage » : avec l'amateur de plats italiens, les « descentes à la cave » s'accompagnaient généralement de tortures diverses, la plus perverse consistant à attaquer les articulations des victimes à la perceuse.

Après trois semaines de ce traitement de cheval et le versement d'une copieuse rançon (800 000 francs[1]), l'otage n'aurait eu aucun mal à convaincre les siens de réagir. Mais de cet enlèvement nul ne se plaignit officiellement. Les seuls indices tangibles d'un conflit entre les deux clans se glissaient dans la correspondance entre Claude Genova et sa maîtresse. À lire entre les lignes, le mot « conflit » paraît même un peu

1. Environ 120 000 euros.

faible : « guerre » serait plus juste, et Michel Thiry ne fut que la première d'une longue série de victimes.

Le vent, cependant, tourne rapidement : après avoir encaissé deux coups, le clan Hornec riposte de plus belle, visant précisément les cinq hommes soupçonnés d'avoir martyrisé Nordine Mansouri : Éric Pasquet, Joël Guignon, Nordine Benali[1] et deux fidèles de Genova, « Pépé » et « Fayçal ».

Éric Pasquet, dit « Riquet », proxénète dûment répertorié, est le premier à disparaître, le 17 mai 1994, alors qu'il disait à qui voulait l'entendre qu'il allait « fumer les Hornec ». Cet homme exubérant et agressif, officiellement négociant en automobiles, comptait certainement beaucoup d'ennemis personnels susceptibles de vouloir l'éliminer, mais les Manouches et leurs amis étaient en première ligne. Il venait ce soir-là d'assister au cirque d'Hiver, à Paris, à l'enregistrement d'une émission télévisée dont l'invité d'honneur était son ami Christophe Tiozzo, ancien boxeur renommé. Il était allé le soutenir avec une brochette de copines et de copains parmi lesquels Joël Guignon et « Fayçal », passés comme lui par le « gourbi ».

Ensemble, ils avaient poursuivi la soirée dans un bar du quartier, et Tiozzo avait dû s'interposer une première fois face au conducteur d'un scooter qui cherchait apparemment la bagarre. L'homme au deux-roues avait refait surface quelques rues plus loin, contraignant le boxeur à lâcher les autres, le temps de garer la Renault 25 ; un tueur cagoulé, dissimulé dans un autre véhicule, en avait profité pour adresser à Riquet cinq décharges de chevrotine, calibre gros gibier, avant de l'achever froidement d'une cartouche en pleine tête.

1. Dont il sera question au chapitre suivant.

Très excité, « Fayçal » avait été interpellé par les policiers accourus sur place, tandis que Joël Guignon s'était discrètement éclipsé. Christophe Tiozzo avait entendu les détonations mais n'avait pas assisté à l'assassinat. « Fayçal », lui, n'avait rien vu et ne connaissait bien sûr au mort aucun ennemi particulier...

Un policier consigne cette phrase laconique au fil de son rapport : « Les proches de la victime ne semblent pas disposés à permettre à l'enquête de progresser. » Seul élément entre les mains des enquêteurs : une Citroën ZX grise retrouvée en flammes, gyrophare compris, sur un parking de la zone industrielle d'Antony, moins d'une demi-heure plus tard.

Lors d'une conversation avec son ami « Pépé », quelques jours plus tard, Joël Guignon a ce mot :

« Je sens qu'on va tous se la faire mettre. »

Peu élégant, mais lucide.

Claude Genova y voit lui aussi assez clair. À ses yeux, cela ne fait même aucun doute : « on » veut le détrôner, lui qui faisait la loi sur les trottoirs de la capitale avant sa mise à l'ombre. Il est vraiment temps de sortir !

« Claude Genova était un être dangereux et déraisonnable »

Le 12 juin 1994, quelques minutes avant le Journal de 20 heures, c'est au tour de Joël Guignon de tomber sous les balles non loin de son domicile, à Nogent-sur-Marne. Deux hommes à la silhouette athlétique, vêtus de tenues sombres, type commando, ont jailli d'une grosse cylindrée, Renault 25 ou Safrane, et l'ont abattu à bout portant alors qu'il réparait sa voiture ; une action « efficace, précise, exécutée avec sang-froid » – selon les mots d'un commandant de la Brigade criminelle –, à laquelle ce souteneur solitaire, âgé de trente-huit ans, n'avait aucune chance de survivre.

Son épouse, qui s'est prostituée pour lui pendant une vingtaine d'années, a cru apercevoir « un homme de race noire », cagoule sur la tête, « qui semblait épier ». Mais elle reste muette lorsqu'on l'interroge sur les 251 300 francs[1] dissimulés dans le vaisselier de la salle à manger.

« Manu », prostituée rue Blondel, à deux pas de la rue Saint-Denis, est bien plus prolixe, mais Claude Genova, toujours en prison, n'a évidemment pas accès à ces informations cruciales. Cette jeune femme travaillait pour le compte de Guignon, qu'elle appelait « Grand Jo », lorsqu'il avait fait la connaissance, début 1994, d'un autre proxénète habitué du quartier : Éric Pasquet. C'est peu après, au mois de février, qu'il l'avait délaissée durant environ trois semaines pour rejoindre le « gourbi », comme il disait. Lorsqu'il était revenu, il avait changé ses habitudes ; devenu méfiant, toujours sur le qui-vive, il ne sortait plus sans son arme.

« Il m'a dit qu'il avait des ennuis avec d'autres types », rapporte-t-elle avant d'ajouter cette précision : quand son ami Pasquet s'était fait tuer, un mois plus tôt, « Grand Jo » avait mené son enquête avec deux autres personnes, « Pépé » et « Fayçal ».

La jeune fille n'en sait pas plus, mais assez, cependant, pour jeter une lumière crue sur l'événement intervenu le lendemain, 13 juin 1994, dans un bar de Colombes (Hauts-de-Seine). Pour une raison ignorée, une rixe oppose ce soir-là « Fayçal » et « Pépé » à deux Manouches. « Fayçal » est tué le premier ; les

1. Environ 39 000 euros.

deux Manouches, Robert et Antonio Demestre, paient de leur vie en retour.

Pour les flics, l'arrestation, une semaine plus tard, de « Pépé », cinquante et un ans, est déterminante. Considéré comme le garde du corps de Claude Genova, il lui servait aussi de chauffeur. C'est lui, au volant d'une Mercedes blindée, qui allait le chercher à la porte de la prison, les jours de permission. Lui encore qui conduisait son épouse sur place, les jours de visite. Sur les trois morts, il n'a rien à dire, si ce n'est qu'il n'y est pas mêlé. En revanche, un feuillet manuscrit trouvé dans sa poche retient toute l'attention des enquêteurs. On peut y lire des numéros de téléphone, des numéros d'immatriculation, des marques de voitures et plusieurs prénoms, dont celui de « Marc ». Or tous les numéros mènent à la famille Hornec.

Pourquoi conservait-il ces informations sur lui ? Ce papier, explique-t-il, lui a été remis par Joël Guignon. « Ça peut toujours servir », avait précisé son ami. Servir à quoi ? Il l'ignorait. Seul petit souci : des témoins affirmaient qu'il était bien l'auteur des coups de feu qui avaient coûté la vie aux frères Demestre, dans le bar de Colombes.

Pour Claude Genova, les choses sont encore une fois très simples : après Pasquet, Guignon et « Fayçal », décédés, il vient de voir son principal homme de main mis au placard. Ce qui compromet sérieusement les plans élaborés dans sa cellule, aux termes desquels il devait reconstituer un gang capable, après sa libération, de reprendre le terrain occupé par ses rivaux.

Pour les enquêteurs, la « guerre » a désormais des protagonistes plausibles : un litige sérieux semble opposer deux clans ayant respectivement à leur tête

Claude Genova et les frères Hornec. Hypothèse que renforcent les procès-verbaux issus d'une autre procédure dans laquelle Éric Pasquet avait été entendu un mois avant sa mort.

Ce jour-là, le proxénète avait confié ses craintes aux enquêteurs de la Brigade de répression du banditisme. Il avait raconté qu'une équipe envisageait de le supprimer : six hommes qui lui avaient proposé de participer avec eux à un « coup ». Un vol à main armée. Mais, à la suite d'un repérage, il avait préféré se retirer, convaincu que ses complices avaient prévu de l'abattre sitôt après l'attaque. Du bout des lèvres, il avait même donné des noms aux policiers. Sans qu'il fût possible de savoir s'il s'agissait d'une dénonciation gratuite ou de quelque chose de sérieux, ils avaient scrupuleusement noté : Nordine Mansouri (le jeune homme malmené dans le « gourbi »), Ihmed Mohieddine[1], Abdelkrim Hadjadj, Omar Belhadi et un certain Hornec. Coïncidence troublante, une partie de ces mêmes noms avaient été cités par un correspondant anonyme, s'exprimant en français et sans accent, qui avait appelé la Brigade criminelle deux jours après l'assassinat d'Éric Pasquet ; au passage, l'homme avait avancé ce qui pouvait ressembler à un mobile justifiant cette élimination : un différend financier après deux braquages perpétrés contre une société de transport de fonds au printemps 1993...

Les trois morts du bar de Colombes, en revanche, ne cadrent pas tout à fait avec ces hostilités à ciel ouvert. Contrairement aux apparences, il s'agit d'une affaire annexe. Ou d'un fâcheux concours de circonstances : le lendemain de la mort de leur ami Joël Guignon, « Pépé » et « Fayçal » étaient partis comme des fusées

1. Que l'on retrouvera au chapitre suivant.

sur la piste des « Gitans » ; derrière le comptoir de ce bar, ils étaient tombés par hasard sur les frères Demestre, qui n'avaient rien à voir avec leurs ennemis présumés, mais avaient le tort d'être manouches. Surexcité, « Fayçal » n'avait pu se retenir de les provoquer.

Comment pouvait-on être aussi sûr de cette version ? Elle émanait de « Pépé » lui-même, qui, au terme de sa garde à vue, avait tenu à effectuer cette petite mise au point : si une guerre d'influence opposait bien Genova aux Hornec, cette fusillade n'avait rien à voir. Elle va en revanche fournir un prétexte aux vainqueurs pour porter le coup final.

Le 22 août 1994, à la faveur d'une permission de sortie accordée trois mois avant sa libération, Claude Genova accepte de rencontrer un membre de la famille Demestre afin de négocier avec eux le prix de la tranquillité du pauvre « Pépé ». Selon les informations dont il dispose, les « Gitans » réclameraient 800 000 francs[1] ; Genova, qui a visiblement besoin de sentir l'odeur du combat et cherche à sauver son protégé, n'est pas hostile à une transaction.

Le rendez-vous, prévu à Paris dans un grand hôtel de la porte Maillot, le Concorde-Lafayette, est arrangé par deux hommes que le parrain connaît bien : Abdelkrim Hadjadj et Jean-Dominique Poletti sont aussi proches de lui que des frères Hornec. Un gage de sécurité, pense-t-il, autant que sa voiture blindée. Sauf que des tueurs l'attendent en chemin et qu'il s'écroule, criblé de balles, sur le trottoir du boulevard Gouvion-Saint-Cyr, non loin du lieu fixé pour cette rencontre en forme de piège.

1. Environ 120 000 euros.

En guise d'épitaphe, l'un de ses avocats porte ce jugement nuancé[1] :

« Claude Genova était un être dangereux et déraisonnable, et en même temps un garçon très catholique. Il ne tuait que ceux qui lui faisaient des saloperies, certain que Dieu ne lui en voudrait pas. »

En balayant cet homme, on a libéré un empire

Claude Genova, qui organisait volontiers ses repas d'affaires au Sofitel de Bagnolet (Seine-Saint-Denis), était un bandit touche à tout, l'un des premiers, surtout, à avoir noué des relations sur tout le territoire, bien au-delà de sa sphère de compétence.

Apparu dans les fichiers de la police en 1966, inscrit au fichier du grand banditisme vingt ans plus tard, l'Italo-Corse avait un œil sur les vols à main armée et un autre sur les trottoirs : en sus d'une partie de ceux de la rue Saint-Denis, il tenait une sérieuse portion du bois de Vincennes, terre d'avenir de la prostitution féminine.

Il avait également une main dans la drogue, domaine qui l'avait probablement aidé à élargir son carnet d'adresses : en 1990, la PJ l'avait deviné derrière la livraison, par bateau, de trois tonnes de haschich marocain, opération menée conjointement avec un Marseillais installé à Marbella (Espagne), des Corses, des voyous connus de la banlieue sud de Paris et un Lyonnais.

On avait encore affirmé que Genova tenait une partie du marché clandestin des machines à sous en

1. Entretien avec l'auteur.

région parisienne, cette fois pour le compte de patrons marseillais.

Mais son principal réseau restait communautaire : Genova livrait aux « Gitans » de la région parisienne BMW et Mercedes volées, faux documents inclus. Il cultivait un lien d'amitié avec une figure lyonnaise, Edmond Vidal, lui aussi issu des « gens du voyage », tout comme ses amis niçois les frères Lemeny ou Michel Soret[1]. Il occupait les premiers rôles dans ce milieu où l'on n'avait pas l'habitude de se faire de cadeaux, surtout lorsqu'on abordait le chapitre des ivoires sculptés, pierres dures, bronzes, jades, coraux et lapis-lazuli, riche en entourloupes de toutes sortes. Un important industriel forain n'avait-il pas un jour raconté aux gendarmes qu'un certain « Marcel », né à Paris en 1958, devenu aveugle depuis l'explosion d'une bombe qu'il devait poser pour le compte de Genova, servait de « gare de triage » pour les marchandises volées aux quatre coins de la France ? Les militaires avaient pris la chose assez au sérieux pour décider de s'installer quelques mois dans un immeuble de Noisy-le-Grand (Seine-Saint-Denis), non loin du quartier général présumé de la bande, réputé « implanquable » parmi les gens du métier.

On le disait enfin mêlé à ces incessants rackets auxquels étaient soumis les « Gitans » aisés, notamment les propriétaires de gros manèges, qui faisaient régulièrement l'objet de demandes de « rançons ».

Ces multiples activités permettaient de désigner Claude Genova comme l'un des « grands » de son époque, ce dont témoignait encore l'attirail saisi lors de sa dernière arrestation : 300 cartes grises, 150 permis de conduire, 100 cartes d'identité, 10 passeports,

1. Dont on fera plus ample connaissance au chapitre 11.

15 cartes de police, 3 000 attestations d'assurance, 1 000 certificats de non-gage, des dizaines de cartes de séjour, des gilets pare-balles, des perruques, des menottes, des cagoules, 25 bâtons de dynamite, 12 détonateurs, 30 chargeurs, 1 000 cartouches, trois pistolets-mitrailleurs, trois fusils à canon scié, dix pistolets automatiques, sept revolvers, une partie de ces armes provenant d'un casse perpétré... au siège de la police municipale de Bastia !

En balayant cet homme, « on » avait libéré un empire. Et laissé une chaise vide dans un bar de Champigny-sur-Marne dénommé La Tendresse.

« Seuls des aveux pourraient éclairer la justice »

Comment prouver que les frères Hornec et leurs proches ont été pour quelque chose dans la disparition du parrain ? La Brigade criminelle flaire vite l'impasse. Elle convoque tous les hommes cités par le proxénète à la veille de sa mort.

Ihmed Mohieddine, un fidèle du clan Hornec, affirme qu'il ne connaissait pas Éric Pasquet et que les autres n'étaient que « de vagues relations de bar ».

Omar Belhadi se dit « totalement étranger » à la mort de Genova ; le seul qu'il fréquente, parmi ces personnages, c'est son neveu Nordine Mansouri, l'homme malmené par Genova et les siens.

Le Kabyle Abdelkrim Hadjadj, lui, était en Espagne en mai 1994, au moment des faits, et ces hommes lui sont également « totalement inconnus ».

Le fusil à pompe trouvé chez Nordine Mansouri, bientôt arrêté à cause d'une sanglante altercation avec un automobiliste en région parisienne ? Un premier expert prétendra que cette arme avait été utilisée lors de la mort de Pasquet, mais un second le contredira...

Les écrits du commandant de la Crim' témoignent cependant de l'image que la PJ se fait alors des frères Hornec : « Anciens lieutenants de Claude Genova, ils semblent évoluer avec aisance dans le banditisme, utilisant des moyens conséquents et appropriés : véhicules de grosse cylindrée, radios, multipliant les domiciles et les box, le tout en sachant se montrer d'une efficace discrétion », écrit-il, non sans un brin d'admiration pour ces garçons dont il s'empresse de noter qu'ils n'ont jamais été inquiétés pour les affaires auxquelles ils sont censés avoir participé.

À l'époque, ses voisins de palier au Quai des Orfèvres ne sont pas loin, en effet, de considérer les frères comme les nouveaux rois de l'attaque de fourgons blindés. Attaques dont ils estiment que les bénéfices leur auraient permis d'investir dans l'immobilier et de reprendre en sous-main quelques établissements de nuit très fréquentés de la région parisienne. Ils citent clairement le Fun Raï, à Évry, haut lieu de la musique franco-oranaise, qui draine le vendredi soir jusqu'à 3 500 clients sous la protection d'une dizaine de gros bras et d'une batterie de caméras vidéo. Ils parlent également du Why Not, une boîte de Pontault-Combault anciennement tenue... par Claude Genova. Ils évoquent le Triangle, à Andilly (Val-d'Oise), et le Mirage, l'une des plus grosses boîtes du Val-d'Oise, où se côtoient parrains et caïds de l'Est et du Nord parisien. Ils pointent l'Élysée-Raï, situé au cœur de Paris et fréquenté par les milieux branchés de la capitale, où la star oranaise Cheb Khaled aime alors se montrer. Le Midnight Express, boîte à la mode installée dans les sous-sols de la Défense, serait également, affirment certaines sources, dans l'orbite des frères.

Mais le propos de la Crim' n'est pas d'évaluer les nouveaux contours de l'empire Hornec. Il est plutôt de retrouver dans l'entourage des frères « un homme de race noire » susceptible d'avoir rôdé autour de la maison de Joël Guignon, le 12 juillet 1994. Et là, force est de constater que le bilan est maigre. Ce qui inspirera ces conclusions au commandant dans un rapport daté de 1997 :

« L'homicide avec préméditation dont a été victime Joël Guignon est sans conteste un épisode de la guerre ayant opposé la bande de Claude Genova à celle des frères Hornec. Il n'a pas été découvert d'autres motivations à cet acte. Comme toutes les séries de règlements de comptes orchestrés par des tueurs professionnels, ces morts, brutales mais parfois prévisibles, qui restent encore aujourd'hui l'apanage des voyous, sont souvent explicables dans leur contexte, mais se révèlent difficiles à élucider, faute de preuves. Seuls des aveux pourraient éclairer la justice, s'ils n'étaient pas contraires aux règles et coutumes du milieu et de son pseudo "code de l'honneur". »

Lorsqu'un voyou meurt, les policiers, faute de témoins, ont toujours la possibilité de guetter la riposte. En l'occurrence, elle se manifeste le 24 mai 1995, peu avant 5 heures du matin, sous la forme d'une « nuit bleue » dans la manière des nationalistes corses. Cibles des artificiers : deux discothèques (le Fun Raï et le Triangle) et un restaurant du Perreux-sur-Marne, La Comedia, exploité par la compagne du Tunisien Ihmed Mohieddine.

Dégâts matériels importants, aucune victime, pas de revendication, constatent deux jours plus tard les cinq hommes réunis au Fun Raï pour ce qui ressemble fort à un conseil de guerre, autour de Mario et de Marc Hornec.

Suite de la riposte ? Le 3 août 1995, en fin de journée, des coups de feu sont tirés sur Jean-Dominique Poletti, cinquante-trois ans, l'homme qui a organisé un an plus tôt le rendez-vous fatal de Claude Genova. Encore un pétard mouillé, ultime soubresaut d'une équipe qui n'est plus que l'ombre d'elle-même.

C'est à eux que l'on rendra des comptes

Claude Genova écarté, ses anciens élèves n'ont plus à lui verser cette dîme qu'il réclamait sur tous les bons coups, sorte de rançon à vie qu'ils ne supportaient plus. Désormais, les rôles vont s'inverser : c'est à eux que l'on rendra des comptes.

Luxueuses limousines, mémorables parties de chasse, pêche au gros : les frères Hornec étalent leur réussite et ne se refusent pas grand-chose. Les discothèques sont le symbole le plus visible de leur empire pour qui est capable de voir au-delà de l'armée des hommes de paille. Elles concrétisent l'alliance des Manouches et des Arabes. Elles leur confèrent aussi un peu de cette honorabilité qui est, après l'argent, leur véritable Graal. La musique raï ne bénéficie-t-elle pas à cette époque de la bénédiction des plus hautes autorités ?

Les flics sont constamment sur leurs pas. Ils sont capables de dire qui vit avec qui, de dresser la liste des enfants couple par couple, de loger les maîtresses des uns et des autres, de dire quels bars, quels restaurants fréquente le clan. Ils croient même avoir identifié celui qu'ils appellent « le médecin des voyous », un vieux Juif tunisien à la retraite depuis déjà dix ans, installé à Vincennes. Mais ils peinent à étayer leurs soupçons.

Après l'échec de l'enquête criminelle, le recyclage de l'argent sale fait un moment figure de point faible. Si on ne parvient pas à « redresser » les règlements de comptes, la Brigade financière et le fisc arriveront peut-être à quelque chose...

Le 5 avril 1995, la PJ de Versailles a entendu un certain Christophe Robin. Sans antécédents judiciaires, ce jeune homme de vingt-huit ans gère l'une des boîtes les plus populaires et les plus rentables de la banlieue sud, le Fun Raï, où il a commencé comme serveur. En lui donnant les clefs des lieux, le propriétaire lui a simplement imposé un directeur du personnel : Omar Beladhi, l'oncle de Nordine Mansouri, entendu comme témoin dans l'enquête sur les règlements de comptes. Pourquoi lui ? Le patron a mis en avant ses « relations dans la faune locale » avant de glisser ces mots sibyllins : « Il est l'homme de main de certaines personnes. » De qui ? Le jeune gérant ne réagit que lorsque les policiers lui mettent sous les yeux des photos des frères Hornec. On lui a effectivement présenté ces personnes – « des hommes sérieux », lui a-t-on dit.

« Deux fois par mois, ils arrivaient au volant de voitures de luxe, Mercedes, Porsche ou BMW, raconte-t-il. Ils avaient leur table dans la salle du bar supérieur, où Omar se comportait comme leur homme de main. »

Aurait-il constaté quelque chose de suspect dans la gestion de la discothèque ? On lui a juste donné l'ordre de prélever les excédents de recettes, entre 20 000 et 40 000 francs [1] par semaine, que « la caissière remettait aux associés ».

Les policiers réclament encore des noms et finissent par en obtenir un : parmi les habitués de la boîte figurait un Tunisien prénommé Ihmed dont la compagne

1. Entre 3 000 et 6 000 euros.

gérait un restaurant au Perreux, La Comedia. Les enquêteurs s'en doutaient : Ihmed Mohieddine est alors de tous les coups avec les frères Hornec.

À quelques jours de la fameuse « nuit bleue », cocktail de pains de plastic et d'engins incendiaires, ces renseignements confortent les bribes d'informations recueillies çà et là auprès de sources conciliantes. Mais c'est un fabuleux hold-up – 70 millions de francs[1] arrachés à un centre-fort, dans l'Essonne – qui précipite la réaction policière. Pourquoi mettre cette action sur le dos de la bande ? Comme d'habitude, un informateur a apporté le tuyau sur un plateau : Marc et Mario étaient, selon lui, mêlés à ce casse. Il cite également deux autres personnes : toujours et encore Omar Belhadi, l'oncle de Mansouri, et Mohamed Amimer, un autre protégé du clan, né en 1959 à Noisy-le-Sec[2].

Si l'on veut attraper Marc, susurre enfin l'indic, il suffit de planquer à proximité du domicile de ses parents, à Montreuil, où il passe régulièrement.

Merci pour le tuyau, mais les lieux sont surveillés depuis des mois, de même que tous les membres présumés de l'équipe. Les flics ont plusieurs fois suivi Mohieddine et Mansouri jusque dans un pub du Val-de-Marne. Ils les ont vus en conclave avec Mario et Marc au café des Anges, établissement au nom prédestiné, à Pavillons-sous-Bois. Mais ils sont toujours restés à distance respectable à cause de leur extrême méfiance et des contre-filatures auxquelles les frères se livrent régulièrement, histoire de rappeler leur professionnalisme et de dire aux flics que leur manège ne leur fait pas peur. D'ailleurs, les policiers ne les voient jamais rien faire de mal. Juste boire une bière, manger

1. Environ 11 millions d'euros.
2. Sa carrière est détaillée au chapitre suivant.

un morceau, fumer une cigarette ou rendre visite à des amis manouches. Comme si tous ceux qui les imaginaient en train de rôder autour de tel ou tel dépôt de numéraire se racontaient des histoires à dormir debout.

C'est dans ce contexte que la PJ finit tout de même par accrocher Marc, le plus jeune des trois. Elle découvre en effet 554 kilos de cannabis dans un camion frigorifique garé dans un box de Rosny-sous-Bois dont il semble être le propriétaire. Rien ne dit que le véhicule lui appartient, encore moins qu'il savait ce qu'il contenait. Mais, pour une fois, c'est concret.

Quelques jours plus tard, dans les circonstances extravagantes que l'on sait, Marc s'évanouit dans les rues d'Antibes à califourchon sur son VTT...

« Il y a des gens qui nous en veulent »

La saga des fils du ferrailleur, qui passent déjà pour des demi-dieux dans leur milieu, s'enrichit d'un nouvel épisode le 2 janvier 1996.

Ce soir-là, vers 21 heures, une « figure du grand banditisme » est abattue non loin de son domicile, à Romans, dans la Drôme. Son nom : Albert Rémond, alias « Freddy », Manouche lui aussi, membre présumé de l'équipe des « cagoulards » qui sèment la terreur parmi les « gens du voyage ».

Les auteurs, deux hommes armés de fusils de chasse, ont pris la fuite à bord d'une Lancia, mais des renseignements précis parviennent aux oreilles du Quai des Orfèvres : Albert Rémond serait mort pour avoir voulu racketter les frères Lemeny, Charly (dit « Charlot ») et Antoine (dit « Tony »), Manouches fortunés spécialisés dans les escroqueries aux ivoires et aux pierres précieuses. Avec son équipe, il serait allé jusqu'à monter une véritable opération d'intimidation au cours de laquelle Antoine aurait essuyé des coups de feu. Les Lemeny se seraient alors souvenus fort à propos de leurs liens de parenté avec les Hornec, qu'ils auraient appelés à la rescousse... Ne disait-on pas qu'ils avaient offert le gîte et le couvert à Marc après sa fugue d'Antibes ? Si c'était vrai, cela méritait bien un petit service en retour.

Mario Hornec, parfois surnommé « Eddy Mitchell », est localisé le premier, le 22 février 1996, à La Savoie, un restaurant de l'avenue de Wagram, à Paris. Il est attablé en compagnie de trois hommes, dont Charly Lemeny, lorsque les policiers lui intiment l'ordre de les suivre.

Conduit dans les locaux de la Brigade criminelle, Mario perçoit des clameurs de fête dans une pièce voisine. Un instant, il croit que les flics arrosent son arrestation ; en fait, le groupe vient de marier l'un des siens, lui explique-t-on en même temps que lui est présenté l'ordre du jour : le juge Didier Ducoudray enquête depuis deux ans sur l'assassinat du parrain Claude Genova et on souhaiterait l'entendre à ce sujet.

Pas vraiment troublé, Mario s'en tient au strict minimum. Il a bien entendu parler de ces deux Manouches tués dans un bar de Colombes au cours d'une rixe [1], mais il ne sait rien du rendez-vous pris par Genova le jour de son assassinat.

Les policiers lâchent à tout hasard le nom de Jean-Dominique Poletti, victime d'un règlement de comptes pour avoir conduit Genova jusqu'au traquenard.

---

1. Pour mémoire, la rixe remonte au 13 juin 1994 et a laissé trois hommes sur le carreau : « Fayçal », proche de Claude Genova, et les frères Robert et Antonio Demestre.

« Je ne connais pas cette personne, répond Mario.

— Il n'y avait donc pas de problème entre le clan Genova et la famille Hornec ? insiste l'enquêteur.

— Il n'y a jamais eu de problèmes entre nous. »

Le policier glisse, pour voir, les confidences faites par Éric Pasquet avant d'être abattu, dans lesquelles il faisait état de menaces de mort et citait le nom des Hornec.

« Je n'ai rien à voir avec ce type », tranche Mario.

Le policier poursuit sa démonstration le plus calmement possible : s'il croit savoir que les Hornec ont commandité le meurtre de Genova, il n'en a pas la preuve.

« Ma famille n'est en rien responsable de la mort de Genova, je suis formel, proteste Mario. Je pense qu'il y a des gens qui nous en veulent et qui racontent des conneries. »

Le flic change l'angle d'attaque. Il jette en pâture tout ce qu'il sait du train de vie du suspect : pavillon en bord de Marne, villas, Mercedes et Ferrari, bateaux, autant de biens a priori incompatibles avec ses revenus déclarés (15 000 francs par mois [1]).

Réponse polie de l'intéressé : « Je n'ai pas un grand train de vie. »

La seule chose qu'il veuille bien admettre, c'est qu'il détient des parts dans la société qui gère le Fun Raï. « J'ai donné 100 000 francs à un Algérien dont je ne connais plus le nom et qui voulait se retirer de l'affaire, dit-il. En échange, j'étais censé toucher entre 2 et 3 000 francs par semaine [2]. »

Quant à l'histoire des 550 kilos de cannabis, il est

---

1. Environ 2 300 euros.

2. Il dit avoir versé plus de 15 000 euros et recevoir entre 300 et 450 euros.

prêt à s'en expliquer auprès de la Brigade des stups : son petit cousin a volé un camion qui s'est révélé plein de « came », et l'a garé dans le box, point à la ligne.

Le matin même, la Brigade des stupéfiants a fouillé de fond en comble le pavillon d'une sœur Hornec à Montreuil-sous-Bois. Née en 1955, scolarisée jusqu'à l'âge de quatorze ans, quatre enfants, elle a dit vivre de la pension d'invalidité de son ami, des allocs et d'une pension alimentaire. Deux de ses frères demeuraient, à l'en croire, dans la maison de ses parents, à quelques pas de chez elle ; le plus jeune, « un homme honnête et très gentil », n'était pas localisable pour le moment.

La jeune femme, interrogée en parallèle avec Mario, exprime son étonnement devant l'attitude des policiers, qui ont débarqué chez elle armés jusqu'aux dents. « Mes frères vivent sur les marchés et les foires, ce sont des gens du voyage, des forains », dit-elle. Les liasses de billets trouvées sous le matelas de sa chambre et dans une armoire, soit 220 000 francs[1] en deux paquets ? Le fruit de la vente d'une voiture, explique-t-elle. Plus quelques économies. Pourquoi ce curieux emballage, fait de gros Scotch marron ? Pourquoi cette pelle dans le jardin, où un coin de terre vient visiblement d'être retourné ?

« Vos collègues ont dû fouiller dans la nuit », dit-elle avec un rare aplomb.

Quant au fameux box où ont été découverts les 500 kilos de drogue, elle n'en revient pas : « Ma famille est contre ce genre de produit », assène-t-elle.

Un détail retiendra cependant l'attention des enquêteurs : 150 billets de 200 francs, type Montesquieu, découverts sous son matelas, semblent provenir d'un

1. Environ 34 000 euros.

vol à main armée commis à Bayonne le 23 août 1993, au cours duquel 18 millions de francs[1] se sont envolés des locaux d'une société de transport de fonds. Mais il n'y a encore rien de sûr.

Le plus jeune des frères, Marc, est arrêté à son tour un mois plus tard, le 21 mars 1996, dans des conditions plutôt rocambolesques. Ce soir-là, vers 20 heures, il doit retrouver deux hommes dans un hôtel du parc Euro Disney, en Seine-et-Marne. N'est-ce pas le lieu idéal pour abriter un rendez-vous discret ? Les policiers, venus en nombre (une quarantaine) pour parer à tout dérapage, le cueillent en douceur en même temps que ses deux invités : Antoine Lemeny et l'un de ses propres neveux, Fabrice, connu à l'époque pour de petites infractions sans importance.

Au cours de son interrogatoire, Marc évoque sans s'affoler ses revenus de forain, soit environ 14 000 francs[2] par mois. La seule richesse qu'il se connaisse, ce sont des parts dans plusieurs manèges de la foire du Trône. Claude Genova ? Il veut bien en parler, mais hors tout procès-verbal, ce qui n'a aucune valeur judiciaire, tout juste un intérêt historique. Sa famille, admet-il, était en guerre ouverte avec cet homme. C'était lui ou eux : si Genova était sorti vivant de prison, il aurait fait son possible pour les « fumer ». Ils étaient donc quasiment en situation de légitime défense.

Toujours terre à terre, les enquêteurs mettent sur le tapis les billets suspects découverts chez sa sœur. Les raisons de leur présence chez elle lui échappent complètement.

Pour ce qui est du camion chargé de haschich, les

1. Environ 2 744 000 euros.
2. Environ 2 150 euros.

policiers savent qu'ils jouent une partie très serrée : ses empreintes n'ont pas été retrouvées sur la carrosserie, pas plus que celles de son frère. Marc confirme sans forcer la version de Mario : son jeune neveu a dérobé le camion « en pensant qu'il contenait du matériel vidéo ».

« Je n'en ai jamais fumé de ma vie », insiste-t-il.

Mais ses interlocuteurs ne veulent pas rater l'occasion d'envoyer un deuxième frère en prison, ne serait-ce que pour quelques semaines.

« Je ne suis titulaire d'aucun diplôme »

Un lieutenant de la PJ niçoise a profité de l'aubaine pour monter jusqu'au Quai des Orfèvres, envoyé par un juge de Grasse pour entendre Marc Hornec sur sa fuite à Antibes, à propos de laquelle il peut être poursuivi pour « violences volontaires avec arme sur dépositaire de l'autorité publique ».

Du haut de son mètre quatre-vingts, ses yeux verts concentrés sur son interlocuteur, « Petit Pral » ne se dérobe pas : depuis sa première mise en cause, en décembre 1974 à Montreuil, pour une banale histoire de bris de clôture, il en a eu, des flics, face à lui ! Les questions d'usage – parcours scolaire, passé judiciaire, revenus –, il n'est même plus besoin qu'on les lui pose :

« Je ne suis titulaire d'aucun diplôme, mais je suis allé à l'école jusqu'à l'âge de quinze ans à Montreuil », commence-t-il.

Un permis de chasse ?

« Non. »

Connu des services de police et de justice ?

« J'ai fait l'objet de quelques condamnations, mais

ces affaires remontent aux premiers temps de ma jeunesse. »

Des ressources ?

« Je travaille en famille avec des cousins, mais je ne tiens pas à dévoiler leur identité pour ne pas les ennuyer. Nous pratiquons le commerce de tapis. Mes revenus varient entre 10 et 15 000 francs[1] par mois, mais je ne dispose d'aucun compte en banque. »

Les produits stupéfiants ?

« Je n'en consomme pas. »

C'est ainsi que l'on en vient aux faits sur lesquels Marc a des choses précises à déclarer :

« Je suis arrivé à Antibes au début du mois d'août, pour les vacances, avec femme et enfants. Nous avions loué la villa California avec mes deux frères et leurs familles, plus notre ami Roger et ses enfants. Steve, le mari de ma fille, à qui appartenait la Porsche bleue, était en location à Mandelieu, mais laissait parfois la voiture à la villa, parce que les suspensions étaient trop dures pour ma fille, alors enceinte. Nous nous reposions et profitions au maximum des lieux.

« Le jour des faits, vers midi, nous avons décidé, avec Mario, de faire un tour en ville pour aller chercher du pain. Mario s'est installé au volant de la Porsche et moi à sa droite. J'ai soudain vu surgir une voiture qui s'est positionnée devant nous. Mon frère a pilé et j'ai aperçu un homme armé d'un pistolet.

« Tout s'est passé très vite. J'étais comme dans le brouillard. Mario a passé la marche arrière, il a tenté d'esquiver d'autres véhicules et je me souviens avoir entendu des coups de feu, je ne sais plus combien. J'avais peur. Je ne savais pas d'où cela pouvait provenir. Je n'ai même pas pensé à la police. Mon frère ne

1. Entre 1 500 et 2 300 euros.

disait rien. Il a percuté quelque chose et je suis sorti en courant. À un moment, j'ai vu un de mes cousins, je ne sais plus lequel, qui avait un vélo VTT à la main. Je l'ai pris et je me suis dirigé vers le bout de la rue. Là, j'ai attendu quelques heures dans un renfoncement.

« C'est en revenant à la villa que j'ai appris que la police était venue. Par la suite, j'ai revu mon frère à Paris, sans me cacher, car je n'avais rien à me reprocher. J'insiste là-dessus : à aucun moment je n'ai compris que nous étions face à vos collègues. »

La Porsche était restée au commissariat : sa propriétaire officielle, une jeune employée de mairie qui avait prêté ses documents d'identité moyennant 5 000 francs [1], avait refusé de venir la rechercher.

Jean-Claude Hornec, président de la Société de colombophilie de Montreuil

Mario Hornec est libéré après deux petits mois de prison, et sa sœur, chez qui ont été trouvés les billets suspects, obtient rapidement un non-lieu : l'étude comparative des empreintes génétiques relevées sur les quelques mégots ramassés après le braquage de Bayonne ne donne strictement rien.

Jean-Claude, l'aîné, est bien sûr entendu, lui aussi, mais l'enquêteur de la Brigade criminelle s'empresse de noter qu'il a été victime d'un « accident de chasse » au milieu des années 80. « La décharge de fusil l'avait blessé à la tête, il n'était plus en possession de toutes ses facultés mentales, et son témoignage sur les activités de ses frères devenait stérile », écrit-il, précisant

1. Environ 750 euros.

que le plus âgé des frères touchait, en sus des allocations familiales, une pension d'invalidité (37 000 francs [1] par an).

Vrai handicap ou stratagème futé ? Le résultat est le même : le policier ne peut que prendre acte. Comme ses collègues ont plus ou moins entériné le scénario rocambolesque que leur a servi Jean-Claude quelques jours auparavant, alors qu'ils l'avaient arrêté, le visage ensanglanté, au volant d'une Renault 19 immatriculée au nom d'un inconnu domicilié... dans un immeuble muré : il venait d'être victime d'un mystérieux agresseur auquel il avait réussi à arracher son arme, celle-là même qu'il venait de jeter à terre.

L'une des rares informations vérifiables relatives au frère aîné concernait son passe-temps favori : il était président de la Société de colombophilie de Montreuil. Pour le reste, il se souvenait vaguement de son emploi du temps, le jour de la fuite à VTT : il avait commencé sa journée par un tiercé ; tombant à son retour sur le dispositif, il s'était dressé entre les policiers et les enfants avant de s'allonger à terre et de recevoir un coup de crosse sur le crâne.

Seul Marc reste pour l'instant sous les verrous, mais il sait que les autres feront tout ce qui est en leur pouvoir pour le sortir de là.

La Brigade financière peut-elle sauver ces enquêtes en péril ? On veut encore le croire au Quai des Orfèvres, mais la moisson n'est pas fameuse. Les limiers de la rue du Château-des-Rentiers [2] ont cependant acquis la conviction que l'une des discothèques (le Fun Raï) avait été acquise par le clan pour la

1. Environ 5 600 euros.
2. Siège de la Brigade financière, à Paris.

modeste somme de 300 000 francs [1]. Deux des frères figuraient vraisemblablement parmi les propriétaires, au même titre que trois de leurs fidèles : Nordine Mansouri, Abdelkrim Hadjadj et Ihmed Mohieddine. Un de leurs hommes de paille avait fourni quelques détails : le partage hebdomadaire des recettes, en cinq enveloppes du même poids, était effectué par une cousine de la femme de l'un des frères Hornec... Mais aucun document, aucune photo, aucun enregistrement ne venaient étayer ces accusations.

Les « financiers » étaient partis en mission au Luxembourg. Ils espéraient vérifier l'authenticité d'une série d'emprunts souscrits auprès des banques du grand-duché pour financer l'acquisition de parts dans plusieurs établissements de nuit. Ils soupçonnaient ces opérations de masquer des apports en espèces. Sauf qu'ils avaient fait là aussi chou blanc : on ne pénètre pas dans les banques luxembourgeoises comme au cinéma.

L'ultime piste sérieuse relevait du mythe, tant elle avait été vainement martelée. Elle conduisait à un homme dont le surnom était un programme à lui tout seul...

Michel Gabarres,
l'homme aux petites lunettes rondes

D'une certaine façon, Michel Gabarres, né dans le Cher en 1944, fait lui aussi partie de la famille Hornec. L'allure toujours soignée, lunettes à verres ronds sur le nez, il évolue entre la très chic avenue Montaigne, à Paris, et le Luxembourg, où il a pignon sur rue

1. Environ 46 000 euros.

comme expert en objets d'art, et s'emploie à mériter le surnom dont ses amis l'ont affublé : « le Prof ».

Les services spécialisés ont longtemps soupçonné cet homme d'œuvrer à la revente, auprès de diamantaires belges et hollandais, de bijoux de valeur en provenance de France, mais ils ne l'ont jamais démontré. Seule certitude : on ne peut pas lui raconter d'histoires en matière de jades et d'ivoires.

Hormis un petit vol de rien du tout, la jeunesse de Michel Gabarres n'a rien de comparable avec les débuts chaotiques des frères Hornec. Vaguement accroché pour escroquerie en 1992, « le Prof » n'a jamais croisé le chemin de la justice, jusqu'à son interpellation en juin 2000, en même temps que Jean-Claude Hornec et trois représentants de la jeune génération, James, Marc et Medhi Hornec, dans une affaire d'escroquerie aux faux jades.

On assure, côté administration, que des menaces de mort ont été proférées à l'encontre d'un policier chargé de coordonner ce dossier tentaculaire pour le compte de la sous-direction des affaires économiques et financières ; menaces assez sérieuses pour que ce fonctionnaire, vilipendé pour avoir causé un énorme préjudice à l'« organisation », soit contraint de changer de service, puis carrément de métier. Ce policier n'est d'ailleurs pas le seul à s'être senti visé : ç'a aussi été le cas d'un gendarme de la brigade de recherches de Lyon et d'un magistrat parisien, eux aussi concernés par les investigations sur ces faux jades.

Ce présumé mauvais pas ne fait pas vraiment dévier « le Prof » de sa trajectoire. Il cultive même son profil d'argentier, comme en témoigne cette anecdote parisienne : en octobre 2001, le responsable de la poste des Champs-Élysées alerte le commissariat le plus proche au sujet de deux clients qui transfèrent d'importantes sommes d'argent à l'étranger. Le premier envoie ses mandats à Casablanca, Maroc ; le second, qui dit s'appeler Michel Gabarres, approvisionne un compte à Minsk, en Biélorussie. Un signalement resté sans suite...

Plus récemment, en janvier 2003, l'Office du banditisme a eu des nouvelles de l'homme aux lunettes rondes par le biais de la Police de l'air et des frontières, antenne de Saint-Martin. Cette petite île des Antilles, plantée loin des yeux du fisc, a attiré au cours des dernières années les investissements de nombre de personnes dûment fichées au grand banditisme. Michel Gabarres, lui, a expliqué à ses interlocuteurs qu'il venait prospecter pour ouvrir un magasin d'antiquités...

En fait, ce n'était pas son premier voyage sur place. On l'avait vu dans l'île au cours de l'automne précédent à l'occasion de l'inauguration d'un night-club tout juste racheté par un habitué des nuits parisiennes, Bruno Dridi, dit « Momo le Boxeur ». Né à Tunis en 1968, une ou deux fois acteur de cinéma avec Guy Marchand, cet homme, ancien champion du monde de kickboxing, était surtout connu pour assurer la sécurité dans les boîtes branchées de la capitale, celles où les voyous côtoient le show-biz. Il connaissait évidemment les Hornec, au moins de réputation. Au point que des policiers avaient cherché à établir un lien entre le déplacement du « Prof » dans l'île et le lancement de ce club.

À nouveau ils avaient débouché sur une impasse, comme si ce personnage atypique devait rester à jamais énigmatique.

« Il n'y a qu'un gros fantasme policier »

Difficile de planquer lorsqu'un motard vient deux fois de suite inspecter la voiture de planque, comme c'était arrivé à Chennevières, non loin de chez Jean-Claude Hornec. Difficile de suivre la Mercedes de Mario quand, au bout de quelques centaines de mètres, il opère un brusque demi-tour et vient se coller devant la voiture banalisée. Difficile de surveiller un quartier lorsque ceux qui vous intéressent disposent de moyens radio et de véhicules plus puissants que les vôtres, en l'occurrence une Laguna V6, une VW Corrado VR6 et une Citroën C15, sans oublier l'inévitable Jeep Cherokee. Difficile de repérer des têtes lorsque les seules images dont vous disposez sont extraites d'un film vidéo amateur tourné au cours d'un mariage...

L'ultime rapport que la PJ consacre à cette période, avec ses affirmations à peine étayées, sonne comme un constat d'échec :

« Au fil du temps, les frères Hornec ont créé une organisation criminelle opérant dans tous les secteurs lucratifs, structurée de sorte qu'ils ne sont que rarement en cause dans les procédures judiciaires : la découverte de 554 kilos de cannabis dans un box de garage à Rosny-sous-Bois, en 1995, est la seule procédure importante les concernant.

« À cette structure criminelle se sont agrégés des malfaiteurs chevronnés qui dirigent souvent leur propre équipe, composée de jeunes issus des banlieues sensibles et de la communauté des gens du voyage. Ces équipes sont, pour les Hornec, une main-d'œuvre efficace, s'agissant de séquestrations de personnes à domicile, de vols à main armée ou de vols par effraction, ou encore de vols à la voiture bélier commis contre des commerces ou des établissements financiers. »

Le 12 juin 1997, la police a cru marquer un petit point. Elle a arrêté dans le Var, à Fréjus, l'un des présumés associés des frères Hornec, Ihmed Mohieddine, alors âgé de trente-cinq ans, en même temps que sa compagne turque surnommée Ayla. Cette « figure du grand banditisme parisien », comme on dit au Quai des Orfèvres, a été conduite à Créteil devant le juge Éric Halphen, qui souhaitait l'interroger sur plusieurs hold-up et sur les rapports financiers qu'elle entretenait avec différents établissements de nuit.

Le juge d'instruction a dû finalement se contenter d'un simple délit financier, le seul reproche qu'il ait pu lui adresser étant 2 millions de francs[1] évaporés des recettes d'une discothèque des Yvelines, Le Manoir, que l'on a vu atterrir sur les comptes de la sœur de son amie. Bien maigre pour un caïd censé appartenir à l'élite du grand banditisme, ce bilan a permis à l'un des avocats du clan, le pénaliste Denis Giraud, d'emporter une bataille.

« Sur le plan juridique, il n'y a pas d'affaire ! a jubilé ce connaisseur. Il n'y a qu'un gros fantasme policier, alimenté par des rumeurs... »

Un « fantasme » que deux des frères, Mario et Jean-Claude, accompagnés ce jour-là d'un ami boxeur, acceptent d'évoquer avec l'auteur, plusieurs années après, dans le bureau de ce même avocat...

« Dans la famille, commence Mario Hornec, tout le monde est primaire. Le seul mal que l'on ait fait aux gens, c'est de leur faire du bien. »

Le cadre planté, les deux frères apportent des

1. Environ 300 000 euros.

réponses courtes, pour ne pas dire lapidaires, à toutes les questions.

L'affaire de la fuite à VTT, à Antibes ?

« On nous accuse d'avoir esquivé les flics, mais on ne savait même pas que c'étaient des flics. Nous, on ne s'est jamais cachés. »

La mort de leur ami Michel Thiry, premier d'une longue série ?

« Il voulait se tuer, on a essayé de l'en empêcher. »

Leur bataille avec Claude Genova ?

« C'était un indic du 36, lâche Jean-Claude Hornec, les lèvres serrées. S'il est mort, c'est qu'il a fait des conneries.

— Tout ça est enjolivé, reprend Mario. Ce sont des ragots nourris par plus de quatre-vingts lettres anonymes. On n'est pour rien dans la mort de Genova et on n'a repris aucune de ses activités. »

L'ami boxeur écoute sans broncher, debout dans le petit bureau, faisant corps avec les deux autres comme s'il appartenait lui aussi à cette « famille » dont l'évocation revient dans toutes les phrases. « Notre famille ne veut pas de publicité », dit Jean-Claude. « On reste en famille, confirme Mario. On ne se confie pas. »

L'histoire des kilos de shit trouvés dans le camion frigorifique ?

« C'est le cousin », tranche un Mario expéditif.

Les discothèques dans lesquelles la police les a soupçonnés de blanchir leur argent ?

« On allait boire un verre dans ces boîtes, rien de plus », dit Jean-Claude.

« Nous n'avons rien à voir avec ça, reprend Mario. On nous fait porter un chapeau... »

Un silence, puis il reprend : « Les flics montent des histoires parce qu'ils ont la haine contre nous. »

Fin de l'entretien.

[illegible] pour ne pas [illegible]
[illegible]

[illegible]

Le récit de [illegible] Michel [illegible]

[illegible]

[illegible]

3.

Arabes et Kabyles de France (les pionniers)

La carrière fulgurante de Nordine Benali, dit « la Puce »

Nordine Benali, Nordine Mansouri, Ihmed Mohieddine, Mohamed Denfer et Mohamed Amimer : si l'on ne devait garder que cinq représentants de la première vague de grands bandits issus des cités-ghettos de la région parisienne et du nord de la France, ce seraient ceux-là. Taille XXL, comme on dit dans le prêt-à-porter, tous enfants du Maghreb. Des « tueurs », selon l'expression en cours dans la police, qui tous les cinq ont la particularité d'avoir émergé dans le sillage du parrain Claude Genova, puis du clan Hornec, ces Manouches sortis du rang.

Nordine Benali, dit « la Puce », est de ceux dont on peut dater précisément l'entrée en banditisme – mais aussi la sortie, faute de combattant. Le premier document le concernant, daté de novembre 1988, commence ainsi :

« J'ai l'honneur de porter à votre connaissance qu'il me paraît opportun d'inscrire au fichier spécial du grand banditisme Benali Nordine, dit “la Puce”, né le 23 avril 1954 à Gagny. »

Le second document, rédigé de la main du chef d’antenne de la PJ à Malaga (Espagne), porte la date du 5 novembre 2001 : « Avons l’honneur, peut-on y lire, de vous rendre compte de l’assassinat ce jour, aux alentours de 1 heure, à Séville, du nommé Nordine Benali, alias “la Puce”. Il a été assassiné par arme à feu alors qu’il se trouvait à l’arrêt dans sa voiture en compagnie de deux femmes. Il était en possession de ses vrais papiers.

« NB : le groupe Stups de Versailles cherchait récemment à identifier un certain “Nordine”, censé fournir une tonne de cannabis. »

Entre les deux dates, une carrière aussi courte que fulgurante.

Lorsque les policiers s’intéressent sérieusement à lui, en 1984, Nordine Benali vit à Paris chez une prostituée prénommée Jacqueline. On le dit en relation avec Michel Lepage [1], pilier du banditisme manouche dans la banlieue sud, mais ses amis sont surtout issus de la banlieue est.

L’allure athlétique, les cheveux très courts, le jeune homme circule sport, au volant d’une Renault 5 GT turbo, le must de l’époque ; la photo figurant sur son avis de recherche le montre torse nu, apparemment sur une plage, le cou orné d’une mince chaîne en or. Une mention précise qu’il est (déjà) surnommé « la Puce ».

Le « fait d’armes » pour lequel on le recherche est l’agression, à son domicile, dans le XVIe arrondissement parisien, d’un riche homme d’affaires d’une soixantaine d’années. Le 26 janvier 1984, quatre hommes armés se sont introduits chez lui, dont l’un

1. Que l’on retrouvera au chapitre suivant.

déguisé en gardien de la paix ; il leur a indiqué l'emplacement de son coffre-fort et les a vus repartir avec ses tableaux, dont un Rembrandt, des montres, des vases chinois et des objets en bronze, le tout évalué à plus de 10 millions de francs [1].

Très vite, Nordine Benali a été soupçonné. Trois mois de surveillance ont suivi, ponctués de longues planques devant trois bars du XIIe arrondissement – le Crozatier, le Club 3 et le Bamby Bar –, le temps de relever la présence, autour de « la Puce », de quelques jeunes de Montfermeil, du Raincy et de Noisy-le-Grand. Mohamed Amimer, qui sera arrêté le 5 janvier 1984 après le braquage d'un bureau de poste à Charenton, fait dès cette époque son apparition dans la bande. La police note également la présence de plusieurs « voyageurs [2] » et de Nordine Mansouri, alias « la Gelée ». Ils sont comme chez eux dans ces cafés plutôt populaires où ils se croisent tous les jours.

C'est en suivant une femme – technique classique ! – que la PJ localise les domiciles des uns et des autres. Lors des perquisitions, les enquêteurs découvrent des armes, une tenue de gardien de la paix et une partie du butin, dont le Rembrandt. Plus un lot d'argenterie dérobé lors d'un vol commis dans une banque de Saint-Maur, en 1983.

Fin du premier round, où l'on voit une poignée de jeunes grandis du côté extérieur du périphérique dépasser en un rien de temps le stade de la petite délinquance dans Paris intra-muros, avec à la clef des butins déjà importants.

Nordine Benali a un frère, Jamel, avec lequel il est de nouveau interpellé cinq ans plus tard, en mars 1989.

1. Environ 1 500 000 euros.
2. Appellation que revendiquent les Manouches eux-mêmes.

On les soupçonne cette fois d'avoir participé au braquage d'une banque suisse, lequel aurait rapporté 9 millions de francs[1] à ses auteurs, butin dont on vient apparemment de retrouver une partie dans les poches du fameux roi du milieu manouche, Michel Lepage, et de son fils Serge, arrêtés alors qu'ils sortaient d'un bureau de change parisien.

Mais ces soupçons ne se concrétisent pas.

Nouvelle interpellation de Nordine Benali, un an plus tard, dans le cadre d'une enquête ouverte après l'assassinat du tenancier d'un bar d'Aubervilliers, La Petite Auberge, tué sur son lieu de travail en plein jour. Écroué pour cette affaire, Nordine Benali passe cette fois trois années à la prison de Fresnes.

C'est après sa libération, semble-t-il, que « la Puce » enfourche le mauvais cheval. Alors qu'il prospérait tranquillement dans l'ombre du parrain Claude Genova, comme nombre de ses amis, il s'allie franchement avec lui contre trois de ses « élèves » : les frères Hornec. Il commet sans doute la plus lourde erreur de sa carrière lorsqu'il s'associe à l'Italo-Corse pour enlever et « marmiter » (traduction approximative : « cuisiner ») son ex-camarade Nordine Mansouri, séquestré plusieurs jours durant dans le fameux « gourbi ». Un enlèvement dont les participants vont passer l'arme à gauche les uns après les autres, ce dont s'aperçoit certainement Nordine Benali, dont les liens anciens avec Nordine Mansouri ne peuvent apparemment rien empêcher...

Lorsque la PJ entend de nouveau parler de lui, Nordine Benali est installé en Espagne, dans la région si prisée de Malaga (Andalousie), où il œuvre, dit-on, sous la coupe d'un puissant clan marseillais. Utile pro-

1. Environ 1 350 000 euros.

tection, il s'appelle désormais « Pascal » et circule avec des papiers belges.

C'est un renseignement venu de Seine-Saint-Denis qui a permis de retrouver sa trace : une fille a raconté à la police française avoir séjourné dans la région de Séville, en mai 1998, dans une luxueuse résidence pourvue d'une piscine et appartenant à un certain « Pascal ». Avec lui elle s'était rendue plusieurs fois dans un cabaret, Le Baron, dans lequel « Pascal » possédait apparemment des intérêts. Signe particulier : son hôte portait un tatouage sur l'abdomen figurant des barreaux de prison écartés par deux mains. La marque de Nordine Benali.

Pourquoi accorder tant d'importance à ces informations ? La police espagnole recherche Nordine Benali, alias « la Pulga » (la Puce), depuis l'assassinat sur son territoire d'un voyou lyonnais, Jacques Grangeon, et de sa concubine. Les tueurs, venus de Marseille, auraient alors été pris en charge par un certain « Nordine », propriétaire d'une pizzeria dans une commune proche de Marbella. Plus concrètement, des Français avaient été contrôlés la nuit même du crime ; alors qu'ils conversaient à la terrasse d'un café, un voisin de table, traducteur pour la police, avait aussitôt alerté le commissariat : si sa connaissance de la langue de Molière était bonne, ces jeunes hommes évoquaient entre eux une tuerie.

Parmi les identités relevées par la patrouille dépêchée sur place figuraient celles de Jamel Benali, frère de Nordine, et de « Jean-Paul Venzi », un garçon ressemblant à Nordine comme deux gouttes d'eau et vivant comme lui à Marbella avec une jeune Marocaine.

La police espagnole ne lésine pas sur les moyens, mobilisant jusqu'à un hélicoptère pour lancer, trois semaines plus tard, l'opération « Victoria ». Nordine Benali est interpellé dans la nuit du 27 octobre 1998 en compagnie d'un Marocain, à bord d'une BMW bleue, après une course-poursuite dans les rues de Séville. Son frère, devenu « Armand Benichou », est arrêté peu après. Puis les policiers encerclent le cabaret Le Baron, dont ils embarquent l'autre propriétaire, un Français prénommé Daniel, lui aussi originaire de Seine-Saint-Denis.

Les perquisitions ne sont pas totalement négatives, puisque l'on trouve chez Nordine Benali 250 grammes de cocaïne, des échantillons de shit, un pistolet, un pistolet-mitrailleur, des cartouches, des gants, des lunettes de vue : la parfaite panoplie du grossiste bien équipé, prêt à faire face aux mauvais coups.

Quelques jours plus tard, l'antenne de la PJ à Malaga communique :

« Les Français interpellés font partie d'une organisation internationale de trafiquants de cocaïne, de hasch et d'ecstasy. Plus de 15 tonnes de shit, plusieurs kilos de cocaïne et un laboratoire d'ecstasy ont été découverts. La branche française est dirigée par André B., né à Toulouse en 1947, en fuite. »

Entre-temps, un an jour pour jour après la mort du Lyonnais Jacques Grangeon, la communauté française établie sur la Costa del Sol s'est enrichie d'un nouveau crime : un certain Kamel a été tué sur le parking de la boîte à filles dans laquelle il avait des parts, le Cesar Palace. Parmi les suspects, son associé Karim Reguig, proche de « la Puce » – le monde est petit, mais, autour de Marbella, c'est un mouchoir de poche !

La police française voudrait bien récupérer Nordine Benali, notamment parce que son nom et ses coordonnées figurent sur un bout de papier retrouvé dans un pavillon de Noisy-le-Grand (Seine-Saint-Denis) loué par un trafiquant récemment arraisonné avec 340 kilos de shit, des armes et des explosifs. Mais c'est encore trop demander : à l'époque, l'Espagne exige de la France une coopération exemplaire dans la recherche des clandestins basques, sans rien donner en retour. En conséquence de quoi « la Puce » ne court aucun risque d'être extradé.

Jamel Benali, son frère, est en liberté, mais une autre forme de justice le guette. Il a vingt-neuf ans et profite pleinement de la douceur de cette région espagnole tournée vers l'Afrique, lorsqu'il reçoit un étrange appel téléphonique, vers 22 heures, un soir du mois de décembre 1999.

Il quitte son domicile de Fuengirola, probablement pour rencontrer quelqu'un. Sait-il à qui il a affaire ? Les deux hommes qui approchent, à bord d'une Volvo que l'on retrouvera calcinée peu après, connaissent en tout cas parfaitement les termes de leur mission : l'exécution est immédiate. Vingt balles. Les tueurs soignent les détails : ils emportent le téléphone portable de leur victime.

Une suite de l'assassinat de Jacques Grangeon et de sa compagne ? Une réplique après l'élimination d'un « actionnaire » du Cesar Palace ? L'enquête ne le dira pas. Et le frère de la victime, bientôt libéré, ne fera rien pour élucider le mystère. Trop occupé à renouer les fils du « business », il fournit une équipe qui a pignon sur rue dans deux cités du Val-d'Oise et que la police française surveille de près : six hommes (un Guadeloupéen, un Ivoirien, deux Parisiens et deux jeunes d'Épinay-sur-Seine) qui viennent négocier avec lui au mois de septembre 2001. Combien en veulent-ils ? Cinq cents kilos ? Plutôt une tonne. Mais, au vu du tarif, ils renoncent provisoirement : trop cher, disent-ils.

Et bientôt trop tard, puisque Nordine Benali voit à son tour ses jours abrégés le mois suivant.

Nordine Mansouri, alias « la Gelée », miraculé du mégot

Originaire lui aussi de Seine-Saint-Denis, Nordine Mansouri restera comme l'homme à la Gitane sans filtre. Le premier à sortir libre d'une cour d'assises, en l'occurrence celle de Bobigny, le 26 juin 2004, malgré une trace d'ADN, le sien, retrouvée sur un mégot. Une charge tellement accablante qu'elle a miraculeusement fini par jouer en sa faveur !

Ce que l'on juge alors, c'est un braquage survenu le 23 décembre 1996 à Villepinte. Un braquage sérieux, puisque 21 millions de francs [1] ont été dérobés dans un centre-fort par six hommes puissamment armés. Les malfaiteurs ont longuement observé leur cible depuis un entrepôt situé juste en face. C'est là qu'aurait été retrouvé ce bout de cigarette. Sauf qu'on relève plusieurs bizarreries. Le mégot ne figure pas sur les clichés pris par les techniciens de l'Identité judiciaire. Il n'est pas écrasé, alors que les mêmes clichés montrent bien des traces noirâtres sur le sol, signe que les fumeurs ont soigneusement piétiné leurs mégots avant de les collecter. Pourquoi en auraient-ils oublié un – qui plus est, parfaitement intact ? N'aurait-on pas apporté ce mégot sur place *après* les faits ? Pas forcément la police, mais une main malveillante, par exemple un ancien rival ?

Ce sont ces questions que les avocats de celui que l'on surnomme « la Gelée », à cause de son surpoids,

1. Environ 3 200 000 euros.

agitent devant les jurés pour instiller le doute. Un argument qu'ils assoient sur un fait incontestable : c'est un renseignement anonyme, parvenu à la police en janvier 2001, qui a attribué à Nordine Mansouri ce mégot qui dormait dans une boîte depuis quatre ans. Or, en janvier 2001, disent ses avocats – parmi lesquels le bouillant Éric Dupont-Moretti, inscrit au barreau de Lille –, le suspect menait une vie tranquille de « père de famille ».

Cela n'avait pas toujours été le cas : au début des années 80, Nordine Mansouri avait vingt ans et vivait à Montreuil, dans le fameux quartier de la Boissière, non loin du QG du clan Hornec. 1,85 mètre, une corpulence déjà forte, il en imposait par son gabarit...

Dès le mois de juin 1983, les services spécialisés le voient au milieu d'une équipe de braqueurs parmi lesquels ils retiennent deux noms : Nordine Benali et Mohamed Amimer. Un signe : au cours des surveillances apparaît une voiture volée qui a servi à attaquer une agence de la BNP à Saint-Maur, attaque après laquelle sera bientôt interpellé Jamel Benali, frère de Nordine...

Mansouri, lui, est avant l'heure un adepte de la Golf GTI qui fera briller tant de paires d'yeux dans les cités ; la voiture pour laquelle on inventera ce slogan digne des meilleurs publicitaires : « J'en ai rêvé, VW l'a faite, je l'ai volée ! »

Les premiers témoignages le mettant en cause le placent au milieu de voyous de dix ans plus âgés que lui et « de type européen », comme disent les rapports. Les cibles autour desquelles ils rôdent sont celles que leurs « petits frères » braqueront vingt ans plus tard : fourgons, bijouteries. Déjà il y a de la cocaïne dans l'air. Déjà flotte une odeur de racket autour des discothèques. Déjà l'on prend d'énormes risques pour voler au secours d'un ami retenu pour une audition devant un juge, organisant une véritable expédition à trois pour l'arracher du tribunal. Au nom de la bande, une bande cimentée par des liens familiaux qui, en l'occurrence, prennent racine dans un village algérien que ces jeunes beurs connaissent à peine...

Les années 90 sont, pour Nordine Mansouri et ses amis, celles de l'embellie. Dans l'ombre des frères Hornec, main dans la main avec Mohamed Amimer et Ihmed Mohieddine, il surfe sur la vague raï et investit le terrain lucratif des discothèques. Sorti vivant de la longue séance de torture infligée par Claude Genova et son équipe dans leur fameux « gourbi », il passerait presque pour un héros.

En 1995, Nordine Mansouri est soupçonné de préparer un vol à main armée en Suisse avec Ihmed Mohieddine et l'un des frères Hornec. Même si ce braquage ne connaît apparemment pas le moindre commencement d'exécution, le renseignement est un bon indicateur du niveau auquel le milieu situe le personnage. « La Gelée » passe néanmoins au travers des gouttes, hormis celles que l'on absorbe dans les bars et les boîtes de nuit. Ses soirées sont mémorables ; la police garde même la trace de l'une d'elles, survenue une nuit de juin 1998, en pleine Coupe du monde de football. Mansouri avait commencé au bien nommé Paradisiaque, le bar d'un de ses oncles, pour terminer à La Plage, la discothèque à la mode, à Gournay-en-Bray (Seine-Maritime), fréquentée notamment par les Hornec. Au petit jour, les gardiens de la paix avaient dû intervenir pour le séparer d'un homme avec lequel il s'apprêtait à rouler au sol. Il leur avait alors spontanément remis le gramme de cocaïne qui traînait au fond de sa poche.

Fantasque, Nordine Mansouri est un bon vivant qui

ignore certains codes en vigueur. Il n'a pas le permis de conduire, mais possède quatre véhicules. On l'arrête une fois pour défaut de port de la ceinture ? Quelques jours plus tard, on le prend en chasse sur l'autoroute du Sud alors qu'il roule à 250 à l'heure au volant d'une BMW. La berline chauffe et rend l'âme. On le rattrape, déambulant comme si de rien n'était en rase campagne, non loin de là. Les cagoules et le pied-de-biche abandonnés dans « sa » voiture ? « Mais je me promène, laissez-moi tranquille ! » proteste-t-il avec véhémence.

On l'emmène au poste pour de plus amples vérifications. Nordine Mansouri présente à ses interlocuteurs un profil sur mesure. Il est industriel. Plus exactement PDG. Il dirige à Alger une entreprise qui fabrique des pulls et des tee-shirts, grosse de dix employés. Il prospecte également pour le compte d'une société de surveillance et de gardiennage qui lui verse un salaire de 20 000 francs par mois [1] – cette société se retrouvera en liquidation judiciaire quelques mois plus tard avec une suspicion d'emplois fictifs à la clef. Voilà pour ses revenus qui expliquent qu'il soit propriétaire d'une dizaine d'appartements, dont la moitié à Alger...

Alors que le mégot de Villepinte le guette, « la Gelée » est dérangé par un cadavre. Le jeune Farid Sanaa a été assassiné en plein Paris dans la nuit du 18 au 19 octobre 1999 à la sortie d'un bar « montant » – le genre d'endroit où l'on passe aisément de la bouteille de champagne à la chambre. Les enquêteurs n'ont rien de spécial contre Mansouri, hormis une récente bagarre avec la victime, mais ils ont besoin de son témoignage.

« Farid Sanaa n'était pas un ami, insiste-t-il lors de

1. Environ 3 000 euros.

son audition, en mars 2000. Je le rencontrais par hasard dans les boîtes et les bars, c'est tout. Notre dernière rencontre remonte à deux ans. Nous étions dans un bar à filles, sur les Champs-Élysées. Nous devions être en état d'ébriété. Je me souviens que nous nous sommes chiffonnés, je ne sais plus pourquoi. Nous nous sommes revus quelques jours après à La Veranda, un restaurant branché du même quartier, sans incident. »

À l'époque, Nordine Mansouri est sans cesse fourré dans les établissements huppés du VIIIe arrondissement. Un soir au VIP, le lendemain chez Régine, il est au Bach la nuit suivante. On le voit notamment attablé avec des gars du Sud comme « Jo d'Aubagne », proxénète dûment répertorié, ou avec « Momo le Boxeur », connu pour ses accointances avec la famille Hornec, des amis qu'il retrouve l'été à Saint-Tropez, station balnéaire de toutes les mixités. Il a aussi apparemment sur ses tablettes un policier, un certain « François », commandant dans la Seine-Saint-Denis – mais qui n'en a pas un, dans son carnet d'adresses ?

Blanchi pour la mort de Sanaa, il replonge dans une mauvaise passe à l'automne 2000. L'affaire surprend et détone : si le racket est une donnée permanente de la vie de certains bars, boîtes et restaurants chic de la capitale, cela ne transparaît que très rarement dans les rapports de police. Voici pourtant ce que l'on peut lire dans l'un d'eux :

« Depuis plusieurs mois, des malfaiteurs de Montreuil se livrent à des manœuvres d'intimidation en vue d'imposer leur protection rémunérée aux responsables de plusieurs bars à hôtesse du VIIIe arrondissement. Une plainte a été déposée le 6 juillet après une soirée passée au Japan Bar, rue Quentin-Bauchart, par Ihmed Mohieddine avec six ou sept de ses amis, partis avec le contenu du tiroir-caisse sans avoir réglé leurs consommations.

« Le lendemain, les mêmes étaient au Franky's Bar, avenue Friedland, et partaient dans les mêmes conditions. Le 10 juillet, l'exploitant d'un autre bar américain, le My Way, également avenue Friedland, porte plainte à son tour : il a été invité à dîner dans un restaurant de Neuilly-sur-Seine, quelques jours plus tôt, par trois individus, dont Ihmed Mohieddine et Nordine Mansouri ; il s'est vu réclamer le versement mensuel de 25 000 francs[1] pour prix de leur protection. »

Ihmed Mohieddine est interpellé au My Way peu après la rentrée, le 13 septembre 2000. Interrogé le même jour, Nordine Mansouri ne reconnaît que sa présence à ce dîner. Il nie toute implication dans le grabuge orchestré dans les bars, mais les observateurs restent perplexes. Qu'est-ce qui a bien pu pousser ces hommes, même si aucune preuve formelle ne peut être retenue contre eux, à s'immiscer dans un secteur et sur un territoire tenus par plus gros qu'eux ? Pourquoi ont-ils agi dans ces conditions, aussi maladroitement, en prenant autant de risques ? Normalement, le racket s'exerce avec doigté. Le pouvoir de persuasion est indispensable, il faut faire montre de ses muscles ou de sa réputation, mais on doit taper à coup sûr. Et si l'on marche sur les plates-bandes d'un concurrent, on sait qu'il y a danger de mort.

L'une des explications possibles tient à l'âge des protagonistes : il brouille souvent la raison des jeunes caïds. À leur décharge, admettons qu'il y a peu de profession aussi usante que la leur, aussi bien physiquement que moralement... Mais l'apparition miracu-

1. Environ 3 800 euros.

leuse d'un mégot à Villepinte va couper Nordine Mansouri du terrain pour de longs mois, avec le rebondissement que l'on sait : la liberté et beaucoup de questions, un nouvel expert ayant contredit le premier : l'ADN, finalement, ne lui appartenait pas.

Ihmed Mohieddine, profession : délinquant

On l'appelle « Jo » ou « l'Indien », mais il n'est ni américain ni péruvien : Ihmed Mohieddine est né à Bizerte, en Tunisie. Il n'a pas non plus épousé une Sioux, mais s'est longtemps affiché avec une Turque originaire d'Ankara, qu'il a connue dans la cité où il a grandi, la ZUP de Fontenay-sous-Bois. Comme pas mal de ses « confrères », il est entré très jeune en piste, à quatorze ans exactement, par un vol avec violence. Huit ans plus tard, en 1985, de forts soupçons pesaient déjà sur lui après une attaque survenue dans le centre commercial le plus proche de son domicile.

Dès lors, le statut de Mohieddine ne cesse de se renforcer, le propulsant au cœur d'opérations de plus en plus structurées. La PJ le voit bientôt en contact avec des personnages aguerris comme Antonio Lages, un autre Manouche de Montreuil, assassiné à Paris le 23 octobre 2000, trois nuits exactement après la mort de Farid Sanaa (laquelle avait valu quelques soucis à Nordine Mansouri). Il fréquente également Boualem-Philippe Talata, qui sera tué le 19 novembre 2000 juste après avoir été soupçonné par la Brigade criminelle d'avoir trempé dans l'élimination du parrain marseillais Francis Vanverberghe[1] à Paris...

Sans qualification, sans emploi, sans ressources,

1. Faits détaillés au chapitre 5.

« l'Indien » aurait eu le profil type du RMiste s'il ne s'était taillé une réputation solide dans le milieu parisien. Ses plus graves soucis avec la justice n'ont pas surgi du temps qu'il était soupçonné de jouer les petites mains pour les Hornec. Mais ils ont tout de même un lien avec la ville de Montreuil, puisque tout démarre avec la surveillance d'un jeune membre du clan manouche après sa sortie de prison, en juillet 2001.

La PJ observe ce jeune homme lorsqu'il reprend contact avec de vieux amis, voleurs de grosses berlines devant l'Éternel. Elle consigne ses relations avec Mohieddine et avec un certain « Simon » qui vit à Saint-Raphaël. Elle suit attentivement sa compagne et note l'emplacement exact des cabines téléphoniques qu'elle utilise, précaution qui se révélera utile par la suite. Puis elle le perd de vue...

À la fin de cet été-là, un indicateur vient raconter à l'Office du banditisme que Franck Fischer (c'est son nom) a passé le mois d'août dans le Midi ; puis il invite les policiers à venir assister, à distance, à un rendez-vous entre ce Fischer et l'une de ses relations de vacances. Nous sommes le 11 septembre 2001 lorsque se concrétise la proposition, et les photos prises à cette occasion permettent d'identifier un certain Mohamed Khida, connu pour vol à main armée.

À partir de là, les policiers se mettent en tête que les deux hommes doivent être mêlés d'une manière ou d'une autre au vol à main armée perpétré durant l'après-midi du 3 août 2001 à Sainte-Maxime (Var). Le conducteur du fourgon avait ce jour-là été intrigué par le petit camion qui avait déboîté à son approche pour se caler juste devant lui ; il n'avait plus eu aucun doute en voyant une grosse Audi noire se profiler dans son rétroviseur. À cet instant, il avait fait brusquement demi-tour, toutes alarmes déclenchées, pour aller chercher refuge dans la cour de la caserne de gendarmerie la plus proche...

Convaincus de tenir une piste sérieuse, les enquêteurs épluchent les listings des appels passés depuis diverses cabines par la petite amie de Franck Fischer. Ils remontent ainsi vers une série de téléphones portables qui tous se trouvaient dans le secteur de Sainte-Maxime au moment de l'attaque avortée. Dès lors, de très nombreux policiers sont mobilisés pendant des mois dans l'espoir de cerner l'équipe malchanceuse. Ils ont la certitude qu'elle est en partie formée de Franciliens : trois des quatre voitures utilisées pour ce braquage ont été volées en région parisienne, ce qui ne correspond guère aux pratiques des voyous locaux.

Le 21 octobre 2001, l'une des écoutes porte ses fruits : les policiers entendent Ihmed Mohieddine réclamer à un correspondant en Espagne le numéro de téléphone de Mario Hornec, parrain présumé du milieu manouche.

Quatre jours plus tard, ils voient apparaître dans le décor Mohamed Denfer (le fameux « Simon »), venu récupérer un trafiquant de stupéfiants bruxellois à l'aéroport de Nice.

Le 7 novembre, la surveillance se déplace vers les rues de Cannes. Les enquêteurs retrouvent Mohamed Denfer, Mario Hornec et un personnage que les Cannois appellent « le Vieux », Noël Giudicelli pour l'état civil, né à Toulon en 1954. Une personnalité locale : sa sœur gère à deux pas de la Croisette un bar-restaurant-dancing à la mode, La Chunga, où plus d'une star est venue s'encanailler.

Le 11 novembre 2001, une conversation très courte – une minute à peine – retient toute l'attention des policiers, toujours persuadés que l'attaque de Sainte-

Maxime peut leur permettre d'épingler de très gros bandits franciliens. Mohamed Denfer s'entretient avec un homme qui, s'il n'est pas Mario Hornec lui-même, utilise un portable prêté à ce dernier. Extrait :

Mohamed Denfer : Allô !

L'homme : Ouais, j'étais en train de boire un petit coup de Martini blanc.

Mohamed Denfer : Ah bon ! C'est bon, ça !

L'homme : Qu'est-ce que je voulais te dire... L'autre... perruche, là...

Mohamed Denfer : Ouais !

L'homme : Il a repensé à un truc michto (NDA : bien) encore !

Mohamed Denfer : Ah ouais !

L'homme : Deux fois c'que tu nous as dit, tu sais ?

Mohamed Denfer : Hum...

L'homme : T'as vu ! Deux fois qu'est-ce qu'y a... machin...

Mohamed Denfer : Putain !

L'homme : Comme ça, pour les fêtes... Bien, t'as compris, pour les fêtes dicave (NDA : regarde), t'as vu, voilà...

Mohamed Denfer : Voilà, ben, il faut maintenant parler avec... euh...

L'homme : Il a traîné, celui-là ; il a traîné la route, celui-là, il connaît !

Mohamed Denfer : Ah ouais, ouais, mais grave !

L'homme : Ouais, ouais !

Mohamed Denfer : Mais je te dis que c'est un mec bien, malgré tout.

L'homme : Ouais, t'as vu, tu l'apprécies... non, mais gentil...

Mohamed Denfer : Tu vois...

L'homme : Faut pas bousculer mémère dans les orties.

Mohamed Denfer : C'qui faut faire, c'est parler avec Ide.

L'homme : Ouais.

Mohamed Denfer : Et se mettre d'accord, euh... qui vient, qui vient pas, et on reste toujours comme ça, on bouge pas.

L'homme : OK, OK, OK.

Mohamed Denfer : C'est vrai.

L'homme : De toute façon, nous on va voir avec le Vieux...

Mohamed Denfer : Ben oui.

L'homme : Bon, OK, OK, vas-y... Peut-être à tout à l'heure.

Mohamed Denfer : Tchao.

L'homme : Tchao.

Difficile à décrypter. Carrément impossible, même, pour le novice, qui retient cependant une chose : ces deux hommes paraissent assez intimes pour se comprendre à demi-mot.

Le 30 novembre, Mohamed Denfer, alias « Simon », explique à un autre interlocuteur qu'il a « les flics sur lui ». Des photos ont été prises, il le sait. Il ne comprend pas pourquoi il n'a pas encore été arrêté, mais il faut se méfier du téléphone, dit-il.

Deux jours plus tard, en bon Nordiste (il a grandi à Tourcoing), Mohamed Denfer demande (toujours par téléphone) à Ihmed Mohieddine quand il compte « remonter au milieu » – le « milieu » désignant ici Paris. Le comportement de « l'Indien » ne le rassure pas, à l'entendre pester contre lui avec l'interlocuteur suivant. Motif : Mohieddine aurait séché un rendez-vous important à l'aéroport de Malaga (Espagne) pour cause d'ivresse avancée. Son ami n'en est d'ailleurs pas, à l'entendre, à sa première bévue : il a pris l'initiative d'« inviter deux mecs sur une affaire qui n'était même pas à lui ». Ce qui pouvait se traduire ainsi : Mohieddine aurait proposé à deux amis de participer à un braquage sur lequel il était lui-même pressenti comme simple collaborateur. Or, lorsqu'on est convié à ce genre de festin, on a la correction de ne pas se pointer avec ses propres invités au risque de voir s'amoindrir la part de chacun.

« Simon », toujours lui, demande explicitement à un ami, quelques jours plus tard, s'il veut participer à un « événement » prévu « avant janvier ». Ils seraient sept et le « coup » rapporterait à chacun « 150 à 300 barres ». De quoi satisfaire leurs envies, qui, pour ce qui concernait « Simon », étaient assez précises : à en croire ses propres confidences, il investirait dans l'immobilier et s'offrirait un scooter des mers.

Les flics comptent les points mais ne peuvent pour le moment siffler la fin de la partie. Sans pouvoir faire autre chose qu'en rire, ils entendent un certain « Nordine », lui aussi originaire de Montreuil, laisser au jeune Mohamed Khida ce message éminemment provocateur :

« Au lieu de faire le beau au billard, tu ferais mieux de faire des fourgons blindés ! »

Avec le même amusement, ils captent ce propos tenu par Mohamed Denfer à Mohamed Khida : leur ami Lapil, qui habite Fréjus, a « travaillé comme un Arabe ». Sauf que l'arrivée inopinée du principal intéressé dans la pièce où s'exprime Mohamed met brusquement un terme à la conversation.

Du « bas » en « haut » en passant par le « milieu » de la France, les membres de cette « équipe », assemblage hétéroclite, s'agitent plus qu'ils n'agissent. Mais c'est le lot de bien des surveillances et de bien des écoutes téléphoniques que de voir et d'entendre des gens brasser du vent.

Quels enseignements tirer de ces éléments disparates ? Que, le 16 novembre 2001, Mario Hornec ait offert sa tournée de fruits de mer dans un bon restaurant de Cagnes-sur-Mer à Noël Giudicelli, à Mohamed Denfer et à l'un de ses amis, Samy Naceri, acteur, n'a strictement rien à voir avec l'affaire en cours. Reste à tenter de reconstituer les mouvements des téléphones portables sur la commune de Sainte-Maxime entre le moment de l'attaque du fourgon et celui où les véhicules volés ont été abandonnés, ce qui, au mieux, fournira quelques indications, comme finissent par l'admettre juge et enquêteur.

Le tonitruant mandat d'arrêt lancé contre Mario Hornec est discrètement abandonné au bout de quelques mois : inutile de rechercher quelqu'un de ce calibre alors que l'on ne dispose d'aucun élément sérieux pour l'envoyer sous les verrous. Pour la forme, le 18 février 2002, on interpelle cependant un jeune d'origine algérienne qui a grandi lui aussi à Fontenay-sous-Bois, dans la même cité qu'Ihmed Mohieddine. On embarque également Mohamed Khida, originaire de la même cité, un jeune de Fréjus surnommé « la Grande Tige », un Savoyard prénommé « Christophe » et le fameux Nordine, celui qui se réveillait pour prier à 6 heures du matin et vivait à Montreuil, cité Bel-Air.

Mais ces présumés comparses sont relâchés faute de charges suffisantes : si la téléphonie fait des miracles en matière de police, elle ne générera jamais des preuves inexistantes.

Placé quelques heures en garde à vue, Ihmed Mohieddine se contente du strict minimum :

« Je dors à droite, à gauche, pour éviter des ennuis à ma femme, dit-il. Je vis au jour le jour. »

Cette attaque de fourgon, il n'en a même pas entendu parler par la presse. La seule chose que l'on puisse lui reprocher sérieusement, c'est d'avoir conduit avec un permis falsifié, ce qu'il admet sans difficulté : il a volé ce document à un ami parce qu'il en avait vraiment besoin... pour se déplacer.

Lorsque la PJ lui présente les noms de ses présumés complices dans cette attaque ratée, il ne prend même pas le risque de s'enferrer dans ses dénégations. Il a connu Franck Fischer en prison. Mohamed Khida est un ami d'enfance de son petit frère. Et il connaît Mario Hornec, « comme ça », car ils sont du même quartier, raison pour laquelle il l'a récemment revu à Cannes. Quant à Mohamed Denfer, c'est un ami de vingt ans : c'est lui qui l'a présenté à Noël Giudicelli, le « patron » de La Chunga.

La garde à vue du « vieux » Cannois n'est guère plus rentable. Noël Giudicelli n'a pratiquement jamais travaillé, explique-t-il, car il a connu la prison à l'âge de seize ans pour complicité de meurtre. Il y est retourné pour un cambriolage dans une banque, alors qu'il vivait à Marseille. Il s'en sort aujourd'hui grâce aux « affaires » qu'il apporte à un ami, patron d'une société immobilière.

« Ma famille gère La Chunga, mais je n'ai aucun intérêt dans les établissements de nuit de Cannes, précise-t-il. Par contre, il m'arrive de régler certains conflits dans ce genre d'établissements, en raison de mes relations. »

Un Corse juge de paix des nuits cannoises : c'est ainsi que « le Vieux » se présente. Et c'est dans ce cadre qu'il a été amené à croiser Mario Hornec durant l'été 2001 :

« Il y avait des camps de Gitans dans la région de Cannes et les jeunes descendaient dans les établissements de nuit, notamment La Chunga. Ils essayaient d'entrer de force, mais nous n'acceptons pas cette clientèle qui perturbe nos clients habituels. J'ai demandé à Mario Hornec d'intervenir auprès de ces jeunes pour qu'ils cessent de nous importuner. »

Son emploi du temps au mois d'août 2001 était limpide, à l'entendre : il était en vacances en Corse. Hormis la découverte d'un pistolet automatique sous son matelas lors de la perquisition, il n'y a donc rien à lui reprocher.

Par mesure de précaution, on prend tout de même soin de saisir chez lui quelques brosses à dents, brosses à cheveux et rasoirs jetables, histoire de nourrir le réservoir d'ADN que le ministère de l'Intérieur est en train de constituer pour répertorier ses « clients »...

Mohamed Denfer, de Tourcoing à Saint-Raphaël

Qui est Mohamed Denfer, dit « Simon », que l'on voyait sur plusieurs photos, bras dessus, bras dessous avec l'acteur Samy Naceri ? Qui est ce jeune homme au teint bronzé qui posait en maillot de bain, étendu dans un transat, le quotidien régional à la main ? Ou en train de nager dans la piscine de sa villa de Saint-Raphaël, où les policiers avaient trouvé, lors de leur perquisition, des brassards et des médailles de la police, quelques montres de marque, une Mercedes immatriculée au Luxembourg et des piles de billets de banque ? Qui est ce beau garçon aussi appelé « le Fou » ou « Francisco » ?

L'ami de vingt ans d'Ihmed Mohieddine vient du Nord, on l'a vu : fils de Saïd et Fatima, immigrés algériens, il est né à Tourcoing en 1962. Il s'est très peu fait remarquer, hormis quelques soucis pour une escroquerie commise à Paris, jusqu'à ce printemps 1996 où le commissariat local déterre une histoire de trafic de voitures en famille, à destination de l'Algérie. Une note présente bien Mohamed Denfer comme « braqueur » en décembre 2000, la police parle à son sujet d'armes et de drogue, mais rien de consistant, même si un renseignement fait de lui, après maints autres, l'un des assassins du parrain marseillais Francis Vanverberghe.

Puis, d'un seul coup, la PJ le découvre au côté d'un frère Hornec, hébergeant Ihmed Mohieddine de passage sur la Côte d'Azur, festoyant dans les mêmes lieux que le flamboyant caïd Antonio Ferrara, familier de ces bars de Cannes où se retrouvent, à l'ombre de l'hôtel Martinez, tous ceux qui défendent les couleurs du milieu niçois. Et, pourquoi pas, impliqué dans la fameuse tentative de braquage de Sainte-Maxime après laquelle la police a tout de même découvert quatre fusils d'assaut calcinés et deux pistolets automatiques...

Entendu à son tour au mois de févier 2002 dans le cadre de cette enquête, Mohamed Denfer confirme ses liens avec Mohieddine avant d'éclairer utilement ces connexions cannoises plutôt surprenantes aux yeux d'un observateur extérieur, puisque l'on trouve montés dans la même barque un Corse, des Arabes et des Gitans. La clef de ces rencontres serait à rechercher du côté de certaines passerelles existant entre le grand banditisme et le show-biz, et tient en deux phrases prononcées par Denfer durant sa garde à vue :

« Je connais Noël Giudicelli depuis deux ans. C'est Samy Naceri qui me l'a présenté à l'occasion du Festival de Cannes. »

Samy Naceri, acteur fétiche des films de Luc Besson, que l'on retrouve donc sur plusieurs photos de vacances, torse nu et bronzé, sur un yacht en compagnie de Mohamed Denfer et de quelques amies. Samy Naceri qui n'a jamais renié ses amis d'enfance, malgré sa célébrité, allant jusqu'à glisser, en pleine remise de prix [1] retransmise en direct à la télévision le 17 novembre 2000, un petit mot gentil pour deux d'entre eux : « Jo » (Mohieddine) et « Nordine » (Mansouri). Message que seuls les flics décryptent vraiment, eux qui connaissent les liens de l'acteur avec ces deux personnages dont ils sont également bien placés pour savoir qu'ils dorment ce soir-là en prison.

Côté détente, découvrent les enquêteurs, Mohamed Denfer fréquente les stations de sports d'hiver et prise les matchs de foot. Mais l'argent ne coule pas toujours selon le débit souhaité et il a des frais assez conséquents pour le mettre régulièrement « dans la galère ». Alors il travaille énormément.

Une « machine » (à sous) ne rapporte plus d'argent ? Il se rend lui-même dans le café où elle a été placée. Un client se présente-t-il dans le Sud, une grosse commande à la clef ? Il invite l'un de ses frères à lui « descendre » des échantillons. Il « monte » lui-même régulièrement dans le Nord et profite de l'occasion pour « passer de l'autre côté » (de la frontière franco-belge) et « contrôler les prix ». Une surprise au passage : craignant de voir les marges baisser, il se laisse un jour aller à dénigrer les « Prals » (les frères) qui « prennent 15 à 20 barres régulièrement et laissent les miettes ». La PJ songe évidemment aussitôt aux frères de Montreuil, sauf que ce ne sont pas les seuls frangins actifs dans le milieu, et que personne ne se

1. L'équipe de *Taxi 2* reçoit ce soir-là, avec le producteur-réalisateur Luc Besson, le M6 Award du meilleur film français de l'année.

plaint jamais de l'emprise de ces Manouches sur le business...

Le juge d'instruction chargé de la tentative de braquage de Sainte-Maxime estime les charges suffisantes pour envoyer Mohamed Denfer sous les verrous, mais, comme les autres, celui-ci est rapidement blanchi et libéré.

Les écoutes réalisées à Tourcoing ont en revanche ouvert des perspectives à la PJ locale. N'a-t-on pas beaucoup entendu Abdelkader Denfer, l'un des frères de Mohamed, parler de « chameau », de « pulls », d'« arbre à feu », de « billes » et de « chemises » ? Assez troublant pour mettre en place quelques filatures au cours desquelles on commence par suivre à distance la livraison d'un kilo de cannabis dans une station-service, avant de découvrir que la famille s'approvisionne régulièrement en Hollande et dispose à Paris d'un relais qui « tient la route » – disent les intéressés.

Lorsque les enquêteurs entendent un certain « Cafard » commander quinze kilos d'herbe et deux kilos de *white widow* (« veuve blanche »), précisant que l'on doit aussi lui garder du « chameau », ils ne peuvent s'empêcher de comparer la famille Denfer à la Samaritaine : on y trouve de tout. Pour être sûre de ne manquer de rien, elle dispose d'ailleurs également d'une source d'approvisionnement à Malaga.

Côté finances, les Denfer possèdent apparemment des comptes en Belgique, où ils font construire une maison. Parfois, un méchant caillou se glisse dans la mécanique, comme ce jour où un client de Roubaix veut « rendre la verte [1] », prétextant que « ce n'est pas de la patate ». À la place, il réclame « de la *white* au

1. La marijuana.

prix de là-bas[1] ». D'autres fois, on se dispute au sujet de la guerre des prix, sans oublier « Khader », un de leurs amis et complices, qui n'a de cesse de parader avec sa Porsche. S'il n'arrête pas, « on va l'éclater ».

Sous les yeux attentifs des policiers, Abdelkader Denfer se rend de plus en plus souvent en Hollande : jusqu'à trois ou quatre fois par semaine. Le 21 janvier 2002, le frangin est interpellé sur le chemin du retour, au volant d'une Peugeot 406, avec 21,5 kilos de cannabis dans ses bagages. L'un de ses clients reconnaît dans la foulée lui acheter dix kilos par mois, mais la PJ voit bien que ce réseau rayonne bien au-delà de l'agglomération lilloise, vers Lens, Amiens, Paris et le Luxembourg voisin. Combien de kilos de cannabis et d'herbe la petite bande importe-t-elle chaque mois par la route du Nord ? Environ 250, estiment à vue de nez les enquêteurs. De quoi générer assez d'espèces pour reprendre l'une des plus grandes discothèques de l'Oise, à Creil, « orpheline » depuis l'assassinat du montreuillois Antonio Lages, à l'automne 2000. Un investissement impensable, jugent les spécialistes, sans l'aval de la mouvance manouche.

L'aîné des Denfer, les bijoutiers et les Church's

Chez les Denfer, il n'y a pas que Mohamed et Abdelkader. Il y a aussi le cousin, Farid, né en 1957 et implanté depuis bien longtemps dans la capitale, où il a vécu de nombreuses aventures. Et pas des moindres, puisque son nom apparaît à la une des journaux en novembre 1992 après un braquage très osé

1. De la poudre, héroïne ou cocaïne, au prix où on la trouvait en Hollande.

dans une bijouterie de la rue Saint-Honoré, qui a rapporté plus de 10 millions de francs[1] à ses auteurs. La même équipe, précise alors la presse, est soupçonnée d'avoir participé à deux autres casses retentissants perpétrés au cours des mois précédents, l'un chez le joaillier Fred, l'autre chez Chaumet, avec des butins respectivement évalués à 6 et 11 millions de francs[2].

Cette année-là, Farid Denfer est également mêlé à un trafic de voitures. Une affaire qui révèle un homme très à l'aise avec les brassages parisiens : l'équipe comprend un Algérien de Saint-Ouen, un Nantais et un Ajaccien. Mais c'est quatre ans plus tard que l'aîné des Denfer tombe dans les filets de la Brigade de répression et d'intervention (Antigang). Pas tout seul, puisque le renseignement parvenu au Quai des Orfèvres permet d'identifier onze personnes censées avoir commis neuf agressions contre des habitants des quartiers chic de la capitale...

Depuis plusieurs semaines, cette équipe semblait surveiller un hôtel particulier et un immeuble du XVIe arrondissement. Le rapport entre les deux endroits ? L'un était le domicile de Gérard Boucheron, quatre-vingt-six ans, fondateur de la joaillerie du même nom, l'autre, celui de son fils, qui lui a succédé à la tête de la bijouterie. Équipés de moyens de transmission, les mystérieux passants ont effectué plus de soixante repérages autour des lieux. À la mi-septembre 1996, la PJ les voit garer deux véhicules volés et maquillés, l'un à une trentaine de mètres de la maison du père, l'autre un peu plus loin, prête pour un relais. L'action est imminente, assez pour déclencher les interpellations.

1. Environ 1 500 000 euros.
2. Respectivement environ 915 000 et 1 680 000 euros.

Chez Farid Denfer, la BRB trouve un manteau de fourrure volé deux mois plus tôt au domicile d'un avocat parisien, dans le XVIe arrondissement : un indice encombrant. Chez l'un de ses complices, Jamel Bougchiche, d'origine algérienne, elle découvre une mallette contenant le matériel du parfait agresseur à domicile : un pistolet-mitrailleur Scorpio, un revolver Manurhin, trois paires de menottes, deux rouleaux de ruban adhésif noir, des cagoules, des gants, des liens en nylon, des lampes torches et des forceurs de serrure.

Fin de l'épisode.

Cinq ans plus tard, en 2001, la BRB reprend son « client » en main. Farid Denfer fréquente assidûment un avocat de trente-huit ans installé à Courbevoie (Hauts-de-Seine). Rien de répréhensible s'il s'était agi par exemple de partager un petit footing, mais l'avocat, Emmanuel S., paraît prendre une part assez active aux trafics de son client.

« Les services rendus par l'auxiliaire de justice et les contacts amicaux qu'il entretient avec les malfaiteurs ont paru dépasser largement le cadre des relations habituelles entre un délinquant et son conseil », écrit un policier à la veille de placer l'avocat en garde à vue.

Emmanuel S. se défend avec vigueur, mais pas forcément avec adresse. Il entretient effectivement des « liens privilégiés » avec Farid Denfer. Mais il dit n'avoir « jamais donné suite aux demandes extraprofessionnelles de son client, tout en laissant croire à ce dernier qu'il accomplissait les services demandés ». Un jeu dangereux qui avait une traduction concrète sur le plan professionnel : Farid Denfer rabattait des clients vers le cabinet de l'avocat.

L'histoire ne dit pas si Me Emmanuel S. se chaussait

chez son « agent commercial », mais, si tel était le cas, il aurait eu le choix : lors d'une perquisition, la PJ ramasse chez Farid Denfer, à Montreuil, une cargaison de Church's, des chaussures de luxe dérobées quelques mois auparavant dans un magasin de la rue du Dragon, à Paris (VIe).

Ihmed Mohieddine en plein Suspens

L'ultime épisode mettant en scène Ihmed Mohieddine, l'« Indien » de Bizerte, n'est pas très glorieux, à moins qu'il ne relève d'une tactique méconnue. Il remonte au matin du 30 décembre 2003 et se traduit à Paris par une arrestation pour dégradation de biens privés, refus d'obtempérer et conduite en état d'ivresse.

Ce matin-là, Ihmed Mohieddine lance trois fois de suite une petite Clio contre la devanture d'un établissement de l'avenue de Friedland, Le Suspens. Lui et l'ami qui l'accompagne descendent ensuite de leur véhicule pour constater les dégâts et proférer des menaces contre une femme de ménage : si elle parle, elle peut dire adieu à la vie.

Une patrouille de police rejoint peu après les deux « défonceurs » de vitrine. Et là, on se perd en conjectures. Le Suspens n'est autre, en effet, que le nouveau nom du My Way, établissement placé « sous la coupole » de Francis Vanverberghe, dit « le Belge », jusqu'à son assassinat le 27 septembre 2001.

Visiblement, Ihmed Mohieddine s'est mis en tête de prendre la relève et de racketter à son tour le luxueux bar de nuit. Mais les choses ne se sont apparemment pas déroulées comme il le souhaitait. À moins que l'épisode n'ait été sciemment programmé afin de bien marquer son territoire ? Une hypothèse qui prend du poids lorsque la victime retire sa plainte en plein milieu de la garde à vue, provoquant le dégonflement immédiat de l'affaire.

Mohamed Amimer,
la « Rolls-Royce » de la cavale, tombe en rade

Se fondre dans le paysage. Éviter de soutenir le moindre regard. Se servir des vitrines et des fenêtres des bus comme de miroirs pour éviter de se retourner. S'abstenir de s'attabler à deux à la table d'un café (à quatre, dit-on, il n'y a plus qu'à distribuer les képis...). Se débrouiller pour voir sans être vu. Ne jamais oublier la paranoïa de l'« adversaire »... Telles sont les petites règles que les policiers de l'Office du banditisme venus cueillir Mohamed Amimer, un « bel objectif », comme on dit dans le jargon, se sont évertués à mettre en pratique à la veille de son arrestation, le 18 octobre 2004.

Le service campait sur le dos de ce vieux routier du 93 depuis longtemps et n'était pas seul en piste : le Quai des Orfèvres était lui aussi sur le coup. Depuis son évasion de la maison d'arrêt de Nîmes, le 25 août 2000, au lendemain de son procès pour le braquage d'un centre-fort à Perpignan en 1994, Amimer « valait cher ». Assez pour que l'Office juge utile de mobiliser un groupe de huit fonctionnaires.

« Donné » par un ami qui lui voulait du mal, il est guetté durant plusieurs semaines dans un quartier des Lilas, aux portes de Paris, où il est censé se rendre avec une certaine régularité. Le jour J, les policiers le laissent entrer dans une cabine téléphonique, à l'issue d'un rendez-vous, avant de lui tomber dessus. Au sens propre, si bien qu'il croit dans un premier temps à une agression.

En professionnel de la cavale, Amimer n'a pas de téléphone portable sur lui, ni de clef qui aurait éventuellement pu permettre d'identifier une planque. Sa seule erreur consiste à avoir remis les pieds dans la Seine-Saint-Denis, département auquel il est finalement plus attaché qu'à la ville d'Oran, sur la rive sud de la Méditerranée, où il vient de prendre du bon temps. Être en relation avec les plus hautes autorités algériennes – jusqu'au ministre de la Justice – ne pouvait par ailleurs lui rapporter de quoi vivre ; il lui fallait revenir sur son territoire de prédilection, où il était une star. Ce qu'il avait fini par faire, muni d'une carte d'identité au nom d'« Idris Harfouche », et légèrement nostalgique.

La garde à vue se passe bien, comme toujours lorsque le « visiteur » se montre courtois avec ses hôtes. Les chefs du service passent le nez par l'entrebâillement de la porte, fument avec lui une cigarette – moment propice à toutes les intoxications, dans un sens comme dans l'autre.

« Momo » veut évidemment savoir qui l'a balancé, mais il en sortira plus embrouillé qu'autre chose. Respect du « gibier » oblige, on lui propose cependant de la glace pour estomper les bosses et les bleus consécutifs à son arrestation mouvementée ; il apprécie et se détend. Cela fait aussi partie du jeu. Un garçon mûr comme lui ne se met pas à pleurer, même devant la porte de la prison. Il s'est évadé ; il a écopé en son absence d'une peine de seize ans de prison, plus trois pour l'évasion ; il va désormais purger, sauf à pouvoir à nouveau s'éclipser.

A-t-il commis une imprudence ? Celle de se rendre plusieurs fois au même endroit, sans doute, mais c'est précisément en décryptant leurs habitudes que les flics rattrapent les évadés, et il est bien placé pour le savoir. Il interroge, conscient d'avoir continué à fréquenter sa mère et d'avoir récemment renoué avec quelques amis d'enfance à Épinay-sur-Seine, Chelles ou Montfermeil. Quelqu'un l'a vu dans un café de Rosny-sous-Bois, concèdent les policiers, qui lui expliquent aussi que le bruit courait qu'il préparait un gros coup : l'attaque d'un centre-fort en région parisienne. Au point que l'Office avait pris le parti d'alerter les transporteurs de fonds : « Momo », « la Rolls-Royce de la cavale », grand amateur de fourgons, était de retour et risquait de sévir sous peu.

Et lui, qu'avait-il fait durant sa cavale ? Il ne le dit pas, mais la rumeur s'en charge pour lui. Elle précise pour commencer qu'il a dû son évasion aux frères Hornec – encore eux ! –, auprès desquels il avait signé ses premiers faits d'armes ; l'opération aurait même été mise au point à La Renaissance, un bar de Saint-Ouen. Elle affirme aussi qu'il n'a cessé, depuis lors, de travailler pour leur compte dans le sud de l'Espagne, dans la branche cannabis.

À la différence d'un Mohieddine, qui a laissé un peu de sa santé en route, Amimer, ancien pilier de la nuit raï en région parisienne, est encore considéré par le clan manouche comme un homme fiable. Le cannabis, on le sait, réclame des relations solides sur la durée, quand un braquage ne fait que rassembler des hommes très ponctuellement... Le braquage qui l'avait envoyé en prison quelques années plus tôt avait d'ailleurs été une affaire en or, servie sur un plateau par une taupe tapie au sein de la Brink's...

Amimer était « monté » sur ce coup avec plusieurs complices : le Perpignanais Nordine Douis, restaurateur de son état, son ami « Abdel le Blond » (Abdelkrim Hadjadj), un fidèle du clan Hornec, et les frères Ritz Alloun, surnommés « Eddy les yeux bleus » et « Riton les yeux bleus ». La bande avait commencé par séquestrer le directeur du centre-fort et sa famille durant une nuit. Au matin, ils n'avaient plus eu qu'à attendre les convoyeurs à l'intérieur du centre et à les mettre un à un hors d'état de nuire.

Les caisses vidées et les 11 millions de francs[1] chargés, ils avaient filé vers Perpignan. Du moins auraient-ils aimé filer, car ils s'étaient retrouvés en plein bouchon. Ils s'étaient énervés, avaient percuté plusieurs voitures, provoquant au passage l'irréparable : quelqu'un, coincé dans l'embouteillage, avait reconnu le visage de Nordine Douis. Lequel avait d'ailleurs enchaîné les bévues, jusqu'à entrer un jour dans un débit de boissons avec une valise pleine d'argent en déclarant à la cantonade : « J'achète le bar ! »

Plus grave pour le reste de l'équipe : Douis avait conservé, dans la villa qui avait servi de planque, les vêtements utilisés pour le braquage, sans compter les mégots de cigarettes qui avaient permis une collecte des différents ADN.

Entre-temps, « Riton les yeux bleus » avait cru pouvoir déroger aux règles fixées pour le partage : il avait enterré une partie du butin dans son jardin. Un si piètre calcul qu'il lui avait coûté la vie.

La police avait précipité les arrestations, mais la chambre d'accusation avait bientôt libéré Nordine Douis et « Eddy » Ritz Alloun, leur enjoignant de répondre à la convocation le jour de leur comparution devant les assises. Les deux hommes avaient opté pour la cavale. « Eddy » était parti faire sa vie à Fuengirola, sur la Costa del Sol, d'où il avait été extradé trois ans

1. Environ 1 700 000 euros.

plus tard ; Douis avait été rattrapé en 2004 alors qu'il coulait des jours tranquilles dans la peau d'un gérant de camping de Palavas-les-Flots.

Quant à « Momo », on sait ce qu'il en advint : son amour pour la Seine-Saint-Denis devait lui coûter la liberté à l'automne 2004...

Au terme de sa garde à vue, les flics ne laissent cependant pas Mohamed Amimer repartir les mains vides de la rue des Trois-Fontanot, siège de la PJ à Nanterre : il emporte une cartouche de cigarettes pour la route. Payée avec son propre argent, bien entendu.

4.

Le temps des Manouches (la relève et les amis)

Chez les Hornec, la relève est avide d'en découdre

La police, réputation oblige, ne lâche pas le trio Hornec d'une semelle.

Pas un contrôle routier dont le détail ne remonte aux archives du grand banditisme, même si, au quotidien, chaque service gratte pour soi sans en référer aux autres. Pas un indic non plus qui ne soit régulièrement sollicité au sujet des « H », comme on dit lorsque l'on ne veut pas prononcer leur nom.

Marc Hornec refait surface du côté de Montreuil en 1999. Les huit ans de prison infligés en première instance pour les kilos de cannabis découverts dans le camion volé par le neveu ont été ramenés à trois ans en appel ; son retour soulage la famille, qui met aussitôt à sa disposition une berline [1] digne de son rang, immatriculée au nom d'un garage tenu par le clan, « Hornec Auto Sport ».

Le contenu d'une discussion nocturne, sur un trottoir de Montreuil, revient bientôt aux oreilles de la PJ.

1. BMW 328 ou Audi 88, pour les connaisseurs.

Marc aurait expliqué à son interlocuteur qu'il revenait surtout en ville pour voir sa mère, mais qu'il se montrait le moins possible parce qu'il était trop connu et risquait d'interminables vérifications. Ailleurs, aurait-il poursuivi, il pouvait passer pour un chef d'entreprise, et les contrôles de police se déroulaient sans histoire, même lorsqu'il n'avait pas de papiers sur lui. Petite information glanée au passage : si on voulait être sûr de les croiser, ses frères et lui, il suffisait de passer à La Plage, une boîte de Gournay-en-Bray (Seine-Maritime).

Le 8 avril 1999, à Paris, c'est l'Antigang qui « couvre » une réunion prometteuse : deux membres éminents du clan Hornec, Nordine Mansouri et Ihmed Mohieddine, s'entretiennent avec Souhel Hanna Elias [1], considéré comme le bras droit du plus important voyou marseillais installé dans la capitale : Francis Vanverberghe, dit « Francis le Belge ». Une réunion au cours de laquelle – si l'on se fie au flair de celui qui dirige alors la brigade, le commissaire Yves Jobic – on se serait plus ou moins aimablement réparti discothèques et machines à sous en région parisienne, histoire de ne pas se marcher inutilement sur les pieds...

Le temps de la « guerre » pour le contrôle de la capitale est loin. Si d'aventure ils ont un jour manié les armes, les Hornec ont à présent gagné de plus hautes sphères. Comme dit le policier qui les a vus débuter à Montreuil, « les frères se reposent maintenant sur les hommes de main ». « Ils mènent des vies d'hommes

1. Souhel Hanna Elias a été interpellé le 13 juin 2005 et mis en examen pour « extorsion de fonds » et « séquestration » dans le cadre d'une enquête ouverte à Lyon après un recouvrement de fonds un peu musclé réalisé pour le compte d'un marchand de meubles. Il a été libéré le 20 octobre 2006.

d'affaires », ajoute-t-il. Et réclamer une audience au patron de l'Office du banditisme pour plaider la cause d'un proche ne leur fait pas peur, comme s'ils étaient certains que plus jamais on ne les coincerait.

Une position que résume en ces termes un autre connaisseur : « Aujourd'hui, les Hornec se contentent de gérer. Le business se fait presque tout seul, sur leur nom : pour se mettre à l'abri du racket, les patrons de discothèques et les gros concessionnaires de voitures allemandes viennent spontanément leur offrir des parts. Eux n'ont plus besoin de mettre la main dans le cambouis, mais ils connaissent en revanche tous ceux qui bougent sur le terrain. Un gros coup se monte en région parisienne ? On vient éventuellement leur emprunter des fonds pour financer l'opération. Si le coup marche, ils ont droit à leur part, et tout le monde est ravi. »

Montfermeil, Bondy, Noisy-le-Grand, Chelles, Coubron : les frères ont apparemment des relais dans toute la petite couronne. Ils ont aussi leurs habitudes : dans la journée, on les voit souvent dans cette brasserie de Montreuil qui fait face à la cité Léo-Lagrange. Ils s'y affichent avec les jeunes pousses de la famille. Entre les enfants, les cousins et les neveux, la relève est apparemment nombreuse et avide d'en découdre. Dans le lot, Steve Falck (né en 1977), Freddy Hornec (né en 1975), Medhi Hornec (né en 1973) et Fabrice Hornec, alias « Petit Pois » (né en 1974), promettent cependant plus que les autres. On leur prête, entre autres talents, celui d'agents de liaison : sur ces fidèles « contremaîtres » reposerait la jonction avec la nouvelle génération issue des cités, ces jeunes qui n'ont pas encore forcément un nom mais vouent un solide respect à celui des Hornec.

Enlèvement entre Manouches sur la Côte d'Azur

Dans la nuit du 30 avril 1999, la police surprend deux jeunes affairés autour d'une 405 break assez vétuste, mais dotée d'une plaque « Police », d'un gyrophare et d'un avertisseur à deux tons. Vingt-sept ans tous les deux, originaires l'un de Montreuil, l'autre de Versailles, ils s'apprêtent à démonter tous les éléments récupérables sur cette voiture volée une heure plus tôt devant le commissariat du Palais-Royal, à Paris.

Le rapport avec Marc Hornec ? Aucun, si ce n'est que ce démontage nocturne s'effectue juste devant un box loué sous son nom. Les deux jeunes ne se laissent d'ailleurs pas entraîner sur cette pente : ils étaient là, en cet endroit, par le plus grand des hasards. Et si l'un d'eux avait sur lui les adresses de dix bijouteries, c'était également pure coïncidence !

Soupçons encore à l'autre bout du pays : le 20 octobre 2000, à la tombée de la nuit, trois voitures en coincent une quatrième sur une route des Alpes-Maritimes. Huit hommes en descendent – de « type gitan », selon les maigres renseignements fournis un peu plus tard par l'homme qui pilotait la voiture visée. Blessé d'un coup de crosse au visage avant de réussir à s'enfuir à pied, il a laissé derrière lui une femme, Anita Cassier, riche commerçante assez connue dans le milieu forain. Celle-ci a apparemment été enlevée.

Le lendemain, un neveu d'Anita Cassier est contacté en région parisienne, mais refuse de rapporter aux policiers la teneur de sa conversation. Ils doivent s'en tenir à une vague explication : les ravisseurs chercheraient à régler un « différend commercial » avec la victime. Au cœur de la discorde, une escroquerie aux jades, la nouvelle pompe à fric du milieu manouche –

cette activité très lucrative, qui requiert un grand doigté, consiste à escroquer des personnes assez riches pour vouloir soustraire de l'argent au fisc en leur vendant du toc pour des antiquités chinoises...

Évidemment, le nom des Hornec fait rapidement surface. Un informateur – un de plus ! – raconte en effet comment il a été témoin, deux jours avant la disparition d'Anita, d'une conversation entre cinq hommes dans un restaurant de Nice. Mario était là. Il y avait aussi Michel Lepage, cette autre figure du milieu manouche, implanté dans la banlieue sud. Ils parlaient à haute voix d'un enlèvement avec rançon. Sauf qu'il n'est pas interdit de dîner au restaurant et que rien ne démontrait, tant que les victimes elles-mêmes ne le soutenaient pas, que ces hommes étaient bien passés des paroles aux actes...

Soupçons, toujours, lorsque la PJ reçoit des échos relatant les prétendues frasques du jeune Fabrice Hornec dans le sud de l'Espagne. On l'aurait vu là-bas avec Karim Reguig, dit « le Turbulent », un jeune originaire de Saint-Ouen (Seine-Saint-Denis), considéré comme un pilier du trafic de cannabis, et très introduit au Maroc[1].

L'informateur n'en dit pas plus, mais il paraît difficile, aux yeux des observateurs avertis, d'imaginer que les Hornec ne manifestent absolument aucun intérêt pour ce shit qui se vend comme des petits pains dans l'ensemble de la France. Comme on ne prête qu'aux parrains, on ne tardera d'ailleurs pas à chercher un lien entre eux et les assassinats, en Espagne, de Jamel Benali, le 17 décembre 1999, et de son frère Nordine, le 4 octobre 2000, deux hommes qui passaient pour

1. Voir chapitre 7.

avoir longtemps fréquenté le clan Genova, désormais décimé.

À l'occasion, la PJ relève un blessé, comme lors de cette tentative d'attaque contre le centre-fort de la Brink's, à Troyes, le 25 avril 2000 : l'homme paraît lié au clan de Montreuil, mais se refuse à tout commentaire.

Trois semaines plus tard, le 12 mai 2000, nouvel indice : la police découvre un stock d'armes et de munitions dont les experts assurent qu'elles ont été utilisées pour braquer quatre fourgons blindés et régler leur compte à deux personnes en région parisienne. Le tout dans un box appartenant à l'un des éléments les plus actifs du clan, Franck Fischer, né à Montreuil en 1971, celui que les policiers suivront à sa sortie de prison pour se retrouver nez à nez avec le casse-tête du braquage manqué de Sainte-Maxime relaté au chapitre précédent...

Dans certains domaines, les petits Hornec surpassent leurs modèles

« Il apparaît dans les milieux judiciaires et dans les milieux de la nuit que les frères Hornec bénéficient soit de complicités, soit de complaisances leur permettant d'avoir accès à des renseignements sur les investigations dont ils font l'objet. »

C'est par ces mots au bas d'un rapport qu'un commissaire tente bientôt de justifier l'échec de la PJ face aux plus puissants des Manouches. Probablement a-t-il eu vent de cette histoire amusante que l'on raconte au commissariat de Saint-Maur-des-Fossés (Val-de-Marne).

Une nuit du printemps 2001, des gardiens de la paix

avisent une Audi A6 immatriculée au Luxembourg : non seulement les passagers ont oublié de boucler leurs ceintures de sécurité, mais, avec un peu de chance, il se pourrait que la voiture soit volée. Le conducteur présentant des papiers au nom de Jean-Claude Hornec, on l'emmène au poste : l'homme fait l'objet d'une fiche de recherche.

L'aîné des frères est en train d'expliquer calmement qu'il se rendait à une soirée « voyance » avec deux amis, lorsque le brigadier reçoit un appel d'un collègue du Quai des Orfèvres. Son interlocuteur met en avant ses relations au commissariat de Saint-Maur et suggère que l'on se montre indulgent avec la personne présentement retenue au poste.

Le brigadier cherche à en savoir plus, mais son collègue coupe court courtoisement : ne se fait-il pas un peu tard pour bavarder ? La conversation terminée, il obtempère : si un gars du « 36 » formule une telle demande, on ne peut refuser. Après tout, c'est lui le professionnel.

Puisque les frères passent systématiquement au travers, autant cibler leurs descendants : c'est ce que les gendarmes ont en tête lorsqu'ils montent la Cellule interministérielle de liaison sur la délinquance itinérante. Cette structure est censée rassembler tous les faits imputables à ceux que l'on appelle les « gens du voyage », même si nombre d'entre eux se sont sédentarisés depuis belle lurette.

Un objectif sérieux se manifeste en 2001 avec l'agression de plusieurs touristes italiens, brutalement dépossédés de leurs voitures (Porsche, Audi, Mercedes ou BMW) sur les autoroutes de la région niçoise. C'est l'heure des premiers soucis pour James Hornec, vingt ans, fils de Mario, et pour Marc Chainay, dix-sept ans, fils de Marc, soupçonnés d'être ici associés avec un certain Florian Choby, vingt-cinq ans, ancien pilote de course devenu garagiste. Mais la famille ne laisse jamais tomber les siens et l'on se débrouille pour rassembler rapidement la fabuleuse caution réclamée par la justice : 1 600 000 francs[1] en échange de la liberté provisoire des suspects.

Cette dépense ne surprend que les inspecteurs du fisc, invités chaque année à entériner une situation financière familiale proche de l'indigence : pour cause de revenus trop faibles, les frères Hornec ne sont pas imposables ! Elle a cependant le don d'énerver les gendarmes, qui croient se rattraper en récupérant des clichés pris lors d'un mariage célébré à Cagnes-sur-Mer en juillet 2001, auquel ont assisté plusieurs membres du clan. Au passage – information relevant davantage du carnet mondain que de la chronique judiciaire –, ils relèvent la présence parmi les invités d'un proche parent d'un forain célèbre pour planter régulièrement ses manèges en plein Paris.

Comme leurs aînés, les héritiers disposent rarement de téléphones portables : ils se font appeler sur la ligne de tel ou tel de ceux qui les accompagnent. Dans certains domaines, ils surpassent même déjà leurs modèles. L'un d'eux, surnommé « le Caméléon » et grand amateur de joaillerie, a par exemple le don de changer d'apparence en un temps record : à 17 heures, il roule à bord d'une épave et passe pour un quasi-clochard ; à 21 heures, il devient play-boy et pilote une luxueuse automobile. De quoi dissuader toute tentative de filature !

Medhi Hornec commet cependant un faux pas : il est soupçonné d'avoir participé à l'attaque d'un magasin de sport dans les Yvelines. Six ou sept hommes

1. Environ 250 000 euros.

cagoulés, armés et équipés de moyens radio, s'appelant entre eux par des numéros, ont fait irruption dans la grande surface à l'heure de la fermeture, ont neutralisé le personnel et fait main basse sur un lot important de vêtements de marque. La voiture de police est arrivée alors qu'ils chargeaient les cartons. Dans leur fuite, les fans de survêtements ont failli renverser un fonctionnaire, obligeant un de ses collègues à ouvrir le feu. Une heure plus tard, Medhi était admis à l'hôpital Avicenne de Bobigny pour blessure par balle... mais la chance est de son côté : les chirurgiens n'ayant pas retrouvé le projectile, il s'en sort en invoquant une altercation avec un automobiliste.

Steve Falck, autre héritier, le remplace rapidement sur le devant de la scène. Son nom est d'abord cité dans une affaire de faux policiers qui auraient soustrait 100 000 francs [1] en espèces à une commerçante chinoise ayant pignon sur rue dans le IIIe arrondissement de Paris ; rapidement alertés, les policiers ont essuyé des coups de feu en arrivant sur place.

Peu après, le même Steve grille deux feux rouges sous le nez des flics sur une avenue de Montreuil. Pris en chasse par la Brigade anticriminalité, il slalome hardiment entre les voitures en direction de l'autoroute, percute un véhicule qui effectue plusieurs tonneaux, tourne deux fois autour de la porte de Pantin, frôle une carrosserie administrative, contraignant un fonctionnaire à faire usage de son flash-ball (sans le moindre résultat), avant de parvenir à se faufiler vers le périphérique.

La course-poursuite revêt des airs apocalyptiques aux abords de la porte de la Chapelle, lorsque le fuyard, d'un coup de volant, tente d'expédier le véhi-

---

1. Envion 15 000 euros.

cule de la police contre les rails de sécurité, obligeant cette fois un brigadier à tirer dans ses pneus à balles réelles. Tout cela pour finir par une arrestation pour conduite en état d'ivresse...

Ces parties de rodéo urbain relèvent de la tradition familiale. Quelques mois plus tard, le 6 juin 2002, c'est Fabrice qui étale son savoir-faire à l'occasion d'un nouveau contrôle routier à la hauteur de la porte de Bagnolet. Assis sur la banquette arrière, l'un de ses aînés, Mario Hornec, alors recherché par un juge niçois, profite d'un moment de flottement pour s'échapper et courir en direction d'une voiture suiveuse dont le conducteur démarre pied au plancher. Tout l'art de Fabrice consiste à cet instant à concentrer sur lui l'attention des gardiens de la paix en écrasant à son tour l'accélérateur, sans se douter qu'il va échapper de justesse à une bavure : alors que rien ne lui permettait d'invoquer la légitime défense, un des fonctionnaires sort son arme et tire. À sa décharge, on peut dire que Nicolas Sarkozy a été nommé ministre de l'Intérieur un mois plus tôt et que, s'il a eu le temps de motiver ses troupes, il ne leur a pas encore expliqué que le moindre manquement serait sévèrement sanctionné.

« Ta famille, elle fait trente personnes ! »

De temps en temps, les aînés donnent (indirectement) de leurs nouvelles. Un jour, Jean-Claude et Mario, visiblement pistés par une armée d'indics, sont annoncés au McDo de Montlhéry. Arrivés sur place en grillant les feux, les flics du commissariat du coin immortalisent la scène sur pellicule, histoire d'enrichir leur collection.

Quelques mois plus tard, c'est la BMW de Marc qui attire l'attention. Elle a été achetée (en espèces) au nom d'un commerçant du quartier Saint-Paul, à Paris, dans un garage tenu par un membre de la famille Lepage (déjà citée dans l'affaire de l'enlèvement commis sur la Côte d'Azur). Un garage dont l'un des employés n'est autre que le jeune Florian Choby, l'ex-pilote épinglé dans la région niçoise, qui aurait lui-même acquis beaucoup trop de Mercedes, de Porsche et de Smart pour son très maigre salaire.

Le plus curieux reste cependant l'incroyable quantité de vêtements fournis aux Hornec par le même commerçant de Saint-Paul. Une quantité telle que les policiers ne peuvent s'empêcher de penser à une forme de racket – lequel, encore une fois, n'existe que dans leur tête tant que la victime ne s'en plaint pas.

Quelques semaines plus tard, une nouvelle perquisition dans le pavillon familial, à Montreuil, tourne au fiasco. Malgré l'énormité du dispositif policier, Mario réussit à nouveau à s'éclipser tandis que Marc accueille les intrus en peignoir, entouré de quelques sœurs et cousines.

« Qu'est-ce que vous venez encore me faire chier ? Je vais prendre mon bain ! » lance-t-il avant de proférer des menaces à peine voilées à l'intention du fonctionnaire du « 36 » qui lui fait face : « Toi, je sais où t'habites.

— Tu t'approches de chez moi à dix mètres et je t'allume », riposte virilement le policier avant d'ajouter : « Ta famille, elle fait trente personnes. La mienne, elle en fait plusieurs milliers[1] ! »

Bonjour l'ambiance...

1. Allusion à la « grande famille » de la PJ.

Huit juges aux trousses du clan Hornec

Raids de grosses cylindrées ; agressions de personnes âgées ; faux policiers ou faux douaniers ; saucissonnages d'anciens industriels dans des résidences cossues : l'année 2002 commence fort mal, pour les forces de l'ordre, avec un nouveau braquage, le 12 avril, contre un supermarché Leclerc dans la banlieue de Morlaix.

Une réunion au sommet est organisée à Paris, le 25 avril 2002, au cours de laquelle l'Office du banditisme propose de placer des balises sous plusieurs véhicules suspects : seule façon de suivre les déplacements de ces bolides impossibles à filer en direct.

Moins de deux semaines plus tard, dans la nuit du 8 au 9 mai, une quinzaine d'hommes attaquent une riche demeure de Bréviandes, dans l'Aube. En quelques minutes, sous la menace des armes, Jean Lévy et sa famille sont dépouillés de tous leurs bijoux et d'une magnifique collection de 257 tableaux signés Picasso, Cézanne ou Dufy.

La façon dont on retrouve la trace des auteurs relève de techniques que l'on n'apprend plus dans les écoles de police. Un flic de l'Office du banditisme qui n'a pas son pareil pour détecter les voitures volées repère un véhicule suspect garé dans une rue du XVIe arrondissement de Paris. Si l'on en croit le fichier, la BMW ne paraît pas volée, sauf qu'il s'agit là d'une erreur : les gendarmes ont oublié de faire remonter la plainte. En fait, son propriétaire a été agressé sur une autoroute par de faux policiers circulant à bord d'une Peugeot 406 équipée d'un gyrophare, voiture que la PJ ne tarde pas à retrouver dans la même rue. Une rue choisie avec soin : truffée d'ambassades gardées par des CRS, elle est l'une des plus sûres de Paris. Il suffisait d'y penser et d'avoir le culot de venir déposer là les bolides arrachés à leurs propriétaires en espérant que personne n'aurait l'audace de venir les voler...

Mais déjà une nouvelle attaque s'étale à la une des journaux. Cette fois (le 8 juin 2002), c'est l'hôtel des ventes de Fontainebleau qui est pillé.

De surveillance en filature, grâce à la fameuse voiture, on se rapproche d'une mouvance connue : celle des Hornec. Reste le plus difficile : réaliser le flagrant délit qui rendrait les charges incontestables.

Cette perspective s'éloigne avec l'arrivée de l'été, qui disperse tout le monde, flics, gendarmes et voyous, mais les assureurs ont toutes raisons de se réjouir : en mettant beaucoup d'argent sur la table, ils ont convaincu quelques indicateurs de balancer la planque où étaient entreposées les toiles de maîtres, récupérées à peu près en bon état.

À la rentrée, les gendarmes jugent opportun de passer à l'offensive. De Paris à Amiens, dans la Somme, l'Oise, l'Aisne, le Val-de-Marne, la Seine-et-Marne et la Seine-Saint-Denis, ils mettent 250 hommes sur le terrain. Au total, une dizaine de personnes se retrouvent sous les verrous, mais la plus recherchée d'entre elles, Marc Hornec, est absente de son domicile au moment de la visite : choix tactique ou vraies bouffées délirantes, il est hospitalisé dans une clinique psychiatrique de Marseille, où il attend les experts de pied ferme – il ne sera arrêté que deux ans plus tard dans l'hôtel de Roissy où il séjournait sous le nom de « Monsieur Leroy », juste après la publication d'une photo de lui dans un quotidien national [1].

Fabrice Hornec, en revanche, n'y coupe pas. Accablé par la découverte chez lui d'un ordinateur et de bijoux

1. Relâché pour raisons médicales, il se soustrait au contrôle judiciaire. Il sera de nouveau arrêté le 28 février 2008.

dérobés au début de l'année, il est écroué en même temps que deux présumés complices. Les enquêteurs ne savent pas exactement ce qu'ils peuvent lui mettre sur le dos, mais ils le chargent. Enrique Gimenez, celui qui volait autrefois des voitures avec Marc, est également visé, de même que Jean-Claude et Medhi Hornec.

À la fin de l'année 2002, huit juges sont aux trousses du clan. Sauf que l'on ne tarde pas à s'apercevoir que tout cela manque de consistance et que les gendarmes, croyant sans doute bien faire, sont allés un peu vite en besogne. Cette brochette de suspects ne constitue probablement pas un panel d'innocents, mais, en l'occurrence, le dossier constitue pour les avocats une véritable aubaine. Le Versaillais Jean-Yves Liénard, star des assises, s'y met, épaulé par le Parisien Karim Achoui, qui a l'avantage de faire un peu partie de la famille, et par deux jeunes robes noires, le Toulonnais Lionel Moroni et le Niçois Franck de Vita. En bataillant ferme, ils sortent tout le monde des griffes de la justice. Seul James Hornec doit rendre des comptes, mais dans une autre histoire : il est jugé en comparution immédiate pour le pillage d'un entrepôt bourré de chaussures de sport Lacoste dans la nuit du 16 septembre 2002. Un coup qui aurait tout de même pu rapporter à ses auteurs la bagatelle de 800 000 euros[1] !

---

1. Bientôt libéré, il sera retrouvé mort le 23 décembre 2005 à Bondy, devant le domicile de son beau-père ; la PJ évoquera l'hypothèse d'un « accident du travail ». Jean-Claude et Mario seront pour leur part arrêtés à Paris en novembre 2006, soupçonnés d'être impliqués dans un trafic de cocaïne.

Michel Lepage : « Je suis un gangster. Je cache tout »

Dans l'Essonne, au sud de la capitale, règnent donc des amis des Hornec, manouches eux aussi : les Lepage père et fils. Un cran au-dessous des autres, ils n'en sont pas moins extrêmement remuants.

De son prénom Michel, né à Paris en août 1945, le père doit à son fort gabarit un pseudo sur mesure : « le Gros ». Entré dans les annales du grand banditisme par la grande porte, en janvier 1989, pour un casse commis dans une banque suisse (1,7 million de francs suisses dérobés), il n'en est jamais ressorti. Son fils Serge, né en 1971, n'avait même pas dix-huit ans le jour de ce forfait. La police l'a cependant soupçonné d'avoir pris part au voyage. De même que deux jeunes trentenaires issus de la banlieue est : les frères Nordine et Jamel Benali, qui ne tarderont pas à être aspirés par la mouvance de l'Italo-Corse Claude Genova, avant de mourir en Espagne...

On retrouve Michel Lepage quelques années plus tard sur la Côte d'Azur. À la rubrique « Contrôle de la population flottante », les archives monégasques mentionnent un contrôle d'identité à l'entrée d'un casino. Une scène méticuleusement consignée : alors que les policiers locaux comptent les billets trouvés dans sa poche et dans celles de ses amis, Michel Lepage évoque un argent gagné à la sueur de son front en exploitant un bar, à Paris. De mauvaise grâce, il concède à ces fonctionnaires bien indiscrets quelques bribes d'informations sur son passé : élevé à Ivry-sur-Seine, fils d'un artisan coursier, il a abandonné les études à quatorze ans. Après la faillite de la société de transport qu'il a montée à vingt ans, il est devenu à vingt-trois ans stuffeur dans le bâtiment. Depuis sa sortie de prison, on est prié de le classer dans la catégorie « honnêtes commerçants ».

Michel Lepage voit bien qu'on le soupçonne de venir dans la principauté pour se livrer à quelques repérages inspirés par de mauvaises intentions. Mais non : il vient jouer au casino avec sa fille (qui vend des vêtements sur les marchés), une amie (serveuse au chômage) et un vieux copain ! Pour cette fois, la police monégasque, au bord du délit de faciès, le laisse circuler.

L'Antigang fait cependant de cet « honnête commerçant » un client privilégié. Avec plus ou moins de réussite, comme en ce jour de janvier 1991 où les flics l'attendent en gare de Bellegarde, convaincus qu'il s'apprête à franchir la frontière franco-suisse en compagnie de celui qui s'affirme déjà comme le chef de file du banditisme dans la région grenobloise, Robert Maldera, d'origine italienne. Sauf que le hold-up du jour ne se produit pas du tout en Suisse... mais dans l'Essonne, où 800 000 francs [1] disparaissent mystérieusement du coffre d'une agence du Crédit agricole. Et les enquêteurs de se perdre en conjectures...

Tous les projets qui viennent aux oreilles de la police ne prennent pas corps, mais ils sont souvent spectaculaires. On aurait ainsi entendu Michel Lepage évoquer l'attaque d'une bijouterie de la place Vendôme, face au ministère de la Justice, avec un 4 × 4 lancé contre la vitrine à 80 à l'heure... Rêve de voyou mégalo qui voudrait toujours le coup suivant plus gros que le précédent ? Sans doute, mais la famille semble se donner les moyens de ses ambitions : un jour, des oreilles indiscrètes captent une forte détonation dans un pavillon de Saint-Michel-sur-Orge, comme si ses

1. Environ 120 000 euros.

occupants se livraient à des expériences de type militaire... Les policiers ont également eu l'occasion de constater à leurs dépens la grande dextérité des Lepage au volant, jusqu'au jour où ils découvrent qu'ils s'entraînent à bord de véhicules rapides, seuls ou à plusieurs, au cours de fausses poursuites organisées avec les fils d'une famille alliée.

Repérages nombreux avant les vols ; présence systématique d'équipes de protection pour intercepter toute intervention policière ; éclatement immédiat de l'équipe après l'action, chacun évitant alors pendant au moins deux mois ses points de chute habituels : il y a, dans la banlieue sud, une culture du travail bien fait. Les instructions, en cas d'apparition d'un véhicule de police, sont d'ailleurs simples : le laisser approcher et tirer lorsqu'il franchit la limite des vingt mètres.

« Le Gros » chute bientôt, mais pas là où on l'attendait : début 1992, il « tombe » pour trafic de stupéfiants. Quatre-vingts kilos de cannabis et deux kilos d'héroïne sont découverts dans un box loué à son nom. Le signe que les braqueurs sont bien décidés à ne pas laisser ce marché florissant leur échapper au profit des petits jeunes.

Comme le dit un connaisseur, un « voyageur » préférera parfois mourir plutôt que de perdre un temps précieux, enfermé entre les quatre murs d'une cellule. Michel Lepage, lui, opte pour l'évasion en hélicoptère, le 4 octobre 1992, alors qu'il commençait à croupir à Bois-d'Arcy... Une « maladie » : déjà, en 1977, un bandit historique de la banlieue sud, Daniel Cheval, l'avait arraché du fourgon cellulaire qui le transportait du tribunal d'Évry à la maison d'arrêt de la Santé...

Cette fois, toute la famille est mise sous surveillance, de même que les amis les plus proches. C'est ainsi que la police, non sans une certaine surprise, retrouve la voiture utilisée pour prendre en otage le pilote de l'hélicoptère. La scène se déroule sur le parking d'un supermarché de Stains (Seine-Saint-Denis), en fin de journée. À bord du véhicule, trois hommes : Serge Lepage, alias « Sergio », accompagné de deux personnes nettement plus âgées que lui, qui n'a que vingt et un ans.

Les trois hommes mettent bientôt pied à terre en brandissant des pistolets-mitrailleurs, et braquent une fourgonnette qui semblait se diriger sur eux. Rapidement menotté, le chauffeur est transféré dans la voiture recherchée tandis que l'un des assaillants s'installe à sa place et détourne la camionnette, le tout sous les yeux des policiers, qui choisissent de rester immobiles pour éviter le carnage à cette heure de grande affluence.

Braquage lié à un trafic de stupéfiants, concluent les enquêteurs après avoir retrouvé les clefs de la fourgonnette, le lendemain, ainsi que les 450 kilos de shit qu'elle contenait. Mais l'essentiel est ailleurs : la voiture ne pouvait s'être trouvée par hasard entre les mains du fils de l'évadé.

Serge Lepage en est quitte pour une série de mises en examen allant de la séquestration de personnes à l'usage de fausse qualité de policier en passant par l'infraction aux législations sur les stupéfiants et les armes.

Son père, lui, a gagné l'Espagne depuis longtemps. La PJ le soupçonne de gérer à distance quelques bars et discothèques, tout en faisant fructifier ses contacts dans le milieu de la drogue. Il est repris un an plus tard, en avril 1993, à une vingtaine de kilomètres des Pyrénées, alors qu'il vient retrouver une certaine Fadila, tenancière de bar à Paris, discrètement suivie depuis le début de son périple. Le temps de préparer son extradition, les Ibères le mettent au frais.

La suite est une série d'allers-retours. Libéré de Fleury-Mérogis au printemps 1998, Michel Lepage retombe aux mains de la police espagnole alors qu'il circule sur une autoroute avec deux pistolets limés dans sa poche, un gyrophare et des brassards de la police espagnole à portée de main. Incarcéré quelques jours sous un faux nom, libéré, il est de nouveau arrêté dans le sud de la péninsule, du côté de Torremolinos, carrefour des fournisseurs français de cannabis.

Un pilier de la banlieue sud, le père Lepage, ami des plus anciens bandits du secteur, tel Michel Ardouin, baptisé par les flics « Porte-Avions » à cause de l'imposante quincaillerie (plusieurs flingues) qu'il transportait toujours avec lui [1]. Un professionnel de la prison, aussi, qui a usé les cellules de la Santé, de Bourgoin, Fresnes, Mende, Nîmes, Toulouse, Clairvaux, Besançon, Ensisheim, Moulins, Fleury, Grasse, Marseille et Nice. Avec un projet d'évasion à son actif dès sa première incarcération, début d'une longue série de tentatives ponctuées par deux réussites spectaculaires. Ce qui lui vaut, derrière les barreaux, une solide réputation ainsi résumée dans sa fiche sous la case « Observations » :

« Lepage Michel est sans conteste un malfaiteur de grande envergure qui connaît parfaitement les rouages de l'administration pénitentiaire et dispose d'un important champ relationnel. Susceptible de générer des agitations en milieu carcéral. »

L'aplomb du bonhomme est invraisemblable. Un jour, s'adressant au président de la cour d'assises des Alpes-Maritimes, il lance :

---

1. Lire Michel Ardouin dit « Porte-Avions », *Une vie de voyou*, Fayard, 2005.

« Je suis un gangster. Je cache tout ! »

Puis il explique qu'il n'a rien à voir avec le dossier en cours d'examen (un braquage). S'il était dans le Midi, c'était simplement pour guider son coaccusé, qui connaissait mal la région.

« Le guider jusque dans les cabines téléphoniques ? » interroge benoîtement le président.

Michel Lepage n'en démord pas : « Je n'ai rien à voir avec cette histoire. »

Ses amis ne sont pas seulement capables d'orchestrer son évasion. Un homme se disant avocat se présente ainsi le 7 janvier 2003 au service d'audiencement de la cour d'appel d'Aix-en-Provence : il désire consulter le dossier d'un client, Michel Lepage, qui vient d'être condamné en première instance à quinze ans de prison.

Quelques minutes plus tard, le secrétaire ne peut que constater la disparition simultanée du pseudo-avocat et du dossier !

Serge Lepage, son beau-frère et le dealer assassiné

Libéré en juin 1995, trois ans après avoir trempé dans l'évasion de son père, Serge Lepage fait aussitôt reparler de lui : la police le voit derrière le braquage d'un dépôt de vêtements dans les Yvelines, auquel elle associe également son beau-frère, François Delage, dit « P'tit François », né en 1972 à Longjumeau. Elle croit aussi deviner sa main derrière plusieurs attaques de fourgons, allant jusqu'à imaginer que l'argent devait servir à régler une caution à la justice espagnole en échange de la libération de son père. Elle s'attarde enfin sur des dépenses un peu voyantes : une Safrane, un véhicule 4 × 4 et une caravane à 650 000 francs[1] achetés le même jour, cela fait beaucoup ! D'autant que son beau-frère avait dépensé légèrement plus, au même instant, pour des achats similaires. Ces achats seraient-ils liés au braquage, quelques jours plus tôt, d'un fourgon sur une autoroute du nord de la France, par une dizaine d'hommes équipés de herses artisanales, qui avaient empoché 21 millions de francs[2] ? Trop facile...

Rien de déterminant n'arrive en fait à Serge Lepage, du moins sur le plan judiciaire, jusqu'au témoignage d'un repris de justice : Jean-Pierre Hellegouarch, en prison pour une affaire de stups, souhaite livrer à la Brigade criminelle ce qu'il sait de la vie et de la mort d'un trafiquant de drogue, Mohamed Boucetta, assassiné le 8 décembre 1995 à Vitry-sur-Seine (Val-de-Marne). Son récit, à défaut d'être étayé par des preuves déterminantes, vaut tous les rapports d'expert sur les coulisses de la drogue. Extraits :

« Je connais Mohamed Boucetta, que tout le monde surnomme Momo, depuis qu'il est enfant. Il vivait à la cité Germain-Defresnes, à Vitry-sur-Seine, où j'habitais moi-même dans le même escalier. Je l'ai vu grandir et nous avons sympathisé. Un jour, sur le parking, ma voiture a été volée. Je suis allé parler aux jeunes du quartier, qui l'ont retrouvée quelques jours après.

« Momo avait de gros problèmes avec ses parents qui parfois le faisaient coucher dans le local à poubelles. Je l'ai parfois hébergé chez moi, aussi s'est-il rendu compte que je vivais en marge de la société. Comme il avait lui aussi des problèmes avec les ser-

1. Environ 100 000 euros.
2. Environ 3 200 000 euros.

vices de police, nous nous sommes rapprochés. Nous avons même commencé à travailler ensemble peu avant sa mort, après qu'il eut été incarcéré pour un problème d'héroïne. Je lui ai dit qu'il ne fallait pas toucher aux drogues dures, qui étaient cause du décès de milliers de personnes. Il a compris et s'est mis à vendre du cannabis : au début en petites quantités, puis il en a fait un commerce assez important. Parfois il me demandait conseil, ou de l'accompagner à certains rendez-vous. C'est comme cela que j'ai pu voir certaines personnes.

« En novembre 1995, Momo a revu François Delage, avec qui il avait partagé une cellule à Fleury-Mérogis. Delage lui a présenté un certain Max à qui il fallait fournir dix kilos de cannabis. Momo devait avancer l'argent ; Max paierait plus tard, Delage se portait lui-même garant de la transaction. Le lendemain, Momo a livré les dix kilos. Quelques jours plus tard, il encaissait 100 000 francs[1].

« Un nouveau rendez-vous a eu lieu à Vitry-sur-Seine, quartier du Plateau, près du café Chez Trop tard, sur le trottoir. Delage et Max ont commandé vingt kilos qu'ils obtenaient dans la foulée, toujours sans payer. Quatre jours plus tard, ils fixaient un nouveau rendez-vous à Momo. Ils ne lui versaient que la moitié de la somme due et commandaient encore vingt kilos. Momo était en confiance, car Delage servait à la fois d'intermédiaire et de garant ; alors il a encore accepté.

« Momo n'a pas été surpris de ne pas encaisser tout de suite son dû : c'est la façon d'opérer, dans ce genre de commerce. Il a commencé à s'inquiéter quelques jours plus tard. Il m'a demandé de l'accompagner, car

1. Environ 15 000 euros.

il avait rendez-vous avec François Delage et Serge Lepage. Je l'ai déposé devant le bar, où le groupe a été rejoint par Max. Il a demandé son argent, puis s'est énervé et a giflé Max. Lepage est intervenu pour lui donner raison. Max allait payer, mais il conseillait à Momo de ne plus traiter avec lui. Il y avait des gens plus sérieux – lui, par exemple.

« Considérant Delage comme un ami et Lepage comme un homme de confiance, malgré les conseils de vigilance, Momo décide alors de leur livrer trois cents kilos de cannabis. C'était au début du mois de décembre 1995, deux ou trois jours avant sa mort.

« Le 8 décembre, je suis allé chez Momo vers midi. Il s'occupait de son nouveau-né. Il a reçu plusieurs messages sur son tam-tam, qu'il m'a fait lire. Le premier émanait de Serge Lepage qui lui disait avoir eu raison de gifler Max : il en aurait fait autant. Les deux suivants émanaient de Max. Il disait être en compagnie de Sergio et de François et invitait Momo à venir près du bar pour récupérer son argent. Momo a choisi de faire attendre Max pour lui montrer qu'il n'était pas à sa disposition. Il était assez content de lui : la gifle portait ses fruits.

« Un dernier message lui a enjoint de venir. Il m'a demandé de l'accompagner, ce que j'ai accepté. Sur place, ne voyant personne, il a garé sa voiture en double file. “Ne t'inquiète pas si ça bouge un peu”, m'a-t-il dit avant de se diriger vers le bar. Il en est aussitôt ressorti, visiblement mécontent. À un moment, j'ai entendu un grand bruit et je me suis retourné. J'ai vu Momo percuté par une voiture et projeté en l'air. Le véhicule, une R 25, roulait à contresens, à moitié sur le trottoir. J'ai entendu en même temps plusieurs détonations. Je me suis précipité vers la voiture, lorsque j'ai vu un homme pointer vers moi un fusil de chasse. J'ai compris qu'il ne s'agissait pas d'un accident. J'ai plongé vers le sol. J'ai entendu de nouveaux coups de feu. J'ai pensé qu'on voulait me tuer. Je me suis relevé et me suis mis à courir. De loin j'ai vu un homme assez jeune, armé d'un fusil, sortir de la voiture et se diriger vers Momo pour lui donner le coup de grâce. J'ai escaladé un portail pour sauter dans un jardin. J'ai vu la R 25 faire des manœuvres pour dégager son pare-chocs, pris dans un plot, puis prendre la rue dans laquelle je me trouvais. Il y avait trois personnes à bord, ceux-là mêmes avec qui Momo avait eu rendez-vous quelques jours plus tôt.

« Plus tard, j'ai appris que trois hommes s'étaient présentés chez moi et cherchaient à me voir à tout prix. Ils sont revenus donner des coups de pied dans ma porte. Ils circulaient à bord d'une R 25 et j'ai pensé qu'ils me réservaient le même sort. Depuis, je me sens menacé. »

Deux ans et cinq mois se sont écoulés depuis les faits, mais, s'il disait vrai, la mémoire du prisonnier semblait intacte. Lorsque la PJ lui présente des photos des suspects, Hellegouarch n'hésite pas un instant. Son témoignage, cependant, ne peut permettre à la Brigade criminelle de confondre les trois hommes qu'elle soupçonne d'ailleurs depuis longtemps : ils auraient beau jeu d'invoquer une basse manœuvre avant de ressortir, le sourire aux lèvres, du Quai des Orfèvres.

« Une arme ? – Non, un téléphone portable »

À l'époque, les attaques de fourgons se suivent et se ressemblent, comme le constatent les services spécialisés dont c'est précisément le métier de chercher des points communs dans les modes opératoires et les signalements.

Le 16 décembre 1997, à la hauteur de Frépillon (95), sur la RN 184, un fourgon de la Brink's a été pris en sandwich par deux camions de chantier. Dans la nuit – il était 6 heures du matin –, six balles ont atteint le flanc gauche du véhicule, tandis qu'un malfaiteur juché sur le toit ordonnait aux convoyeurs d'ouvrir la trappe et de donner les huit sacs en leur possession, ainsi que leurs armes. Butin : 6,6 millions de francs[1]. Signalements : un Blanc plutôt grand, très nerveux, tremblant, le doigt sur la détente, portant un gilet de chasseur et des gants noirs ; un Nord-Africain, mince, vingt ans ; un blond d'une cinquantaine d'années, sans accent. Détail : avant leur fuite, les malfaiteurs ont pris soin de remplir les cabines des deux camions de chantier de neige carbonique.

Le 7 janvier 1998 en début de soirée, trois voitures ont vainement tenté de stopper un fourgon à Orly ; malgré une pluie de balles de 9, et 5,56 millimètres, le chauffeur a conservé son sang-froid et poursuivi son chemin.

Le 20 janvier 1998, un mardi, c'est le centre-fort de la Brink's à Soissons qui est pris pour cible. Vers 9 h 30, ce jour-là, le chef du centre reçoit un étrange appel téléphonique : « Quelqu'un vous surveille à la jumelle », lui dit en substance l'interlocuteur. Le chef sort, sans arme, croit apercevoir un homme sur un terrain vague, puis revient sur ses pas.

À ce moment, nouvel appel : « L'homme est toujours là. »

Cette fois, le chef décide d'aller à la rencontre de cet intrus en voiture.

1. Environ 1 million d'euros.

« Je fais des relevés pour EDF », explique l'inconnu en bleu de travail, jumelles autour du cou et talkie-walkie à la ceinture.

De retour, le chef est attrapé par la manche par un homme cagoulé, tandis qu'un second braque sur lui un fusil à pompe en prononçant ces mots : « Fais pas le con ! »

Il se retrouve à l'arrière d'une BMW, face contre la banquette en cuir. Le canon du fusil dans les côtes, il entend une voix lui demander :

« Combien y a-t-il dans la chambre forte ?

— Pas grand-chose, les camions sont partis, répond-il.

— Quel jour y a-t-il le plus d'argent dans l'agence ?

— Le lundi.

— Et dans le fourgon qui arrive, combien ?

— Un million de francs.

— On n'est pas venus pour rien », fait la voix.

Un des deux hommes appelle alors par téléphone un certain Robert.

« Qu'est-ce que tu fous ? Il est où, le camion ? » dit la voix avant de s'adresser de nouveau au chef de centre : « Barre-toi ! »

Le chef ne se le fait pas dire deux fois : il ouvre la porte et se met à courir, sûr qu'on va lui tirer dessus, mais les autres lui laissent sa chance et il peut alerter la gendarmerie.

À l'intérieur du centre, revenant des toilettes, un employé tombe à son tour nez à nez sur un homme cagoulé, « une armoire à glace », fusil à pompe à la main. Il obéit gentiment quand celui-ci lui ordonne de gagner le premier étage.

Dans le garage, deux convoyeurs commencent à décharger le dernier fourgon. L'un d'eux est violemment propulsé dans le véhicule, où il se retrouve à plat ventre.

« Dans les sacs, chèques ou billets ? demande un cagoulé.

— Les deux », répond le convoyeur en laissant tomber son arme.

Un autre employé est attrapé par le col sur une coursive, assommé d'un coup de crosse et traîné dans l'escalier jusqu'au hangar, où il est à son tour jeté dans le fourgon.

L'alarme a été déclenchée depuis longtemps, mais les assaillants n'ont oublié aucun des sacs en toile de jute. Ils ont en revanche abandonné derrière eux quelques maigres indices : un bouton, un mégot, un sac, une bague, deux paires de ciseaux et une casquette de chasseur. Ils ont également laissé un souvenir à un automobiliste, à quelques kilomètres de là : alors qu'il circulait entre Soissons et Reims, vers 10 heures, ce matin-là, celui-ci a dû ralentir à cause de deux voitures roulant de front à 30 à l'heure, vitres baissées ; le conducteur de la BMW (bleue) a lancé un volumineux sac noir au passager d'une Volvo break avant de reprendre une vitesse normale.

Pourquoi chercher à établir un lien entre ce braquage et Serge Lepage ? La veille au soir, une BMW 540 circulant avec de fausses plaques avait été flashée à l'entrée du tunnel de Champigny, en direction de Paris ; si les policiers n'étaient pas bigleux, Serge Lepage tenait le volant. Ce n'est évidemment pas suffisant pour envoyer quelqu'un devant un juge d'instruction, mais c'est bel et bien en remontant la filière des voitures volées que les enquêteurs s'étaient mis en tête que le fils de Michel n'était pas loin des organisateurs de ce coup-là, peut-être monté avec des Manouches de Montreuil.

Cet incroyable jeu de piste avait commencé par le vol d'une Audi à Paris, un mois et demi plus tôt, sur l'avenue des Champs-Élysées, alors que son propriétaire, un diplomate, revenait, chargé de pâtisseries, de chez Ladurée.

« Tais-toi, bouge pas ou je te bute » – telle avait été la consigne, plutôt ferme.

L'Audi avait été utilisée une semaine après pour dérober une Volvo break dans un garage de Villers-Cotterêts ; détail : les deux braqueurs avaient pris le temps d'inspecter le moteur de la luxueuse voiture.

L'Audi et la Volvo avaient été vues ensemble quelques heures plus tard en pleine campagne, à proximité de la voiture d'un chasseur dans laquelle avaient été dérobés une carabine de chasse, un couteau, des cartouches et des jumelles. La même Audi était réapparue une dernière fois, un dimanche après-midi, seule et endommagée : transformée en voiture bélier, elle avait servi à défoncer le portail d'un bar-tabac situé en bordure d'un axe routier très fréquenté de la région parisienne, où les voleurs avaient embarqué bijoux fantaisie, stylos, montres et billets de loterie.

La Volvo, elle, avait été incendiée non loin de Melun quelques heures après l'attaque du centre-fort de Soissons : coïncidence pour le moins troublante, même si les deux villes sont éloignées l'une de l'autre.

Difficile de mettre des noms derrière cette succession de faits, mais la PJ retient l'hypothèse d'une bande capable de passer d'un même élan du vol de voitures au braquage via un vol à la roulotte et un cambriolage. Comme si tout était bon à prendre : les 800 marks allemands dans la poche du diplomate comme la veste du chasseur et le sac bourré de billets des convoyeurs.

Quatre jours après le braquage de Soissons, un employé de la Brink's est enlevé à Cély (Seine-et-Marne). Les auteurs circulent à bord d'une BMW 540 volée la semaine précédente par de faux policiers près de Roissy – celle-là même qui a été flashée pour excès de vitesse, le 19 janvier, avec à son bord un homme ressemblant fort à Serge Lepage.

L'équipe questionne son otage au sujet de la salle des coffres dans laquelle il officie, avant de l'abandonner en même temps que la BMW, dont le moteur fume. L'homme confie peu après ses sentiments à la police. D'abord, une curieuse impression d'improvisation, puis la nette impression d'être tombé sur une équipe très composite, mélange de Maghrébins et de gens du Midi – « On n'est pas venus de Marseille pour rien ! » a lancé l'un d'eux.

Entre-temps, les quatre hommes, qui communiquent par radio, dérobent un camion Mercedes, une Audi 80 et une Renault Espace. Puis jettent leur dévolu sur un fourgon censé relier deux dépôts dans la soirée.

Mais ce n'est décidément pas leur jour de chance...

Un nouvel échec est répertorié le 24 février suivant. Trois hommes cagoulés s'en prennent cette fois à trois convoyeurs face au dépôt de la société ACDS, en plein Paris, peu après minuit. Un fourgon est criblé de balles, mais les assaillants ne récupèrent pas autre chose que les 357 magnum des convoyeurs.

Moins de trois semaines plus tard, des malfaiteurs (les mêmes ?) déploient les très gros moyens dans un village des Yvelines. Les convoyeurs viennent de passer au Darty de Dammarie-les-Lys, leur dernière halte avant le retour au centre, lorsque le chauffeur se retrouve coincé entre deux camionnettes. Voyant le lance-roquette et les cagoules, les tenues sombres et les gilets pare-balles, il appuie sur l'accélérateur et vient percuter une voiture, 150 mètres plus loin. Le blindage et le moteur résistent : il parvient à ramener son million et demi de francs[1] au dépôt.

Les assaillants, eux, avaient tout prévu : après avoir incendié trois de leurs véhicules, ils ont tendu une chaîne en travers de la route afin de protéger leur fuite, non sans dissuader un témoin d'intervenir en tirant quelques balles dans sa direction...

Lampes ultrapuissantes pour éblouir les convoyeurs, cagoules en lycra façon motards, blousons d'intervention de la police : un fourgon Ardial a lui aussi droit au grand jeu, deux semaines après, le 27 mars 1998, sur une voie rapide d'Arcueil. Un camion s'immobilise brusquement devant lui tandis que deux camionnettes se collent à l'arrière. Un homme approche, lance-roquette à la main, et crie : « Descendez, ou vous mourez ! »

À l'intérieur, l'un des convoyeurs, ancien légionnaire, saisit son fusil à pompe, glisse le canon dans la meurtrière et commence à tirer, bientôt imité par un collègue.

Les assaillants ripostent tout en reculant tandis que l'arme d'un convoyeur s'enraye – une balle perdue n'épargne pas le chauffeur du fourgon.

Blessé, le conducteur réussit néanmoins à faire grimper son véhicule sur le trottoir et à lui faire reprendre de la vitesse, laissant sur place (pas pour longtemps) la dizaine d'hommes rassemblés pour l'opération.

Cette incroyable série de tentatives avortées s'achève le 18 avril 1998 au soir sur un pont enjambant une nationale, dans les Yvelines. Heurté de plein fouet par un camion benne, un fourgon se couche sur le sol. Un assaillant attaque la porte arrière à la meuleuse, sans

1. Environ 230 000 euros.

se soucier des automobilistes alentour, quand les trois convoyeurs sortent par le toit avec l'intention de se rendre. Ils font rapidement comprendre à leurs agresseurs que le fourgon est vide : il vient de quitter l'agence pour se rendre à l'hippodrome de Fontainebleau.

Un motard a ce jour-là l'étrange idée de prendre les fuyards en filature, mais à 200 à l'heure, au milieu de la circulation, il les perd de vue rapidement...

Concrètement, la PJ est aussi bredouille que les braqueurs : elle n'a rien d'autre à reprocher à Serge Lepage que son fameux excès de vitesse et un délit de fuite après un accident de la circulation survenu au mois de mai 1998 en plein Paris...

Cette nuit-là, vers 4 heures du matin, Lepage junior sort d'une discothèque du quartier de l'Étoile avec deux forains, Eddy et Vincent, qu'il fait monter à bord de sa Porsche. Il roule à vive allure lorsqu'un gyrophare apparaît dans son rétroviseur. Il accélère encore, heurtant une voiture avant d'exécuter un tête-à-queue, mais, à partir de là, les versions divergent sensiblement.

Les gardiens de la paix affirment avoir vu un homme sortir de la Porsche et courir dans leur direction, une arme à la main, perdre au passage une carte de crédit au nom de Serge Lepage, puis prendre la fuite tandis qu'ils arrêtaient ses deux accompagnateurs.

« Entre nomades, on se rend service », dit l'un d'eux, expliquant qu'il ne connaissait pas le nom du pilote de la Porsche qu'il voyait ce soir-là pour la première fois de sa vie.

« Je n'ai rien vu, car je dormais », soutient l'autre passager.

Serge Lepage, entendu quelques jours plus tard, se

souvient d'avoir eu la peur de sa vie après l'accident. C'est pour cela qu'il était parti en courant avant de sauter dans un taxi.

Une arme dans les mains ?

Ce devait à coup sûr être son téléphone portable !

Des jades vendus cent fois leur prix

Lorsqu'on ne respecte pas les règles, dans la grande famille des « voyageurs », on sait à quoi s'attendre. En l'occurrence, le fautif s'appelle Serge G., un Parisien d'une cinquantaine d'années. Il est enlevé en pleine rue dans une petite ville du Luxembourg, sous les yeux de deux femmes qui croient reconnaître deux des protagonistes.

Le lendemain, les ravisseurs réclament une rançon auprès de la famille : deux Mercedes stationnées dans le jardin des G.

Un rendez-vous est fixé à Versailles, où les deux véhicules changent de main sous l'œil discret de la police avisée par les G. L'otage, lui, n'est pas sur les lieux, mais la PJ remonte jusqu'à lui en suivant l'un des acteurs, un certain Jean-Yves Naudet, considéré comme un ami de Serge Lepage. Elle comprend alors que tous ces hommes, parmi lesquels Serge lui-même et son beau-frère, François Delage, sont en fait associés dans un vaste trafic de véhicules entre l'Allemagne, le Luxembourg et la France. Sachant que chaque berline peut rapporter plusieurs dizaines de milliers de francs, on ne rigole pas avec la carrosserie !

Au détour, l'enquête provoque des remous à l'Évêché, quartier général de la police marseillaise. Deux lieutenants de la Brigade des stupéfiants et leurs épouses apparaissent en effet dans une chaîne ayant pour objet l'exportation vers les pays scandinaves de Mercedes volées en Italie sous couvert de faux documents luxembourgeois...

Quand Serge Lepage et ses associés ne font pas dans la voiture, ils en reviennent aux jades, l'autre valeur sûre de la communauté. Les victimes, on l'a dit, ne portent pas souvent plainte, car l'argent qu'on leur subtilise est en général le fruit de la fraude et ne peut voir le jour. Parfois, néanmoins, l'une de ces bonnes poires se rebiffe, ce qui est bientôt le cas d'un entrepreneur de la région parisienne.

En juillet 2000, raconte-t-il à la PJ de Versailles, trois hommes l'ont contacté au sujet d'une dette de 700 000 francs[1] qu'il ne parvenait pas à rembourser. Ce trou, ils pouvaient l'aider à le combler. Pourquoi se méfier face à des hommes d'affaires aussi élégants, roulant à bord de véhicules dont le luxe trahissait une surface financière évidente ? L'opération consistait à acheter des statues de jade à bon prix – sous le manteau, évidemment. Grâce aux bénéfices qu'il en tirerait en les revendant, il pourrait sans difficulté s'acquitter de ses dettes. Et même au-delà !

C'est ainsi que l'entrepreneur naïf avait viré plus de 11 millions de francs[2] sur le compte d'une société irlandaise domiciliée au Luxembourg, Triple Trade Ltd. La société en question, les enquêteurs le constatent rapidement, est dirigée par Jean-Yves Naudet, trente-sept ans, l'ami de Serge Lepage. Avec leur bagout et l'appui de deux autres complices, ils lui avaient fait acheter des statuettes à un prix cent fois supérieur à leur valeur réelle !

---

1. Environ 110 000 euros.
2. Environ 1 700 000 euros.

Avec l'aide du plaignant, la police décide de tendre un piège aux ingénieux vendeurs de jades. Elle intervient au moment où le « pigeon » doit leur remettre une nouvelle mallette : 3 millions de francs[1] en espèces. Mais comme d'habitude, les « bijoutiers » ont tout fait pour brouiller les pistes, incluant dans leur fabuleux scénario l'arrestation de l'un d'eux en plein Paris par de faux policiers, histoire de faire plus vrai. Une obsession chez ces as de l'escroquerie en bande organisée, qui savent bien qu'à l'heure du jugement, ce sera parole contre parole.

Bagarre à L'Escargot d'or

Serge Lepage, avec son mètre quatre-vingts et ses cheveux châtains, est un garçon imprévisible, parfois même intenable. Le 18 décembre 2003, il se retrouve au commissariat de Meaux après une bagarre dans un bar de la ville, L'Escargot d'or. En guise de présentation, il explique exercer la profession de journaliste : il est « employé par le journal *Marianne*, 8, rue Gabriel-Péri, Paris XVIIIe[2] ». Puis il s'évertue à nier les faits qui lui valent d'être retenu.

« J'étais avec un ami, dit-il, quand ma femme m'a appelé pour me dire qu'elle était enceinte. Avec mon pote, on a décidé de fêter ça en allant au restaurant. On a bien mangé, bien bu, et j'ai proposé de lui offrir un dernier verre. Nous nous sommes arrêtés dans ce café où une rixe a éclaté. J'ai pris quelque chose der-

---

1. Environ 450 000 euros.
2. Ce qui ne correspond absolument pas à l'adresse de l'hebdomadaire du même nom.

rière la tête et j'ai perdu connaissance. Je ne sais rien d'autre, car j'avais bu.

— Il ressort que vous correspondez à l'individu qui a été vu dans le bar, tenant à la main une clef à molette couverte de sang, avant de s'enfuir, la veste et le pantalon ensanglantés, avance le policier dans l'espoir de rafraîchir la mémoire de son interlocuteur.

— Je ne me souviens pas avoir tenu une clef à molette à la main, mais c'est peut-être avec cette clef que j'ai été frappé », réplique-t-il, pas complètement dégrisé.

La seule chose que Serge Lepage admettra finalement, c'est le vol d'une paire de ciseaux et d'une pince à épiler pendant l'examen médical.

Son ami Henri n'a pas la mémoire beaucoup plus fraîche. Il était question d'une deuxième tournée, explique-t-il, lorsque des mots malencontreux ont été lancés par le barman en direction de son petit cousin, présent lui aussi derrière le bar. Quelque chose comme « Fils de pute ! ». Une bouteille a volé, puis des verres.

Comment cela a-t-il vraiment commencé ? relance avec insistance le policier.

Il se pourrait bien que lui, Henri, ait salué l'assistance d'un sonore « Bonjour, les filles ! » en entrant dans les lieux. Et que cela ait déplu à un client...

« Pourquoi être venu à Meaux pour boire un verre ? demande le policier.

— Parce qu'on aime bien cette ville, fait Henri.

— On aime une ville pour ses monuments, pour ses attractions, mais pas pour un café comme L'Escargot d'or, n'est-ce pas ? ironise le fonctionnaire.

— On aime bien Meaux. C'est tout.

— Quelles sont vos ressources ?

— Je travaille au noir. Je fais un peu de transport, du jardinage et du ramonage.

— D'où vient l'argent trouvé dans votre poche ?

— C'est pour acheter un quad à ma fille qui va avoir six ans. »

Interrogé une nouvelle fois, Serge Lepage admet qu'il n'était pas avec un ami, mais avec deux. Il y avait effectivement des Maghrébins dans le café, finit-il également par admettre, mais il ne sait plus pour quel motif ça a dégénéré.

Pourquoi circulait-il avec un faux permis ? « Parce que le vrai est suspendu », répond le jeune « journaliste » qui admet avoir confectionné ce faux avec une simple imprimante. « C'est beaucoup mieux qu'avec une photocopieuse », précise-t-il. Quant à l'argent trouvé sur lui (1 500 euros), c'était sa semaine de salaire. Juste ce qu'il lui fallait pour fêter la grossesse de sa femme avec ses amis...

Malheureusement pour lui, cette rixe fournit aux policiers l'occasion d'exhumer le mandat d'arrêt lancé par un juge de Grasse qui réclame son incarcération.

André Hadoux, patron du Délit

Comme son père, Serge Lepage a des relations dans tout le pays : chez les « gens du voyage », elles sont la clef de la survie.

Dans la région lilloise, il connaît évidemment fort bien les frères André et William Hadoux. Le plus connu se prénomme André, alias « Boboche ». C'est un homme de taille moyenne, de « type européen » selon la classification policière, qui passe pour un important investisseur. Les circuits financiers entre la Belgique voisine et la France n'ont pas plus de secrets pour lui que les sociétés offshore de l'île de Madère, où le Portugal entretient une zone franche. Il investit en outre dans l'immobilier et possède, avec sa famille, une boucherie et plusieurs débits de boissons dans le Nord.

André Hadoux a toujours dit que si la police avait quelque chose à lui reprocher, elle n'avait qu'à l'interroger. Qu'une partie de sa fortune provienne de vols, de trafics de voitures ou de trafics de faux dollars, il le nie farouchement. Cela ne lui a pas évité une mise en examen pour « blanchiment en bande organisée », dont il s'est finalement bien sorti : le fait de gérer un café baptisé Le Délit ne suffisait pas à le « plomber ».

André Hadoux est un « voyageur » complètement sédentarisé, mais il se déplace énormément. On le voit régulièrement sur la Côte d'Azur, mais aussi en Russie ou à Taiwan, destinations déjà moins courantes. Il rate le moins de matchs de boxe possible, spectacles auxquels il assiste en général en famille avec ses cinq frères. On lui prête, en sus du reste, une certaine habileté dans le vol de fret, mais on ne l'a jamais pris la main dans le semi-remorque. Plus de 450 000 faux dollars ont en revanche été saisis à l'occasion d'une perquisition chez son associé belge. Et plusieurs juges français successifs l'ont placé en tête d'une liste de personnes recherchées pour des attaques de fourgons, sur la base de renseignements il est vrai assez fragiles.

Peut-être les Belges auront-ils plus de succès avec ce « client » que les Français avec Jean-Yves Naudet, le complice de Serge Lepage : le jeune homme a disparu de son domicile le 9 avril 2002 et n'a plus donné signe de vie. Une disparition jugée suffisamment « inquiétante » pour qu'une circulaire de recherche soit diffusée, un mois plus tard, par le ministère de l'Intérieur. Officiellement négociante en véhicules automobiles, cette personne majeure, connue pour escroquerie et banqueroute, « avait des relations parmi les gens du voyage impliqués dans le milieu du grand banditisme ». Pour l'anecdote, le fisc venait de notifier au disparu une fraude portant sur 2 135 000 euros [1]...

1. André Hadoux sera interpellé le 28 novembre 2005, soupçonné d'avoir participé à l'attaque de camions transportant des articles de la marque Vuitton ; il sera libéré le 21 novembre 2006.

5.

Paris à l'heure du Midi

Marseille-sur-Seine

On a pu croire que la France du banditisme était coupée en deux. Que « ceux d'en bas » ne croisaient « ceux d'en haut » qu'à l'occasion de la période estivale, quand tous les VIP de la capitale se doraient sur la Côte d'Azur. Que ceux qui grandissaient sous les platanes du Midi étaient condamnés à y décliner toute leur carrière sans jamais s'essayer sous les marronniers parisiens. Longtemps une bonne partie de la PJ parisienne est restée sur cette ligne, jusqu'au jour, récent, où il a bien fallu admettre que cette vision-là datait.

Les Marseillais et les Corses, pour ne citer que les plus nombreux, sont bien des acteurs de premier plan sur la scène du banditisme parisien. Ils y verrouillent autant de bars et de discothèques qu'à Cannes, Saint-Tropez, Aix-en-Provence ou Marseille. Ils y tiennent le marché de plus en plus lucratif du recouvrement de dettes, vendant leurs services aux entreprises privées comme aux publiques, aux sociétés pétrolières comme aux marchands d'art ou aux promoteurs immobiliers, métiers dans lesquels on a parfois besoin d'exhiber ses muscles pour se faire payer. Ils ont forcément leur mot à dire sur les stupéfiants. Ils règnent en maîtres dans le monde du jeu : les salles officielles leur appartiennent, tout comme une bonne partie des clandestines.

Les Sudistes ont enfin imposé leur savoir-faire et leurs fournisseurs dans le secteur florissant des machines à sous, marché qui a causé tant de morts dans le Sud mais où chacun semblait s'entendre dans la région parisienne. Du moins jusqu'au jour où le plus marseillais des voyous parisiens, Francis Vanverberghe, dit « Francis le Belge », parfois présenté comme « le parrain de la mafia française », a trouvé la mort dans un bar-PMU de la rue d'Artois, non loin de ces Champs-Élysées où il avait établi ses pénates depuis son départ forcé de la Canebière. Nous étions le 27 septembre 2000, l'Antigang venait, une semaine plus tôt, d'interrompre six mois de fastidieuses surveillances, et certains avaient cru devoir pronostiquer le début d'une nouvelle ère pour le grand banditisme...

Tandis que les patrons de l'Antigang font discrètement savoir à qui de droit qu'il n'y a évidemment aucun lien entre la levée des surveillances et le meurtre, la Brigade criminelle s'attache aux faits.

La forte somme d'argent trouvée dans la poche du cadavre indique qu'il comptait bien racheter quelques-uns de ces tickets gagnants dont il conservait soigneusement les photocopies afin de pouvoir justifier ses recettes occultes si le fisc venait y mettre son nez fouineur.

Les témoins, eux, ont vu deux hommes enfourcher une moto de marque Honda, une grosse cylindrée de 1 000 centimètres cubes. L'un était plutôt grand, l'autre, de taille moyenne et de type européen. L'arme utilisée est un pistolet automatique de calibre

11,43 ; neuf douilles ont été ramassées. La victime a été achevée à bout portant.

La Crim' commence par reconstituer les habitudes de la victime avec l'aide précieuse de l'Antigang, bien placée pour savoir que « le Belge », en voie d'embourgeoisement, avait des habitudes bien rangées. Chaque jour, il garait son Audi bleu foncé, immatriculée au nom de son épouse, dans le même parking de la rue de Ponthieu. Il déjeunait chez Scusi, rue d'Artois, ou au Pichet, rue Pierre-Charon, deux tables excellentes ; dans la foulée, il passait systématiquement quelques heures au PMU voisin, celui où il a trouvé la mort, et prenait alternativement l'apéro du soir au Fouquet's ou au bar de l'hôtel Élysée-Ponthieu. Mais son quartier général, celui des rendez-vous professionnels, se trouvait dans un bar de la rue de Presbourg, Le Floridita, à deux pas de l'Étoile. Un lieu où l'on voyait souvent avec lui le Marseillais Souhel Hanna Elias, considéré comme son bras droit dans la capitale, mais aussi William Chineau (un cousin de l'épouse du « Belge », Lydie Fleury, né comme elle à Aubervilliers, dans le « 93 ») ou Denis Drouot, une figure de la banlieue sud, alors tenancier d'un bar à Villejuif, Aux Gavroches. Le signe qu'en plus de seize années de permanents allers-retours, le parrain marseillais s'était taillé un territoire à Paris, où il pouvait compter sur des alliés sûrs.

Aussi à l'aise à l'ombre de la basilique Notre-Dame-de-la-Garde[1] qu'au Sacré-Cœur, où il avait un jour donné rendez-vous à un proxénète toulonnais, Francis Vanverberghe était chez lui dans plusieurs discothèques du VIIIe arrondissement où l'on pouvait facilement le confondre avec le patron derrière ses allures d'élégant homme d'affaires. Une tenue qui lui

1. Comme on le verra au chapitre 9.

avait un jour inspiré ce propos amusé, alors qu'il dînait avec un jeune avocat dans l'une des « ses » boîtes :

« Regarde Al Pacino : il joue les voyous dans les films et croit s'habiller comme un voyou ! »

L'acteur américain, en tournage à Paris et assis à une table voisine, portait les vêtements des voyous de cinéma, accoutrement que les vrais voyous comme lui avaient remisé depuis longtemps...

De quoi vivait « le Belge » ? Officiellement, on l'a dit, il tirait ses revenus des courses de chevaux. Sur le papier, il était « directeur artistique » et mettait en avant ses investissements dans un studio d'enregistrement. Mais les plus lucratives de ses affaires étaient occultes, et le recouvrement de fonds y occupait désormais une place aussi importante que le racket ou les machines à sous, trois spécialités bien connues du banditisme corse.

Loin de s'en tenir à la légende, la Crim' remonte un fil qui conduit pour le moment vers des suspects maghrébins, des hommes de moyenne envergure évoluant entre cannabis et machines à sous. L'un s'appelle Jamel Zitouni et règne sur plusieurs cercles de jeu clandestins ; l'autre se nomme Boualem-Philippe Talata, il vit à Dreux, où il passe pour un caïd, et présente la particularité de travailler occasionnellement comme garde du corps pour le compte de Jamel Debbouze, le Coluche des cités.

Un élément plaide en faveur de cette hypothèse. Un an avant l'assassinat du « Belge », les policiers de l'Antigang ont assisté à distance raisonnable à une « réunion » dans un bar parisien. Quatre personnes étaient présentes : Boualem-Philippe Talata, Jamel Zitouni, Francis Vanverberghe et son plus proche collaborateur, le Marseillais Souhel Hanna Elias. De quoi conforter l'idée que ces deux jeunes nourrissaient le projet de « manger » à la table des grands, mais, de là à en faire les coupables du meurtre, il y avait un énorme pas que la Crim' n'avait pas tout à fait les moyens de franchir.

Se retrouver ainsi sous les feux de la rampe ne réussit cependant pas aux deux caïds. Jamel Zitouni est vraisemblablement éliminé par l'un des neveux du défunt, dont l'absence de réaction, en temps qu'héritier, serait passée pour un aveu d'impuissance ; Boualem-Philippe Talata, lui, est descendu par des proches, à cause d'un différend financier, dans une cité de Dreux. Bilan doublement avantageux pour les véritables commanditaires de l'assassinat de Vanverberghe : si Talata et Zitouni étaient mêlés d'une manière quelconque au règlement de comptes, ils ne risquaient plus de parler ; s'ils ne l'étaient pas, ils porteraient à jamais le chapeau pour tous les autres suspects. Ce qui n'était apparemment pas fait pour déplaire aux ultimes associés du défunt, peu enclins à mener sur le pavé parisien une guerre nuisible au business.

Près de cinq ans plus tard, la plupart des spécialistes, policiers et magistrats confondus, considèrent que les deux suspects étaient décidément trop petits au regard du poids de la victime. Alors, qui ?

Ceux qui penchent pour un crime commandité par le milieu manouche portent avec tant d'insistance leurs regards vers les frères Hornec (cités plus haut) que l'on ne peut s'empêcher de penser à une manœuvre destinée à attiser la guerre des gangs.

Au siège de la PJ, mais aussi à Nice, Marseille ou Ajaccio, une autre hypothèse est avancée. Les tueurs à moto de Francis Vanverberghe ressemblaient trop à ceux que l'on croise dans le Midi pour ne pas évoquer une main méridionale. Quant à savoir à qui profitait le crime, c'était assez clair : en tuant « le Belge », on avait éliminé le seul individu capable de résister aux appétits des Sudistes – Corses, Marseillais, ou les deux en même temps – dans la capitale, mais aussi à Aix-en-Provence et à Marseille, où la victime exerçait encore une notable influence.

L'absence de vengeance renforce cette lecture. Dans le milieu, s'abstenir de riposter à un crime vaut, au choix, assentiment ou aveu d'impuissance. La mort du « numéro un », ou de celui qui se croyait tel, entraîne en l'occurrence d'autres cadavres, mais tous les hommes visés appartiennent à son camp. Tous ont par ailleurs un lien avéré avec le Sud, que ce soit ses deux neveux, Jean-Louis Marocchino et François Vanverberghe, son homme de main, Jean-Jacques Maillet, le Toulonnais Gilbert Mesguich ou ses deux têtes de pont à Aix-en-Provence, Jean-Claude Zamudio et Jean-Marc Verdu, défunts dont il sera question aux chapitres suivants.

De quoi étayer l'idée que le meurtre du « Belge » n'était pas une affaire parisienne, et que, si l'on avait bien assisté, après cette élimination, à une recomposition du milieu, il s'agissait d'une recomposition « par le bas », c'est-à-dire au profit de commanditaires situés entre Bastia et Marseille. Avec, à la clef, une sorte de pacte mutuel de non-agression sur fond de partage des ressources, qui tiendrait le temps que tiennent les pactes...

« Le Bouc » et « Philippe le SS » survivent au « Belge »

À la mort de Francis Vanverberghe, les regards se tournent vers deux hommes : Souhel Hanna Elias et Jean-Philippe Ottmann, tous deux âgés de quarante-six ans. Le premier, surnommé « le Bouc », est considéré comme le fidèle ami du « Belge » ; le second, surnommé « Philippe le SS » et taillé comme un athlète, l'a toujours avantageusement secondé. Allaient-ils venger leur ami ? Allaient-ils au contraire y passer tous les deux ? Voire carrément être soupçonnés d'avoir prêté main-forte aux assassins ? La veille du crime, le 26 septembre 2000, ils ont déjeuné avec le « numéro un ». Voici ce que déclare une semaine plus tard Jean-Philippe Ottmann devant la Brigade criminelle :

« Je ne me souviens pas dans quel type de milieu j'ai fait la connaissance de Francis Vanverberghe, mais, pour moi, c'était quelqu'un de très agréable. Je connaissais bien sûr dans les grandes lignes son passé tumultueux, mais je n'ai jamais fait affaire avec lui, même pour des transactions régulières. Je ne lui connaissais aucune activité occulte ni délictueuse.

« Le 27 septembre, je l'ai retrouvé vers 13 heures dans un restaurant italien proche de l'hôtel Prince-de-Galles, avenue George-V, avec Souhel Hanna Elias. Francis n'avait pas l'air du tout stressé ou inquiet. Il portait un costume gris, je crois. J'étais moi-même en costume, avec cravate. Il était seul, je veux dire sans protection, comme à chaque fois que je l'ai rencontré. À ma connaissance, il n'était pas armé. Je suis sûr que, s'il s'était senti menacé, il se serait mis à l'abri. Il n'était ni inconscient ni mégalomane. »

Les enquêteurs de la Crim' n'en attendaient pas davantage. Ce n'était d'ailleurs pas la première fois qu'ils entendaient Ottmann dans ces circonstances. Les archives mentionnent une audition neuf ans plus tôt. La veille de l'assassinat de son ami Jean-Antoine Ribot, originaire de Santa-Reparata-di-Moriani (Haute-Corse), et de sa compagne, il avait déjeuné avec lui au

Bilboquet, un restaurant parisien du VIe arrondissement. « Il était tout à fait tranquille et ne manifestait dans son comportement aucune espèce de crainte », avait-il dit. Comme quoi, dans ce milieu, on ne voyait pas toujours venir le danger – à moins qu'à force de le voir on s'y soit accoutumé ?

Jean-Philippe Ottmann en sait-il plus long qu'il ne veut bien le dire ? Parmi ses fréquentations se trouvent des bandits bastiais chevronnés susceptibles de lui apporter quelques lumières si les policiers les mieux renseignés voient juste et si les bandits corses sont bien pour quelque chose dans cette brutale élimination. Mais il se tait.

Souhel Hanna Elias n'en dit pas davantage. Lui non plus ne voit pas d'où les balles mortelles ont pu partir. Mais si on veut l'interroger sur les boîtes de nuit, il est incollable : le VIP est son domaine de prédilection – la succursale parisienne comme la tropézienne. Il en va de même pour les jeux clandestins, sa spécialité depuis ses années marseillaises.

Si son père est né en Turquie, Souhel Hanna Elias a vu le jour à N'Djamenah, capitale du Tchad, en 1956. Il a été tour à tour restaurateur, directeur commercial et « directeur artistique », métier dont s'affublent facilement les caïds marseillais. « Membre influent du milieu marseillais, Souhel Hanna Elias tire ses revenus de l'exploitation des machines à sous et s'adonne au racket », dit une fiche établie en 1989 sans préciser si ces assertions ont été démontrées. Quelques mois plus tôt, il a échappé par miracle à un assassinat, mais pas la personne à qui il avait prêté sa BMW, prise pour cible à sa place.

Souhel Hanna Elias est à l'époque un pilier du Bridge Club, une maison de la rue Saint-Saëns, à Marseille, où se jouent d'interminables parties de rami, de belotte, de bridge ou de contrée. Il a créé ce lieu pour « se distraire », dit-il, « pour que les gens puissent se détendre et s'amuser sans fréquenter les débits de boissons, et pour rencontrer des commerçants et des notables qui venaient se détendre ». Si l'on y jouait à des jeux d'argent, c'était à son insu, a-t-il expliqué un jour aux policiers avant de justifier l'intégralité de ses revenus par... des gains au jeu ! On lui prête par ailleurs à l'époque de discrets intérêts dans une pizzeria, plusieurs bars et une discothèque, le Maxi-Club, établissements tenus par des hommes de paille plutôt tolérants vis-à-vis des machines à sous.

Les fréquentations de Souhel Hanna Elias en font plus qu'un « directeur artistique » parmi d'autres. À la fois proche de Francis Vanverberghe et de Raymond Mihières, considéré lui aussi comme un sérieux prétendant au trône de parrain de Marseille[1], il a des relations avec le clan Barresi, dont on découvrira l'importance à Marseille. On l'a par exemple vu franchir la douane à la hauteur du Perthus, direction Barcelone, au printemps 1989, en compagnie du père Barresi, prénommé Roger, né à Tunis en 1934. Barcelone, où se trouvait à l'époque un important fournisseur de machines à sous, la Manufacture de machines électroniques Pascual Soa.

Peut-on parler de gang ? Des policiers considèrent à l'époque que cette organisation criminelle, constituée autour du « Belge », étend son pouvoir du Gard à l'Italie. À Marseille, Hanna Elias et Raymond Mihières sont soupçonnés d'avoir mis au point une technique infaillible pour ramener les patrons de bar dans leur escarcelle : ils prêtent des sous aux gérants jusqu'à les étrangler, puis placent des machines à sous dont ils

1. Voir son portrait au chapitre 9.

confisquent jusqu'aux trois quarts des rentrées financières. Un beau jour, avec la complicité d'un cabinet d'affaires, le gérant saute, contraint d'abandonner son bien, faute d'honorer ses dettes.

À quel moment ces Marseillais ont-ils jugé utile de s'implanter dans la capitale ? L'ont-ils fait en ordre dispersé ? Se sont-ils au contraire partagé les territoires afin de ne pas exporter la propension locale à s'entretuer pour un rien ?

Une note des RG datée d'octobre 1994 évoque la présence de Roger Barresi dans la capitale au début de cette année-là. Le père de Jean-Luc, Bernard, et Franck Barresi s'intéressent de près aux activités de la Société de distribution de machines alimentaires automatiques, créée cinq ans plus tôt, spécialisée dans l'importation et la vente de machines à sous de type poker. Officiellement, la société est dirigée par deux Marseillais inconnus de la police, l'un d'origine syrienne, l'autre d'ascendance italienne. Roger Barresi, lui, n'apparaît pas dans les statuts, mais on le voit presque tous les jours au siège, à Aubervilliers (Seine-Saint-Denis), où il semble superviser les affaires courantes quand il ne se rend pas chez le fournisseur barcelonais. Souhel Hanna Elias fait également de fréquentes apparitions dans les lieux [1]. Malgré de longues surveillances, les RG n'ont vu venir aucun des fils Barresi, surtout pas Bernard, recherché depuis l'attaque d'un fourgon de l'Union de banque suisse [2] à Mulhouse, en 1990. Ils ont en revanche cru voir quelques sacs en plastique remplis d'argent changer de main, probablement pour prendre la direction de

1. Les locaux abritaient également la Société française de machines récréatives, gérée par un Français d'une cinquantaine d'années.

2. Un braquage raconté au chapitre 9.

Marseille, avec l'aimable participation du comptable d'une société d'import-export de poissons équipée d'un compte en banque, mais pas d'un local commercial : un Corse né en Afrique qui roule en Safrane et « semble jouer un rôle important dans le clan Barresi », ont noté les RG, qui le savent également gérant d'une compagnie de navigation côtière dans la Corse-du-Sud.

La Capelette-La Courneuve, mêmes machines

C'est de Marseille, en 1997, que vient une nouvelle confirmation de cette implantation parisienne. La PJ s'est focalisée sur les activités d'une société installée dans le quartier de la Capelette, Fun Video, soupçonnée d'exploiter des « bingos », machines bien connues des joueurs, dans des bars de Marseille et de Cavaillon (Vaucluse), mais aussi dans ceux de la région parisienne. C'est là, derrière une structure implantée à La Courneuve (Seine-Saint-Denis), Machines Distribution Loisirs, qu'est apparu le nom de Souhel Hanna Elias.

Les enquêtes sur les machines à sous sont longues et fastidieuses. Il faut piéger le patron d'un bar au moment de la remise des espèces, identifier celui qui contrôle la machine et celui qui récolte la recette, lesquels ne sont jamais les mêmes. Il faut enfin déterminer dans quelles poches l'argent se retrouve, selon quel partage, puis déchiffrer les multiples sociétés-écrans. Le tout sans être certain que la justice pourra un jour traduire ces faits en sanctions pénales, ce qui ne va pas de soi. Les policiers sont même plutôt habitués au contraire : de longues enquêtes ont plusieurs fois débouché sur une absence totale de poursuites.

Pourtant, après les braquages, les stupéfiants et le racket, les machines à sous constituent bien le nouvel eldorado du milieu. La preuve sanglante s'étalait dans la colonne « règlements de comptes », sérieusement noircie depuis que l'on s'arrachait les bars de Lille à Marseille et de Perpignan à Nice. Les « bandits manchots », comme on appelait aussi ces machines, donnaient justement aux bandits des mains pour se flinguer à tout va, avec bien plus de détermination qu'au temps où ils se disputaient les trottoirs où placer leurs filles. Précisément parce que les peines encourues ne sont pas aussi refroidissantes qu'en matière de proxénétisme, et que les gains sont aussi élevés que réguliers : autour de 80 000 francs[1] par mois et par machine, partagés moitié-moitié entre le gérant du bar et le placeur, d'après un calcul effectué par les policiers marseillais. Lorsqu'une équipe est capable de placer deux machines dans une trentaine de bars, les bénéfices annuels peuvent être colossaux, sachant que les frais d'entretien sont minimes. Largement de quoi alimenter quelques investissements : rachat de bars (où l'on place sans peine de nouvelles machines), de discothèques, ou commandes de stups en gros.

Prenant le relais de la PJ marseillaise, la Brigade de répression du proxénétisme, qui suit au Quai des Orfèvres les affaires de machines à sous, place donc sous surveillance Souhel Hanna Elias et la fameuse société de La Courneuve. Machines Distribution Loisirs (MDL) emploie une dizaine de personnes et l'on y voit souvent la compagne du Marseillais, une certaine Radhia. Le territoire sur lequel la société place ses bingos est apparemment sans limites. Elle a des clients dans l'est et le nord de la capitale et dans tous les

1. Environ 12 000 euros.

départements de la petite couronne, de Levallois (Hauts-de-Seine) à Rungis (Val-de-Marne) et de Pantin (Seine-Saint-Denis) à Sarcelles (Val-d'Oise), où ses points de chute ont pour noms Le Petit Parc, Le Constantine, Chez Joseph, La Pause-Café et Aux délices de la gare. Aucune clientèle ne paraît lui échapper, pas plus celle des bistrotiers pieds-noirs que celle des Kabyles, des Arabes ou des Auvergnats. Comme si ces Marseillais avaient carte blanche en Île-de-France pour prospérer, quand, chez eux, ils étaient systématiquement en butte à la concurrence.

Longuement interrogé, le patron d'un bar de la rue Rampal, à Paris (XIXe), consent à dire comment deux vidéopokers et un bingo ont atterri chez lui : « J'ai affaire à Jacques, dit-il, un homme de type européen, assez balèze, taille moyenne, habillé décontracté. Il passe tous les dix jours environ pour faire la caisse, dont nous partageons le contenu à 50/50. Le propriétaire est un certain Pierre, qui est passé chez moi une ou deux fois. C'est un homme de type européen, genre "marseillais", brun à la peau mate, porteur d'un petit bouc. Jacques m'a dit que Pierre était dangereux. Je crois qu'il est corse. »

Marseillais ou Corse, l'homme au bouc sait apparemment jouer du flou artistique, mais règle toutes ses consommations rubis sur l'ongle. Le cafetier, d'ailleurs, n'a pas à se plaindre : les machines lui rapportent environ 5 000 francs [1] par mois, une fois déduits les gains versés au client, geste commercial dont il sait fort bien qu'il le place hors de la légalité.

À Paris, Souhel Hanna Elias roule en Harley-Davidson ou en BMW, et il a effectivement changé de pré-

1. Environ 750 euros.

nom. Il le dit sans sourciller lorsqu'il est entendu à son tour au Quai des Orfèvres :

« On m'appelle Pierre depuis que je suis arrivé ici. Tout le monde m'appelle Pierre, alors je suis Pierre. Je suis effectivement directeur commercial de Machines Distribution Loisirs depuis sa création en janvier 1996. Je perçois un salaire de 23 000 francs[1] par mois. Je vends des appareils de jeu, en particulier des bingos, dans toute la France. Nous exploitons aussi en direct des baby-foot, juke-box et autres flippers. Je détiens aussi 60 % dans la société parisienne Sud Sonic, un studio d'enregistrement géré par ma fille, qui partage le reste des parts avec un disc-jockey. »

Très au fait de ses droits, le Marseillais devance les questions des enquêteurs : « Le bingo est un jeu légal, dit-il, même si je sais qu'il peut être mal exploité. Nous expliquons aux acheteurs qu'il est interdit par la loi de rembourser les points gagnants. »

Assez fier de sa réussite sociale et pour le moment à l'abri de toute poursuite judiciaire, Souhel Hanna Elias navigue souvent dans le Sud, entre Marseille, Cassis et Aix-en-Provence, où il reste un habitué du Mistral, fleuron de l'empire Vanverberghe, encore intact à l'époque. En homme d'affaires prévoyant, il a acheté deux cyber-machines à sous au dernier Salon Forain Expo, histoire de ne pas passer à côté de la révolution technologique qui s'annonce. Et de ne pas laisser s'échapper la clientèle des cybercafés...

1. Environ 3 500 euros.

« Leur vie gravite autour des quartiers chic »

Une seule fois, le cours des événements semble sur le point de basculer, si l'on en croit ce renseignement confié à la police par un proche de feu Vanverberghe : une équipe de « nettoyeurs » tourne dans la capitale, explique le « tonton [1] ». Venus de Nîmes et de Marseille, ces hommes auraient été envoyés par un « clan corse », justement inquiet de l'ambition affichée par Souhel Hanna Elias dans le domaine des machines à sous sur Internet. Ils ont pour mission de l'abattre, assure-t-il, mais personne ne voit rien venir... ce qui ne signifie pas forcément que l'indicateur ait tout inventé.

Ceux qui viennent finalement troubler le jeu, ce sont encore les flics. En mai 2001, huit mois après la mort du « Belge », ce sont quinze débits de boissons qui sont pris pour cibles à Paris et dans la Seine-Saint-Denis, entraînant la saisie de vingt-quatre vidéopokers et de trois bingos. À l'abri derrière un Marseillais inconnu des fichiers, Souhel Hanna Elias n'apparaît toujours pas au premier plan, mais les cafetiers le désignent comme « le Chef ».

On en reste là provisoirement, toujours faute de preuves, jusqu'au jour où un nouveau renseignement, officiellement anonyme, fait rebondir l'enquête. Début 2002, après huit mois de surveillance dans une dizaine de bistrots, un enquêteur de la Division nationale pour la répression des atteintes aux personnes et aux biens livre ses conclusions :

« Les machines présentent une apparence légale, mais subissent une modification des composantes électroniques qui transforme le jeu légal en poker par une simple manipulation. »

1. Appellation familière donnée aux indicateurs.

Selon les premiers éléments rassemblés, trois personnes seraient chargées du placement et de l'entretien des machines : « Antonio », né au Portugal, la quarantaine ; « Alain », un Parisien un peu plus âgé ; et « Marco », originaire de Constantine (Algérie), la cinquantaine. Ils travailleraient sous le contrôle d'un certain « Fifi », basé à Puteaux (Hauts-de-Seine), ville où les Corses de la capitale se retrouvent volontiers derrière le bar du Méditerranée, brasserie gérée par une vedette de la communauté, Paul-André Canonicci, dit « Dédé ».

« Les joueurs, poursuit l'enquêteur qui s'est focalisé sur un café de Sarcelles, se font payer leurs gains par le gérant, qui tient une double comptabilité, distincte de celle de son établissement. »

« Antonio » a de longues journées de travail. Debout à 7 heures, c'est lui qui explique aux cafetiers comment répartir l'argent des jeux. Ou comment transformer un jeu « normal », type Space Invaders, en jeu de cartes avec gains en espèces. En fin de semaine, c'est lui qui ramasse la monnaie.

« Alain » le seconde. C'est un professionnel du bandit manchot, des machines qu'il ausculte depuis 1973. « Mon emploi du temps journalier correspond grosso modo à une journée de travail ordinaire », constatera-t-il plus tard.

Celui que l'on appelle « Fifi » prend rapidement le visage de Philippe Jacques. L'homme passe ses journées dans les bars de la région parisienne, où il place des machines, parfois accompagné du « Gros Joseph », lui aussi originaire de Constantine. Le passage du franc à l'euro lui a visiblement donné un travail de tous les diables – l'occasion rêvée, pour ses « filocheurs », de dresser la liste de ses clients. C'est à lui que les autres remettent les fonds collectés dans une soixantaine de débits de boissons, du moins est-ce ce que les policiers déduisent de leurs observations.

Un jour d'avril 2002, ils voient « Antonio » remettre une somme en liquide à « Fifi » au café des Ternes. Dans la foulée, « Fifi » se rend dans un Gymnase Club du XVIe arrondissement où il rencontre une personne surnommée « le Blond » ou « le SS », identifiée comme étant Jean-Philippe Ottmann, boxeur émérite. « Fifi » lui rend apparemment compte de ses tournées, lui communique les sommes collectées et lui fait part de ses difficultés. C'est aussi auprès de lui qu'il vient prendre ses consignes. Auprès de lui et d'un certain « Pierre », visiblement considéré comme le chef de cette bande.

Comment éviter une évaporation des pièces de monnaie en cours de route ? En « serrant les boulons ». Sauf que ça ne marchait pas toujours, les policiers étaient bien placés pour le savoir. Au début de mai 2002, le gérant d'un bar de Villiers-le-Bel, Le Puits Marlière, où l'équipe entretenait trois machines, avait ainsi été rappelé à l'ordre par « Marco ». « L'argent ne remonte pas assez », lui avait-il lancé sur un ton menaçant. Joignant le geste à la parole, il avait désigné un client accoudé au bar, celui-là même que le gérant allait voir débarquer quelques jours plus tard pour le rosser. « Marco » avait alors pris la peine de le visiter sur son lit d'hôpital, où il lui avait fait comprendre qu'il n'était bien sûr jamais venu dans son bar au cours des jours précédents.

Le gérant avait tout de même porté plainte pour vol. Un épisode que les flics étaient en mesure d'éclairer : quelques semaines auparavant, ils avaient assisté à une discussion entre « Marco », « Fifi » et le patron du bar, qui avait été explicitement menacé de sanctions. Mieux : l'écoute des conversations montrait que « Marco » et l'un de ses beaux-frères détournaient pour leur compte, au nez et à la barbe de leurs commanditaires, une partie des fonds ramassés. Le pauvre gérant du bar de Villiers-le-Bel n'était donc rien d'autre que le bouc émissaire destiné à maquiller leurs petites turpitudes !

Comment donner corps à ces soupçons encore diffus ? Réflexe classique : on se penche sur le train de vie du présumé patron et de son présumé « lieutenant ». Un train de vie vite qualifié d'« exorbitant » par la police, qui évoque des dépenses « sans commune mesure » avec leurs revenus déclarés.

« Leur vie gravite autour des quartiers chic », note l'enquêteur, qui insiste : « Ils fréquentent assidûment le Fouquet's, le Bar Fly et le Waknine. » Souhel Hanna Elias a le don de les exaspérer en s'affichant au volant d'un 4 × 4 de marque BMW qu'il a tout de même pris soin d'acheter à crédit. Il investit dans l'immobilier et n'est pas loin de devenir l'heureux propriétaire « indirect » d'un restaurant sur les Champs-Élysées et d'un bar près de la place de Clichy. Avec « le Blond », qui pour sa part circule volontiers à bord d'un cabriolet Mercedes, il est par ailleurs en train de reprendre en main un cercle de jeu, rue Pierre-Ier-de-Serbie, tout en lorgnant sur un bar en liquidation judiciaire situé non loin de cette bijouterie de la rue du Faubourg-Montmartre qui leur sert de point de ralliement. Et pourquoi pas un casino sur l'île de Saint-Martin, aux Antilles, où Francis Vanverberghe a largement défriché le terrain au fil de nombreux déplacements sur place ? L'idée est dans l'air, preuve que la mort du « parrain » ne les a aucunement forcés à baisser les bras.

Aligner ces perspectives financières ne permet cependant pas de démontrer la culpabilité des deux hommes dans le dossier en cours. Les policiers font d'ailleurs état de leurs difficultés à donner corps à leurs soupçons :

« Les surveillances sont complexes à cause du comportement très suspicieux de Souhel Hanna Elias, écrit l'un d'eux. Au cours des filatures, il se livre à des manœuvres dangereuses et incohérentes : demi-tours en pleine voie, marche arrière soudaine, accélérations brusques, feux tricolores franchis au rouge fixe, circulation dans les voies de bus... obligent les enquêteurs à stopper leurs filatures. »

Ces comportements répétés sont pour les policiers un nouvel indice. Avec l'absence d'activité professionnelle régulière et celle de domicile vraiment fixe, ils trahissent ce qu'ils appellent « un mode de vie propre au milieu du grand banditisme ». Tout un programme qui passe encore par l'absence de ligne téléphonique fixe et d'appartement à son nom, l'emploi de codes pour désigner au téléphone les lieux de rendez-vous, le recours à des prête-noms pour les activités commerciales.

Les conclusions policières sont nettement plus rudes que ne le seront les suites judiciaires, quasi inexistantes[1]. Elles placent « le Bouc » à la tête d'une « bande organisée gérant une fortune et un patrimoine colossaux totalement occultes ».

« L'origine de cet empire correspond à la reprise d'une partie des activités de Francis Vanverberghe », poursuit le fonctionnaire, qui relève un fait troublant : l'adresse de la société Sud Sonic (le fameux studio d'enregistrement), dont Souhel Hanna Elias est le por-

1. La loi du 12 juillet 1983, adoptée alors que Charles Pasqua était ministre de l'Intérieur, prévoit, pour ces affaires, une peine maximale de quatre ans de prison.

teur de parts majoritaire, correspond à l'ancien domicile du « Belge ».

« Je ne comprends pas votre question »
(Souhel Hanna Elias)

Lorsqu'il est entendu à l'Office du banditisme, où il s'est rendu de son propre chef, joint sur un numéro de téléphone portable apparu au cours de l'enquête, Souhel Hanna Elias ne paraît pas très inquiet : « Je suis inconnu des services de police et de gendarmerie », commence-t-il sans plaisanter après avoir répondu aux habituelles questions sur son état civil et évoqué son statut de « directeur artistique ».

Nous sommes le 3 décembre 2002 ; près d'une quarantaine de bars ont été perquisitionnés et une soixantaine de machines à sous, saisies. Déjà entendus, les trois réparateurs ont reconnu opérer sous le contrôle de « Fifi », qui nie en bloc depuis le début de sa garde à vue. « Marco » affirme pour l'instant qu'il n'a extorqué de fonds à personne... Et lui, Souhel Hanna Elias, comment se débrouille-t-il pour régler un loyer mensuel de 1 000 euros avec un salaire de 1 400 euros ?

« Je n'ai rien à cacher. Je paie mon loyer avec des espèces gagnées dans les cercles de jeu », se défend le Marseillais.

La société Sud Sonic ?

Elle est déficitaire, explique-t-il, même si un disc-jockey est actuellement en Russie sur la piste de nouveaux contrats ; il y consacre cependant du temps, rencontre des artistes et des maisons de production. Il y a également cette société basée en Grèce qui l'emploie comme consultant, ce qui lui permet d'arrondir ses revenus. Et ce n'est pas tout : « J'essaie de trouver des contrats avec des raffineries, explique Souhel Hanna Elias. Normalement, je prends 3 % sur toutes les commissions. J'ai commencé le 19 septembre à Abidjan, où j'ai présigné un contrat de livraison pour 100 000 barils de pétrole, mais tout est tombé à l'eau dans la nuit à cause du coup d'État. J'ai simplement touché 20 000 dollars pour compenser une partie de mes frais. »

Celui que certains prenaient pour un simple vendeur de machines à sous fait aussi dans l'immobilier : « Je sers parfois d'intermédiaire dans la vente de biens, raconte-t-il. J'ai ainsi touché il y a quatre ans une commission de près de 600 000 francs[1] en plaçant un immeuble à Paris. Je connais énormément de monde dans ces milieux et j'arrive à mettre en contact des gens. »

Au passage, comme s'il souhaitait devancer une immanquable question, il ajoute : « Je fixe les rendez-vous dans un cadre accueillant et pimpant, notamment avec les artistes, par exemple au Bar Fly[2]. »

Tels des vérificateurs fiscaux, les policiers ne lâchent pas leur proie. Dans quelles conditions, lui demandent-ils, a-t-il fait l'acquisition de son luxueux véhicule ? En vendant sa vieille Jaguar et en rédigeant de fausses fiches de paie pour emprunter le reste, répond-il sans se démonter : « Il me manquait environ 200 000 francs[3] pour me faire ce plaisir, précise-t-il. Et je paie mes traites ! »

Souhel Hanna Elias n'est pas homme à se laisser piéger. S'il a aidé sa compagne à rénover son pavillon

1. Environ 90 000 euros.
2. Un établissement branché dans le quartier des Champs-Élysées.
3. Environ 30 000 euros.

en achetant une partie des meubles, c'est grâce à des économies provenant de la vente d'une maison à Saint-Maximin, sur la Côte d'Azur. Et ce virement de 33 000 dollars sur l'un de ses comptes ? Cet argent vient d'un riche cousin, propriétaire d'une société de tankers au Nigeria : une avance qu'il lui a consentie sur un contrat pétrolier en cours au Sénégal. Si l'affaire ne se conclut pas, il remboursera, mais le cousin n'est pas pressé. Cet argent lui a ainsi permis de prendre en location-vente le Washington Café, établissement fort bien situé (dans le quartier des Champs-Élysées) qu'il destine à sa fille.

Que pouvait-on avoir à redire au fait que cet homme songeât à assurer l'avenir de sa progéniture ? Rien, mais on pouvait à tout le moins le chatouiller sur ses relations avec certains de ses associés. Jean-Philippe Ottmann, par exemple, quels étaient ses liens avec lui ?

« Je l'ai connu il y a six ou sept ans et on a rapidement sympathisé. Nous avons une passion commune, celle des jeux de cartes dans les cercles de jeu. Nous fréquentons les mêmes joueurs. »

Et Philippe Jacques, le connaissait-il ? « C'est sa femme, Angèle Ceccaldi, que je connais depuis vingt ans, qui me l'a présenté lors d'un combat de boxe. Nous avons une passion commune pour ce sport, mais nos relations restent amicales.

— Avez-vous un lien avec l'implantation de machines à sous en région parisienne ? interroge sans détour le policier.

— Je n'ai jamais, de près ou de loin, participé à l'exploitation de machines à sous illégales », affirme Souhel Hanna Elias.

Lorsque le policier évoque ses conversations téléphoniques avec « Fifi » ou avec « le Blond » (autre pseudo d'Ottmann), « le Bouc » se referme :

« Je ne comprends pas votre question, dit-il. Ce n'est pas ma ligne téléphonique. Si j'ai rencontré ces gens, c'est par coïncidence... »

Le même jour à la même heure, évidemment dans un autre bureau, Jean-Philippe Ottmann explique qu'il est domicilié chez ses parents, qu'il est allé à l'école jusqu'en troisième et qu'il est agent commercial dans une marbrerie. Il vend aussi des montres de collection Jaeger Lecoultre, Cartier ou Chopard, car ce Parisien mâtiné d'Aveyronnais est un passionné d'horlogerie. Il est tous les jours derrière le comptoir de l'une des deux bijouteries où il exerce ses talents, rue du Faubourg-Montmartre ou avenue Franklin-Roosevelt. Les deux établissements ne lui appartiennent pas, mais il passe pour en être le patron, rôle qu'il partage avec Édouard Nahum, « Ed » pour les intimes, auprès de qui Francis Vanverberghe savait déjà pouvoir trouver montre à son goût.

Quand il ne négocie pas le prix d'une breloque, activité qui lui permet de faire face aux dépenses courantes, « le SS » évolue dans les cercles de jeu, propriété quasi exclusive, comme chacun sait, de la communauté corse de Paris ; des cercles qui avalent et recyclent toutes les espèces tout en offrant des lieux de rencontre appréciés des hommes discrets.

Pas de voiture à son nom, pas de carte de crédit, pas de compte courant : Ottmann a heureusement beaucoup d'amis qui l'invitent ici et là en vacances. Souhel Hanna Elias est l'un d'eux.

« Je l'ai connu il y a trois ans par l'intermédiaire de feu Francis Vanverberghe, raconte-t-il. Nous déjeunons ensemble à l'occasion, mais je ne traite aucune affaire avec lui. Nous évoquons de vieux souvenirs que nous avons en commun avec Francis... »

Et « Fifi » ?

Ottmann sort son joker : il s'agit d'une « relation sportive » : « Philippe est un boxeur, dit-il. Nous faisons des combats pour le plaisir. »

Entendu au même moment, « Fifi » ne contredit pas son copain de ring :

« "Le Blond" s'est honoré que je lui apprenne à boxer il y a une vingtaine d'années, dit-il. À présent, c'est lui qui m'en met plein la gueule, car mon pote est vraiment costaud. »

Des choses plus sérieuses ?

« Non, c'était purement amical... et si vous m'avez vu lui remettre de l'argent, c'est sûrement que je le remboursais. »

« Fifi » ne roule pas sur l'or. Heureusement qu'il bénéficie, par l'intermédiaire de sa compagne, une intime du maire de Puteaux, le Bastiais Charles Ceccaldi-Raynaud, d'un logement HLM dans cette grande ville des Hauts-de-Seine. Autrement, il « jongle ». Il lui arrive aussi de traîner dans les bars. Sans plus. L'imposant trousseau de clefs retrouvé chez lui ? Des clefs de billard et de baby-foot qu'il a volées dans les bars.

« J'essaie d'ouvrir les caisses pour dérober l'argent », concède-t-il, prêt à être poursuivi pour vol.

Les noms de bars qu'il a griffonnés sur une feuille de papier ?

« J'y ai rencontré des gonzesses », hasarde « Fifi ».

Les versements d'espèces sur le compte de sa compagne ?

« Elle gagne cet argent en effectuant des massages à des gens fortunés, acteurs, mannequins, sportifs ou chanteurs, qu'elle visite dans les grands hôtels, le Ritz, le Crillon ou le Plazza. »

Angèle le confirmerait sans difficulté : de nuit, son tarif était de 150 euros. Mais était-ce vraiment ce qui intéressait le juge ?

Ce dernier est plutôt au bord de la capitulation. Il y a peut-être dans le dossier de quoi prononcer une ou deux mises en examen, mais certainement pas matière à incarcérer qui que ce soit. Souhel Hanna Elias s'en tire avec l'obligation de pointer une fois par semaine au commissariat, mesure assortie d'une caution symbolique, à peine supérieure à 100 000 euros. La vie peut continuer. Avec ses hauts et ses mauvaises blagues, comme ce jour où « le Bouc », victime d'un accrochage sur le périphérique, appellera en catastrophe un ami pour transvaser dans son véhicule le contenu de son coffre et de sa boîte à gants. Tout ça parce qu'il n'a « pas confiance dans les dépanneurs »...

Denis Drouot, un pied en Corse-du-Sud

Dans la capitale, à l'instar de Souhel Hanna Elias, les « gens du Sud » ne restaient pas confinés entre eux. Pour contrôler ce vaste territoire, ils se mélangaient avec des gens du cru. Des liens anciens qui passaient par quelques personnalités locales, héritières clairsemées du milieu parigot à l'ancienne.

Denis Drouot était de ceux-là. Né en 1957, il avait su se faire une place au soleil entre les fils du Maghreb et les Sudistes omniprésents. Son quartier général se situait dans la banlieue sud, entre Villejuif et Ivry, où il avait par exemple côtoyé l'incontournable Daniel Cheval. Affublé d'un surnom peu original (« le Gros »), il avait connu une carrière des plus classiques : un vol de cyclomoteur pour commencer, puis un vol de voiture et un « vol qualifié », pour déboucher finalement sur un vol à main armée dans un bureau de poste qui l'avait envoyé à Fleury-Mérogis...

Pour prospérer, Denis Drouot a pris très tôt attache avec certains Corses. Il a même acheté une villa dans un hameau de Corse-du-Sud, près de Pietrosella. Une maison avec piscine et vue sur la mer que personne n'a jamais songé à plastiquer, bien qu'il ait importé, pour la construire et l'aménager, tous les matériaux du continent. Et qui a parfois servi de lieu de rencontre, l'été, aux acteurs de cette économie souterraine qui échappe à toutes les statistiques.

Sous la casaque de la « banlieue sud », Denis Drouot a fréquenté Francis Vanverberghe et a été vu plus d'une fois avec Souhel Hanna Elias, son bras droit, lors de ce fameux déjeuner consacré, croyait savoir la police, au contrôle des machines à sous dans la capitale. Il connaît Bruno Cellini, pilier de la fameuse Dream Team, ainsi que Jean-Michel Xantheas, aperçu dans un précédent chapitre sous les palmiers de la Costa del Sol. C'est d'ailleurs en compagnie de ces deux derniers qu'il a fait sa première apparition dans le viseur de la police, durant l'été 1986. L'interpellation de Xantheas à la frontière suisse, avec faux papiers et gilet pare-balles, aurait alors fait capoter l'attaque d'une banque à Genève, avec percement de tunnel...

L'année suivante, « le Gros » est considéré comme un pionnier de l'internationalisation du milieu français, qui vient d'ouvrir un « bureau » en Espagne et mise sur la petite île de Saint-Martin, aux Antilles. C'est enfin grâce à lui que « banlieue sud » commence à rimer avec « Corse-du-Sud ». Ses amis dans l'île de Beauté tournent en effet moins autour de Bastia que d'Ajaccio, alors considéré comme un fief du nationaliste Alain Orsoni.

Denis Drouot n'appartiendrait pas à la catégorie des gens qui pèsent moins qu'on ne le croit, mais plutôt à celle de ceux qui pèsent plus qu'on ne le dit. Cet homme s'est tiré sans une égratignure de plusieurs affaires, notamment lorsqu'on l'a soupçonné, en 2001, de gérer une officine de faux papiers à destination de clients corses. Le juge Éric Halphen, de Créteil, a un temps fait surveiller sa villa dans l'île ; les invités y étaient nombreux et souvent connus de la justice, mais aucun méfait n'a pu être reproché à personne.

« Le Gros » s'est ainsi imposé sans faire de bruit.

Officiellement agent commercial dans une société de gardiennage, ce grand tatoué (« Toutes des putains », clamait l'une de ses scarifications) a longtemps géré son petit bar à Villejuif. C'est même grâce aux revenus occultes de cet établissement, a-t-il un jour expliqué aux policiers venus scruter son train de vie, qu'il était devenu propriétaire en Corse. Ses autres gains se partageaient entre les Assedic et des espèces qu'il attribuait à la chance – il fréquentait les casinos – et à un héritage. Son train de vie n'était peut-être pas tout à fait proportionnel à ses revenus officiels, mais tant qu'on ne le prendrait pas en défaut, il n'avait aucune raison de jouer au miséreux !

Claude Watripon et ses amis bastiais

Claude Watripon n'est pas non plus un personnage très médiatique, mais plus d'un policier lui accorde un rôle charnière dans la région parisienne et de nombreux amis sur l'île de Beauté.

Cet homme de haute stature est né dans l'Oise au

début des années 50, il s'est fixé dans la Seine-Saint-Denis, du côté de Noisy-le-Grand, et a lui aussi cultivé tout au long de sa carrière la plus scrupuleuse discrétion. Deux dates suffisent à montrer que cette stratégie a été payante : inscrit au fichier des personnes recherchées en février 1989, il en a été radié en novembre 2001, faute d'avoir été impliqué dans la moindre affaire sérieuse.

Comme pas mal d'anciens, Claude Watripon a commencé sa carrière comme proxénète au début des années 70, quand cette activité rapportait encore gros. Il a eu deux ou trois fois affaire à la police pour ce motif, deux fois encore pour port d'arme et pour une rixe dans une discothèque de Seine-et-Marne. C'est en 1985 que l'Office du banditisme lui tombe dessus. Cela commence par une photo prise dans un restaurant parisien : on y voit quatre jeunes et beaux garçons portant costumes sombres et cravates, attablés devant une colonie de verres vides. De gauche à droite, les observateurs reconnaissent Jean-Philippe Ottmann, Claude Watripon, le Bastiais Jean-Antoine Ribot, membre présumé de la bande de la « Brise de mer », l'institution bastiaise par excellence, et Joseph Ciarlone, dit « Jo d'Aubagne », cité dans plusieurs affaires de stupéfiants. Un cliché qui va longtemps poursuivre Watripon, considéré désormais comme l'une des figures charnières entre Paris et Bastia.

Un rapport du 19 mars 1985 évoque ouvertement une bande mixte de Parisiens et de Corses, aux activités multiples, « susceptibles d'avoir commis des vols à main armée avec ouverture de coffres-forts, et d'en préparer d'autres, notamment dans la capitale ». Le champ des relations de Claude Watripon ne cesse de s'élargir. On le voit en bons termes avec la « Brise de mer » au grand complet, notamment avec Antoine

Castelli, qui a le privilège de vivre au-dessus du bar qui a donné son nom à la bande, sur le vieux port de Bastia, point de départ de cette « appellation d'origine contrôlée ». On cite aussi les noms de Simon Campana, Maurice Costa ou Dominique Chiappalone, considérés eux aussi comme des pionniers de la bande bastiaise.

À l'initiative d'un juge parisien, la PJ met plusieurs téléphones sur écoute, dont celui d'un appartement de l'avenue de Wagram où Simon Campana reçoit lorsqu'il est à Paris. Une série de contretemps perturbe cependant les investigations. Simon Campana lui-même disparaît après avoir appris qu'il était recherché pour un vol dans une Caisse d'épargne d'Amboise ; un Parisien apparu auprès de Claude Watripon prend le large après un contrôle de police ; deux autres sont arrêtés après avoir écoulé 80 000 cassettes vidéo par le biais de sociétés en cessation de paiements ; il a enfin fallu mettre la main sur un ami de Campana, évadé quatre mois plus tôt de la centrale de Saint-Maur, parce qu'il avait fait savoir à qui voulait l'entendre qu'il envisageait une série de règlements de comptes.

La PJ se rabat sur les restes, sans vraiment espérer monter un dossier digne de ce nom.

Dans l'appartement de l'avenue de Wagram habite une jeune femme prénommée Marie-Joséphine. Elle a quitté Bastia en 1984 « pour vivre autrement ». À Paris, une amie prostituée l'a convaincue de se mettre sur le trottoir. Elle gagne bien sa vie, du côté de la rue Saint-Denis, et se débrouille seule. Elle héberge effectivement à l'occasion un certain Chiappalone, mais elle ne lui demande jamais où il va ni ce qu'il fait. Le passé de cet homme ne l'intéresse pas, pas plus que celui de ses amis, avec lesquels elle n'entretient que des « liens de camaraderie ».

Une doctoresse intrigue également les policiers. Elle a une quarantaine d'années, se prénomme Ghislaine, vient de Nice et porte un patronyme corse. Établie non loin des Champs-Élysées, elle exerce une profession qui peut se révéler très utile à certains de ses amis, parmi lesquels on dénombre Claude Watripon, Jean-Antoine Ribot, Joseph Ciarlone et Simon Campana.

Pour aggraver la curiosité des enquêteurs à son sujet, cette femme vit en concubinage avec un fonctionnaire de police et fréquente assidûment un stand de tir du ministère de l'Intérieur, avenue Foch. C'est pour cette raison que l'on a trouvé sous une commode, chez elle, un revolver Manurhin...

Les enquêteurs la pressent de questions.

« J'ai connu Campana en 1979, raconte-t-elle. Il m'a été présenté par un de mes cousins qui m'a informée que ce compatriote avait des problèmes de santé. Je l'ai alors recommandé auprès d'un confrère de la clinique du Parc-Monceau. Aujourd'hui, j'ai rompu toute relation avec lui parce que sa façon de vivre ne me convenait pas. Il avait en effet oublié une petite arme chez moi, sous un petit coussin du canapé. Je lui ai conseillé de ne plus se manifester. »

Lorsque Claude Watripon est arrêté, il prend les choses très sereinement. Il nie fréquenter Campana et Chiappalone et ne peut être d'aucune utilité pour éclairer leurs activités. Lui-même ne travaille pas, mais de là à l'envoyer sous les verrous, il y a un grand pas, même s'il conserve un scanner dans une commode et traîne au fond de ses poches seize billets de 500 francs présentant des traces de lavage ainsi que quarante-sept billets de 100 francs.

L'échange ci-après avec les policiers, consigné sur

procès-verbal, montre qu'il ne se laissera pas démonter pour si peu :

Le policier : Votre train de vie, voitures, mobilier, paraît nécessiter des gains conséquents. Quelles sont vos ressources ?

Watripon : Mes gains proviennent du jeu. Je gagne beaucoup d'argent au jeu, mais j'en ai aussi beaucoup perdu. Je gagne, je perds... en un mot : je ne suis pas riche. Je vis.

Le policier : Quelles sont vos ressources mensuelles ?

Watripon : C'est une question qu'il faut voir avec ma concubine.

Le policier : D'où vient l'argent trouvé lors des perquisitions ?

Watripon : Je l'ai gagné au jeu. Ça va, ça vient, je joue, je ne joue pas. J'ai toujours mon argent sur moi. Je joue au poker ou au backgammon, je ne préfère pas vous dire dans quels endroits.

Le policier : D'où vient le chèque que nous avons trouvé sur vous ?

Watripon : J'avais une moto, mais elle m'a été volée en Corse cet été, c'est la raison de ce chèque. Mais je n'ai pas de compte en banque, d'ailleurs je n'en veux pas.

Le policier : Pourquoi disposez-vous d'un scanner ?

Watripon : J'ai acheté cet appareil par connerie. Je l'ai payé deux mille et quelques balles. Il ne fonctionne pas.

Le policier : Connaissez-vous la doctoresse Ghislaine T. ?

Watripon : Oui, mais j'ignorais qu'elle connaissait les autres.

Fin de la séance, « gérée » avec beaucoup de professionnalisme et de sang-froid par celui que les policiers considèrent comme un « malfaiteur chevronné ». Un homme à la fois proche du « milieu forain » et des Corses, familier du XVIIIe arrondissement parisien et des clubs de l'avenue des Champs-Élysées, habitué du Billard Club des Halles et du Grand Cercle, nettement plus chic, client des bars de la rue du Ruisseau et du Fouquet's...

La compagne de Claude Watripon, qui lui a valu quelques années plus tôt d'être soupçonné de proxénétisme, et qui travaille désormais pour une discothèque parisienne, La Scala, n'est guère plus loquace. Elle ferme même soigneusement toutes les portes. Extrait :

« Je ne suis absolument pas au courant de ses activités, si tant est qu'il en ait, répond-elle aux policiers. C'est moi qui paie le loyer, de temps en temps je lui donne de l'argent quand il en a besoin. Il ne sort pas, ou pratiquement pas. C'est un grand solitaire. Il ne reçoit ni ne voit personne. Il ne voyage pas, sauf lorsque nous descendons en Corse, au mois d'août... »

Le 7 janvier 1992, Claude Watripon se retrouve dans les locaux de la Brigade criminelle, entendu comme témoin dans le cadre de l'assassinat de son ami Jean-Antoine Ribot, membre présumé de la « Brise de mer » et considéré comme un vétéran parmi les Corses de Paris (sa compagne a longtemps tenu L'Ajaccienne, un restaurant très couru). Le témoin a changé de statut : Watripon exerce désormais comme conseil en immobilier auprès d'un cabinet parisien géré par un homme aussi peu transparent que lui, selon la police. C'est à peu près la seule information que retient la Crim'.

Six ans plus tard, toujours surveillé à distance par la PJ, Claude Watripon est contrôlé à l'aéroport de Figari (Haute-Corse) en compagnie d'un personnage que la police s'évertue à placer au sommet de la pyramide bastiaise : François Mariani. Le signe, à tout le moins, que les liens entre l'île et Paris vont bon train.

Dernier épisode, plus anecdotique : les gendarmes retiennent quelques instants Watripon en mai 2000 alors qu'il sort de l'enceinte du casino de Forges-les-Eaux au volant d'une Ferrari.

« Se présente très sûr de lui. Allure distinguée et sympathique », note un des pandores, attribuant une mention similaire à la passagère qui l'accompagne ce jour-là.

Pas de quoi s'affoler, donc.

« Michel le Parisien », client de la « Brise de mer »

Michel Kartkel porte pour sa part un pseudo en forme de carte d'identité : « Michel le Parisien ». Ce qui n'est pas mensonger, puisqu'il est né et a grandi dans le populaire XVIIIe arrondissement, où il s'est signalé dès l'âge de dix-huit ans (en 1968) pour outrage à agents et falsification de chèque. L'essentiel est cependant ailleurs : il est l'un des rares « étrangers » à fréquenter le bar La Brise de mer, sur le vieux port de Bastia, au début des années 80, alors que la bande du même nom est en pleine gestation et que le nombre de vols à main armée flambe en Corse.

Les liens entre le Parisien et les Bastiais se confirment en 1984 lorsque Michel Kartkel est interpellé à l'issue d'une fusillade devant une banque de Neuilly-sur-Seine. Il est accompagné ce jour-là de Fernand Perani, avec qui il va bientôt monter une affaire, la société Vitis Distribution, spécialisée dans la commercialisation de champagne et de vins italiens et français. Clin d'œil appuyé à ses amis du Sud ? « Michel le

Parisien » donne au bistrot qu'il reprend à cette époque un nom à l'image de ses rêves : Le Provence.

En 1987, l'Office du banditisme revient vers lui, par ricochet, en collant aux basques de Francis Vanverberghe dès qu'il met le nez hors du pavillon de sa compagne Lydie Fleury, à Noisy-le-Sec (Seine-Saint-Denis). « Le Belge » se rend fréquemment, à l'heure du déjeuner, dans un établissement qui sert de lieu de rendez-vous au « clan » : la brasserie de l'Automobile, à Levallois-Perret. « Michel le Parisien » y est sans cesse fourré, de même que son ami Jean-Pierre Lepape (un survivant de la banlieue sud, on le verra plus bas) ou Claude Watripon.

L'enquête met au jour une véritable organisation dont les activités vont de l'extorsion de fonds au proxénétisme via le trafic de stupéfiants. La façade légale est une société de gardiennage ; joliment baptisée Mistral Protection Service (encore un hommage au Midi !), elle est aussi installée à Levallois. Les meilleurs amis des Corses à Paris en cheville avec le patron du milieu marseillais : n'importe quel « péjiste [1] » aurait donné cher pour le voir de ses propres yeux !

La machine à extorquer les fonds fonctionne de façon classique. Dans un premier temps, l'équipe envoie des perturbateurs dans les bars et les restaurants désignés. Puis elle propose une protection aux gérants, voire un petit prêt, avec un objectif clair : prendre doucement le commerce en main et en tirer des revenus mensuels réguliers.

La dizaine d'armes à feu qui seront découvertes lors des perquisitions laissent entrevoir la détermination de ces hommes, qui hésitent rarement à brandir la menace. À tel point que quatre restaurateurs finissent

1. Membre de la PJ.

par porter plainte, dont le responsable de La Charrette, sur l'île Saint-Louis, à Paris.

L'équipe, découvre à cette occasion la PJ, s'est offert les services d'une vraie comptable, une certaine Yvette. Ce qui n'est sans doute pas superflu, sachant que la bande a mis sous pression des dizaines d'établissements de la capitale, non sans oublier de brasser un peu de cocaïne et de cannabis : lors de son arrestation, Claude Watripon, alerté par la compagne d'un de ses complices, est en train de déménager cent kilos de shit entreposés dans une cave.

Le groupe s'appuyait aussi sur un avocat de quarante-cinq ans, Andrea de Narcia, qui ne met pas très longtemps à expliquer aux policiers le mécanisme de recyclage des sommes en provenance de Mistral Protection Service.

Sentant sans doute le vent mauvais, Francis Vanverberghe préfère s'éclipser quelques mois à Bruxelles, histoire de mériter son pseudo (« le Belge ») et d'honorer de sa présence son ami « Marco », royalement installé outre-Quiévrain.

Michel Kartkel, pour sa part, ne perd pas trop de temps : à la faveur d'une faute de procédure (un retard sur une demande d'élargissement), il est remis en liberté en 1990. La PJ s'offre alors de nouvelles perspectives en découvrant ses liens avec les Lyonnais Michel Daumas et Jacques Grangeon, deux gaillards passés eux aussi du proxénétisme au cannabis[1]. La confirmation que l'axe Paris-Lyon-Marseille, s'il est judiciairement insaisissable, n'est pas une pure fiction policière...

1. Deux hommes dont il sera question au chapitre 8.

« Michel le Parisien » et le cousin corse du convoyeur

C'est à Marseille que se produit le fait d'armes le plus remarquable du moment : l'attaque d'un fourgon fraîchement sorti de la Banque de France avec 15 millions de francs[1] à son bord, le 20 novembre 1995. L'enquête est un véritable tricot, mais mérite le détour. Elle repose exclusivement, du moins au départ, sur l'exploitation d'appels téléphoniques.

La cabine la plus proche du point de départ du fourgon blindé a été utilisée, à la minute même de sa sortie, pour appeler un portable au nom d'une employée à la mairie d'Aubagne (Bouche-du-Rhône), lequel portable est aussitôt entré en contact avec les téléphones d'un employé de la mairie de Marseille et d'un restaurateur marseillais.

À partir de là, le jeu policier consiste à dérouler la liste des appels passés depuis ces appareils, sans se soucier dans un premier temps de savoir entre les mains de qui ils étaient à cet instant-là. Les ordinateurs remplacent ici le commissaire Maigret avec plus ou moins de bonheur. En l'occurrence, une piste sérieuse se dessine lorsqu'il appert que le téléphone de l'employé de la mairie de Marseille est entré plusieurs fois en communication avec celui du conducteur du fourgon blindé, un certain Alain V.

Dans le même temps, plusieurs appels ont été passés en direction de la Haute-Corse, chez un vendeur de pneus qui lui-même bavardait énormément avec un personnage connu de la PJ : Pierre Manicacci.

Quant à « Michel le Parisien », il devra expliquer pourquoi son téléphone était à Toulon le 18 novembre,

1. Environ 2 300 000 euros.

à Ajaccio le 19, enfin dans les Bouches-du-Rhône le jour du braquage.

Le 29 décembre 1995, un renseignement vient conforter des soupçons encore ténus. Deux mois avant l'attaque du fourgon, un certain « Xavier » aurait fourni des armes, dont un lance-roquette, à une équipe corse. Détail plutôt probant : le « Xavier » en question codirige une société d'import-export avec un restaurateur dont le portable était lui aussi dans les parages de la Banque de France le jour des faits.

Grâce à une écoute téléphonique, la PJ apprend qu'un homme lié aux précédents a été arrêté en Corse avec 100 000 francs[1] en petites coupures. Mais c'est sur le conducteur du fourgon que se focalise l'enquête. Alain V. a contre lui d'être le cousin germain du Bastiais Pierre Manicacci. Par ailleurs, le jour de l'attaque, il aurait un peu forcé le destin pour se retrouver au volant du camion, ce qui aurait permis aux assaillants de se poster sur le bon itinéraire – un chauffeur dispose souvent de deux ou trois routes possibles.

Un dernier détail clochait : si les agresseurs avaient confisqué les armes de poing des trois convoyeurs, ils avaient omis d'enlever le fusil à pompe accroché à portée de main du conducteur dans la cabine du fourgon.

Interpellé le 22 avril 1996, Alain V. passe ce qui s'appelle des « aveux circonstanciés ». Il a bien transmis des renseignements à son cousin (en fuite) et déterminé avec lui le meilleur endroit pour procéder à l'attaque. Le jour J, un simple appel de phares à la sortie de la banque lui a permis de sonner le branlebas : cela signifiait que le fourgon était plein de billets.

Combien de personnes exactement ont participé au

1. Environ 15 000 euros.

hold-up ? Lesquelles ? Outre l'employé du transporteur de fonds, seuls Michel Kartkel et le restaurateur marseillais sont arrêtés, mais on ne les retiendra pas plus de huit mois aux Baumettes, faute d'éléments vraiment probants.

« Michel Le Parisien », aussi surnommé « le Renard », regagne alors tranquillement son nouveau domicile dans le petit port de La Ciotat, bien plus près de ses amis corses. Et reprend son métier de représentant en vins. Avec quelques menues escapades de temps à autre, comme celle qui le mène à Paris en juin 2001 pour arrondir un contentieux lié au placement de machines à sous dans la capitale. Un rôle de juge de paix à la mesure de son imposant carnet d'adresses et de son riche passé.

Jean-Pierre Lepape, des postiches au cercueil via la cocaïne

Le quatrième de ces Parisiens connus pour avoir pactisé avec les Sudistes s'appelait Jean-Pierre Lepape. « S'appelait », car il a été tué, à l'âge de quarante-neuf ans, dans un estaminet de Vitry-sur-Seine ironiquement baptisé bar de l'Amitié, le 1er juillet 1998. Un meurtre intervenu alors que la PJ rôdait autour de son équipe, soupçonnée d'écouler des kilos de cocaïne en région parisienne...

Surnommé « le Dandy », Jean-Pierre Lepape était un survivant du « gang des postiches », équipe qui avait sévi durant la première moitié des années 80, multipliant les vols à main armée avec des méthodes et une détermination très similaires à celles de la « Brise de mer ». Lepape n'était pas seulement une vieille connaissance du « multirécidiviste » Robert

Marguery, pilier de la bande, qu'il avait connu au temps de l'adolescence dans l'Est parisien. Ce « malfaiteur chevronné », selon les mots du commissaire Raymond Mertz, alors patron de la Brigade de répression du banditisme, avait aussi été reconnu par les témoins d'un braquage commis à Paris le 14 janvier 1986.

Ce jour-là, marqué d'une pierre noire dans la mémoire du Quai des Orfèvres, les policiers étaient tombés nez à nez avec le « gang » en pleine action dans une banque du XVIe arrondissement. Les coups de feu n'avaient pas uniquement effrayé les pigeons : ils avaient entraîné la mort d'un fonctionnaire de police et celle d'un membre des postiches, Bruno Berliner.

Voyages à l'étranger, achat de résidences secondaires, fréquentation assidue des casinos, empreintes, photos, armes : le « gang » avait abandonné trop de traces derrière lui. Jusqu'à laisser les flics découvrir cet appartement qui servait à la fois de planque et d'entrepôt, un deux-pièces situé au sixième étage d'un immeuble de la rue de Belleville, où avait été retrouvée la version originale, en deux tomes, des *Liaisons dangereuses* de Choderlos de Laclos, dérobée dans le coffre d'une banque de Neuilly quelques mois plus tôt...

« Le Dandy » était très rapidement reparti « au charbon », plantant les autres pour toujours. On l'avait retrouvé moins d'un an plus tard, en 1987, mêlé à une escroquerie en avance sur son temps, avec les Assedic dans le rôle de victime. Escroquerie dont l'inventeur, un restaurateur de quarante et un ans, n'allait pas tarder à mourir, tué de deux balles, dans une cabine téléphonique devant laquelle l'attendaient Jean-Pierre

Lepape et Henri Botey, le dernier grand proxénète parisien.

Au début des années 90, le chemin du « Dandy » avait croisé celui de « Michel le Parisien », de Claude Watripon, de quelques Marseillais et de plusieurs Corses. Au point qu'il passa bientôt pour l'un des « chefs de bande » les plus en vue sur l'axe Paris-Lyon-Marseille.

Mais leur flair n'avait pas tardé à guider les policiers vers une poissonnerie du boulevard Gouvion-Saint-Cyr, à Paris, La Marée fine, que fréquentaient plusieurs de ces hommes. Ils y avaient ramassé trois kilos de cocaïne fraîche comme le gardon. Un marché en pleine expansion dans lequel Lepape avait foncé tête baissée, plus vite que d'autres, au point d'y laisser bientôt la vie.

6.

Antonio Ferrara et José Menconi, deux as trentenaires

« Nino » Ferrara, alias « Succo »

Les cadres sup du milieu baissent rarement les yeux sur les photos anthropométriques, ces images obligées que grave la police chaque fois qu'elle les tient en main, histoire de réactualiser son album. De face, profil gauche, profil droit, ils se soumettent à l'exercice comme on remplit un document administratif. Sans laisser paraître la moindre émotion, si ce n'est, parfois, un regard noir. Antonio Ferrara est, sur ce plan-là aussi, une exception : il se marre franchement sur toutes les photos, de face comme de profil. Comme à la parade. Ou plutôt comme si le fait de se retrouver là, menotté, faisait partie d'un vaste jeu : il est aujourd'hui tombé sur la mauvaise case ; demain ça ira bien mieux. En attendant, il pouvait bien se permettre de griffonner sa signature sur une photo représentant un engin explosif confectionné de sa main. Souvenir pour la PJ !

Antonio Ferrara est vraiment un cas. Même enfermé dans l'espace le plus sécurisé d'une prison, il peut annoncer fièrement à ses gardiens qu'il finira bien par leur fausser compagnie. Que ce n'est qu'une question de jours, mais qu'il ne croupira pas là.

Ce jeune homme n'a pas fait d'études (« Le travail scolaire, c'était un désastre », dit-il un jour), mais on lui prête une intelligence certaine et une mémoire surprenante, doublée d'un sens aigu de l'observation. Ainsi, de retour au siège de la PJ un an après une première arrestation, fait-il remarquer à un policier qu'il s'est fait tailler la barbe, avant d'adresser à une fonctionnaire, dans le couloir, une réflexion sur le surpoids qu'elle a perdu depuis leur précédente rencontre. « Ça vous va bien », glisse-t-il, beau joueur comme d'habitude, aussi sûr de son charme que de la fidélité de ses amis qui l'arracheront bientôt aux griffes de l'« ennemi ».

Antonio Ferrara a l'amabilité des anciens, un comportement qui tranche nettement sur celui des jeunes, grandis comme lui dans les cités, ce nouveau réservoir du milieu. Peut-être parce qu'il est monté très vite, très haut. Et parce qu'il sait combien son savoir-faire en matière de fourgons blindés est devenu indispensable à tous les braqueurs de France et de Navarre. Pas un pour manier comme lui les explosifs, dit-on. Aucun blindage ne lui résiste. D'ailleurs, quand on parvient à le conserver quelque temps sous les verrous, les convoyeurs se sentent plus en sécurité sur les routes. C'est ce talent qui l'a propulsé au cœur de la grande nébuleuse du banditisme, faisant de lui une incontournable cheville ouvrière entre les Parisiens et ceux « d'en bas », comme on désigne ceux qui ont poussé dans le sud de l'Hexagone.

Antonio Ferrara est né le 12 octobre 1973 à Cassino, ville italienne martyrisée pendant la Seconde Guerre mondiale, mais c'est dans la banlieue sud de Paris qu'il a fait ses classes, sur un territoire s'étalant de la porte d'Italie à l'aéroport d'Orly. La première fois qu'il a eu affaire à la police, il avait dix-huit ans. Avec deux amis de son âge, Karim, de Vitry-sur-Seine, et Samir, de Citry, il avait dépouillé une voiture de certains de ses accessoires dans l'espoir de se faire quelques sous sur le marché noir des pièces détachées. Trois ans plus tard, en avril 1994, il est traîné au commissariat de Créteil pour outrage à agent et rébellion en compagnie de deux autres camarades, dont un certain Kamel Zemouli, de Fontenay-sous-Bois, avec qui, en 1996, il allait avoir des ennuis pour quelque chose de plus grave, au moins de par son appellation judiciaire : atteinte volontaire à la vie. Deux fois de suite, toujours à Créteil.

À l'époque, le jeune Italo-Parisien a déjà plusieurs pseudonymes : « Nino » pour les intimes ; « Succo » pour la galerie, clin d'œil à un certain Roberto Succo, italien lui aussi, vrai méchant dont la dérive mortelle a été popularisée par un roman et une pièce de théâtre ; ou encore « Massimiliano », prénom emprunté à l'un de ses frères. Mais il n'a pas encore de décoration, hormis une cicatrice au cou, côté droit.

L'entrée de « Nino » dans le grand banditisme se produit le 10 avril 1997. Ce jour-là, juste avant la fermeture, un homme entre dans une agence de la Société générale de Soisy-sur-Seine (Essonne). Le visage découvert, il feint de demander un renseignement tandis que son complice se fait ouvrir le sas et maîtrise un employé. Armés d'un pistolet automatique et d'un pistolet-mitrailleur, ils raclent d'abord le fond du tiroir-caisse, en veillant, d'un geste précautionneux, à écarter la liasse piégée. Puis ils demandent les clefs du coffre et le vident avec la même gourmandise. Ils attachent ensuite les employés un à un avec de l'adhésif d'emballage, les enferment dans un bureau et referment derrière eux la porte de l'agence, non sans l'avoir verrouillée avec une clef ramassée dans un tiroir.

Leur seule erreur est de ne pas avoir eu la patience d'attendre que le magnétoscope éjecte la cassette vidéo enregistrée par les caméras de surveillance. Les photos, comme souvent d'une qualité médiocre, sont imprimées sur une circulaire en date du 4 juin 1997. Outre Antonio Ferrara, encore anonyme pour les services spécialisés, on peut reconnaître un certain Mohamed Dja Daouadji, dit « Momo » ou « Cochon », né deux ans avant lui dans le XIIIe arrondissement (qui jouxte la porte d'Italie). Les deux hommes voient aussitôt leur pedigree présumé s'alourdir : si ce braquage leur est imputable, ce sont probablement eux qui ont attaqué une banque de Yerres (Essonne), quelque temps auparavant.

« Ne laissez pas la porte ouverte »

Est-ce en prison qu'Antonio Ferrara dessine la suite de sa carrière ? Quoi qu'il en soit, il décide de ne pas y croupir. Et ses amis volent à son secours comme un seul homme. Le 7 août 1998, à la faveur d'une consultation médicale au service de rhumatologie de l'hôpital de Corbeil-Essonne, il signe sa première évasion : trois hommes cagoulés, bombes de gaz lacrymogène en main, une pince coupe-boulons dans le sac – pour sectionner les chaînes –, l'arrachent à ses cinq surveillants. Les flics et les « tontons » (les indicateurs) à ses basques, il semble désormais obsédé par un unique objectif : toujours plus fort, toujours plus haut.

La première alerte sérieuse se produit en février 1999. Un « tonton » raconte à ses traitants que « Nino » navigue dans le département de l'Essonne ; il sort avec l'ex-petite amie d'un garçon appelé « Poisson », une certaine Fatima qui circule au volant d'une Austin noire. La prendre en filature un vendredi ou un samedi soir mènera facilement les flics à l'homme en cavale, vu qu'ils sont fourrés en boîte tous les week-ends : soit au Métropolis, à Rungis, soit au Palacio, à Ivry-sur-Seine, selon l'humeur.

Pour montrer qu'il connaît bien son sujet, le « tonton » ajoute une anecdote vérifiable. « Nino » a échappé aux flics, deux semaines plus tôt ; alors que les deux personnes avec qui il avait rendez-vous, porte d'Orléans, voyaient fondre une patrouille sur eux, il a juste eu le temps de rouler sous une voiture en stationnement.

En mai, alors que ces premiers éléments n'ont rien donné, de nouveaux renseignements parviennent à la PJ. « Nino » fréquente le XVIIIe arrondissement ; en planquant devant La Chaumière, un bar de la rue du Ruisseau, on le verra tôt ou tard apparaître. Ses mauvais coups, précise la source apparemment bien renseignée, il les monte avec son frère Luigi et un « black » de Choisy, Moussa de son prénom ; un certain « Gégé », de Vitry, qui roule en Porsche, compléterait l'équipe. Si on veut le piéger à coup sûr, il y a une faille : un jeune de la cité Gabriel, à Choisy-le-Roi, joue les petits télégraphistes entre « Nino » et sa famille. En se collant à ses basques...

Un véritable plan de chasse livré clefs en main.

L'ultime confidence ne concerne Antonio Ferrara que par ricochet. Un membre éminent du milieu arabe de Paris, évadé de la prison de Nîmes, serait hébergé du côté de Malaga, où il aurait trempé dans un règlement de comptes avec un certain William, susceptible d'attaquer des fourgons avec Ferrara... Une soupe indigeste pour qui n'aurait pas les moyens de décrypter, mais les flics, eux, apprécient le tuyau à sa juste valeur.

L'année 1999 voit également l'entrée en piste, à titre provisoire, de la police italienne. Elle enquête pour le compte du parquet de Cassino sur un certain Luigi Ferrara, de cinq ans l'aîné d'Antonio, suspecté d'importer de la cocaïne et de l'ecstasy depuis la France et la Belgique. Un trafic familial qui finit par valoir l'expulsion au grand frère, Luigi, lequel se montrera bientôt prolixe pour raconter aux enquêteurs italiens qu'il est « surveillé par les services secrets français » ! « Ils s'intéressent à mon petit frère », glisse-t-il, jouant sur le mystère pour tenter de minimiser son propre rôle.

Les flics italiens consentent en retour à éclairer leurs collègues français. Ils disposent d'un tableau assez précis de la famille, qu'ils se font un devoir de leur communiquer. Le père, Arturo, né en 1944 près de Naples, a épousé Elena, de cinq ans sa cadette, avec qui il a eu deux filles et cinq garçons. L'appartement familial est situé, selon eux, dans une cité de Choisy-le-Roi, secteur où Luigi serait interdit de séjour pour cause de trafic de stupéfiants. Massimiliano, Claudio et Antonio Ferrara ont également eu maille à partir avec la police, croit-on savoir à Rome. Les frères auraient d'ailleurs pour habitude d'échanger entre eux leurs papiers d'identité, ce que faciliterait leur ressemblance physique. Aux dernières nouvelles, le père tient un kiosque à sandwiches avec l'une de ses filles entre le Trocadéro et la tour Eiffel – une information que les enquêteurs français ne parviendront jamais à recouper.

À ces éléments, les Italiens joignent un résumé de leurs écoutes téléphoniques. Luigi parle avec Antonio en langage codé, et pas seulement en verlan. Il ne prononce jamais les mots « drogue », « kilo », « gramme », pas plus qu'il ne parle de « francs » ou de « lires » ; il discute de « pompes », de « tubes », de « thunes », de « kikis », de « llebits » (billets en verlan), de « lovés » et de « laitues ». Ils se fournissent apparemment auprès d'un Yougoslave domicilié dans le 94, inconnu de la police française. Dernière chose : Luigi appelait régulièrement une pizzeria de Vitry-sur-Seine, gérée par un Italien...

C'est à peu près à cette époque que l'on commence à voir partout l'ombre d'Antonio Ferrara, présumé artificier du grand banditisme français.

On lui prête un vol à main armée commis à Joinville-le-Pont le 28 juillet 1999. Une séquence à laquelle on associe le fameux « Moussa », ce « Black » cité par plusieurs indics, auquel les flics donnent désormais un nom : figure montante du banditisme dans la banlieue sud, il est né à Choisy-le-Roi en 1976.

Plus gros : on mêle Antonio Ferrara à la Dream Team, cette équipe composée de braqueurs venus de tous les coins de France[1]. À cause de la fameuse empreinte laissée sur un gobelet dans un mobil-home de Paray-Vieille-Poste, on l'imagine en effet monter à l'assaut du fourgon de la Brink's pillé à Gentilly (Val-de-Marne) le 26 décembre 2000. Un coup particulièrement spectaculaire au cours duquel l'explosif a parfaitement rempli sa mission.

On élargit encore le cercle des amitiés de « Nino », au mois de novembre de l'année suivante, après l'attaque d'un fourgon de la société Valliance, à Toulouse. Cette fois, il apparaîtrait au côté d'un Havrais, d'un Marseillais et d'un jeune Bastiais, Alexandre Vittini, personnage dont la présence ouvre à la PJ une

---

1. Dont on a fait la connaissance au chapitre premier.

perspective inexplorée : celle d'une jonction entre les jeunes pousses de la banlieue sud et les héritiers de la célèbre « Brise de mer », conglomérat rassemblant toutes les forces (mafieuses) vives de la Haute-Corse.

Passé de la cité au milieu, Antonio Ferrara est désormais l'un des objectifs prioritaires de la PJ, qui se concentre sur les maigres pistes dont elle dispose. Elle surveille par exemple un bar d'Orly, L'Étoile, fréquenté par un ami de « Nino », un certain Ahmed. L'intérêt de ce jeune homme réside dans le fait qu'il croise régulièrement Fatima, la petite amie signalée par l'informateur, laquelle a apparemment troqué son Austin noire contre une Audi A2.

Ahmed, lui, se déplace au volant d'une Twingo rouge que l'on voit souvent garée devant un autre bar, Chez Pépette. Il fréquente un restaurant turc, a une amie dans un salon de coiffure, ne téléphone que depuis des cabines, transporte des sacs d'un bar à l'autre et apprécie le centre commercial Belle Épine, à Thiais. Pas de « Nino » Ferrara en vue, mais la PJ dispose d'autres pistes. Le suspect entrera-t-il dans cette pizzeria de Villeneuve-le-Roi dont la porte d'entrée est filmée en permanence ? On le guette aussi, précaution élémentaire, devant le domicile de ses parents. Ou encore au Métropolis et au Palacio, les fameuses discothèques où une photo de lui a été vainement présentée aux physionomistes.

Les semaines, les mois passent, et « Nino » nargue ses poursuivants. Jusqu'au 12 juillet 2002, date à laquelle il est repéré à la sortie de la gare RER d'Athis-Mons. À la vue du dispositif policier, il prend une femme en otage, certainement dans l'intention de se défendre par tous les moyens, mais il ne peut attraper son arme, un pistolet automatique Cz 9 millimètres agrémenté de quinze cartouches, rangé dans son sac à dos. Et il finit par trébucher.

Quatre ans de cavale ont fait d'Antonio Ferrara un professionnel. Le matériel découvert dans son appartement en atteste : passeports et permis de conduire falsifiés, 28 520 euros en espèces et un document manuscrit prouvant qu'il n'avait pas l'intention de chômer. On y voit un dessin représentant l'intérieur d'un fourgon blindé, agrémenté d'indications sur les valeurs transportées entre l'agence de la BNP du boulevard Barbès, à Paris, et le siège de la Banque de France, avec en prime les horaires de passage des fourgons et l'adresse personnelle d'un chauffeur...

« Je comptais utiliser cette femme comme bouclier », explique-t-il quelques heures plus tard aux policiers, sans la moindre haine dans la voix. Puis, au procureur qui lui demande comment il réagirait si c'était à refaire, il répond avec aplomb : « Ne laissez pas la porte ouverte. »

L'indicateur, lui, mérite bien la prime promise par le syndicat des transporteurs de fonds : 30 000 euros. Un record, pour un bandit hors norme.

Sur la liste des « durs à cuire »

De quoi Nino parle-t-il avec ses codétenus entre les murs de la maison d'arrêt de la Santé ? De la seule chose qui mérite grâce à ses yeux lorsqu'il est dans ce genre d'endroit : l'évasion et les moyens de l'organiser. L'un de ses voisins de cellule, Christophe, moins capé que lui dans le petit monde du banditisme, ressasse sa dernière tentative, qui remonte au 21 mai 2001. Un ratage incroyable, pour ne pas dire impardonnable, qui donne des idées à tous ceux qui l'écoutent...

Le soleil, ce jour-là, avait dégagé l'horizon au-dessus de la prison de Fresnes. Dans la cour rectangulaire qui leur servait de terrain de sport, des détenus marchaient par grappes en longeant les murs, comme d'habitude ; d'autres, torse nu, se livraient à une interminable partie de foot. Il était 15 heures lorsqu'ils entendirent le vacarme d'un moteur. Le bruit venait du ciel. C'était celui d'un Écureuil qui approchait à grands coups de rotor.

Les marcheurs stoppèrent leur ronde et le ballon s'immobilisa.

Le pilote, une femme, stabilisa l'appareil au-dessus des minuscules cours de la première division, celle des longues peines. Sur le sol de l'une d'elles, Christophe et son ami Mounir déployèrent un drap blanc, conformément au plan établi. De la portière de l'hélico, dont les pales donnaient la tremblote aux filins métalliques quadrillant l'espace aérien, un homme a jeté un sac. Puis a commencé à dérouler une échelle. Christophe et Mounir ont nerveusement extirpé du sac armes et gilets pare-balles.

« Putain, qu'est-ce qu'ils foutent, avec leur échelle ! » a grommelé l'un d'eux.

Ils avaient beau se dresser sur la pointe des pieds, impossible d'attraper le moindre bout de ficelle !

Sous le regard des autres prisonniers, ils ont grimpé sur un toit. Pour avoir une chance de monter au ciel, il leur fallait gagner encore quelques mètres... Dans le mirador, un surveillant a sorti de son armoire un fusil AMD 5,56. La loi l'autorisant à tirer sur un fugitif, il les a mis en joue. De l'hélico a immédiatement jailli une salve de feu[1]. Le tireur cagoulé a vidé son char-

1. Lors de leur procès, Christophe et Mounir affirmeront que le surveillant a tiré le premier.

geur, posé son engin, s'est emparé d'une autre arme, puis s'est remis à tirer sur le mirador.

Le surveillant a riposté avant de s'effondrer, touché à l'aorte et au poumon. L'une de ses balles avait cependant blessé un homme à bord de l'hélicoptère ; une autre avait traversé le plancher de l'appareil avant de frôler la pilote, la contraignant à abandonner la partie.

Toujours prisonniers, Christophe et Mounir enrageaient. Voilà des mois qu'ils préparaient leur coup. Ils avaient convaincu le directeur de les placer au même étage, arguant d'une amitié nouée dans une geôle précédente. Et ces imbéciles avaient vu trop court !...

Christophe n'est pas un fanfaron. Ce qu'il raconte est la stricte vérité. Une de ces fausses sorties qui marquent l'univers carcéral et alimentent à grandes eaux l'imaginaire de ses occupants. La seule chose sur laquelle il ne s'étendait pas, c'étaient les raisons de cet échec. L'affaire n'avait pas été si bien préparée que ça. Une trop grosse part d'improvisation, comme le jour où il avait choisi d'attaquer la banque la plus proche de la cité Saint-Blaise, à Paris, où il avait tous ses potes. Avec les 130 000 francs [1] ramassés, son complice et lui auraient eu largement de quoi subvenir à leurs besoins. Mais un fourgon blindé était passé par là. Ils avaient attrapé un convoyeur, étaient montés à bord, intimant au chauffeur l'ordre de prendre la direction du périphérique. Sauf que le moteur s'était arrêté quelques kilomètres plus loin, sous un tunnel, à hauteur de la porte Dorée. Ils avaient embarqué les 2 millions de francs [2] entreposés à l'arrière avant de braquer

1. Environ 20 000 euros.
2. Environ 300 000 euros.

un automobiliste ; l'homme leur avait cédé sa Mercedes, puis était revenu sur ses pas. Une balle était partie. C'est lui, Christophe, qui tenait l'arme. Ce n'était d'ailleurs pas la seule connerie qu'il avait faite : il avait aussi laissé l'empreinte de son pouce sur le rétroviseur intérieur de la voiture. Verdict : perpétuité, dont trente ans de sûreté...

Christophe, c'est l'anti-Ferrara. Sauf sur un point : la rage de recouvrer la liberté. C'est sans doute pourquoi « Nino » écoute l'histoire jusqu'au bout, même s'il en connaît l'issue, puisque ce garçon est toujours là pour la raconter.

Christophe et Mounir sont descendus du toit pour rejoindre le terrain de sport. Là, ils ont pris deux gardiens en otages. Puis un troisième qu'ils ont fait mettre à genoux par terre, ignorant que l'épouse de l'un d'eux suivait la scène depuis la fenêtre de son appartement, juste en face. Les cris ont fusé dans la prison.

« Bien joué, les gars !

— Il a qu'à crever, l'autre enculé !

— Descendez-les ! »

Christophe s'est dit qu'ils étaient trop exposés, au milieu de cette grande cour. Il a entraîné son camarade et les trois otages vers une salle de repos située le long du couloir central. Il y avait là une télé où ils ont pu suivre leurs exploits en direct. Et aussi un frigo.

Les hommes en noir du RAID ont commencé à se déployer. Puis le téléphone intérieur a sonné. C'était un policier. Il voulait négocier.

« Nous avons des armes, ouvrez-nous la porte, a dit Christophe. Sinon, on tue les otages ! »

Ou ça marchait, ou ils finiraient leur vie entre quatre murs. Voire entre quatre planches.

La nuit tombée, un bourdonnement de plus en plus fort a commencé à monter de la prison. Quelque part en première division, des détenus se sont retrouvés en position de force face à deux surveillants. Ils allaient les massacrer lorsque trois d'entre eux se sont interposés.

« Pas de carnage ce soir, messieurs... », a fait l'un d'eux.

Christophe a tiré une balle vers la grille anti-émeute, pour décompresser, puis a annoncé sa décision à son interlocuteur par téléphone : « Puisque c'est comme ça, on sort ! »

Sa dernière carte.

Avec deux otages, ils se sont cachés sous une couverture et ont progressé en ondulant vers la sortie, armes à la main. Ils avaient fait de petits trous dans la couverture pour y voir quelque chose. Lorsqu'ils se sont retrouvés à quelques mètres des policiers, l'un d'eux a dit : « Vous ne passerez pas ! » Une cartouche tirée, et c'était le carnage. La couverture a fait demi-tour pour retourner d'où elle venait.

Une odeur de roussi s'est répandue. Des draps étaient en feu aux fenêtres. Assiettes, fourchettes, verres, les détenus ont commencé à catapulter tout ce qu'ils avaient sous la main. D'autres escaladaient les murs et péroraient sur les toits. Si bien que Christophe a dû accepter de laisser les gardiens revenir dans les divisions pour ramener tout le monde dans les cellules.

Christophe espérait toujours fêter son anniversaire à l'air libre, loin de ce mouroir où l'on voulait l'enterrer vivant. En même temps, il se souvenait de cette prémonition : il ne dépasserait pas trente ans. « C'est normal que je crève ! » – voilà ce qu'il a dit au policier qui tentait de le convaincre d'en finir en douceur. Mounir, son complice, faiblissait ; il avait vingt et un ans lorsqu'il avait tiré au fusil sur un « adversaire », près de la cité parisienne où il dictait sa loi, avec la

« bande de la Banane »... Soit ils capitulaient, soit le RAID donnait l'assaut.

Christophe a demandé à parler à sa mère, arrivée pendant la nuit[1]. Il voulait lui dire adieu et lui transmettre ses pensées pour son petit frère. Il allait mourir, lui qui avait toujours subvenu aux besoins de la famille. Du moins le croyait-il, jusqu'au moment où le procureur lui promit qu'en cas de reddition ils seraient simplement transférés dans une autre prison.

Mounir est sorti le premier. Une arme braquée sur la tempe de son otage, il s'est avancé vers les boucliers du RAID. Lorsqu'il a vu le fourgon qui l'attendait derrière la porte, il a lâché son arme et le gardien. Christophe, lui, a laissé le deuxième otage sortir seul. Puis il a lancé aux autres un dernier défi : « Je me rends, mais vous venez me chercher. » À cet instant, en vérité, il n'était pas loin du suicide, mais, ce soir-là, il a dormi à la maison d'arrêt de la Santé.

Il y est toujours, quinze mois plus tard, alors qu'Antonio Ferrara, son voisin, prépare son évasion. Mais lui aussi échoue. Pas par manque de rigueur, mais à cause d'une balance venue suggérer à la PJ une fouille de sa cellule. Elle a lieu le 5 septembre 2002. Dans le renfoncement intérieur de la cuvette des WC, on trouve un sac en plastique contenant 400 grammes d'une pâte orangée et deux feuilles de papier journal, *Le Monde* et *Les Échos* mélangés, dans lesquelles sont emballés cinq détonateurs, de la mèche lente et quelques grammes d'une poudre noire. Plus un sixième détonateur dans le boîtier mural abritant la chasse d'eau.

Que faisaient ces objets dans la cellule du détenu ? Il affirme ignorer leur présence : certainement devaient-ils être là avant son arrivée...

1. Elle deviendra par la suite l'un des plus ardents défenseurs des prisonniers.

On n'en sait guère plus jusqu'à la découverte d'une empreinte sur le ruban adhésif entourant l'explosif : elle appartient bien à un ami de Christophe.

Un mois plus tard, après avoir encaissé une condamnation à quatre ans de prison pour évasion avec armes, Antonio Ferrara fait son entrée dans le répertoire des « détenus particulièrement signalés » : la liste des « durs à cuire ». Un amuse-gueule en attendant les huit ans de réclusion que lui assène la justice, le 22 janvier 2003, pour vol à main armée.

Les « clefs du bonheur »

Pour la police, il ne suffit pas d'avoir remis les chaînes aux pieds d'Antonio Ferrara ; il faut encore identifier tous ceux qui l'ont assisté durant sa longue cavale.

Le frère de son amie Fatima, prénommé Farid, est l'un des premiers à « tomber ». Connu pour infraction à la législation sur les stupéfiants, il est soupçonné d'avoir immatriculé à son nom la moto Suzuki avec laquelle circulait « Nino ». Difficile de nier, mais il dit tout ignorer des prétendues activités criminelles de celui qu'il a dépanné. Ce qui ne lui évite pas un petit séjour à Fleury-Mérogis.

La deuxième personne interpellée, un certain Medjoub, né en 1975 à Ivry-sur-Seine, peut elle aussi difficilement se défiler : le jeune homme, « assistant piste » au service de la compagnie Air Lib à Orly, louait à « Nino » le logement qu'il occupait depuis deux ans à Athis-Mons. En revanche, Medjoub n'a rien à voir avec son locataire. En particulier, contrairement à ce qu'affirment les policiers, il n'a jamais accompagné Ferrara à Roquencourt (Yvelines), dans cette résidence de l'avenue des Érables où logeait, lors de son arrestation, le 3 janvier 2003, une autre star du grand banditisme en cavale : le Bastiais Joseph Menconi, dit « José », recherché pour escroquerie en bande organisée, pour le meurtre d'un légionnaire à la sortie d'une discothèque de Calvi et pour une série d'homicides commis dans la Haute-Corse.

Cette piste-là, en revanche, était bien plus prometteuse. Antonio Ferrara possédait en effet la clef de l'appartement de Roquencourt lors de son arrestation. « Ce sont les clefs du bonheur », avait-il dit aux policiers d'un ton énigmatique, sans imaginer un instant qu'ils finiraient par savoir quelle porte au juste elle ouvrait[1]. Ni que les surveillances permettraient de faire tomber l'ami bastiais qui partageait cette planque avec lui...

L'appartement était officiellement loué par Patrick Barul, footballeur professionnel, chez qui l'on avait retrouvé un document manuscrit mentionnant les questions susceptibles de lui être posées un jour par la police. Memento qu'il avait aussitôt mis en pratique.

Comment avait-il croisé le chemin de José Menconi ? Lui le connaissait sous le nom de « Marco ». Il lui avait été présenté par son ami Cyril Rool, footballeur au Racing Club de Lens, à l'occasion d'un match.

« À la fin du match, on a fait une sortie à Paris avec tous les joueurs, dit-il. Il est venu avec nous et nous avons sympathisé. Après, il est venu assister régulièrement aux matchs.

— Et cet appartement ?

— Quand je jouais à Lens, je sortais souvent à Paris. Comme j'en avais marre d'aller à l'hôtel, j'ai

1. C'est en fait grâce au bip électronique attaché à la clef que les policiers vont retrouver la résidence puis l'appartement.

loué l'appartement de Roquencourt, qui avait un loyer convenable. Lorsque j'ai appris mon transfert à Nice, peu après, "Marco" m'a dit qu'il était intéressé par une sous-location. Cet homme me paraissait très calme, très crédible, il était bien vêtu et portait de beaux accessoires, alors j'ai accepté, à la fin d'un match, de lui donner les clefs. Il m'a versé six mois de loyer d'avance, en espèces.

— Vous a-t-il parlé de sa profession ?

— Dans le milieu du foot, on rencontre beaucoup de gens et je ne me renseigne pas sur la profession de chacun. Il est venu voir mon fils à plusieurs reprises, a toujours été très correct, et je ne me suis pas posé plus de questions que ça. Je me suis imaginé que c'était un homme d'affaires, en tout cas il avait le total look BCBG. Je me suis dit que s'il cessait de me payer, il me serait facile de résilier l'appartement.

— Quand l'avez-vous vu pour la dernière fois ?

— Lors du match Nice-Ajaccio. Il adore le foot.

— N'avez-vous rien remarqué de suspect ?

— Non, franchement pas. Je ne me suis pas posé trente milliards de questions. Il tombait bien, c'est tout. »

Les flics, eux, avaient guetté plusieurs mois à proximité de l'appartement. Jusqu'à l'arrivée d'une moto immatriculée dans les Bouches-du-Rhône et pilotée par un homme ressemblant fort à José Menconi : visage ovale, teint pâle, yeux marron, rasé de près et propre sur lui, 1,75 mètre environ, corpulence athlétique.

« C'est bien moi », a-t-il dit lorsqu'on lui a soumis les extraits de différents jugements le concernant.

Opération militaire à la prison de Fresnes

Le bulletin porte la mention de circonstance : « diffusion urgente ». On recherche Antonio Ferrara, alias « Roberto Succo », né le 12 octobre 1973 à Cassino, Italie. Motif : « Évasion de la maison d'arrêt de Fresnes le 12 mars 2003 à 4 h 15 ». Renseignement : « Individu très dangereux, susceptible d'être armé ». Signalement : type européen, 1,67 mètre, corpulence normale, cheveux bruns, yeux marron.

Un an après le précédent échec, Nino avait donc réussi. Ses amis, il est vrai, n'avaient pas lésiné sur les moyens. Jamais on n'avait vu pareille armada déployée aux abords d'une prison. Une véritable opération militaire, menée « à force ouverte » par des hommes cagoulés portant blousons et brassards de la police...

Tandis que les uns s'affairaient autour d'une porte de service, à l'abri de la nuit, deux autres, en couverture, avaient commencé à tirer au fusil d'assaut en direction de deux miradors où un surveillant avait riposté à deux reprises. D'autres encore, en troisième rideau, avaient alors incendié six véhicules, histoire de bloquer les voies d'accès à la prison tout en créant une diversion.

La porte de service n'avait pas tardé à exploser, puis une deuxième porte dans le second mur d'enceinte, livrant bientôt accès aux cellules du quartier disciplinaire. Une troisième charge, probablement déclenchée de l'intérieur de la cellule où attendait Ferrara, avait sauté, dégageant la fenêtre de son grillage et de ses barreaux.

Le prisonnier et ses sauveurs avaient gagné la rue en empruntant le même chemin en sens inverse, tandis que leurs complices mitraillaient les premiers policiers arrivés sur les lieux, alertés par des voisins. Quatre véhicules attendaient, dans lesquels la troupe s'était engouffrée rapidement, gyrophares allumés, en direction de l'autoroute du Sud...

L'opération, parfaitement millimétrée, n'a pas duré plus d'un quart d'heure. Composé de cinq à sept personnes, le commando a cependant laissé des traces derrière lui : un fusil d'assaut HK, un pistolet Cz 9 millimètres, deux roquettes intactes, un pain d'explosif avec son détonateur, plus de 75 étuis percutés, calibre 7,62 et 9 millimètres, et deux chargeurs de type kalachnikov. Mais le plus surprenant est ailleurs : Antonio Ferrara, qui avait fait en sorte, la veille, d'être transféré dans le quartier disciplinaire, a abandonné dans sa cellule deux pains d'explosif, quatre détonateurs et un rouleau de ruban adhésif. Plus un téléphone portable qui va se révéler d'une grande utilité pour les enquêteurs, tout comme les taches de sang trouvées sur le sol, donnant à penser que l'un des hommes a été touché par les tirs de riposte des gardiens.

Après le lever du soleil, on voit arriver sur place un cortège officiel dans lequel on reconnaît Dominique Perben, ministre de la Justice du gouvernement Raffarin, Patrice Bergougnoux, préfet du Val-de-Marne, et le patron de la Brigade de répression du banditisme, venus en chœur constater les dégâts.

Au même moment, aux abords d'une cité du XXe arrondissement, à Paris, un gendarme en civil aperçoit cinq hommes « de race noire », comme on dit dans ces rapports, transférer du matériel depuis le coffre d'une Audi break vers une Golf noire immatriculée dans la Seine-Saint-Denis. Une première piste, confortée deux jours plus tard par un renseignement recueilli sur le chemin de son domicile, dans l'Essonne, par un policier : on aurait vu dans le quartier un homme disant s'appeler Ferrara ; il bavardait tranquillement dans la rue avec deux Maghrébins et disait se rendre auprès de sa famille.

Dans les semaines qui suivent, le milieu bruit des plus formidables rumeurs. L'une d'elles affirme que le Parisien Antonio Ferrara et le Bastiais José Menconi, évadé de la prison de Borgo depuis le 7 mars 2003, sont en contact. Ils auraient même déjà un projet ensemble : l'attaque d'un transporteur de fonds au Luxembourg. Information jamais confirmée qui montre l'importance qu'occupent désormais ces deux garçons dans l'imaginaire des bandits de tout poil.

« Tu vas nous payer le champagne »

L'enquête doit aboutir. La crédibilité du bouillant ministre de l'Intérieur, Nicolas Sarkozy, est en jeu. Deux juges d'instruction sont sur le coup et, pour une fois, l'Office et la Brigade du banditisme œuvrent conjointement.

Fatima, la petite amie, baptisée « Pépette » à cause du bistrot du même nom, est évidemment dans le collimateur, de même que l'un de ses frères, Farid, déjà ennuyé après la précédente évasion. Mais ce ne sont pas les seuls hameçons. La PJ compte énormément sur la surveillance d'un garçon né dans les Hauts-de-Seine en 1968, un certain Hamid Hakkar, évadé depuis plus de cinq ans de la maison d'arrêt de Villepinte, à la veille de sa condamnation à la réclusion criminelle à perpétuité pour assassinat. Et ça marche, comme le raconte le procès-verbal dressé après les retrouvailles de la police avec le plus souriant des bandits, le 10 juillet 2003.

Ce jour-là, Hamid Hakkar avait rendez-vous place du Trocadéro pour récupérer un véhicule 4 × 4. Vers 17 h 15, les officiers en planque ont vu arriver une Austin grise qu'ils avaient déjà aperçue au cours des surveillances. Hamid Hakkar en est descendu en compagnie d'un « individu de type nord-africain, 1,75 mètre, tee-shirt clair, cheveux courts ». Les deux hommes se sont installés à une table du Kléber, un café de la place.

À 18 heures, un 4 × 4 de marque Porsche est venu se garer devant le café. Deux hommes en sont descendus, un Africain et un Nord-Africain longiligne, 1,80 mètre, trente ans environ. Ils ont rejoint les deux autres. Quelques minutes plus tard, une Renault Clio s'est rangée derrière la Porsche. Un homme « de type européen », blond, en est descendu avant de se joindre au petit groupe.

À 19 h 15, Hakkar est monté à bord du 4 × 4 ; l'Africain a pris place à bord de la Clio avec le blond ; les deux derniers se sont installés dans l'Austin, qui a suivi le 4 × 4 en direction du pont de Grenelle, puis de la rue de la Convention.

Quelques instants, les fileurs ont perdu de vue Hakkar, mais il n'a pas tardé à apparaître, à pied, pour entrer dans le café où les deux passagers de l'Austin l'attendaient.

À 20 h 10, les trois hommes sont ressortis, puis ont remonté à pied la rue de la Convention jusqu'à un autre café, le Saint-Michel. Hakkar est entré. Il a été aussitôt accosté par deux personnes dont l'une fut identifiée d'emblée par les policiers malgré ses cheveux blonds décolorés : Antonio Ferrara.

Non seulement les différents services rencontrent à cet instant des problèmes de liaison radio, mais il y a trop de monde dans le café pour risquer une interpellation. Hakkar a-t-il remarqué des mouvements suspects sur le trottoir ? Possible, car les trois hommes sortent promptement et enfourchent une puissante moto [1], Ferrara occupant la place du milieu. La moto part à vive allure et emprunte une rue à contresens, confirmant le fait que les trois hommes avaient bien détecté une présence policière.

Perdus de vue, Hakkar et Ferrara sont bientôt localisés dans le quartier de Bercy grâce à leurs téléphones portables. À 20 h 50, la Yamaha est repérée devant Le Peanuts, un bar de la rue de Bercy où l'on voit Hakkar retrouver les deux autres.

Alors qu'une petite poignée de policiers se précipitent à l'intérieur de l'établissement, les trois hommes tentent de fuir. Une lutte s'engage. Ferrara glisse à nouveau sur le sol et disparaît sous une table où il est « vigoureusement maîtrisé », selon les termes du procès-verbal. « Décision est prise de procéder aux interpellations », écrit l'auteur du procès-verbal. Sur le sol, près de lui, un pistolet automatique de marque Cz, calibre 9 millimètres, approvisionné.

Dans la voiture qui les conduit au siège de la PJ, à Nanterre, les policiers entonnent un « joyeux anniversaire » qui arrache un sourire à un « Nino » bronzé par le soleil du Midi : sa précédente arrestation remonte exactement à un an. « Tu vas nous payer le champagne », ose même un fonctionnaire peu rancunier : l'arme dont disposait Ferrara était de celles qui trouent les gilets pare-balles [2].

Fin d'une cavale bien plus courte que la précédente. Avec les félicitations du patron de la PJ, Gérard Girel,

---

1. Une Yamaha 900 TDM.

2. Pour l'anecdote, le jeune caïd a demandé au policier d'extraire de sa poche un billet de 500 euros : sa participation au pot.

qui se fend le lendemain d'une lettre ponctuée par ces mots : « Encore bravo ! » Le ministre, Nicolas Sarkozy, est lui aussi ravi. Non seulement Ferrara était l'un des hommes les plus recherchés de France, mais les deux autres ne sont pas des prises négligeables. Le premier, Malek Bouabass, était en cavale depuis sa condamnation à dix-huit mois de prison. Quant à Hakkar, lui aussi en cavale, nul dans la police ne se serait risqué à le considérer comme un petit lot : également adepte du Cz 9 millimètres, ce garçon issu d'une cité de Nanterre était déjà un poids lourd[1].

« Un sentiment amoureux grandissant vis-à-vis de "Nino" »

Qui, cette fois, libérera « Nino » ? Les flics sont à l'affût, forcément, et, dès le troisième mois, la Brigade antigang recueille un renseignement assez précis dans la banlieue sud : un homme proche de la cinquantaine, connu pour vol à main armée, aurait rassemblé quatre kilos d'explosif pour organiser l'extraction de l'indispensable Ferrara, expert dans l'art de trouer les fourgons blindés. On garde évidemment un œil sur ce quinquagénaire, mais, pour le moment, la PJ se mobilise surtout pour retrouver tous ceux qui ont été mêlés de près ou de loin à l'opération « militaire » perpétrée contre la maison d'arrêt de Fresnes.

La piste la plus simple mène encore à Farid, le frère de Fatima. Le jeune homme admet sans difficulté de nombreux contacts avec « Nino » pendant sa cavale ; il le voyait en général par l'entremise de l'un de ses frères, Diego, ou par celle de Stefano, un jeune de

1. On le retrouvera au chapitre suivant.

Vitry-sur-Seine, d'origine italienne, qui ne va pas tarder à être mis en examen pour complicité d'évasion.

L'autre incontournable, c'est Moussa, dont le grand-père était un Traoré, l'une des grandes familles du Mali ; ce fidèle de Ferrara a été victime d'une mystérieuse tentative d'assassinat en novembre 2002, à Vitry-sur-Seine, tentative dont certains affirment qu'elle a obligé la bande à différer un premier projet d'évasion.

Mais les premiers éléments sérieux proviennent des laboratoires de la police scientifique et technique. D'abord, les taches de sang retrouvées au pied des murs de la maison d'arrêt de Fresnes appartiennent à une seule et même personne. Ensuite, l'ADN de la famille Ferrara a été prélevé sur plusieurs cartouches abandonnées sur place, signe que l'un des frères du fugitif a peut-être participé à l'opération. Enfin, trois ADN inconnus ont été relevés sur des mégots ramassés à proximité des lieux.

L'exploitation de la mémoire du téléphone oublié dans la cellule de Ferrara est encore plus significative. Elle fait peser un lourd soupçon sur quatre personnes : Diego Ferrara, né comme son frère à Cassino ; Stefano, le jeune de Vitry-sur-Seine (il est né en 1984) ; un homme d'une quarantaine d'années, prénommé Lionel et demeurant à Choisy-le-Roi ; enfin, un certain Hocine, dit « Jacquot », né à Tizi Ouzou (Kabylie) en 1979.

Interpellés le 16 septembre 2003, les trois premiers n'ont strictement rien à dire sur l'évasion de « Nino ». Tout ce que l'un d'eux veut bien admettre, c'est qu'il détenait ce revolver Manurhin apparemment dérobé à un policier : il l'avait trouvé dans la cité, derrière un buisson. Le Kabyle, lui, est apparemment en fuite : il n'a laissé derrière lui, à son domicile, que quatre-vingts grammes de cocaïne et quelques euros.

Dans le paysage des personnes dévouées à « Nino » apparaît également une jeune femme dont le profil tranche singulièrement sur celui des autres. Elle est avocate. Ce même 16 septembre, les policiers déboulent dans son cabinet pour une perquisition en bonne et due forme en présence d'un représentant de l'Ordre.

Très vite, on lui fait comprendre qu'on la soupçonne d'avoir prêté son concours à l'évasion de « Nino », qu'elle défend aux côtés de son principal avocat. Par exemple en lui apportant en prison une puce pour son téléphone portable.

La jeune femme évoque maladroitement deux versements en espèces émanant de Diego Ferrara, le frère. Puis se livre à une opération vérité : si elle a commis des erreurs, c'est « à cause d'un sentiment amoureux grandissant vis-à-vis de "Nino", qui a tout fait pour la charmer ». Un aveu qui lui évite une incarcération, mais pas une mise en examen pour recel d'association de malfaiteurs, dont elle sera totalement blanchie.

Antonio Ferrara veut se faire tout petit

Les spécialistes du banditisme soupçonnent un autre homme d'avoir participé à l'opération de Fresnes. Son nom, Dominique Battini, est connu des familiers de l'organigramme du banditisme bastiais, dont il est un vrai prototype. Né à Corte en 1963, il a été interpellé une première fois à Nice, à l'âge de vingt-cinq ans, pour deux vols à main armée commis en solitaire contre la même agence bancaire ; il est « retombé » dans la même ville, peu de temps après, soupçonné cette fois d'avoir participé à douze vols à main armée avec deux malfaiteurs niçois et deux autres Corses : Dominique Costa et Alexandre Vittini, membres éminents de la « Brise de mer ».

Activement recherché depuis sa condamnation à vingt ans de réclusion pour ces braquages, Dominique Battini est localisé chez une amie à Boulogne-Billancourt, le 19 décembre 2003. Il est aussitôt remis aux mains de l'Identité judiciaire, dont les analystes diagnostiquent une prothèse oculaire en lieu et place de l'œil droit. Une prothèse posée assez récemment pour justifier un prélèvement génétique qui se révèle positif : les traces de sang retrouvées au pied du mur d'enceinte de la prison de Fresnes appartiendraient bien à cet homme.

Battini nie catégoriquement toute implication dans l'opération, mais s'il a vraiment perdu l'usage d'un œil ce jour-là, c'est que « Nino » le méritait [1].

Trois mois plus tard, un autre Corse entre en scène. Encore un Bastiais, lui aussi connu pour vol à main armée, il est né la même année que « Nino » (1973) et s'appelle Michel Consalvi. Pour le moment, la seule certitude est que cet homme a bien séjourné à Saint-Raphaël, sur la Côte d'Azur, entre le 15 juin et le 10 juillet 2003. Précisément à l'époque où Antonio Ferrara y faisait la fiesta pour le plus grand profit des propriétaires d'une discothèque de la cité balnéaire, Le Cristal, où il dépensait sans compter, plus dragueur que jamais (un jour, avisant une serveuse à son goût, il lui avait demandé l'autorisation de lui offrir une rose ; comme elle avait dit oui, il avait dévalisé le vendeur pakistanais, achetant jusqu'à son panier). Cet acti-

1. Tous les participants à l'opération de Fresnes sont évidemment présumés innocents jusqu'à la tenue du procès prévu, lorsque nous mettions ce livre sous presse, pour l'automne 2008.

visme estival ne suffit pas à faire de Consalvi un dangereux criminel, mais on le présente tout de même au juge Jean-Paul Albert, chargé d'instruire le dossier de l'évasion au tribunal de Créteil.

José Menconi, Alexandre Vittini, Dominique Battini, Michel Consalvi : Antonio Ferrara, pur produit de la banlieue sud, fait éclater les frontières traditionnelles du banditisme. Toute la question est désormais de savoir qui, dans le cadre de cette alliance, utilise qui. Mais, pour les spécialistes, il n'y a pas grand doute : les Bastiais se servent de Ferrara. Ils se servent de lui pour les fourgons, on l'a vu, mais les fourgons ne sont probablement que la surface des choses. Derrière, la PJ commence à percevoir la façon dont les Corses pérennisent leur domination sur le milieu français en s'appuyant sur les forces vives jaillies des cités de la région parisienne. Derrière, tous les bons indics le disent, se profile bel et bien la mainmise des Corses sur la région parisienne : du racket aux machines à sous en passant par les attaques à main armée et peut-être même le shit, ils semblent plus présents que jamais.

Les origines napolitaines de Ferrara ont-elles favorisé la jonction avec un José Menconi, né à Bastia de père et de mère sardes ? Les flics n'étaient pas là pour faire de la généalogie, mais pour dire qui donnait des ordres à qui. Or, à ce jeu-là, Menconi leur paraissait autrement important que Ferrara.

D'ailleurs, « Nino » lui-même, par-delà sa forfanterie naturelle, commençait à trouver qu'on le faisait plus « beau » qu'il n'était. Devant l'incroyable dispositif déployé autour du siège de la PJ, à Nanterre, lors de sa garde à vue – un véritable état de siège –, il parut soudain vouloir se faire tout petit...

José Menconi, première évasion

28 novembre 1998, 8 heures du matin. Un homme armé d'un pistolet-mitrailleur, vêtu d'une tenue de combat verte et coiffé d'une cagoule, déploie une échelle pliante en aluminium (de fabrication artisanale) au pied du mur de la prison de Borgo, située près de Bastia. Parvenu au sommet, il braque son arme en direction du surveillant. Un deuxième homme adosse une autre échelle, puis une troisième qu'il jette à l'intérieur de la prison.

Selon un timing parfait, José Menconi et un détenu ajaccien, Dominique Ambroggi, découpent à l'aide d'un coupe-boulons les grillages bordant la cour de promenade, puis ceux protégeant le chemin de ronde – en choisissant un endroit invisible depuis le mirador aux vitres particulièrement crasseuses.

« Bouge pas ou ça charcle ! » lance un des assaillants au gardien qui a fait mine de vouloir briser les scellés de son arme administrative.

Lorsqu'il tire en l'air avant de déclencher la sirène, les deux prisonniers s'éloignent déjà à bord d'une voiture. Une évasion amplement justifiée aux yeux du principal intéressé, qui a certainement additionné les années de prison qui l'attendaient[1].

On mettait par exemple sur le dos de José Menconi l'attaque d'un fourgon de la société Ardial, à Saint-Laurent-du-Var, le 17 avril 1997. Ce braquage avait eu lieu en fin de journée, à l'heure où le véhicule blindé regagnait le siège de la société, après un passage par un bureau de poste et plusieurs grandes surfaces. Une

---

1. Pour cette seule évasion, il sera condamné à neuf ans de prison, peine ramenée à six par la cour d'appel de Bastia le 27 novembre 2003.

fourgonnette blanche s'était mise en travers du chemin et huit personnes avaient surgi, avant de vider le fourgon de son contenu – 11 millions de francs [1] – avec un grand sang-froid.

Comment avait-on fait le lien avec Menconi ? Un renseignement parvenu un mois plus tôt avait fait de lui un important témoin dans deux attentats récemment commis à Nice ; l'informateur avait même fourni une adresse : un appartement loué dans une luxueuse résidence de la ville au nom de Jean Menconi, frère de José. L'antenne locale de l'Office du banditisme avait été mobilisée. On avait aperçu José au volant d'une voiture appartenant à son frère, mais le suspect, méfiant, se déplaçait surtout à moto, une African Twin qu'il maniait « avec une dextérité remarquable, n'hésitant pas à griller les feux, à rouler sur les trottoirs et à emprunter les sens interdits ». On avait relevé au passage l'immatriculation d'une camionnette blanche – celle qui allait être utilisée pour le braquage.

Un jour, José avait semblé flairer une présence policière dans la résidence ; il avait questionné le gardien, puis avait trouvé opportun de passer deux nuits à l'hôtel sous un faux nom – « Joseph André » –, identité sous laquelle il avait également loué deux garages à Saint-Laurent-du-Var.

La veille du hold-up, le jeune Bastiais avait été vu au volant d'une voiture louée au nom d'une employée de la compagnie aérienne Corse-Méditerranée ; le numéro du téléphone portable laissé sur le contrat allait se révéler fort utile par la suite. Le 17 avril 1997, jour des faits, la camionnette était sortie du parking de la résidence, mais n'avait pu être suivie. On l'avait retrouvée, après le braquage, avec une empreinte à l'intérieur : celle de José Menconi.

1. Environ 1 700 000 euros.

On avait revu le suspect le lendemain soir : un passage éclair à l'appartement, d'où il était reparti à moto, un sac en bandoulière, en observant cette fois scrupuleusement le code de la route ; on l'avait suivi jusqu'au domicile d'une femme, elle aussi salariée de la compagnie Corse-Méditerranée.

Tout cela aurait été d'une faible utilité si un nouveau renseignement, aussi anonyme que le premier, n'était venu désigner les auteurs présumés du braquage : cinq hommes parmi lesquels Jacques Mariani, fils du présumé parrain bastiais Francis Mariani, Dominique Costa, un agriculteur né en 1954 à Moltifao (Haute-Corse), membre présumé du même clan, et Jean-Luc Germani, né à Bastia en 1965.

On s'était mis à éplucher les listes de passagers des compagnies maritimes et aériennes entre la Corse et le continent, mais c'est grâce au numéro laissé sur le contrat de location de la voiture que l'on était remonté jusqu'à un « tam-tam » acheté par un certain « Joseph André ». Un « tam-tam » qui, durant la semaine précédant le hold-up, avait été contacté depuis quatre cabines téléphoniques de Calvi, quatre de Nice et trois de Saint-Laurent-du-Var, mais aussi depuis un hôtel de Moriani-Plage, une brasserie de Biguglia et un bar de Calvi !...

Le 25 avril, soit huit jours après le braquage, José Menconi était revenu à la résidence, avait récupéré ses bagages, puis était monté à bord d'un bateau pour Calvi ; il avait voyagé sous le nom d'un garagiste de Porto-Vecchio qui l'avait autrefois employé et auquel il restait très lié. Dans l'île, la filature avait été rapidement rompue : la Corse est l'endroit où il est le plus difficile de suivre quelqu'un. De mémoire de flic, on n'avait pas vu pire, hormis ces cités de la région parisienne où Antonio Ferrara avait grandi et où un policier, même en civil, était repéré dès le premier pas.

Un jour, les gendarmes avaient cru apercevoir Menconi à Calenzana, en Balagne ; une autre fois, sa moto, qu'il pilotait toujours à très grande vitesse, avait été repérée devant un bar ; une semaine plus tard, on l'avait vue sur le parking d'une station-service de Calvi. Quant aux écoutes téléphoniques, elles étaient vaines : les amis de Menconi ne conservaient pas longtemps le même numéro.

À force, on avait tout de même établi des liens entre les hommes cités par la source anonyme. On avait vu José Menconi et Jacques Mariani entrer ensemble dans une villa, puis assister à un match de foot à Ghisonnaccia. Le 3 juillet 1997, on l'avait vu au contact de Jean-Luc Germani, avant de le perdre à nouveau sur la route menant à Moltifao, où résidait Dominique Costa. Mais ce n'est pas parce que ces garçons se parlaient qu'ils avaient braqué ensemble un fourgon sur le continent. Même si l'armement très puissant utilisé, dont un lance-roquette (à jeter après usage, comme les Kleenex), les tenues paramilitaires, l'usage d'explosif (200 grammes de dynamite) et cette façon de se disperser sitôt les faits commis rappelaient la façon de travailler des braqueurs corses. Même si ces derniers opéraient souvent avec une complicité intérieure, ce qui paraissait être ici le cas : on avait en effet découvert que l'un des convoyeurs attaqués, Freddy Chapuis, un brun assez corpulent, âgé de trente-cinq ans et originaire de la région parisienne, était entré plusieurs fois en relation avec Menconi. À première vue, l'homme lui avait été présenté par un voisin corse, Ange Giafferi, employé des postes à Saint-Laurent-du-Var et ami d'enfance de Menconi.

« Toi, le nabot, tu dégages ! »

La rixe avait éclaté à l'heure où l'ambiance est à son maximum dans les discothèques, soit peu avant 2 heures du matin, dans la nuit du 20 août 1997. La saison battait son plein à Calvi et la nuit était particulièrement chaude au Calypso, l'un des lieux où les touristes en vacances dans la Haute-Corse venaient danser, suer et draguer. Ronds comme des barriques et pas forcément au diapason des autres, des légionnaires s'étaient mêlés à la petite foule des vacanciers. José Menconi était là, lui aussi, avec sa femme, que plusieurs légionnaires avaient commencé à importuner sérieusement.

« Toi, le nabot, tu dégages ! » avait lancé l'un d'eux alors que Menconi tentait de s'interposer.

La taille imposante de ces hommes, formatés pour le combat, ne l'avait pas impressionné : le Corse leur avait dit ce qu'il avait à leur dire avant de s'éclipser avec sa compagne.

Six légionnaires plus allumés que les autres l'avaient pourchassé jusqu'à leur voiture, une Golf cabriolet bleu nuit ; là, sentant le danger – à mains nues, Menconi risquait de se faire massacrer –, le Corse avait sorti un pistolet automatique, calibre 9 millimètres.

« Reculez, sinon ça va mal se passer », avait-il lancé.

Les voyant foncer sur lui, il avait ouvert le feu. Un premier projectile, tiré en direction du sol, avait ricoché contre le bitume avant d'aller blesser à la cuisse un gendarme qui se trouvait par hasard dans les parages. Un légionnaire avait alors tenté d'arracher Menconi à son siège. Sans même se retourner, le Bastiais avait posé l'arme sur son épaule et tiré à nouveau, tuant son agresseur sur le coup.

Après cet « accident », José Menconi avait discrètement quitté l'île de Beauté. Une initiative judicieuse, car la police avait découvert son nid d'aigle : une maison de Calenzana, très isolée et suffisamment haut perchée pour qu'on puisse voir arriver les visiteurs de loin.

Dans ces cas-là, pas une des personnes susceptibles d'entrer en contact avec un fugitif n'est épargnée. En l'occurrence, la surveillance d'une ligne téléphonique utilisée par une certaine Corinne, employée dans un supermarché, avait permis d'apprendre le prochain passage à Paris du Bastiais Joseph Albertini, un proche de Menconi.

Lorsque les policiers virent débarquer cet homme dans la capitale, ils lui emboîtèrent le pas. Pas pour très longtemps : comme ils l'avaient imaginé, le visiteur ne tarda pas à retrouver José Menconi, qui n'eut pas le temps de prendre la fuite.

Deux mois s'étaient écoulés depuis le drame de Calvi. Dès le lendemain, huit personnes furent interpellées dans la région niçoise, à commencer par le convoyeur Freddy Chapuis, qui ne tarda pas à lâcher ce qu'il savait. Il avait connu « Patrick » (Menconi) dans une boîte de nuit de Nice au début de l'année ; l'homme lui avait rapidement proposé de participer à un vol à main armée. On s'était mis d'accord pour opérer le jour d'une tournée fructueuse, avant de fixer les règles du jeu : il devait toucher une part égale à celle des autres participants. Sauf que cela ne s'était pas passé exactement ainsi. D'abord, apeuré, il n'avait plus répondu aux appels de « Patrick », lequel lui avait finalement apporté 100 000 francs[1], trois mois plus tard, en prétextant des « frais imprévus ».

1. Environ 15 000 euros.

Entendu le même jour à Paris, Menconi n'a pas gardé tout à fait les mêmes souvenirs, mais le nom de Freddy Chapuis lui dit quelque chose :

« Nous avons sympathisé en parlant de courses de chevaux, explique-t-il. Petit à petit, nous avons parlé de son travail. Au début, je n'avais pas d'arrière-pensées. Il m'a fourni spontanément des renseignements sur les tournées, leur fréquence, leur taille, tout en me demandant régulièrement des petites sommes, 500 francs[1] environ, que je lui donnais à l'occasion. C'est lui qui a évoqué une attaque, "pour être tranquille plusieurs années". Au mois de mars, il a dit qu'il y aurait bientôt une bonne occasion.

« C'est à cette époque qu'une personne que je ne connaissais pas est venue me dire qu'elle savait que je connaissais bien un convoyeur. Elle voulait entrer en contact avec lui. J'étais coincé, puis il y avait l'appât du gain, vous comprenez. J'ai mis Chapuis en contact avec cette personne qui venait masquée aux rendez-vous. La pression était forte et j'ai eu peur, c'est pour cela que j'ai fait n'importe quoi, par exemple louer ce box à Saint-Laurent-du-Var avec de faux papiers supportant ma photo. Le coup devait se faire en mars, mais a été reporté. »

À l'entendre, Joseph Albertini n'était pas dans l'histoire. Pas plus qu'Ange Giafferi – « c'est la fatalité s'ils habitent tous les deux à la même adresse ». Ni évidemment Jacques Mariani – « je le connaissais depuis longtemps, du ballon[2] ». Lui, en revanche, ne pouvait plus reculer. Il avait même volé une camionnette, l'avait garée dans le box, avait changé les plaques et l'avait livrée « aux gens », le jour de l'at-

1. Environ 75 euros.
2. La prison.

taque. Son rôle s'était borné à cette assistance en échange de laquelle il avait touché 150 000 francs [1], en trois fois.

José avait pourtant jugé préférable de s'évader, et il n'avait pas eu tort : la cour d'assises allait le condamner bientôt par contumace à douze ans de prison [2].

« Je conteste les amalgames injustes et faciles » (José Menconi)

Une dose de fourgons, une dose de nationalisme et quelques règlements de comptes : cette première cavale va faire de José Menconi un véritable bandit corse.

À Saint-Étienne, le 30 mars 2000, un fourgon de la société Transval échappe à ses assaillants pour cause d'explosif déficient : le détonateur s'est désolidarisé de la charge de plastic. La main de Menconi, avance la PJ, bien consciente qu'aucun élément ne vient étayer cette piste.

Le 27 avril de la même année, un matin, en plein Grenoble, trois hommes attaquent un fourgon bourré de devises. La charge fracture la porte latérale et tue un convoyeur d'origine espagnole. Dix millions de francs [3] disparaissent. La PJ croit encore reconnaître la signature de Menconi, mais c'est bien connu : on ne prête qu'aux riches.

Cette année-là s'achève en apothéose avec la

1. Environ 22 870 euros.

2. Freddy Chapuis, le convoyeur, sera condamné à huit ans de prison ; Joseph Albertini, lui, sera acquitté. Ange Giafferi, Jacques Mariani, Dominique Costa et Jean-Luc Germani ont toujours nié toute participation à ce braquage.

3. Environ 1 500 000 euros.

fameuse attaque de Gentilly, le 26 décembre, à laquelle aurait participé la fine fleur du banditisme français : Menconi, Ferrara et une bonne partie des membres de la Dream Team... Une sorte de rencontre au sommet pour le coup de l'année... presque trop beau pour être vrai

Parce qu'ils le voient derrière tous les bons coups, les limiers de l'Office du banditisme cherchent Menconi partout, en particulier à Saint-Tropez, où ils ont localisé sa compagne, une jeune Ajaccienne, et leur fils, né en 1999. Ils suivent son frère jusque dans les soirées corses qu'il anime dans la capitale, où ils le voient, un jour de novembre 2000, rejoindre en courant le pilote casqué d'une moto. Mais, comme beaucoup de bandits corses parvenus à ce niveau, le plus remuant héritier du gang de la « Brise de mer » intéresse désormais également magistrats et policiers spécialisés dans la lutte antiterroriste.

Tout a commencé avec les surprenantes confidences concédées par deux hommes au cours de leur garde à vue, à Bastia, au mois de novembre 2001. Le premier, Noël Andreani, trente-deux ans, est agriculteur à Prunelli-di-Fiumorbo ; le second, Jacques Navarra, vingt-sept ans, est charcutier à Santo-Pietro-di-Tenda. Tous deux sont soupçonnés d'appartenir au groupe clandestin Armata Corsa, en désaccord profond avec une autre branche nationaliste pour des raisons stratégiques autant que financières, sans oublier les querelles d'hommes, qui, ici, se règlent volontiers par le feu. C'est la peur de mourir qui les aurait poussés à parler ce jour-là.

À les entendre, la série de meurtres qui secouait l'île depuis trois ans trouvait son origine dans l'attaque d'un fourgon de la société Bastia Securita, tenue par des nationalistes. L'attaque avait échoué, mais ses auteurs, parmi lesquels figurait Dominique Savelli, charcutier à Belgodère, village de Haute-Corse, avaient été condamnés à mort « pour l'exemple ».

Jacques Mariani, fils de Francis, leader présumé des bandits bastiais, s'en était mêlé. Il avait plaidé la cause de son ami Savelli auprès de Jean-Michel Rossi, fondateur et chef, avec François Santoni, du groupe Armata Corsa. Argument principal : le fourgon visé ne portait aucun signe de son appartenance à la société Bastia Securita. C'était donc bel et bien une erreur.

La deuxième bourde du charcutier, apparemment pétri de vanité, avait été de laisser entendre qu'il n'avait pas peur du « Front ». Et que si Jean-Michel Rossi n'était pas « content », il allait « s'occuper de lui ».

Malgré les mises en garde répétées de Mariani, relayé par José Menconi (« On ne touche pas à Savelli sans risquer des représailles contre sa famille, du plus grand jusqu'au plus petit »), Rossi, exaspéré par ces rodomontades, avait donné l'ordre de supprimer Savelli. L'ordre avait été exécuté le 21 juillet 1999. Depuis lors, ça ne s'était plus arrêté.

Pourquoi Mariani et Menconi s'étaient-ils ainsi engagés en faveur de Savelli ? Simple, à en croire les deux hommes, qui ramenaient brusquement sur terre tous ceux qui glosaient sur les querelles « politiques » au sein de la mouvance nationaliste. Très simple, même : d'une part, Savelli était membre de leur équipe de braqueurs ; d'autre part, il avait contribué à l'évasion de Menconi, en novembre 1998. C'est donc fort logiquement que Jean-Michel Rossi, ex-rédacteur en chef du journal *U Ribombu* et ex-responsable du FLNC historique en Balagne, fut abattu le 7 août 2000 à la terrasse d'un bar de L'Île-Rousse, La Piscine.

La réplique vint un mois et deux jours plus tard

avec l'assassinat, au même endroit, du gérant du bar, Dominique Giuntini, membre éminent du FLNC historique en Balagne. Un meurtre pour rien, ou plutôt si : encore un meurtre « pour l'exemple », signé Armata Corsa et parce qu'il fallait bien un coupable...

Peu après, dans un ouvrage retentissant, François Santoni, chef survivant d'Armata Corsa, montra du doigt une coalition composée de voyous toulonnais et de membres de la « Brise de mer », associés selon lui à son nouveau rival dans la mouvance nationaliste : Charles Pieri. C'étaient eux, sur fond de guerre pour le contrôle des machines à sous en Balagne, qui étaient responsables de la mort de son ami Jean-Michel Rossi.

Le 6 septembre 2000, l'équipe adverse reprit la main. Ce devait être le tour de Nicolas Montigny, qui avait eu un tort : s'être vanté d'avoir été l'un des auteurs de l'assassinat de Savelli. Originaire lui aussi de Bastia, lui aussi membre d'Armata Corsa, il eut la vie sauve pour un temps, mais fut rattrapé l'été suivant. Un été qui fut également fatal à François Santoni et aux frères Dominique et Jean-Christophe Marcelli, eux aussi militants d'Armata Corsa[1].

Deux morts dans un camp, cinq dans l'autre : si les deux témoins disaient vrai, le bilan de ce combat fratricide penchait nettement en faveur du clan Mariani. C'est pourquoi ils étaient là, en train de raconter aux policiers beaucoup plus que ceux-ci n'en auraient jamais espéré : ils se sentaient en danger.

Pas plus tard que le 11 septembre 2001, Noël Andreani avait vu plusieurs véhicules suspects rôder autour de chez lui. Il en avait informé Jacques

1. Un double assassinat pour lequel José Menconi a été mis en examen le 21 janvier 2003, avant d'être acquitté devant les assises du Val-de-Marne, le 30 juin 2006, de même que son ami Jacques Mariani.

Navarra, qui s'était mis en planque à proximité du domicile de son ami. Et cela n'avait pas manqué : il avait cru reconnaître José Menconi à bord d'une des voitures.

Navarra s'était alors tourné vers un homme qu'il appelait « Dieu », de son état membre éminent de la « Brise de mer ». « Dieu » était allé aux nouvelles, qui étaient mauvaises : « on » était convaincu que Noël Andreani était impliqué dans une récente tentative d'assassinat perpétrée contre Jacques Mariani. Pouvait-on les convaincre du contraire ? « Dieu » avait promis de faire ce qui était en son pouvoir, mais Navarra et Andreani n'étaient pas franchement rassurés – et le mot était faible. D'autant que trois membres importants de l'équipe adverse, Dominique Costa, Pierre-Marie Santucci et Francis Mariani (le père), avaient miraculeusement été élargis de la prison de Borgo, le 31 mai 2001, après l'envoi d'un fax bidon depuis l'hôtel Campanile d'Aix-en-Provence...

Quel crédit accorder aux dires des deux hommes ? Remis en liberté au terme de leur garde à vue, ils hésitèrent longuement avant de sortir de l'hôtel de police de Bastia. Il fallut les rassurer, et même les raccompagner jusqu'à leur véhicule. Leur unique espoir résidait apparemment dans l'arrestation de José Menconi, qui, avaient-ils précisé, « ne se laisserait pas prendre vivant ».

Un mois et deux jours plus tard, le 10 décembre 2001 à l'aube, Jacques Navarra est enlevé chez lui par six hommes dont l'un arbore ironiquement un brassard de police ; son cadavre, troué de huit balles de calibre 9 millimètres, est retrouvé deux heures plus tard par des chasseurs.

La main de José Menconi, doublement promu prince du maquis et des attaques de fourgons ? Apparemment bien renseigné, le jeune Bastiais avait pris les devants en faxant une lettre à la PJ d'Ajaccio, le 28 septembre 2001, soit dix jours avant la garde à vue de ses deux détracteurs. Voici ce qu'il écrivait :

« Je me suis volontairement mis en indisposition vis-à-vis de la justice. Je suis en fuite. Je mène une existence essentiellement faite de solitude, de souffrance et de craintes. On me reproche des affaires criminelles et une évasion. Il est sûr que, de gré ou de force, j'aurai un jour à répondre de ces faits et ne manquerai pas, alors, d'assumer la vérité avec sagesse et dignité [...].

« Depuis ma dernière arrestation, le contexte politique et judiciaire corse me font [*sic*] craindre des poursuites et une justice pour l'exemple, bien loin de l'impartialité que doit attendre tout justiciable. Je ne conteste pas la légitimité des institutions, mais les amalgames injustes et faciles [...]. J'ai la preuve indiscutable qu'il est totalement impossible que je sois à l'origine de ce double assassinat commis en août 2001 [...]. Je me trouvais à Saint-Tropez au moment des faits [...].

« Je ne sais ni pourquoi, ni de quel droit vous avez osé publier de telles horreurs à mon sujet, mais je vous encourage vivement à rectifier [1]. »

« Il dit s'appeler Pierre et il a l'air furax »

Antonio Ferrara a patienté huit mois sous les verrous avant de voir ses amis débarquer en force. Arrêté

1. José Menconi fait ici allusion à certains articles de presse l'impliquant dans le double assassinat de Dominique et Jean-Christophe Marcelli.

dans les conditions que l'on sait en rejoignant sa planque de Roquencourt (Yvelines), le 23 janvier 2003, José Menconi y reste pour sa part moins de deux mois, juste le temps de proférer quelques menaces de mort à l'encontre du directeur de la maison d'arrêt de Borgo.

L'heure choisie par les deux évadés est la même (entre 4 et 5 heures du matin), mais la méthode diffère radicalement : aussi discrète pour l'un qu'elle va être bruyante pour l'autre, cinq jours plus tard.

Placé lui aussi à l'isolement, Menconi commence par scier les barreaux de sa cellule ; il gagne les toits en transformant la porte de sa salle de bains en escalier ; à l'aide d'une corde et d'un grappin, matériel apparemment fourni par un éducateur sportif, il se laisse ensuite glisser dans la cour. Là, suprême pied de nez, il pose une chaîne et un cadenas et ferme la grille donnant accès au bâtiment des surveillants. Une arme de poing à la main, il lui reste à gagner la grille d'honneur et la porte principale, devant laquelle il neutralise l'unique surveillant en faction.

Pas d'explosif, pas une seule balle tirée : on est loin de l'armada mobilisée à Fresnes. Mieux : le lance-roquette bientôt braqué par deux complices en direction du seul gardien visible de l'extérieur se révélera complètement factice...

Nous sommes le 7 mars 2003. La voiture qui a servi à la fuite est retrouvée calcinée, le lendemain, sur la commune de Lucciana, mais José Menconi a certainement déjà gagné le continent, de même que l'un des présumés complices de son évasion, Michel Consalvi, qui participera dans quelques jours, à en croire la PJ, à l'attaque de la prison de Fresnes !

José Menconi a ses habitudes dans le Midi, où tous ses amis sont aussitôt placés sous surveillance. L'un d'eux, un Aixois d'une trentaine d'années prénommé Stéphane, accessoirement ami d'enfance de Cyril Rool, le footballeur qui a mis l'appartement de Roquencourt à la disposition de Menconi, retient particulièrement l'attention. Il est tous les jours attablé au même restaurant d'Aix-en-Provence, L'Icône, où un premier mouvement suspect est observé dès le 10 mars, soit trois jours après l'évasion.

Un homme se présente ce jour-là et demande assez énergiquement à parler à Stéphane. Un serveur laisse aussitôt ce message sur le répondeur du jeune homme : « Quelqu'un te cherche. Mince, trente-cinq ans, brun, les cheveux très courts. Il dit s'appeler Pierre et il a l'air assez furax. »

Stéphane rappelle quelques minutes plus tard et on lui passe « Pierre », qui s'exprime avec un accent corse prononcé. « Il faut qu'on se voie rapidement, c'est urgent, très urgent, au sujet des produits d'entretien », dit-il, précisant qu'il prend l'avion le soir même.

Les deux hommes se croisent brièvement dans un McDo, puis « Pierre » s'envole pour Bastia, laissant une trace parmi la liste des passagers : né en 1966, il est connu pour un vol à main armée. Son déplacement a-t-il eu quelque rapport avec José Menconi ? Les flics découvrent bientôt que Stéphane a mis une moto de marque Suzuki à la disposition de l'homme en cavale. Une moto qui sème rapidement la panique entre Marseille et le Var : on la voit partout et nulle part. Jusqu'à cet après-midi du 31 mars 2003 où la puissante bécane reste garée assez longtemps à proximité d'un bar d'Aubagne, Le Chalet des pommiers.

Mobilisation générale : plus de quatre-vingts fonctionnaires sur le terrain ! Arrestation sans incident.

Après vingt-quatre jours de cavale, José Menconi

est récupéré en même temps que les deux hommes avec lesquels il bavardait, deux Marseillais dont un certain Alexandre Chevrière, que des tueurs prendront pour cible un an plus tard, juste après sa libération[1].

Avec son naturel habituel, sans doute aussi avec un petit sourire, Alexandre Chevrière explique qu'il a « fortuitement » croisé José dans ce bar. Quant à José Menconi, que certains décrivent volontiers comme un sanguinaire au regard glaçant, il se montre avec les policiers d'une gentillesse inattendue, allant jusqu'à verser quelques larmes lorsqu'il réalise qu'il ne reverra pas son fils de sitôt.

Antonio Ferrara, qu'il a connu dans une discothèque de Saint-Raphaël, puis respecté et apprécié, lui viendra-t-il en aide ? Ses nuits sont comptées : quatre mois encore et il est repris à son tour. Ce jour-là, José Menconi comprend qu'il est parti pour plusieurs années de « placard ». Au mieux, si ses comptes sont justes, il sortira pour fêter ses quarante-cinq ans. En attendant, ce dont il a besoin, c'est d'un partenaire pour jouer aux échecs, histoire de rompre avec la solitude du QI (quartier d'isolement) : vingt-deux heures par jour en cellule, deux promenades d'une heure chacune dans une cour de 30 mètres carrés au plafond lourdement grillagé, personne avec qui parler, aucune voix à écouter hormis celles de la télé, les yeux qui oublient la lumière et la paranoïa qui rôde. Une prison dans la prison, avec pour seules lueurs deux heures de sport par semaine et les visites de son épouse, de son fils et de ses trois avocats.

1. Comme on le verra au chapitre 12.

7.

Le temps des cités

Hamid Hakkar, l'homme aux 350 000 euros

Issu d'une cité de Nanterre, Hamid Hakkar a accédé à une autre dimension après la dernière arrestation de « Nino » Ferrara. Il est le « petit frère » des parrains franco-maghrébins de la Seine-Saint-Denis, puisqu'il est né en 1968, et, comme plusieurs d'entre eux, il peut revendiquer son appartenance à la filière algérienne.

S'il devait un jour présenter son curriculum à quelque entreprise criminelle, Hamid Hakkar commencerait par noter qu'il a commencé très jeune dans le métier. Preuves à l'appui, puisque les archives lui attribuent deux vols de cyclomoteurs l'année de ses quatorze ans, à une époque où le ministre de l'Intérieur s'appelle Gaston Defferre. Il mentionnera ensuite des vols à l'étalage, diverses dégradations, une infraction à la législation sur les armes à dix-sept ans, quatre arrestations l'année de ses dix-neuf ans et une première inculpation pour trafic de stupéfiants en 1990. Le début d'une véritable spécialisation ponctuée de multiples mises en cause pour rébellion, outrage à agent ou violences volontaires, qui dénotent une détermination sans faille.

Devenu grand, et pas seulement par la taille (il mesure 1,86 mètre), Hamid Hakkar pourrait également noter qu'il sait se jouer de la prison. Il l'a fait en 1998 alors qu'il était détenu depuis vingt mois pour une affaire de stups. À l'occasion d'un parloir, il a échangé ses vêtements avec ceux d'un visiteur, comme lui d'origine algérienne, dont il a endossé l'identité pour sortir par la grande porte. Auparavant, il a fait fructifier son séjour derrière les barreaux en côtoyant deux membres de la fameuse Dream Team [1]. Il a surtout noué une relation solide avec Claudio et Massimiliano Ferrara, frères de celui à qui il prêtera bientôt aimablement assistance.

Hamid Hakkar a ensuite fait l'apprentissage de la vie clandestine. L'occasion de tester la solidité des amitiés nouées dans son fief, la cité Pablo-Picasso, à Nanterre. Et d'éprouver les bienfaits de la fratrie : ses frères conservent soigneusement les clefs de quelques appartements disséminés dans la cité, où Hamid mais également « Nino » Ferrara vont faire escale.

Le tableau de bord du jeune Hamid Hakkar s'est entre-temps noirci. La justice a profité de son absence pour lui distribuer une pile d'années de prison. Huit ans pour association de malfaiteurs et infraction à la législation sur les stupéfiants assenés par un tribunal de Pau. Quatre ans pour trafic de stupéfiants par celui de Bobigny. Trois ans à Paris pour menace de mort. Le tout assorti d'une réclusion criminelle à perpétuité pour un règlement de comptes auquel on l'a mêlé sans lui demander son avis.

Comment la famille Hakkar a-t-elle surgi au beau

1. Évoquée au chapitre premier.

milieu des recherches lancées pour retrouver Ferrara le cavaleur ? Une histoire de téléphone, comme d'habitude : Hamid a un frère, Jamel, de dix ans plus jeune que lui, mais passé depuis longtemps du vol de cyclomoteur au cannabis, qui communiquait avec l'un des portables utilisés par les amis de l'homme le plus recherché de France. Le travail de filature a fait le reste, dans les conditions rapportées précédemment, jusqu'au fameux coup de filet du 10 juillet 2003 dans un bar exigu de la rue de Bercy, à Paris. C'est lors des perquisitions et des recherches qui ont suivi que la PJ a vraiment découvert l'étoffe prise au cours de sa cavale par Hamid Hakkar.

Son parc automobile donne une petite idée de son assise financière : le jeune homme roule alternativement en Mini Cooper, en BMW ou en Porsche Cayenne turbo, trois modèles connus pour faire le bonheur des riches frimeurs. Le reste de son équipement se compose de quatre téléphones, d'un pistolet Browning (9 millimètres) et d'un pistolet Star (6,35 millimètres), deux armes « déposées chez lui par un ami », expliquera-t-il.

Conduit devant les fonctionnaires de l'Office du banditisme après son arrestation mouvementée, Hamid Hakkar commence cependant par se dire SDF. Il arrive d'Espagne, n'est titulaire d'aucun compte en banque et circule avec des papiers au nom d'un jeune de son quartier. En fait de SDF, il dispose d'un pied-à-terre dans le quartier de Montparnasse, dont la fouille le pousse à en dire un peu plus. Il y a en effet des billets de banque partout : 255 240 euros en coupures de toutes sortes dans un sac Fnac abandonné au pied d'un canapé, 50 000 euros dans un sac à dos laissé sur la moquette, et 52 760 euros sous une pile de linge, dans la chambre. Sans compter neuf montres de grande marque, des documents relatifs à l'immatriculation de bateaux en Espagne, un matériel hi-fi et vidéo dernier cri, et une facture de l'hôtel Sheraton d'Alger, signes d'un train de vie très enviable.

« Ces sommes proviennent du business, concède Hamid Hakkar, qui est officiellement titulaire d'un BEP de comptabilité.

— Quel business ? demande benoîtement le policier.

— J'effectue des transferts de fonds. Je récupère des sommes importantes en France et en Espagne, que je ramène au Maroc pour le compte d'hommes d'affaires marocains. Je peux récupérer jusqu'à 200 000 euros dans la même journée. Je mets aussi en relation des producteurs de haschich marocains avec des acheteurs. Je suis payé à la commission. »

Hamid Hakkar évalue ses gains à environ 30 000 euros par mois, mais se refuse à fournir les noms de ses clients. Pour l'heure, cependant, les policiers ont surtout hâte de l'entendre sur ses liens avec Antonio Ferrara.

« Une cavale est coûteuse et je suis amené à rendre quelques services, explique Hamid Hakkar. C'est comme cela que j'ai rencontré “Nino”. Il m'a contacté à Alicante par le biais d'un de mes potes. Il voulait que je lui fournisse des faux papiers, mais ne pouvait venir me voir en Espagne, justement parce qu'il n'avait pas de papiers. »

Lorsqu'il comprend que les policiers étaient eux aussi à Saint-Raphaël, trois semaines plus tôt, alors qu'il festoyait avec « Nino » dans les boîtes de nuit du coin, Hakkar cède un pouce de terrain :

« J'étais là-bas en vacances. En fait, c'est là que nous avons parlé pour la première fois des faux papiers. Il voulait un passeport et un permis de conduire que je proposai de lui vendre autour de 7 000 euros. Il était effectivement avec un ami, un Français d'une quarantaine d'années à la peau mate, comme vous dites. Mais je ne connaissais les noms ni de l'un ni de l'autre. »

Lui avait-il finalement fourni les fameux documents ? Non, il n'avait pas eu le temps de les faire confectionner. Il lui manquait en fait les photos d'identité.

Les policiers veulent aussi comprendre pour quelles raisons ils avaient si promptement quitté le petit bar de la rue de la Convention où ils s'étaient retrouvés, lui, Ferrara et un troisième homme, au point de quasiment leur filer entre les doigts. Comme ils le craignaient, c'est bien « Nino » qui avait donné le signal du mouvement. « On ne reste pas là, c'est pourri », avait-il lancé. Ils avaient sauté sur la moto et s'étaient retrouvés à Montparnasse, où Hakkar avait pris un taxi pour la gare de Lyon. Là, « Nino » l'avait rappelé pour lui dire qu'il lui envoyait son chauffeur, lequel le conduirait au Peanut's, le fameux café où ils avaient finalement été arrêtés...

Les appartements qu'on supposait avoir servi de planques à « Nino » et à d'autres, cité Pablo-Picasso, à Nanterre, n'ont pas été localisés, mais la nouveauté est ailleurs : elle est dans l'alliance, jamais rencontrée jusque-là, entre un jeune trafiquant de cannabis de la banlieue ouest et un bandit de la banlieue sud, lui-même en cheville avec des malfaiteurs corses d'une envergure certaine. Un concentré de la grande délinquance française au début du troisième millénaire.

Mais la PJ n'est pas au bout de ses surprises.

Plus méfiant que jamais, Hamid Hakkar réclame et obtient une entrevue avec la directrice de la prison de la Santé au mois de juin 2004. Il a été démarché par un surveillant et craint une « manipulation policière », explique-t-il. Le gardien a commencé par lui dire qu'il se verrait bien porter les mêmes baskets que lui. Quelques jours après, il lui a proposé de « faire entrer ce qu'il voulait dans la prison » ; il l'avait déjà fait pour d'autres et sa contribution s'était même soldée une fois par une évasion avec arme.

Lui, Hamid Hakkar, ne voulait qu'une chose : purger sa peine tranquillement. Il redoutait que l'on glisse à son insu un objet compromettant dans sa cellule. Pour lui « nuire ».

La démarche étonne la directrice, mais le jeune surveillant, à peine titularisé, est par précaution éloigné de ce quartier d'isolement où l'administration pénitentiaire confine ceux qui ont un nom et risquent de se faire la belle.

« Une main-d'œuvre accessible »

L'expression est d'un connaisseur, un policier (membre de l'Office du banditisme) qui a vécu en direct l'essor des apprentis bandits issus des cités :

« Le grand banditisme a compris qu'il y avait dans les cités une main-d'œuvre accessible. Pour communiquer avec ces chiens fous, il fallait créer des passerelles. Ils se sont débrouillés pour faire émerger des chefs qui sont devenus des interlocuteurs fiables et fidèles. Ces référents ont été recrutés à la faveur de vacances sur la Côte d'Azur ou dans le sud de l'Espagne. C'est là, dans les discothèques, qu'ils ont vu avec qui ils pouvaient discuter. "Nino" Ferrara est sorti du lot comme ça, mais aussi Sofiane Hamli, son pendant dans la Seine-Saint-Denis, ou Hamid Hakkar dans les Hauts-de-Seine, qui tous avaient en commun le fait d'être en cavale.

« Un terrain d'entente a vite été trouvé. Les règles sont les mêmes dans la cité que dans le milieu : dans un cas comme dans l'autre, la “balance” est punie par le plomb. Ces jeunes baignent là-dedans depuis qu'ils sont petits.

« Le racisme dont font parfois preuve les bandits chevronnés du sud de la France à l'égard des Arabes, des Noirs et des Kabyles aurait pu mettre un frein à cette coopération, mais, dans ce domaine, l'intérêt prime. Les jeunes des cités disposent par ailleurs d'un territoire à eux où le Gaulois est détronché [NDA : où le Blanc est repéré] dès qu'il y met les pieds. C'est un atout énorme. Les fast-foods, pizzas, bars et kebabs sont souvent sous leur contrôle, ce qui facilite par ailleurs grandement l'implantation de machines à sous. On peut parler d'une connexion intelligente. »

D'autant plus que ces jeunes recrues n'ont rien à apprendre de leurs aînés en matière d'argent. Il faut avoir défendu l'un de ces spécimens pour y croire, mais il s'en est vu, dans les bureaux des juges, pour reconnaître un chiffre d'affaires quotidien de 3 700 euros, soit une barrette de shit vendue toutes les quatre minutes ! Un avocat a fait le compte : en deux ans et demi, son client avait gagné autant qu'un salarié payé 1 500 euros par mois pendant quarante ans. Pas vraiment de quoi donner goût au smic ! Mais comme il venait tout juste d'avoir dix-huit ans, le juge s'était montré conciliant : il ne lui avait pas donné l'occasion d'aller prendre son galon de caïd en prison.

« Dans les cités, confirme un policier qui a longtemps travaillé dans la Seine-Saint-Denis, l'étranger est un flic en puissance. Si tu stationnes un peu trop longtemps sur le même parking, des gamins de douzetreize ans viennent taper au carreau de ta voiture pour te demander à quel service tu appartiens. C'est leur principal avantage : ils travaillent en circuit fermé et jouent le ghetto à fond. Pour avoir une chance de monter une affaire qui tienne dans ces secteurs, il nous faut un matériel sophistiqué, mais si on intègre des photos dans la procédure, on peut être sûr que l'appartement qui a servi de planque sera détecté et attaqué dans les semaines qui suivent. La seule carte, si on ne veut pas perdre complètement pied, consisterait à recruter des types coopératifs dans leur milieu en jouant sur toutes les cordes, de la jalousie au sens civique en passant par l'ennemi de la came et le cocu. »

La police peut aussi miser sur les erreurs de jeunesse, comme celles qui poussèrent un soir « Nino » Ferrara à donner son numéro de portable à une fille qui lui plaisait, avant d'héberger chez lui pendant quinze jours une serveuse rencontrée dans une boîte de Saint-Raphaël.

« Je suis un homme d'affaires »

Lui donner un nom serait inutile à la compréhension de son témoignage, souvent excessif, parfois simpliste, mais plus dense que tous les rapports officiels sur le commerce du cannabis, première pompe à finances des gangs issus des cités. Le situer peut cependant aider à lire entre les lignes : celui qui parle a vingt-sept ans, ses parents sont originaires d'un village du Sahel où ils vivaient de l'élevage et de l'agriculture, et il a grandi dans un quartier-ghetto de Seine-Saint-Denis. *Verbatim* :

« Tu entres dans le business parce qu'à un moment tu ne peux plus aller voir tes parents et leur demander une pièce. Tu vas chercher de l'argent par toi-même. Au départ, tu fais le mec honnête, tu te fais exploiter par McDonald's, puis tu vas sur les marchés où tu te fais exploiter pareil. Un jour, tu arrives dans une entreprise. On regarde ton adresse et on te jette. Tu rentres dans ton quartier. Tu regardes les anciens, tu regardes comment ça fonctionne, et tu fais comme eux.

« La seule alternative, c'est vendre. Tu cherches à faire un casse, à voir s'il n'y a pas un camion qui s'est arrêté quelque part. Tout ce qui tourne autour de l'économie, tu vas le choper pour pouvoir consommer toi-même. Tu peux tomber sur de l'électroménager, du textile, des bijoux... que tu revends par connaissances, pas forcément dans le quartier, où les gens n'ont pas d'argent.

« La drogue, c'est un domaine plus structuré, plus intelligent, où tu es sûr de prendre un maximum d'argent. Tu commences pendant les vacances d'été. Tu as passé l'âge d'aller en colo, mais tu veux du soleil, sauf que partir en vacances et revenir avec zéro franc, c'est la pire des choses qui puisse t'arriver. Alors tu pars avec l'idée de te payer des vacances et de revenir avec un peu d'argent. Tu te fais avancer une savonnette de shit, tu descends sur la Côte, tu la vends bien et vite, et tu remontes en chercher une autre... Au début des vacances, tu campes. Puis tu prends un appartement que tu subventionnes avec le shit.

« Quand tu as quatorze, quinze, seize ans, tu es en formation. Tu apprends le métier. Les gens du quartier t'observent, ils regardent si tu es sérieux. Petit à petit, tu te fais ta réputation de bon payeur, et là, les gens ils investissent sur toi. Tu es pris en main par un ancien, une "équipe", comme on dit chez nous, et une équipe elle te fait manger, elle te fait monter. Et plus tu es sérieux, plus tu es crédible, plus les mecs vont investir sur toi.

« Une génération forme l'autre, mais attention, ce n'est pas ouvert à n'importe qui : il ne faut pas chercher à carrotter. Tu commences par en prendre pour 5 000 balles et tu payes deux jours après, puis tu vas prendre un kilo et payer aussi dans les deux ou trois jours. Après, c'est cinq, et tant que tu payes, tout va bien. La base, c'est la confiance. Les mecs que tu as au-dessus de toi, ils t'ont vu naître, ils connaissent ta famille, tes parents, tes cousins...

« Tu montes sans le savoir. Un jour, tu réalises que tu as quinze barres, vingt barres, trente barres. Là, tu comprends. Pour le reste, comme on dit chez nous, moins tu te fais voir et mieux c'est pour toi. Il y en a qui roulent dans des bagnoles extraordinaires, qui ont des fringues super et claquent dans les casinos, mais ce ne sont pas eux qui ont le plus d'argent. En fait, moins tu entends parler du quartier, plus cela veut dire qu'il fonctionne bien.

« Personnellement, je ne flambe pas, sauf peut-être à l'occasion des vacances, quand je pars à Los Angeles ou aux Seychelles. Sinon, je vis comme quelqu'un qui gagne 15 000 balles par mois. Je suis hyper-intégré, en fait, avec une fiche de paie en règle. Je paie même des impôts ! Mais faut pas croire qu'on est des ultra-millionnaires, car il y a le coût de la vie : si un collègue tombe, il faut investir sur l'avocat et le soutenir en prison. S'il est en cavale, c'est encore plus cher...

« Quand tu vas en prison, tu rencontres d'autres personnes qui sont dans les mêmes affaires que toi. Il y a une sorte de solidarité qui se crée. On regarde comment l'autre travaille. À la sortie, il n'y a plus qu'à suivre le mouvement, tranquillement... enfin c'est une façon de parler, parce que ce n'est pas, comme ils disent, de l'argent “facile” ! C'est un vrai boulot où le risque est partout, où l'erreur se paie cash, où il faut être très organisé.

« La chaîne fonctionne selon un principe simple : tu fais manger celui qui te fait manger. Ces quinze dernières années, beaucoup de gens ont quitté la région parisienne, lyonnaise ou marseillaise, où ils étaient fichés, pour aller s'installer dans le sud de l'Espagne. Ce sont nos grands frères. Ils ont entre quarante et cinquante ans et organisent le business.

« Il y a encore quelques années, nos anciens remontaient le shit par camion. Il y avait peu d'équipes et elles travaillaient à la tonne. Aujourd'hui, il y a plus de monde sur le marché. Des équipes se sont montées dans les banlieues et les gars descendent en voiture. Ça part à trois ou quatre, en kamikazes, et ça remonte 150, 160 kilos[1] par voiture.

« Au retour, la marchandise est stockée en box ou en appartement. Mais c'est vendu très vite. Tout le monde fume : le médecin de quartier, l'ouvrier, l'employé de bureau. On n'a pas besoin de démarcher les clients : ils sont là. Ils ont même leur carte de fidélité ! Sur 100 kilos, il y en une dizaine pour le quartier, qui fonctionne comme un show-room : les gens extérieurs au quartier viennent tester le produit sur place.

« Vous appelez ça l'“économie parallèle”, mais, pour nous, c'est la seule économie. Je suis un homme d'affaires, ni plus ni moins que le vendeur de comestibles. J'achète, je vends, je me fais ma marge, j'ai des coups durs, je fais tourner ma boîte, et, quand je peux, j'investis dans le textile, les brasseries, les cafés, la Bourse. Et puis on a tous plus ou moins une famille

---

1. À l'Office des stupéfiants, on parle de « go-fast ». Le principe : utiliser la vitesse comme une arme.

qui vit dans le Sud, en Afrique, et qu'il faut aider. Si on peut ouvrir des commerces là-bas, faire du bien à la famille, on n'hésite pas. C'est notre revanche. »

« Pascal le Turbulent » monte en puissance

Il est né à Saint-Ouen en 1965, on l'appelle « Pascal le Turbulent » et il est l'une des récentes recrues du fichier spécial du banditisme. Il y a fait son entrée le 11 juin 2002 alors que tout indiquait qu'il était en passe de devenir l'interlocuteur principal des acheteurs français de cannabis sur la Costa del Sol. Une sorte de supermarché à lui tout seul, ou plutôt avec sa bande, composée d'amis sûrs. Une bande qui semble avoir occupé tous les vides laissés dans le sud de l'Espagne par la disparition des « anciens », morts ou sous les verrous, ménage auquel elle aurait par ailleurs un tantinet contribué.

Karim Reguig, fils de Gaétane et d'Amar, est une caricature de petit délinquant devenu grand. Il avait douze ans lors de sa première arrestation pour un vol à la roulotte, treize ans lors de sa première agression, quatorze lors de son premier vol à l'étalage, quinze lors de son premier vol de cyclo... et dix-huit ans le jour de son premier vol à main armée – l'attaque de la trésorerie principale de Creil (Val-d'Oise) avec un Jamaïcain, un Martiniquais et deux Juifs pieds-noirs originaires d'Oran : 80 000 francs[1] de butin. Le début d'une belle série allant de l'attaque d'un Euromarché à celle d'un magasin de produits diététiques, qui le poussera à se réfugier à Marbella (Costa del Sol) la clinquante, dès 1995, avec une partie de ses complices,

1. Environ 12 000 euros.

dans l'espoir non dissimulé de couper les ponts avec la police française.

Quatre ans plus tard, première note (édifiante) de l'Office des stups :

« Le service a été alerté par la montée en puissance, dans le monde des trafiquants de stupéfiants, d'une équipe de malfaiteurs dirigée par Karim Reguig, dit "Pascal le Turbulent" [...]. Un total de près de quarante personnes travailleraient pour ou avec lui [...]. Il incarnerait une nouvelle génération de malfaiteurs issus de la banlieue parisienne et qui, du statut de chef de bande, est devenu un caïd quasi incontournable du trafic dans le sud de l'Espagne, zone de prédilection où il réside de façon presque permanente.

« C'est en direction de la région parisienne que Karim Reguig acheminerait de façon régulière de grosses quantités de cannabis et de cocaïne. Il dispose d'une réelle organisation criminelle assurant la fourniture de faux papiers, de voitures maquillées et aménagées, de caches et de la main-d'œuvre nécessaire. »

Les policiers espagnols ne tombent pas des nues. Depuis l'arrivée du Français sur leur sol, ils accumulent les indices d'une réussite fulgurante.

Lors d'un contrôle, le 21 mai 1996, à Marbella, ils ont pu se faire une idée des sommes que brassaient Karim Reguig et sa compagne, Violette O. Outre les espèces saisies (1,6 million en pesetas), outre les bijoux (un stock évalué à 720 000 francs), le couple possédait deux comptes en banque crédités de 2,3 millions de francs en devises, comptes sur lesquels 6 millions de francs[1] avaient transité en deux ans.

Cette même année, il avait fallu un certain temps aux fonctionnaires de la douane, qui l'avaient contrô-

1. Soit environ 900 000 euros.

lée, pour compter les billets rapportés du Portugal par Violette O. : il y en avait pour 950 000 francs[1]. On s'était alors aperçu que le couple, qui ne se refusait aucun article de luxe, avait organisé son environnement financier avec beaucoup de professionnalisme. Une société avait par exemple été ouverte dans le Delaware, État américain réputé pour sa mansuétude à l'égard des capitaux étrangers ; Karim Reguig avait par ailleurs effectué plusieurs passages par Miami alors qu'il se rendait aux îles Caïman, zone offshore par excellence et paradis fiscal devant l'Éternel. Des habitudes et des fréquentations qui étaient celles des trafiquants de grande envergure, Karim Reguig prenant évidemment soin de n'entretenir aucun compte à son nom dans l'Hexagone...

L'utilisation par l'équipe de téléphones satellitaires ne faisait que renforcer les soupçons : ces appareils ne se trouvent jamais entre les mains d'amateurs. D'ailleurs, lors de ses débuts espagnols, Reguig avait travaillé en étroite collaboration avec un pilier du banditisme lyonnais dont les jours étaient comptés, comme on le découvrira au chapitre suivant, pour cause de concurrence acharnée entre bandes françaises.

L'Office des stups, qui cherche à sensibiliser la police espagnole, rappelle que deux présumés « lieutenants » de Reguig ont été récemment assassinés. Le premier, Kamel Berkani, était son associé à la tête du Cesar Palace, une boîte à filles de la station balnéaire d'Estepona, sur le parking duquel il avait été abattu le 5 octobre 1997 ; le second, Fathia Khitmane, avait été tué à Paris le 9 janvier 1998.

Les enquêteurs français croient avoir identifié celui

1. Environ 150 000 euros.

qui organise le transport de la marchandise et son écoulement en région parisienne. Il s'agirait de Mourad Ferguene, un jeune homme originaire de Montfermeil, dans la Seine-Saint-Denis. C'est d'ailleurs dans un bar-tabac de Saint-Denis, tenu par un de ces Juifs oranais qui accompagnaient Reguig depuis ses premiers pas, que ces « professionnels » avaient l'habitude de se retrouver.

Le réseau procéderait à l'envoi régulier, par route, d'importantes quantités de cannabis dissimulées à bord de grosses cylindrées, croit encore savoir l'Office des stups, qui évalue les livraisons à six cents kilos par mois. Sans être capable de localiser les lieux de stockage ni de découvrir les destinataires, il estime que l'équipe arrose aussi bien la région parisienne que Marseille ou le Vaucluse, ce dernier département par le biais de trois jeunes originaires de Carpentras récemment arrêtés à Marbella avec une forte somme d'argent et trois armes chargées.

D'autres noms sont cités, dont celui de « Tom » (Donovan Buchanan), ce Jamaïcain avec lequel « le Turbulent » avait commis ses premiers braquages. Un jeune de Vitrolles (Bouches-du-Rhône) ferait également partie de la bande, de même qu'un certain Menahem, citoyen israélien d'une cinquantaine d'années. Et encore quelques Juifs marocains apparemment bien implantés à Marbella, donnant au groupe une coloration plus mêlée qu'à l'ordinaire.

Comme nombre de ses collègues, Karim Reguig travaillerait en famille. La PJ s'est en effet penchée sur les comptes en banque d'un oncle de Saint-Ouen, côté maternel, et sur ceux d'un cousin. Jean et Tony Marchione, c'est leur nom, manipulaient apparemment beaucoup d'espèces ; des investissements immobiliers en Belgique avaient par ailleurs attiré l'attention des autorités locales.

Une réunion franco-espagnole se tient fin 1999, au cours de laquelle la partie française presse sa partenaire d'exploiter plus rapidement les informations obtenues grâce aux écoutes téléphoniques. En clair, de se montrer plus réactive.

Quelques voitures servant au convoyage sont repérées, de même que plusieurs téléphones utilisés au cours de ces « raids ». La piste de la cocaïne revient par ricochet après l'arrestation à Estepona d'un Corse, d'un Varois et d'un Colombien disposant sur eux des coordonnées de Karim Reguig.

Insuffisant, mais les Espagnols ne tardent pas à transmettre aux Français les résultats de leurs observations : « le Turbulent », écrivent-ils, ne gère pas seulement le Cesar Palace ; il aurait également mis la main sur deux autres établissements consacrés à la prostitution de luxe, le Venus et le Milady Palace. Ce qui leur inspire ce commentaire :

« En sus d'aspirer au contrôle du marché de la prostitution, ils prétendent faire de même avec le trafic de drogue à grande échelle depuis la Costa del Sol jusqu'à l'Europe centrale, ce qui serait le mobile des différents crimes perpétrés. »

Concrètement, les flics espagnols ont vu de lourds sacs en plastique passer de main en main, des armes à la ceinture de ceux qui les transportaient, des hommes de Karim Reguig se rendre à Madrid pour y rencontrer des Colombiens, et des valises bourrées de billets revenir de France. Un bateau a même été arraisonné au large d'Almeria avec plus de 1 800 kilos de shit à son bord.

Aucune affaire digne de ce nom ne semble pouvoir tenir au vu des trop maigres éléments rassemblés de part et d'autre des Pyrénées. Mais Karim Reguig franchit un nouveau cap en 2002 lorsque la police italienne le dit lié à un Italien incarcéré à Rome, Sergio Palma, membre présumé d'une organisation spécialisée dans le trafic de cocaïne. Le genre d'alliance qui vous fait entrer dans la cour des grands, remarque Bernard Petit, directeur de l'Office des stupéfiants, qui, s'écartant du cas Reguig, se livre au jeu de la prospective :

« Ces jeunes ont bien travaillé la résine de cannabis. Ils ont pris de l'assurance, ont investi dans les saunas, les filles, les hôtels, jusqu'au jour où ils se sont mis à la cocaïne. Assez radicaux, ils n'ont pas de temps à perdre et constituent rapidement de petits empires reposant sur des gangs très constitués. Le jour où ils auront accès aux Colombiens, comme leurs aînés, ils passeront à l'étape supérieure. Mais, pour commander 500 kilos à une tonne de cocaïne, ils devront s'allier avec des Italiens ou des Hollandais et s'entendre avec les marins galiciens ou grecs chargés d'introduire la marchandise sur le territoire européen. Ces perspectives ne refroidissent apparemment pas la génération montante : comme le jeune boxeur qui monte sur le ring sans avoir le trac, elle n'a peur de rien. »

Et lorsque la police espagnole resserrera ses filets, tous le prédisent, ces jeunes « commerçants » ouvriront d'autres territoires. Ils iront au Portugal, puis, de là, glisseront vers Madère et les Canaries avant de prospecter les côtes africaines, plus loin encore de l'espace Schengen [1].

---

1. Ensemble de pays européens ayant aboli entre eux les frontières.

Faïd Redouane, la « terreur » du plateau de Creil

Faïd Redouane se situe lui aussi à la charnière entre la génération des Mansouri et Mohieddine[1] et celle des caïds de vingt ans. Ce garçon né en 1972 est longtemps passé pour la « terreur » du plateau de Creil, au nord de Paris. Il suffit d'additionner les années de prison que lui ont infligées les juges pour comprendre que l'appellation n'est peut-être pas exagérée : six ans pour vol en juin 2000, plus quinze ans pour meurtre en mai 2002, plus douze ans pour extorsion en bande organisée en février 2003. Si les procès en appel ne portaient pas les fruits attendus, il ne serait pas libérable avant le 15 mars 2030 !

À la différence d'un Hamid Hakkar, Faïd Redouane, également d'origine algérienne, s'est fait un nom dans les braquages. Considéré à vingt-cinq ans comme un « chef de gang », il bénéficie de l'appui non négligeable d'un autre garçon prometteur, Sofiane Hamli, multirécidiviste de l'attaque de banques, dont le talent sera bientôt reconnu par des bandits de très gros calibre[2]. Ses autres « associés » s'appellent « Jean Gabin » (un homme d'une cinquantaine d'années), « Blondin » (la quarantaine), « Bouyep » (vingt-quatre ans), « Juju » et « Bilo » (vingt-cinq ans tous les deux). Eux l'appellent « Doc », clin d'œil appuyé à sa « science ».

Faïd Redouane et ses amis ne sont pas passés directement des petits vols aux attaques de fourgons. À en croire ce rapport établi par la PJ de Creil le 7 avril

1. Évoqués au chapitre 3.
2. La PJ le soupçonnera d'être impliqué dans deux retentissants braquages, celui de Nanterre (5 mai 2000) et celui de Gentilly (26 décembre 2000).

1997, ils se seraient d'abord fait la main en multipliant les vols à main armée : pas moins de sept en trois ans.

Première cible : le directeur d'une agence de la Société générale, coincé à l'heure du déjeuner, le 23 août 1994.

« Tout ce qu'on veut, c'est le coffre. On sait où tu habites. Ta femme et les gosses sont ligotés chez toi », s'entend-il dire, une arme sur la tempe.

L'un des braqueurs est vêtu d'un costume gris et porte des lunettes de soleil ; assez joufflu, le teint blanc, il a le cheveu bien coupé. Son complice est svelte et bronzé, porte un costume prince-de-galles et une perruque poivre et sel, arbore d'étranges lunettes de soleil grand format et n'a de cesse de recoller sa fausse moustache.

Le banquier obtempère sagement.

Le 25 janvier 1995, trois hommes cagoulés, un Européen, un Noir et un Maghrébin, attaquent deux employés d'un magasin de matériel informatique à l'heure de la fermeture, toujours à Creil. Et embarquent une partie du stock.

Au mois de décembre suivant, un homme déguisé en Père Noël frappe à la porte du domicile du directeur d'une succursale de la BNP, à l'heure du dîner. L'enfant qui lui ouvre l'éconduit gentiment : il ne veut pas être pris en photo avec le Père Noël. Un autre visiteur se présente quelques minutes plus tard : le visage dissimulé derrière un masque d'Edouard Balladur, il exhibe un pistolet.

« On vient pour le coffre de la banque », annonce-t-il.

Trois complices s'engouffrent avec lui dans l'appartement, vêtus de bleus de travail. Celui qui porte le masque de Raymond Barre, grand et maigre, lunettes fumées, fait apparemment office de chef. Il parle avec autorité dans son talkie-walkie :

« Équipe nº 1 ! Météo ? Quel temps fait-il dehors ? Tout est calme ? »

Un autre, sous le masque de François Mitterrand, s'adresse aux membres de la famille :

« Si vous n'obéissez pas, on fait un carnage en moins de cinq minutes. »

Le directeur les suit sans broncher, neutralise les alarmes sans ciller et les laisse emporter 200 000 francs[1].

Moins d'un mois plus tard, le P-DG d'une société de matériel informatique est séquestré à Aulnay-sous-Bois. Des milliers de barrettes de mémoire disparaissent sous son nez. Une perte évaluée à 7 millions de francs[2].

Le 23 septembre 1996, le patron d'une supérette se retrouve à son tour avec un pistolet sur la tempe. Son agresseur fixe le mode d'emploi :

« Ici, c'est nous qui commandons ! Tu feras ce qu'on te dira de faire, et tout se passera bien. Par contre, à la moindre faute de ta part, on fera un carnage. »

Le coffre du magasin est ouvert sous les ordres d'un jeune homme costumé comme un maître-chien.

La séquestration d'un bijoutier de Chantilly, le 18 février 1997, frôle la catastrophe : lorsqu'ils voient les gendarmes arriver, les malfaiteurs abandonnent sur place gants, armes et cagoules, sautent à bord de leur voiture et foncent tout droit sur les pandores qui ouvrent le feu sans toucher personne.

Un mois plus tard, le 14 mars 1997, la dernière sor-

1. Environ 30 000 euros.
2. Un peu plus d'un million d'euros.

tie attribuée au « gang du plateau de Creil » prend la forme d'un enlèvement avec demande de rançon. Jamel N., propriétaire d'un Franprix, sa femme et son cousin, cueillis chez eux, sont « invités » à monter à bord de deux voitures. Le commerçant se retrouve bientôt dans un bois, traîné jusqu'à un trou de 50 centimètres sur 80.

« Tu vois, la tombe est préparée pour toi », s'entend-il dire alors qu'on lui donne l'ordre de se mettre nu.

Bâillonné, il sent la flamme d'un chalumeau lui chauffer la cuisse. S'il veut que ça s'arrête, il doit aller chercher des sous au magasin.

Jamel N. s'exécute et rapporte 40 000 francs [1], mais ses tortionnaires en réclament davantage. Il décide alors d'alerter la police tandis que sa femme et son cousin sont relâchés en rase campagne, non sans recevoir, aimable attention, 200 francs et une carte de téléphone des mains de leurs ravisseurs...

Au nom de quoi rassembler des braquages aussi disparates ? Au-delà de quelques similitudes – les moyens disproportionnés mis en œuvre pour des résultats médiocres, ou l'emploi systématique d'émetteurs-récepteurs –, ce sont des détails anodins qui retiennent l'attention.

Trois jours après l'attaque du bijoutier, les gendarmes ont repéré sur un parking de Chantilly la Peugeot 405 qui leur avait foncé dessus. Or cette même voiture avait été contrôlée une semaine avant le braquage, équipée d'une autre plaque d'immatriculation et avec deux hommes à son bord, dont un certain Farid Kherif. Lors de l'intervention des gendarmes, le jeune homme conversait au téléphone, depuis une cabine,

1. Environ 6 000 euros.

avec une femme dont les techniciens n'ont aucun mal à retrouver la trace : agent dans un grand centre hospitalier du département, elle s'appelle Naïma. Coïncidence révélée grâce à l'aimable complicité de France Télécom : les malfaiteurs qui avaient contacté le gérant de la supérette attaquée au mois de septembre 1996 l'avaient fait depuis un téléphone public... d'où ils avaient également appelé une fille prénommée Dalilah, fille de la sœur de la même Naïma...

Vous ne suivez pas ? Normal : dans la réalité plus encore que dans les films, les enquêtes policières ne tiennent souvent qu'à un fil, en l'occurrence assez ténu. Le bon sens plaiderait même pour une extrême prudence. Le fait d'endosser un bleu de travail n'est-il pas chose courante chez les braqueurs ? Les objectifs pris pour cibles ne sont-ils pas très différents les uns des autres ? Heureusement pour les policiers, un informateur s'en mêle. Lui aussi se pique de vouloir rapprocher entre elles cette série d'agressions à main armée. L'équipe, selon lui, « bosse à la commande ». Spécialisée dans le vol de matériel informatique, elle serait dirigée par Faïd Redouane et comprendrait dans ses rangs un « Européen » d'une quarantaine d'années, né à Villeurbanne (Rhône) et appelé « Nanou ». « Nanou » vivrait « à la colle » avec la petite Dalilah, fille de la sœur de Naïma...

L'arrestation du fils de Naïma, Karim, vingt-trois ans, emballe l'enquête au mois d'octobre 1997. Footballeur depuis l'âge de sept ans, recruté à treize ans par le Stade de Reims, Karim explique avoir renoncé à une carrière sportive, trois ans plus tard, pour cause de vertèbres en vrac... Devenu intérimaire, il a posé du Placoplâtre avec son oncle Rachid, l'un des frères de Faïd Redouane, qui dirigeait une petite société avec « Nanou », le gars de Villeurbanne. Il a ensuite exercé comme peintre, puis comme manutentionnaire chez Tati, dont le patron avait sponsorisé son premier club de foot. Dernièrement, avec l'aide de l'oncle, Karim a acheté une camionnette isotherme. Avec lui, il vend des produits laitiers sur les marchés...

Les enquêteurs interrompent brusquement ces confidences pour apprendre au jeune homme la mise en examen de son ami « Nanou » pour vol à main armée. Karim nie toute participation à ces faits : la seule fois qu'il les a accompagnés, c'était à Liancourt, pour l'enlèvement de l'épicier. Ça n'est d'ailleurs pas 40 000 francs qu'il leur avait apportés, mais quatre kilos de shit !

Désormais recherché par toutes les polices, Faïd Redouane est en cavale. Au mois d'octobre 1998, il s'illustre à la frontière germano-helvète : pour se soustraire à un contrôle douanier, il vole son arme à un fonctionnaire et disparaît en prenant un otage. Son cas n'intéresse plus seulement la PJ et les gendarmes de Creil : un dossier est ouvert à son nom par l'Office du banditisme. La réunion qui se tient au siège du service, fin mai 1998, lui est même en partie consacrée.

Quelques jours plus tôt, le 23 mai, un fourgon de la Brink's a été stoppé par un camion-benne sur une route de l'Oise, non loin de Creil. Le conducteur, averti depuis la veille du vol d'un camion de ce type dans le secteur, a tenté de fuir, mais deux voitures l'ont pris en sandwich, dont une Peugeot 405 pilotée par un garçon à la peau mate.

Sous la houlette d'un homme « de type européen », âgé de trente à quarante ans, rangers aux pieds, gilet de chasse sans manches sur le dos et kalachnikov en main, quatre ou cinq hommes en tenue de combat ont vidé le fourgon tandis que l'un des convoyeurs, touché lors du choc avec le camion-benne, agonisait.

Ces hommes avaient laissé des indices derrière eux : deux revolvers, une chemise et un pantalon tachés de sang, un paquet de Marlboro, des mégots et des cheveux. Mais ce qui frappait surtout, c'était leur parfaite connaissance des lieux. Pas une seule passerelle, pas la moindre petite route ne leur semblait inconnue, pas plus que les résidences de la zone, où un témoin avait vu la fameuse Peugeot stationner durant quelques jours.

Ce n'était pas suffisant pour se faire une conviction, mais Faïd Redouane présentait le profil recherché. Il était en cavale. Il connaissait parfaitement la région. Il y avait des attaches avec une bande bien implantée sur place. Même l'utilisation de Peugeot 405, à force, plaidait contre lui. Mais, avec la mode des équipes dites « à tiroirs », évoluant au gré des coups, mieux valait encore une fois rester prudent.

La manière d'opérer rappelait cependant deux autres attaques de fourgons. La première avait été perpétrée sur une route de l'Essonne le 7 juin 1997 ; la seconde s'était produite dans la Seine-Saint-Denis, sur la commune de Villepinte, le 31 juillet 1997. Ce jour-là, une dizaine d'hommes habillés comme des militaires avaient sorti fusils à pompe, fusils d'assaut et lance-roquette pour dépouiller les convoyeurs de leur cargaison : 411 612 euros. L'intervention inopinée d'une patrouille de la brigade anticriminalité avait déclenché un tir nourri, et l'un des malfaiteurs avait abandonné sur place quelques gouttes de sang. Un sang dont l'ADN présentait de fortes similitudes avec celui de la famille Redouane, comme on allait le constater après l'arrestation de Faïd, rue du Faubourg-Montmartre, à Paris, le 30 décembre 1998, alors qu'il venait de récupérer deux billets d'avion pour Israël et un faux passeport.

« Malgré son jeune âge, écrit ce jour-là un policier, il s'agit d'un malfaiteur chevronné. »

Comment un garçon aussi énergique que Faïd Redouane pourrait-il avoir la patience d'attendre 2030 avant de recouvrer la liberté ? Un « tonton » éclaire bientôt, sur ce point, la lanterne du groupe « Autos » de la Brigade de répression du banditisme, à Paris. Selon lui, le jeune Creillois dirigerait depuis la centrale de Saint-Maur, où il est incarcéré, un trafic de véhicules volés !

Nous sommes au mois d'avril 2004, voilà plus de cinq ans que Faïd Redouane croupit dans sa cellule, et les policiers ont la conviction que ce trafic, s'il se confirmait, aurait pour objectif de rassembler les fonds nécessaires à une évasion. Déjà, croient-ils savoir, un professionnel du vol à main armée réaliserait en forêt des essais d'explosifs, tandis qu'un autre aurait déterré un sac contenant des combinaisons, des pistolets-mitrailleurs et des chargeurs...

Bavardages destinés à nuire à un ancien complice ? Pour en avoir le cœur net, les gardiens fouillent la cellule de Faïd Redouane. Ils y saisissent un téléphone et deux puces pour portable : de quoi alimenter au minimum les rêves de la « terreur de Creil », prototype de ce milieu des cités que la PJ, reprochent d'aucuns, aurait plus ou moins laissé grandir, obnubilée qu'elle était par les gros voyous qu'elle connaissait par cœur.

« Ils braquent comme ils iraient au bowling »

Les « anciens » bandits mettaient un point d'honneur à ne pas exercer de violences inutiles, circonstance qu'ils invoquaient quand ils devaient rendre des comptes ; les nouveaux venus semblent tout simplement ignorer qu'un jour ils pourraient être conduits à rendre des comptes. Et s'emploient avec constance à mériter l'appellation de « génération kamikaze ».

Ceux dont il est question maintenant ont fait une irruption remarquée dans la France sécurisée de Nicolas Sarkozy, champion du retour à l'ordre au lendemain de la réélection de Jacques Chirac, en 2002.

Les indices de la criminalité étaient tous au vert, affichant des baisses spectaculaires, sauf qu'un petit quelque chose empêchait l'ambitieux ministre de l'Intérieur de triompher complètement : une poignée d'individus prospérait en terrorisant bijoutiers, agents de change et propriétaires de grosses berlines. Et cela dans les quartiers les plus chic et les plus policés de la capitale, puisqu'on les avait vus sur les Champs-Élysées, rue Royale et boulevard des Capucines, où ils s'étaient encore copieusement servis en montres de marque Rolex, Chopard, Breitling et Cartier. Une véritable razzia qui avait mis tous les effectifs sur le pont, sans oublier les forces aériennes : depuis l'apparition de cette bande dans le décor de la grande délinquance, un hélicoptère était prêt à décoller à la moindre alerte afin de faciliter d'éventuelles filatures au-delà du périphérique...

Au début, l'enquête n'accroche guère : ces irréductibles ne sont visiblement pas répertoriés dans la « famille » des habitués des brigades centrales. Bijoutiers, employés des bureaux de change, simples témoins décrivent cependant tous des scènes similaires : les braqueurs agissent par groupes de trois ou quatre ; ils circulent à bord de voitures puissantes, avec une préférence pour les marques allemandes ; leurs intonations, leur langage sonnent comme dans les « cités ». Parfois ils font irruption dans les magasins la tête recouverte d'une cagoule. D'autres fois ils oublient de les mettre, ou les retirent pour prendre l'air, laissant voir leurs visages. Leurs outils de travail sont assez rudimentaires. Ils disposent en général d'une massue assez costaude pour faire éclater une épaisse vitrine. Il leur arrive d'exhiber un revolver, mais pas systématiquement : rien à voir avec les armes de guerre manipulées par les équipes chevronnées. Pour déposséder les automobilistes de leurs voitures, opération préalable à tout braquage, ils ne font pas non plus dans la dentelle : « Les clefs ou on t'explose la tête à coups d'extincteur », s'est entendu dire l'une des victimes. Un médecin qui a donné des signes de résistance est resté plusieurs jours dans le coma après le vol de son automobile.

Ces jeunes braqueurs (entre dix-sept et vingt-cinq ans, disent les témoins) inconnus des fichiers n'ont pas peur de la violence et font preuve, pour des débutants, d'une incroyable audace. Ils opèrent en plein jour au cœur de Paris, à des heures où la circulation est dense. La clef de leur réussite réside d'ailleurs davantage dans leur motivation que dans le soin qu'ils mettent à préparer leurs coups. C'est tout juste s'ils repèrent leurs cibles avant de « taper », même si le choix des articles emportés ne doit pas forcément tout au hasard, comme on le relèvera plus tard à l'heure de s'interroger sur le rôle de possibles commanditaires.

Leurs hold-up perpétrés, les « kamikazes » s'échappent vers le périphérique en transformant la voie express rive droite en piste de rallye : 200 à l'heure au compteur. Face à l'obstacle, ils se comportent comme s'il s'agissait d'un jeu vidéo : piéton, voiture ou flic, ils foncent !

L'enquête impossible fait cependant de grands pas grâce à l'apparition d'un ou deux indicateurs. L'exploitation des traces laissées par les portables conforte ces premiers éléments. Montreuil-sous-Bois, cité Bel-Air : les raids partent de là. Une cité construite sur ces hauteurs aérées où les Parisiens plantaient autrefois leurs pêchers, coincée entre le parc des Beaumonts, aussi vert que sinistre, un squat occupé par des Roumains tendance quart-monde et un cimetière. C'est là que les limiers du Quai des Orfèvres viennent « casser » une première équipe au printemps 2002 : dix jeunes soupçonnés d'avoir attaqué une bijouterie avenue Franklin-Roosevelt, un bureau de change rue Rouget-de-Lisle, dans le quartier de la Madeleine, et une bijouterie rue de la Paix – que ces va-t-en-guerre ont peut-être connue en jouant au Monopoly.

« Seul le milieu des cités est capable d'agir avec une telle insouciance, commente un pilier de la PJ. Ces jeunes braquent par facilité, parce que le trafic de stupéfiants demande plus de concentration, d'organisation, de patience et d'assiduité. Ils braquent comme ils iraient au bowling. »

C'est tellement vrai qu'une partie de la bande, qui a échappé à cette première « descente », récidive, frappant les mêmes cibles dans les mêmes quartiers. La police revient donc à l'automne entre ces barres qui forment un petit monde aussi éloigné du VIIIe arrondissement que la Kabylie l'est de Wall Street. Elle arrête neuf garçons dont deux s'apprêtaient à s'envoler pour un voyage au soleil, une petite liasse de billets en poche. Neuf garçons pas vraiment émus par les déconvenues survenues à leurs copains quelques mois plus tôt, et pleins de projets : ils préparaient un gros braquage dans le nord de la France. « Des mômes immatures, à peine effleurés par les petites peines que la justice leur a infligées lorsqu'ils étaient mineurs », commente à chaud un de leurs avocats.

Une fois partagé entre tous les protagonistes, le

butin ne pesait jamais lourd – ils revendaient apparemment les bijoux au dixième de leur valeur. C'est sans doute l'une des raisons pour lesquelles il fallait souvent remonter au « front », avec cette envie un peu folle de sauter dans le vide, de vibrer au volant d'une belle bagnole et de ressentir cette décharge d'adrénaline qui vous assaille, paraît-il, au moment crucial.

Amis d'enfance, pour la plupart sortis de l'école après la classe de troisième, un avenir aussi bancal que leur présent, ils inspirent à un policier cette formule plus brutale :

« Ce sont des petits qui veulent se prendre pour des grands, sauf qu'ils ne font pas la différence entre une supérette et une banque. »

Les enquêteurs n'ont pourtant pas retrouvé de cagoules ni d'armes, preuve que sous leur visage d'amateurs et de risque-tout, ces jeunes braqueurs avaient tout de même envisagé le pire et pris quelques conseils auprès des « anciens ».

Les barbes n'étaient pas des postiches

Le profil de ces caïds est nettement laïc, mais, sous le braquage, la PJ devine parfois des liens avec la mouvance islamique. Ce fut notamment le cas, au mois de juin 1997, après deux vols à main armée commis dans le Nord, l'un dans le bureau de poste d'Ostricourt, l'autre à l'agence du Crédit agricole de Thumeries.

Après enquête, il apparaîtra que les présumés « voyous » d'Allah étaient au nombre de six, tous nés entre 1971 et 1974 à Oran (Algérie) ou dans le Nord. Ils maquillaient leurs voitures avec l'assistance d'un casseur d'origine italienne installé dans la région, et entreposaient des fusils dans une cave, sous un tas de charbon.

Liens familiaux et mariages croisés liaient ces braqueurs barbus au milieu islamique de Roubaix et de Tourcoing, villes où le butin avait apparemment été en partie investi. Des investissements très ciblés, dans de petites structures qui ne risquaient pas d'attirer l'attention : cafés de quartier ou flash-foods, ces petites boutiques où l'on mange sur le pouce un sandwich hallal en buvant du thé ou un Coca-Cola. Le reste de l'argent partait pour l'Algérie grâce à des comptes ouverts par un avocat originaire de ce pays.

Dans le paysage, ces délinquants coraniques étaient apparemment appelés à grandir, les RG et la DST (contre-espionnage) en étaient convaincus.

Moussa Boukabous et ses frères

La distribution d'une marchandise clandestine est affaire de territoire. Les jeunes urbains ne bénéficieront jamais des conditions de travail dont jouissent les bandits corses, cette solidarité villageoise qui a si souvent paralysé les policiers. Ils ont cependant appris, en grandissant, à « sécuriser » leur environnement, transformant certains quartiers en véritables zones « franches » : quiconque approche est signalé bien avant d'entrer sur le territoire, comme dans ces villages haut perchés de la Balagne (Corse) d'où l'œil domine toutes les routes d'accès.

En région parisienne, le marché est assez vaste pour limiter les rivalités : à condition de respecter le territoire du voisin, on peut prospérer sans trop d'encombre. Dans les grandes villes de province, l'économie est plus familiale. C'est notamment le cas entre Roubaix et Tourcoing, où les services spécialisés ont identifié trois grandes familles : les Denfer, les Hadadcha et les Boukabous. Les premiers ont été évoqués dans un chapitre précédent ; les deux autres avaient partie liée depuis longtemps.

Chez les Boukabous, le pilier s'appelle Moussa. Né en 1977, il a commencé par s'affirmer dans le domaine du vol à main armée. Il vit alors chez ses parents, à Willems (Nord), et subit quelques revers lorsqu'il est arrêté pour vol par effraction, puis pour effraction avec un véhicule transformé en bélier. En 1997, à peine âgé de vingt ans, il se voit imputer une quinzaine de braquages, souvent commis à la chaîne et au petit bonheur, contre des postes, des banques ou des magasins, avec une masse dans une main et un revolver dans l'autre ; il est libéré deux ans plus tard pour cause de lenteurs judiciaires.

La cour d'appel de Douai le recherche en septembre 2000, mais c'est à Gand, en Belgique, que Moussa Boukabous est arrêté le mois suivant dans le cadre d'une enquête sur une escroquerie aux cartes bancaires avec contrefaçon ; dans le bar de son amie Karima, le Queen, étaient entreposés 500 000 francs [1], des bijoux, un pistolet-mitrailleur Uzi, une kalachnikov, un revolver et un fusil.

Lourdement condamné en Belgique en décembre 2000, il réussit une évasion spectaculaire, quinze jours plus tard, lorsque le fourgon cellulaire qui le transférait vers le tribunal est pris sous un tir nourri. Un coup monté par un membre de la famille Hadadcha, supputent les gendarmes belges après avoir retrouvé une carte d'identité au nom de Jamel Hadadcha, né en 1971, dans un appartement d'Anvers. Moussa Bouka-

1. Environ 75 000 euros.

bous reste cependant introuvable. Réfugié sur la Costa del Sol, du côté de Fuengirola, avec plusieurs de ses frères, diagnostiquent les enquêteurs. Pas pour longtemps.

Le 9 février 2001, des hommes cagoulés attaquent une bijouterie de Lille, puis une autre une demi-heure plus tard à Valenciennes, avec la même BMW... déjà vue lors du braquage d'une banque de Villeneuve-d'Ascq, quelques jours plus tôt. La main des frères Boukabous ? Moussa, Farid (né en 1981) et Saïd (né en 1974) Boukabous sont interpellés au mois de mai. Il s'en faut cependant d'un poil pour que Moussa ne parvienne à fausser compagnie à la police : coincé dans une chambre de l'Etap Hôtel de Saint-Cyr-l'École (Yvelines), il a sauté par la fenêtre ; là, dans le plus simple appareil (nu comme un ver) et sans le moindre outil, il a réussi la prouesse d'ouvrir le coffre d'une voiture en stationnement et de se glisser à l'intérieur... mais les policiers ont quadrillé la zone et fini par le découvrir.

« L'argent, ça change la vie »

Il ne s'agit pas ici d'inviter le lecteur à s'apitoyer. Encore moins de tomber dans le panneau de cette « misère » qui expliquerait, voire justifierait tous les comportements. Difficile, cependant, de résister à l'envie de verser au dossier le témoignage de ce garçon d'une trentaine d'années, né de parents africains dans une cité de l'Est parisien.

« Mon père, qui était éboueur, est mort d'une crise cardiaque lorsque j'avais neuf ans. Ma mère, qui parlait à peine le français, s'est retrouvée seule avec les allocs et ses sept enfants, obligée de faire la queue aux Restos du cœur.

« Dans le quartier, les grands ont commencé à se servir de mes frères pour leur business. Moi, je voyais les Manouches rouler des mécaniques à bord de voitures neuves. À quatorze ans, j'ai commencé à voler dans les supermarchés. Je volais des CD et des bouteilles de whisky que je revendais aux grands. À quinze ans, j'ai pris la famille en charge. J'achetais le pain, soit huit baguettes par jour, et tout le reste. À seize ans, j'ai lâché l'école et je n'ai plus pensé qu'au business.

« Les premiers sous que tu as, tu t'en sers pour payer les factures de la maison. Tu les dépenses, aussi. Après, tu apprends. Tu gardes un fonds de roulement. Plus tard, au lieu de manger des sandwiches, tu vas au resto. Si tu as mal aux dents, tu vas chez le dentiste. Là, tu te sens vraiment dans la société. On te dit bonjour quand tu entres dans un magasin, au lieu de te faire comprendre que tu n'as rien à y faire. Si tu en doutais encore, tu acquiers la certitude que le respect passe par l'argent, surtout quand tu es black ou rebeu [1]. L'argent, ça change la vie. Ça te permet d'être mieux, psychologiquement bien. »

Petites conversations entre amis

Ces deux-là sont plutôt bavards. Avec d'autres, ils font l'objet d'une enquête serrée de la PJ, qui les soupçonne de trafiquer aussi bien du shit et de l'ecstasy que de la cocaïne et de l'héroïne à partir d'une cité de Nanterre (Hauts-de-Seine). Au passage, lors de leurs

1. Arabe, en verlan.

virées dans les boîtes parisiennes, il semble qu'ils n'hésitent pas à glisser dans les verres des filles ce que la police appelle les « pilules du viol » : une substance chimique qui dissipe mémoire et sens de la réalité, qu'ils baptisent « MD ». Extrait d'une conversation saisie au vol :

« Il était excité, Brahim ?

— À mort.

— Il était "ouf" [fou] ?

— Il est devenu fou.

— Il l'a "tué" où, après ?

— Chez lui.

— Oh là là ! !

— Laisse tomber, hein !

— Il lui a mis du MD, ou quoi ?

— Y met direct, lui.

— Elle est partie en sucette avec le "MD", elle ?

— Ben, c'est direct, hein !

— Ouah ! Moi je sais ce que je vais faire. Le broc, là, qui est sur notre table, je vais mettre un petit paquet dedans... Putain, elle était bonne, cette salope ?

— Elle était trop bonne.

— Et de loin, je regarde et j'dis : mais il est avec des bonnes meufs [femmes], ce bâtard !

— Il était content, oh ! Et toi, t'es rentré après le Queen [1] ?

— Ouais, pourquoi ?

— Y sont tous traumatisés par Brahim, à Paris ! Toute la boîte !

— Les pédés, les ceci, les cela...

— Tous ! Y ramène des gros kepa [paquets]... Y ramène 50 "bonbons" et il en donne à tout le monde ! C'est gratuit !

---

1. Une discothèque de l'avenue des Champs-Élysées.

— Les rouges, y sont foudroyants !

— Les rouges, je vais les donner aux meufs, y a un cœur dessus.

— Tu sens plus rien, après !

— Le lendemain, si je crève, j'm'en bats les couilles !

— Hé, j'ai trop envie de rouler en Ferrari !

— En Ferrari... sa mère... vrooom !

— Surtout là ! Regarde le soleil !

— Avec le soleil, là, putain, trop bon !

— Ces keufs [les flics], ils me dégoûtent ! Ces fils de putes, là ! C'est des merdes, ça. Tu sais quoi ? Faudrait rien avoir, rien, rien, et tu roules en Ferrari. T'as pas de maison, t'as rien ! T'as une Ferrari ! Ils vont te pister, tu vas rien faire : tu vas aller en boîte, t'amuser.

— Ils peuvent rien faire, à part envoyer la Brigade financière.

— Elle va faire quoi ?

— Imagine que tu trouves un "blaze" [un nom] en béton armé !

— La Brigade, tu lui dis quoi ? L'argent, je l'ai trouvé.

— Voilà, je l'ai trouvé ! J'ai acheté la voiture. J'ai trouvé un sac d'argent dans la rue, j'suis parti m'acheter une voiture.

— Voilà, c'est tout.

— Ils l'ont dans le cul, après. Mais attention ! Il faut que tu fasses plus rien ! Faut pas que tu continues à faire tes activités bizarres !

— Si, mais tu fais rien de tes mains !

— Ouais, tes potes ils font autour de toi... mais si tu les attires vers tes potes, t'es mort ! Tu sais comment ça marche ? Tous les cousins, tous les amis, la main dans le sac !

— Ils niquent leur mère, ils vont niquer leur mère ! C'est des racistes ! Des jaloux !

— Vas-y, j'vais pas tarder, là.

— Vas-y, OK.

— T'es là-bas, toi ?

— J'suis à la cité, là.

— Tchao. »

Comme leur fabuleux pouvoir financier, constitué grâce au cannabis marocain importé d'Espagne, la distribution gratuite de pilules d'ecstasy dans les boîtes branchées de la capitale confère à ces deux garçons un statut spécial. Elle leur apporte une forme de reconnaissance et les débarrasse du « complexe de la cité ». Quant au « MD », il leur offre les filles de leur choix, sans aucune résistance. Les risques de poursuites judiciaires pour viol ou trafic de stupéfiants ? La crainte de sanctions ? Un avocat sollicité par l'un de ces jeunes au terme des investigations policières répond en connaisseur :

« La loi de la cité est plus forte que celle de la République. Même la punition que peut infliger la cité est plus importante que celle de la justice : celui qui trahit est mis au ban, et sa famille avec. »

Si ce n'est pas là un système mafieux, cela en a toutes les apparences.

« Des "Nino" Ferrara en puissance, il y en a un paquet »

Comme leurs aînés, les nouveaux acteurs de la grande délinquance apprécient à sa juste valeur le fait de passer entre les mains des flics de l'Office du banditisme. « Ça classe », disent-ils, au point que certains s'inventent des arrestations qui n'existent pas.

La principale innovation est ailleurs : les anciens ne reculaient pas devant la violence, mais savaient doser. « Tuer un flic pour s'évader ne leur fait pas peur, résume un fonctionnaire, alors que les voyous expérimentés y réfléchissent à deux fois. »

Mohamed Amimer, quarante-cinq ans, parrain reconnu dans la Seine-Saint-Denis [1], le disait lui-même à ceux qui l'ont interpellé en 2004 : « Les jeunes ne respectent rien. Ils s'affranchissent trop vite vis-à-vis de nous. Ils ne savent pas bosser. Et ils tirent dans tous les sens. »

Jugement de connaisseur, comme celui de cet ancien membre de l'Office du banditisme : « Accros à l'argent facile, les jeunes des cités ont un mépris total de la vie. » Un jour pas si lointain, alors qu'il en observait certains qui étaient en train d'essayer leurs calibres en forêt de Fontainebleau, il les a entendus dire sans plaisanter le moins du monde qu'ils pourraient se tester sur des cibles réelles : les « matons ». Il suffirait, disaient-ils, de les attendre à la sortie de la prison de Fresnes. Un projet fort heureusement jamais mis à exécution. Pas plus que celui-ci, claironné par un jeune de Nanterre un peu « chaud » sur une ligne écoutée par la PJ : « Si je peux, je me fais un Français ou un poulet. » Un programme communiqué à son interlocuteur comme s'il parlait de son prochain menu au fast-food du quartier.

« Avant, l'équipe la mieux considérée était celle qui réussissait une opération sans tirer un coup de feu ; aujourd'hui, tu es respectable quand tu as buté un flic », tranche l'ancien de l'Office, pour qui « les jeunes sont porteurs de mauvaises nouvelles ». Le caïd Antonio Ferrara a lui-même reconnu, lors de sa garde

1. Cité au chapitre 3.

à vue, qu'il n'avait pas mesuré l'impact que pouvait avoir sur l'opinion l'attaque de la prison de Fresnes au lance-roquette...

Commentaire off d'un avocat parisien, lui-même victime à plusieurs reprises d'accès de violence : « La démocratisation de la cocaïne fait des ravages. Les jeunes n'ont plus les pieds sur terre et ont perdu la notion du danger. La grosse voiture, le super-appartement, les boîtes de nuit, fréquenter les gens du showbiz, c'est leur vie. Ils voient les choses en grand et offrent un vivier infini pour les délinquants de gros calibres. »

La pression policière qui s'exerce actuellement sur les cités serait cependant en train de modifier les habitudes : celui qui réussit évite désormais de s'amuser à faire des tête-à-queue entre les barres HLM, le samedi soir, le gyrophare branché dans l'allume-cigare de la voiture la plus chère. La chasse aux signes extérieurs de richesse pousse les barons de l'économie souterraine à envoyer davantage d'argent au « bled », ce qui présente le triple avantage de les rapprocher du pays d'origine, de nourrir leur quête identitaire et de les légitimer au sein de leur communauté.

« Pour échapper aux enquêtes sur leurs comptes en banque, ils iront de plus en plus loin », pronostique un pénaliste. Ce qui témoigne déjà, derrière l'écran de la violence, d'un savoir-faire certain et de réflexes très professionnels. De quoi assurer l'avenir du milieu, si l'on en croit ce policier : « Des “Nino” Ferrara en puissance, il y en a un paquet, dit-il. Ils ont appris à chasser tout petit, en jouant au chat et à la souris avec la Brigade anticriminalité, et ils sont désormais armés jusqu'aux dents. »

Quand la prison devient l'annexe de la cité

« Certaines prisons ont pour les jeunes des cités le goût des colonies de vacances », affirme (sous couvert de l'anonymat) un avocat qui en défend plusieurs dizaines.

Fresnes et la Santé ressemblent à tout sauf à des pensions de famille, mais ces murs, aussi repoussants soient-ils, n'inspireraient pas la peur dans les quartiers. On y regroupe d'ailleurs les jeunes par cités, l'administration pénitentiaire y voyant le meilleur moyen de limiter les affrontements.

« La prison n'est désagréable que pour les gros délinquants, ceux qui dorment tôt, font du sport et étudient, poursuit l'avocat. Ils supportent mal la promiscuité avec des jeunes qui écoutent de la musique à fond tous les soirs, se lèvent à midi et ne décrochent pas de la télé. »

Pour ceux qui ne veulent pas couper avec le business, il y a toujours le téléphone portable. On en trouve derrière les murs, en y mettant le prix, mais si l'on sait s'en servir, on est à peu près certain de rentrer dans ses frais.

« Les gardiens sont demandeurs, raconte un ex-détenu considéré par ses pairs comme un caïd. Ils se montrent sympathiques avec les dealers et les braqueurs d'un certain niveau. Ils leur accordent une douche supplémentaire, l'accès régulier à la salle de sport, le droit de faire passer un message vers une autre cellule. Avec cela ils achètent la paix dans les coursives. Quand un gars a le cafard, ils viennent leur demander de le calmer. Plus son dossier est impressionnant, plus le détenu va avoir des droits. En échange, les gardiens font aussi passer les portables, qu'ils revendent autour de mille euros, histoire d'arrondir leurs fins de mois. Pour recharger les batteries, on se débrouille avec les moyens du bord : lame de rasoir, tringle, boîte de conserve... »

L'administration est évidemment au courant, elle envoie d'ailleurs régulièrement des « téléphoneurs » au mitard, mais rien n'est vraiment fait contre les filières d'approvisionnement, identiques à celles qui pourvoyaient autrefois les détenus en whisky et revues porno.

La PJ, elle, y trouve son compte : rien de tel que de placer sur écoute le téléphone d'un caïd incarcéré. N'est-ce pas la meilleure façon d'assister en direct à la préparation d'une évasion ou d'une livraison de stupéfiants ?

La prison présente par ailleurs un avantage : elle abrite des personnes que ces jeunes ne croiseront jamais dans leur cité, susceptibles de leur transmettre un savoir-faire auquel ils ont pas encore eu accès. De quoi susciter de nouvelles vocations et aider les plus rapides à brûler une ou deux étapes ! À condition, bien sûr, que ces jeunes acceptent de prendre en considération le statut et le rang de leurs aînés, ce qui n'est pas toujours leur fort, eux qui ont tendance à rejeter tout ce qui s'apparente à une hiérarchie. Y compris la hiérarchie de la riposte, comme l'explique ce magistrat qui fut longtemps en poste à Marseille :

« Il y a vingt ans, la puissance de feu d'un parrain du niveau de Gaétan Zampa restait exceptionnelle, et il était surtout le seul à l'utiliser. En le contrôlant, la PJ pouvait espérer contrôler le milieu. Aujourd'hui, les moyens massifs de violence se sont démocratisés, le moindre dealer vous sort une bombe nucléaire, et plus personne n'a prise sur personne ! »

8.

L'exil des Lyonnais... et les guerres de Grenoble

Edmond Vidal, le gang des Lyonnais et les Treets

Pour certains, c'est l'acte fondateur du grand banditisme moderne : un braquage au butin fabuleux (11 600 000 francs [1]) perpétré sans bavure au cœur de la poste centrale de Strasbourg, le 30 juin 1971. Le « hold-up du siècle », titre alors la presse, stupéfaite de découvrir une délinquance aussi performante et organisée. Un hold-up à ce jour encore sans auteur officiel, comme on le comprend au fil de ce rapport circonstancié, rédigé dans le style policier de l'époque :

« Tous les matins, vers 9 heures, trois à cinq employés de la poste centrale de Strasbourg vont prendre possession des espèces à la Banque de France, dont les bureaux sont situés à cinq cents mètres. Compte tenu de cette faible distance, l'itinéraire emprunté par les convoyeurs ne varie jamais ; il est effectué avec un fourgon, et une patrouille de police l'escorte.

« Les policiers ne sont pas autorisés à pénétrer dans les locaux de la poste et convoient les fonds jusque dans la cour intérieure du bâtiment. Ensuite, les pos-

1. Environ 1 800 000 euros.

tiers amassent les sacs sur un chariot qu'ils poussent jusqu'à la chambre forte en empruntant le couloir en forme de "T". Ce 30 juin, qui correspondait à une fin de mois, de trimestre et de semestre, les fonds nécessaires étaient particulièrement importants.

« À 9 h 05, l'escorte quittait le bâtiment. Poussant le chariot sur lequel se trouvaient huit sacs, quatre postiers pénétraient dans le couloir donnant accès au service "caisse" ; ils remarquaient la présence de trois hommes en blouse qui paraissaient inspecter l'installation électrique, puis de deux autres individus un peu plus loin, mais ne leur prêtaient pas attention.

« À leur passage, les inconnus, le visage découvert, passaient à l'attaque, menaçant les postiers de leurs armes et leur assenant des coups. L'action brutale et parfaitement synchronisée n'avait pas duré une minute, et les agresseurs s'emparaient du chariot sans rencontrer de résistance [...].

« Les convoyeurs, persuadés que les malfaiteurs s'étaient engagés dans une souricière en se dirigeant vers une porte condamnée, avaient perdu un temps précieux... avant de découvrir que le verrou de la porte de sûreté avait été changé. »

Une estafette attendait les braqueurs, qui avaient dissuadé leurs poursuivants en braquant sur eux un fusil de chasse. Les barrages n'avaient donné aucun résultat, et l'on n'avait pas tardé à réaliser que deux hommes déguisés en serruriers avaient testé une série de clefs à l'intérieur même de la poste quelques jours auparavant. Un seul indice, plutôt maigre, est découvert : dans le canon de la serrure de la porte qui aurait dû être condamnée, mais qui ne l'était plus, un fragment de papier d'emballage provenant d'un paquet de bonbons de la marque Treets[1].

1. Ancêtre des M & M's.

Les braqueurs ne peuvent en être à leur coup d'essai. Cette préparation minutieuse, cet usage mesuré de la violence, ces itinéraires de fuite empruntant des chemins forestiers, tout cela rappelle les méthodes des « Lyonnais ». À l'heure des rapprochements, la police se penche en effet sur une série de vols commis depuis un an dans la région Rhône-Alpes par des malfaiteurs ayant la double particularité d'œuvrer en blouse de travail et de circuler en estafette...

Un an s'est déjà écoulé lorsqu'un indicateur se met en devoir d'éclairer la PJ. Il met le hold-up sur le compte déjà chargé de « Monmon », aussi appelé « les Yeux bleus », chef présumé du « gang des Lyonnais ». Pour être pris au sérieux, il ajoute un élément connu d'un cercle très restreint de personnes : « Ils se sont régalés de bonbons et de chocolats », dit-il. Visiblement, il sait que l'estafette a été volée à une boulangère et qu'elle était remplie de confiseries parmi lesquelles, tiens, tiens, des Treets !

« Monmon » et son équipe (un Grec, un Arménien, un Algérien et un pied-noir) laisseront à la postérité un palmarès solide et une appellation contrôlée (celle de leur gang). Mais aucune preuve matérielle ne viendra conforter les soupçons, laissant le « hold-up du siècle » sans signataire officiel. On croyait savoir que des Marseillais avaient, ce jour-là, épaulé les Lyonnais, que le « cerveau » de l'opération habitait les Alpes-Maritimes, et que l'équipe, son forfait commis, s'était repliée vers un bar de la rue du Bœuf, à Lyon, le bien nommé Tire-Bouchon. Mais ces détails n'ont jamais été évoqués dans l'enceinte d'un tribunal.

Trente ans plus tard, les nombreux mégots ramassés autour de la poste de Strasbourg auraient probablement coûté cher aux auteurs de l'attaque, police scientifique oblige... Qu'il y ait ou non participé,

« Monmon », de son vrai nom Edmond Vidal, n'a cessé, dans l'intervalle, de voir sa réputation enfler. Le décor qui l'entoure est celui qui va accompagner le grand banditisme pendant des décennies. Les machines à sous sont déjà là. L'extorsion de fonds se pratique déjà à grande échelle. Le gang est mobile, frappant aussi bien à Nantes qu'à Paris ou à Valenciennes, tout comme les équipes d'aujourd'hui. Une partie du butin accumulé file vers l'Espagne, où il est investi dans l'immobilier...

Un cœur en guise de tatouage, celui que tout désigne comme le chef, né à Lyon quelques jours avant la Libération, officie auprès de quelques-unes des figures qui marqueront la « corporation » des grands bandits. Il côtoie autour de la « bétonneuse » (sur les chantiers) Jean-Pierre Gandebœuf, de deux ans son aîné, un Clermontois que l'on retrouvera dans les années 90 avec les piliers du banditisme azuréen. Il connaît Raymond Mihières, considéré aujourd'hui comme un « notable » du banditisme marseillais. Il est surtout en relation avec ces « gens du voyage », communauté dont il est issu, qui tissent leurs réseaux sur tout le territoire à l'heure où la police est encore enfermée dans des cases départementales. Notamment avec Roger Mouret, que l'on reverra entre Nice et Marseille, et Charly Lemeny, qui deviendra un des meilleurs amis des frères Hornec [1].

Devant les jurés de la cour d'assises qui juge « Monmon » pour une série de hold-up en juillet 1977, un policier évoque « la plus redoutable association de malfaiteurs depuis la fin de la dernière guerre ». La rumeur ne fait-elle pas de cet homme l'un des responsables de la mort du juge lyonnais François Renaud,

1. Présentés au chapitre 2.

assassiné six mois après son arrestation [1] ? Ses détracteurs agitent également le chiffon rouge du casse de Strasbourg. À l'énoncé du verdict, bon prince, « Monmon » envoie des baisers en direction des jurés. Dix ans de réclusion, c'est pour lui un nouveau coup de chance.

Élargi pour bonne conduite cinq ans plus tard, en juillet 1982, Edmond Vidal convoque la presse chez son avocat, le célèbre Johannes Ambre. Tous deux pressentent un « mauvais coup de la police » qu'ils voient prête à « ficeler un nouveau dossier » pour le faire plonger. Depuis l'élection du socialiste François Mitterrand à la présidence de la République, les flics ne sont-ils pas nostalgiques d'un ordre révolu, eux qui accusent le garde des Sceaux de l'époque, Robert Badinter, de tous les péchés du monde ?

Le 22 décembre 1983, le journaliste Gilles Millet prolonge le débat dans les colonnes de *Libération*. Il épingle le « Bottin du milieu », « ce gros livre rédigé par les policiers et les journalistes pour permettre aux premiers de grimper dans la hiérarchie et aux seconds de raconter de belles histoires », « ce piège à gogos, producteur d'années de prison et de mort ». Au cœur de cette attaque très politique, une réalité constatée maintes fois depuis lors : les costumes sur mesure que leur taillent les médias ne vont pas toujours comme un gant aux types un peu paumés (ou qui font semblant de l'être) que l'on retrouve dans le box des accusés à l'heure du procès...

La police ne lâche pas pour autant Edmond Vidal. Elle le suit à distance, observe les bistrots lyonnais qu'il fréquente au début des années 90, établissements dont les noms (Aux années folles, Le Quai des

1. Le 4 juillet 1975, à 2 h 30 du matin.

brumes) portent la trace d'une époque révolue. L'ex-chef du gang des Lyonnais n'a pas perdu sa mobilité. Il est un jour à Barcelone, le lendemain à Marbella, où il disposerait d'un appartement, le surlendemain en Italie. On le voit aussi en Allemagne, où le grand banditisme français a toujours eu un œil sur les fameux Eros Centers, maisons où les prostituées exercent leurs talents en toute légalité. Fidèle à ses premières amours, il serait enfin le principal actionnaire d'une société de location de distributeurs automatiques (l'appellation technique donnée aux machines à sous) installée près de Lyon. Officiellement, il est « attaché commercial », mais le fisc est tenté par un fort redressement que le contribuable Edmond Vidal rejette vigoureusement.

Le 15 juin 1994, la vie du personnage s'enrichit d'un épisode a priori anodin. Il revient de Suisse avec son compagnon René Rosa lorsque la gendarmerie lui inflige un contôle sur l'autoroute. Sa fiche personnelle lui vaut une fouille à corps au cours de laquelle on trouve sur lui 100 000 francs[1] en espèces. « Remboursement d'une vieille dette », dit-il.

L'événement qui suit est nettement plus dramatique, comme le consigne cette courte note : « Le 6 juillet 1997 à 22 h 15, sur un parking de l'A8 à la hauteur du Cannet-des-Maures (Var), deux hommes cagoulés abattaient "René Dagamo", né à Sète en 1945, à bord de sa voiture immatriculée à Barcelone. La victime est en réalité René Rosa, né à Villeurbanne en 1943 ; il demeurait à Malaga, où il disposait d'une agence immobilière, mais sa véritable activité était le trafic de stupéfiants. »

Hypothèse brièvement évoquée par les flics : cet assassinat serait une réponse à l'élimination de deux

1. Environ 15 000 euros.

autres Lyonnais exilés en Espagne, Jacques Grangeon et Michel Daumas, disparus respectivement le 5 octobre et le 7 décembre 1996...

Jacques Grangeon gagne ses premiers galons

« D'allure soignée, portant lunettes et fumant cigare, Jacques Grangeon ne donne pas l'impression d'un individu pécunièrement dans le besoin. Il n'a pas pris la peine de s'inscrire au chômage, puisqu'il "fallait pointer". »

C'est ainsi qu'apparaît Jacques Grangeon, fils d'un chef magasinier et d'une femme de ménage, dans un rapport rédigé en octobre 1977, alors qu'il est sous contrôle judiciaire pour une simple histoire de détention d'arme. Il a vingt-six ans. Aux agents de la Police de l'air et des frontières qui l'interrogent, il explique vivre des subsides versées par des amies, en particulier une certaine Jacqueline, propriétaire à Lyon du café des P&T. Il effectue aussi « des petits travaux photo, mariages ou reportages sportifs », et enseigne le karaté.

Onze ans plus tard, on remarque la présence de Jacques Grangeon auprès d'Edmond Vidal lors de l'enterrement d'un ancien membre du gang assassiné dans des conditions mystérieuses – visiblement pour avoir « détourné » une épouse pendant l'incarcération de son mari. La police le présente comme un « élément montant du milieu français », au sein duquel il entretient des relations avec ceux de sa génération : Michel Crutel (alias « Michel le Militaire »), Stéphane Ley (l'un des rares Bretons à évoluer dans ces sphères), Christian Oraison, Antoine Cossu et Francis Vanverberghe, ces hommes pour qui Paris, Lyon et

Marseille ne forment déjà qu'un seul et même territoire.

Entre-temps, Grangeon a gagné ses galons, si l'on ose dire, en encaissant une peine de dix ans de réclusion criminelle pour un hold-up assez minable commis dans une banque de Nantes en 1978, à une époque où cette ville comptait encore quelques figures du grand banditisme. Une indisponibilité que deux de ses amis crurent devoir mettre à profit pour soudoyer un adjoint à la mairie de Lyon dans l'espoir de le voir accélérer une libération conditionnelle, avant que la victoire socialiste de mai 1981 ne vienne bouleverser leurs plans – ils se rabattirent alors sur un haut fonctionnaire réputé proche du nouveau président de la République...

À sa sortie de prison, où était venu le chercher le Clermontois Jean-Pierre Gandebœuf, désormais patron d'un bar à Lyon, le Sancristo, Grangeon était apparemment revenu à une activité plus traditionnelle et assez florissante entre Saône et Rhône : le proxénétisme. Roulant ostensiblement à bord d'une Porsche 911 Carrera noire, il trônait désormais aux côtés de « Monmon », l'homme clef du milieu dans la capitale des Gaules, et consacrait un certain temps à sculpter son corps. Les douaniers suisses l'avaient même un jour refoulé à l'entrée de leur territoire avec les trois hommes qui l'accompagnaient : Jean-Pierre Gandebœuf, Pierre Scatolini, président de la Fédération française de body-building, ainsi que le vice-président de cette Fédération, son complice et ami Michel Daumas. Daumas avec lequel il fréquentait assidûment l'American Paradise, une salle de musculation lyonnaise dédiée à leur sport favori et dont certains affirmaient qu'elle leur appartenait...

Au mois de juin 1987, un renseignement met la Brigade de recherches et d'intervention de Lyon sur leur dos. Les flics voient Grangeon descendre à Marseille avec le Breton Stéphane Ley, lequel se rend ensuite à Toulouse. Ils voient également passer dans leur champ Michel Crutel, et flairent un imminent passage à l'acte. Aussi, lorsque se produit l'attaque d'un fourgon de la Brink's sur le tarmac de l'aéroport de Toulouse-Blagnac, le 2 septembre 1987, ne peuvent-ils s'empêcher de penser à ces hommes. Une véritable scène de guerre à des années-lumière de l'attaque de la poste de Strasbourg, laquelle remonte à déjà seize ans.

« Ce jour-là, à 18 h 35, comme tous les mercredis après-midi, un fourgon blindé amenant des fonds collectés en Andorre était stationné dans un hangar de la zone de fret, à proximité des pistes, raconte le procès-verbal. Les fonds devaient quitter Toulouse par l'avion de 19 heures et les convoyeurs finissaient de charger les sacs dans un container, lorsqu'une camionnette est venue stationner contre un quai voisin. Le rideau arrière était immédiatement manœuvré et un coup de feu était tiré sur l'un des convoyeurs, qui était touché à la jambe.

« À cet instant, sept individus cagoulés et vêtus de vestes kaki de type militaire sortaient du véhicule et tiraient en direction du fourgon à l'aide d'un fusil d'assaut. L'un d'eux lançait une grenade fumigène, tandis que deux autres menaçaient les manutentionnaires présents dans le hangar. Le chauffeur du fourgon, une employée et le convoyeur blessé parvenaient à s'enfuir. Les agresseurs mitraillaient le fourgon sous toutes ses faces, pensant que des convoyeurs s'y trouvaient encore... »

Durée de l'opération : trois minutes. Butin : 25,7 millions de francs[1] répartis dans vingt-cinq sacs pesant

1. Environ 4 millions d'euros.

au total la bagatelle de 166 kilos. Nombre de douilles retrouvées sur place : cinquante-six. Aucun signalement précis des agresseurs, hormis la « corpulence athlétique » de l'un d'eux et le fait qu'ils paraissaient tous « d'âge mûr ». Une affaire rondement menée par des hommes dont la maîtrise renvoie immanquablement la police à la fine fleur du grand banditisme...

La PJ de Toulouse est alertée sur les surveillances en cours. Plusieurs réunions, insiste-t-on, ont eu lieu au début de l'été dans une villa de la banlieue marseillaise, où Grangeon, Crutel et Ley, braqueurs confirmés, semblaient concocter « quelque chose d'important ».

Mais ces éléments ne permettent pas d'étayer la moindre accusation.

Jacques Grangeon gagne l'eldorado espagnol

C'est pour des raisons nettement plus intimes que Jacques Grangeon est ramené sous les verrous au mois de juillet 1991. Un renseignement parvenu un an plus tôt à la PJ évoquait la « reprise en main » de plusieurs prostituées de la rue du Port-du-Temple, à Lyon, par des « malfaiteurs connus ». Si l'on voulait les voir, il n'y avait qu'à se rendre dans une pizzeria de la rue de la Fromagerie où ces hommes se retrouvaient autour d'une table...

Les policiers n'avaient pas tardé à voir apparaître Grangeon au volant d'une nouvelle Porsche, en pleine discussion avec deux sœurs prénommées Martine et Gisèle. L'homme se montrait « extrêmement méfiant et faisait preuve de beaucoup de mobilité », ce qui n'avait fait qu'attiser la curiosité à son égard, d'autant que les deux sœurs avaient bien l'air de vendre leurs charmes.

« Jacques Grangeon, avait scrupuleusement noté un policier, ne se livre à aucune activité et mène grande vie. Chaque jour, il se rend au Gymnase Club de la rue G. où il retrouve Michel Daumas. Âgé de quarante ans, il développe sa masse musculaire et profite du lieu pour rencontrer et séduire de jeunes compagnes hors de son milieu. Il dispose de plusieurs éléments de train de vie qui ne cadrent pas avec son apparente oisiveté. Il est locataire d'un appartement de grand standing et se déplace avec une Porsche, une Jeep Cherokee ou une Harley-Davidson de grosse cylindrée. »

Ce sont ses conversations avec Martine, l'une des sœurs, qui trahissent finalement le « protecteur » à l'ancienne. Au téléphone, alors qu'il lui promet sans cesse des voyages, elle l'appelle « mon chéri ». Un jour, elle raconte à une copine la mine qu'il a faite lorsqu'elle lui a offert, pour son anniversaire, un peignoir de bain et des serviettes. « Hou ! la ! la ! un gamin ! Heureux comme tout ! » glousse-t-elle.

Le même peignoir (Rykiel Homme) revient plus tard dans une autre conversation. C'est une maîtresse rencontrée au Gymnase Club qui demande à Grangeon où il l'a trouvé.

« En ville », répond-il évasivement sans se douter une seconde que les policiers lui poseront bientôt la même question, après lui avoir demandé pourquoi une prostituée se promenait avec les clefs de son propre domicile.

Ce jour-là, Grangeon tente de sauver la face. Il explique aux enquêteurs qu'il tire ses revenus du jeu, Loto et PMU. Il vient encore de gagner le gros lot, soit près de 700 000 francs[1] qu'il a partagés avec son ami Jean-Pierre Gandebœuf et le gérant de la fameuse pizzeria. Est-ce suffisant pour rouler en Harley, payer son loyer, régler les mensualités de la Jeep et de la Porsche et s'offrir (en espèces) des vacances à Courchevel ?

Lorsqu'on lui explique que les bulletins de paie qu'il a fournis sont bidons (contrairement à ce qui figure sur ces papiers, il n'a jamais été « directeur des ventes » chez un installateur de cuisines), Jacques Grangeon trouve la parade : comme il est plutôt bon payeur, on lui prête de l'argent les yeux fermés, sans vraiment vérifier l'authenticité de ses bulletins de paie.

Le présumé proxénète ne dit mot, en revanche, de ses activités dans le domaine du football, bien que les enquêteurs aient compris qu'il avait tenté de servir d'intermédiaire, avec Michel Daumas, pour le transfert de joueurs roumains vers des clubs français de première division. On avait même aperçu les deux hommes en compagnie de Bernard Lacombe, alors directeur sportif de l'Olympique lyonnais, le 10 juin 1991, au stade Gerland, avant de les suivre jusqu'à une pizzeria de la rue Ney...

Dans ses conclusions plutôt sévères, le policier mêle enquête de police et jugement moral : « Ce marginal, craint et respecté dans le milieu lyonnais, a toujours mené grand train de vie en méprisant avec cynisme les actions fiscales et pénales engagées contre lui. » Les trente ans de Martine fêtés chez le restaurateur Georges Blanc, à Vonnas (Ain), à 1 300 francs[2] par personne, sont visiblement restés en travers de la gorge du fonctionnaire.

1. Environ 106 000 euros.
2. Environ 200 euros.

Incarcéré près de neuf mois, Jacques Grangeon n'est pas abandonné de tous : il reçoit des mandats postaux de Belgique, aimablement expédiés par un mystérieux avocat bruxellois. Lorsqu'il est libéré, au printemps 1992, il part à la découverte du sud de l'Espagne, nouvel eldorado des Lyonnais.

Jacques Grangeon perd la vie à Marbella

Les nouvelles de Jacques Grangeon se font rares.

Le 12 juin 1992, interpellé à la hauteur de Porte-lès-Valence sur l'autoroute A7, où il circule à bord d'une rutilante Ferrari rouge, le Lyonnais se déclare « directeur des ventes des cuisines Mobalpa ». Du déjà-vu.

Le 17 janvier 1994, toujours sur l'autoroute, contrôlé cette fois à Antibes à bord d'une Mercedes bleu roi, il dit simplement s'adonner à la musculation et jouer au golf.

L'ex-membre du gang des Lyonnais a visiblement un pied-à-terre du côté de Cannes, où sa compagne Catherine, ex-prostituée originaire de Dordogne, est officiellement employée dans un restaurant. Il a surtout abandonné le marché du sexe pour se tourner vers celui, plus « porteur », des stupéfiants. Le 24 mars 1994, il est de nouveau interpellé en même temps que plusieurs membres du milieu toulonnais. On le soupçonne d'avoir participé, quatre ans plus tôt, à l'attaque d'un fourgon à Marseille au cours de laquelle deux convoyeurs ont été tués par la charge explosive utilisée pour trouer le blindage. On l'incarcère le temps de vérifier son alibi, sans vraiment retenir de charges contre lui.

Pour quelles raisons Jacques Grangeon déserte-t-il

bientôt complètement la Côte d'Azur ? « Pour échapper à la pression de ses anciens complices », croit savoir la PJ, qui évoque noir sur blanc une « explication musclée », le 14 juillet 1995, au sujet d'un litige sur les machines à sous et le trafic de drogue. Entre Croisette et Riviera, il se serait retrouvé en concurrence directe avec ses vieux amis, à commencer par Jean-Pierre Gandebœuf, dit « Cristo » (en souvenir du bar qu'il géra), et Michel Daumas, dit « Goldorak » (hommage à sa belle musculation), désormais proche du parrain marseillais Francis Vanverberghe.

Certains disaient aussi que Gandebœuf était en désaccord complet avec les habitudes de cet homme que la mort d'un convoyeur ou d'un souteneur n'effrayait apparemment pas.

La grande déchirure après la fructueuse association : on était coutumier de ces relations en dents de scie dans le monde du business occulte, où le moindre faux pas se payait par le sang. La crainte d'un dérapage pousse Jacques Grangeon et sa compagne à s'installer définitivement en Espagne : au mois de janvier 1996, ils acquièrent une somptueuse villa à Marbella, sur la Costa del Sol.

Les affaires de cœur se mêlent-elles aux embrouilles financières ? Durant l'été, Catherine presse sa fille, une jolie môme de dix-huit ans, de rompre son idylle avec un « associé » de Jacques, un homme qui va et vient entre Cannes et Marbella. L'homme en question le prend mal et réclame le remboursement de ses « parts ». Un diktat auquel Jacques Grangeon semble se plier autour du 20 septembre, contraint et forcé plutôt que ravi : cet associé n'est pas le seul à lui réclamer de l'argent. Au mois d'août, quatre hommes cagoulés et armés lui ont rendu une visite menaçante. Après les avoir ficelés et menottés, lui et sa compagne, ils ont fait main basse sur une montre Chanel, des téléphones, un Montblanc et quelques bijoux, sans oublier les espèces. Deux des assaillants avaient un instant ôté leurs cagoules, découvrant des visages maghrébins ; Catherine les avait alors insultés, criant qu'elle connaissait leur commanditaire, qu'elle allait leur « faire le double sourire » (leur trancher la gorge), et réclamant surtout qu'ils ne la touchent pas : elle était enceinte.

Depuis lors, Jacques recevait régulièrement des appels qui le rendaient nerveux. On l'aurait été à moins : ses mystérieux interlocuteurs lui réclamaient 30 millions de francs[1]. C'était ça ou la mort.

Le 1er octobre, Catherine a eu une discussion houleuse avec sa fille, qu'elle accable. S'ils sont dans d'aussi sales draps, c'est parce qu'elle a couché avec ce garçon et qu'ils ont affaire à « une équipe de minables ». « Ton père travaille avec un fils de pute », ajoute Catherine avant de couper court, à peu près convaincue que les belles heures (voyage à Miami, location d'avions privés, villas magnifiques...) sont derrière eux.

C'est dans la soirée du 5 octobre 1996 que les tueurs, au nombre de trois, se glissent dans le jardin de la villa après avoir découpé les grillages de la clôture. L'un d'eux se poste sur la terrasse, devant une porte-fenêtre ouvrant sur le séjour. D'une trentaine de cartouches, il crible le corps de Jacques Grangeon et blesse l'homme qui se trouvait assis face à lui, un Marseillais de passage. Catherine est exécutée d'une balle dans la tête tirée à bout portant quelques instants plus tard, tandis que sa fille, qui se trouvait dans la cuisine,

1. Environ 4,5 millions d'euros.

profite du vacarme pour se réfugier dans sa chambre et se dissimuler sous son lit.

Ce soir-là, vers une heure du matin, un traducteur de la police de Marbella donne l'alerte. Il a capté d'étranges propos en français à la terrasse d'un café, le Habana : l'un des quatre consommateurs expliquait au téléphone que « le blessé était bien mort[1] ».

Sur place dans les minutes qui suivent, les agents relèvent les identités de Gérard Cohen, né à Paris en 1950, Jamel Yahiaoui, né à Paris en 1964, Jamel Benali, né en Algérie en 1960, et Jean-Paul Venzi, né à Tours en 1957, le plus nerveux des quatre, qui demande plusieurs fois la permission d'aller aux toilettes et dont on découvre rapidement le vrai nom : Nordine Benali, alias « la Puce », apparemment en bisbille avec Jacques Grangeon au sujet d'une cargaison de drogue.

Les premières heures, les Espagnols annoncent à la presse la mort de « Jacques Lambert », identité sous laquelle vivait la victime, mais les policiers français décryptent rapidement.

Pour ceux qui en doutaient, la fouille de la villa de Marbella confirme le rôle de Grangeon dans le commerce de drogue. Outre 560 kilos de haschich, la « policía » ramasse 11 millions de pesetas, une grosse quantité de bijoux, des armes, des menottes et un carnet ressemblant à une comptabilité, avec des noms de « clients » à Mulhouse, Marseille, Lyon, Paris et Cannes. Elle met également de côté un dossier technique consacré au rachat d'une partie de l'ancienne gare des Brotteaux, à Lyon, avec création d'un bar-restaurant-discothèque ; une opération immobilière derrière laquelle la police lyonnaise n'est pas loin de

1. Scène déjà évoquée au chapitre 3.

voir du blanchiment d'argent sale, malgré la présence dans l'affaire d'un ex-inspecteur divisionnaire de l'Antigang...

La fille de Catherine est longuement interrogée, et, malgré son jeune âge, ses observations ne sont pas dénuées d'intérêt. Elle sait par exemple que l'associé lyonnais de Grangeon, « Yannick » Bouaziz, vient d'échapper, un mois plus tôt, à un règlement de comptes en Espagne à cause d'une « mauvaise transaction ». Elle connaît aussi ses habitudes : il vit non loin de là, dans une villa d'Estepona, chasse régulièrement au Maroc et fréquente un bar de San Pedro de Alcantara dont le nom doit lui rappeler des souvenirs : La Petite France. À l'heure du dîner, visiblement assez nostalgique, ce garçon d'origine algérienne retrouve volontiers des amis à L'Entrecôte, restaurant également tenu par un Français. La jeune fille croit encore savoir que « Cristo » (Jean-Pierre Gandebœuf, affublé du nom de son bar) était « fâché avec Jacques », de même que « Goldo », « un costaud avec une queue-de-cheval » (Michel Daumas).

Comme d'habitude, la police française déploie ses oreilles partout où elle peut. Les premiers renseignements arrivent par le canal de l'Office des stupéfiants. Grangeon faisait l'objet d'un « contrat » à la suite d'une importante dette liée au trafic de cannabis, affirme un indicateur digne de foi. Recrutés par le Marseillais Charles S., précise la source, les tueurs seraient venus des Bouches-du-Rhône à bord d'une Peugeot 106 rouge. Arrivés à Marbella, ils auraient été pris en charge par « la Puce » (Nordine Benali).

Cette piste est confortée par une autre information réceptionnée par la PJ de Versailles : un certain « Karim » a mis un « contrat » sur « Yannick » Bouaziz, l'associé de Grangeon. Motif : la livraison d'une énorme quantité de cannabis (1,5 tonne) de mauvaise qualité.

Qu'il ait été éliminé à la suite d'une brouille avec ses complices dans le Midi ou pour cause d'embrouille avec de jeunes caïds des cités sur une livraison de cannabis ne changeait rien à la peur qu'éprouvait Gérard Palain depuis la nuit du crime. Patron d'un garage dans le VIIIe arrondissement de Lyon, il avait quelques raisons de se sentir en danger : c'est lui qui avait pris en charge les formalités après l'assassinat de Jacques, auprès duquel il faisait office de « banquier ». Si l'« on » souhaitait récupérer des fonds, c'est vers lui que l'« on » se tournerait. Des inconnus n'avaient-ils pas été assez gonflés pour essayer de récupérer la moto du défunt auprès de la justice espagnole ?!

Avec le temps, cependant, la PJ semble mieux cerner les raisons de cette élimination. L'attention se focalise sur un Corse d'une soixantaine d'années, surnommé « Dédé » ou « Beaux Cheveux ». L'homme, recherché en France, a été arrêté une première fois à Malaga au printemps 1992 avec 2 millions de pesetas en poche. Puis une seconde fois en 1994, à Estepona, où on l'avait poursuivi pour falsification de monnaie et troubles à l'ordre public. Il avait complètement disparu depuis la nuit du crime, mais l'un de ses présumés complices, natif de la Seine-Saint-Denis, est interpellé à Séville en octobre 1998 en compagnie du principal suspect : Nordine Benali.

La suite sème une odeur de sang dans la petite communauté française de la Costa del Sol. Le premier meurtre survient le 29 juin 1999. Il voit disparaître Jamel Yahiaoui, contrôlé par la police à la terrasse d'un café de Malaga juste après la mort de Jacques Grangeon.

Le second, perpétré le 18 août 1999, raye définitivement des fichiers « Yannick » Bouaziz, le complice lyonnais de Jacques Grangeon. Réponse au meurtre précédent ? Le mobile mis au jour par la police ne doit pas être très éloigné de celui qui a coûté la vie à Jacques Grangeon : une livraison de cannabis réglée avec de faux billets. Puis viendra le tour de Nordine Benali lui-même, assassiné après sa sortie de prison.

Les voyages d'affaires de Michel Daumas, alias « Goldorak »

Michel Daumas, dit « Goldorak », s'apprêtait à monter à bord de son véhicule, garé devant son domicile, à La Croix-Valmer (Var), lorsque trois ombres cagoulées ont surgi des taillis pour l'abattre, tirant pas moins de vingt-quatre projectiles de trois calibres différents : les mêmes que ceux qui ont tué son ami Jacques Grangeon, deux mois plus tôt, en Espagne.

« Âgé de quarante-neuf ans, disait la "nécrologie" policière, Michel Daumas était connu pour être lié au milieu du grand banditisme lyonnais ; il était en relation avec de nombreux malfaiteurs opérant dans le sud-est de la France et en Espagne, et s'adonnait au trafic international de stupéfiants. Un témoin a aperçu juste avant son assassinat un véhicule avec plusieurs hommes à bord. Parmi les photos présentées, il reconnaissait Jean-Pierre Gandebœuf, ancien associé de Daumas dans des affaires de machines à sous. »

Quel crédit accorder à une telle reconnaissance ? Ce qui nourrissait la chronique policière ne pouvait en l'occurrence rassasier un tribunal, même si, quelques jours plus tôt, le 25 novembre 1996, la PJ de Marseille avait enregistré « une conversation téléphonique dont les termes, pourtant codés, permettaient de penser qu'un homme était en relation avec la préparation de cet assassinat » : Gilbert Mesguich, ancien « poulain » de la victime.

L'hypothèse est séduisante, mais le suspect ne commet pas le moindre faux pas lors de sa garde à vue. Il repart libre comme l'air – libre de reprendre ses activités auprès des jeunes patrons du milieu toulonnais, les frères Franck et Pascal Perletto, avec qui il allait « tomber », deux ans plus tard, dans une affaire de trafic de cocaïne et de cannabis[1].

Quelle erreur Michel Daumas, connu pour l'exemplarité de ses abdominaux, a-t-il commise pour « mériter » la mort ? Cela faisait au moins six ans qu'il avait tourné le dos à Lyon, où il était né, pour faire fructifier ses relations entre Marseille et le Var. Surtout dans le Var, d'ailleurs, puisqu'il apparaissait dès 1991 parmi les associés d'une société franco-roumaine immatriculée à Bucarest, Meta Pro, dans laquelle les frères Perletto jouaient un rôle moteur. Officiellement dédiée à l'imprimerie, cette antenne au pays des Carpates était la plus visible, mais les Toulonnais avaient également ouvert en Roumanie une société spécialisée dans l'immobilier, une autre pour l'achat et la vente de produits chimiques, enfin une troisième axée sur le commerce de produits alimentaires : alcool, café, cacao. Une base arrière quasi intouchable dans la gestion de laquelle les Perletto avaient entraîné la plupart de leurs hommes de confiance, de même qu'ils avaient proposé des actions à Jean-Marc Verdu, pilier du milieu aixois.

« Cette équipe, précisait un rapport de la PJ, était affiliée dans le début des années 80 à Francis Vanverberghe. Spécialisée dans l'attaque de transports de fonds dans la région marseillaise, elle aurait procédé

---

1. Dont le détail figure au chapitre 11.

au blanchiment de sommes importantes en Roumanie, où M. Perletto serait devenu un chef d'entreprise entouré de juristes et aidé de personnes de haut niveau. La plus grande partie de cet argent aurait été investie dans les casinos et la construction d'une station de ski. »

Parmi les vols à main armée que la police attribuait à cette bande sans jamais avoir pu le démontrer, la fameuse attaque qui s'était traduite par la mort de deux convoyeurs, à Marseille, le 13 mars 1990, à un moment où Jacques Grangeon œuvrait encore à leurs côtés. Repérable à sa corpulence athlétique, à sa queue-de-cheval et à son tatouage (une tête de loup sur un corps de femme, le tout entouré d'un serpent), Michel Daumas avait été brièvement interpellé, puis relâché. Restés sur leur faim, les flics n'avaient pas abandonné pour autant. En 1992, ils étaient revenus à la charge auprès de Pascal Perletto, lequel avait placidement expliqué qu'il prévoyait de se lancer dans l'exportation de bois à destination de la Roumanie. Les investissements lourds seraient en partie pris en charge par des Roumains, avait-il précisé, et il avait bien l'intention de réclamer des subventions à la France.

Cette même année, la Police de l'air et des frontières de Chamonix avait contrôlé une voiture à l'intérieur de laquelle voyageaient Jean-Claude Verdu, Pascal Perletto et Michel Daumas. « Nous revenons d'un voyage d'affaires en Roumanie », avaient poliment expliqué les trois hommes.

Un an plus tard, les mêmes, sans Verdu, avaient été vus dans un aéroport, en partance pour Bucarest, où Michel Daumas avait dit se rendre environ tous les mois.

La dernière fois que la police avait eu affaire à « Goldorak », c'était lors d'un contrôle routier, à

Lyon, au printemps 1994. Il circulait à bord d'une Renault Alpine turbo de couleur rouge, une mallette bourrée d'espèces à ses côtés, qu'il n'avait lâchée sous aucun prétexte. Assis à sa droite, à la « place du mort », Gilbert Mesguich, celui-là même qui allait être soupçonné deux ans plus tard d'avoir rôdé près des lieux de son assassinat.

La proximité de l'exécution de Michel Daumas avec celle de son ex-compagnon Jacques Grangeon autorisait bien certains rapprochements, mais les routes des deux Lyonnais avaient apparemment bifurqué depuis plusieurs mois.

Les Lothoz, trois frères et un consul

La fratrie serait-elle le plus petit dénominateur commun de la réussite et de la pérennité ? Les Lothoz, natifs de la capitale des Gaules, offrent au regard un attelage assez exemplaire.

Michel est né en 1938 et s'est d'abord taillé une solide réputation de braqueur. Le début des années 90 l'a vu convoler avec une Philippine et s'éclipser du côté de Manille, où il aurait notamment géré deux bars. On l'aperçoit aussi sur la Costa del Sol, où la famille posséderait quelques intérêts. En 2003, les « zonzons » (écoutes) ont une dernière fois été activés pour tenter de le piéger : un indicateur s'était fait un devoir d'attirer l'attention sur une prétendue livraison de drogue dans la région lyonnaise, dont il aurait été l'initiateur...

Pierre, dit « Nat », a vu le jour l'année suivante, à la veille de la guerre ; depuis le début des années 80, il passe le plus clair de son temps au Brésil, effectuant de brefs séjours sur l'île (franco-hollandaise) de Saint-

Martin, aux Antilles, où il compte parmi les investisseurs de poids. Deux adresses à Rio dans un quartier plutôt luxueux, un statut de directeur de société, une carte de résident permanent, des appels téléphoniques réguliers vers la France et les Pays-Bas : c'est tout ce que le chef d'antenne de l'Office des stupéfiants au Brésil sait de lui. Selon plusieurs sources, chez les Lothoz, c'est lui le « chef ».

Jean-Claude, dit « Toto », né en 1942, est inscrit au fichier spécial du banditisme depuis 1978 ; quelques-uns de ses illustres amis, tels le parrain marseillais Gaétan Zampa ou les frères Gilbert et Edgar Zemmour, en leur temps patrons incontestables du milieu parisien, sont morts depuis deux décennies. On le présente volontiers comme l'« homme d'affaires » de la famille. Il vit officiellement à Madrid, mais conserve de nombreuses relations en France.

Bernard est venu au monde en 1945 pour le quitter en Suisse, cinquante ans plus tard, à la suite d'un accident de voiture. On l'appelait « l'Aviateur », surnom qui n'était pas usurpé, à en croire ce CV envoyé à plusieurs sociétés de Saint-Martin : il y revendiquait des décorations (chevalier de la Légion d'honneur et officier de l'ordre national du Mérite), le grade de lieutenant-colonel et une expérience de pilote de chasse, annonçant sobrement cinq mille heures de vol sur plus de trente types d'avions. Un savoir-faire dont on ignorait s'il l'avait aidé à obtenir en 1993 le poste de consul honoraire français dans la partie hollandaise de l'île de Saint-Martin. Ce qui constituait une surprise pour les flics, qui le croyaient plutôt à la tête d'un consortium criminel, lui qui veillait sur les fonds investis dans plusieurs discothèques de la région lyonnaise. Désormais, les demandes de renseignements émanant des administrations françaises au sujet de contribuables installés dans l'île seraient à portée de son regard !

Ainsi se présentaient les Lothoz, quatre frères sans qui le grand banditisme à la française aurait moins fière allure, tandis que le creuset lyonnais ne pourrait rivaliser avec le marseillais. Le tableau serait cependant incomplet si l'on oubliait la sœur, Anne-Marie Lothoz. Comme les « sang-bleu » s'unissaient autrefois entre eux, elle avait épousé le bandit toulonnais Michel Régnier, fils d'un pilier du milieu varois, mariage brutalement interrompu par l'assassinat du conjoint, le 29 septembre 1996.

Les connaisseurs, au sein de la PJ, les plaçaient volontiers très haut sur le podium, mais qui étaient vraiment ces frères dont les services les mieux renseignés confondaient si souvent les prénoms et s'embrouillaient sur leur nombre réel ? Au milieu des années 80, on les avait vus en relation avec le milieu parisien de la production cinématographique. Jean-Claude circulait à cette époque à bord d'une voiture immatriculée au nom d'une société de promotion de spectacles et d'enregistrements visuels et sonores. Plus que le grand banditisme, on évoquait alors à leur propos des « affaires financières », sans que rien ne dépasse jamais en précision le stade de la rumeur. Il est cependant avéré que leur rayonnement débordait largement la région lyonnaise : implantés dans la capitale, ils s'intéressaient à certains pays d'Afrique de l'Ouest et visaient l'Europe.

Les Lothoz s'expatrient

« Malfaiteur d'habitude », comme on l'écrit encore en ce temps-là, Pierre Lothoz apparaît le premier dans les archives criminelles. Dès 1968, il est soupçonné d'entretenir des relations suivies avec des trafiquants d'héroïne, la drogue alors à la mode.

Neuf ans plus tard, un soir de bal de 14 Juillet, il est à la terrasse de Chez Edgar, rue Marbœuf, à Paris, en compagnie de son ami et associé Varsilias Anastasios, lorsque éclate une fusillade. Blessé au foie d'une balle qui lui était bien destinée, il a du mal à plaider l'accident. Les flics, d'ailleurs, ont leur petite idée sur les causes du litige qui les oppose, lui et son ami, à une bande de malfaiteurs corses : la protection des établissements de nuit du quartier des Champs-Élysées, déjà au centre des convoitises du milieu. C'est du moins ce qu'affirme un rapport rédigé par un policier de l'Office du banditisme en juillet 1977 :

« La fusillade de la rue Marbœuf est susceptible d'être le prologue d'une nouvelle série sanglante de règlements de comptes. La famille Lothoz serait en train de prendre la succession des frères Zemmour, sinon dans leurs affaires, tout au moins sur le plan de la réputation et de la dangerosité.

« Les excellentes "gâchettes" que sont les Lothoz ont été récupérées par un vieux malfaiteur, spécialiste du trafic des métaux, Varsilias Anastasios, qui espère étendre son influence. Dans un premier temps, les frères Lothoz se sont livrés à des opérations de racket dans le milieu des ferrailleurs, auprès de victimes désignées par Anastasios – qui est né dans la Loire en 1920. Par la suite, cette bande, qui aime bien tenir ses assises dans les établissements sélects des Champs-Élysées, a étendu ses activités en rackettant quelques night-clubs du quartier. Ils toucheraient des royalties sur le Club d'Artois, une "maison accueillante très spéciale", ou sur le Privé, une discothèque de la rue de Ponthieu.

« Le Privé vient cependant de faire l'objet d'un attentat à l'explosif, malgré leur protection. On croit savoir que cette action est le fait d'une bande de jeunes voyous du quartier de la Nation qui se sont vus, la semaine précédente, menacés de mort et mis à l'amende de 30 millions d'anciens francs. Mais ces jeunes malfaiteurs ne céderont pas. Ils n'ont rien à perdre et sont décidés à passer à l'offensive. La fusillade survenue Chez Edgar est la première manifestation d'un affrontement qui risque d'être sanglant. En effet, les adversaires des Lothoz seraient appuyés par des Corses, et non des moindres.

« On dit que les Lothoz se seraient attirés la haine des Corses, qui les tiennent pour responsables de la fameuse fusillade survenue il y a deux ans rue Notre-Dame-de-Lorette. L'enjeu était alors l'emprise sur le Grand Cercle de la rue de Presbourg. Poussés par Jacky Imbert [NDA : futur parrain de Marseille, très proche de Francis Vanverberghe], les Lothoz, désireux d'entrer au Grand Cercle, n'auraient pas hésité à s'attaquer au Laetitia, véritable fief corse, tuant plusieurs innocents. »

On se croirait dans une fiction, mais c'est bien ainsi que les services spécialisés lisent à cet instant l'histoire qui se déroule sous leurs yeux. Celle d'un Lyonnais qui se serait très vite imposé au sein du milieu parisien, sous le regard courroucé des concurrents corses, mais avec l'accord tacite des frères Zemmour (Juifs originaires d'Oran) et de quelques Marseillais. À part une condamnation pour défaut de permis, une autre pour grivèlerie et une troisième pour proxénétisme, Pierre Lothoz reste pourtant quasiment vierge aux yeux de la loi. Sabler le champagne dans les débits de boissons ne peut être répréhensible au pays des vignes reines.

La guerre sourde qui semble opposer les Lyonnais aux insulaires s'enrichit en 1978 d'un épisode supplémentaire. Un ami des Lothoz, propriétaire de deux bars à Lyon, a cette année-là la malheureuse idée de soustraire une prostituée à ses protecteurs corses, qui lui réclament une « amende » de 5 millions de francs [1]. Pierre Lothoz lui conseille de payer, mais les Corses, conduits par un certain Claude Campana, voient plus loin : ils ont la ferme intention de s'implanter à Lyon. Le coude-à-coude s'annonce brutal.

L'année suivante, le nom des Lothoz apparaît sur un petit morceau de papier découvert dans les sous-sols d'un immeuble de standing à Puteaux (Hauts-de-Seine). Un papier curieusement oublié au milieu d'un stock d'explosifs, de quelques « pains » de haschich et de plusieurs paires de fausses moustaches. Cela ne prouve évidemment rien, mais n'arrange pas leur réputation.

Dans leur fief lyonnais, les Lothoz surprennent par un train de vie confortable (ils fréquentent assidûment une bonne table de Collonges-au-Mont-d'Or) et la fréquence de leurs déplacements. Là encore, ils font dans la boisson. Pierre a monté la Société rhodanienne, spécialisée dans le négoce de vins et spiritueux, au sein de laquelle il est associé à un homme qui loue des jeux électroniques aux bistrotiers. Au catalogue, pastis Le Canut et whisky écossais. Ses démarcheurs ne sont autres que deux de ses frères, épaulés pour la circonstance par quelques anciens proxénètes. Leur plan de charge : placer leurs produits dans les débits de boissons et les établissements de nuit de la région. Mais Pierre Lothoz et son associé lyonnais voient au-delà. La « maison » livre jusqu'à Montauban (de la part

1. Environ 750 000 euros.

d'Anastasios, apparemment connu sur place), sans oublier la région dijonnaise, où elle casse les prix.

Avec leur esprit tordu, les flics voient dans cette activité une forme élaborée de racket, exercé sous un habillage commercial, mais tant que personne ne vient se plaindre, il n'y a rien à redire. Pierre n'est d'ailleurs pas du genre à se laisser enfermer dans un registre unique : avec la Société d'exploitation de brevets et licences, il fabrique aussi des meubles pour les grandes surfaces, installation comprise.

La passion pour Saint-Martin s'empare très tôt des Lothoz. Dès l'année 1980, Pierre et Michel sont dans l'île caribéenne. Les gendarmes, qui les suivent à la trace, croient savoir qu'ils exploitent un restaurant (La Madrague) et un dancing (Le Byblos). Pierre, qui s'agace des questions de la maréchaussée, n'hésite pas à expliquer à son interlocuteur que le contenu de son rapport lui sera transmis d'une manière ou d'une autre.

Mais ce ne sont pas tant les forces de l'ordre que craignent les Lyonnais : c'est plutôt la concurrence, aussi rude dans cette île que sur le pavé parisien, à en croire cette note rédigée par la PJ :

« La double appartenance hollandaise et française de Saint-Martin, ainsi qu'une situation fiscale particulière, fait de cette île une sorte de paradis pour malfaiteurs de tout poil. Leur présence n'est pas nouvelle, mais s'accentue et s'organise dangereusement face à la partie hollandaise, sous contrôle d'Italo-Américains détenant cercles de jeu, hôtels, bars et autres. Après le passage de deux des frères Lothoz, chassés par des contrôles intensifs de la gendarmerie, l'équipe dite des Nantais paraît actuellement la mieux implantée. »

Et l'auteur de rappeler que Nantes avait été, au cours des années précédentes, le théâtre de très importants vols à main armée, ceci expliquant sans doute cela : ils avaient de l'argent à placer. Des Corses n'allaient pas tarder à frapper à leur tour aux portes de l'île, des projets de cercles de jeu et des plans d'hôtels plein les mallettes, l'œil rivé sur la future marina dont bruit alors le Tout-Saint-Martin...

C'est cependant à Lyon que les Lothoz subissent leur premier vrai revers, en 1983, lorsque la 6e chambre correctionnelle condamne Bernard à six ans de prison, Michel à trois ans, de même que Jean-Claude, pour « extorsion de fonds ». Raison invoquée par le tribunal : les trois frères auraient été surpris en train de récupérer 10 000 francs[1] auprès d'un exploitant de machines à sous. Les peines sont allégées en appel, mais Jean-Claude est rattrapé trois ans plus tard pour une banale escroquerie qui lui coûte à nouveau trois ans de prison. Les frères sont alors tous sur la première marche de l'exil, l'un vers l'Asie, l'autre vers l'Amérique latine, un troisième vers l'Espagne, où ils vont tenter de se faire oublier de la police française.

Mais la PJ veille sur ses archives et cultive ses classiques. C'est ainsi qu'en 2003, à la suite d'un renseignement, elle se remet sur le dos de Pierre Lothoz. Il serait de passage en France, plus précisément dans la région lyonnaise, pour « affaires ». Les services chargés du trafic international de stupéfiants voient-ils juste lorsqu'ils prêtent à cette famille un rôle important dans ce secteur ? On voudrait le vérifier. En effet, ce n'est pas parce que vous êtes un ancien bandit que vous devez le rester toute votre vie. Ni parce que vous êtes bien placé sur la route de la drogue, celle de l'héroïne asiatique comme celle de la cocaïne colombienne, que vous êtes un acteur de ce marché. D'ailleurs, les écoutes téléphonique ne donnent rien.

1. Environ 1 500 euros.

L'enquête se raccroche à un homme qui passe pour jouer les blanchisseurs du milieu : un Lyonnais connu pour escroquerie et fausse monnaie, ancien assureur parti s'installer à Nice dans les années 70. Un homme vivant simplement et sobrement, ni flambeur ni fêtard, dont le seul hobby serait le montage d'opérations financières sous des noms d'emprunt à partir de sociétés fantômes. Plusieurs éminents membres du grand banditisme ravitailleraient ce personnage en liquidités, sous le contrôle d'un vieux parrain surnommé « la Bricole », né à Lyon mais installé à Toulon, assez ancien dans le métier pour avoir connu les jours glorieux de la « French Connection » – cette époque où le banditisme marseillais exportait l'héroïne à la tonne vers les États-Unis.

Sauf que, là encore, l'information ne peut être creusée. Comme si les frères Lothoz étaient désormais hors d'atteinte. Ne clamaient-ils pas, d'ailleurs, qu'ils n'avaient plus rien à se reprocher ? Pierre avait autant qu'un autre le droit d'habiter un appartement de grand luxe à Copacabana ! Et de recevoir là-bas qui bon lui semblait !

« Alain Delon » en Espagne

Patrick Laurent, né en 1948, a grandi avec des jeunes de Villeurbanne et de Vaulx-en-Velin, souvent d'origine algérienne ; avec l'âge, il s'est mis à côtoyer quelques grands noms de la région comme Jean-Pierre Gandebœuf et Jacques Grangeon ; à l'instar de beaucoup de bandits lyonnais, il a ensuite noué des liens dans le Midi avec des Marseillais et des Niçois. De quoi faire tourner proprement sa « boutique »... sauf que la réalité est toujours un peu plus compliquée que la chanson.

Son premier coup important est assez mal ficelé, à

moins que la police ne soit particulièrement bien faite à Lyon. Nous sommes en 1978. Ses complices s'appellent « Kéké », « Minou », « Mao » ou « Abdou » : des jeunes de Villeurbanne catalogués « NA » – pour Nord-Africains. Ils tournent autour d'un bureau de poste et pistent des fourgons avant de se rabattre sur une banque. Petit butin, grosses erreurs : en quittant les lieux, un jeune dérape avec sa moto. Un homme s'approche pour le ceinturer. L'accidenté sort son pistolet, appuie sur la détente, mais l'arme ne répond pas. Il repart en courant, achevant dans la débâcle une opération mal commencée : lorsqu'ils avaient réclamé les clefs du coffre, le caissier avait refusé, laissant le temps à ses collègues de déclencher l'alarme.

Le lendemain, sur un parking de la ZUP de Vaulx-en-Velin, la police découvre deux motos, deux casques, deux cagoules fabriquées avec des manches de pull. L'Antigang s'en mêle et retrouve les propriétaires de ces objets. Patrick Laurent figure parmi eux. Chez lui, la fouille se révèle fructueuse. Outre plusieurs liasses de billets, on y découvre l'adresse d'un garage dans lequel on tombe sur le reste des pulls découpés. La caissière de la banque enfonce le clou : elle reconnaît sa manière de classer les billets. Reste cependant à démontrer qui, au sein de l'équipe, a vraiment participé au hold-up...

L'acte II se joue dix ans plus tard. Ses yeux clairs légèrement bridés valent à Patrick Laurent un pseudo cinématographique : « Alain Delon » ; ses amis l'appellent aussi « Petite Patte » ou « Pelo » (« cheveux », en espagnol). Il pratique les sports d'hiver et le tennis, ne sort jamais sans sa carte de l'académie de billard de Lyon, et adhère fidèlement au New-Gym-Club. Quand il n'entretient pas sa musculature, on peut aussi le voir jouer aux cartes dans un modeste bar de Vaulx-en-Velin.

Pour la façade, l'homme au visage d'acteur est inscrit aux Assedic, rubrique « chaudronnier ». C'est par raccroc que les policiers s'aperçoivent qu'il a déjà un pied en Espagne, où on le retrouve mêlé à l'un des derniers enlèvements imputables au milieu français, en novembre 1987 : celui de la petite Mélodie Nakachian, âgée de quinze ans, fille de la chanteuse coréenne Kimera et de l'homme d'affaires libanais Raymond Nakachian.

Lorsque, dans le cadre de l'enquête, le Clermontois Jean-Pierre Gandebœuf est interpellé dans une brasserie lyonnaise, il n'est pas seul : Jacques Grangeon est attablé à ses côtés, de même que Patrick Laurent, le plus jeune de la bande, qui n'est aucunement inquiété par la justice.

Un bref face-à-face avec les policiers, en février 1989, indique que le jeune homme ne perd pas la main. Il opère en effet une « manœuvre non naturelle », à la vue d'une patrouille, avant d'abandonner sa voiture, trois armes de poing, une carabine, plus de 20 000 francs[1] et son ami Mohamed, dit « Ninou ». Le genre d'incident qui entretient une réputation !

L'année suivante, « Alain Delon » est interpellé en Angleterre non loin d'un immeuble de la Brink's, en compagnie de deux Français dont les noms ne disent rien à Scotland Yard, mais dont le comportement a été jugé « troublant » par un bobby consciencieux. Jacques Sordi et Antoine Cossu, qui flânent en compagnie du Lyonnais dans cette banlieue de Londres, sont des quasi-notables à Nice et à Marseille, où ils ont grandi et se sont affirmés.

1. Environ 3 000 euros.

À partir de là, Patrick Laurent préfère visiblement mettre des kilomètres entre les flics lyonnais et lui : il vend à la fois le bar de son épouse et son appartement à Villeurbanne. Loin des cités, où il conserve ses amis, il passe au registre supérieur.

Au milieu des années 90, il s'active en direction du petit archipel des Comores, ancienne colonie française où l'on observe un curieux ballet d'hommes d'affaires. Tous connus des archives policières, rayons « banqueroute » ou « abus de biens sociaux », ils parlent raffineries, prêts et implantation de complexes hôteliers avec le fils d'un ancien président comorien. Constituent des sociétés communes avec des Français circulant sous couvert de passeports diplomatiques africains. Ouvrent des succursales à Malte, île relais où l'on est moins regardant sur le profil des acteurs économiques, pourvu qu'ils acquittent leurs taxes... Tandis que paraît à Paris une revue à la gloire des Comores, Patrick Laurent hérite provisoirement du titre de « fondé de pouvoir » d'une société d'études, d'ingénierie et de marketing...

Mais c'est en Espagne que le Lyonnais semble prospérer avec le plus de bonheur. On le signale en 1995 à Alicante. En mai 1996, il sollicite un permis de séjour auprès des autorités de Marbella. Les stupéfiants sont son nouveau domaine. Rejoint-il l'une de ces équipes françaises qui font leur beurre en braquant les stocks de shit chez les grossistes de la Costa del Sol ? Est-il au contraire de ceux qui passent des nuits à scruter l'arrivée de la cargaison sur la ligne noire de la mer, à hauteur du détroit de Gibraltar ? Les premiers détériorent la réputation des *Franceses* dans le coin ; les seconds concourent directement à la santé de l'économie marocaine...

Tandis qu'un juge d'Aix-en-Provence voudrait l'entendre dans une affaire de séquestration liée aux stupéfiants, un contrôle de routine, au péage de Bénidorm (Espagne), au printemps 1999, dérange fortement le Lyonnais et son équipe. « Jacky », considéré comme son principal associé, est arrêté au volant d'une Audi volée en Suisse. Silencieux durant sa garde à vue, « Jacky » est en revanche appelé avec insistance par deux numéros aussitôt consignés par les policiers espagnols ; or il appert qu'ils sont attribués à deux personnes circulant dans le pays sous de fausses identités. L'enquête en reste là, mais l'alerte est assez chaude pour que les trois inséparables complices se volatilisent.

Aux dernières nouvelles, les années 2000 auraient propulsé « Alain Delon » dans cet ailleurs où les professionnels hexagonaux savent pouvoir trouver refuge et soutien auprès de nombreux exilés : le Brésil.

Depuis lors, d'autres Lyonnais, nettement plus jeunes que lui, sont activement recherchés en Espagne. Ils s'appellent Salim, dit « Playstation », Jamel, dit « le Bigleux », Kamel, « Aldo » ou « Zouzou ». Ou encore Salah Manser, un garçon qui a fait ses classes dans le quartier populaire de la Croix-Rousse, a tourné autour de quelques banques et rêvé d'arracher un distributeur de billets, avant d'aller affronter le milieu tumultueux, violent et très international du cannabis sur la Costa del Sol. Certainement savait-il qu'il y retrouverait des amis, à commencer par Mohand, alias « Tony », dont les affaires prospéraient à Fuengirola, lui qui avait des clients à Londres, Manchester, Liverpool, Bruxelles, Paris, Lyon, mais aussi en Italie [1].

---

1. Selon les calculs effectués par la PJ, le seul relais de ce trafiquant, dans la région parisienne, à Argenteuil, tournait avec un chiffre d'affaires annuel de 42 millions de francs, soit quelque 6,5 millions d'euros.

Des Corses aux Manouches : les guerres de Grenoble

La saga du banditisme grenoblois se lit comme un livre d'histoire : on ne peut déchiffrer une photographie récente sans prendre connaissance des épisodes précédents. La mise en perspective que proposait un policier dauphinois avait à cet égard le mérite de la clarté. Extraits :

« Peu après la Deuxième Guerre mondiale, les Corses étaient solidement implantés dans le milieu du banditisme grenoblois. Cependant, les Italiens, installés depuis au moins une génération dans certains quartiers (Saint-Laurent, Fontaine, rive gauche de la vallée du Grésivaudan), commencaient à grignoter cette suprématie.

« Les Italo-Grenoblois, plus nombreux, reprirent au début des années 70 les affaires de racket, les bars de nuit, et contrôlèrent la prostitution. Au cours de l'année 75, une partie d'entre eux, sous la conduite de Michel Luisi, se rendirent également maîtres de la Côte d'Azur (de Nice à Antibes), en contrôlant notamment prostitution et bars de nuit. Cette guerre s'est achevée avec l'assassinat, à Grenoble, du Corse Gavin Coppolani et de son cousin François, en 1983.

« Dans le même temps, les Gitans sédentaires issus du quartier de l'Abbaye commencèrent à faire régner leur loi : braquage de banques, de bijouteries, gros cambriolages [...]. Les deux frères Jean-Pierre et Robert Maldera, d'origine italienne, se révélaient être les meneurs de ce milieu local... »

Un épisode survenu le 5 août 1981 contribue fortement à asseoir la crédibilité de ces derniers. Deux hommes, Michel Castiglion et Jacques Charousset, s'attardent ce soir-là, après la fermeture, dans les murs d'une discothèque grenobloise, le Drac Ouest. Lorsqu'ils prennent enfin place à bord de leur voiture garée sur le parking, ils essuient une dizaine de coups de feu. Castiglion parvient à démarrer, mais se voit rapidement rejoindre par une Renault 16 d'où partent de nouveaux coups de feu. Charousset, qui saute en marche, est achevé sur la chaussée ; le conducteur trouve la mort en allant percuter un arbre.

Les deux victimes ne sont pas inconnues. Charousset exploitait un bar à Grenoble où il avait récemment eu des ennuis avec des voyous locaux ; il en avait même tué un, venu vandaliser son établissement. Castiglion, qui œuvrait dans les machines à sous, était l'un des chefs des Italo-Grenoblois.

Certains évoquent une vengeance des Corses, sauf que ceux-ci démentent fermement. L'inquiétude est telle chez les patrons de la nuit grenobloise que trois d'entre eux, l'Italo-Grenoblois Michel Luisi, le Parisien Norbert Solaro et le Grenoblois Jacques Barresi, décident de se réunir en septembre 1981. Leurs soupçons, comme ceux des policiers, visent les frères Maldera. Charousset les avait ouvertement accusés de lui avoir envoyé des « vandales » pour le racketter. Quant à Castiglion, les Maldera avaient tout lieu de penser qu'il n'était pas étranger à la fusillade qui s'était déroulée sur le même parking, devant la même discothèque, en 1979 : une fusillade au cours de laquelle Robert Maldera, tout juste âgé de vingt ans, avait été blessé à la jambe – quant à celui qui l'accompagnait ce jour-là, il avait été tué. Une lecture que seul Jacques Barresi ne voulait pas partager : lui mettait le décès de Castiglion et Charousset sur le compte de la fatalité. Ce qui ne l'empêchait pas d'envisager sérieusement de quitter Grenoble et de rejoindre son père à Marseille.

La domination des Maldera pouvait commencer.

Le père était né à Corato, dans les Pouilles, région du sud de l'Italie. Passons sur Claude Maldera, l'un des fils, rapidement recruté comme employé municipal par la mairie de Grenoble. Robert Maldera était incontestablement le plus entreprenant de la fratrie. On l'appelait « le Boiteux » depuis les balles essuyées en 1979. Il devient « Quatre Doigts », en 1989, lorsqu'il se coupe une phalange avec ses dents et l'expédie à un juge d'instruction pour protester de son innocence (il était soupçonné d'avoir fomenté l'enlèvement d'une prostituée à Paris). Entre-temps, il a été sérieusement mis en cause après la mort d'un Italo-Grenoblois, s'est illustré dans de nombreuses bagarres et a fait la connaissance d'un Manouche de Romans (Isère), un certain Albert Rémond, lequel sera assassiné en 1996 pour avoir un peu trop rançonné la communauté des gens du voyage [1]... L'affaire qui lui a valu d'être incarcéré le place au cœur d'une présumée association de malfaiteurs rassemblant les plus célèbres des Manouches, dont Serge Lepage et quelques-uns de leurs amis, comme les frères Jamel et Nordine Benali [2], pas encore passés des faubourgs de Paris à ceux de Marbella, ni de vie à trépas. Un carnet d'adresses sérieux auquel il convient d'ajouter les « locaux » comme Roger Mouret, autre « voyageur », de onze ans son aîné, que l'on retrouvera dans le Midi, et les membres de sa famille, dont son frère Jean-Pierre, avec qui il partage plus que le sang : la volonté de régner sur les nuits iséroises, leurs machines à sous, leurs filles de joie. Un combat qu'il reprend dès sa sortie de prison.

1. Une affaire évoquée au chapitre 2.
2. Respectivement cités aux chapitres 4 et 3.

Les frères Maldera aux commandes dans l'Isère

Les années 90 ressemblent aux années 80 : les morts violentes rythment le travail des médecins légistes grenoblois, et le Drac Ouest voit encore tomber deux hommes au pied de ses murs.

« Depuis très longtemps, le milieu du banditisme grenoblois se distingue par sa violence meurtrière, note un policier chargé de commenter cette série. Après la longue guerre qui a opposé les Corses de Grenoble aux Italo-Grenoblois, une autre vague de règlements de comptes a commencé avec l'émergence d'une nouvelle génération de malfaiteurs. Ces individus, après quelques premiers pas dans la petite délinquance, sont rapidement passés aux cambriolages, au proxénétisme et aux vols à main armée. Ils se sont révélés particulièrement violents. »

L'auteur pointe à son tour le doigt en direction de la « bande de l'Abbaye », quartier où se côtoient Manouches sédentarisés et familles modestes d'origine italienne. Il fait remonter très loin le déclenchement des hostilités : à ce jour de 1977 qui vit l'assassinat de Francis Rubio, un Italo-Grenoblois qui avait eu le mauvais goût de vouloir récupérer « sa » prostituée, passée sous la coupe de la concurrence. Les amis du mort ayant imprudemment annoncé leur volonté de vengeance, l'équipe adverse avait pris les devants en signant dix jours plus tard un triple meurtre à la sortie d'une boîte de nuit de la rue Saint-Laurent, Chez Papa...

« Affaires non résolues », prend soin de noter le rédacteur du rapport qui tire cependant quelques enseignements de ces meurtres à répétition : « La plupart du temps, écrit-il, un traître permet à une équipe de surprendre ses adversaires, ou bien une “chèvre” les attire dans un guet-apens, ce qui entraîne de nouvelles vengeances. »

Nous ne sommes pas en Corse ni en Sicile, pas même à Marseille, mais bien sur les bords de l'Isère...

L'insaisissable Robert Maldera laisse quelques traces derrière lui. En 1994, il est de nouveau à Paris où il a des soucis pour usage de cartes de paiement contrefaites, preuve qu'il ne se laisse pas enfermer dans une mono-activité. En 1995, gendarmes et policiers s'allient dans l'Isère et ciblent pas moins de cent cinq débits de boissons derrière lesquels ils voient la main du clan manouche.

En 1996, Robert Maldera se frotte à Roger Mouret, l'autre caïd du quartier de l'Abbaye, avec qui il semblait jusque-là vivre en bonne entente. Motif de l'embrouille : Mouret veut la peau de l'un des rares Italo-Grenoblois survivants et que Robert Maldera a justement l'intention de recruter. Dans la lutte qui se joue pour le contrôle de Grenoble, mais aussi d'une partie de la Côte d'Azur, l'un des deux hommes doit visiblement dominer l'autre...

En 1997, c'est la promotion : à sa sortie d'un bref séjour en prison, Robert Maldera intègre le fichier spécial de la répression du banditisme ; chaque passage de frontière, chaque contrôle fera désormais l'objet d'une petite note de synthèse. Son frère Jean-Pierre, lui, y figure déjà depuis deux ans. Il l'avait aussi devancé dans le domaine des mutilations : quatre ans avant lui, il s'était coupé une phalange, cette fois à l'aide d'un couteau de cuisine, pour dénoncer « une prise d'otage de la justice ».

« Au fil des années, écrit un policier, les deux frères se sont fait une place dans le milieu du banditisme par leur dangerosité et leur sens de l'organisation. » Ils sont aussi très mobiles, puisqu'ils repoussent les limites de leur territoire jusqu'aux murs d'Avignon.

Aux dernières nouvelles – amusante coïncidence... –, les tombeurs des Italo-Grenoblois se retrouvaient volontiers au Milan, bar dont le nom devait leur rappeler quelques souvenirs. Leur survie économique passait désormais par des alliances plus ou moins forcées avec les jeunes « princes » de la drogue dont l'envergure était proportionnelle aux dividendes accumulés.

L'appât du gain allait-il engendrer une nouvelle vague meurtrière ? Roger Mouret avait pris les devants depuis longtemps : il s'était retiré sur la Côte et prospérait entre Nice et Marseille, le pays de cocagne du banditisme français. Les deux frères, eux, ont vu plus de cent cinquante policiers fondre sur eux, le 6 décembre 2004. L'enquête couvait depuis ce jour de juillet 2000 où une jeune femme s'était plainte d'une tentative d'extorsion de fonds en désignant « des bandits italo-grenoblois ». Des moyens considérables avaient été mis en œuvre pour tenter de confondre Robert Maldera et son présumé homme de main, Jean-Bernard Giuliano, désignés par la plaignante. Mais ce que l'on cherchait, c'était à étayer ce que les policiers isérois croyaient bel et bien détecter : l'emprise des frères Maldera sur le banditisme grenoblois.

Au cours de cette opération, près d'une cinquantaine de personnes ont été arrêtées à Grenoble, Valence, Dijon et Vincennes. Quatre armes de poing, cinq fusils, quelques grammes de cocaïne, un paquet de faux billets, deux lingots d'or, neuf machines à sous, des piles de tickets-restaurant et de chèques-vacances ont été saisis, mais Robert Maldera est passé entre les mailles[1]. La justice a cru devoir se rabattre sur sa compagne, dont l'arrestation a été aussitôt dénoncée comme une « vengeance » par l'avocat de la famille, le Grenoblois Bernard Rippert. Lequel ne s'est pas gêné, avec l'énergie qu'on lui connaît, pour stigmatiser un « dossier vide ».

1. Son frère, Jean-Pierre Maldera, arrêté en décembre 2004, a été libéré le 14 juin 2005 sur décision de la cour d'appel de Lyon, laquelle a fait savoir, deux semaines plus tard, qu'elle annulait l'ensemble de la procédure pour vice de forme, réduisant du même coup à néant quatre ans d'enquête. À partir de cette date, les frères se sont éloignés de Grenoble, fuyant une guerre entre deux équipes de trafiquants de drogue qui laissera sept jeunes sur le carreau.

9.

Marseille et ses parrains

Jacques Imbert, dit « le Mat » : moins résistant, tu meurs !

Papy fait de la résistance : si le titre n'était pas revendiqué par d'autres, il irait comme une tenue de pêcheur à Jacques Imbert. L'homme, né en 1929, est certainement, dans le paysage marseillais, le plus ancien dans le grade le plus élevé. Lorsqu'il fut mis en cause à Paris, en 1963, pour vol simple (sa première trace officielle), bon nombre de ceux qui comptent aujourd'hui dans les parages du grand port méditerranéen n'étaient pas sortis des jupes de leur mère. Sa longévité surprend d'autant plus que l'on se « fume [1] » avec plus de flamme qu'ailleurs, dans ce Midi qui bat tous les records en matière de règlements de comptes. Serait-il plus rusé que les autres ? Ou plus inconscient ? Ou simplement plus fort ? Les surnoms dont on l'affuble apportent un élément de réponse. Ses amis, et par extension les flics, l'appellent « le Matou », « le Pacha », « Jacky le fou » ou « Jacky le Mat ». Avec ses yeux bleus et ses cheveux blancs, celui qui cherche depuis des années à passer pour un paisible retraité,

1. Se fumer : se tuer.

rangé de toute activité criminelle, reste un défi à cette loi de la pesanteur qui couche la plupart des grands bandits avec une bonne longueur d'avance sur l'horloge biologique.

Un montage photo restituant toutes les vies de Jacques Imbert verrait défiler la plupart de ceux qui ont inscrit leurs noms dans les archives de l'Évêché, comme on désignait avec une certaine religiosité le fief de la police marseillaise, installé en bordure du Panier, le quartier populaire où un grand nombre de voyous locaux ont fait leurs classes.

Jacques Imbert aurait commencé dans la carrière sur la rive sud de la Méditerranée en fournissant des filles à l'un des patrons de la nuit oranaise. Les parrains algériens l'auraient prié de renoncer à ses grandes ambitions et de prendre le bateau. C'est à ce moment-là qu'il serait devenu l'un des lieutenants d'un chef de bande marseillais, un certain « Tany », âgé d'une trentaine d'années et promis à un avenir magnifique au côté de son demi-frère, appelé « Jeannot ». Un bon choix, puisque ces deux hommes, de leurs vrais noms Gaétan Zampa et Jean Toci, allaient régner plusieurs années sur le département.

Officiellement, « le Mat » monte un camping dans le Gard. Ce qui n'empêche pas la documentation criminelle de l'enregistrer comme cambrioleur et souteneur à la fin des années 60. Et de noter ses déplacements nombreux sur la Côte d'Azur, ses passages en Corse, où il se rend à bord d'un Chris-Craft immatriculé sous le nom d'une bataille : *Iéna*.

Loin de s'enfermer dans un espace géographique restreint, Jacques Imbert est de ceux qui cultivent intensément la présence marseillaise à Paris. Il fréquente un hôtel de la rue d'Amsterdam, correspond assidûment avec une danseuse et se montre à Pigalle, où il honore un établissement réputé, le Fifty. On le voit également au bowling du bois de Boulogne, l'un de ses lieux de rendez-vous privilégiés, mais son point de chute favori est un bar qui appartient à la légende du banditisme parisien : le bar des Trois Canards, situé 48, rue La Rochefoucauld, en plein Pigalle, où tient conférence la bande du même nom, dont il est présenté comme le membre « le plus actif et le plus dangereux ». Une bande très méditerranéenne, soupçonnée de faire aussi bien dans le hold-up que dans le racket et le trafic de stupéfiants.

« Dangereux » au pied de la tour Eiffel, il est également perçu comme tel à Marseille, où les indics se coalisent bientôt pour lui imputer le meurtre du puissant Antoine Guérini, le 23 juin 1967. La réponse, dit-on, à un autre meurtre, celui d'un ex-commissaire de police passé dans le « mauvais » camp, sur fond de racket des bordels clandestins.

Ce n'est pas le premier cadavre que l'on attribue au « Mat », déjà recherché comme témoin, en 1956, après le meurtre, dans le bois de Boulogne, d'un souteneur poétiquement baptisé « Nino le Guitariste ». Sans oublier qu'il a été présenté comme l'un des éventuels auteurs des coups de feu tirés, le 14 avril 1963, contre Jean-Baptiste Andreani, « attaché à la direction » du Grand Cercle, célèbre maison de jeu de la rue de Presbourg, à Paris.

Les années 70 voient Imbert prendre du poids. Il se dit ferrailleur, commerçant ou mécanicien, exerce comme courtier en vins, puis comme conducteur de poids lourds, mais c'est pour port d'arme que la PJ l'arrête. Une peccadille au regard de l'honneur que lui font les Américains en le faisant figurer en bonne place sur la liste qu'ils transmettent à leur ambassade parisienne : celle des membres présumés de la

French Connection, grands passeurs d'héroïne devant l'Éternel.

On quitte Imbert à Montpellier pour le voir réapparaître à Nîmes ou à Cavaillon, où son fils, jockey, gagne une course en 1972. Le début d'une passion pour la race chevaline ? Il s'occupe cette année-là de chevaux de course dans un haras du Var. Et comme le sabot du cheval dissimule parfois des trésors inattendus, une note du 27 février 1975 le dit « employé par l'acteur Alain Delon pour l'entraînement de ses trotteurs et comme conseiller technique pour certains de ses films ». Il n'est plus ferrailleur, mais driver ! Il est surtout aux portes du show-business, dans l'ombre de l'une des belles gueules du cinéma français.

Cette vie en apparence assez paisible bascule dans la violence le 1er février 1977. Ce jour-là, Jacques Imbert sort de chez lui vers 13 h 15, accompagné de son épouse. Il se rend de son côté au Cendrillon, un bar de Cassis où l'attend une partie de cartes longue comme un après-midi d'hiver. Vers 20 heures, après un appel de sa femme, il quitte les lieux et rentre chez lui. Des tueurs l'accueillent en tirant sur lui plusieurs balles devant son domicile alors qu'il descend de sa voiture. Touché au pied, à la mâchoire, au bras et à la poitrine, il a le choix entre une chance démesurée et la protection de la Bonne Mère : il en sort vivant.

Sollicités un à un par les enquêteurs, ses voisins décrivent un homme « rangé » qui formait avec « Cléo », épousée en troisièmes noces, « un couple sans histoire ». L'essentiel de ses activités consistait apparemment à jouer aux cartes avec ses amis dans les bars de Cassis ou de Marseille. Son train de vie paraissait cependant en décalage avec ses ressources affichées : il avait notamment acheté un troisième bateau, deux ans plus tôt, un yacht de onze mètres baptisé *Kallyste*.

Lorsque les policiers relaient les médecins au chevet du blessé, quinze jours ont passé. Jacques Imbert soutient qu'il ne se connaissait aucun ennemi, d'ailleurs il n'était pas armé. Il ignore tout des motifs de ses agresseurs, dont il ne peut fournir aucune description précise, pas même leur nombre.

Les renseignements qui parviennent à l'Évêché vont cependant tous dans le même sens : cette tentative d'assassinat serait liée à un litige opposant Imbert au parrain Gaétan Zampa, dit « Tany », dont il fut quelques années plus tôt le « lieutenant ».

Piste n° 1 de la PJ : Imbert aurait « mis à l'amende » un ami de Zampa, qui aurait tenté une médiation avant d'employer la manière forte.

Piste n° 2 : Imbert aurait tenté de s'immiscer dans les casinos dirigés par Jean-Dominique Fratoni, né en 1923 dans un village de Corse-du-Sud (Cuttoli). Il aurait notamment mis son nez dans les affaires du Ruhl, le célèbre casino niçois dont Zampa assurait la protection avec un autre Marseillais, Jean-Pierre Roche, dit « Bimbo », qui sera abattu à Nice six mois plus tard.

Quel qu'en soit le mobile, les balles tirées contre « le Mat » marquent le début d'un véritable feu d'artifice. Après « Bimbo », c'est l'un des proches d'Imbert qui est tué dans sa villa, le 20 octobre 1977. Riposte dès le lendemain avec l'assassinat d'un homme du clan Zampa, Jean-Claude Regazzi, fauché par une rafale de mitraillette tirée depuis la vitre d'une Renault 4 non sans avoir eu le temps de vider partiellement son propre chargeur.

Ce ballet mortel est provisoirement interrompu le 30 novembre 1977, lorsqu'un coupé BMW est sifflé au hasard sur un boulevard de Marseille. À son bord, Imbert, un pistolet automatique et un revolver à la ceinture, accompagné de deux fidèles : Étienne Armao, un Marseillais de trente-six ans, et Georges Masia, dit « Jo », quarante-six ans. « Nous sommes venus filer le trac à quelqu'un », déclare posément Masia aux policiers. Le « quelqu'un », un ami personnel de Zampa domicilié non loin du lieu de l'arraisonnement du trio, n'a nul besoin qu'on lui fasse un croquis : il connaît la détermination de l'équipe adverse, qui, au printemps, avait traqué l'un de ses amis jusqu'aux portes du cimetière Saint-Pierre, où il était venu se recueillir sur la tombe de son fils (mort dans un accident). Aussi choisit-il de déménager très rapidement.

Le bilan provisoire penche en faveur du « Mat » : trois morts et un blessé dans son camp, cinq morts dans celui de Zampa. « Si aucune certitude n'a pu être obtenue quant aux raisons de cette "guerre", il ne semble pas qu'une accalmie soit envisageable à brève échéance », note un policier perspicace.

À sa sortie de prison, Imbert choisit habilement de se mettre au vert dans le Jura, où un ami du capitaine du port de Cassis lui a prêté une maison. Un impératif catégorique, car il dispose d'une équipe bien plus réduite que celle de son concurrent.

« Je suis amnésique et ne peux répondre à aucune de vos questions »

Cette nuit du 16 au 17 août 1981, le Mas d'Artigny, résidence de luxe située sur un terrain de quarante hectares entre La Colle et Saint-Paul-de-Vence (Alpes-Maritimes), affiche complet. Vers 2 h 30, trois hommes armés de revolvers font irruption dans le hall, attachent et bâillonnent concierge et gardien de nuit, puis attaquent le coffre-fort au chalumeau. Dépités par la bonne résistance du matériel, ils se tournent vers les petits coffres où les clients partis en croisière ont déposé leurs objets précieux. Ils en fracturent une quarantaine, avec à la clef un joli butin : plus d'un million de francs[1] en espèces et chèques de voyage, et une grande quantité de bijoux.

Trois mois plus tard, la PJ extrait des armoires le dossier Imbert, « noté » au fichier du grand banditisme depuis 1967 et l'époque de la bande des Trois Canards. « Le Mat » n'est plus dans le Jura depuis longtemps. Il fait sa vie dans la capitale, où Corses et Marseillais sont comme chez eux, les cercles de jeu bien en main. Le Quai des Orfèvres lui cherche d'ailleurs noise depuis qu'un renseignement lui impute une responsabilité dans un braquage perpétré à Saint-Laurent-du-Var le 1er novembre 1981. Les policiers parisiens le considèrent même comme « un malfaiteur d'une envergure peu commune, capable de monter les coups les plus audacieux sur tout le territoire national ». Une note émanant de la police criminelle italienne n'évoque-t-elle pas à son propos des relations entre un certain « Giach », se faisant appeler Vittorio Franchi, et des mafiosi de Milan et Palerme ? Les contacts de « Giach »-Imbert surprennent en tout cas par leur ampleur.

Aucun élément matériel ne relie vraiment le Marseillais et son équipe au braquage du Mas d'Artigny, mais la PJ interpelle plusieurs personnes à Marseille. Parmi elles, deux jeunes de vingt-deux et vingt-cinq ans, Claude Vergoby et Georges Tappero, que le veil-

1. Environ 150 000 euros.

leur de nuit de l'hôtel affirme reconnaître. Théophile Skillas, un proche du « Mat », vingt-neuf ans, est lui aussi arrêté en même temps qu'une employée du Nautic-Bar, quai de la Joliette.

Imbert, le plus âgé de la bande, est cueilli loin des eaux marseillaises, à Sées, petite ville de l'Orne équipée d'un chantier naval où il est justement en train de s'atteler à la construction d'un nouveau voilier. Alors que tous les autres nient farouchement toute implication dans le braquage, lui opte pour une attitude plus amusante : il se souvient de son nom et de sa date de naissance, mais pas du reste.

« Je suis amnésique et je ne peux répondre à aucune question », déclare-t-il aux policiers de l'Office du banditisme.

On le laisse reprendre ses esprits. Quelques souvenirs lui reviennent bientôt en mémoire. Il sait lire et écrire. Il a reçu une instruction primaire. Il est depuis six ans l'attaché de presse d'une société parisienne, Lola, qui gère les intérêts d'une discothèque à la mode, le Bus Palladium, située non loin de Pigalle et dirigée par son ami Richard Erman, né à Omsk (URSS) en 1942. Lui-même se montre de temps en temps dans la boîte « pour régler des problèmes de sécurité ». On note qu'après les coups de feu essuyés à Cassis il a par ailleurs touché une pension d'invalidité, mais les versements n'ont guère duré.

Un enquêteur douche le gardé à vue en lui annonçant brusquement qu'il est cité dans la procédure ouverte au sujet de l'assassinat du juge Michel, le 21 octobre 1981.

« Ce jour-là, répond l'imperturbable Imbert, j'étais occupé sur un chantier naval avec plusieurs ouvriers. D'ailleurs, cela doit faire au moins un an et demi que je ne suis plus allé à Marseille. Je suis juste descendu voir mon père à Montpellier, en août dernier, pour des raisons familiales. »

A-t-il au moins eu vent de cette exécution ?

« J'ai appris sa mort par la presse et je vous assure que je n'ai jamais vu le juge Michel de ma vie ! »

Les mots de la fin, après quoi les policiers n'ont plus qu'à laisser leur « client » rentrer chez lui. Et à se rabattre sur la seule connaissance féminine qu'ils lui connaissent, une certaine Françoise, qui dresse un portrait presque élogieux de ce compagnon avec lequel elle a partagé de délicieux moments.

Parisienne, gérante d'un magasin de fourrures et cuirs à Deauville, Françoise a connu « Jacky » deux ans plus tôt par l'intermédiaire du patron du Bus Palladium et de son épouse. Le galant roulait en Alfa Romeo et n'a pas hésité, au soir de leur première sortie, à lui offrir une cartouche de Marlboro et un briquet Cartier. Trois semaines plus tard, ils devenaient amants.

Connaissait-elle au juste la profession de son partenaire ?

« Il m'avait dit qu'il était attaché de presse, mais, quelques jours plus tard, je lui ai dit : Je sais qui vous êtes. J'avais été secrétaire au journal *L'Aurore* et je me suis souvenue l'avoir vu en photo dans un quotidien. L'article parlait de chevaux, et "Jacky" était l'entraîneur ou le driver des chevaux d'Alain Delon. Après ces quelques mots, nous n'avons jamais reparlé de son passé. » Pour tout dire, elle ne voyait vraiment pas cet homme mêlé au braquage dont lui parlaient les policiers : ça ne cadrait pas avec l'image qu'elle avait de lui.

La PJ sauve la vie du « Mat »

Un ami sûr à Aix-en-Provence, des habitudes à Montpellier, un vieux copain à Lyon, un autre en Ukraine, un Bastiais dans son jeu, sans oublier le patron russe du Bus Palladium et un Juif tunisien féru d'immobilier : l'insaisissable Jacques Imbert a des antennes partout. Ses séjours en prison, entre une journée et trois ans, sont assez brefs pour ne pas le couper de ses bases. Ses domiciles sont fluctuants. Ses points de chute vont du très chic hôtel de La Trémoille, à deux pas des Champs-Élysées, aux bars bigarrés de Marseille en passant par L'Apocalypse, une boîte parisienne branchée, et Saint-Tropez, où est amarré son nouveau bateau, le *Quo Vadis*...

Mais c'est dans la capitale phocéenne que le « parrain » en herbe fait son trou. Une ville où le suicide de Gaétan Zampa (dans sa cellule) a laissé un énorme vide, et où ses principaux rivaux tombent l'un après l'autre. Imbert ne fait pas dans le luxe : il vit dans un minuscule studio niché au-dessus de L'Ascenseur, un bar tenu par l'une de ses amies, Marie-Françoise S., née en Corse-du-Sud à la fin de la Première Guerre mondiale, dont la faible surface financière tranche avec les activités : elle gère également un établissement sur la corniche, Le Satellite.

Le partage de l'empire Zampa coïncide avec la sortie de prison d'un autre Marseillais, Francis Vanverberghe, dit « le Belge », qui vient de purger treize années de cachot pour trafic de drogue. Proche du défunt au temps de sa splendeur, il part désormais en chasse avec Jacques Imbert. Les débuts d'un tandem de choc qui va s'imposer bien au-delà de Marseille.

La police, pour le moment, compte les cadavres. Les plus significatifs à ses yeux sont ceux des frères

Hoareau, Libano-Marseillais plutôt ambitieux, et de Joseph Fabiano, un ancien de la French Connection. Elle tente surtout de suivre à la trace les deux prétendants au trône qui font surface en Corse-du-Sud durant l'été 1987, précisément à Cargèse, où les héberge leur vieil ami Charles Casta.

Cependant, las de compter les points, un juge d'instruction réclame bientôt l'audition de Jacques Imbert dans une affaire de proxénétisme. Une toute petite garde à vue... Sauf que l'on souhaite aussi l'entendre sur un dossier nettement plus lourd dans lequel la police... lui a sauvé la vie !

Tout a commencé avec l'enquête ouverte après l'assassinat, en 1985, d'un caïd marseillais appelé Paul Mondoloni. Cinq ans plus tard, la PJ passe à l'offensive : elle met hors d'état de nuire Jean Toci, dit « Jeannot », cinquante-sept ans, demi-frère de feu Gaétan Zampa et héritier légitime de ses « biens ». La perquisition effectuée à son domicile en juin 1990 montre qu'il était largement outillé pour répondre aux attaques : outre 3,7 millions de francs [1] en espèces, il conservait chez lui deux pistolets-mitrailleurs et un fusil.

Six fidèles associés [2] du demi-frère sont interpellés le lendemain dans leurs planques respectives, dissimulées dans des petites villes du Vaucluse et dans la région niçoise. Chez l'un d'eux, Charley Lecouls, est saisie une série de photos sur lesquelles on reconnaît Jacques Imbert et ses amis Roland Cassone et Georges Masia. Des cibles à abattre ? C'est l'hypothèse retenue par la police, qui ne veut pas croire au hasard d'un

1. Environ 550 000 euros.

2. Raphaël Raposo, Alain Paparella, Serge Martin, Charley Lecouls et les frères Jean-Claude et Denis Di Noia.

album de famille. Emmenés par l'héritier, ces hommes prétendaient en effet à une certaine hégémonie sur la région. Contrôlant déjà les machines à sous autour de l'étang de Berre et dans le Vaucluse, ainsi qu'une série de discothèques à Marseille et à Cannes, ils visaient plus large. C'est d'ailleurs l'imminence d'un acte criminel qui a poussé les policiers à précipiter leur opération. Des centaines de cartouches ne demandaient qu'à servir, et Jacques Imbert figurait apparemment en tête de liste. Il doit à l'Évêché une fière chandelle.

Homme à abattre dans le Sud, « le Mat » est rattrapé par ses activités parisiennes en juillet 1992. La gestion du Bus Palladium, la discothèque qui l'emploie, est au cœur d'une enquête de la Brigade financière, qui se penche également sur les comptes d'une parfumerie dont « le Mat » semble salarié. Le parcours de cet homme intéresse d'autant plus la Brigade qu'elle a déjà eu affaire à lui après la douteuse déconfiture d'un agent de change parisien, en mars 1988, sans pour autant l'« accrocher ».

Convoqué rue du Château-des-Rentiers, le fief des flics financiers, le Marseillais se présente cette fois comme chômeur. Depuis qu'il a quitté le « Bus », en 1989, il vit de l'allocation mensuelle versée par les Assedic. On attire cependant son attention sur un soupçon de détournement de fonds au préjudice de la discothèque et de la parfumerie. Les pertes, pour les deux entreprises, tourneraient autour de 70 millions de francs[1]. Une mise en examen pour abus de biens sociaux le guette, mais il ne serait pas seul en cause : les torts incomberaient à parts égales à son ami Richard Erman, pour l'heure en voyage d'affaires au Venezuela. On pourrait également le poursuivre pour

1. Environ 10 500 000 euros.

salaires fictifs, puisque l'on met en doute la réalité de ses prestations aussi bien dans la parfumerie qu'à la discothèque, même si les bulletins de paie ont été validés par les Assedic...

À ce stade, Jacques Imbert corrige : s'il n'a effectivement jamais contribué à la bonne marche de la parfumerie, il a en revanche bien été chargé de la sécurité de l'établissement de nuit dont il était aussi le « directeur des relations extérieures ».

Les dossiers financiers étant, comme on le sait, fragiles, « le Mat » s'en sort sans trop d'encombre. Il peut regagner la petite maison qu'il loue depuis plus d'un an sur l'île du Frioul, à quelques encâblures du Vieux-Port : un toit aussi discret que possible, sur un petit bout de terre où tout le monde se connaît. Une demeure à l'image d'un homme modeste qui a donc officiellement commencé sa vie dans la métallurgie, a poursuivi par un emploi dans les travaux publics, avant de finir sa carrière sur un chantier naval.

Jacques Imbert découvre la facture

Fin 1991, la découverte d'un stock d'armes de poing et de munitions dans un box des quartiers sud de Marseille met de nouveau la PJ sur la piste de Jacques Imbert. Dès les premiers examens, l'enquête s'oriente vers une très grosse équipe, comme l'écrit un policier dans une note de synthèse :

« Il est apparu légitime, au fil des investigations, de penser que certains règlements de comptes étaient en fait commandités par un "parrain" disposant de tueurs à sa solde. Très vite, les policiers focalisaient leurs surveillances sur les deux figures historiques du grand banditisme local, Jacques Imbert et Francis Vanverberghe, respectivement installés à Marseille et à Paris... »

À Marseille, les deux hommes semblent s'appuyer sur deux personnages de poids, André Cermolacce, trente-neuf ans, et Roger Spanu, trente-sept ans[1]. À leur solde, trois hommes de main d'une trentaine d'années, aussi efficaces que discrets. L'équipe, qui tient le haut du pavé, se voit bientôt créditée d'une dizaine d'attaques à main armée et d'autant d'assassinats, dont un certain nombre paraissent avoir un lien direct avec la prise de contrôle d'une discothèque d'Aix-en-Provence, le Rétro 25. La série aurait commencé avec la mort d'un employé de cette discothèque, le 18 octobre 1991, alors qu'il envisageait de racheter l'établissement. Elle se serait poursuivie avec l'élimination d'un proche dudit employé, le 3 mars 1992, puis avec celle du gérant de la discothèque, opposé à toute vente, six mois plus tard. Elle aurait vu tomber l'année suivante un homme qui entendait racheter le même Rétro 25 pour la somme de 2,6 millions de francs[2], tué le même jour qu'un garçon qui avait eu le malheur d'assister à une altercation sur le parking de la discothèque. Sans oublier le fils de l'un de ceux-là, tué par raccroc alors qu'il comptait venger son père. Une incroyable série qui ferait de cette boîte de nuit la plus coûteuse (en vies) de tous les temps. À condition évidemment que tout cela soit démontré...

En novembre 1993, la Brigade criminelle de Marseille croit y être parvenue. Ses membres fêtent comme il se doit le démantèlement de l'association de malfaiteurs « la mieux structurée de la ville ». À sa

1. Deux hommes dont il sera question au chapitre suivant.
2. Environ 400 000 euros.

tête, le tandem Imbert-Vanverberghe, alors respectivement âgés de soixante-quatre et quarante-sept ans...

Serait-on allé un peu vite en besogne ? À ce stade, les deux hommes ne risquent pas grand-chose. Mais l'enquête continue : « Jean-Marc Verdu, représentant les intérêts de l'équipe à Aix-en-Provence, gérant notamment de deux débits de boissons dans cette agglomération, s'est opposé aux acheteurs potentiels du Rétro 25, affirme à nouveau une note de la PJ. Tous les candidats ont été écartés. Les porteurs de parts ont été finalement contraints de voir la valeur de leur établissement passer de 3 millions à 1 million de francs. À la fin mars 1994, deux hommes de paille achetaient la discothèque pour la valeur du passif, soit 800 000 francs, plus 200 000 francs [1]. »

Plutôt convaincant, comme le fait que la série de meurtres se soit brutalement arrêtée après l'incarcération des trois tueurs présumés. De même, quelques éléments matériels paraissaient relier ces hommes à plusieurs vols à main armée commis dans la région. Mais cela ne suffit toujours pas. Malgré deux ans d'enquête et « un énorme travail de synthèse », les accusations s'effondrent l'une après l'autre pour ne laisser finalement subsister qu'une petite histoire d'extorsion de fonds... et d'improbables investigations sur des personnes appartenant au monde des affaires et de la finance, susceptibles d'avoir blanchi une partie de l'argent récolté.

« Lorsque l'on s'appuie sur un procès-verbal de police, lui-même corroboré par un procès-verbal de renseignement, lui-même étayé par les dires d'une source anonyme, on s'expose à déboucher sur un non-

1. Soit, au total, environ 150 000 euros.

lieu », enfonce l'avocat toulonnais Lionel Moroni, défenseur de l'un des tueurs présumés.

Les deux « figures » marseillaises ne sont pas longtemps inquiétées par ce séduisant puzzle. Du moins par la justice, car la vie ne leur sourira pas à tous avec la même persévérance : Jacques Imbert, l'éternel survivant, va enterrer l'un après l'autre ses amis, complices et autres obligés.

Tandis que les antennes de la PJ en Amérique du Sud croient bientôt détecter sa trace au Paraguay, son principal associé, Francis Vanverberghe, tombe sous les balles d'un tueur le 27 septembre 2000 à Paris [1]. Imbert est bien entendu présent aux obsèques, mais ne donne jamais le sentiment de vouloir venger le sang par le sang. Il se retire au contraire dans son cabanon du Frioul et joue plus que jamais les retraités.

Sauf que les indics ne respectent rien, pas même les personnes âgées. En juillet 2002, l'un d'eux raconte ainsi à la police que « le Mat » se serait associé à son fidèle ami russe, Richard Erman, et à un autre retraité, Sauveur Ruellou, pour importer un conteneur rempli de cocaïne.

Les policiers branchent oreilles et caméras et croient deviner, près d'un an plus tard, que l'équipe est en passe d'implanter dans la région marseillaise une usine de fabrication de cigarettes de contrebande, comme leurs prédécesseurs virent autrefois pousser les laboratoires de transformation de la morphine base. Des travaux sont apparemment en cours dans un hangar où plusieurs semi-remorques frigorifiques volés en Allemagne sont entreposés. L'arrestation fortuite, outre-Rhin, d'un présumé complice paraît stopper l'élan de l'équipe, mais la PJ lance tout de même son offensive :

1. Comme on l'a vu au chapitre 5.

pour voir, comme on dit au poker. Elle saisit des bijoux et plus de 270 000 euros, mais les personnes entendues nient tout rapport avec les stupéfiants, en particulier Jacques Imbert, qui proteste même vigoureusement contre le fait qu'on vienne le trouver pour une aussi banale affaire de cigarettes. Banale à ses yeux, peut-être, mais la justice semble vouloir saisir l'occasion pour lui présenter une facture devant laquelle il s'est toujours dérobé : il est condamné à quatre ans de prison ferme par le tribunal correctionnel de Marseille, le 14 décembre 2004. En l'absence de preuves matérielles dignes de ce nom, et convaincu de pouvoir arguer d'un casier judiciaire vide de toute condamnation, le « paisible retraité du showbiz » fait aussitôt appel et remporte la partie au finish, à la grande satisfaction de ses deux avocates marseillaises, Me Catherine Martini et Me Sophie Bottaï, heureuses de fêter les soixante-quatorze ans de leur client avec une relaxe.

« Francis le Belge » : n° 1 ou rien

Un jour, la juge Marie-Claude Pena, spécialiste du banditisme, fait extraire Francis Vanverberghe de sa cellule et le fait asseoir face à elle, dans son bureau du palais de justice.

« Dans un premier temps, lui dit-elle, je vais vous interroger sur le "bas", puis je vous interrogerai sur le "haut". »

Son interlocuteur ne comprend pas qu'elle va lui parler dans un premier temps de Marseille, avant de passer aux affaires parisiennes : il pense que la magistrate fait une distinction entre lui, qui serait le subordonné, et « le chef », en l'occurrence Jacques Imbert, incarcéré comme lui.

« Le n° 1, c'est moi ! » s'exclame-t-il, visiblement vexé.

Marie-Claude Pena le charrie un peu.

« Le Belge » insiste : « On va parler d'homme à homme, cette fois : je suis le n° 1 ! »

La juge cite l'extrait d'une écoute téléphonique dans laquelle Imbert a l'air de donner des ordres à Vanverberghe. Lui s'accroche, sans jamais baisser les yeux, avec ce visage carré et cet air décidé qui firent sa fortune lors de sa période « proxénète ».

« Francis Vanverberghe est, comme beaucoup d'autres, un pur produit du quartier de la Belle-de-Mai, véritable pépinière de truands, écrivait un policier dès 1973. Les amitiés le liant aux membres les plus connus et les plus respectés de ce quartier font de lui un individu extrêmement redoutable, n'hésitant pas à attaquer les forces de police. Dès l'âge de seize ans, manœuvre au chômage, il attire l'attention de nos services. Le 20 février 1964, il est arrêté pour vol à la roulotte. Quelques mois plus tard, il est écroué pour une affaire de proxénétisme. Libéré en mars 1966, il s'oppose violemment aux policiers qui procédaient dans un bar de la Belle-de-Mai à l'interpellation d'Antoine Cossu, recherché pour une tentative de meurtre... »

C'est le genre d'épisodes qui fondent une légende. Surtout quand, deux ans plus tard, le même personnage est appréhendé en Espagne, dans une ferme bourrée d'armes appartenant à un certain Laurent Fiocconi, dit « Charlot », un Perpignanais alors au cœur du trafic international de stupéfiants.

Sous l'œil de l'Office des stupéfiants, « le Belge » concurrence très vite les équipes de Gaétan Zampa et fait l'objet d'une première note d'Interpol qui le considère comme un acteur majeur du commerce d'héroïne en direction des États-Unis. Il s'oppose même directement au parrain marseillais au sujet d'une importante quantité d'héroïne (50 kilos) égarée dans d'étranges circonstances, dont « le Belge » exige si durement le remboursement que les autres, qui le considèrent comme « une bête furieuse », décident de l'éliminer « le plus tôt possible ».

À la fin des années 70, la PJ affine le portrait : « M. Vanverberghe est le deuxième enfant d'une fratrie de cinq. Son père, d'origine belge, est décédé au cours de sa première incarcération, intervenue alors qu'il avait dix-huit ans ; sa mère est d'origine espagnole. La condamnation à une mesure d'interdiction de séjour a sans doute donné peu de chances à M. Vanverberghe de se réinsérer, car elle le coupait de ses attaches familiales [*sic*].

« En possession de faux papiers, il a alors fait le choix de la marginalité [...]. En prison, où il purge une peine de quatorze ans, M. Vanverberghe espère avoir la possibilité de poursuivre ses études. Ses capacités intellectuelles semblent bien supérieures à son niveau actuel (certificat d'études primaires). »

Lorsqu'il est libéré, le 29 juin 1984, « Francis le Belge » a de l'ambition pour dix. Sur le terrain, ses amis sont toujours là, à commencer par Antoine Cossu, dit « Tony l'Anguille ». « Le Belge » s'était mouillé en 1966 pour le tirer des pattes des flics ; cette fois, c'est Cossu qui vient le chercher à la porte de la centrale, accompagné de quelques garçons solides, histoire de le préserver de ses ennemis, toujours là eux aussi.

Zampa est en effet au sommet de son art : avec son demi-frère, il a mis la main sur les bars et les cabarets les plus juteux de Marseille. Il rayonne jusqu'à Aix-en-Provence, où il tient la moitié de la ville. Le Mistral, considéré comme l'une des discothèques les plus courues de la ville ? Un rien provocateur, il a placé à sa tête un ancien homme de main de Vanverberghe. L'hôtel de France et son somptueux dancing à 450 francs[1] la bouteille de champagne, implanté à deux pas du Casino municipal ? Placé dans son orbite, il a été inauguré en présence de nombreuses vedettes de la chanson et de la télévision en novembre 1976. Dissimulé derrière la Société méditerranéenne de distribution de boissons, qui assure les fiches de paie de l'équipe, il visite les bistrots l'un après l'autre, les soumettant à un racket plus ou moins raffiné : gare à celui qui n'aime pas la bière Becker, dont il est le distributeur patenté dans la région !

« Le Belge » voit bien qu'il s'est fait souffler la vedette, mais cela ne dure pas très longtemps. Mis à mal par la PJ, au bord d'une lourde condamnation, Gaétan Zampa décide de se donner la mort dans sa cellule, le 16 août 1984. Merci qui ? Comme son ami Imbert avait été sauvé sur le fil, « le Belge » peut remercier les hommes de l'Évêché. Il n'a plus qu'à renouer tranquillement les fils avec ses anciens partenaires, et les affaires reprennent avec un petit air de French Connection bis. Ou du moins elles devraient reprendre, car la machine se grippe rapidement. À cause d'un repenti, le premier de l'histoire policière française, qui évente un projet prometteur : le transport de vingt kilos d'héroïne thaïlandaise aux États-Unis.

La série noire commence. Jean-Claude Kella, l'un des plus fidèles complices du « Belge », a des ennuis au Mexique. Alors qu'il mettait au point les conditions

1. Environ 70 euros.

d'achat d'une énorme quantité de cocaïne, il tombe en même temps que deux Corses, l'Ajaccien François Orsoni, fraîchement évadé de la maison d'arrêt de Toulon, et Jean Orsini, qui vient de purger dix ans de prison aux États-Unis... Puis c'est le tour de Francis Vanverberghe, arrêté en mars 1988 à la sortie d'un restaurant d'Ixelles, en Belgique. Toujours aussi élégant dans son costume bleu foncé, « le Belge » ne porte ce jour-là aucune arme sur lui, mais il s'en est fallu d'un cheveu qu'il échappe à la police : il avait dans sa poche deux billets d'avion pour l'île de Saint-Martin. En attendant, il vivait sous un faux nom avec sa compagne, logé par son ami « Marco », un Juif marocain repéré quelques années auparavant dans l'entourage des frères Zemmour, champions décimés de la pègre parisienne...

Retour à la case prison pour celui que la PJ considère comme « la figure la plus marquante du milieu français ». L'administration pénitentiaire est hantée par l'idée que ce détenu tentera forcément de s'échapper, avec ou sans complicité extérieure. La première alerte ne se produit cependant que quatre ans plus tard, en mai 1992. Alors qu'un indicateur laisse entendre qu'une évasion est imminente aux Baumettes, la prison de Marseille, une inspection des lieux permet de découvrir un barreau scié dans une cour de promenade du bâtiment D : celui où se trouve Vanverberghe, mais aussi François Checci, condamné à perpétuité pour l'assassinat du juge Michel.

Difficile de les confondre, mais ce petit sabotage aurait pu permettre à un détenu de s'évader par les toits avec l'aide d'un hélicoptère. « Le Belge » n'en avait cependant aucunement besoin : à force de recours, ses avocats obtiennent sa remise en liberté, en novembre 1992, moyennant une caution de 1,5 million de francs[1] dont la moitié payable sur-le-champ.

« Francis le Belge », ultime embellie

Les choix de la PJ ont souri au prisonnier Vanverberghe comme ils avaient souri à Imbert : Jean Toci, le demi-frère de Zampa, a été interpellé au mois de juin 1990 alors qu'il annonçait la mort prochaine des plus proches alliés du « Belge ». Un service que ce dernier n'aurait jamais osé demander et qui lui laissera le temps de mûrir sa vengeance : au nom de la légitime défense, Jean Toci sera abattu à Istres sept ans plus tard...

En attendant, conscient du fait que la police a misé sur son clan pour en décimer un autre, « le Belge » occupe l'espace. On le voit en envahisseur dans les Alpes-Maritimes, tandis qu'il lorgne sur le Var, orphelin de son parrain, Jean-Louis Fargette, assassiné en 1993 dans son repère italien. Jeux clandestins, prostitution, boîtes de nuit, rien n'échapperait à l'emprise combinée de ce grand bandit et de son allié, Jacques Imbert. Sauf que les deux hommes sortent à peu près indemnes, on l'a vu, de la vaste opération lancée par la police en novembre 1993.

La PJ, assez dépitée, tente malgré tout de ne pas perdre leur trace. Elle s'accroche aux femmes, notamment à la mère du « Belge », auprès de laquelle il lui arrive de se manifester. Mais c'est le parrain qui marque le point suivant : pour cause de lenteur de la justice, il récupère la caution de 1,5 million de francs versée lors de sa libération, augmentée de 85 000

1. Environ 230 000 euros.

francs[1] accordés par la Cour européenne de justice pour « durée non raisonnable de la détention préventive » ! Une victoire qu'il ne se prive pas d'accompagner d'un coup de pub (un don à l'abbé Pierre) et d'un nouveau pied de nez : une relaxe dans la fameuse affaire des vingt kilos d'héroïne.

« C'est malin, il va falloir lui rembourser ses frais ! » griffonne un flic plein d'humour au bas de la note qu'il consacre à cette mauvaise surprise.

Combien d'hommes œuvrent sous les ordres du tandem Imbert-Vanverberghe ? Une centaine, selon les estimations les plus sérieuses, ce qui n'est pas tant que ça, lorsqu'on prétend tenir à la fois le pavé marseillais et parisien, occuper la place de premiers racketteurs de France et jouer les recouvreurs de fonds pour plusieurs grands groupes français ayant pignon sur rue – sans oublier de garder un œil sur le commerce de produits pétroliers.

C'est l'embellie. Jusqu'à ce faux pas qui voit « le Belge » tomber pour une banale affaire de proxénétisme, à Paris, le 22 mars 2000. La preuve qu'en matière de banditisme on n'oublie pas facilement son premier métier, car c'est pour ce même motif qu'il avait découvert la prison, au milieu des années 60. À l'époque, il y était resté quinze mois ; cette fois, grâce à Frédéric Monneret, son avocat marseillais, il est remis en liberté sous contrôle judiciaire après seulement deux petits mois et le versement d'une caution de 800 000 francs[2].

Il lui reste à peine plus de quatre mois à vivre, mais il ne s'en doute apparemment pas : il vit sans vraiment prendre de précautions, comme un bourgeois qui aurait

---

1. Soit au total environ 240 000 euros.
2. Environ 120 000 euros.

oublié les dangers inhérents à ce métier exigeant d'avoir toujours des yeux dans le dos. Tous les jours les mêmes cafés, tous les jours la même cabine téléphonique, tous les jours la même table : les policiers attachés à sa surveillance se sont profondément ennuyés [1]. Pas besoin de balise pour le localiser à coup sûr à l'heure du meurtre !

Certains s'attendent à une vengeance, mais rien ne se passe. Au contraire : même mort, « le Belge » continue de sombrer.

Le 9 octobre 2001, soit plus d'un an après son assassinat, ce sont deux de ses proches (son neveu Jean-Louis Marocchino, trente-trois ans, et un cousin de sa veuve, William Chineau, trente ans) qui se font bêtement interpeller à l'entrée du box où ils avaient entreposé leur matériel, à Puteaux.

Les deux hommes, peu loquaces, s'en tirent avec un contrôle judiciaire, mais perdent une planque, un fusil à pompe, trois pistolets-mitrailleurs, quatre pistolets automatiques, un revolver, un lot de cartouches, des brassards de police, des gilets pare-balles et un gyrophare. Avaient-ils en tête de solder les comptes après la mort de l'oncle Francis ? Ou simplement de revendiquer une part de l'héritage ?

Une nouvelle année s'est écoulée lorsque le neveu, motard à ses heures, est percuté par une voiture sur une route départementale des Bouches-du-Rhône. Il roule à terre en même temps que son passager, François Vanverberghe, trente-cinq ans, ex-footballeur professionnel, lui aussi neveu du « Belge ». L'autopsie révélera huit impacts de balle sur le cadavre de Jean-Louis et dix sur celui de François, deux jeunes garçons dont la rumeur dit bientôt à Marseille qu'ils se sont

1. Se reporter, sur cette période, au chapitre 5.

cru trop forts, comme si le seul nom de Vanverberghe pouvait les rendre intouchables.

Le grand ménage se poursuit deux jours plus tard, le 17 octobre 2002, avec l'assassinat de Jean-Marc Verdu. Le patron du Bistrot aixois, gardien des intérêts du « Belge » et du « Mat » à Aix-en-Provence, où le clan régna en maître, n'avait là encore aucune chance d'échapper à la mort : l'un des deux hommes qui l'ont accosté, casque intégral sur la tête, est descendu de moto pour achever sa besogne, tirant au total quinze balles.

Les Barresi père et fils

Dans la famille Barresi, il y a le père, Roger, né à Tunis en 1934, aperçu dans un chapitre précédent en région parisienne ; il y a le fils aîné, Jean-Luc, né en 1960, également à Tunis, qui se déploie pour défendre l'intégrité d'une fratrie trop souvent montrée du doigt à son goût ; il y a le petit dernier, Franck, né à Marseille en 1967 ; entre les deux se trouve Bernard, né à Toulon en 1962, celui par qui le scandale arrive, qui doit se cacher depuis un fameux braquage perpétré à Mulhouse le 1er mars 1990...

Comme chaque jour à la même heure, un fourgon relie ce matin-là l'agence alsacienne de la Banque de France à Bâle, en Suisse. Parfois il roule le ventre vide ; le conducteur du 4 × 4 qui se colle devant lui à l'approche de la bretelle d'accès à l'autoroute sait certainement que ce n'est pas le cas ce jour-là. Lorsqu'il pile brusquement, puis embraye et effectue une brutale marche arrière, le conducteur du fourgon ne peut rien faire : une camionnette bloque la voie de droite, une autre voiture emboutit par l'arrière la voiture suiveuse, et déjà une dizaine d'hommes s'approchent, l'arme au poing.

Les assaillants glissent sous les roues du fourgon quatre cales enduites de graisse verte, extraient les convoyeurs, les couchent face contre terre, une arme sur la tempe, arrachent l'antenne radio de la voiture suiveuse et font main basse sur un butin lourd à tous les sens du terme : évalué à 33 750 000 francs [1], il pèse plus de 300 kilos. Au point que les braqueurs préfèrent laisser sur place les sept sacs contenant les petites coupures.

Parmi les véhicules abandonnés près de la bretelle d'autoroute, une camionnette volée un mois plus tôt à un boulanger ; les vitres arrière ont été peintes en blanc, l'une d'elles ayant ensuite été grattée pour laisser place à un regard de dix centimètres carrés. Mais c'est une autre voiture qui fournit pour le moment la piste la plus sérieuse : l'homme à qui elle a été dérobée quelques jours plus tôt sur le parking d'un supermarché a eu le temps de graver un visage dans sa mémoire. Et ce visage ressemble fort à la photo que lui présentent les enquêteurs : celle de Bruno Latard, né à Marseille et déjà condamné pour vol à main armée.

La police est en planque devant le domicile de cet homme trois heures à peine après les faits. La raison de cette célérité ? La présence de Latard dans la région a été signalée par la PJ marseillaise sept mois plus tôt. « Cet homme prépare une attaque de fourgon près de Mulhouse », disait la note. « Susceptible d'œuvrer avec des complices de l'équipe dite “de l'Opéra”, truands marseillais de haut vol », ajoutait-elle.

Jusque-là, les surveillances n'avaient rien donné :

1. Environ 5 millions d'euros.

tour à tour matelot, boulanger puis plongeur, Latard menait dans son pavillon une vie apparemment très sédentaire.

Ce jour-là, en début d'après-midi, l'occupant du pavillon se livre cependant à de curieuses manœuvres. On le voit effectuer un tour du quartier à bicyclette en se retournant plusieurs fois. Peu après, une voiture se gare devant chez lui. À bord, deux hommes, un brun plutôt élégant et un blond, aussitôt photographiés. La voiture entre dans le garage, en ressort bientôt pour laisser place à celle de Latard, qui repart avec le brun, puis revient en un ballet assez incompréhensible qui dure jusque vers minuit.

Bien avant le lever du jour, la voiture de Latard sort à nouveau du garage avec trois hommes à son bord, précédée d'une moto de grosse cylindrée. Puis le calme revient, laissant les policiers dans le flou durant plusieurs semaines, jusqu'au témoignage inespéré d'un homme dont l'épouse travaille avec la compagne de Latard.

Début 1990, explique ce témoin providentiel, Latard lui a demandé la permission d'utiliser son hangar. Il n'y avait vu aucun véhicule jusqu'à ce 1er mars où, venu à l'improviste, il était tombé sur Latard. Les mains gantées, ce dernier lui avait dit qu'il venait d'y avoir un « braquage » et qu'il y avait « des flics partout » – ce que lui-même n'avait pas remarqué. Au passage, il avait constaté la présence d'une fourgonnette et d'un autre homme dans son hangar. Où il était retourné le soir pour découvrir que l'immatriculation de la fourgonnette était douteuse et que les vitres arrière avaient été entièrement peintes, à l'exception d'une petite lucarne.

Durant l'été, les photos prises le jour du braquage aux abords du pavillon sont diffusées à tous les services. Un enquêteur de la Brigade du proxénétisme de Marseille réagit : il croit reconnaître l'un de ses anciens « clients », Patrick Lemaux, un Marseillais d'une trentaine d'années, membre de la fameuse « équipe de l'Opéra ».

C'est au printemps suivant, un an après les faits, que les policiers décident d'interpeller Bruno Latard. Le suspect nie jusqu'au souvenir d'un quelconque « braquage », mais, le 1er mars 1990, il a effectivement reçu la visite de son associé, avec qui il exploite des machines à sous à Marseille depuis cinq ans. Son nom ? Le malheureux vient de mourir dans un accident de voiture. Se souvient-il d'avoir garé une fourgonnette dans le hangar d'un ami ? Oui, bien sûr, mais il ne portait sûrement pas de gants. Son départ nocturne, le 2 mars ? Il allait acheter des cigarettes. Pourquoi son épouse et sa fille avaient-elles dormi à l'hôtel, entre le 25 février et le 3 mars ? Une panne de chauffage. Lui était resté pour garder les chiens.

Les policiers sont sceptiques. À leurs yeux, cet homme mène une vie « plus proche de celle d'un malfaiteur chevronné que de celle d'un bon père de famille ». Comment font-ils la différence ? Ses multiples voyages à Marseille, la location de douze véhicules en cinq mois et d'un téléphone empêchant toute surveillance de ses communications, le fait d'effectuer deux tours de Marseille avant d'aller voir ses jumeaux à la maternité : tout cela ne plaide pas en sa faveur, pas plus que la location de deux box. Qu'avait-il donc à se reprocher ?

« L'état de guerre dans lequel j'étais avec certains membres du milieu marseillais m'obligeait à prendre ces précautions », explique Bruno Latard.

Son train de vie, ses dépenses en liquide, ce 4 × 4 flambant neuf ne cadrent guère avec ses revenus officiels, lui font observer les enquêteurs. C'est qu'il joue dans les casinos de Cannes et de Palavas...

Lors des premières surveillances est apparue une autre famille sur laquelle l'enquête donne quelques résultats : les Burckhardt. La mère, Olivia, a pour cousin Roger Barresi, dont l'un des fils, Bernard, semble « mener grand train de vie sans que l'on puisse identifier l'origine de ses revenus », comme l'écrit le policier chargé des vérifications. Bernard a justement rendu visite aux Burckhardt le 1er mars 1990, accompagné d'un homme « énervé et anxieux », selon les mots de la fille Burckhardt, qui se rappelle aussi que les deux hommes portaient des treillis kaki. Ce détail l'avait d'autant plus frappée que son petit cousin était habituellement plus élégant. Ses yeux n'avaient pas non plus leur couleur normale : habituellement bleus, ils étaient devenus noirs. Les deux hommes portaient par ailleurs quatre sacs, et de l'un semblait dépasser le canon d'une arme...

Madame Burckhardt se rappelait pour sa part avoir vu ce jour-là Bruno Latard décharger sept à huit sacs et les monter au grenier. Elle se rappelait aussi qu'à l'heure du journal télévisé, le cousin avait laissé entendre qu'il n'était pas pour rien dans l'attaque du fourgon, avant de prononcer une phrase du genre : « Dans le Haut-Rhin, vous êtes une maison de retraite, comparé à Marseille ! » Enfin, si sa mémoire ne la trahissait pas, le cousin Bernard avait recouvré ses yeux bleus le lendemain. Il s'était aussi offert une coupe de cheveux.

Une douzaine de jours plus tard, il leur avait de nouveau rendu visite avec son ami. Cols relevés, casquettes ou passe-montagne sur la tête, ils avaient transféré les sacs du grenier jusqu'à leur véhicule en un temps record.

Bernard Barresi en cavale

Bernard Barresi est invisible, mais la police retrouve son ex-épouse, qu'elle questionne longuement sur son train de vie. Vendeuse dans un magasin de meubles de la région de Calvi (Haute-Corse), elle vit grâce au salaire fictif que lui verse un dentiste marseillais. Quant à sa maison, achetée en décembre 1990, c'est simple : son père, ancien employé municipal à Marseille, avait terminé sa vie en exploitant un bar avec machines à sous clandestines ; à sa mort, elle a déterré le magot enfoui dans son jardin.

Bernard Barresi, lui, a laissé quelques maigres traces derrière lui. En 1988, il a acquis un bateau en commun avec la compagne de Patrick Lemaux, détail qui confirmerait, pour l'enquêteur, « l'ancienneté de l'amitié existant entre les deux hommes ».

Durant l'année 1989, il a loué sous un nom d'emprunt une villa à Aubagne (Bouches-du-Rhône), caution et frais d'agence réglés en espèces. Un logement qu'il a brusquement abandonné en mars 1990, laissant les portes béantes et les poules livrées à elles-mêmes. Bernard a cependant pour lui d'avoir un casier judiciaire vierge : il a juste été condamné à une amende à la suite d'une banale altercation...

En attendant, le procès se déroule sans lui. Bruno Latard écope de la plus lourde peine (douze ans), Patrick Lemaux en récolte huit, l'ex-compagne de Barresi est acquittée, de même que tous les membres de la famille Burckhardt.

En novembre 1994, alors que son père devient un acteur incontournable dans le contrôle des machines à sous de la capitale, une sentence rendue par contumace par les assises de Colmar condamne Bernard Barresi à vingt ans de réclusion. Comme on impute toujours énormément aux hommes en cavale, on lui prête bientôt des relations avec la crème des bandits : Richard Casanova, le plus célèbre des fugitifs corses, Souhel Hanna Elias, le plus parisien des Marseillais, ou Roland Cassone, une figure du Vieux-Port.

De quoi enrichir une légende familiale dont les premières lignes avaient été écrites à la fin de l'hiver 1986, lorsqu'un représentant en vêtements masculins, Roger Aboukrat, était venu raconter aux policiers comment un « homme d'affaires » lui avait proposé son aide financière (1 million de francs[1]) pour ouvrir une boutique de luxe rue de Paradis, à Marseille.

Le magasin inauguré, un certain Roger Barresi, accompagné de ses fils, s'était selon lui présenté comme le véritable propriétaire des lieux. L'homme en avait-il rajouté pour se libérer d'une dette ? Aboukrat avait eu le sentiment d'être « pris à la gorge » et de « perdre toute liberté », y compris celle de refuser les micmacs à la caisse. Lorsqu'il avait annoncé qu'il renonçait à ses fonctions, on lui avait répliqué qu'il serait « mis à la cave ». Il avait alors quitté précipitamment la ville...

Deux ans plus tard, c'est Franck Barresi, le petit dernier, vingt et un ans à l'époque, qui a eu des ennuis. La police le soupçonnait d'appartenir à une équipe à qui on imputait une trentaine de vols à main armée contre des supermarchés et des banques à Besançon, Clermont-Ferrand, Lyon, Dijon, Toulouse et Orléans, entre 1986 et 1988.

La justice suivit, puisque la cour d'assises du Puy-de-Dôme infligea à Franck Barresi dix ans de réclusion, n'épargnant aucun des cinq autres hommes présents dans le box des accusés : des Marseillais

1. Environ 150 000 euros.

nettement plus âgés que lui, assez aguerris pour entrer dans une banque à visage découvert, un gros calibre à la main, se faire remettre l'argent et enfermer les témoins dans la salle des coffres avant de fuir à bord de voitures volées. Et ce, jusqu'à deux fois dans la même journée !

Qui tient le port de Marseille règne sur son trafic

Une fois sa peine purgée, Franck Barresi renoue avec cette liberté surveillée qui est le lot de tous les grands repris de justice. En avril 1996, la police expédie ainsi une photo de lui à Marbella, sur la Costa del Sol, où il séjourne avec sa compagne yougoslave et deux autres couples dont l'un pourrait bien être formé de son frère Bernard et de son amie.

Les flics espagnols repèrent effectivement deux BMW, mais ne consacrent à l'événement qu'une attention relative.

À l'automne de cette même année, Franck est pisté jusque dans l'hôtel parisien où il descend sous le nom de « M. Dubois ». On le surveille, mais il ne commet aucune erreur, surtout pas celle d'aller directement au contact de son frère.

Deux ans plus tard, c'est un membre de la Brigade des stupéfiants de Marseille qui reconnaît Patrick Lemaux, libéré lui aussi, sur un trottoir, en pleine discussion, semble-t-il, avec Bernard Barresi. Les deux hommes sortent apparemment d'une pizzeria de l'avenue des Olives, mais les choses vont trop vite : le policier a juste le temps de relever le numéro de la plaque de l'Audi au volant de laquelle Lemaux s'éloigne à grande vitesse.

Jean-Luc Barresi, l'aîné, passe lui aussi depuis longtemps entre les gouttes. Hormis une histoire d'usurpation d'identité à Paris, en 1990, rien à signaler. Il s'est même sorti sans une égratignure des enquêtes parisiennes visant les machines à sous de son père[1]. Une tuile l'atteint cependant au mois de juin 2000, lorsque le patron d'une société de gardiennage de Marseille, Ernest Vittiglio, se dit victime d'une tentative d'extorsion de fonds avec menaces de mort, et le désigne nommément. Non seulement il aurait été obligé de payer pour obtenir le marché de la surveillance du Port autonome de la cité phocéenne, mais il aurait été contraint d'embaucher la concubine de Jean-Luc Barresi. Il affirme même, chargeant un peu la barque, que cet épisode serait à l'origine du suicide de son fils, au printemps 2000.

Gêné aux entournures, Jean-Luc Barresi ne croit pas que ce dossier judiciaire ait de vraies chances d'aboutir. Il poursuit le seul chemin qui vaille alors à ses yeux : celui qui mène au Stade-Vélodrome et à l'Olympique de Marseille (OM).

L'aîné des Barresi fréquente assidûment l'influent Gilbert Sau, agent de joueurs dûment agréé auprès de l'UEFA et de la FIFA, instances régulatrices du « ballon rond ». Il côtoie l'ancien joueur de l'OM Jean-Christophe Cano, promu en 2001 coordinateur sportif de l'équipe. En décembre de cette même année, lui-même obtient une licence de la FIFA et devient officiellement l'agent de plusieurs joueurs du club marseillais. On le voit rapidement à l'œuvre lorsqu'il négocie cet hiver-là le transfert de Jérôme Leroy de l'équipe marseillaise vers le Paris-Saint-Germain. Transfert effectué « en toute liberté », précise un responsable du club qui repousse toute idée de pressions exercées

1. Enquêtes évoquées au chapitre 5.

sur les joueurs – tout en expliquant que le nouveau directeur général de l'OM, Étienne Ceccaldi, a prié Sau et Barresi de ne pas rester au club « de manière permanente ».

L'affaire du Port autonome rebondit cependant avec fracas le 11 janvier 2002. Ce jour-là, Edmond Goubert, directeur général de la société Marseille Manutention, six cents employés, quitte le siège de sa société pour ne plus donner signe de vie. Une disparition que les enquêteurs veulent relier à la lutte que se livrent les candidats au marché du gardiennage, s'appuyant sur le fait que Goubert allait bientôt être convoqué dans le cadre du dossier ouvert après la plainte d'Ernest Vittiglio pour extorsion de fonds. Qui tient le port règne sur son trafic, soulignent-ils. Et qui règne sur ce trafic est un peu le roi de Marseille, serait-on tenté d'ajouter.

À soixante-deux ans, l'ancien docker Edmond Goubert, yeux bleus et cheveux blancs, était un familier du port. Les indices qu'il laisse derrière lui sont minces. Le 11 janvier, il a quitté sa société vers 10 h 45 à bord de sa voiture, une Peugeot 607 couleur bleu de Chine, intérieur cuir beige. Il a circulé dans l'enceinte du port jusqu'à 11 h 07, heure du dernier appel passé à partir de son téléphone portable, et ne s'est pas présenté au déjeuner auquel il devait participer.

La thèse de l'accident n'est pas écartée, mais les recherches dans les recoins et les eaux du port restent vaines, malgré le renfort d'un sous-marin de la COMEX, spécialiste des profondeurs aquatiques. L'idée d'une disparition volontaire est également évoquée, mais rien ne semble l'accréditer. La piste privilégiée reste celle de l'enlèvement avec séquestration. Pour mémoire, le nom de Goubert était apparu dans une procédure ouverte pour trafic international de drogue, mais il avait bénéficié d'un non-lieu en janvier 2001.

Ce sulfureux dossier rattrape Jean-Luc Barresi le 27 février 2002, jour de son interpellation par les gendarmes. Ils le soupçonnent d'avoir participé aux pressions exercées sur plusieurs sociétés candidates à l'obtention du marché de gardiennage du port. Le suspect a beau nier catégoriquement, il se retrouve écroué à la prison de Luynes (Bouches-du-Rhône).

L'ancien docker fréquentait le Stade-Vélodrome

Les notes (ou « blancs ») des Renseignements généraux ne sont pas paroles d'évangile, notamment aux yeux de la justice, mais celle-ci, datée du 28 mars 2002, mérite d'être versée au dossier :

« À Marseille, écrit son auteur, il se dit que M. Jean-Luc Barresi serait fréquemment intervenu dans le secteur du gardiennage comme "médiateur", pour régler des différends, notamment sur le site portuaire de Marseille, où le marché des marchandises, lucratif, est l'objet de convoitises. »

Le policier invite ensuite ses lecteurs à un détour par le monde du ballon rond :

« Jean-Luc Barresi est surtout connu pour ses activités autour de l'OM, rappelle-t-il. Il a aussi des relations dans le milieu marseillais, notamment avec Roland Cassone, dont le fils, Robert Cassone, né à Marseille en 1967, apparaît dans le dossier de reprise de l'OGC Nice [NDA : l'équipe de foot de Nice], dossier coordonné par Jean-Christophe Cano, un ancien joueur de l'OM dont il a été coordinateur sportif jusqu'en juillet 2001. »

Par un décryptage osé, le fonctionnaire fait en somme de la « Brise de mer », bannière rassemblant la crème du banditisme bastiais, un opérateur du football azuréen. Les clubs de Marseille, Monaco, Cannes, Nice, Bastia et Ajaccio, assure-t-il, seraient concernés par ces investissements occultes.

Aucun rapport de la PJ ne vient donner corps à ces spéculations, mais les RG, qui ont parfois tendance à prétendre que tout est dans tout, voient un rapport entre la disparition d'Edmond Goubert, le football et le crime organisé.

L'ancien docker fréquentait le Stade-Vélodrome, et pas comme simple spectateur : il avait une place réservée dans l'une de ces loges où se croisent notables, flics, avocats, politiques et malfrats plus ou moins reconnus. Une loge louée en l'occurrence par un Marseillais soupçonné de tremper dans un circuit de cavalerie dans le secteur de la ferraille, en compagnie d'un homme dont les RG connaissent les liens avec un clan mafieux de Palerme[1]...

Un éclairage non dénué d'intérêt, mais d'une faible utilité pour les gendarmes chargés de l'enquête.

Plus douloureux pour la famille : Franck Barresi est à son tour mis en cause le 1er juillet 2002. On lui impute le blanchiment du produit du racket attribué à son frère, somme qui devait être investie, prétend l'accusation, dans l'achat d'un terrain et la construction d'une villa dans les environs de Marseille.

Mais l'affaire s'étire en longueur et se vide peu à peu de sa substance, à en croire Lionel Moroni, l'avocat toulonnais de Jean-Luc Barresi, bientôt remis en

1. Un clan dont les RG assuraient qu'il était en affaires avec un ancien président de la société OM Développement et un ancien administrateur du club.

liberté. Nul besoin d'être juriste pour comprendre : si le racket ne tient pas, le blanchiment tombe aussi sec. Et adieu les soucis !

Les Barresi sont-ils les hommes les plus puissants du Marseille occulte ? Sont-ils les véritables héritiers des parrains disparus ? On le dit dans les cercles policiers, mais Jean-Luc conteste avec la plus grande véhémence cette lecture de l'histoire. Son avocat toulonnais, lui, voit dans le dossier du port « une affaire complètement orchestrée sur fond de lutte de pouvoir à la tête de l'OM » : « Mon client ne peut élever la voix sans que ses interlocuteurs parlent de "menaces" », assure-t-il.

En attendant, Bernard Barresi court toujours. Les flics ont longtemps guetté autour de la maison de son ex-compagne, en Corse, une belle demeure bourgeoise avec piscine, dont l'implantation au fond d'une impasse rendait la surveillance aisée. Ils ont parfois vu la jeune femme gagner le continent avec ses deux enfants, mais ne se sont que modérément accrochés à cette piste. À l'époque, les hautes sphères n'avaient d'yeux que pour Yvan Colonna, le tueur présumé du préfet Claude Érignac. Les effectifs étaient tous mobilisés pour traquer ce nationaliste dont la cavale était devenue une affaire d'État. « Compte tenu du dossier Colonna, il est impossible pour l'instant d'assurer une surveillance efficace », admettait alors, à l'époque, par écrit, un commissaire chargé de coordonner les recherches visant Bernard Barresi. Près de quinze ans après le braquage de Mulhouse, à l'heure où ses complices avaient achevé depuis longtemps de purger leur peine, on pouvait parler d'une cavale réussie.

Les Corses de Marseille aux premières loges

Depuis longtemps, les policiers marseillais ne raisonnent plus à l'intérieur des frontières de leur ville. Marseille rime avec Aix-en-Provence, mais aussi avec le Var et l'arrière-pays, comme le confirme un précieux rapport daté du 3 juin 2003 et consacré à la recomposition du grand banditisme dans le Sud-Est :

« Depuis l'assassinat de Francis Vanverberghe, à Paris, le 27 septembre 2000, décrit comme le parrain du milieu marseillais, on assiste à une recomposition des réseaux criminels issus du grand banditisme. Peu à peu, la plupart des proches du "Belge" ont été éliminés [1] au profit d'une nouvelle organisation non encore figée.

« Cette nouvelle équipe criminelle, mal cernée, reprendrait toutes les affaires tenues par les proches du "Belge". Cette reprise en main aurait été facilitée par le fait que les lieutenants de Francis Vanverberghe avaient intégré en leur sein un individu qui allait d'abord s'informer des structures et de leurs implantations, avant d'éliminer ou de faire éliminer ses hôtes. »

Dans le rôle du cheval de Troie, l'auteur de ce rapport imagine un Bastiais rencontré dans un chapitre précédent : José Menconi. Ce jeune et talentueux bandit aurait mené à bien plusieurs projets criminels en compagnie de Jean-Jacques Maillet et de Jean-Claude Zamudio, deux « ex »-coéquipiers du « Belge », à seule fin d'infiltrer la bande concurrente.

Trop savant pour être vrai ? Ce fonctionnaire de la

---

1. Pour mémoire, Jean-Marc Verdu, Jean-Jacques Maillet, Jean-Louis Marocchino, François Vanverberghe, Gilbert Mesguich et Jean-Claude Zamudio, tué le 13 novembre 2000 à la sortie du Mas, une discothèque d'Aix-en-Provence dont il était l'un des propriétaires.

PJ voyait lui aussi la « Brise de mer », maison mère de José Menconi, en puissance conquérante. Mais c'est dans les liens entre cette équipe et les gardiens du Temple marseillais – ou présumés tels – que son analyse se révèle la plus innovante. L'Italo-Marseillais Roland Cassone, ancien pilier de l'équipe Imbert-Vanverberghe, et les frères Barresi auraient laissé s'opérer cette passation de pouvoirs. Non par impuissance, mais parce qu'ils auraient misé sur une forme de paix préservant les intérêts de chacun :

« Il y aurait une entente entre une partie des Bastiais de la “Brise de mer”, les Corses de Marseille (les Barresi) et Roland Cassone, explique le policier. Cet accord entre voyous d'envergure aurait abouti à la création d'un “club des 21” dont l'objet est de faire respecter un pacte naturel de non-agression et de partage des ressources. »

Valable pour Marseille, ce « pacte » ne passerait pas forcément avec la même aisance aux marges de l'« empire » autrefois contrôlé par Imbert et Vanverberghe.

Dans le Var, José Menconi et les siens se seraient heurtés aux alliés des frères Franck et Pascal Perletto, pour l'heure incarcérés. Plusieurs établissements comme le VIP, fleuron des nuits tropéziennes, seraient toujours « sollicités » (rackettés) par les lieutenants des Perletto. C'est d'ailleurs dans ce contexte que le plus visible de ces « lieutenants », Gilbert Mesguich, aurait été abattu le 25 juin 2002. « Un message à l'intention des Perletto et des patrons de discothèques récalcitrants », estime le policier.

L'incarcération de José Menconi aurait encore compliqué la vie des gérants de boîtes de nuit. Un jeune Bastiais prénommé « Pierre » aurait pris le relais, convoquant ses « victimes » sur une plage privée de Saint-Tropez dont on disait qu'elle appartenait en sous-main à Menconi. Mais certains patrons ne sauraient plus à qui se fier, craignant aussi bien de devoir payer deux fois que de subir les représailles de l'un ou l'autre camp en cas de versement « indû »...

« L'emprisonnement des protagonistes (Menconi et les Perletto) permet d'éviter le choc frontal pour le moment, observe l'auteur du rapport. Pour autant, ce combat pour le leadership devrait se poursuivre. »

La zone d'Aix-en-Provence aurait été elle aussi le théâtre de plusieurs quiproquos. Les discothèques autrefois tenues par Jean-Claude Zamudio, comme Le Mistral et Le Divino, étaient passées aux mains des Corses : deux motards venaient récupérer les fonds avec une ponctualité exemplaire. Mais l'incarcération de leur présumé relais local, Stéphane Carbonnero, aurait entraîné un certain flottement dans le milieu de la nuit aixois.

Pendant plusieurs mois, personne ne serait venu ramasser l'argent. Puis le même « Pierre » se serait fait connaître, et tout serait rentré dans l'ordre – si l'on ose dire. Car, selon les observateurs de cette vie souterraine, de nouvelles tensions risquaient de naître entre alliés. Signe avant-coureur : plusieurs patrons d'établissements se seraient plaints auprès des frères Barresi du racket exercé par « Pierre », alors qu'ils estimaient dépendre de la « juridiction » des Marseillais...

Qui aurait assez d'autorité pour faire respecter le « pacte » dans un milieu où seule compte vraiment l'hégémonie ?

Emblématiques un jour, emblématiques toujours

À Marseille plus qu'ailleurs, il faut toujours compter avec les anciens. Ceux dont on se dit que, vivants, ils ne détourneront jamais les yeux de ce terrain où ils ont fait leur vie, quelle que soit la hargne des nouveaux venus. Sauveur Pironti était l'un d'eux. Son profil pouvait même satisfaire ceux qui, victimes du syndrome sicilien, ne pouvaient imaginer un milieu marseillais sans son *capo di capi* (« chef des chefs » en version palermitaine).

La carrière de cet homme a accompagné les pages les plus marquantes du banditisme local. Dès 1973, il partageait les honneurs d'une « note de renseignements » avec Henri Codde, alors pétillant gangster. Une note qui fleure bon le langage policier des années 70 et qui montre comment les équipes s'emboîtent les unes dans les autres au fil des ans et des cadavres :

« Pironti Sauveur, dit "Loule", est né en 1942 à Marseille, écrit l'auteur. Il prétend être commerçant et demeurer chez sa mère, qui exploite le bar "Jean", dans le quartier du Panier, à Marseille. Pironti est un malfaiteur chevronné. Il fréquente de redoutables individus connus pour la plupart comme très dangereux, dont Henri Codde, n'hésitant pas à régler leurs comptes de façon sanglante. Les sommes énormes dont il paraît disposer et les relations qu'il entretient avec des trafiquants notoires, ainsi que ses voyages, laissent penser qu'il participe à un trafic de stupéfiants. Sans revenu avouable, il n'en dépense pas moins de très importantes sommes d'argent dans les salles de jeu. L'été 1969, il a ainsi perdu 1 million de francs au casino d'Aix-en-Provence, et 21 300 francs [1] au casino de Cassis.

1. Soit environ 150 000 et 3 200 euros.

« Henri Codde, dit “Riquet”, né en 1925 à Marseille, a pour sa part fait l’objet d’un mandat d’arrêt dans l’affaire du *Combinatie*, l’un de ces nombreux bateaux qui assuraient le transport de cigarettes américaines en provenance de Tanger, destinées au ravitaillement clandestin de la France. Au mois d’août 1952, ce navire était arraisonné par la vedette *Esme*. Des hommes montaient à bord et s’emparaient du *Combinatie*. N’ayant pu débarquer la cargaison près des côtes marseillaises, les pirates déroutaient le bateau sur la Corse ; finalement, les 2 700 caisses de cigarettes étaient débarquées près d’Ajaccio.

« L’action conjuguée de la police de Tanger et de la PJ allait décimer les malfaiteurs et surtout les obliger à cacher le butin. La possession de ce tabac blond devait provoquer, pendant plusieurs années, une série de règlements de comptes entre deux bandes rivales : d’un côté, celle d’Antoine Paolini, gangster marseillais connu, de l’autre, celle des frères Jean et Xavier Venturi, dont Codde faisait partie. »

Et l’auteur de la note de rappeler comment Henri Codde s’était retrouvé avec un autre voyou célèbre, Marius Bertella, né à Marseille en 1928, à la tête d’une écurie de chevaux de course. Des chevaux élevés dans un haras de l’Orne qui allait accueillir les étalons d’Alain Delon et de Mireille Darc, bientôt confiés à... Jacques Imbert !

Les fonctionnaires de la Brigade des stups de Marseille s’étaient « heurtés à des difficultés matérielles insurmontables, disait encore la note de 1973. En effet, ces malfaiteurs disposent de moyens de locomotion très rapides, notamment de véhicules Mercedes, Maserati ou Alfa Romeo, qui interdisent tout espoir de filature. L’un des membres de l’équipe est par ailleurs propriétaire d’une vedette équipée de moteurs de

180 chevaux, la *Dolce Vita*, ancrée dans le Vieux-Port de Marseille. Ce bateau sert de lieu de rencontre, ce qui ajoute aux difficultés ».

Des remarques dont on se dit qu'elles pourraient fort bien être transposées à l'époque contemporaine, à deux détails près :

1) Les frères Venturi, parrains incontestables, géraient (par personnes interposées) la Coopérative d'entreprise générale du Midi, une société qui employait 162 personnes, avait pour activité principale l'entretien des écoles et des bâtiments communaux, et disposait d'entrepôts mis à disposition par la Ville de Marseille, localisés... sous les gradins du stade municipal.

2) Le milieu corse assura la protection du secrétaire général de la Fédération nationale des sociétés de courses de France lors de son passage à Marseille à l'occasion du Grand Prix, auquel assistèrent Gaston Defferre, maire socialiste de la ville, et Joseph Comiti, ministre gaulliste de la Jeunesse et des Sports. Cette protection doublonnait avec celle de la police de la République, mais, à Marseille, capitale des parties de poker clandestines, on avait l'habitude...

Le temps de la French Connection est révolu, mais l'on reparle de Sauveur Pironti au début de l'année 2000. Deux assassinats commis en l'espace de vingt-quatre heures réveillent le spectre des règlements de comptes dans le Midi. Le premier se produit à Saint-Ouen, le 8 janvier, et fait passer de vie à trépas un certain Marc Monge, né en 1952 à Carpentras (Vaucluse). Le deuxième a lieu le lendemain soir à Marseille et laisse sur le carreau un rescapé de l'équipe du « Belge », le Marseillais Roger Spanu, trente-sept ans, alors qu'il sortait d'un restaurant de la corniche pour prendre des cigarettes restées dans sa voiture.

Le tort de Sauveur Pironti ? Il a téléphoné à son ami Spanu, la veille de sa mort, « pour lui dire qu'il était à Paris », et l'a de nouveau appelé le jour même « pour lui signaler son retour à Marseille », explique-t-il aux policiers qui l'interrogent comme témoin.

L'enquête fournit à la Brigade criminelle l'occasion de mettre son nez dans les affaires de cette « figure emblématique ». Et de découvrir qu'il s'est peut-être reconverti dans les machines à sous, la nouvelle manne du grand banditisme, pour laquelle les bandits s'entretuent comme jamais dans le sud de la France.

Une information judiciaire est même ouverte, le 9 novembre 2000, pour « infraction à la législation sur les jeux ». Une vaste opération s'ensuit, avec perquisition dans plus de quarante-deux débits de boissons de Marseille, d'Aix-en-Provence, du Pertuis et d'Aubagne. Mais le retraité Pironti nie toute implication dans cette organisation, de même qu'il certifie ne pouvoir être d'aucune utilité dans l'enquête sur les récents assassinats.

Il a peut-être l'âge des chefs d'orchestre, encore faudrait-il réussir à démontrer qu'il en est un.

Pareille mésaventure avait accablé quelques années plus tôt un autre ancien : Joseph Signoli, dit « Jo », né en 1937. Condamné en 1974 à seize ans de prison pour trafic d'héroïne entre la France et les États-Unis, il avait été signalé à plusieurs reprises au milieu des années 80, comme un bon refrain que l'on n'oublie pas. Il réapparaît dix ans plus tard dans la peau d'un riche exploitant de brasseries, toujours aux côtés des mêmes hommes parmi lesquels un ancien proxénète passé par le nationalisme corse.

La juge Marie-Claude Pena, en poste à Marseille, estime les soupçons suffisants pour ouvrir une information judiciaire. Plus de quatre-vingts bars et restaurants sont passés au crible. Plusieurs centaines de personnes sont surveillées, dont le patron d'un bar de Toulouse, le responsable d'une société de transports, le gérant d'une société de plomberie de Versailles, le directeur d'une société domiciliée au Panama et le propriétaire d'une société de pêche en Afrique. Edmond Goubert, pilier du Port de Marseille, est lui aussi en ligne de mire : à la tête d'une entreprise de transport maritime, le futur disparu est soupçonné de couvrir la valse des marchandises. « En l'absence d'éléments précis, admet cependant un enquêteur, la masse des conteneurs qui transitent par le port de Marseille rend les investigations très difficiles. »

Méfiant, manifestement au courant d'une présence policière dans les parages, Joseph Signoli rencontre ses interlocuteurs dans un bar, autour d'une partie de cartes ou d'un verre, parfois les deux en même temps. Tous ont plus de la soixantaine, au point que l'Évêché ose user des termes « Papy Connection ». Des papys visiblement branchés sur la Colombie, le Mexique, l'Italie et la Costa del Sol, les points cardinaux du marché organisé de la drogue. Sans pour autant négliger la Turquie, depuis longtemps considérée comme l'un des principaux exportateurs de morphine base.

Après un an de planques et de filatures, l'enquête s'essouffle. Motif invoqué : « Des indiscrétions graves permettent aux malfaiteurs surveillés de modifier leurs structures de travail, notamment de comprendre l'étendue des surveillances. »

Rien ne dira donc si la PJ et la magistrate avaient succombé au fantasme du *revival*... ou s'ils avaient bien raison de se méfier des « anciens ».

10.

Marseille et ses quarante bandits de grand chemin

Le Sarde du Vieux-Port, dit « Tony l'Anguille »

Antoine Cossu pose pour la photo. Sur son tee-shirt, ces mots imprimés : *It's no fun to play alone* (« Ça n'est pas drôle de jouer tout seul ») : tout un programme, pour un homme qui a croisé dans sa longue carrière une foule de « notables » du banditisme, des caïds varois Franck et Pascal Perletto à leur fidèle allié Gilbert Mesguich, du Clermontois Jean-Pierre Gandebœuf au Niçois Jacques Sordi, sans oublier Michel Crutel et Jacques Grangeon.

« De 1960 à nos jours, cet homme est devenu un chef de clan à Marseille après avoir livré une guerre au clan Zampa et surtout s'être mis en ménage avec Simone de Palmas, la sœur de Francis Vanverberghe – rapporte un rapport assez détaillé consacré à Cossu, dit "Tony l'Anguille", né à Marseille en 1940. Il est réputé pour s'être évadé à maintes reprises et s'est distingué dans le proxénétisme, de multiples vols à main armée ou attaques de fourgons blindés... »

Une carrière de « voleur professionnel », résume-t-il un jour lui-même, avec plus de vingt ans de prison à la clef. Mais il n'a « jamais trempé dans la drogue ». Et pourtant, « ç'aurait été facile, vu que mon beau-frère a été toute sa vie dans la drogue », expliquait-il récemment aux magistrats qui le jugeaient précisément pour trafic de stups, ajoutant non sans un certain humour qu'il « faisait de l'import-export d'huile et de meubles mexicains ».

Son amitié avec Francis Vanverberghe était très ancienne. Elle remontait au milieu des années 60, quand « le Belge » avait permis à « Tony l'Anguille » de prendre la fuite alors que les policiers lui passaient déjà les menottes, dans un café du quartier de la Belle-de-Mai, à Marseille. On les avait retrouvés ensemble dans cette ferme de Gérone, en Espagne, où le Marseillais, encore appelé « El Pequeño » (« le Petit »), avait trouvé refuge, jusqu'au jour où l'abondance de luxueuses voitures immatriculées dans l'Hexagone avait fini par attirer l'attention des voisins – à l'époque, les bandits français se fixaient davantage autour de Barcelone que sur la Costa del Sol.

On les avait revus ensemble en 1971, alors que « le Belge » accompagnait Cossu, de nouveau dans la nature, une peine de mort par contumace sur le dos, dans une clinique privée parisienne pour une petite intervention de chirurgie esthétique – une vieille dame, peut-être la mère de Francis, avait déposé une enveloppe contenant 10 000 francs[1] à l'intention du docteur. « L'un des cinq grands du gangstérisme français », écrit alors à son sujet un journaliste du quotidien conservateur *L'Aurore*. En mai 1968, il portait bel et bien une arme, lui.

Le 10 février 1973, Antoine Cossu adresse ces quelques mots à son petit frère : « J'espère que tu ne

1. Environ 1 500 euros.

t'en tires pas trop mal à l'école. Je sais qu'à ton âge c'est toujours emmerdant d'aller au lycée ou de faire quoi que ce soit, mais, à tout prendre, il vaut encore mieux étudier, car c'est le seul moyen qui te permettra plus tard de gagner bien ta vie, car le travail d'ouvrier n'est pas intéressant. Ils se lèvent le cul toute l'année et ils ont tout juste de quoi manger et ne peuvent jamais s'habiller avec de belles choses et profiter de la vie... » Et de suggérer amicalement au frangin de ne pas « faire la connerie de rester toujours avec la même gonzesse ».

« Moi, ici, je fais tous les jours mon footing et ma gymnastique pour m'entretenir, ajoute-t-il, car après je ne fais plus rien de la journée, à part lire et faire de l'anglais. »

Apparemment, ce programme contemplatif ne lui convient pas : par une nuit de juin 1975, on découvre que le prisonnier a scié un barreau de la lucarne de sa cellule... C'est sa deuxième avarie sérieuse en moins de deux ans : la précédente a été l'échec d'une tentative d'évasion durant un transfert en train.

Dès le début des années 80, Cossu, enfin libre, se penche sur le sort des machines à sous dans la région lyonnaise, où il rencontre l'un des frères de « Mormon » Vidal. Il « monte » à Paris, effectue des séjours réguliers en Corse, franchit parfois la frontière italienne. Et suit avec attention la première longue détention de son ami Vanverberghe, dont il fréquente assidûment le frère, prénommé José.

Les discrets de l'Antigang pistent au début du mois de juin 1987 les pas du Lyonnais Jacques Grangeon et de son ami Michel Crutel. On leur dit que ces deux « mauvais » garçons doivent s'installer dans la région de Marseille. Signalés au départ de Paris à bord de deux véhicules, ils sont pris en filature dès le péage de Lançon et suivis jusqu'aux portes d'une villa apparemment louée au nom d'une amie de Grangeon.

La police campe à domicile durant plusieurs jours, seule façon de repérer mouvements et visiteurs. Les occupants s'adonnent le jour à des occupations simples : piscine, promenades, courses et club de gym. Au soir du 6 juillet se présente une Renault 25 immatriculée au nom de Simone de Palmas, la compagne de Cossu, qu'ils voient arriver au volant d'une Renault 5 appartenant au directeur d'une boîte d'Aix-en-Provence.

Le Marseillais revient le lendemain, puis repart avec Grangeon. On tente de les suivre, mais on les perd. Trois jours plus tard, un autre occupant de la villa est suivi jusqu'au parking d'un supermarché, où il rencontre Christian Oraison, lui aussi encore en vie, et un Aixois facilement reconnaissable à sa Porsche rouge. À l'aide de leurs jumelles, les flics observent à distance, une semaine plus tard, une soirée qui ressemble fort à une réunion de travail. Une dizaine de personnes sont là, dont José Vanverberghe, le Vitrollais Laurent Boglietti, parfois surnommé « l'Artiste », le Clermontois Gandebœuf, ainsi que Christian Oraison (de Manosque) et Antoine Cossu. Une carte de l'Institut national géographique est déployée, ainsi que des plans.

L'étrange ballet se poursuit plusieurs jours encore.

Le 17 juillet au soir, on voit Boglietti, équipé de gants, nettoyer l'intérieur d'une voiture. Puis se tient une nouvelle réunion, le 19. Tout le monde se sépare en fin de journée, Grangeon déclare à une amie qu'il ne la contactera pas avant la semaine suivante et annonce à Crutel un départ pour le lendemain matin à l'aube.

La première moto démarre avant le lever du jour,

les autres suivent et sont perdus de vue, sauf un, que l'on voit récupérer un gros sac dans une consigne de la gare de Nîmes. Puis plus rien jusqu'au soir, hormis le sentiment que plusieurs membres de l'équipe reviennent à la villa pour se planquer. Un sentiment assez frustrant pour les policiers, mais si, à chaque fois qu'ils soupçonnaient quelqu'un, celui-ci était incarcéré, les prisons ne suffiraient pas, et de loin, à loger tout le monde ! Ce genre de séances d'observation leur sert plutôt à nourrir une documentation qui, autrement, succomberait, faute de vivres.

Aucune trace de « Tony » durant un an, date à laquelle on contrôle pour excès de vitesse une BMW conduite par Oraison, dont il est l'un des passagers, l'autre se nommant Jacques Grangeon. Que font ces trois hommes sur l'autoroute du Sud ? Ils se rendent dans le quartier parisien du Sentier, haut lieu de la confection, répondent en chœur les trois fichés.

Le 27 avril 1990, celui que la presse appelle le « lieutenant du Belge » est arrêté en Angleterre à bord d'une voiture volée en compagnie du Niçois Jacques Sordi, plus de soixante ans déjà. La course-poursuite voit les deux Français sauter des barbelés, traverser une rivière et plusieurs champs avant de se retrouver encerclés par des chiens.

« Nous nous rendions à une soirée », hasardent benoîtement les deux amis. Un subterfuge qui ne leur évite pas une condamnation pour « entente délictueuse en vue d'un vol » : ils rôdaient à proximité d'un local de la Brink's.

Antoine Cossu guette la première permission de sortie pour fausser définitivement compagnie à ses geôliers britanniques. Les deux années suivantes voient se multiplier les doutes : on croit l'apercevoir près d'un fourgon en mai 1991 ; on voudrait lui imputer l'attaque à l'explosif d'un fourgon sur le parking d'un supermarché, au lendemain de la Noël 1989, qui a vu se volatiliser 5 millions de francs [1]... et l'on finit par l'interpeller le 12 juin 1992. Mais on le relâche, et le voici de nouveau libre, circulant d'aéroport en aéroport, tel un véritable attaché commercial.

Commencent pour Antoine Cossu ces années espagnoles qui vont conduire à la plus grande déroute judiciaire de sa carrière. Il prend le nom de Richard Pina, né en 1944 dans le Jura, et côtoie assidûment un Tangérois de nationalité française, appelé « Samy » et très au fait du marché du cannabis ; on le dit aussi en contact avec un Parisien prénommé Albert et installé en Guyane, non loin des grands greniers de la cocaïne. L'enquête s'étale sur plusieurs années et met au jour une équipe tournant autour des frères Perletto, alors considérés comme les nouveaux parrains du Var, au sein de laquelle évoluent aussi bien Gandebœuf que des Niçois et des Marseillais, notamment Jean-Claude Kella, un ancien de la French Connection qui a conservé des contacts en Colombie et au Mexique [2]. Ensemble, ils paraissent régenter l'approvisionnement en stupéfiants de tout le Midi. Travaillant à la tonne et sans pitié pour les concurrents, ils disposeraient aussi d'une importante clientèle étrangère, notamment au Royaume-Uni et aux Pays-Bas.

La cocaïne, croit-on savoir, arrive directement sur les plages du Var ou dans les ports, comme cette fois où elle était dissimulée au milieu de seize tonnes de crevettes revendues sans le moindre bénéfice, avant de

1. Environ 750 000 euros.
2. Une enquête relatée, avec la saga des Perletto, au chapitre suivant.

laisser place à une livraison de poivre, puis à des boîtes de cœurs de palmier...

Interpellé le 28 avril 1998 dans un hôtel de luxe madrilène en compagnie d'un fournisseur mexicain, extradé peu après vers la France, Antoine Cossu attend plusieurs années le verdict de la justice.

Acquitté en appel dans le volet cocaïne, il prend vingt ans pour le cannabis. Un prix élevé qu'il attribue à son image, tandis qu'un avocat assure que la justice ne pouvait faire moins si elle voulait couvrir les dépenses engendrées par ces interminables investigations.

Un prix d'autant plus élevé qu'il se solde en années de QI, ces cellules où il n'est pas question de « jouer » avec qui que ce soit, tant le régime est sévère : isolement total, deux heures de promenade par jour dans un blockhaus de béton à peine plus grand que la cellule.

Roland Cassone, une « grande figure » (les Américains)

Si la vie d'Antoine Cossu est intimement liée à celle de Francis « le Belge », Roland Cassone, né à Marseille en 1944, est plutôt considéré comme un ami de Jacques Imbert, qu'il a secondé au temps de la guerre qui l'opposait au clan Zampa. C'est très logiquement aux côtés de cet illustre prédécesseur qu'il a sa place dans une note rédigée récemment par Eugen D. Habib, attaché à Paris de la Drug Enforcement Administration (DEA), l'office nord-américain chargé de la lutte contre le trafic de stupéfiants.

« Le bureau de la DEA a lancé l'opération "Calanque" pour connaître le trafic dans le Sud et identifier les principales organisations ayant un impact direct ou indirect aux États-Unis », écrit Habib à ses homologues français de l'Office du banditisme. Sans citer ses sources, le fonctionnaire américain laisse entendre que son service a bénéficié, pour élaborer sa synthèse, de l'aide d'un repenti. Difficile à vérifier, mais cette note présente l'avantage de situer les bandits hexagonaux dans le contexte international : « Les groupes de trafiquants français traditionnels peuvent être comparés aux groupes liés au crime organisé italien qui opèrent aux États-Unis, écrit-il. Les groupes marseillais sont assez souples et ne présentent pas la structure traditionnelle ni la hiérarchie des groupes italiens, avec un patron, un adjoint, un capitaine [...]. Bien qu'il existe [en France] des familles criminelles bien définies, leur structure n'est pas aussi rigide que celle des familles que l'on rencontre aux États-Unis.

« Les groupes français reconnaissent pour tête de l'organisation la personne qui contrôle et a accès aux moyens nécessaires aux activités criminelles, comme le contrôle des travailleurs des docks sur le gigantesque port de Fos-sur-Mer, ou les porteurs de bagages à l'aéroport. C'est en cela que s'exerce le contrôle des groupes criminels organisés : par le fait que les dockers ou les bagagistes ne feront confiance à personne ou ne travailleront avec personne à moins d'en avoir reçu l'ordre de l'organisation. Mais tous les membres du groupe sont libres de travailler de façon autonome, sans adhérer à aucune hiérarchie rigide, excepté la tête de la famille ou de l'organisation.

« La plupart des groupes criminels marseillais sont l'émanation de longues relations et amitiés qui se sont développées dans le quartier du Panier, où l'on a vu plusieurs trafiquants actifs au temps de la French Connection, toujours impliqués dans le trafic de drogue. »

La suite du propos attribue un grand rôle à Jacques Imbert et à Roland Cassone, promus « principales figures du crime organisé en France » : « Imbert et Cassone semblent avoir forgé leur amitié il y a vingt-cinq ans, croit savoir la DEA, lorsque le frère de Cassone, Serge, a été tué par un rival proche de Tany Zampa, le 21 avril 1978. Pour se venger, Imbert, Cassone et un troisième associé, Francis Vanverberghe, alias “le Belge”, auraient fait tuer l'associé de Zampa. »

L'informateur des Américains brode-t-il ? Comme il doit leur en donner pour leur argent – un repenti, selon la loi américaine, peut bénéficier d'une forme d'impunité et d'un soutien matériel –, il leur promet le retour des Marseillais sur la scène criminelle new-yorkaise, selon des schémas éprouvés trente ans auparavant. Sans préciser la date limite de fraîcheur de ses informations, il cite ainsi le nom d'un Corse prénommé Marcel, ancien de la French Connection, qui s'activerait à la fois sur le front de l'héroïne, exportée vers les Caraïbes, et sur celui de la cocaïne, importée d'Espagne, en collaboration avec un cousin établi à Cannes et propriétaire d'un « cercle huppé » à Paris...

De vieux « chevaux de retour », en somme, puisque l'un des membres de cette équipe aurait personnellement tué le parrain français Edgar Zemmour dans la salle de bains de son appartement de Miami (Floride), en 1987 [1], en guise de représailles pour l'assassinat de son frère à Paris : deux meurtres gravés dans le marbre de la guerre entre le milieu corse et le milieu juif, remportée par le premier. Une guerre, affirmait tou-

1. Les tueurs étaient arrivés par bateau, longeant un canal jusqu'à l'immeuble où vivait Edgar Zemmour, au rez-de-chaussée ; ils étaient entrés par l'arrière et l'avaient « cueilli » sous la douche : trois balles de 45 dans le cou, le menton et la poitrine.

jours le repenti, dont l'enjeu n'était pas la mainmise sur les casinos, comme on l'avait longtemps cru, mais bel et bien le contrôle du trafic d'héroïne.

Cerise sur le gâteau offert aux Américains par le mystérieux informateur : la présence de laboratoires de transformation de la morphine base dans la région marseillaise, comme à la belle époque. « Ils fonctionnent un laps de temps réduit, avant démantèlement, et produiraient des quantités de 50 à 100 kilos d'héroïne », écrit le fonctionnaire de la DEA, qui a également sa petite idée sur la provenance de la matière première : « De nombreux membres des organisations marseillaises se rendent en Turquie et traitent directement avec les fournisseurs kurdes. »

Mais tout cela nous éloigne du sujet : Roland Cassone, 1,67 mètre, cheveux châtains et front dégarni, plutôt corpulent, serait, selon la police française, un virtuose des machines à sous plutôt qu'un pilier du trafic de stupéfiants. C'est aussi un amateur de football que l'on retrouve, début 2002, mêlé à une tentative de rachat du club niçois, pas au mieux de sa forme puisqu'il se traîne en deuxième division.

Le 12 février 2002, l'Olympique Gymnase Club de Nice, plus connu sous le sigle OGC, est vendu par son propriétaire italien, Francesco Sensi [1], à une société sportive anonyme en cours de formation : FFJCMR Challenge Associés. La cession est agréée par le conseil d'administration du club, qui a pris acte de la perte importante [2] enregistrée au terme de l'exercice 2001. Sauf que le maire de Nice, Jacques Peyrat (droite), et les présidents de la Ligue et de la Fédéra-

1. Par ailleurs premier actionnaire de l'AS Roma, un des plus puissants clubs italiens.

2. 39 millions de francs, soit environ 6 millions d'euros.

tion française de football, inquiets devant la multiplication des rumeurs, demandent au procureur une enquête sur les dessous de cette subite reprise.

Les fameux « Associés » apparaissent alors au grand jour. Au premier plan, Robert Cassone, trente-cinq ans, fils de Roland ; officiellement salarié d'une brasserie niçoise, le Florida, il est inscrit au fichier spécial de la répression du banditisme pour cause d'infraction à la législation sur les jeux. À sa droite, François Mouret, trente-trois ans : « connu de la documentation criminelle », selon les termes policiers, c'est le fils de Roger Mouret, un ami de Roland Cassone, que l'on retrouvera au chapitre suivant. À sa gauche, Michel Torreolla : originaire de l'Isère, comme le précédent, il est membre d'une famille de gens du voyage qui gère un parc de loisirs du côté du Cap-d'Agde (Hérault). Derrière eux, deux familiers du ballon rond : Jean-Christophe Cano, ancien joueur de l'OM devenu coordinateur sportif de l'équipe marseillaise, et l'agent de joueurs Gilbert Sau, deux garçons abondamment cités au chapitre précédent.

Des associés un peu trop remuants pour que les instances supérieures du football et la municipalité niçoise laissent faire sans sourciller. Confier l'OGC Nice à ces hommes les exposerait en effet à se retrouver face à une situation comparable à celle du Sporting Club de Bastia, club que la justice soupçonne à l'époque d'être passé sous la coupe du milieu insulaire. D'ailleurs, l'agent de joueurs Gilbert Sau est entendu par la police, le 6 juin 2002, dans le cadre d'une enquête sur les commissions occultes versées à l'occasion de certains transferts...

Les dernières nouvelles données par Roland Cassone remontent au mois d'août 2002 et sont assez pittoresques. Les gendarmes reçoivent en effet cet été-là une information selon laquelle une importante réunion est susceptible de se tenir dans l'enceinte de l'abbaye de Maumajour, située entre Arles et Fontvielle. Quelques barons du milieu marseillais, dont Cassone, sont censés y retrouver trois Nîmois, ainsi que des Sétois installés du côté de Marbella (Espagne). Quand on sait que « Francis le Belge » a un jour reçu un proxénète au Sacré-Cœur de Montmartre, on peut prendre ce renseignement au sérieux. D'autant que l'objet de la rencontre ne semble pas futile : il s'agit de se répartir les territoires et d'éliminer les organisations maghrébines, jugées « dangereuses pour leurs affaires », qui iraient des machines à sous au trafic de stupéfiants.

Les gendarmes inspectent les lieux. Bâtie sur un promontoire rocheux d'où l'on domine le delta du Rhône, l'abbaye est ouverte au public. Une seule route pour s'y rendre, pas de surveillance vidéo, une petite chapelle en contrebas du monument, accessible par un escalier étroit : l'endroit paraît propice à un Yalta du business. Mais les pandores, qui ne voient venir personne, s'en retournent songeurs : soit le tuyau était crevé, soit la réunion était achevée depuis longtemps [1].

Raymond Mihières, un « Chinois » influent

Les membres de la fameuse Dream Team changeaient régulièrement de pseudonymes. Quand on s'appelle « le Chinois », c'est plus difficile. « Personnage notoire du milieu marseillais, Raymond Mihières, né en 1950, est un individu très influent au sein du grand

---

1. Roland Cassone sera arrêté à l'automne 2007, soupçonné d'avoir joué les juges de paix entre deux clans en guerre pour le contrôle d'un cercle de jeu à Paris, le Concorde.

banditisme de la région PACA (Provence-Alpes-Côte d'Azur) », dit la « notice ».

L'homme a lui aussi pris son essor après l'interpellation et le suicide du parrain Gaétan Zampa. Au milieu des années 80, il est l'un des premiers à comprendre l'enjeu des machines à sous, terrain qu'il investit avec un allié de choc : Souhel Hanna Elias, alias « le Turc », qui n'a pas encore décidé de rallier la capitale [1].

Les deux hommes s'implantent dans les bars et les établissements de nuit. Leur technique est rodée : elle consiste à apporter un financement occulte à celui qui souhaite embellir son débit de boissons ou sa discothèque, puis à créer une situation assez difficile pour gêner les remboursements de ces prêts. Par exemple en retardant la réparation d'une machine à sous placée dans les lieux, ou en exigeant un remboursement brutal. Le fruit mûr, il ne leur reste plus qu'à prendre le contrôle des lieux, ce qui ne va pas toujours sans heurt.

Lorsqu'il séjourne derrière les verrous, Raymond Mihières s'emploie à mériter l'étiquette de « parrain ». Une affaire de comportement, mais aussi de carnet d'adresses : outre Hanna Elias, « le Chinois » fréquente l'un des frères Perletto, figure montante du Var, dit connaître Antoine Cossu, le Sarde du Vieux-Port, a des amis en Corse-du-Sud, et s'appuie, dans sa conquête des bars, sur une solide équipe composée d'un Vietnamien, d'un Camerounais et de plusieurs pieds-noirs originaires de Tunisie.

« Le Chinois » commet cependant une première erreur qui semble le placer en porte-à-faux avec un homme qu'il a pourtant longtemps servi : Francis Vanverberghe. Lorsque le « parrain » revient sur le terrain,

1. Personnage longuement évoqué au chapitre 5.

après une longue incarcération, Mihières s'éclipse, comme s'il craignait un mauvais coup. L'origine de l'embrouille ? Une histoire de bistrotier malencontreusement assassiné, croit savoir la police marseillaise.

Raymond Mihières fait à nouveau parler de lui, en juillet 1995, avec l'assassinat du patron du Campus, un bar d'Avignon. Un des agresseurs, blessé au cours de la fusillade, est retrouvé dans une clinique de Marignane où il était soigné clandestinement. Quelques taches de sang laissées derrière lui permettent aux enquêteurs d'identifier le mobile de ce règlement de comptes : le patron de bar visé, lui aussi propriétaire de machines à sous, résistait apparemment à l'emprise d'une équipe marseillaise supervisée par « le Chinois ».

La villa occupée par le blessé recèle un arsenal non négligeable, mélange hétéroclite d'armes légères et d'armes de gros calibre, de lance-roquettes et de munitions, sans oublier une voiture de police et près de 200 kilos de cannabis. L'exploitation des appels passés par plus de quatre-vingts lignes téléphoniques trahit les quatre membres de l'expédition punitive, parmi lesquels un jeune neveu de Raymond Mihières, baptisé par les siens « Coups tordus ».

Les enquêteurs découvrent au passage que l'équipe investit une partie de ses profits... dans la moquette, mais « le Chinois » n'est localisé que l'année suivante, près de Barcelone. Il se dit employé par une société camerounaise de « machines automatiques », et a désormais pignon sur rue dans le Vaucluse comme antiquaire. La PJ ne l'en soupçonne pas moins de s'être lancé dans l'importation de cannabis marocain et de cocaïne...

Une quarantaine de personnes sont interpellées autour de Marseille, où l'on saisit trois bidons d'un acide pouvant servir à transformer la morphine base. On ouvre également un coffre bourré de billets de banque destinés, selon les enquêteurs, à rémunérer les membres de cette organisation à la tête de laquelle « le Chinois », extradé par l'Espagne en 1997, endosse malgré lui le rôle de « chef ». Avec, à la clef, une condamnation à six ans de prison confirmée par la cour d'appel de Nîmes en janvier 2001.

La mise à l'écart de Raymond Mihières laisse un vide dans le domaine des machines à sous. Des Corses raflent alors la mise, composant avec les « anciens » qui ont choisi de se « ranger » dans le commerce officiel, « si possible dans l'entourage des notables locaux », écrit non sans une pointe de perfidie un « pilier » de l'Évêché[1].

Son incarcération dégage aussi le terrain pour de nouveaux réseaux d'importation de drogue, si l'on prend pour argent comptant la note qui suit, bientôt jointe au dossier Mihières. Expédiée par l'antenne de l'Office des stupéfiants à Bogota (Colombie), elle dit ceci : un Français d'apparence vietnamienne, prénommé Raymond, mince, bien vêtu et portant des lunettes de vue, cherche à acheter 500 kilos de cocaïne, payables d'avance au prix de 900 000 dollars, auprès d'une famille membre du fameux cartel de Cali. La commande porte également sur des lance-roquettes M72, des M16 lance-grenades et des explosifs. Le paiement est censé s'effectuer à Panama, et la livraison, en Guyane française. La marchandise, transportée par bateau, doit être livrée en mer, emballée dans des sacs étanches équipés de flotteurs et de signaux lumineux...

Une information à manier avec la plus grande pré-

1. Pour mémoire, le siège de la police marseillaise.

caution, stipulait le rédacteur, car l'équipe était soupçonnée d'avoir une entrée dans la police... Une information rendue invérifiable, surtout, pour cause d'arrestation du principal suspect.

« Dédé » Cermolacce pousse un pion à l'Évêché

Après Antoine (Cossu), Roland (Cassone) et Raymond (Mihières), voici « le Gros Dédé », ou « Dédé » tout court, pseudo, on l'aura compris, imposé par son prénom (André) et une corpulence assez forte. Un autre Marseillais qui, dès l'année 1981, tout juste âgé de vingt-sept ans, voit son nom cité dans l'enquête sur l'assassinat du juge Michel, imputé au clan de Gaétan Zampa : il aurait utilisé la moto des tueurs peu avant le crime, mais les enquêteurs s'avouent incapables de fixer les rôles avec précision, malgré le renfort d'un repenti incarcéré en Suisse. C'est cependant assez pour faire entrer André Cermolacce, qui se dit « peintre-sableur », dans le fichier réservé aux « grosses pointures ».

Contrôlé à Paris une nuit de 1985, des espèces plein la poche, « Dédé » se dit commerçant en jeux vidéo ; arrêté peu après sur la Promenade des Anglais, à Nice, la poche encore plus chargée d'argent, il se prétend docker et raconte qu'il sort du Loews, un casino de Monaco, le seul endroit où il peut jouer du fait de son exclusion des salles françaises – il a un jour commis l'impardonnable erreur de déchirer rageusement une carte de baccara.

À Marseille, Cermolacce est de ceux qui animent, après une heure du matin, le Skatin, un bar de la rue de Paradis qui se transforme en tripot quand dorment les bourgeois. « Jo Boule » (encore l'embonpoint), gérant des Mille et Une Nuits, un restaurant du quartier de l'Opéra, ne le quitte pas d'une semelle. Les deux joueurs sont tellement inséparables qu'une « note de renseignement » leur est bientôt consacrée. Elle leur prête de très sombres desseins : l'attaque d'un fourgon pour cause de revers de fortune au poker, en compagnie d'un certain Jamel, propriétaire d'un bar à Cassis. Détail fourni par le malveillant informateur : « Dédé » et « Jo Boule » circulent à bord d'un faux taxi conduit par un homme qui n'est autre que leur garde du corps.

Information sans suite, comme tant d'autres, alors que l'on retrouve Cermolacce au Satellite, ex-Privilège, établissement phare de la corniche Kennedy, depuis longtemps sous l'influence du milieu marseillais. Des Bastiais à l'avenir prometteur apparaissent dans son entourage, comme Richard Casanova et Maurice Costa ; il fréquente également les deux Lyonnais en pointe : Jacques Grangeon et Michel Daumas. Et se découvre un quatrième métier à l'occasion d'un contrôle routier, en 1989 : « Dédé » effectue désormais « des travaux pour la publicité », à cent lieues de ce braquage auquel un nouvel informateur – à moins que ce ne soit le même – le voit mêlé.

C'est cependant en révisant ses classiques que « tombe » Cermolacce : en 1993, la police le soupçonne de faire tourner une trentaine de prostituées nord-africaines entre Marseille, Avignon et Paris. Aucun ingrédient ne manque au tableau : ni les clients recrutés par petites annonces, ni la patronne du Cancan, un cabaret de Pigalle, relais présumé des bandits marseillais dans la capitale, ni l'agent immobilier véreux qui fournit les studios au réseau, ni même le concessionnaire Mercedes qui équipe les filles en berlines de luxe en fermant les yeux sur les dossiers de crédit contrefaits...

Roger Spanu, cité comme complice, assiste avec anxiété à la saisie de sa Porsche, mais les deux hommes ne tardent pas à refaire surface dans les établissements du quartier de l'Opéra, à Marseille. Un troisième personnage est souvent attablé avec eux ; il s'appelle Richard Laaban et s'occuperait notamment des contrats de publicité de l'Olympique de Marseille, institution décidément très courtisée.

« Dédé » ne court plus après les filles. Son nouveau gagne-pain, ce sont les « bandits manchots », autrement dit les machines à sous. Qu'un joueur en vienne au jeu, n'est-ce pas dans la logique des choses ?

Un jour d'avril 1997, la police assiste à distance à un véritable sommet de « stars » dans une brasserie de la rue de Suez, toujours à Marseille. Elle croit identifier Jacques Imbert, Roland Cassone, Roger Mouret, Roger Spanu, Richard Laaban et André Cermolacce. Ce rendez-vous est suivi d'un déjeuner dans un restaurant de la Corniche, mais ce que retiennent les flics, ce n'est pas le menu. Le rapport établi après cette rencontre fait état noir sur blanc de ce qu'il est convenu d'appeler poliment la « porosité » de la police dans la ville. Spanu, Cermolacce et Laaban « disposent de renseignements très précis sur les enquêtes en cours », affirme l'auteur, qui fait état de soupçons très précis : « Christian Rodat, journaliste à *La Provence*, joue un rôle déterminant. Il est en contact quotidien avec Richard Laaban, qu'il tient au courant des procédures, et n'hésite pas, le cas échéant, à intervenir auprès des enquêteurs. » Et le policier d'inviter prudemment ses collègues à « la plus grande discrétion » au sujet des recherches en cours.

Pour en savoir plus, il suffit de traîner dehors et

d'ouvrir les yeux : le responsable des faits divers du quotidien local, par ailleurs correspondant d'Europe 1, est visible à l'heure de l'apéro dans le bar le plus proche de l'Évêché, où il arrose généreusement les gosiers policiers. Jamais avare d'un petit cadeau, il a trouvé un truc imparable pour faire saliver ses amis fonctionnaires : il distribue à pleines mains des tickets de Morpion et autres petits bouts de papier qui font la fortune de la Française des jeux.

Les grands jours, le journaliste achète pour 3 000 francs[1] de Millionnaire et les jette en l'air, déclenchant des scènes hystériques de chasse au trésor. Quand un match approche, il lui arrive aussi de distribuer des billets d'entrée pour le Stade-Vélodrome, sans oublier d'offrir à quelques « tauliers » (les commissaires) des repas dans des restaurants recommandés par le guide Michelin.

C'est ainsi, derrière le comptoir, que l'arroseur tisse des liens avec ses futurs informateurs. C'est là qu'il suscite les confidences. Là aussi qu'il finit par ferrer les fonctionnaires les plus fragiles, ceux qui ont besoin qu'on leur prête un peu d'argent, ceux qui feraient n'importe quoi pour qu'on leur paie une nouvelle voiture, le « n'importe quoi » consistant ici à aller pêcher des informations sensibles auprès des collègues qui travaillent sur le grand banditisme.

Certains policiers prennent Christian Rodat pour l'un des leurs, mais ne sont pas dupes. L'un d'eux, en service à la Brigade de répression du banditisme, décide en mai 1998 d'aviser sa hiérarchie. Le journaliste, explique-t-il, lui a réclamé des informations sur les enquêtes pouvant inquiéter André Cermolacce. Il lui a dit préparer « une grosse affaire » avec cet

1. Environ 450 euros.

homme. Il avait besoin d'une « protection » pour laquelle il était prêt à débourser jusqu'à 50 000 francs[1].

Les patrons de la PJ marseillaise décident de tendre un piège au journaliste. Le policier va servir d'hameçon. Première phase : le fonctionnaire accepte par deux fois des espèces sous les yeux discrets de ses collègues. Deuxième phase : alors que Cermolacce est placé en garde à vue, Rodat rapplique dare-dare ; le policier qui le reçoit pose sur la table un téléphone portable équipé d'un micro performant. La façon dont le journaliste réclame des explications est assez explicite pour donner corps à une affaire de corruption.

Devant la justice, Rodat innocente « Dédé » Cermolacce et Richard Laaban. La manipulation, explique-t-il, est de son seul fait : il souhaitait enrichir ses articles. La méthode ne convainc cependant pas le tribunal, qui lui inflige quatre ans de prison. Blanchi, Cermolacce pleure cependant un contrat perdu : avec quelques financiers gravitant autour de l'Olympique de Marseille, il se voyait déjà attribuer le monopole de la distribution d'une grande marque de café durant la Coupe du monde de football, l'événement de l'été 1998, dont le Stade-Vélodrome allait être le cadre de certains épisodes.

Depuis, « Dédé » a eu une autre occasion de « pleurer ». Il a eu quelques soucis avec une petite équipe du quartier du Panier, des « baltringues », comme on dit à la PJ, qui ont tout de même trouvé le moyen de tirer sur sa voiture, à deux pas du Cercle des nageurs, dans ce quartier des Catalans qui est un peu son fief. Interrogé à l'Évêché, il a assuré qu'il ne savait pas d'où venaient ces coups de feu, ni pour quelles raisons

1. Environ 7 500 euros.

on lui avait tiré dessus. Il a cependant décidé de s'armer pour le cas où, ce qui n'a pas échappé aux policiers de la Brigade anticriminalité qui l'ont contrôlé, trois mois plus tard, début 2005. Devant le tribunal, il a expliqué qu'il se sentait en danger, mais c'était probablement un mauvais jour pour lui : invoquant la récidive, les magistrats lui ont infligé une peine record de trois ans de prison.

À la recherche de la French Connection

Avec son prénom et son type eurasien, lui non plus ne pouvait y échapper : André Poincet devait devenir « Dédé le Chinois ». Un pseudo un peu ringard pour un jeune homme plutôt moderne qui passe ses vacances aux îles Maldives et fréquente les Caraïbes. Un garçon qui, lors d'un contrôle routier, en 2002, alors qu'il roule à bord d'un véhicule évalué à 170 000 euros, laisse entrevoir, en sortant ses papiers, une liasse pesant autour de 12 000 euros, au point que le parquet pense un instant ouvrir une information... pour blanchiment !

André Poincet n'avait pas trente ans lorsqu'il est apparu dans les archives de la grande criminalité. On lui colla très (trop) vite sur le dos une attaque de fourgon et deux complices qui ne le quitteront plus : Roland Talmon et Jamel Hamoudi. Fausse alerte, mais vrai bandit : « Dédé le Chinois » est arrêté l'année suivante, en 1990, après l'attaque de convoyeurs de la Brink's en plein Marseille. « Type européen légèrement asiatique, corpulence athlétique » : son signalement l'a trahi, mais il n'est pas de ceux qui avouent pour si peu et s'en sort une nouvelle fois sans trop de mal.

On le retrouve bientôt dans le « jeu ». À en croire le serveur d'une brasserie d'Aix-en-Provence passionné de voitures, c'est lui qui conduisait la Porsche 911 grise venue se garer devant son établissement, un soir du mois d'août 1997. Le conducteur était entré avec un air menaçant et avait fait savoir au patron qu'il souhaitait le voir cesser d'exploiter des machines à sous pour son propre compte. La semaine suivante, deux individus s'étaient introduits dans les lieux, armés d'un fusil à pompe et d'une hache ; tenant le gardien de nuit en respect, ils avaient détruit quatre machines. Casque sur la tête, les deux casseurs avaient récidivé deux jours plus tard, si bien que le propriétaire avait porté plainte.

La main de « Dédé le Chinois », qui fréquente alors assidûment Jean-Louis Marocchino, l'un des neveux de « Francis le Belge » ? On lui attribue des pressions similaires à l'encontre d'un autre exploitant qui aurait été contraint de s'exiler à Paris pour préserver son intégrité physique.

En 1998, c'est son vieux compère Jamel Hamoudi, dit « James », qui fait l'actualité. Il est au cœur d'un réseau soupçonné d'importer par mer des tonnes de résine de cannabis. Un chargement a été intercepté à Marseille, dissimulé dans la remorque d'un camion en provenance d'Alger ; plusieurs employés d'une société travaillant sur le port (Translevage) ont été interpellés en même temps qu'un responsable des Entrepôts du littoral.

André Poincet, sollicité par les enquêteurs, adopte le profil de l'assisté : il survit grâce à la pension d'invalidité que l'État veut bien lui accorder chaque mois...

Jamel Hamoudi s'en sort, mais des tueurs vont le rattraper, en septembre 1999, dans une rue de Marseille : la chute de la moto de ses poursuivants lui accorde deux ans de répit. La fois suivante, les motards ne le ratent pas : il meurt alors qu'il vient de rendre visite à sa compagne, jeune maman de jumeaux. Mais la France n'a pas l'habitude de pleurer ses voyous.

Interdit de séjour dans la région sur décision judiciaire, André Poincet n'a rien vu, rien entendu. En 2002, un juge de Marseille remet cependant l'Antigang sur son dos. Mission : explorer la nature des liens de « Dédé » avec un certain « Francis », supposé trafiquant de cocaïne. Des noms connus apparaissent au gré des surveillances. Il y a « le Vieux », un Corse également surnommé « le Sanglier », mais la personne qui semble dominer les opérations se prénomme « Roland », alias « le Gros ».

Un rendez-vous se tient à Paris, en septembre 2003, entre les Marseillais et leur « banquier ». Un certain « Freddy », surnommé « le Vendeur de merguez », récupère les visiteurs à la gare de Lyon et les dépose dans un grand hôtel tout en mettant à leur disposition un véhicule de luxe. Alors que l'équipe apprend l'incarcération du « banquier » à Genève, un autre homme entre en scène en Belgique ; prénommé « David », il est apparemment capable de « mobiliser » plusieurs millions de dollars avec le concours, si nécessaire, d'un ami israélien.

Le rendez-vous suivant se tient à Annemasse. « David » annonce au Corse que « les Italiens ont fait la moitié du travail ».

Le lendemain, le Corse est en Suisse avec « Roland », puis, de là, se rend en Italie.

Une semaine plus tard, le même Corse passe par Perpignan, direction l'Espagne.

Comment manier des informations aussi désarmantes que décousues ? Comment passer de ces observations éparses à un dossier construit ? Les « péjistes[1] » sont souvent conviés à un spectacle dont ils ne comprennent pas le sens. À ce stade de leur enquête, ils remarquent simplement que Poincet et son ami Talmon, en relation avec des spécialistes des transactions financières internationales, ont contracté un gros emprunt... pour acheter un restaurant ! Mais toujours pas le moindre gramme de cocaïne à l'horizon.

L'étang de Berre dans la main de Farid Berrahma

C'est dans le quartier populaire de la Belle-de-Mai, celui de « Francis le Belge », à Marseille, que vit le jeune Farid Berrahma au début des années 90. Mais « Fafa », dit aussi « l'Indien », « le Gris » ou « Gremlins », est né vingt-cinq ans plus tôt à Salon-de-Provence et « s'exprime » hors des frontières de la ville, domaine réservé des « anciens ». Son territoire, c'est l'étang de Berre (à une trentaine de kilomètres à l'ouest de Marseille), zone où le milieu a aussi ses traditions mais où il n'y a pas forcément « à manger » pour tout le monde.

L'entrée de Berrahma sur la scène criminelle se produit au détour d'une guerre. Le clan qui régnait sur les nuits de Salon-de-Provence, composé de trois frères, est décimé en douze mois. L'enquête détecte l'origine probable de ce ménage radical : la constitution d'une forte association de malfaiteurs autour d'un certain Éric Shone, né à Sidi Bel Abbes (Algérie) en 1954. Lors de l'interpellation de ce caïd, Farid Berrahma, considéré comme un second couteau, parvient à prendre la fuite.

1. Membres de la PJ.

L'acte suivant est tout aussi sanglant. Éric Shone est abattu le 11 août 1998. Un coup dur pour Berrahma, qui perd un allié, à moins qu'il ne soit pour quelque chose dans l'hécatombe, ce que laissent entendre les « sonnettes », ces garçons qui portent le jour la casquette d'auxiliaires de la police et, la nuit, deviennent les meilleurs amis des voyous. Mauvaises langues ? Le jeune Salonais se tire sans une égratignure de cette boucherie.

L'été 2000 laisse la PJ les bras ballants face à trois braquages contre des banques de Salon-de-Provence et de Miramas, précédés par l'attaque manquée d'un fourgon de la Brink's à Coudoux (Bouches-du-Rhône). Farid Berrahma, désormais installé à la tête de l'équipe, est classé parmi les possibles suspects, de même qu'Yvan Fuentès et son frère, rescapés de l'ancien attelage. Sans suite, mais le groupe coalise derrière lui de plus en plus de flics, persuadés qu'il rayonne à la fois dans le domaine des stupéfiants, dans celui des machines à sous et dans le milieu de la nuit.

Berrahma a-t-il trop de fers au feu ? Des intérêts divergents se font-ils jour au sein de la petite organisation ? Quelque chose dérape cet hiver-là, et les frères Fuentès décident brusquement de faire cavalier seul, si l'on peut dire. À en croire les bruits qui parviennent bientôt aux oreilles policières, les frères seraient entrés en conflit avec le « chef » au sujet du partage des bénéfices. Ils auraient par ailleurs la conviction que Berrahma n'était pas pour rien dans l'assassinat d'Éric Shone, leur ancien complice, qui se trouvait être également leur beau-frère.

Conséquence immédiate de cette scission : les deux hommes désignés pour prendre la place des frères Fuentès dans l'équipe sont assassinés quelques jours plus tard. Un double meurtre à caractère préventif, analyse la PJ, pour qui les frères, se sentant menacés, auraient décidé de prendre les devants. Une preuve supplémentaire, s'il en fallait, que la génération montante a la détente plus facile que la précédente...

Dans la série « Pousse-toi de là que je m'y mette », un nouveau cadavre alimente cette saga, en décembre 2000, lorsque le corps d'un Salonais est retrouvé dans le coffre d'une voiture calcinée. Un certain Lamine, proche de Berrahma, se vante au téléphone d'être l'assassin alors que l'on apprend que le mort était en bisbille avec « Fafa » à propos de machines à sous. Insuffisant pour confondre qui que ce soit, tranche le juge d'instruction.

La PJ passe cependant à l'action au printemps 2001. Elle arrête un commerçant algérien, un agent de sécurité parisien, le propriétaire d'un bar de Tarascon et un Algérien de Marseille, Saïd Tir, qui admet du bout des lèvres que Berrahma a bien des « problèmes » avec une équipe adverse.

Le caïd de l'étang de Berre n'est interpellé que sept mois plus tard, à la terrasse d'un bar, sur la Costa del Sol, alors qu'il prenait un café en guettant l'arrivée de sa fille. Une note interne fraîchement jointe à son dossier assure qu'il vient de se faire rouler de plusieurs millions de francs par des Colombiens, en Espagne. Un autre document assure qu'il guettait la prochaine livraison d'une cargaison d'armes sur la Côte, entre Bandol et La Ciotat. Un troisième évoque le récent assassinat de l'un des frères Fuentès, ex-complices devenus ennemis jurés.

Berrahma provisoirement hors jeu, une redistribution des cartes semble à l'œuvre dans le milieu provençal. Un document rédigé par la PJ en avril 2001 souligne l'activisme d'une organisation marseillaise animée par un homme originaire d'Évian, comme son nom ne l'indique pas : Frédéric Sbyszynski, dit « Frédéric le Polonais ». Spécialiste des machines à sous, il aurait le profil pour chausser les crampons de Berrahma, mais pas seulement : il lorgnerait vers le nord, vers Avignon et Carpentras, ces terres sur lesquelles Berrahma commençait à s'implanter.

« Frédéric le Polonais », selon l'auteur de ce rapport, avancerait sous couvert d'une société de jeux basée à Robion, au pied du Luberon. Plusieurs discothèques seraient dans sa ligne de mire, comme le Cubana et le Living-room, à Avignon, le Saphir à Saint-Saturnin-lès-Avignon, ou L'Inédit à Beaumes-de-Venise. Avantage de ce garçon sur ses concurrents : il bénéficierait de la protection de l'un des héritiers du parrain « Francis le Belge », Michel Hadjilouloudès, dit « Mickey le Grec »... La preuve que les générations spontanées sont rares dans le Midi, où l'on est plus souvent le fils spirituel de tel ou tel homme influent [1].

1. Libéré de prison, Farid Berrahma tentera de reprendre son emprise. Il heurtera frontalement les intérêts d'une équipe corse, un bras de fer qui se terminera par son assassinat, le 4 avril 2006, dans un bar de Marseille.

11.

L'arrière-pays, le Far West varois et la Côte d'Azur

« Frédéric le Polonais » investit la Provence

Le commissaire Francis Choukroun est l'un des meilleurs connaisseurs du banditisme sudiste. Il est à l'Évêché[1], patron de la division criminelle, lorsqu'il établit une chronologie macabre : celle de la guerre des machines à sous.

Les premières balles ont été tirées, selon lui, le 5 mars 1997, dans une rue de Port-de-Bouc, ville du bord de mer située entre Fos-sur-Mer et Martigues, à quelques dizaines de kilomètres de la Canebière. La cible : deux proches du demi-frère du parrain suicidé Gaétan Zampa, Jean Toci. L'enjeu : les quelque 150 machines, type vidéopoker, en service autour du seul étang de Berre.

Le mort suivant est un rescapé de la French Connection, Georges Dumoing, né en 1928 et considéré comme un proche de « Francis le Belge ». Des gouttes de sang appartenant à cet homme sont retrouvées sur un morceau de moquette oublié dans une voiture de

1. Pour mémoire, le siège de la police marseillaise.

location en même temps que deux projectiles de 9 millimètres. Une histoire de machines à sous, tranchent les enquêteurs.

C'est le corps d'un Marseillais de cinquante-six ans que l'on découvre ensuite, emballé dans une couverture, sous un taillis. Les pieds et les mains liés avec du fil électrique, la tête enveloppée dans un sac en plastique, il a été tué par balles tirées à bout portant. Machines à sous, encore.

Une semaine plus tard, la scène du crime se déplace vers un département voisin des Bouches-du-Rhône, les Alpes-de-Haute-Provence, avec l'assassinat du gérant d'une discothèque (le Métropolis) de Château-Arnoux. Six balles de 9 millimètres ont été tirées par son agresseur, entré cagoule sur la tête à l'intérieur de l'établissement. Profil de la victime : connu dans le milieu des machines à sous.

C'est ensuite un attentat qui échoue à Digne-les-Bains, toujours dans les Alpes-de-Haute-Provence. Deux kilos de dynamite conditionnée dans un bocal en verre ont été déposés au pied de la façade du Bistrot, un établissement de la ville, mais le détonateur n'a pas fonctionné. Le propriétaire est un proche de Daniel Areno, dit « Dany », et de son fils, censés contrôler depuis plusieurs années les machines à sous dans ce département convoité.

À ce stade, le commissaire Choukroun avance un début d'explication qui confirme le diagnostic établi à la fin du chapitre précédent dans le cas Berrahma : il voit derrière ces bombinettes la main de Frédéric Sbyszynski, dit « le Polonais », cet homme qui dirige une discothèque à Digne (La Boîte à Fred) et qui semble sponsorisé par Michel Hadjilouloudès, dit « Mickey le Grec », un héritier de « Francis le Belge »... De quoi justifier, selon lui, l'inquiétude de la famille Areno, même si les ardeurs du « Polonais » auraient été récemment tempérées par quelques hommes de poids parmi lesquels il cite Christian Oraison, originaire de Manosque, et les Marseillais Jean-Luc Barresi et Daniel Merlini (tous trois rencontrés au cours des chapitres précédents).

Le 19 juin 1997, l'action se déroule beaucoup plus à l'ouest. Trois hommes poursuivent Daniel Schmittbuhl, un Alsacien de trente-sept ans, à l'intérieur d'un bar de Nîmes et abandonnent sur place, avec son cadavre, un certain nombre de douilles de 11,43. Baptisé « Helmut » par ses pairs et domicilié dans le quartier du Parrain (*sic*), le défunt avait la particularité d'être une relation de « Dany » Areno et de deux de ses fidèles alliés, les frères Bruno et Vincent Saccomano. Son tort ? Avoir cherché à placer des machines à Nîmes et à Alès, territoires qui lui étaient apparemment interdits.

Le suivant sur la liste est Jean Toci lui-même, l'héritier de Zampa, qui longtemps lorgna sur ces territoires limitrophes. Tué dans sa voiture sur un parking d'Istres en même temps que sa compagne. Sauf qu'apparemment cela ne suffit toujours pas à stabiliser les frontières du business, puisque des tueurs s'en prennent bientôt à son bras droit, Charley Lecouls, dit « Charly la Gâchette » : le 6 août 1997, sa moto est projetée par une voiture dans le fossé, mais des témoins obligent les responsables de cet « accident » à déguerpir plus vite que prévu, ce qui lui sauve provisoirement la vie.

« La tension est palpable dans le monde des machines à sous et laisse présager une restructuration avec d'autres règlements de comptes », écrit sans prendre trop de risques le commissaire Choukroun, non sans rappeler que les énormes profits générés par ces machines étaient souvent investis dans le trafic de drogue, ce qui démultipliait les risques de frictions.

La Brigade des stups apporte d'ailleurs bientôt son propre éclairage sur le sujet. Elle surveille justement une organisation dont le territoire s'étend de Montpellier (Hérault) à Fréjus (Var) en passant par Manosque (Vaucluse), dont les membres évoquent régulièrement au téléphone des conflits liés à l'emplacement des machines à sous. Les problèmes sont si sérieux qu'ils envisagent un instant de faire appel aux « gens de Paris », désignés au cours des conversations sous les sobriquets de « Joël le Turc » et du « Grand ». Deux « juges de paix » derrière lesquels la police croit pouvoir identifier Souhel Hanna Elias et Francis Vanverberghe.

Les frères Saccomano imposent la « bande des Alpes »

Daniel Areno aux aguets, les frères Saccomano sur leurs gardes, « Helmut » Schmittbuhl assassiné : ce sont les piliers du banditisme dans l'arrière-pays marseillais qui tremblent.

Ces hommes viennent pourtant de remporter une sérieuse victoire judiciaire. Renvoyés devant la cour d'assises pour l'attaque d'un fourgon à Marseille, aux abords de la gare Saint-Charles, le 12 juillet 1989, ils ont vu l'accusation s'effondrer six ans plus tard.

« Vous êtes des juges et non des justiciers ! » a lancé l'avocat (marseillais) Frédéric Monneret, défenseur de l'un des frères Saccomano, en direction des jurés. « L'intime conviction, ce n'est pas du pifomètre ! » a-t-il ajouté, plutôt convaincant. Et les suspects sont repartis avec un acquittement, le plus lourdement condamné étant finalement celui dont les confessions avaient abouti au démantèlement du groupe, l'ex-CRS Philippe Nino, qui avait reconnu avoir livré des armes à cette équipe sobrement baptisée la « bande des Alpes »... avant de se rétracter !

Le hold-up avait échoué à cause de la mauvaise fixation de l'explosif destiné à perforer le blindage du fourgon, faisant malgré tout un blessé grave parmi les convoyeurs. Mise sur la piste par un informateur, la PJ avait surveillé cette équipe des mois durant. Elle était arrivée à la conviction que les frères Bruno et Vincent Saccomano, nés respectivement en 1961 et en 1965 à Manosque, avaient la carrure pour en assurer la direction, et pas seulement sur le plan physique. Le CRS installé dans le Vaucluse, à Cucuron, avait dès son premier interrogatoire confirmé avoir équipé ces hommes en armes automatiques et ne rien ignorer du coup en préparation.

Un règlement de comptes, le 2 avril 1990, à Volx (Alpes-de-Haute-Provence), avait précipité l'intervention policière. Deux hommes, pris pour cibles pour la seconde fois en quelques mois, avaient riposté et blessé Vincent Saccomano, retrouvé par les policiers dans une clinique privée de Béziers (Hérault). L'un d'eux avait confié aux enquêteurs les raisons pour lesquelles la « bande des Alpes » s'acharnait, selon lui, sur eux : ils avaient fait sauter une discothèque de Villeneuve (Alpes-de-Haute-Provence), L'Hacienda, avec un explosif de carrière relié à une bouteille de gaz. Ils avaient aussi tiré des cartouches de fusil de chasse dans la vitre d'un restaurant de Manosque, La Mandoline, avant de jeter à l'intérieur une bouteille remplie d'essence et de chlorate de soude. Vrai ou faux ? Seul le mobile paraissait incontestable : le contrôle des machines à sous et des discothèques autour de Manosque.

Malgré la faiblesse des éléments à charge, Daniel Areno et les frères Saccomano furent écroués aux Baumettes. L'un de leurs complices, Philippe Valero, eut plus de chance, puisqu'il fut remis en liberté à la faveur d'une erreur de procédure. C'est lui que les policiers virent arriver sur le petit aérodrome du Castellet (Var), le 9 novembre 1990, au volant d'une BMW.

Remarquant une présence anormale aux abords du terrain, ce pilier de la « bande des Alpes » fit demi-tour, laissant les intrus accueillir seuls l'hélicoptère qui se posa peu après. À son bord, un pilote professionnel et un courtier en automobiles, officiellement recrutés pour prendre des images pour le compte d'une Société des cinéastes associés... dont personne n'a jamais retrouvé la trace.

Ce n'est d'ailleurs pas le seul détail qui avait éveillé les soupçons du loueur d'hélicoptères : ces clients amateurs de photos aériennes s'étaient enquis précisément des dimensions des pales du rotor... Trop précisément, à dire vrai, pour être honnêtes.

Les membres de la « bande des Alpes » auraient eu tort, si l'appareil était bien destiné à servir à leur évasion, de ne pas attendre tranquillement le procès qui allait leur être si favorable. Mais ils ne pouvaient deviner à l'avance dans quel sens pencheraient les jurés...

Nous sommes le 20 novembre 1997 lorsque reprennent les affaires de la bande. Cette fois, c'est dans l'enceinte même de la Banque de France, à Salon-de-Provence, que deux convoyeurs sont attaqués alors qu'ils reviennent de leur tournée. L'échange de coups de feu fait un mort côté convoyeurs et plusieurs blessés parmi les assaillants. L'enquête se concentre sur trois hommes : Philippe Valero (l'homme à l'hélicoptère), le Montpelliérain Pascal Payet et un certain Éric Alboreo. Ces deux derniers personnages vont faire parler d'eux.

Le premier, arrêté un an après les faits, reconnaît sa participation au braquage mortel. Les deux autres « tombent » deux mois plus tard entre les mains de la police. Puis vient le tour de ceux qui sont soupçonnés de leur avoir prêté assistance, à commencer par une prostituée bastiaise. Par l'entremise de son souteneur, Anne-Marie B. aurait démarché le médecin chargé de panser les blessés ; elle aurait aussi recruté une jeune Lyonnaise, assistante dentaire, pour héberger un moment Payet et Alboreo. Vincent Saccomano, lui, est simplement soupçonné d'avoir organisé la logistique, en particulier l'évacuation des blessés. Pas suffisant pour l'empêcher de poursuivre ses activités d'« agent commercial », comme il se définit lui-même.

Bruno, l'aîné des Saccomano, n'est pas inquiété dans cette affaire. Depuis sa sortie de prison, il semble s'imposer comme le patron dans l'arrière-pays, exerçant son emprise sur les bars et les discothèques les plus rentables. Il n'apparaît officiellement nulle part comme gérant, mais il est salarié de trois ou quatre structures en même temps, ce qui lui permet de justifier ses importants revenus, ses pertes au casino et ses dépenses en espèces...

Lors d'un contrôle routier de la gendarmerie, en novembre 2001, il se déclare sans complexe « directeur artistique » ; il a d'ailleurs déjeuné la veille avec l'artiste Pascal Obispo, comme le consignent scrupuleusement les pandores : rendez-vous parfaitement explicable pour un homme qui gère les boîtes de nuit les plus courues de sa région. Il lui faut cependant plus de persuasion pour se défaire, l'année suivante, d'une accusation de blanchiment. Des hommes de paille, gérants de discothèques, ont, semble-t-il, fait quelques confidences aux policiers, mais Bruno Saccomano se récrie : son activité est aussi effective que légale. Et tant que personne ne prouvera le contraire...

Entre-temps, des écoutes téléphoniques impliquent Philippe Valero dans un vaste trafic international de voitures volées entre l'Italie, la France et la Suède. L'occasion pour le « groupe autos » de la PJ de Marseille de recueillir quelques confidences à usage interne : plusieurs fonctionnaires de police trempent dans ce trafic. L'un d'eux, Frédéric B., est chargé de vérifier si les véhicules sont répertoriés dans le fichier mis en place au sein de l'espace Schengen, la plateforme européenne de la police. Entendu par ses collègues, il reconnaît ses liens avec Valero, ce qui paraît suffisant pour l'expédier à son tour aux Baumettes.

« Petit Vélo », « Lucky Luke » et la « culture mafieuse » du Var

Dans la famille Perletto, il y a d'abord le père, Max : employé municipal à Toulon, chef-lieu d'un département qui a si souvent pris des allures de Far West, il a longtemps été l'homme de confiance du maire, Maurice Arreckx (UDF). Il y a le fils aîné, Pascal, dit « Petit Vélo » : né en 1961, il est repéré dès 1987 par la PJ, qui l'aperçoit dans l'entourage du Marseillais Raymond Mihières, dit « le Chinois [1] ». Puis il y a Franck, alias « Lucky Luke », né un an plus tard à Toulon. Un clan dont on a pu mesurer la puissance en 1994, après l'incroyable assassinat de Yann Piat,

1. Dont le portrait figure au chapitre précédent.

députée UDF du Var : Max aurait négocié avec un haut responsable de la PJ la libération de son fils Franck, en prison depuis l'attaque d'un fourgon de transport de fonds [1], en échange d'informations permettant de remonter jusqu'aux assassins de l'élue, dont le caïd Gérard Finale, pilier de la bande du Macama, un bistrot d'Hyères.

Un employé municipal se serait-il prêté à ce jeu trouble dans un autre département que celui-ci ? Un rapport archivé par la PJ en 1995 décrit sans détour toute la spécificité locale : « Dans le Var, écrit l'auteur, le parrainage des politiques par des voyous, l'existence des "comités d'affaires", reconnue par Charles Scaglia, ex-maire de La Seyne-sur-Mer, et le découpage d'un territoire pour asseoir une emprise criminelle sont directement inspirés du modèle mafieux italien et démontrent que le mal est profond. »

Les Perletto avaient-ils eu leur mot à dire lorsque des voyous locaux avaient programmé l'élimination d'une élue de la République ? Le doute subsiste encore aujourd'hui, de même que la PJ n'a jamais confirmé officiellement le deal passé avec son informateur dans le cadre du dossier Yann Piat.

Une « note de renseignement » revient bientôt à la charge : « Les relations des Perletto dans le monde économique et politique peuvent pérenniser certaines pratiques mafieuses », indique l'auteur, exemple à l'appui : un magistrat aurait évoqué leurs liens avec un dirigeant d'entreprise connu, ancien président du Sporting Club de Toulon, en faveur duquel serait intervenue une personnalité politique du RPR. Aux yeux

1. Il s'agit de l'attaque d'un fourgon Securipost à Marseille, qui causa la mort de deux convoyeurs, le 13 mars 1990 ; les noms de Jacques Grangeon et Michel Daumas, tous deux assassinés depuis lors, ont également été cités dans le cadre de l'enquête.

de ce policier, les Perletto apparaissent clairement comme les successeurs de Jean-Louis Fargette, le parrain qui fit longtemps ami-ami avec le député et maire Maurice Arreckx. « L'ascension de la famille vers le contrôle de la côte varoise a commencé après la mort de Fargette », précise-t-il avant de souligner le lien de subordination qui existerait entre les frères toulonnais et le parrain marseillais Francis Vanverberghe, qu'il considère comme leur « donneur d'ordres ».

Jean-Louis Fargette, né en 1948, a commencé comme patron de bar. Inscrit au fichier du banditisme à l'âge de vingt-trois ans, il est devenu le nº 1 du crime organisé dans le Var en roulant pour l'UDF ; les frères Perletto, eux, misent plutôt sur le RPR pour asseoir leur notoriété. Et ils misent apparemment juste, puisqu'ils passent bientôt pour les principaux bénéficiaires de la guerre qui déchire le département depuis plusieurs années. Ils ne domineraient pas seulement le marché des machines à sous : rien de ce qui relève de la sphère criminelle ne leur échapperait.

Signe de leur réussite, les Perletto investissent à l'étranger. En Roumanie surtout, à en croire les informations transmises par l'officier de liaison de la PJ à Bucarest[1]. La Roumanie présente l'avantage d'être un pays volontiers francophone, pas trop éloigné de la France, plutôt stable, et moins regardant que d'autres sur l'origine des fonds investis dans ses frontières ; un pays où les frères semblent introduits jusque dans les milieux officiels.

Pascal Perletto est présent dans plusieurs secteurs de l'économie roumaine. Il est l'unique actionnaire de la société SC New Mixa Exim, dont l'objet est la fabri-

1. Informations également évoquées au chapitre 8 au sujet des Lyonnais.

cation de lampes électriques pour illuminations. Il est l'un des associés de la société Amazonas Café Exim, qui commercialise produits alimentaires, boissons et tabac. Moins inattendu, il est aussi présent, avec son frère, au sein de deux sociétés spécialisées dans les jeux de hasard. Deux sociétés dans les registres desquelles, outre quelques Roumains inconnus, l'officier de liaison retrouve plusieurs figures du banditisme français, tels le Lyonnais Michel Daumas, qui se rend près d'une fois par mois à Bucarest, le garagiste Richard Dubrou et le « limonadier » Jean-Marc Verdu, deux piliers du clan Vanverberghe à Aix-en-Provence, mais aussi des Niçois et un vieux voyou de Saint-Nazaire.

Ces associés ont également investi dans une station de ski, mais le domaine de prédilection des frères Perletto reste apparemment les stupéfiants. C'est d'ailleurs dans ce secteur que la police les guette au tournant, et elle va bénéficier d'une bonne dose de chance, à en juger par la façon dont l'affaire commence : l'écoute d'une cabine téléphonique de Villeneuve-Loubet, dans le cadre d'une affaire qui n'a rien à voir avec eux.

À l'heure du décryptage des cassettes, un policier marseillais croit reconnaître une voix : celle de Jean-Claude Kella, un ancien de la French Connection, comme on appela la filière française d'exportation d'héroïne vers les États-Unis. Qui cet homme de cinquante et un ans, un pied dans les machines à sous, l'autre dans la drogue, pouvait-il bien appeler au Venezuela, de surcroît depuis une cabine ? Un certain Antoine Cossu, beau-frère de Francis Vanverberghe, croient savoir les enquêteurs. Pour lui parler de quoi ? Au début, ce n'est pas très clair ; mais les policiers connaissent le parcours de Kella : extradé par les

États-Unis vers la France à la fin des années 80 pour cause de trafic d'héroïne, on le sait lié à une jeune Colombienne dont la famille touche à la cocaïne.

Un juge de Grasse, Jean-Pierre Murciano, place sur écoutes des dizaines de cabines téléphoniques entre Marseille et Nice, et fait surveiller des téléphones portables en Espagne, au Venezuela, en Colombie, au Brésil et au Bénin. Le plus discrètement possible, car l'équipe aurait des alliés jusque dans la police, croit-il deviner.

Le 26 novembre 1996, Kella évoque avec Cossu un « commerce de bois ». Il lui dit être en relation avec « Tournesol » (à ce stade, non identifié) et « Vélo » (Pascal Perletto), qui sont au Brésil. Puis il appelle sa compagne colombienne qui le remet énergiquement à sa place : « Tu veux toujours des choses bon marché, mais ce n'est pas possible ! C'est très dur ! On ne peut arriver à faire baisser les prix et perdre de l'argent ! » S'il insiste, elle peut cependant le mettre en contact « avec des gens de Cali[1] ».

Ce n'est que cinq mois plus tard qu'intervient une nouvelle conversation. La Colombienne, très énigmatique, vouvoie étrangement Kella : « Le monsieur n'est pas payé, il est furieux, dit-elle. Il dit qu'il vous a prêté des chaussures, qu'il vous les a payées, mais qu'elles ne servent pas. Je ne voudrais pas recevoir un coup de fusil. »

Au début de l'été 1997, celui que les flics appellent encore « Tournesol » multiplie les déplacements au Mexique, désigné entre eux comme le « pays du folklore et des crosses en or ». Il y rencontre « des Japo-

1. Une des villes colombiennes où s'organise le trafic de cocaïne.

nais qui ont cinquante affaires en train » – entendez : des Colombiens haut placés dans le trafic.

Le 13 novembre suivant, Antoine Cossu est en Espagne. Il « emballe les pantalons pour les faire partir au pays des blonds » – entendez : la Hollande.

Quelques jours plus tard, on apprend l'« hospitalisation » du « chef des blonds » – entendez : son incarcération, événement malencontreux qui semble retarder le paiement. Les fournisseurs s'impatientent.

« Plus vite on terminera, plus vite on recommencera », lâche un jour Kella.

« Je vends mieux le noir », réplique le pragmatique Cossu, qui préfère apparemment le shit à la cocaïne.

Tout rentre-t-il dans l'ordre ? Une nouvelle livraison est en cours. Les « machines agricoles » et les « pompes électriques » doivent transiter par le port africain de Cotonou, principal port du Bénin (Afrique de l'Ouest).

Le trafic de drogue n'est cependant pas la seule préoccupation de ces hommes. Ils projettent des « surprises-parties » et des « partouzes de cousines » – vocables utilisés, selon les policiers, pour évoquer des vols à main armée. Ils parlent aussi d'« anniversaires », de « bouillabaisses » et de « feux d'artifice » – évoquant à mots à peine couverts des préparatifs ou des repérages liés à l'élimination de concurrents ou d'associés récalcitrants. Des petites « fêtes » auxquelles les « expatriés » font tout pour se joindre.

Un jour, c'est le gérant d'une boîte de nuit de Saint-Laurent-du-Var, le Midnight, qui y passe. Une autre fois, « l'Inquiet » (le fameux garagiste d'Aix, chargé de fournir les voitures, mais surtout de superviser les « liaisons » avec la police) annonce à un membre du groupe que « la dame a mangé les langoustes, comme prévu ». Les « langoustes » ? Les policiers pensent qu'elles ont un lien avec les treize impacts de 9 millimètres relevés la veille sur le cadavre d'un malfaiteur lyonnais (la « dame »), mais ils n'en ont absolument aucune preuve.

« Le Gris a un paquet de mecs à se faire, dix ou quinze en attente, dit bientôt une voix au téléphone.

— Si tu l'écoutes, y veut tuer tout l'monde, lui », réplique Antoine Cossu, le Sarde du Vieux-Port, qui tente visiblement de modérer les ardeurs de son associé.

Les Perletto et leurs partenaires prennent de multiples précautions. Ils changent souvent de portables. Ils codent leurs numéros de téléphone « en 9 », « en indien », « en chose », « en quatre-vingts » ou « en moins 1 », selon une recette convenue à l'avance. Mais tout n'est pas complètement opaque dans leurs conversations. Ainsi, lorsque les « Petits » – autre surnom attribué aux frères Perletto – parlent de leur « assureur », ou lorsqu'ils évoquent les « amis du chanteur », les policiers se doutent bien qu'ils sont en train de s'inquiéter de leurs sources au sein de la police.

Manque de chance pour les ex-caïds du quartier du Mourillon, devenus les véritables parrains du Var, une autre instruction judiciaire prospère en parallèle depuis plusieurs mois. Ouverte avec la dénonciation d'un truand condamné pour trafic de haschich, elle a été nourrie, depuis le Brésil, par les révélations d'un homme arrêté avec 47 kilos de cocaïne. Les mêmes acteurs apparaissent en filigrane, les Perletto, mais aussi Antoine Cossu et « Tournesol », le commercial de l'équipe, qui pourrait bien être le Marseillais Alain Tavera, âgé de cinquante ans et installé en Espagne. À eux tous, ils sont soupçonnés d'avoir organisé l'importation de plusieurs centaines de kilos de cocaïne depuis le Brésil, et d'avoir acheminé au moins deux tonnes de cannabis depuis le Maroc vers la France.

La PJ opère en 1998 les rapprochements qui s'imposent entre les deux dossiers. Le coup d'accélérateur est donné lorsque se trouve confirmée la présence d'une taupe au sein de la police. L'« assureur » est en fait un capitaine en poste à Toulon. D'un moment à l'autre, une fuite pourrait convaincre l'équipe de stopper toute activité alors même qu'une cargaison de « vin » (de cocaïne ; à ne pas confondre avec la « bière », qui désigne la marijuana) est annoncée pour la fin du mois d'avril.

Lorsque les policiers voient revenir Antoine Cossu et Jean-Pierre Gandebœuf (« banquier » présumé de l'organisation) d'Amsterdam vers Madrid, apparemment chargés de devises récupérées auprès de leurs clients hollandais, ils alertent leurs homologues espagnols. Le lendemain, 29 avril 1998, se tient une rencontre au sommet dans un luxueux hôtel de la capitale espagnole, le Husa Princess. La présence du fournisseur mexicain, un ancien policier révoqué deux ans plus tôt pour collusion avec des trafiquants, déclenche les arrestations. Antoine Cossu répond sur ses papiers d'identité au nom de « Michel Pinna ». Son ami Jean-Pierre Gandebœuf est « Jacques Martin ». Alain Tavera, lui, s'appelle « Jacques Lescure », et maintient fermement sur ses genoux une mallette contenant 3 millions de francs[1]... mais pas un gramme de cocaïne !

Le lendemain, une vingtaine de personnes sont placées en garde à vue à Marseille. Pascal et Franck Per-

1. Environ 450 000 euros (pour les noms d'emprunt, on aura compris que les deux compères regardaient énormément la télévision).

letto en font partie, de même que Jean-Claude Kella. Le clan Cossu, lui, est décimé par suite des arrestations de sa compagne, Simone Vanverberghe, épouse de Palmas, quarante-cinq ans, de Jean-Louis Marocchino, trente-quatre ans, et de Laurent de Palmas, vingt-sept ans, respectivement sœur et neveux de « Francis le Belge »[1]. Des Lyonnais tombent avec eux, dont Patrick Laurent, cinquante-trois ans, dit « Alain Delon »[2], et Gilbert Mesguich, quarante et un ans. Dernier de la liste : le Salonais Farid Berrahma, surnommé « l'Indien », mais aussi, on le découvre à cette occasion, le « marchand de vin »...

Les cartes marines trouvées lors des perquisitions mentionnent les lieux de débarquement du cannabis sur les côtes varoises, mais l'essentiel est ailleurs : « le Grand », alias « l'Oncle » ou « le Beauf », comme les membres de l'équipe semblaient désigner dans leurs conversations le parrain marseillais Francis Vanverberghe, reste épargné par cette déferlante judiciaire.

Les frères Perletto résistent depuis leur cellule

« Petit Vélo » et « Lucky Luke » sont en prison pour un bout de temps, mais leur nom ne cesse pas pour autant d'alimenter la chronique.

En février 2000, ce sont vingt mètres de corde qui sont découverts dans le carter d'un vélo d'appartement installé dans la salle de musculation des détenus placés en isolement à la maison d'arrêt de Grasse... où se trouvent les frères Perletto.

En juin de la même année, c'est l'assassinat d'un ex-lieutenant du parrain Jean-Louis Fargette, le prédé-

---

1. Cités notamment aux chapitres 5 et 9.
2. Dont il a été question au chapitre 8.

cesseur des Perletto à la tête du milieu toulonnais, qui focalise l'attention. L'homme s'appelait Paul Grimaldi et a été tué sur le pas de sa porte, à Olmi-Capella, un village de Haute-Corse. Les deux tueurs n'ont laissé aucun indice, mais Robert Fargette, frère de Jean-Louis, qui connaissait bien la victime, décide de se confier aux policiers. Ses indications sont aussi précieuses (et vont dans le même sens) que celles que fourniront, un an plus tard, deux soldats en péril du groupe nationaliste Armata Corsa[1].

L'assassinat de Grimaldi, affirme Robert Fargette, est un épisode de la guerre que livrent les Perletto depuis leur cellule. Une guerre dont l'objectif serait d'écarter tous les ex-employés de son frère Jean-Louis, avec en toile de fond l'implantation de machines à sous dans l'un des coins les plus agités de Haute-Corse : la Balagne.

Dans cette entreprise, explique l'homme en sursis (il mourra peu après sa confession), les Perletto seraient associés au nationaliste corse Jean-Michel Rossi (qui sera exécuté deux mois plus tard). Leur principal concurrent, le Niçois Christian Chesneau, serait, pour sa part, adossé à un autre nationaliste réputé, le Bastiais Charles Pieri, secrétaire national de l'organisation A Cuncolta endipendista et proche de la bande dite de la « Brise de mer ».

Ces révélations ne surprennent pas les enquêteurs. Elles montrent les liens étroits qui unissent le banditisme corse à ses homologues sur la Côte d'Azur et dans le Var.

Au cours du premier semestre de l'année 2000, le Niçois Christian Chesneau aurait tenté, en compagnie de son ami d'enfance Paul Grimaldi et de Dominique

1. Évoqués au chapitre 6.

Giuntini (qui sera assassiné le 7 septembre 2000), de s'implanter dans une Balagne historiquement tenue par Jean-Michel Rossi. Ce dernier aurait décidé de réagir avec le soutien de François Santoni, son acolyte au sein du mouvement nationaliste Armata Corsa, et des membres encore libres de l'équipe Perletto. Deux hommes se seraient vu confier la tâche d'éliminer Grimaldi : un charcutier (Jacques Navarra) et un agriculteur (Noël Andreani) de Bastia, tous deux réputés proches d'Armata Corsa.

Le contrat, exécuté le 21 juin 2000, ne reste pas longtemps sans écho. Le 5 juillet, le charcutier est victime à son tour d'une tentative d'assassinat perpétrée par un serveur et son cousin, employé d'une société de jeux électroniques. Les représailles sont immédiates : le père de ce serveur, gérant d'un bar de Ghisonaccia, suspecté de placer des machines à sous pour le compte de la « Brise de mer » (et accessoirement en concurrence avec François Santoni dans divers projets immobiliers dans la Corse-du-Sud), meurt à son tour...

Le 7 août 2000, Jean-Michel Rossi tombe à L'Île-Rousse, tué, selon la PJ, par deux malfaiteurs toulonnais dont l'un est connu pour ses liens anciens avec le clan auquel s'opposent les Perletto – un jeune homme qui aurait récemment trouvé refuge auprès de proches du Bastiais Charles Pieri.

Quelques semaines plus tard, le 13 septembre 2000, l'agriculteur (Andreani) vient raconter à un juge de Bastia sa version de l'agression dont il a été victime : arrivé au volant du véhicule personnel de François Santoni, il est escorté par une véritable armée de militants d'Armata Corsa. Luxe de précautions pas forcément inutile, vu le contenu de son témoignage, mais l'action judiciaire se déroule pour l'heure dans le département du Var...

En novembre 2000, l'enquête sur l'enlèvement et la séquestration d'un Toulonnais, ex-homme de paille des Perletto, débouche sur des perquisitions dans les cellules des deux frères et dans celle de leur allié Gilbert Mesguich. Franck et Pascal sont invités énergiquement à se séparer de leurs micro-ordinateurs et des antennes de leurs téléphones portables.

Huit mois plus tard, la PJ toulonnaise perquisitionne fortuitement un box à La Seyne-sur-Mer, non loin de Toulon. À l'intérieur, un fusil d'assaut, deux fusils à pompe, des explosifs et des gilets pare-balles. Une nouvelle tuile pour les Perletto : le locataire des lieux était connu pour placer des machines à sous pour leur compte.

Le 25 juin 2002, la série noire continue : Gilbert Mesguich, remis en liberté faute de charges précises, présumé porte-flingue des Perletto, est abattu à Saint-Raphaël. Le 15 octobre suivant, ce sont les deux neveux de « Francis le Belge », Jean-Louis Marocchino et François Vanverberghe, qui sont assassinés à Cabriès. Sauf erreur d'interprétation, les Perletto sont en train de perdre la main au profit d'une nouvelle équipe. Ont-ils fait le mauvais choix en Corse ? D'aucuns le disent, car les Bastiais règnent désormais sans partage.

« Ça ne l'arrangeait pas de dénoncer un mort »

Le 14 avril 2003, un hélicoptère s'attarde au-dessus de la cour de promenade du quartier d'isolement de la maison d'arrêt d'Aix-Luynes. Un homme en descend à l'aide d'une corde et découpe le grillage de protection à l'aide d'une disqueuse. Éric Alboreo grimpe le premier, suivi de Michel Valero. Les deux piliers de la « bande des Alpes » sont rejoints in extremis par un troisième homme qui visiblement profite plus de l'occasion qu'il ne l'a suscitée : Franck Perletto, dont les liens avec les deux fuyards remontent à la cour de promenade.

Leur cavale est brève. Moins d'un mois plus tard, le 8 mai, Michel Valero est localisé à Genève en compagnie de Pascal Payet, son vieux complice, lui-même évadé de Luynes depuis octobre 2001.

Les deux hommes sont suivis par les Suisses jusqu'à la frontière française, où leurs homologues prennent le relais. Ils passent la nuit dans un gîte rural du Vaucluse où ils sont interpellés au petit matin en compagnie de Franck Perletto et d'Éric Alboreo. On a alors confirmation de ce qui n'était jusqu'alors qu'une intuition policière : Pascal Payet était à bord de l'hélicoptère, avec la ferme intention de ne pas abandonner derrière lui ses deux amis. Et on confisque un sacré arsenal : un fusil d'assaut, cinq pistolets Sig Sauer, trois pistolets Cz, quatre pistolets Glock et un revolver Smith et Wesson. De quoi reconstituer le gang dissous !

Franck Perletto se fait porter pâle pour la première audience du procès de la filière brésilienne, qui s'ouvre trois jours plus tard devant la cour d'assises spéciale des Bouches-du-Rhône. Son frère Pascal, lui, ne se gêne pas pour faire venir à la barre le meurtrier de la députée Yann Piat, Lucien Ferri. Le Toulonnais, depuis longtemps condamné, se fait un devoir de dédouaner les Perletto en expliquant que le véritable commanditaire de ces trafics n'est autre que le Lyonnais Michel Daumas, malheureusement décédé entretemps [1]. Comment est-il au courant d'informations

1. Dont on a fait connaissance au chapitre 8.

aussi confidentielles ? Un compagnon de cellule le lui a raconté, celui-là même qui a écrit la première lettre de dénonciation des frères Perletto. Pourquoi cet homme aurait-il alors accusé des « innocents » ? interroge le tribunal.

« Il était prêt à tout pour sortir de prison, et ça ne l'arrangeait pas de dénoncer un mort », répond Ferri, dont les révélations n'ébranlent pas outre mesure la conviction des juges.

Au mois d'octobre 2003, l'administration pénitentiaire constate que son « client » ne désarme pas : Franck Perletto cachait dans sa cellule de la maison d'arrêt de Grasse une boîte à sardines contenant... un téléphone et un couteau.

Dehors, la bagarre pour le contrôle du Var vire au cauchemar pour les frères. Les Corses, associés à quelques alliés sûrs dans la place, et emmenés par le Bastiais José Menconi, prennent définitivement le dessus.

« Michel le Niçois », des abattoirs au Calypso Club

Tourisme et banditisme sont deux mots qui se marient bien. La Côte d'Azur, son soleil, ses cigales, son argent frais offrent à leur rencontre un écrin idéal.

À l'est, Monaco, ses casinos, ses banques intouchables ; à l'ouest, les citadelles du tourisme huppé. Entre les deux, une bande de terre baignée par la Méditerranée, considérée depuis toujours comme une chasse gardée des « abonnés » à l'Office du banditisme.

Quand vient l'été, bars et discothèques se préparent à accueillir les VIP, acteurs de renom, grands de la chanson, stars du petit écran, sportifs de haut niveau. Venus du monde entier, ces touristes dorés s'encanaillent et dépensent dans des lieux où cartes bancaires et chéquiers ne sont pas les modes de paiement les plus souhaités. C'est la saison des espèces et des folies.

Les cadres régionaux du banditisme reçoivent pour l'occasion le renfort de leurs collègues de la région parisienne, venus comme les autres profiter du climat et jouir des villas qu'ils ont acquises en s'embourgeoisant. Eux aussi dépensent sans compter dans les endroits à la mode. Une petite pause qui n'empêche pas de garder un œil sur le business, car, c'est bien connu, l'argent ne fait jamais la sieste. Ni de se faire de nouveaux amis : c'est sur la Côte, à la faveur de l'été, que les récents millionnaires des banlieues parisiennes prennent attache avec les Sudistes, en particulier les Corses, les plus nombreux et les mieux organisés dans la région, proximité oblige.

C'est dans une discothèque de Saint-Raphaël, on l'a vu, que s'épanouissait le Parisien « Nino » Ferrara, spécialiste de l'attaque de fourgon et roi de la belle, en compagnie du plus jeune et du plus fougueux des caïds bastiais, José Menconi. C'est dans leur villa d'Antibes, avec Porsche violette et portail électrique, on l'a également vu, que les frères Hornec, roitelets parisiens, faillirent se faire coincer en 1995. Mohamed Denfer, lui, a eu moins de chance, quelques années plus tard : ce présumé champion du cannabis, originaire de Tourcoing, a vu les flics encercler sa villa de Saint-Raphaël alors qu'il recevait la visite de son ami « la Gelée », arrivé pour prendre du bon temps sur le yacht de son ami...

La machine à vacances se nourrit de sexe, de nuits chaudes, de jeu, de shit et de cocaïne, tous domaines dans lesquels ces hommes excellent. Et réussissent, si l'on en croit la récente fermeture, à Cannes, du plus gros PMU de France en volume d'enjeux, le Horse

Croisette, à deux pas du Noga Hilton, où le menu du jour est longtemps resté en plan derrière les scellés : « *Omelette campagnarde aux cèpes de Corrèze* : 15 euros
Tartine folle pour femme sérieuse : 10,70 euros. »

Motif de la descente : un soupçon de blanchiment par le truchement des billets gagnants opportunément rachetés sous le manteau par quelques chalands fortunés.

Côté sexe, les parrains français semblent avoir cédé le terrain aux caïds venus de l'Est – du moins la partie qui se joue sur les trottoirs. Les quelque cinq cents filles qui tapinaient ces dernières années au bout de la Promenade des Anglais, à Nice, venaient de Bulgarie, de Roumanie, de l'ex-Yougoslavie, parfois de Russie, avec des visas de tourisme valables trois mois. Les proxénètes, eux, ont compris qu'il valait mieux se tenir à distance : ce sont les filles les plus expérimentées, encadrées de loin par quelques anciens légionnaires aux méthodes expéditives, qui ramassent l'argent des passes (environ 500 euros par fille chaque nuit) et l'acheminent vers l'Italie voisine. Plus sophistiquée, la prostitution de luxe reste en revanche aux mains d'« hommes d'affaires » opérant souvent à partir de Monaco. Internet remplace ici avantageusement les trottoirs : clubs privés et boîtes à partouzes commandent à distance la chair dont ils ont besoin pour animer leurs soirées.

Comme partout en France, le marché du cannabis a propulsé quelques jeunes des cités dans les pattes des bandits locaux. L'un d'eux, originaire de l'Ariane, la grande cité de Nice, posséderait en sous-main une plage privée à Saint-Laurent-du-Var, signe éminent de réussite et d'intégration ; d'autres, moins voyants, se contentent d'investir leurs revenus occultes dans ces petites boutiques où l'on mange le kebab sur le pouce, dont le nombre s'accroît régulièrement en ville et qui présentent l'avantage d'encaisser, elles aussi, beaucoup d'espèces.

La cocaïne, carburant indispensable des soirées branchées, reste en revanche pour une bonne part aux mains des « anciens », les riches soirées cannoises sont là pour en témoigner. Mais de récentes affaires sont venues bousculer l'ordre des choses et mettre provisoirement hors jeu deux vedettes locales : Michel Soret et Jacques Sordi. Une paire d'as façon vieille école dont la légende veut qu'ils aient pris la relève du milieu pied-noir, autrefois très présent dans le monde de la nuit azuréen.

Michel Soret, c'est « Michel le Niçois », 1,71 mètre, le teint mat, les cheveux châtains ; il fait figure d'ancêtre, lui qui est inscrit au fichier spécial du banditisme depuis 1974, date à laquelle il fut interpellé à Gênes (Italie), soupçonné de vendre en même temps des armes aux Brigades rouges et à l'extrême droite italienne, une accusation qu'il a toujours fermement contestée, la jugeant « complètement fantasque ».

On le croise à Paris dans une affaire de jeu, mais c'est dans la baie des Anges que se livre la seule bataille qui compte à ses yeux. Il y fait ses classes comme simple homme de main au service d'un professionnel de l'extorsion de fonds, après une enfance passée derrière le bar de son père, un bistrot de Villeneuve-Loubet qui passait pour servir de quartier général aux malfrats du coin.

Au début des années 80, « Michel le Niçois » a encore un statut officiel : il est directeur des ventes de viande aux abattoirs frigorifiques de Nice. Il roule au volant d'une Austin rouge, propriété des abattoirs, tout comme la Renault 5 verte décapotable qu'il sort aux beaux jours, drapé dans son costume rayé. Le soir, on le voit au club Victor Hugo, le cercle de jeu des Nissarts, propriété de Marcel Diavoloni, né pendant la Deuxième Guerre mondiale, dit « Marcel le Bègue », le parrain dont il va devenir peu à peu le bras droit.

Michel Soret a aussi un pied dans le Nord. Il s'y fait appeler « Othello » ; drôle de nom pour un maquignon, mais qui lui va comme un gant lorsqu'il parade dans le dancing lillois de son épouse, le Calypso Club, point de raliement des Marseillais, Niçois et autres Sartenais installés dans la région.

« Marcel le Bègue », « Michel le Niçois » et Bastien Bonventre, le dernier pied-noir omnipotent, originaire de Tunisie, voguent encore dans la même galère. Ils cogèrent la société Électronique 3000 par le biais de laquelle l'équipe exerce un quasi-monopole sur les machines à sous à Nice. Ils ont un moment des visées sur le Ruhl, mais leur prête-nom, actionnaire de la Société niçoise d'exploitation des casinos de Nice, est rapidement hors course, faute d'appuis suffisants au sein d'une municipalité entièrement phagocytée par la famille Médecin. Ils subissent au passage quelques assauts – contrôle fiscal et perquisition – dans le cadre de l'enquête sur l'assassinat de Jean-Pierre Maione Libaude, le 13 juin 1982 : un homme qui voulait apparemment implanter quelques « bandits manchots » dans les Alpes-Maritimes. Premier cadavre, suivi rapidement d'un second : celui du bandit soupçonné d'avoir acheté l'arme utilisée pour tuer le premier.

On dit que l'équipe a également la mainmise sur le racket qui s'exerce de plus en plus fréquemment par le biais du lucratif marché de la sécurité privée – on parle courtoisement de « protection ». Mais « Michel le Niçois » a une autre spécialité : l'extorsion de fonds en milieu forain. Il est proche d'Albert Rémond, installé dans la Drôme, à Romans, mais aussi de Charlie

Lemeny, originaire d'Albi, deux piliers de la communauté des gens du voyage[1]. C'est cependant avec Pierre Chardelin, dit « Tatène », un important receleur, que Soret ferait cause commune pour rançonner d'importantes familles de forains. Du moins un informateur l'affirme-t-il dans ses confessions aux policiers parisiens de la 3e division de police judiciaire qui enquêtent sur une série d'attentats aux couleurs de racket. Parmi les victimes, un vendeur de caravanes de Montfermeil (Seine-Saint-Denis) et un marchand de tapis de Courtray (Belgique) dont la femme de ménage a été enlevée quelques jours par erreur en lieu et place de son épouse...

« Michel le Niçois » et « Marcel le Bègue », éloignés quelque temps pour cause d'incarcération, sont évidemment interrogés après l'assassinat, le 31 octobre 1989, du « Tunisien » Sébastien Bonventre. Ils ne sont guère plus inquiétés que ça, malgré les aveux d'un complice qui assure avoir participé aux préparatifs de cette élimination. Mais le terrain est désormais dégagé, dans cette ville, la quatrième de France, où cohabitent plus ou moins facilement Nissarts, Bastiais et Grenoblois.

Jacques Sordi, un « Général » dans la boisson

Au début des années 90, la PJ de Marseille sélectionne Michel Soret parmi la poignée d'hommes qui comptent sur la Côte. Il se fait cependant discret, au point que certains le croient sur le déclin.

La disparition de Marcel Diavoloni et de Jean-Louis Goiran, ses deux plus proches associés, abattus tous

1. Rencontrés au chapitre 2.

deux en 1998, n'arrange pas les choses. Il lui reste peu d'alliés, hormis le Marseillais Roger Spanu, qui n'en a plus pour très longtemps à vivre. Il lui faut aussi compter avec l'autre galonné de la région niçoise, Jacques Sordi, de vingt ans son cadet, très militairement surnommé « le Général », l'homme qui monte depuis la mort du « Bègue ».

« Le Général » a lui aussi des amis à Marseille, au premier rang desquels l'élégant Antoine Cossu, depuis toujours partagé entre les deux vieux-ports. On croit voir les deux hommes ensemble dès 1984, lors d'une tentative d'effraction dans une agence niçoise de la BNP. Galop d'essai qui n'est pas pour « le Général » un baptême du feu : trois ans plus tôt, il a été blessé par balles par un restaurateur italien très actif sur le front du crime parce qu'il avait le tort d'être assis à côté de deux hommes qui, eux, avaient bel et bien été tués.

Le sportif Jacques Sordi se tire plutôt bien de plusieurs nouvelles alertes, hormis un petit séjour en prison en Angleterre pour tentative de vol à main armée contre une banque, en 1990. Il est propriétaire du Bistrot niçois, établissement situé dans une artère centrale de la ville, la rue Masséna. Mais son vrai domaine, c'est une société d'alarme dans laquelle il est employé comme agent commercial. Une activité qui lui aurait permis, sous prétexte d'en assurer la sécurité, de s'introduire dans de très nombreuses entreprises niçoises. Ce qui ne l'empêche pas de figurer parmi les piliers des nuits de la Côte et de s'entendre avec quelques étoiles du showbiz, au premier rang desquelles, dit-on, l'indétrônable Enrico Macias.

Représentant de la nouvelle génération, Sordi ne quitte plus son ami Christian Maistre, dit « l'Arbalète », né en 1960 dans le même quartier de Nice que lui (les Moulins) et soupçonné d'avoir participé à une série de braquages contre des bijouteries et des grandes surfaces. Une note du 31 mai 2000 fait apparaître dans le jeu un troisième homme, Hervé Fabbri ; né en 1959 en Meurthe-et-Moselle, il est présenté comme le « financier » de ce qui ressemble de plus en plus à une véritable organisation. « Ils investissent, sans aucune concurrence, dans de nombreux établissements de la région niçoise », indique l'auteur de la note, qui ouvre une piste à l'intention de la Brigade des stupéfiants : « Grâce à leur mainmise sur le monde de la nuit, ils peuvent sans aucun problème faire écouler des quantités importantes de cocaïne dont ils assureraient l'arrivée sur la région en provenance d'Espagne. »

Simple procès d'intention ? On pourrait le croire, jusqu'à ce jour de février 2001 qui voit Sordi interpellé pour infraction sur les stupéfiants dans un dossier parisien : le démantèlement d'un réseau soupçonné d'avoir écoulé plusieurs centaines de kilos de cocaïne dans la capitale, poudre dont les profits étaient recyclés par deux bureaux de change implantés dans les beaux quartiers, place Vendôme et place du Palais-Royal, à deux pas du lieu de stockage.

Rapidement libéré, « le Général » (une belle promotion pour un jeune homme né dans un quartier populaire de Nice) se trouve bientôt accusé d'avoir prêté la main à un règlement de comptes. Le crime remonte au 29 janvier 2002. Ce jour-là, quatre hommes chevauchant deux motos de grosse cylindrée ont abattu de plusieurs balles le Niçois Philippe Di Cristo, trente-trois ans. Dès le lendemain, la PJ de Nice s'est mise sur le dos de Jacques Sordi. Non seulement « le Général » a été désigné par un informateur, mais les policiers l'ont aperçu le jour du crime : à bord d'une Audi conduite par un inconnu, il avait justement eu un bref contact avec deux motards. Comment démontrer le lien entre ces deux bécanes et celles utilisées par les tueurs ? Ce n'est que six mois plus tard que le conducteur de l'Audi est retrouvé. Soupçonné d'avoir acheté lui-même les combinaisons utilisées par les motards, ce Marseillais se refuse à toute déclaration...

L'affaire se complique bientôt avec la mise en examen d'un commandant de la Brigade financière de Nice et de deux avocats, un Niçois et un Parisien. Motif : le juge les soupçonne d'avoir alerté le principal « associé » de Jacques Sordi, Christian Maistre, qui aurait eu le temps de filer en Espagne. Une piste abandonnée depuis belle lurette lorsque « l'Arbalète » est rattrapé, un jour de mai 2004, au terme d'une action franco-espagnole d'une rare efficacité : averti de la présence de Maistre dans un restaurant de Marbella (Costa del Sol), la police française a aussitôt répercuté l'information, permettant aux Espagnols de prendre position aux abords de l'établissement entre le dessert et le café, avant de coincer en douceur le chaînon manquant.

Les défenseurs de Jacques Sordi évoquent l'absence du moindre gramme de drogue, une filature peu probante (le jour de la fameuse rencontre avec les motards) et un procès-verbal carrément douteux destiné, selon eux, à faire trébucher un homme qui paradait un peu trop au goût des flics.

Mais d'autres nuages approchent. Ils viennent d'Isola 2000, une station de sports d'hiver des Alpes-Maritimes où le patron d'un bar s'est plaint d'une tentative de racket. Une enquête a été confiée à un juge de Nice qui a saisi les gendarmes, lesquels sont rapidement parvenus à la conviction qu'ils tenaient l'affaire de l'année, si l'on en juge par ce bref résumé :

« Une véritable organisation mafieuse est mise en évidence, à base de trafic de stupéfiants et d'exploitation de salles de jeu de hasard clandestines. Les revenus sont réinvestis dans la prise de contrôle de débits de boissons ou d'établissements de nuit dans la région de Nice-Cannes. Une société de distribution de boissons sert à blanchir les capitaux et à créer une dépendance de ces commerces qui doivent s'acquitter de prestations qui les mènent à la faillite, avant d'être repris. »

Un sérieux morceau qui incite les gendarmes, coutumiers du fait, à mettre sur pied une cellule spéciale, baptisée pompeusement « Crimorg 06 ».

D'écoutes en surveillances, ce n'est pas « le Général » qui apparaît le premier, mais bien Michel Soret. Son carnet d'adresses et son influence impressionnent les pandores, convaincus que la boisson rapporte davantage que la boucherie, son premier métier. Au point qu'ils lui accordent sans hésiter le statut de « donneur d'ordres ».

« Ses directives ne sont pas discutables, écrivent les gendarmes. Il ne s'implique pas directement dans le trafic de stupéfiants, mais il en tirerait indirectement les bénéfices. » Ses deux lieutenants se prénommeraient Max et Jean-Claude, et superviseraient l'ensemble des activités. « Frédéric », « Lionel », « Jamel » et « Khader » écouleraient de leur côté les stups en gros. Mais c'est le volet blanchiment qui est le plus étoffé. Au cœur du système, la Société de distribution de boissons du Midi (SDBM), dont le gérant n'est autre que le jeune Hervé Fabbri, l'un des associés du « Général », qui figurerait en bonne place parmi les « salariés » de ce puissant brasseur : la SDBM peut se targuer de truster plus de la moitié du marché des boissons dans la région niçoise, avec une forte implantation à Cannes, où l'équipe fait jeu égal avec un distributeur affilié aux Corses.

Créée en 1985 et adossée à deux importants groupes industriels basés à Armentières et à Villeneuve-d'Ascq, dans le Nord, la SDBM approvisionne des dizaines de bars, de discothèques et de casinos de la Côte. Un commerce idéal pour qui voudrait recycler de l'argent douteux, à condition d'avoir une aura assez solide et de bons arguments pour s'imposer auprès des détaillants. Cas de figure rêvé : épauler un bistrotier pour l'aider à lancer son commerce, et se rembourser sur les bouteilles. Si l'argent ne rentre pas assez vite, lui proposer une ou deux machines à sous, et pourquoi pas des cigarettes, dont l'envolée des prix développe un juteux commerce parallèle, notamment entre la Corse (où elles sont détaxées) et le continent.

Âgé de soixante et un ans, l'ancien boucher est incarcéré le 8 juin 2002, de même que ses deux présumés lieutenants. Pas pour longtemps, cependant : huit mois plus tard, Soret est remis en liberté par la cour d'appel d'Aix-en-Provence. Cette forme particulièrement raffinée de racket est en effet difficile à établir devant un tribunal, car si plusieurs des onze casinos des Alpes-Maritimes auraient cédé à l'appel, permettant indirectement au grand banditisme de reprendre ses marques autour du tapis vert, aucun représentant des groupes officiellement propriétaires ne s'en est plaint : traiter avec la SDBM était pour eux synonyme de tranquillité.

Crimorg 06 est un véritable fiasco. « Michel le Niçois », qui peste contre ce passé qui lui colle à la peau, s'en tire avec l'obligation de s'établir pour quelque temps à Lille, ville qu'il connaît bien, et de ne pas en sortir ; Hervé Falbri, son protégé depuis des années, blanchi de tout soupçon, peut revenir à son métier (brasseur)[1]. « Le Général », lui, semble assez confiant dans l'idée qu'il reverra rapidement le jour.

Roger Mouret, un Gitan chanceux dans le Midi

Cagnes-sur-Mer, Grenoble, Marseille, Nice, Vence : les domiciles prêtés à « Roger le Gitan » sont nombreux, tant cet homme influent sur la Côte ne tient pas en place. Toujours à l'affût, comme si les flics ou la concurrence étaient susceptibles, chaque soir, de pointer leur museau. Il faut dire que l'on serait méfiant à moins, tant les coups de feu semblent rythmer son histoire.

Roger Mouret (c'est son nom) est pris une première fois pour cible une nuit de janvier 1976, à Nice, à une époque où tout un chacun le considère comme l'un des parrains du milieu italo-grenoblois ; blessé à la poitrine, il est déposé devant un hôpital par un inconnu, tandis que son acolyte de toujours, Michel Luisi, pilier des nuits niçoises, disparaît dans la nature.

Les flics n'ont pas forcément besoin d'arrêter le meurtrier pour deviner de quoi il retourne. Ils mettent l'assassinat manqué au débit de cette équipe corse dont le chef, Gavin Coppolani, originaire d'Ajaccio, a déjà échappé par deux fois à la mort à Antibes. Les rivalités entre les deux camps vont d'ailleurs connaître une forme d'apothéose avec la disparition du chef des Italo-Grenoblois, Michel Castiglion, le 5 mai 1981, suivi le 5 novembre 1982 de celles de Gavin Coppolani, alias « Monsieur Hervé », et de son cousin François[2].

---

1. Ils bénéficieront d'un non-lieu en décembre 2005.
2. Des personnages croisés à Grenoble au chapitre 8.

L'enjeu n'est pas seulement le contrôle des machines à sous et du proxénétisme dans la région grenobloise. Les deux bandes rivalisent d'influence jusque sur la Côte d'Azur. C'est durant cette période, en effet, que « Roger le Gitan » prend vraiment pied à Nice avec son ami Michel Luisi, dont les Corses ont tenté vainement de récupérer l'original d'une photographie parue dans le journal *Détective* afin de la distribuer aux tueurs[1]. Roger vit avec Gilberte, la sœur de Michel, qui gère à Nice un restaurant, La Casa Chico. De quoi resserrer encore leurs liens et abandonner l'Isère à leurs nouveaux alliés, les frères Maldera[2], originaires, comme Roger Mouret, du fameux quartier de l'Abbaye, à Grenoble.

Au début des années 90, l'imposant Roger Mouret apparaît dans l'ombre d'un autre pilier de la communauté des gens du voyage, le parrain lyonnais Edmond Vidal ; les deux hommes, affirme alors une source anonyme sur la Côte, seraient en possession d'un stock de meubles d'art et de tableaux volés dont la police ne retrouve pas la trace. Les règlements de comptes reprenant, cette fois entre bandes rivales parmi les Italo-Grenoblois, il est très surveillé, mais ne laisse rien filtrer, hormis ses relations suivies avec les Maldera, devenus les véritables patrons dans l'Isère.

Le 24 novembre 1997, à nouveau victime d'une tentative d'homicide, « Roger le Gitan » laisse parler ses réflexes : il blesse l'un des assaillants d'un coup de fusil de chasse. La police découvre incidemment les faits deux jours plus tard, en même temps que les étuis

1. Ami du parrain toulonnais Jean-Louis Fargette, Michel Luisi sera tué à Nice dix jours après lui, le 28 mars 1993. Selon son avocat, Gérard Baudoux, « il ne touchait plus à rien et ne se sentait pas menacé ».

2. Dont on a fait connaissance au chapitre 8.

de 11,43. D'une résistance à toute épreuve, l'Azuréen d'adoption s'installe dans une cité de Marseille et se fond dans la peau d'un commerçant ambulant, spécialité « prêt-à-porter ». Pour échapper à ses ennemis, il dispose d'un véritable parc automobile allant de la Volkswagen Golf à la Toyota 4 × 4 en passant par la Clio et la Mercedes, sans oublier une puissante moto.

L'assassinat de l'Isérois Jean-Robert Vincent, à San Pedro de Alcantara (Costa del Sol), le 4 août 2000, lui attire cependant de sérieux soucis. Roger Mouret serait en effet la dernière personne à avoir rencontré la victime avant sa mort. C'est du moins ce que soutient le correspondant de l'Office des stups à Malaga, dans une note rédigée dix mois après les faits. La concubine du défunt, une jeune Marocaine, a en effet raconté à la police espagnole qu'elle avait passé une partie de la journée avec Vincent et un de ses vieux amis dans un grand hôtel de Marbella. Le soir, Vincent devait retrouver cet ami dans un bar proche de leur domicile. La rencontre n'avait visiblement pas eu lieu, mais Vincent avait été tué sur le lieu du rendez-vous.

Avare de détails, la jeune femme a simplement précisé que l'ami en question était « un Gitan de Marseille » dont l'épouse « faisait les marchés ». Il était par ailleurs âgé d'une soixantaine d'années et conduisait une Mercedes immatriculée dans l'Isère. Un portrait ressemblant à s'y méprendre à celui de Roger Mouret, sauf que la jeune Marocaine ne le reconnaît pas d'emblée sur la photo expédiée à Marbella par la police française.

Ce n'est cependant pas uniquement à cause de ce dossier espagnol que Roger Mouret se retrouve sous les verrous. La justice grenobloise est sur la piste d'un réseau d'importation de stupéfiants en provenance d'Espagne et tente de s'accrocher à ce règlement de comptes. Malheureusement pour elle, le « Gitan » est remis en liberté par la chambre d'accusation avant que ne parviennent en France les douilles et les balles retrouvées en Espagne – celles dont le juge pensait qu'elles pouvaient correspondre aux deux armes saisies lors de l'arrestation de Mouret. Ce qui entraîne ce coup de colère épistolaire d'un policier français contre ses homologues espagnols :

« Les services policiers et judiciaires espagnols ont continué à traiter cette affaire de la même façon que les autres enquêtes sur des règlements de comptes avec des victimes françaises. En quelques mots, côté espagnol, on se limite à faire les “constatations” et il n'existe aucune volonté ni aucun intérêt à aller plus avant dans l'enquête criminelle. Ceci empêche de mettre au jour d'éventuelles preuves. »

Et le fonctionnaire de conclure en beauté : « La justice espagnole a encore un fonctionnement archaïque qui n'est pas en mesure de lutter efficacement contre l'activité criminelle internationale. »

Petite illustration du laisser-aller ambiant : la commission rogatoire internationale concernant les comptes éventuels de Roger Mouret en Espagne n'est jamais arrivée au bureau madrilène d'Interpol.

Le temps passant, tout cela ne présenterait d'ailleurs plus guère d'intérêt, regrette pour finir le policier fâché, tandis que le principal intéressé savoure ce nouveau coup de pouce du sort...

12.

Bandits de Haute-Corse

La « Brise de mer », un petit bar de quartier

Ces lignes sont extraites d'une chronique judiciaire publiée dans l'hebdomadaire *Marianne* daté du 14 juin 2004, relatant le procès qui venait de se tenir, une semaine durant, devant la cour d'assises de Paris :

Les faits remontent à loin, très loin, même, exactement au dimanche 25 mars 1990. Ce jour-là, cinq hommes pénètrent dans les locaux de l'Union de banque suisse (UBS), à Genève, neutralisent sans difficulté les alarmes, s'attardent sur place plus d'une heure quarante-cinq et repartent avec 220 kilos de billets en devises étrangères, représentant à l'époque environ 125 millions de francs français [1].

Une opération commando menée sans violences, hormis un coup de gourdin sur la tête d'un gardien. La banque comprend rapidement qu'elle n'a pu se monter qu'avec la complicité d'une partie du personnel. La police suisse récupère des noms, surveille, écoute et met assez rapidement la main sur trois suspects, parmi lesquels un certain Michel Ferrari, mari de la secrétaire du chef du service des monnaies étrangères. Cet

1. Environ 19 millions d'euros.

homme s'estime lésé. Il n'aurait pas eu sa part du « casse du siècle ». Et recherche des Corses qui lui ont été présentés par deux Niçois, dont l'un, José Bertozzi, exerce comme avocat...

Très vite est retrouvée une photo, sur laquelle la police française identifie de vieilles connaissances : Jacques Patacchini et Alexandre Chevrière, immortalisés dans une rue de Genève. Un Corse et un Marseillais. Les limiers de l'UBS mettent la gomme, sans lésiner sur les liasses de billets : moyennant une prime de 3 millions de francs suisses versée à l'avocat niçois et à son compère, ils obtiennent d'autres noms. Joël Patacchini, frère de Jacques, André Benedetti et Richard Casanova étaient aussi sur le coup, leur assure-t-on. Transmis à la police française, où l'on réagit aussitôt : les Corses de la « Brise de mer » ont frappé en Suisse.

La « Brise de mer » ? Nom d'un bar situé sur le vieux port de Bastia, appartenant à Antoine Castelli, né en 1939 et connu pour proxénétisme et plusieurs vols à main armée, disent les archives policières. Par extension : appellation attribuée à une bande de mauvais garçons originaires de Bastia et des alentours, ayant l'habitude de se retrouver dans ce bar dans les années 80. Aux yeux de la Police judiciaire, l'une des organisations criminelles les plus structurées que la France ait connues au cours de ces dernières années. Vingt à trente hommes assez soudés pour éviter toute fuite en direction de la police, quasiment impossible à atteindre sur leur territoire, la Haute-Corse, ayant leurs entrées à peu près partout, en particulier dans la sphère politique, en l'occurrence le RPR tendance Pasqua (Nicolas Sarkozy les a, paraît-il, beaucoup déçus). De quoi coller une bonne allergie à tous les chasseurs de gangsters que compte la PJ, le plus souvent condamnés à observer à distance. Et nourrir une légende digne des Guérini et des Zemmour, leurs ancêtres marseillais et parisiens.

Sauf qu'à l'heure où la justice voudrait accomplir son œuvre, la légende ne vaut pas preuve. Et que l'on n'expédie pas sous les verrous pour vingt ans de présumés braqueurs, fussent-ils membres de la « Brise », fussent-ils soupçonnés d'avoir monté le « casse du siècle », pour la seule raison que leurs noms figurent dans un organigramme dressé par la police...

Le temps a joué pour ces hommes, on le vérifie dès l'ouverture des débats. Le policier français chargé de l'enquête est mort. L'avocat niçois qui les a « vendus » se fait porter pâle : accident cardiaque la veille du procès, hospitalisé à San Remo, Italie, dit le fax aux mains de la présidente de la cour d'assises. Son complice est mort. Le principal accusateur suisse, Michel Ferrari, jugé et condamné à Genève, se défile : pas question de prêter main-forte à la justice française, il veut tourner la page. Le gardien de la banque assommé d'un coup de gourdin est en proie à la dépression et à l'alcoolisme : intransportable. L'autre vigile est mort, lui aussi. Le marchand de biens qui pourrait éclairer les jurés sur les investissements financiers des suspects est bloqué en Grande-Bretagne : malade. Même les experts se défilent.

Seuls rescapés de cette hécatombe : un commissaire de police suisse et deux policiers français, pas les mieux renseignés sur la procédure. Et deux Bastiais : un infirmier et un pharmacien, prêts à venir jurer que Jacques Patacchini était bien en Corse le 25 mars 1990, jour du « cambriolage », comme il dit.

Pourquoi donc avoir attendu quatorze ans, quand le tribunal abat les affaires courantes et les justiciables ordinaires à un rythme ô combien plus soutenu ? Certainement parce que la partie suisse n'a pas toujours coopéré. Ensuite parce que le policier français chargé du dossier a voulu trop bien faire : il avait les noms, mais il lui manquait les preuves matérielles. Il voulait le beurre et l'argent, mais jamais le moindre billet n'a été retrouvé ; il rêvait aussi de mettre la main sur le cinquième homme, Richard Casanova, bandit corse à la réputation consommée, en cavale depuis le début de l'affaire. Aussi parce que trois juges d'instruction se sont succédé à la tête du dossier. Enfin parce que les avocats des quatre suspects, Jean-Yves Liénard, Pierre Haïk, Thierry Herzog, Gérard Zbili, sans doute les meilleurs pénalistes du moment, se sont ligués pour retarder l'échéance. De quoi compliquer singulièrement la tâche de l'accusation menée par l'avocat général Philippe Bilger, crispé sur la détente dans l'unique souci de sauver la justice d'un nouveau désastre...

En attendant, la légende a envahi le prétoire.

Dans le box, Alexandre Chevrière, le Marseillais de la bande. Cinquante-deux ans, forain de son métier, grandi dans une cité, un policier parmi ses amis d'enfance (qui lui fabriquera un alibi pour le jour du casse), il semble détendu, sourit volontiers, comme si rien de grave ne pouvait lui arriver. Pourquoi s'est-il soustrait aux policiers, en ce printemps 1990, s'il n'avait rien à se reprocher ? « J'ai un numéro de sécurité sociale, mon nom sur la boîte aux lettres, et mes enfants sont scolarisés, alors on n'a pas dû beaucoup me chercher », répond-il calmement. « Ai-je tort de voir une contradiction entre cette vie familiale que vous décrivez et la vie marginale que vous menez ? » interroge l'avocat général. « J'ai toujours respecté la loi », dit posément Chevrière.

À quelques mètres de lui, assis sur leurs chaises, ses trois présumés complices comparaissent libres. Au premier rang sont assis André Benedetti, lui aussi dénommé « Dédé le Chinois », soixante-huit ans, et Jacques Patacchini, cinquante et un ans, plus connu sous le nom de Jacky. Le premier est aussi petit que l'autre est athlétique, aussi peu bavard que le second est volubile. Il gérait un bar à Marseille lorsqu'il a croisé le chemin de la justice. Pour quels faits ? « Une agression. » Mais encore ? « Vol à main armée », marmonne Benedetti, lâchant ses mots au compte-gouttes. Puis il a ouvert un restaurant, un piano-bar et une discothèque dans la région de Bastia. Aujourd'hui il gère deux boulangeries, ce qui lui laisse peu de temps pour la sculpture et la peinture, son hobby. Revenus mensuels annoncés : 1 500 euros.

Lorsque Jacques Patacchini s'approche à son tour des micros, l'assistance se redresse. D'une élégance très méditerranéenne, costume noir le premier jour, dégradé de jaune et de beige le second, sa voix tonne dans la salle. Fils d'un ébéniste, il est le deuxième d'une lignée de quatre enfants. Scolarité interrompue à quatorze ans, il tâte de la marine marchande, tient un bar à Royan et fait ses premières « conneries » à Paris, à vingt ans. Plus tard, il vend des meubles, puis revient vers la mer (« j'allais dire vers la brise de mer ») en montant ses propres chantiers navals à Bastia. C'est pour ses meubles, bien sûr, qu'il s'est rendu plusieurs fois dans la région de Chambéry, non loin de Genève, en ce printemps 1990.

« On dit que vous avez beaucoup d'amis, lance Philippe Bilger.

— Cela me touche de l'entendre, j'aime l'être humain, répond “Jacky”.

— Vous attachez beaucoup d'importance à vos enfants...

— Ils sont ma priorité.

— Comment expliquez-vous cette réputation que l'on vous fait ?

— C'est très simple : cela vient des journalistes, véhiculés par la police.

— La Brise de mer, que pouvez-vous en dire ?

— C'est un petit bar de quartier où il y avait des mécanos, des boulangers et même des repris de justice, puisque j'y étais. Les souvenirs que j'en ai, ce sont les parties de boules, le football, le braconnage... »

Clair comme l'eau dans le golfe de Propriano. Lisse comme l'étoffe d'un costume Hugo Boss, costume que la police et les journalistes auraient, à entendre Jacques Patacchini, taillé pour lui sur mesure, chaussures comprises...

Mais c'est au tour de son frère Joël, quarante-neuf ans, de subir le feu des questions. Magasinier, puis barman, il bossait dans une discothèque lorsqu'il a appris que la police le recherchait par un article publié dans la presse locale.

« Je suis monté au village, chez ma mère, dit-il. J'ai élevé des porcs en montagne.

— Pourquoi vous cacher ? lui demande-t-on.

— Je ne me suis jamais caché. La preuve, quand j'ai été arrêté, j'avais mes papiers sur moi.

— Mais on ne vous a pas vu beaucoup, au village.

— J'y étais tous les jours. »

Fin des présentations. Début des hostilités, en l'occurrence celles des avocats, qui ont beau jeu de torpiller un procès tronqué où, faute de témoins, le débat est faussé. Bizarrement, Richard Casanova, présumé pilier de la « Brise de mer », est oublié en cours de route. Il se murmure qu'un fonctionnaire aurait oublié de renouveler son mandat d'arrêt international, mais, officiellement, c'est comme l'argent du butin : disparu, telle l'Arlésienne !

La justice, cependant, tient à faire son œuvre : on ne badine pas avec les bandits corses, il en va de l'ordre public. De l'image de l'État dans une île où il est régulièrement mis à mal, entre attentats et règlements de comptes... Alors on se plonge dans le dossier, à la recherche de ce qui pourrait noircir le cas des quatre hommes dont rien ne prouve qu'ils ont vraiment participé au braquage. Une « piqûre de 11,43 » (le calibre des truands), expression extraite d'une écoute téléphonique, voilà qui cadre avec l'image d'Épinal (ou plutôt de Bastia). On insiste. On s'attarde sur un projet immobilier monté par les Patacchini à la fin des années 80, auquel il ne manquait plus que le financement.

« C'est pour cela que nous nous sommes rapprochés de l'UBS, plaide Jacques Patacchini, qui explique qu'il était à Genève pour négocier un prêt.

— Pourquoi en Suisse ? demande l'avocat général.

— En Corse, nous avons beaucoup de bars et très peu de banques, plaide-t-il. Il n'y a pas d'argent chez nous. Là-bas, en Suisse, c'est monnaie courante... »

Et le porte-parole des frères Patacchini de raconter par le menu un voyage humanitaire en Roumanie, par moins 25 degrés, en février 1990, avec Pierre-Marie Santucci, autre présumée vedette de la « Brise »... Avant de s'énerver franchement :

« Est-ce qu'à un moment donné, madame la Présidente, on n'a pas été soupçonnés pour les tours de Manhattan ? Nous, en Corse, on n'est pas plus malhonnêtes qu'ailleurs ! »

Ceux-là ne se laissent décidément pas faire. Leur credo : les Suisses ont fait le hold-up tout seuls, ils ont accusé les Corses pour toucher la fameuse prime. Un de leurs proches, en aparté : « Quatorze ans après, on transpire au travail, nos comptes en banque sont vérifiables, et l'on vit modestement. Si on s'appelait Durand, Dupont ou Mahmoud, on ne serait pas là ! » Pas d'empreintes, pas de témoins oculaires, pas de billets, pas d'écoutes téléphoniques, pas de repérages, des chambres d'hôtel réservées sous leurs propres noms, aucun blessé : le coup, il est vrai, a été mené de main de maître. Ainsi que le service après-vente : le jour où ils ont voulu planquer en Corse, au petit jour, les policiers suisses se sont vu aimablement proposer un café...

Alexandre Chevrière privé de sa victoire

Lorsque le verdict tombe, tard dans la nuit du 11 au 12 juin 2004, Jacques Patacchini se dit qu'il a bien fait de se montrer véhément. Le président du tribunal vient de prononcer des mots que les prévenus et leurs avocats n'attendaient plus : acquittement général. Les voilà libres d'aller fêter l'événement dans un restaurant des Halles ouvert jusqu'à l'aube, tandis que l'avocat Lionel Moroni se rend en voiture jusqu'aux portes de Fleury-Mérogis, où doit être officiellement élargi le seul à comparaître prisonnier : Alexandre Chevrière, cheville ouvrière des Bastiais à Marseille et fin connaisseur de l'Amérique latine.

Après un tour en ville, l'heureux acquitté se fait déposer au petit matin chez Yolande, son amie parisienne, ancien croupier dans un cercle de jeu. Comme elle le racontera bientôt à un lieutenant de la Brigade criminelle de Marseille, il passe avec elle une « journée cocooning ».

Le lendemain dimanche, Alexandre Chevrière propose à son amie de l'accompagner dans le Midi. Il veut revoir sa famille, dont la prison l'a tenu éloigné. Elle accepte et met sa petite voiture à sa disposition.

Le lundi, ils roulent en amoureux jusqu'à Aix-en-Provence, où ils s'arrêtent pour boire un verre dans un bar. Chevrière semble « totalement content », dira Yolande au même policier. Et « pas du tout inquiet ».

Le soir, ils frappent à la porte d'un hôtel. Complet. Chevrière décide alors qu'ils passeront la nuit chez son fils Gérard, qui possède une maison non loin de la ville. Il l'appelle d'une cabine. Le fils vient les chercher à bord d'une Mini Cooper dans laquelle ils montent tous deux, laissant sur un parking la voiture de Yolande, qui raconte la suite en ces termes :

« Lorsque nous sommes arrivés devant la maison, le portail était fermé. Alexandre a demandé à son fils s'il avait la télécommande. Gérard est sorti et a poussé le portail. À ce moment, j'avais ma main sur l'épaule d'Alexandre. J'ai entendu un grand choc et j'ai reçu des petits morceaux de verre. La main d'Alexandre m'a lâchée. Puis il y a eu d'autres coups de feu, espacés. Ce n'était pas comme un bruit de mitraillette à la télé. Je me suis couchée sur la banquette, j'ai mis mes mains sur mes oreilles et j'ai fermé les yeux. J'ai appelé Alexandre à une ou deux reprises, mais il ne m'a pas répondu. Il n'émettait que des râles. » Probablement ne savait-elle pas que, par sa seule présence, elle avait empêché les tueurs d'achever leur besogne.

Lorsque Gérard est revenu vers la voiture après avoir caché sa femme dans la cave de la maison, Yolande lui a dit que son père était encore conscient et qu'il respirait.

En dehors de lui, Gérard, qui l'avait dit à sa mère et à quelques amis, personne, à sa connaissance, ne savait qu'Alexandre Chevrière descendait à Marseille.

Seule curiosité relevée par les enquêteurs dans le

comportement de la victime : la façon dont il avait abandonné la voiture de sa compagne sur un parking. Gérard Chevrière savait-il pourquoi ? « Quand mon père ne me donne pas d'explication, je ne pose pas de questions », déclare son fils.

Dans la petite sacoche qu'Alexandre Chevrière a emportée, trois téléphones, quatre paires de lunettes et quatre numéros de téléphone, signe que la vie, par-delà l'intermède carcéral, allait reprendre son cours. Et qu'il ne s'attendait certainement pas à être aussi vite confronté à des tueurs.

Durant quelques jours, Alexandre Chevrière, entré dans les fiches de la police avec un hold-up commis à l'âge de vingt-quatre ans, est donné pour mort. Mais il résiste bien et recouvre peu à peu assez de vigueur pour houspiller les infirmières qui le soignent.

D'emblée, la Brigade criminelle écarte l'hypothèse d'un règlement de comptes téléguidé par la « Brise de mer ». Il serait absurde, de la part de ses amis bastiais, de se lancer dans une telle aventure au lendemain d'un acquittement – la tentative de meurtre n'est d'ailleurs pas pour rien dans l'appel interjeté finalement par le parquet à l'instigation de la chancellerie elle-même. L'hypothèse d'une attaque frontale orchestrée par une équipe concurrente laisse également perplexe. Qui oserait s'en prendre à des gens dont la puissance de feu est à ce jour inégalée dans le pays ? Reste la piste d'un mobile oublié, d'un ancien contentieux assez lourd pour priver Alexandre Chevrière d'une formidable victoire judiciaire, et dont il n'aurait pas estimé nécessaire d'informer la police.

À moins qu'il ne s'agisse d'un formidable malentendu : certains se seraient laissé convaincre que Chevrière était pour quelque chose dans la dernière arrestation du Bastiais José Menconi, le trentenaire le plus puissant du moment, avec qui il avait précisément rendez-vous ce jour-là [1] dans un bar d'Aubagne. Une grossière erreur d'appréciation, car, à en croire la PJ, le tuyau ne venait pas de Marseille, mais du Vaucluse.

La longue cavale de Richard Casanova

Tandis qu'Alexandre Chevrière se rétablit difficultueusement, Richard Casanova, le grand absent des assises parisiennes, entame sa quatorzième année de cavale. Que sait-on de lui ? Il est né à Bastia en 1959. Il s'est lancé très jeune dans le métier, puisqu'il avait vingt et un ans lors de sa première interpellation sérieuse, devant une bijouterie de Nice, un revolver Ruger à la main, six cartouches dans la poche de son pantalon et une cagoule noire sur la tête, éléments dont il niera en bloc la réalité lors de son audition. À cet âge, il est déjà recherché (par la Cour de sûreté de l'État) pour « actes liés au Front national de libération de la Corse », à cause des tracts et des explosifs déposés dans un garage dont il avait la clef. Il est l'un des fondateurs de la « Brise de mer ». La PJ, enfin, ne dispose à cette époque que d'une seule photo de lui, où il pose de face derrière d'énormes verres fumés, chemise ouverte sur le torse et blouson de cuir sur le dos.

La police conserve également ce succinct curriculum vitae établi par les gendarmes :

« Richard Casanova a suivi des études jusqu'au lycée, mais n'a jamais passé son bac, car il a voulu aider son père dans le commerce familial. Les événements politiques corses l'ont attiré vers le milieu natio-

1. Le 31 mars 2003 ; se reporter au chapitre 6.

naliste. Son père, bien qu'ancien militaire, ne cache pas qu'il apprécie à cette époque les idées nationalistes de son fils. Son caractère, sa forte personnalité et sa fidélité dans ses amitiés l'ont conduit à prendre une part active aux actions violentes du FLNC. Les luttes intestines du mouvement nationaliste l'en auraient éloigné, mais il reste attaché à ses racines corses. Ses parents, commerçants, semblent disposer de revenus convenables. Très tôt, il aide son père en livrant le gaz chez les particuliers, puis il s'inscrit au chômage. »

À quel moment la fameuse « Brise de mer » prend-elle forme ? Le 20 octobre 1981, Richard Casanova est interpellé par la Police de l'air et des frontières au bar de l'aéroport d'Ajaccio. Il tente de se débarrasser d'un billet d'avion et feint de ne pas connaître son voisin, l'un des frères Guazelli, mais il ne peut se séparer d'une liasse de billets – Voltaire et Delacroix – soigneusement pliés.

« J'étais seul au bar, dit-il avec un remarquable aplomb. Je lisais *Corse-Matin* et je buvais un café. Je n'ai rien à me reprocher. »

Le policier lui met sous le nez les 12 500 francs[1] sortis de sa poche.

« Je ne répondrai plus », tranche Richard Casanova, pas plus disert lorsqu'on l'interroge sur son emploi du temps de la veille, journée marquée par un vol à main armée à Ajaccio.

Le Bastiais ne se déride que l'après-midi, lors d'un nouvel interrogatoire : « Je connais Guazelli depuis le mois de juillet, dit-il. Je l'ai rencontré hier sur la place Saint-Nicolas, à Bastia. Nous avons parlé d'un éventuel départ pour Nice. Je lui ai dit que j'avançais le prix du billet. Si j'ai acheté le mien sous un faux nom,

1. Environ 1 900 euros.

c'est parce que j'espérais obtenir la réduction étudiant. L'argent provient d'une indemnisation après un accident. J'ai été encaisseur dans le magasin de mes parents et je plie toujours les billets ainsi lorsque j'ai une grosse somme. »

Une note rédigée deux jours plus tard par l'Office du banditisme fait pour la première fois référence à l'apparition d'une bande structurée :

« Depuis un an, écrit son auteur, les fonctionnaires détachés à Bastia ont assuré de multiples surveillances qui ont amené l'identification d'une importante équipe de malfaiteurs professionnels corses et continentaux, parmi lesquels une quinzaine sont susceptibles d'être les auteurs de nombreuses agressions à main armée commises en Corse depuis deux ans. Ces individus, spécialistes de la BMW et des motos de grosse cylindrée, ont diverses activités, notamment le proxénétisme et l'exploitation de machines à sous, tant en Corse que sur le littoral méditerranéen et dans la capitale. Il n'est pas impossible que certains jouent un rôle dans le trafic de stupéfiants ; il y a en effet collusion et solidarité entre ces personnes et celles figurant sur les notes ayant trait au trafic de drogue. »

Richard Casanova figure en bonne place parmi les noms cités, mais la « bande » est avant tout une affaire de famille. L'Office du banditisme croit devoir accorder une place de choix aux frères Santucci, aux frères Guazelli, aux frères Voillemier et aux frères Pattachini. Le Parisien Michel Kartkel[1] est déjà là, de même que les Bastiais Joseph Galtieri, Benoît Grisoni et François Mariani. Quelques-uns sont activement recherchés, d'autres sont provisoirement incarcérés pour des attaques à main armée à Marseille ou Avi-

1. Avec lequel le lecteur a fait connaissance au chapitre 5.

gnon, d'autres encore ont été relâchés faute de charges suffisantes.

« Très active en Corse pendant la saison estivale, cette association reporte ses activités sur le continent le reste de l'année », croit encore savoir l'Office, qui détecte une sérieuse implantation de l'équipe dans les débits de boissons et les boîtes de nuit de L'Île-Rousse. L'Île-Rousse où l'enquête sur le braquage du bureau local des P et T vient d'être confiée... à la gendarmerie locale, au grand dam d'une PJ qui réclame un peu plus de coordination !

Richard Casanova, lui, est signalé ici et là. On le voit avec Dominique Rutily, connu pour escroqueries, soupçonné d'avoir mitraillé une patrouille de gendarmerie à Lozari (Haute-Corse) en novembre 1983. Il fréquente les établissements supposés appartenir en sous-main à la « bande », comme le Challenger, une discothèque de L'Île-Rousse, ou L'Apocalypse, à Borgo. Il est en contacts suivis avec le Marseillais André Cermolacce. Fin 1986, il passe les fêtes de fin d'année au Club Med de Sainte-Anne, en Martinique, avec le Corso-Marseillais Bernard Barresi, qui n'a pas encore toutes les polices aux fesses.

L'été suivant, Richard Casanova pilote un bateau de plaisance dans le port de Bastia, type « cigare », immatriculé au nom d'un garagiste de Casatorra (Haute-Corse), tout comme la Porsche 911 au volant de laquelle on le voit parfois. Il est avec un des frères Guazelli, en novembre 1987, lorsqu'il est arrêté pour excès de vitesse, sur une route de Haute-Corse, au volant d'une Renault 5 noire, mais il est seul quand les policiers le contrôlent à Marseille à bord d'une Golf appartenant à une fille connue pour fréquenter la rue Saint-Denis, haut lieu de la prostitution parisienne.

En octobre 1988, il est enfin attendu par trois

hommes parlant corse à l'aéroport de Nice. De quoi dresser le portrait en creux, par petites touches, d'un homme qui va bientôt disparaître complètement de la circulation, mais que la PJ aperçoit une dernière fois, le 15 mars 1990, dans la salle de départ du port d'Ajaccio, dix jours exactement avant le fameux casse de l'UBS, en Suisse. Accompagné d'un des frères Guazelli, il embarque de nuit sur le ferry *Danielle-Casanova*, qui lève l'ancre pour Marseille. Bronzés, soigneusement habillés, les deux hommes saluent ostensiblement plusieurs employés de la compagnie de navigation, la SNCM. À l'arrivée, ils sont les derniers à sortir leur voiture. Quelques mètres plus loin, ils sèment la police grâce à une savante manœuvre.

Richard Casanova a alors trente-deux ans

On connaît la suite. À coups de récompenses, les policiers suisses exhument les noms des auteurs présumés du braquage genevois. Michel Ferrari, un professeur de sport marié avec la secrétaire du responsable des devises au sein de l'UBS, reconnaît avoir organisé le vol avec une équipe corse... qui ne lui a jamais versé sa part. Un avocat niçois trahit ses clients bastiais, et confirme. André Benedetti est arrêté en septembre 1991 ; il reconnaît s'être rendu en Suisse pour y placer un milliard de lires et accuse Ferrari de l'avoir dénoncé pour obtenir la prime. Jacques Pattachini, arrêté en janvier 1992, ne répond pas aux questions. Son frère Joël, rattrapé en mars 1995, feint l'amnésie. Alexandre Chevrière admet s'être rendu en Savoie avec son ami Jacques Pattachini, mais c'était pour voir un marchand de meubles. Richard Casanova, reconnu sur photo par Michel Ferrari, est introuvable, mais son avocat, Me Jean-Yves Liénard, se fend d'un courrier où il explique que son client a rejoint Ajaccio le 24 mars 1990, veille du braquage, par un vol en provenance de Nice. Information facile à vérifier, précise-t-il, puisqu'il a assisté ce soir-là, en présence de nombreux témoins, à un match du championnat du monde de boxe, avant de dormir à l'hôtel Eden Roc, célèbre établissement de la ville.

Un mandat d'arrêt est délivré le 28 janvier 1991, suivi d'une circulaire de recherche en bonne et due forme. Richard Casanova se transforme à partir de ce jour en fantôme, nourrissant l'imagination d'une cohorte d'indicateurs. Ils le voient à Paris en « directeur » du Fouquet's, célèbre établissement de l'avenue des Champs-Élysées ; le localisent dans une villa de Golfe-Juan ; le disent réfugié à Saint-Florent, dans la villa de « Jo le Dingue », un homme épinglé au temps de la French Connection ; ou soutiennent qu'il est actionnaire d'une société de Porto-Vecchio possédant une vingtaine de bateaux.

La justice et la police, elles, cafouillent étrangement. L'inscription de Casanova au fichier des personnes recherchées est bien renouvelée en 1994 et en 1997, mais la fiche est purement et simplement radiée de la base de données le 8 février 2000. Erreur ou geste intentionnel ? Le plus recherché des Bastiais a de nouveau droit à une fiche le 26 septembre 2001, après un mystérieux épisode survenu à Sartène, au début de l'été 2000, qui a conduit à l'arrestation d'Alexandre Chevrière, François Mariani, Maurice Costa et Pierre-Marie Santucci, piliers du banditisme bastiais. Officiellement, ces bandits patentés auraient tenté de soutirer des fonds à un restaurateur du coin, mais le but de l'expédition était certainement ailleurs. Selon un renseignement recueilli par la PJ, la fine équipe était à Sartène pour venger l'assassinat de son ami Dominique Rutily, abattu à Hyères (Var) le 30 mars 1996 alors qu'il se promenait en compagnie de Roland Courbis, ex-entraîneur de l'Olympique de Marseille. Une mort que ces drôles de touristes portaient apparemment au débit du Sartenais Serge Robaglia, lequel n'avait rien à voir avec l'infortuné restaurateur...

Malgré tout, reconnaît un responsable de la PJ, retrouver Casanova des années après ne présenterait pas grand intérêt, sauf pour la gloire : judiciairement, il s'en sortirait probablement à peu de frais. Un cas unique dans l'histoire du grand banditisme, où l'on murmure que cet homme, au plus fort de sa cavale, a disposé d'une vraie-fausse carte de police et d'un passeport lui permettant de se déplacer où bon lui semblait[1]...

« Ils achètent la Haute-Corse »

Dominique Rutily, mort à trente-sept ans, n'était pas le seul cadavre laissé derrière elle par la bande. Elle avait perdu Philippe Tortosa, qui s'était pendu dans sa cellule en juin 1987, à trente-neuf ans. Elle avait vu partir André Mancini, trente-quatre ans, dans un règlement de comptes, le 15 décembre 1990, à Marseille. Pierre Campana l'avait rejoint dans des conditions similaires le 11 avril 1991, à quarante-deux ans. Puis était venu le tour de Joseph Galtieri, tué par des concurrents le 1er septembre 1991, de François Santucci, mort de maladie le 12 juillet 1992, à quarante-deux ans, de Jacques Castellani, trente-deux ans, tué par des policiers le 21 janvier 1994, à Paris, au cours d'un hold-up. Le prix de la puissance, sans doute.

---

1. La cour d'assises de Paris l'a condamné par défaut, le 9 mai 2005, à douze ans de réclusion criminelle. Le 23 avril 2008, il a été assassiné de plusieurs balles de chevrotine, près de Porto Vecchio.

D'autres allaient les suivre dans la tombe, à commencer par Georges Seatelli, dit « le Gris » (la couleur de ses cheveux depuis son plus jeune âge), tué le 24 août 1998 à quarante-sept ans alors qu'il buvait un verre à la terrasse d'un café de Biguglia, à une heure de grosse affluence ; il bénéficiait d'une solide réputation dans le domaine du vol à main armée et des machines à sous – aussi solide que celle de son frère au sein du barreau de Bastia, dont il était un ténor respecté.

La « Brise de mer », dont le nombre de membres oscille entre cinquante et quatre-vingts, n'a pas non plus été tendre avec ses rivaux. « À partir de 1981, précise une note déjà ancienne, s'estimant assez forte, la bande a entrepris d'éliminer physiquement le “milieu” en place dans cette partie de l'île. Le parrain François Louis Memmi, qui dirigeait ses affaires à partir de Corte, fut le premier sur la liste, le 10 septembre 1981. Plus de vingt hommes ont ensuite été abattus sans déclencher aucune riposte sérieuse. »

En ces années-là, la bande tient ses réunions dans les murs de la Brise de mer, sur le vieux port de Bastia, et met au point une nouvelle technique d'attaque de banques avec pillage systématique des salles fortes. « Les malfaiteurs se divisent en deux groupes parfaitement disciplinés, restant parfois en liaison entre eux par l'intermédiaire de talkies-walkies et utilisant des scanners pour surveiller les fréquences radio de la police et de la gendarmerie », observe l'Office du banditisme, qui relève le type méridional et l'accent corse signalés par de nombreux témoins.

C'est fait en général avec élégance, sans violences inutiles vis-à-vis des éventuels otages, mais les coffres sautent par dizaines dans toute la France, permettant aux ingénieux bandits insulaires d'« amasser une fortune », selon les mots de la PJ. Le nombre de vols à main armée flambe également dans l'île même, passant de 102 en 1983 à 160 en 1986.

Le butin revoit le jour sous forme de machines à sous, mais aussi de boîtes de nuit, de bars, d'hôtels et de restaurants : lorsqu'ils n'arborent pas treillis militaires et cagoules, les Bastiais ont l'allure de jeunes cadres et misent sur l'industrie du tourisme, allant jusqu'à passer des accords avec Jacques Maillot, le PDG du voyagiste Nouvelles Frontières. Ils savent aussi recevoir, comme le montre l'inauguration du Challenger, à L'Île-Rousse, en juin 1984 : les vedettes de la chanson Gilbert Montagné et Catherine Lara sont vues sur les pistes de danse de cette discothèque aux banquettes spacieuses et à la décoration futuriste dont les propriétaires seront bientôt conviés à recevoir, des mains d'Yves Mourousi et de Marie-Laure Ogri, le couple qui présente alors le 20 heures sur TF1, le « Disco d'or 84 ».

La multiplication des attaques expose cependant les « soldats », dont plusieurs sont capturés, de Saint-Laurent-du-Var à Nice en passant par Toulouse, Neuilly-sur-Seine, Toulon, Cagnes-sur-Mer, Limoges, Besançon et Corte (où l'un des assaillants de la Société générale est abattu par la police, tandis que Maurice Costa, interpellé, se voit poursuivi d'un coup pour neuf vols à main armée).

La bande décide alors de lever le pied, mais pas seulement à cause de ces pertes : elle fait trop d'émules dans l'Hexagone, avec 113 attaques de banque répertoriées entre 1981 et 1986. Et puis les convoyeurs de fonds craquent dans l'île, tandis que leurs patrons, dépités, se préparent à abandonner le terrain au profit d'une seule et unique société dirigée en sous-main par des nationalistes... Décision prudente si l'on considère que l'attaque d'un fourgon sur la commune de Pietralba, en novembre 1988, a été facilitée par le chef du convoi lui-même, un jeune de vingt-deux ans, fils du président de la Mutuelle de la police dans la Haute-Corse. Décision qui inspire par ailleurs ce commentaire à un analyste de la direction centrale de la PJ :

« Les méthodes d'intimidation du banditisme en Haute-Corse, qui se développent aisément dans le contexte insulaire, dénotent un début de processus mafieux [...]. Les jurés d'assises, qui succombent déjà aux pressions exercées par les familles des malfaiteurs débutants, ne sont pas de taille à condamner les gens de la "Brise de mer". »

Les années 90 sont celles des investissements. Même s'ils n'abandonnent pas totalement la « collecte », comme le prouve le hold-up perpétré le 11 août 1992 sur l'aéroport de Bastia-Poretta (7 millions de francs[1] envolés), les Bastiais blanchissent leur pactole et le font fructifier. Le Continental, le Palais des glaces, le Saint- Nicolas, l'Alba, le Rosebud, à Bastia, passent sous leur coupe de manière plus ou moins visible, tout comme L'Apocalypse (Biguglia), le Midnight (Cervione), le Palladium (Saint-Florent), le Starlight et le Byblos (Calvi), le New-Club et le Starflash (Corte). Ils investissent jusqu'à Paris, en particulier dans les cercles de jeu, conquête qui causera vraisemblablement la mort d'un de leurs chevaux de Troie dans la capitale, Jean-Antoine Ribot, le 3 octobre 1991. Sur la Côte d'Azur, ils sont légèrement freinés par la présence de Marcel Diavoloni, alias « Marcel le Bègue », qui passe pour l'allié de l'autre grande famille insulaire : celle des Corses du Sud. L'assassi-

1. Plus d'un million d'euros.

nat de cet encombrant Niçois, en décembre 1998, dégage le terrain, mais on se tue aussi dans l'île, notamment à l'heure du partage des bénéfices.

La partie de bras de fer avec les « mafieux » de la Corse-du-Sud se confirme malgré les accords passés pour le contrôle des cercles parisiens. La « Brise de mer » fait le forcing en Balagne. Elle s'implante par la force à Porto-Vecchio, où elle prend le contrôle d'une discothèque, le Via Notte, et place un certain nombre de machines à sous. « Elle aimerait prolonger son emprise jusqu'à Bonifacio, ce qui paraît difficile sans de nombreux morts », écrit un policier en 1998. Sa présence sur la Route des Sanguinaires déplaît déjà singulièrement aux Sudistes, que l'on range communément sous la casaque « Colonna », Jean-Baptiste-Jérôme de son prénom. Mais les Bastiais ont l'avantage de la jeunesse : fils, neveux et volontaires de tout poil, soucieux de s'affirmer à leur tour, apportent sans cesse du sang neuf. Ce n'est d'ailleurs plus à la Brise de mer que se réunissent les chefs présumés, mais au Palais des glaces, glacier saisonnier, propriété de l'un des frères Chiappalone, qui a pignon sur le boulevard du Général-de-Gaulle, à Bastia.

Les rapports de ce groupe avec les différentes tendances nationalistes paraissent assez flous aux yeux des observateurs extérieurs, du moins au début, car le temps laisse entrevoir des frontières bien marquées. Et, surtout, des intérêts bien partagés, avec, là encore, une nette coupure entre les cagoulés du Nord et ceux du Sud.

Les liens entre la « Brise de mer » et le « canal » nationaliste bastiais ne sont pas structurels, mais passent par des relations personnelles comme celles qui unissent depuis longtemps un Richard Casanova à certains séparatistes. Une proximité qui se prolonge hors de l'île, en particulier à Marseille, où l'entraide entre la « famille Bandits » et la « famille Séparatistes » est telle que les deux univers se confondent facilement. On se prête les voitures. On partage les mêmes avocats. On met en commun les bons tuyaux, car il en faut lorsqu'on veut limiter les risques de bavure lors des braquages. On se repasse le matériel : scanners, bombes de gaz paralysant, perruques, gants, bas de femme, cagoules, passe-montagne, fusils-mitrailleurs, revolvers Smith et Wesson, pistolets Beretta ou Remington, munitions. On se recommande les bons « employés », ceux qui travaillent « au contrat » et se rendent, le jour dit, à l'heure convenue, sur les lieux d'un hold-up ou d'un attentat afin d'y tenir un rôle défini à l'avance.

Les affaires l'emportent encore sur les convictions lorsque la « Brise de mer » avoue un faible pour le sénateur RPR Paul Natali, ou quand elle fait les yeux doux au MRG (Mouvement des radicaux de gauche), force politique dominante dans la Haute-Corse. Des liaisons sur lesquelles la PJ tente d'éclairer le ministre de l'Intérieur dans une note du 28 juillet 1998 :

« Le grand banditisme corse a profité de la dégradation de la situation politique en se superposant au FLNC dans les actions de racket au détriment des commerçants continentaux, tout en s'infiltrant par la menace ou le chantage dans telle ou telle affaire commerciale, les lieux de plaisir, mais aussi des affaires beaucoup plus conventionnelles. »

Tendance confirmée peu après par un rapport plus circonstancié : « Après avoir régné sur les nuits corses, y lit-on, le grand banditisme a investi tous les secteurs, profitant de la fragilité du tissu économique corse. Lorsqu'un commerce bat de l'aile, on fait appel à ces mystérieux actionnaires qui se substituent aux banques en prêtant sans difficulté. Ils achètent la Haute-Corse, voulant passer pour des notables, mettant en place des circuits de blanchiment avec la complicité de banquiers et de juges consulaires. Devenus riches, ils ne se bornent pas à semer la terreur. Ils jouent les généreux donateurs et soutiennent tel ou tel candidat, à charge de revanche (colleurs d'affiches, service de sécurité pour les bureaux de vote, collecte des voix, cartes d'électeurs...). »

Un lent travail de pénétration qui fait de la « Brise de mer » un poids lourd d'une économie insulaire assez sinistrée et le principal moteur de ce qui ressemble fort à une dérive mafieuse.

Dans la traque qu'il mène contre ce que l'on appelle, dans le jargon, l'« enrichissement sans cause », l'Office du banditisme obtient logiquement le renfort de la BNEE [1], bras armé du fisc au sein de la PJ. Les gérants de plusieurs établissements bastiais sont ciblés ; le circuit de distribution du café dans l'île est passé au tamis ; plus de quatre cents comptes bancaires sont suspectés ; cent quarante-deux acquisitions immobilières sont décortiquées, de même qu'une dizaine de sociétés civiles immobilières ; un notaire de Calvi et un conseiller juridique niçois sont placés en garde à vue ; un membre éminent de la bande se voit même poursuivi pour fraude fiscale, sort que l'administration réservait aussi à quelques autres, à en croire la fameuse liste divulguée par Marcel Lorenzoni et le Syndicat corse de l'agriculture, fortement opposés aux projets du préfet Claude Érignac qui tombera bientôt sous les balles d'un groupuscule ultranationaliste. Une liste sur laquelle figuraient les noms de plusieurs caciques de la « Brise de mer » – pour mémoire, et

1. Brigade nationale d'enquêtes économiques.

sans préjuger bien sûr de leur intégrité, l'aîné des frères Guazelli était directeur régional de la caisse régionale du Crédit agricole, dont les comptes furent épluchés après l'assassinat de Claude Érignac, tandis que l'une des sœurs des Voillemier occupait le fauteuil de directrice du Crédit agricole de Bastia.

Interlude

Extrait certifié conforme de l'interrogatoire d'un commerçant bastiais soupçonné de blanchir l'argent des hold-up, et dont nous tairons le nom :

Le gendarme (patient) *:* À qui appartient le scanner trouvé dans votre commerce à L'Île-Rousse ?

Le commerçant (trente ans) *:* Je ne sais pas.

Le gendarme : Quelle est l'utilisation du holster pour revolver que nous avons découvert à votre domicile ?

Le commerçant : C'est pour décorer.

Le gendarme : Il ne décore absolument pas, puisqu'il était dissimulé dans votre table de nuit !

Le commerçant : Je l'avais acheté à la foire de L'Île-Rousse avec l'intention de l'accrocher, mais je ne l'ai jamais fait.

Le gendarme : La somme de 24 300 francs[1] que nous avons découverte, composée de billets de 500 francs, est-elle votre propriété ?

Le commerçant : Oui, c'est à moi.

Le gendarme : Vous avez formé les liasses et vous les avez épinglées ?

Le commerçant : Oui.

---

1. Environ 3 700 euros.

Le gendarme : Ce ne sont pas des épingles de couturière, comme vous le dites. D'où viennent-elles ?

Le commerçant : Je les ai prises dans la boîte à couture de ma mère.

Le gendarme : Ce sont des épingles employées par les banques.

Le commerçant : C'est possible.

Le gendarme : Vous venez de dire que vous classez les billets n'importe comment, or il s'avère que ces liasses sont classées comme le font les banquiers, tous dans le même sens.

Le commerçant : Moi, je mets les têtes dans le même sens.

Le gendarme : Pourquoi ne pas mettre cet argent sur vos comptes en banque ?

Le commerçant : Je ne peux pas me le permettre, à cause de la déclaration que je fais aux impôts.

Sans commentaire !

François Mariani, agriculteur et pionnier

Au fil des ans, outre le fantôme Richard Casanova, un autre personnage s'affirme au sein de la nébuleuse « Brise de mer » ; il s'appelle François Mariani, mais on dit « Francis ».

Un clan à lui tout seul. Une légende depuis son « évasion par fax » de la prison de Borgo, le 31 mai 2001. Une « évasion » en forme de libération à la suite d'une lettre prétendument expédiée par le juge des libertés et de la détention – en fait, depuis l'hôtel Campanile d'Aix-en-Provence. Une lettre semée de fautes d'orthographe, mais les fonctionnaires de la Pénitentiaire n'y ont vu que du feu. À cette heure tardive, sans doute choisie à dessein, le greffe était désert et le palais de justice fermé. D'ailleurs, le juge d'Ajaccio chargé du cas Mariani n'avait plus de papier dans son fax, tandis que le tome I de son dossier avait purement et simplement disparu de ses armoires !

La fiche émise au début de cette nouvelle cavale présente sommairement le spécimen en insistant sur sa calvitie frontale, ses yeux noirs et sa moustache. Au rayon des renseignements particuliers, on apprend que François Mariani se « livre à la compétition automobile, tant en Corse que sur le continent » ; il aurait même participé au Tour de Corse pour le compte de l'écurie Subaru. Côté professionnel, il se dit « exploitant agricole », mais les vérifications effectuées par la PJ auprès de la chambre d'agriculture de la Haute-Corse et de la Mutualité sociale agricole de Corse permettraient de douter de la réalité de ce travail. Radié de la mutuelle, il n'est pas non plus répertorié comme éleveur. Quant à ses finances, elles sont officiellement au plus bas, puisque sa mère l'a hébergé pendant trois ans et le dépanne régulièrement.

Pierre-Marie Santucci, le deuxième bénéficiaire du fax miraculeux, né en 1956, est officiellement chauffeur à mi-temps pour une société de dépannage automobile, mais son nom n'apparaît pas dans le cahier des dépannages. Il se dit également « agent d'entretien » à L'Apocalypse, une discothèque à la mode.

Le troisième homme, Maurice Costa, né en 1951, est également membre fondateur de la « Brise de mer ». Lui est vraiment affilié à la Mutualité sociale agricole ; d'après les écrits consignés, il possède même quatre-vingt-neuf bovins.

Lorsqu'il est repris par la police, huit mois plus tard, le 27 janvier 2002, François Mariani circule sur une route corse en compagnie d'une amie, muni d'un pistolet automatique et d'un permis de conduire apocryphe. Il n'est pas sans le sou, c'est même le contraire : il a 15 800 francs[1] en poche, dont les enquêteurs estiment qu'ils pourraient provenir de l'attaque d'un fourgon perpétrée au Muy, dans le Var, le 12 octobre 2000. Il n'est pas non plus coupé du monde puisqu'il dispose de huit téléphones cellulaires.

Plusieurs personnes soupçonnées de l'avoir épaulé dans sa fuite sont interrogées, dont le propriétaire d'un bar-tabac d'Ajaccio et le gérant d'une société de nettoyage industriel. S'est-il fréquemment rendu sur le continent, durant sa cavale, pour surveiller ses intérêts, en particulier les cercles de jeu parisiens ? C'est ce qu'a affirmé sans beaucoup de preuves un indicateur, précisant même que François Mariani se déplaçait à bord d'un petit avion piloté par un certain « Jean-Pierre », souvent en compagnie de Maurice Costa.

Devant le juge d'instruction, il s'accroche aux mots, revenant sur le fameux fax libérateur : « Je ne me suis pas évadé, monsieur le juge. On m'a mis dehors ! Je ne pouvais pas rester ! »

Pas vraiment ébranlé par ses neuf heures d'interrogatoire, il s'adresse de nouveau au magistrat sur le ton de la plaisanterie : « Le jour où vous me mettez en liberté, vous appelez la prison, parce que, autrement, ils ne vous croiront pas ! » Une manière bien personnelle de prendre congé.

En mai 2002, à la barre du palais de justice, François Mariani, qui ne court ni après les écrans plasma ni après les PlayStation, contrairement à d'autres, persiste à se présenter comme « agriculteur ». « La "Brise de mer" n'est qu'un mythe ! » martèle-t-il alors qu'on le juge pour la fameuse extorsion de fonds de Sartène, au début de l'été 2000.

1. Environ 2 400 euros.

Le restaurateur ne maintient que mollement sa version : deux hommes avaient refusé de régler leur addition avant de formuler une vague demande d'argent. C'est pour cela qu'il était allé voir les gendarmes, sans savoir évidemment à qui il avait affaire. Le lendemain, il avait aperçu ses clients en ville, il avait alors alerté de nouveau les gendarmes qui étaient tombés nez à nez avec cinq hommes assis sur un muret, dont l'un s'était promptement débarrassé d'un pistolet automatique, de vingt-trois cartouches et d'une cagoule noire. Mais, aujourd'hui, il ne serait plus trop sûr de les reconnaître.

François Mariani n'en démord pas : c'est un pur hasard s'ils étaient là ensemble. C'est une malheureuse coïncidence si aucun d'eux n'avait ses papiers d'identité sur lui et si on avait trouvé, non loin, deux véhicules faussement immatriculés. Richard Casanova était-il ce jour-là à ses côtés ? Il ne voit pas de quoi on lui parle.

Quant à Serge Robaglia, celui que ces hommes étaient censés rechercher pour le tuer, il ne peut être d'un grand secours pour la justice : il ne connaissait François Mariani ni de nom ni de vue, pas plus que Maurice Costa, Pierre-Marie Santucci, Alexandre Chevrière et le cinquième larron, un Marseillais appelé Éric Marand.

On en est là, en plein doute, lorsque le restaurateur de Sartène change radicalement de discours : « Je n'ai jamais été victime de la moindre tentative de racket, insiste-t-il. J'ai simplement craint de l'être. Une fois la machine emballée, je n'ai pas eu la présence d'esprit ni le courage de révéler toute la vérité. Aujourd'hui, je réalise combien, après neuf mois de détention, ces personnes subissent un sort injuste. »

Condamné à huit ans de prison malgré ces rétractations, François Mariani est transféré à la prison de Fresnes, loin de son île et de Borgo, d'où il s'était déjà évadé une première fois en janvier 1984 en compagnie d'un militant nationaliste appelé à un grand avenir : Charles Pieri, future cible du juge parisien Philippe Courroye et de la Brigade financière, équipé ce jour-là d'une bonne scie et d'une corde de chanvre de vingt mètres de long. Une association en avance de vingt ans sur son temps...

« À force de me mettre des perruques, on va finir par me reconnaître »

Charles Pieri introuvable, Mariani avait été repris le 7 mars 1985, quinze mois après cette première évasion. On s'était attardé sur sa montre, une Rolex en or rose, mais elle n'était pas volée. En revanche, l'enquête sur un vol à main armée commis le 25 février 1985 contre une agence de la banque Bonasse, à Marseille, progressait rapidement. Un homme était entré le premier dans les lieux, rejoint par des complices armés et grimés. Ils avaient vidé les caisses, puis avaient poussé le directeur vers les sous-sols, l'obligeant à ouvrir les grilles de la chambre forte, puis à assister, à genoux, à l'ouverture des 203 coffres à coups de masse, marteau, burin et pied-de-biche. Ils avaient ramassé bijoux, argent et lingots, puis avaient enfermé le personnel dans la salle des coffres avant de se replier. Un coup de main façon commando.

Teint mat, accent corse, lunettes noires, avaient dit les témoins, précisant que les agresseurs étaient au nombre de sept et s'appelaient par leurs prénoms : Georges, Loulou, Pierrot, Johnny... Trois d'entre eux avaient « formellement » reconnu François Mariani, qui conservait dans sa chambre d'hôtel un sac de sport similaire à ceux décrits par les victimes.

« Son comportement ironique et ses réponses fantaisistes, sinon fallacieuses, sont perçus comme une réponse indirecte », assena un enquêteur, illustrant son propos en consignant l'une des pirouettes du suspect Mariani : « À force de me mettre des perruques et des perruques, on va finir par me reconnaître ! »

Ses alibis ? Un curé confirmait qu'il était bien dans l'île, à Ghisonaccia, le jour du hold-up, mais ses souvenirs étaient vagues ; d'ailleurs, cette histoire commençait à fatiguer le prêtre, qui était « en accord avec sa conscience ». Quant au pompier bénévole qui disait lui aussi avoir vu Mariani ce jour-là, ses souvenirs étaient plus friables que fiables. Pas assez solides, trancha la justice, pour éviter à François Mariani un petit séjour aux Baumettes, où l'un de ses cousins par alliance – petit bonheur dans son infortune – exerçait comme éducateur.

Le charismatique François Mariani avait pris trois ans de prison pour son évasion de Borgo. Pour le reste, il s'en était sorti plutôt bien. Assez pour reprendre du service dès 1988, date à laquelle il avait été inquiété pour un hold-up à Antibes. Deux ans plus tard, le 7 juin 1990, avait été abattu devant chez lui, à Grosseto-Prugna, non loin d'Ajaccio, un certain Jean-Pierre Maisetti, officiellement homme d'affaires. Pour irrégularités dans la gestion du patrimoine immobilier de François Mariani ? La question était restée sans réponse.

En avril 1993, la PJ avait assisté, à distance et sans le son, à une réunion au sommet de la bande de la « Brise de mer » au Palais des glaces, promu « nouveau siège de l'organisation criminelle ». Ordre du jour inconnu. De même était restée totalement invérifiable l'affirmation selon laquelle François Mariani était, avec Richard Casanova, le « vrai » propriétaire de la discothèque Via Notte, à Porto-Vecchio.

Une piste nouvelle s'était ouverte en 1997. Elle menait vers la Russie, plus précisément à Kemerova, d'où était originaire Vladimir Slabkine. Propriétaire d'un appartement à Nice, cet homme était arrivé sur la Côte d'Azur le 5 novembre 1997 pour y rencontrer « des membres de la "Brise de mer" », indiqua une note rédigée trois mois plus tard. Avec leur assistance, il comptait ouvrir un casino à Kemerova. Il était censé voir François Mariani le 24 novembre, lequel devait le présenter à deux amis, gérants de deux établissements de nuit à Saint-Laurent-du-Var. Le rendez-vous avait-il eu lieu ? Tout ce qu'on savait, c'est que Slabkine avait précipitamment quitté la France, le 26 novembre, à destination de Moscou.

En fouillant les archives des compagnies aériennes, la PJ découvrit que ce projet concernait d'autres individus. Deux des frères Chiappalone, un Voillemier, un Guazelli et François Mariani avaient effectué ensemble le voyage Nice-Genève-Moscou-Kemerova, le 16 janvier 1997 ; ils en étaient apparemment revenus huit jours plus tard. Le motif du voyage, selon l'officier de liaison russe en poste à Interpol, était bien l'ouverture d'un casino, en partie financé par un banquier local. L'un des partenaires russes avait d'ailleurs attiré l'attention du contre-espionnage français, un an auparavant, en tentant de corrompre un membre du consulat de France à Moscou pour obtenir un visa de long séjour, le temps de jumeler l'université de Nice avec la Cité des sciences de Sibérie !

Jacques Mariani, Alexandre Vittini : le temps des fils

Loin de ces projets planétaires, la PJ suit avec attention les pérégrinations d'un jeune homme : Jacques Mariani, né en 1965 et fils de François. Aussi pétaradant que son père est sage, il semble jouer un rôle essentiel dans l'expansionnisme du banditisme bastiais. C'est lui, dans la capitale, qui reprendrait en main les biens autrefois gérés par le parrain « Francis le Belge », notamment les boîtes de nuit et les cercles de jeu. Lui qui jouerait les traits d'union entre l'île et Paris.

Cet hyperactif voit rapidement son nom mêlé à des crimes de sang. Il est notamment cité dans l'enquête sur l'assassinat d'un « flingueur » autrefois à la solde du « Belge », Jean-Jacques Maillet, tué à Hyères le 12 août 2002. Bientôt on l'associe surtout à José Menconi, l'un des deux « as » trentenaires du grand banditisme français, originaire comme lui de Haute-Corse et véritable héritier de l'esprit « Brise de mer ». Menconi avec lequel il se retrouve soupçonné d'avoir concouru à certaines éliminations en terre corse, sans jamais laisser d'indices assez solides pour être confondu, sauf peut-être une paire de lunettes de soleil oubliée dans un café Internet où un homme avait été tué. Un expert assurait y avoir prélevé son ADN, mais les lunettes noires traînèrent un peu trop longtemps dans les scellés pour que les avocats ne contestent pas ces résultats...

Entre-temps, les anciens ont grandi. Charles Pieri, compagnon d'évasion de son père vingt ans plus tôt, est désormais un ponte de la mouvance nationaliste : il est le secrétaire national en titre de l'organisation A Cuncolta endipendista. Il règne surtout sur le mouvement clandestin dans la Haute-Corse, dont la vie se confond de plus en plus avec celle du milieu criminel. Aurait-il d'ailleurs aussi bien réussi sans cette alliance informelle avec les plus grands bandits bastiais, lui qui ne devait sa réussite qu'à la brutale disparition de ses concurrents les plus sérieux ?

L'histoire du banditisme corse est une histoire de seigneurs et de châteaux forts, avec leurs vassaux et leurs suzerains avides d'élargir leur territoire. Avec leurs héritiers, aussi, parmi lesquels Jacques Mariani, incarcéré pour des crimes qu'il dit n'avoir pas commis, partage la vedette avec Alexandre Vittini, fils de Daniel Vittini, l'ami des piliers de la « Brise de mer », considéré depuis plusieurs années comme le « parrain » de Corte et de ses alentours – il y exerça longtemps un quasi-monopole sur les machines à sous et la distribution de spiritueux.

Le jeune Alexandre Vittini, né à Bastia en 1973, serait personnellement monté à l'assaut d'une prison parisienne, solidarité oblige, pour libérer « Nino » Ferrara, le meilleur spécialiste du pain de plastic anti-fourgons blindés, s'il n'avait été lui-même incarcéré ailleurs. Malgré son jeune âge, il n'en était pas en effet à ses balbutiements : digne fils de Daniel, il avait été soupçonné, encore mineur, d'avoir forcé quelques coffres-forts dans la région parisienne au côté de « sudistes » promis à un avenir radieux dans la grande famille criminelle française. Un début en fanfare qui lui permettrait peut-être un jour de dépasser le record établi par son père : entre février 1995 et décembre 1999, Daniel Vittini aurait encaissé les plus gros gains jamais réalisés dans la salle des machines à sous du casino municipal d'Aix-en-Provence : 6 097 500 francs [1] principalement gagnés... grâce à deux machines curieusement anéanties par un attentat, le 27 mars 2000, alors que la PJ et les RG tentaient de coincer le joueur pour blanchiment !

1. Environ 930 000 euros.

[illegible]

13.

La Corse-du-Sud face au reste du monde

La folle époque de « Jean-Jé » Colonna

Jean-Baptiste-Jérôme Colonna, dit « Jean-Jé », né à Sartène en 1939, constitue vraiment un cas à part dans le paysage du banditisme français. D'abord parce qu'il est le seul à pouvoir se vanter d'avoir vu son « dossier individuel » disparaître des archives de l'Office du banditisme, avant d'y revenir nettement allégé. Ensuite parce qu'il a bénéficié, en même temps que quelques vieux Bastiais, d'une attention particulière de la part du ministère de l'Intérieur : inscrit le 31 mars 1999 au fichier des personnes recherchées avec la mention « membre important du milieu corse », il en a été radié le 21 juin 2001, officiellement à la demande de la PJ d'Ajaccio. Place aux jeunes ! expliquent les auteurs de ce nettoyage, qui mettent en avant la vingtaine de fourgons attaqués cette année-là et l'« obligation de résultat ». L'ex-bandit manquerait désormais de ressort, et le fichier avait besoin d'être « revitalisé », ajoutent-ils. « Cadeau » ou pas, le résultat est mécanique : le cacique de la Corse-du-Sud bascule dans le passé.

Longtemps considéré comme le « chef de l'équipe

du golfe du Valinco », propriétaire présumé de deux hôtels à Propriano et à Olmeto, le Miramar et l'Abbartello, « Jean-Jé » n'est donc plus digne de l'attention de la PJ en 2001, lui qui a usé plusieurs générations de flics ! Désormais considéré comme retraité, ce qu'il réclamait avec force, cet homme aux tempes grisonnantes, portant plus volontiers la cravate que le treillis, laisse en souvenir ses antécédents, dont le plus notable tient en quelques mots : « Impliqué dans la French Connection le 25 juillet 1975 ».

Ce jour-là, « Jean-Jé » s'était évadé du service des consignes de l'hôpital de l'Hôtel-Dieu, à Marseille, où il était retenu pour trafic de drogue : avec Vincent Colonna d'Istria, Alexandre Colonna d'Ornano, Joseph Poli, dit « Jo le Dingue », Jean-Dominique Bianchini, Jean-Baptiste Giansily, Jean Hamalian et Armand Cherchi, on lui reprochait d'avoir introduit cinq cents kilos d'héroïne aux États-Unis. Dans l'équipe, « Jean-Jé » aurait été spécialement chargé de superviser les opérations et de rapatrier l'argent des États-Unis en France.

La note rédigée par la PJ marseillaise le 4 novembre 1975 laissait entendre qu'elle en savait déjà long sur son compte. Elle insistait d'abord sur ses antécédents familiaux : « Jean-Jé » était à la fois le fils de Jacques Colonna, né en 1905 à Pila-Canale et abattu le 18 juillet 1955 à Ajaccio, et le neveu de Jean Colonna, maire de Pila-Canale, amputé des deux jambes à la suite d'un règlement de comptes. Un milieu familial qui « le prédisposait à vivre en marge de la société », selon le signataire de ce document, qui poursuivait : « Il n'avait pas attiré l'attention de nos services avant la présente affaire, si ce n'est par ses relations. Il faisait en effet partie des amis de Paul Paganacci, suspect d'occuper une position élevée dans le trafic international de stupéfiants, lui aussi victime d'un règlement de comptes : sa présence à ses obsèques, le 17 novembre 1971, à Propriano, avait été remarquée. »

Le 14 juin 1974, c'est l'Office des stupéfiants qui avait signalé son passage par l'aéroport de Marignane : il avait accueilli ce jour-là un personnage très surveillé, Georges Dumoing, incarcéré depuis lors pour trafic de drogue.

Jamais mis en cause lui-même, « Jean-Jé » était manifestement suspect aux yeux de la PJ. Une suspicion que l'inspecteur principal, au bord du procès d'intention, justifiait en ces termes :

« Il semblait avoir une vie rangée, sous l'apparence d'un honnête commerçant, exploitant l'un des bar-restaurants les plus en vue de Marseille, La Folle Époque. Mais la présente enquête a permis de mettre en évidence cette attitude commune aux trafiquants d'envergure : il désirait ne pas attirer l'attention sur sa personne et vivre dans l'ombre, en particulier de son épouse. D'après les renseignements recueillis, il ne fait aucune déclaration de revenu, n'exerce aucune activité officielle, n'est titulaire d'aucun compte bancaire. Lui-même n'apparaît pas comme propriétaire de La Folle Époque, exploitée précédemment par des membres de la famille de Paul Paganacci. Il est vraisemblable que ce commerce, depuis plusieurs années, a servi de couverture à deux trafiquants qui ne pouvaient justifier leur train de vie. »

Comment ce « péjiste » pouvait-il se montrer aussi affirmatif ? Les revenus des porteurs de parts officiels étaient trop bas pour leur permettre d'acquérir un tel établissement, dont la rentabilité était par ailleurs très faible. Trop faible pour autoriser Mme Colonna à acheter la villa La Poudrière (*sic*), où demeurait le couple à Marseille, même si elle affirmait avoir engrangé beaucoup de liquidités au temps où elle exerçait comme prostituée, entre 1962 et 1968. « Plus de 13 millions anciens », selon ses dires, sauf qu'il ne semblait pas, aux yeux du policier, « qu'elle eût exercé cette activité aussi longtemps qu'elle souhaitait le faire croire ».

« Il est par ailleurs invraisemblable, ajoutait-il, qu'elle ait conservé une somme de cette importance dans un coffre, pendant tant d'années, sans la faire fructifier. » Quant aux prêts consentis par son père, qui avait exploité des stations-service au Maroc, il lui paraissait curieux qu'ils eussent été versés en espèces et qu'il n'eussent jamais été remboursés. En clair, si ces fonds ne provenaient pas de l'héroïne, l'inspecteur n'avait plus qu'à demander à régler la circulation sur la Canebière.

Le procès de la French Connection, au mois de décembre 1977, s'était déroulé sans lui. Le verdict avait d'ailleurs été l'occasion d'une sévère déconvenue pour la police : « Jean-Jé » avait bien été condamné à dix-sept ans de prison par défaut, mais les autres avaient tous été relaxés pour cause de prescription. Décision qu'un fonctionnaire en colère avait ainsi commentée par écrit :

« On peut se demander si cette relaxe ne marque pas la fin d'une époque et l'abandon de la politique judiciaire qui a pourtant porté ses fruits et contribué au démantèlement de cette équipe [...]. Pour le moins, cette décision, qui rompt avec une tradition jusque-là respectée, a surpris par sa clémence extrême. »

La PJ retrouva « Jean-Jé » Colonna huit ans plus tard, dans les Alpes-Maritimes, de retour, disait-on, d'un long séjour en Amérique latine. On était déjà un cran au-dessus, puisqu'il était cette fois question d'alliance avec la Mafia italienne : « Pour des raisons essentiellement historiques, rappelait une note du 21 décembre 1983, les Alpes-Maritimes ont toujours été soumises aux influences italiennes. La proximité et la perméabilité de la frontière, ainsi que l'importance de la colonie italienne, font de ce département une base de repli pour tous les repris de justice de la péninsule. » La lutte engagée par le gouvernement italien après l'assassinat, le 6 septembre 1982, à Palerme, du général des carabiniers Carlo Alberto Dalla Chiesa, préfet de Palerme chargé de la lutte anti-Mafia, avait bouleversé la donne. Désormais, il ne s'agissait plus seulement, pour les mafieux italiens, de se mettre au vert, mais d'investir côté français.

Comment était apparu le nom de Colonna ? Plusieurs rapports le présentaient comme une relation de Michel Condolucci, « mafioso influent du milieu calabrais » qui avait l'intention d'installer un laboratoire de transformation de la morphine base entre Bordighera (Italie) et Menton. Des sources italiennes annonçaient par ailleurs un accord au sommet entre Mafia sicilienne, Mafia calabraise et Camorra napolitaine en vue de prendre des parts dans les casinos du nord de l'Italie et de la Côte d'Azur, en particulier ceux de Menton et de Beaulieu. Une mission, croyait-on savoir, précisément confiée à Michel Condolucci, relation de Colonna.

La Mafia italienne avait déjà avancé quelques pions dans le monde du jeu azuréen. Elle avait glissé un homme à elle comme administrateur du Ruhl, le célèbre casino de Nice, alors aux mains de Jean-Dominique Fratoni, qui partageait avec « Jean-Jé » des racines communes dans le village corse de Pila-Canale. Elle avait également mis un pied dans le casino de Menton. Un membre du comité des jeux du casino de Beaulieu-sur-Mer venait enfin de tomber entre les mains de la police anti-Mafia en Italie.

« Ces renseignements, concluait la note, sembleraient accréditer la thèse selon laquelle la Mafia blanchirait les capitaux du crime, notamment de la fabrication clandestine d'héroïne, dans des établissements de jeu de la Côte. »

Mais la PJ n'avait jamais disposé des moyens suffisants pour enquêter sur une organisation criminelle de cette envergure. Et éventuellement étayer ses intuitions sur une possible alliance entre la Corse-du-Sud, la Sicile, Naples et la Calabre.

De ce jour, « Jean-Jé » n'avait cessé d'échapper à ses poursuivants. Insaisissable. Inaccessible. Les RG s'y étaient mis. Tout ce qu'ils avaient trouvé, c'était une histoire de camping, près de Sartène : promesse de vente annulée et prêt fictif consenti par le Crédit agricole local, apparemment destiné à cacher un blanchiment de fonds, en 1992. Mais la justice n'avait pas suivi.

Deux ans plus tard, le tribunal de commerce d'Ajaccio enregistrait les statuts d'une nouvelle société baptisée Lisair. Principale actionnaire : Arlette Albertini, épouse Colonna, épaulée entre autres par Ange-Marie Cesari, spécialiste en « appareils mécaniques et électroniques destinés au sport et à l'amusement ». Objet de la nouvelle structure : l'exploitation du bar de l'aéroport d'Ajaccio, Campo dell'Oro, jusque-là géré par le Comité régional du tourisme dans le cadre d'une convention passée avec la chambre de commerce et d'industrie de la Corse-du-Sud. Quelque chose de beaucoup plus élégant que le fameux bar de la Brise de mer, à Bastia – le cachet en moins. Une belle affaire qui n'avait pu être menée à son terme.

« Jean-Jé » et ses anciens amis s'étaient-ils complètement retirés ? Aucun connaisseur de l'île de Beauté ne voulait le croire, et les flics ne le lâchaient pas. Par tradition – l'épisode des kilos d'héroïne expédiés vers New York en était une bonne illustration –, les « bandits » natifs de Corse-du-Sud étaient plutôt tournés vers le monde, expliquaient-ils. Depuis le temps des colonies, ils trustaient, dans les pays francophones d'Afrique de l'Ouest, tout ce qui avait un lien avec les casinos et les machines à sous. Depuis l'époque du bagne de Cayenne, en Guyane, des hommes résidaient en Amérique latine, du Venezuela au Brésil, prêts à favoriser une transaction ou à accueillir un homme en cavale. Et toutes ces connexions n'auraient servi de rien ?

Comme dans la Haute-Corse, banditisme et nationalisme se mêlaient avec plus ou moins de bonheur en Corse-du-Sud. Le pôle dominant tournait alors autour du Mouvement pour l'autodétermination (MPA), une branche de l'ex-FLNC dont plusieurs membres s'activaient outre-Atlantique.

La PJ suivait notamment les investissements de deux militants de ce groupe au Nicaragua. Marcel Zonza et Pascal Giacomoni, nés respectivement en 1943 et en 1964 à Ajaccio, par ailleurs beaux-frères, avaient monté une affaire à Managua, capitale de ce petit pays d'Amérique centrale dont ils habitaient l'un des quartiers les plus huppés. L'objet social de leur société (Developpement investissement nicaraguayen) était à l'image du savoir-faire des deux hommes, puisqu'il s'agissait d'exploiter des appareils de jeux de hasard. Probablement espéraient-ils plus de compréhension de la police locale que de ces flics français qui n'avaient cessé de les harceler alors qu'ils régnaient sur un parc honorable de machines à sous entre la Corse et Montpellier. Ils pouvaient aussi compter sur quelques compatriotes et amis comme Alain Orsoni, lui aussi natif d'Ajaccio et fondateur du MPA, ou Stéphane Orsoni, qui vivait à Managua depuis 1997.

La PJ peinait à définir les liens entre ces expatriés et « Jean-Jé » Colonna. L'ancien faisait figure de « parrain », mais rien – ni son allure, ni son train de vie, ni ses voyages – ne le trahissait, au point qu'il n'avait pas trop de mal à soutenir que tout cela relevait du fantasme policier...

Faire l'objet d'une fiche de recherche, comme c'était encore son cas, lui pesait. Le 29 octobre 2000, les gendarmes en poste en Corse s'étaient encore cru obligés de dresser un rapport après avoir constaté sa présence en mer, à bord d'une embarcation baptisée *Nouk IV* :

« Plusieurs individus se trouvent à bord, en action de pêche à la traîne, avait noté le gendarme consciencieux. Parmi elles, Jean-Baptiste Colonna, qui fait l'objet d'une fiche de recherche. [...] Le navire, un yacht de 13,90 mètres, est basé au port d'Ajaccio. »

La radiation d'une fiche restaure un peu d'intimité dans une vie. Elle permet d'aller pêcher entre amis sans que la gendarmerie se sente obligée de faire un rapport en consignant les noms de tous les participants. Ou de prendre l'avion sans que toute la PJ en soit informée. Mais elle n'est pas pour autant une assurance tous risques.

La preuve en est donnée par cette enquête ouverte en 2001 par des policiers rêvant secrètement de faire à « Jean-Jé » Colonna le coup que d'autres firent à Al Capone : le coincer pour abus de biens sociaux, seul moyen à leurs yeux de le déstabiliser.

Des spécialistes des affaires économiques et financières sont dépêchés sur l'île pour fouiller les comptes des hôtels supposés lui appartenir. Ils font main basse sur les livres de comptes et les déclarations fiscales, et finissent évidemment par trouver la faille. Sauf qu'à l'heure d'interroger « Monsieur Colonna », celui-ci a décidé de se mettre en cavale. Pour de bon, comme un jeunot, il a opté pour un petit stage dans le maquis, comprenant certainement que la prison lui pendait au nez.

Une nouvelle circulaire de recherche est lancée. Les gros moyens sont alors mobilisés pour un autre Colonna, prénommé Yvan, celui-ci assassin présumé du préfet Claude Érignac, dont la traque a été promue cause nationale par le gouvernement. Mais « Jean-Jé » a tout de même droit à certains égards. La PJ surveille du coin de l'œil un snack niçois tenu par un insulaire, sans négliger les salles de jeu parisiennes, notamment le Cercle Billard Bastille, géré par un Corse né à Hanoi (Vietnam) et situé dans un quartier où l'ancien a ses petites habitudes.

Mais, comme il a toujours souhaité le faire, « Jean-Jé » conserve l'initiative. Il interrompt spontanément une cavale de deux ans lorsqu'il apparaît sur les marches du palais de justice d'Ajaccio, frais comme un gardon, la veille de l'ouverture de son procès. Il se constitue aimablement prisonnier, le temps de s'expliquer sur les broutilles qu'on lui reproche : un emploi fictif dans deux supérettes, entre 1993 et 2001, et deux mois de salaire douteux versés par l'hôtel de sa femme, le Miramar, à Propriano.

Celui qu'un rapport parlementaire avait présenté comme « le seul parrain corse » fait ce qu'il faut pour ne pas se conformer à son mythe[1]. Les salaires

1. En août 2002, quatre ans après le rapport parlementaire, « Jean-Jé » Colonna accorda une interview au mensuel *Corsica* pour nier ce lourd statut qu'on lui faisait endosser : « Je n'ai jamais

n'étaient pas fictifs, explique-t-il, puisqu'il passait beaucoup de temps à bricoler dans les supérettes et à jardiner autour de l'hôtel.

« Ce procès est la preuve qu'il n'y a pas de tabous, pas de personnes protégées en Corse », explique le procureur, Patrick Mathé, avant de requérir contre le prévenu trois ans de prison, dont six mois fermes, assortis de deux amendes de 330 000 euros, une pour lui, une autre pour son épouse.

« Ce n'est plus un mythe : c'est pathétique », plaide son avocat, Me José Allegrini, mais le tribunal maintient le cap et confirme la peine – preuve que les petites infractions sont parfois plus ennuyeuses que les grosses : pour cause de prescription, le casier judiciaire de « Jean-Jé » Colonna était jusque-là resté vierge [1] !

Quand la Mafia sicilienne ne sait plus qui payer

C'est une note rédigée en 2001 par les analystes de la PJ et ainsi titrée : « Implantation de la criminalité organisée étrangère en France et plus particulièrement dans le ressort du SRPJ d'Ajaccio ». D'une limpidité rare, elle se passerait presque de commentaires. Extraits :

« En Corse, la criminalité est organisée autour de plusieurs équipes locales, d'origine traditionnelle, pouvant être rattachées à des microrégions (Castagniccia, Taravo, Balagne...) et dont les membres sont pour la

---

été et ne serai jamais le parrain de la Corse », déclara-t-il, ajoutant qu'il avait été accusé à tort par l'ami d'un des assassins de son père.

1. Il mourra dans un accident de voiture le 1er novembre 2006.

plupart insulaires. Il s'agit d'organisations criminelles de type "mafieux", car, au-delà des infractions constatées (vol avec armes, racket, assassinat, trafic de stupéfiants), il semble que les responsables de ces groupes aient investi dans des sociétés, biens immobiliers (hôtels), établissements de jeu, aussi bien en Corse que sur le continent, voire à l'étranger.

« Or, si le "milieu" corse traditionnel avait pour droit coutumier de réaliser ses "affaires" sur le continent et de considérer la Corse comme un "sanctuaire" (vacances, cavale...), le climat délétère généré par les actions terroristes à partir des années 70 a entraîné un "repli" en Corse même et, au fil des années, une interpénétration entre groupes "politiques" et "voyous", provoquant l'éclatement de l'ex-FLNC.

« Il se pourrait que des organisations criminelles instrumentalisent des groupes terroristes afin de s'implanter dans la vie politique et économique de l'île, se rapprochant ainsi d'un véritable phénomène mafieux.

« Cependant, à l'inverse des mafias italiennesimplantées dans des régions à fort potentiel humain et économique, les organisations criminelles corses sont confrontées à une économie exsangue, à une population de 260 000 habitants, et par-dessus tout à une réglementation et une présence de l'État plus contraignantes que celles de l'État italien.

« Si l'on peut douter de l'origine de certains fonds, la Corse n'a pas représenté à ce jour un "marché" suffisamment important et "sûr" (attentats visant des investissements "mafieux") pour justifier l'apport massif d'argent "sale", corse ou étranger.

« Dans ce contexte troublé, il paraît difficile, pour des mafias étrangères, de s'implanter en Corse sans passer par des "relais" locaux, ni prendre en compte les féroces rivalités entre les différentes équipes. »

Dans cette Corse verrouillée où l'on s'arrache parfois violemment un butin plutôt maigre – « loi littorale » oblige[1] –, l'extrême sud de l'île semble cependant faire exception :

« De tout temps, poursuit l'auteur de la note, des liens étroits ont uni les habitants de l'extrême sud de la Corse et du nord de la Sardaigne, avec des phénomènes de migrations réciproques. Les deux régions sont susceptibles de servir de "bases de repli" aux malfaiteurs sardes et corses. »

Aucun investissement « mafieux » n'a été repéré ailleurs qu'à Cavallo, au cœur des îles Lavezzi, petit paradis pour milliardaires émergeant à quelques encablures des côtes sud de la Corse, dont l'historique est scrupuleusement consigné dans le rapport de la PJ :

« Après quelques années d'urbanisation sauvage en raison de l'absence de plan d'occupation des sols sur la commune de Bonifacio, la gestion des lieux était confiée à la CODIL, dirigée par des représentants italiens s'occupant à la fois des propriétés privées (villas) et des résidences hôtelières (village des Italiens). Rapidement, ces investisseurs étaient confrontés aux groupes clandestins, et une note du 20 décembre 1989 décrivait une tentative d'extorsion de fonds, pour un montant de 10 millions de francs qui devait être suivi d'annuités de 3 millions de francs[2]. Ce racket émanait du FLNC, alors uni. De fait, des bâtiments furent victimes de nombreux attentats à l'explosif durant cette période.

« Cherchant visiblement des solutions, les investisseurs italiens prirent contact avec des chefs de ces

1. Des règles très strictes encadrent tout investissement à proximité des côtes.

2. Soit environ 1 500 000 euros, plus quelque 450 000 euros par an.

groupes, et une réunion fut observée par les services spécialisés, à Nice, en date du 19 février 1994. Elle mettait notamment en scène Alain Orsoni, dirigeant du Mouvement pour l'autodétermination, et vraisemblablement du FLNC canal habituel, et Lillo Lauricella, né en 1945 à Palerme, dirigeant de la CODIL et, selon les policiers italiens, membre de la Mafia (clan de Catane). »

Le tourisme « sécurisé » bat son plein sur l'île de Cavallo, à la grande satisfaction des deux partenaires. Sauf que la guerre fait rage dans les rangs nationalistes et qu'Alain Orsoni perd bientôt la main, au point de s'exiler aux États-Unis. Que constate alors la police ? Elle voit apparaître dans le décor François Santoni, membre de l'exécutif de la Cuncolta et chef présumé du FLNC canal historique. C'est lui le nouvel interlocuteur local de la CODIL, désormais représentée par Pier-Luigi Vignuzzi.

Le 20 décembre 1996, accompagné de son ami Jean-Jacques Cantara, François Santoni accueille ses hôtes étrangers à l'aéroport de Figari. Deux avions privés viennent de se poser. L'un arrive de Rome avec à son bord Pier-Luigi Vignuzzi ; l'autre dépose trois frères domiciliés aux États-Unis et membres présumés de la Mafia italo-américaine, Lido, Victor et Tulius Iacocca. Lesquels repartent après une journée de discussions.

François Santoni se rend à son tour à plusieurs reprises à Rome. L'interpellation du leader nationaliste modifie cependant le rapport des forces. Les dix-sept amis du FLNC « employés » par la CODIL peinent désormais à encaisser leurs « salaires ». Les frictions se multiplient au fur et à mesure que gonflent ces impayés. Au point que Vignuzzi décide en juillet 1997 de déposer une plainte pour extorsion de fonds, désignant nommément Santoni et trois autres « militants ».

La division nationale antiterroriste est saisie, mais les incidents entre ex-employés corses et nouveaux gardiens italiens ne cessent pas pour autant. Le 16 août 1999, au plus fort de la saison touristique, un commando d'hommes cagoulés et armés dépouille les résidents dans l'île – une descente musclée qui ne sera même pas signalée aux forces de l'ordre, histoire de ne pas troubler davantage les vacances des victimes !

Entre-temps, le SRPJ d'Ajaccio a ouvert une enquête financière qui aboutit à la mise en examen de Vignuzzi pour abus de biens sociaux et à la condamnation, le 28 avril 2000, de Lillo Lauricella à cinq ans de prison...

Une chute sévère qui inspire ce commentaire à l'auteur du rapport :

« Le cas de Cavallo semble emblématique des difficultés pratiques et psychologiques rencontrées par la Mafia en Corse, lors de ce qui paraît être une tentative d'implantation. La Mafia sicilienne, accoutumée à traiter avec les chefs par la corruption et la terreur, n'a pas pu déterminer, dans le monde fragmenté de la violence clandestine corse, politique ou de droit commun, qui étaient les chefs et “à qui payer”. »

Les Filipeddu, Sardes de Bonifacio

Nul n'imaginerait le sud de la Corse sans les Filipeddu, d'origine sarde comme leur patronyme l'indique. L'apparition de la famille (dix enfants) dans les archives criminelles est ancienne. Elle est à mettre au crédit de l'aîné des frères, Jules Filipeddu, né en 1950 en territoire italien. Une histoire de coups de poing, de pied et de bouteille, un jour de Noël, qui s'est terminée en « tentative de meurtre ». Jules avait tout juste vingt et un ans et vivait à Bonifacio. Le début d'une saga qui va surtout s'écrire entre Rio de Janeiro et São Paulo, sans toutefois l'éloigner jamais complètement de ses vrais amis : « Jean-Jé » Colonna, le vieux Simon Lantieri, né à Ajaccio en 1925, et le militant nationaliste Alain Orsoni.

Premier épisode (1986) : François Mitterrand s'apprête bien malgré lui à céder le pouvoir à Jacques Chirac et à Charles Pasqua pour la première « cohabitation ». Une victoire électorale sur fond d'affaires politico-financières dont l'une paraît réjouir le plus corse des ministres gaullistes. Elle mouille des socialistes, accusés d'avoir puisé dans la caisse de la coopération franco-africaine par le biais d'une association au nom prédestiné : le Carrefour du développement. Le principal accusateur, Yves Chalier, ancien directeur de cabinet du ministre socialiste de la Coopération, refait curieusement surface au Brésil, où il est hébergé depuis sept mois par Jules Filipeddu. Sauf que l'exilé n'a pas seulement offert le gîte : il est accusé d'avoir aimablement fourni à son hôte un passeport... spécialement conçu par la DST (contre-espionnage) sur ordre du cabinet de Charles Pasqua, ministre de l'Intérieur.

Expulsé du Brésil le 19 janvier 1987, Jules Filipeddu est emprisonné une dizaine de jours en France, pour la forme. Le personnage apparaît alors en pleine lumière. À Bonifacio, il est propriétaire d'un café-restaurant, le Stella d'Oro, et de l'hôtel La Caravelle, à la tête duquel il a succédé à sa mère. Inscrit dans plusieurs cercles parisiens, il a d'étroits contacts avec le monde des jeux, son domaine de prédilection. C'est d'ailleurs dans les machines à sous qu'il prospère au

Brésil, épaulé depuis deux ans déjà par son frère François, né en 1965 à Ajaccio, et par son ami palermitain Lillo Lauricella, qui n'a pas encore pris pied sur l'île de Cavallo. Un Espagnol, cheville ouvrière entre la Mafia italienne et les maisons de jeu de Rio de Janeiro, leur sert de guide à l'ombre du Pain de sucre.

Deuxième épisode (1993) : Les insulaires paraissent « touchés par la fièvre immobilière », s'inquiète la PJ, à qui aucune transaction ne paraît échapper, surtout lorsqu'elle concerne des personnalités à ses yeux « sensibles ».

Jules Filipeddu est en première ligne. Il vient d'acheter un terrain de quatre hectares à l'hôpital de Bonifacio, dont le conseil d'administration est présidé par son ami Jean-Baptiste Lantieri, conseiller général et maire UDF de la ville. Répertoriée au cadastre en tant que « friche », la zone est a priori inconstructible. Des ruines romaines pourraient même y être enfouies, mais l'acheteur mise sur des fouilles négatives après lesquelles il pourrait obtenir un déclassement du site et bâtir une maison.

L'administration n'est pas la seule à être sur ses gardes. Une organisation nationaliste, l'ANC, a elle aussi réagi, de même que l'Association pour le libre accès des plages et la défense du littoral, qui a épinglé la « complaisance des pouvoirs publics ».

La famille Lantieri mènerait également « d'intenses activités dans le domaine de l'immobilier ». Jean-Baptiste Lantieri, dit « Atti », était déjà un acteur économique de poids dans sa ville, possédant des parts dans un night-club, dans un hôtel, dans l'Office de change bonifacien et dans la Société bonifacienne de congélation. L'un de ses cousins, Paul Lantieri, vient d'acheter à la commune un terrain sur lequel il a édifié un bâtiment avec le concours de la Caisse de développement de la Corse (Cadec). Quant à Antoine Lantieri, il chercherait à contrer les attaques conjointes de la préfecture et de l'organisation écologiste I Verdi Corsi, qui voient d'un mauvais œil la construction d'un ensemble immobilier de grand standing sur l'un de ses terrains. Une délibération du conseil municipal et un certificat d'urbanisme lui suffiraient apparemment, puisqu'il a déjà obtenu une modification du plan d'occupation des sols.

Troisième épisode (1997) : Jules Filipeddu est arrêté à l'aéroport de Roissy alors qu'il tente de passer la frontière avec un faux passeport canadien au nom de « Ferrara », identité sous laquelle il semble séjourner à São Paulo (Brésil).

« J'exerce la profession de commerçant, déclare-t-il au lieutenant de police qui l'interroge. Je possède plusieurs établissements de restauration. Je procède également à des études de marché pour des sociétés de jeu. »

Lorsqu'on lui signifie qu'il va être renvoyé vers le Brésil, il propose de se faire porter son passeport français par une amie qui vit à Paris. S'il utilise ce faux passeport, explique-t-il, c'est précisément parce que les autorités brésiliennes l'ont interdit de séjour pour vingt ans après le scandale provoqué par l'arrestation d'Yves Chalier, l'homme à qui les services de Charles Pasqua avaient fourni un vrai-faux passeport.

Quatrième épisode (1998) : Le FBI (police fédérale américaine) surveille de près un café à Miami, La Cigale, enregistré au nom de Didier Jean Marcel Toussaint, né en 1961 et neveu présumé de Jules Filipeddu. Alain et Stéphane Orsoni, anciens piliers du Mouvement pour l'autodétermination (MPA), y auraient été aperçus à plusieurs reprises.

Les Américains, qui voient le mal partout dès qu'ils

ont affaire à des Corses, prennent au sérieux les déclarations d'un trafiquant d'armes repenti, Foutanga Di Babini Sissoko. Ils imaginent Jules Filipeddu en grand manitou du trafic d'armes et réclament des renseignements à la France et à Interpol sur ces « activistes du FLNC » qu'ils croient liés au crime organisé italien. Jointe à leur demande, une note répertorie le matériel prétendument proposé par cette filière : hélicoptères MI ST de seconde main, gilets pare-balles pour kalachnikov, mortiers tous calibres, grenades, explosif C4, TNT, appareils de vision nocturne. « Tarifs en dollars. Très bon état général. Emballage d'origine et mode d'emploi joint », précise le document.

Un autre repenti (une spécialité américaine) aurait expliqué que ces mêmes Français préparaient une expédition de cocaïne par le biais d'une société dont personne n'a trouvé la trace : la Marbella Fruit Company. Aucune preuve, là non plus, mais le FBI et le Bureau des alcools, du tabac et des armes gardent à l'œil La Cigale. Au cas où elle se réveillerait et se mettrait à chanter...

Cette même année, la police italienne s'active elle aussi. Elle piste Lillo Lauricella, Jules Filipeddu et leur ami brésilien, le *bicheiro* (organisateur de jeux d'argent) Ivo Noal, l'un des plus connus de São Paulo, impliqué dans une affaire de corruption mettant en cause des policiers. Elle lorgne du côté de François Filipeddu, frère de Jules, qui se serait lancé avec un compatriote et une Brésilienne dans le métier d'« entrepreneur de spectacles ». Elle dit avoir identifié un fabricant espagnol de machines à sous, avant de remonter le fil des paiements jusqu'aux banques offshore de Guernesey, avec escales en Suisse, en Andorre, au Panama, à Miami et en Hollande. Elle serait enfin en mesure de fournir les noms des deux

Français (un Sétois et un Parisien) qui auraient pris le contrôle de deux sociétés corso-italo-brésiliennes, Betatronic et Bingomatic, spécialisées dans les jeux.

Cette accumulation n'est pas forcément enthousiasmante pour ces « hommes d'affaires » qui voient leurs noms étalés dans la presse brésilienne, avec le détail des commissions rogatoires internationales lancées par Rome. Seul point positif : ce tapage les alerte avant la véritable entrée en piste des policiers locaux.

La PJ ne reste cependant pas inactive. Elle identifie plusieurs sociétés montées par des Français à Madrid et à Barcelone, sociétés qui ont récemment obtenu l'autorisation d'installer des machines à sous dans les salles de jeu de Cotonou, au Bénin, et prospectent le marché prometteur du Kazakhstan (ex-Union soviétique).

Cinquième épisode (fin 1998) : Mauvaise passe pour les Filipeddu. Lillo Lauricella, l'ami intime de Jules, brièvement détenu en France en 1995, ancien amant, laisse-t-il volontiers entendre, d'une belle et célèbre actrice italienne, est arrêté en Italie. Jules lui-même écope bientôt d'une condamnation à vingt ans de prison pour « trafic de drogue et blanchiment », cadeau de la cour d'appel de Rome qui sait pertinemment que ses décisions ne peuvent s'appliquer à un ressortissant français.

Noël Filippedu, né en 1958 à Ajaccio, déjà épinglé pour fraude fiscale, vient d'apparaître en France au cœur d'une association de malfaiteurs emmenée par le nationaliste François Santoni, dans laquelle est également cité le « Brésilien » François Filipeddu (né en 1956).

Sixième épisode (2000) : L'enquête sur l'assassinat du préfet Claude Érignac donne lieu à de multiples investigations financières. Le dossier du rachat de la caserne Montlaur, à Bonifacio, est exhumé. Entre juin 1996 et juin 1997, des hommes soupçonnés de liens avec la Mafia ont effectué des démarches en vue de transformer ce bâtiment militaire en salle de jeu. Lillo Lauricella était leur chef de file, assisté localement par Jules Filipeddu, le Palermitain Ernesto Vita et le directeur bonifacien d'une société de construction. Un autre homme, originaire de Milan, était apparu au cours des négociations : représentant d'une holding hollandaise soupçonnée d'appartenir à un chef de la Mafia italienne, c'est lui qui avait été reçu par la Mission pour la réalisation des actifs immobiliers du ministère de la Défense, à Paris, en mars 1999.

Étant donné les liens privilégiés qui semblaient lier Lillo Lauricella à Jean-Baptiste Lantieri, maire de Bonifacio, la piste méritait d'être creusée. Mais la PJ, entièrement mobilisée par la traque d'Yvan Colonna (tueur présumé du préfet) et submergée par l'abondante documentation en provenance de l'île de Beauté, n'aura jamais eu le loisir d'éplucher ce dossier.

Dernier épisode (2004) : Jules Filipeddu est entendu comme témoin par les gendarmes de la brigade de recherches de Porto-Vecchio, le 13 février 2004. Un attentat a en effet endommagé, au cours de l'été précédent, l'entrepôt de la Société bonifacienne de congélation, dirigée par son ami Jean-Baptiste Lantieri.

Jules Filipeddu explique qu'il est de passage à Bonifacio pour voir sa famille, mais qu'il est « résident maltais » depuis plus de dix ans. S'il détient des parts dans La Caravelle et le B 52, deux établissements de la ville, il n'exerce aucune activité professionnelle en France : il travaille pour une holding basée à New York, qui gère des bingos et des machines à sous au Brésil et en Bolivie. Absent de l'île le jour de l'attentat, il ne rechigne pas à expliquer ses liens avec la victime :

« Dans les années 75, dit-il, j'ai été associé avec le père de "Titi", mais nous n'avons eu depuis aucun lien professionnel.

— Avez-vous été avisé des tracts et des tags présentant les nommés Filipeddu et Lantieri comme deux trafiquants sur Bonifacio ? demande le gendarme.

— Non, je ne les ai jamais vus.

— En avez-vous parlé avec Jean-Baptiste Lantieri ?

— Non. C'est n'importe quoi !

— Quelles sont les raisons de votre départ précipité pour la Bolivie, cet été-là ? Avez-vous craint pour votre sécurité ?

— Je ne suis pas parti précipitamment. Je n'ai pas craint pour ma sécurité.

— Avez-vous fait l'objet d'une tentative de racket ou d'un chantage ?

— Jamais.

— Il se dit que vous rétribuez des gens pour votre sécurité en Corse. Est-ce exact ?

— Non, d'autant que nous sommes plus de cent membres de la famille Filipeddu sur Bonifacio. Si j'avais besoin de "monde" pour me défendre, je me retournerais vers ma famille. »

Fermez le ban.

[illegible]

[illegible] ne [illegible] pas [illegible]

— Vous les [illegible]

[illegible]

[illegible]

En avez-vous [illegible]

— Non [illegible]

— Quelles sont les [illegible]

[illegible]

— Je ne suis pas [illegible]

[illegible]

[illegible]

[illegible]

[illegible]

14.

Ceux qui les traquent... et ceux qui les défendent

I. Ceux qui les traquent

« Dis, “tonton”, pourquoi tu balances ? »

Un flic avait un jour autorisé un vieux voyou incarcéré à assister à l'enterrement de sa mère. Le deal passé avec la justice disait que le fonctionnaire ne devait jamais lâcher sa proie. Dans le cimetière, compatissant, il lui avait cependant retiré les menottes. Loin d'en profiter pour s'enfuir parmi les tombes, le voyou, au sortir de la cérémonie, avait réintégré la prison sans sourciller. Avant de quitter son accompagnateur, il lui avait cependant fait comprendre qu'il pourrait désormais lui demander ce qu'il voulait. Autrement dit, qu'il lui serait redevable de son attitude durant tout le reste de sa carrière.

C'est ce que l'on appelle nouer une relation utile avec le « gibier ». La condition de l'efficacité policière, tant il est difficile de pister celui dont on ne connaît rien : ce serait comme jouer au Scrabble sans connaître l'orthographe.

Le temps de la garde à vue est évidemment propice

au contact : le bandit est là, à portée de main, loin de son territoire. Il n'a aucune échappatoire, à part le silence dont abusent en général les clients de l'Office du banditisme, par excellence peu loquaces. Alors les policiers biaisent. Ils parlent football avec le Bastiais Dominique Battini [1], dont ils savent bien qu'il a joué comme avant-centre. Ils glissent un mot de sa vie privée à l'oreille de Mohamed Amimer, pilier de la Seine-Saint-Denis, qui cherche à savoir ce que ses poursuivants savent vraiment de lui et de ses fréquentations. Ils refusent aimablement les pizzas que José Menconi se propose de leur offrir avec son propre argent, mais en profitent pour détendre l'atmosphère. Ils rient enfin avec Antonio Ferrara, toujours poli derrière son petit sourire moqueur. En se disant qu'il restera toujours quelque chose de ces brefs instants complices, un petit « rien » qui finira peut-être par créer un petit lien.

« Nous ne sommes pas des justiciers, dit Hervé Lafranque, chef de l'Office du banditisme, qui n'est pas homme à se réjouir lorsqu'un voyou se fait trouer la peau. Nous sommes payés pour interpeller les bandits, pas pour les haïr. Ils savent ce qui les attend en général après un passage dans nos locaux : les quatre murs de la prison, des mois passés à ne rien faire d'autre que fumer des cigarettes, faire des pompes et cogiter sur ce qu'ils feront après leur sortie. N'est-ce pas le moment le plus propice pour nouer une relation avec eux ? »

Cela pourra paraître choquant aux yeux de certains, mais les voyous patentés sont souvent mieux traités au siège de la PJ que les débutants dans les commissa-

1. Cité au chapitre 6, tout comme José Menconi et Antonio Ferrara, Amimer apparaissant pour sa part au chapitre 3.

riats. Sans aller jusqu'à s'incliner devant son charisme, les flics de ce niveau respectent le passé d'un « beau » voyou. Ils savent par ailleurs qu'il ne viendra pas à l'idée de l'un de ces hommes de cracher au visage d'un fonctionnaire dans les couloirs du service. Chacun sait en somme à qui il a affaire, et, comme dans une partie d'échecs, guette le moment où l'adversaire se découvrira un brin – le flic en disant au voyou qui l'a balancé, le voyou en lâchant un élément sur sa cavale.

Ces échanges permettent aux uns et aux autres de se jauger et de mieux se connaître. C'est, un jour, l'un des neveux des frères Hornec [1] qui, à la faveur d'une pause, explique sa philosophie au policier qui l'interroge :

« Tu vois, si j'ai une ampoule qui pète à la maison, je vais pas aller en acheter une, comme toi. Je vais aller démonter celle qui est dans ton couloir. Et tant que tu ne m'auras pas pris la main dessus, je te dirai que ce n'est pas moi. »

Confidence instructive, observe le fonctionnaire, soucieux comme le chasseur de mieux connaître ceux qu'il traque. « Ce jour-là, dit-il, j'ai compris que j'avais face à moi un pur joueur, un homme dont le but ultime était de ne jamais dépenser un sou sans plaisir. »

Quelques mois plus tard, ce même fonctionnaire, en planque derrière un autre membre du clan manouche, a l'occasion de voir cette logique à l'œuvre. Sous ses yeux, l'homme fait ses courses. Il projette une voiture volée contre la vitrine d'une quincaillerie et s'empare d'un sèche-serviettes et d'une lunette pour WC. Simplement parce qu'il en avait besoin.

1. Manouches de Montreuil, cités au chapitre 2.

Rien ne remplace ces confidences et ces scènes volées. Une autre fois, c'est un membre de la fameuse Dream Team, l'équipe de tous les braquages, qui se confie. « C'est trop beau ! » dit-il en évoquant cette montée d'adrénaline qui le fait tressaillir au moment du passage à l'acte. Le must, selon lui : « taper » un fourgon blindé alors que l'on sent les flics en planque pas très loin. Si l'on s'est donné la peine de sniffer un peu de cocaïne, le *fun* est au rendez-vous...

Pour découvrir ainsi les goûts et les usages de l'adversaire, encore faut-il savoir le prendre au sérieux, se mettre à son niveau. « Si on n'est pas capable de se mettre dans sa tête, ne serait-ce que quelques minutes, on est sûr de passer à côté », observe un spécialiste.

Ce n'est pas exactement ainsi que se recrutent les indicateurs, mais ces moments de détente après le stress de l'arrestation peuvent y aider. Or, sans les indics, on vous le chante sur tous les tons, pas de Police judiciaire, sauf peut-être dans l'esprit de quelques énarques utopistes.

« Un indic bien placé vaut tous les moyens techniques », résume un fonctionnaire. Une balise GPS peut permettre de localiser un véhicule, mais ne fournira jamais les noms de ses passagers. La taupe, elle, peut apporter le numéro de portable du conducteur, indispensable pour une écoute à venir, l'adresse de sa copine, voire indiquer la cible du prochain braquage.

« Lorsqu'elle ne repose sur aucun renseignement, l'action policière s'apparente à de la gesticulation, insiste Hervé Lafranque. Non seulement elle est désordonnée, mais elle coûte cher au contribuable. Nous avons besoin de savoir ce qui se passe dans le camp des voyous. »

À l'Office du banditisme, ce sont les chefs qui gèrent les « tontons », vocable par lequel on désigne les « sources humaines », comme si elles faisaient partie de la famille. Pourquoi tant de précautions ? Les indics sont aussi sources d'ennuis, explique-t-on. Ils défendent toujours un intérêt qui peut aller de l'élimination d'un concurrent à la récupération d'une enveloppe en passant par la vengeance contre un compagnon volage. Ils ne disent en général pas le quart de ce qu'ils savent vraiment. Et sont intenables lorsque le sujet devient brûlant. « Quant tu approches du dénouement, confie un fonctionnaire, le "tonton" devient un vrai gosse : il faut le bichonner, le biberonner... Il sait qu'il risque gros dans la partie, peut-être même sa vie, mais la seule garantie que tu puisses lui donner, c'est de t'engager à ne jamais mentionner son nom ni même son existence. »

Le casting est une étape cruciale : une erreur de recrutement peut coûter très cher. Parce que manipuler des indicateurs est une tâche risquée : tous les flics qui en ont fait le cœur de leur métier ont un jour été publiquement soupçonnés d'entente avec l'ennemi. Avec d'autant plus de difficulté pour s'en défaire que cela s'est parfois révélé vrai. L'arme est d'ailleurs à double tranchant, puisque l'on a aussi vu des policiers désigner des voyous à la vindicte en les faisant passer pour des indicateurs.

Aller à deux au contact de l'indic peut constituer une forme de protection. Dans le cas où un autre service de police aurait l'idée d'immortaliser la rencontre sur pellicule et de s'en servir pour régler quelque obscur contentieux, mieux vaut avoir un témoin. Cela permet aussi de se prémunir contre les ragots que l'interlocuteur est susceptible de faire circuler sur le dos du policier qui le traite.

Gérer la relation sur le long terme relève parfois de l'acrobatie : « Le "tonton" va appeler sans cesse pour te demander un service ou un renseignement que tu ne pourras pas lui donner, dit un praticien. Un jour, par exemple, il va réclamer l'identification d'une voiture qu'il a aperçue dans son sillage, voiture dont il y a de fortes chances pour qu'elle appartienne à un autre service de police. Là, tu fais le dos rond et tu attends que ça passe. »

Il n'y a donc pas de mode d'emploi, mais le policier qui côtoie le voyou sait qu'il n'est pas là pour échanger de l'information. Il est là pour installer une relation de confiance avec un employé qu'il ne considère souvent pas mieux qu'un micheton. Il est là pour créer un lien aussi durable que possible avec un homme dont il sait qu'il ne lui donnera rien pour ses beaux yeux et qu'il va constamment chercher à l'utiliser. Il sait que la moindre erreur de comportement peut lui être fatale, comme l'explique un habitué :

« Si tu sors de ton rôle de condé [1], si tu acceptes de passer un week-end avec l'un d'eux, si tu entres dans leurs combines, tu deviens leur salarié et ils te traitent comme une merde. La meilleure des protections reste encore de ne jamais oublier que l'on est flic. »

« Le but du jeu, c'est d'avoir dans le camp adverse des vigies en nombre suffisant pour être certain qu'on ne nous raconte pas de salades », résume un ancien de la Brigade de répression du banditisme. Mission impossible ? Pas tant que cela : « Les voyous fonctionnent en cercles très restreints et verrouillent bien leurs relations, poursuit cet ancien. Mais il y a toujours quelqu'un qui va picoler, prendre un peu trop de cocaïne et se mettre à déblatérer toute une soirée. Avec un peu de chance, quelqu'un sera là pour l'écouter et

1. Le policier, dans le vocabulaire des voyous.

aura l'idée de nous contacter, surtout s'il y a de l'argent à prendre. »

Certains voyous sont littéralement fascinés par les flics, offrant de nombreuses prises à ceux qui veulent les manipuler. « Dans leur tête, nous sommes les deux faces d'une même pièce, nous faisons partie du même monde, décrypte un policier. Eux sont là pour faire un coup, nous, pour réaliser une affaire. À force, il s'en trouve pour finir par se croire intouchables sous prétexte qu'ils traitent avec nous. Ils sont en plein film, et s'il vaut mieux les laisser rêver, il faut aussi les protéger d'eux-mêmes : si on les voit trinquer avec nous, ils sont cuits. »

Cette fascination peut aller jusqu'au mimétisme, avec des indicateurs qui se prennent pour de vrais flics. Ils se mettent à mémoriser les visages qu'ils rencontrent comme le ferait un policier, à relever le numéro des plaques d'immatriculation des voitures, à noter toutes les adresses. Jusqu'au jour où ils se retrouvent en train de prendre l'enquête en main, comme ce « tonton » qui appela un jour le fonctionnaire qui le traitait et lui dit :

« Place ce numéro sur écoute, je te dis : tu ne seras pas déçu ! »

La monnaie de la pièce ? Le policier est censé protéger son « tonton », mais, en l'absence, là encore, de cadre précis, on en reste à l'artisanat. Un service peut toujours inscrire un indicateur au fichier des objectifs en espérant qu'au nom de la confraternité aucun autre service ne se mettra sur son dos. Mais la concurrence est rude, et ce genre de précaution peut se révéler dérisoire. Il n'y a pourtant rien de pire, pour une brigade, que de voir se répandre l'idée qu'elle sacrifie ses informateurs, ou simplement qu'elle les protège mal.

À terme, ce sont toutes les sources qui risquent de se tarir.

Il faut aussi impérativement que les juges jouent le jeu, ce qui est apparemment de moins en moins évident. « Convaincre un juge d'épargner une personne mise en cause dans un dossier au nom des services qu'elle a rendus devient très difficile », confie un péjiste. « Les jeunes magistrats ont tendance à considérer la pêche aux renseignements comme quelque chose de sale », résume un autre, qui s'inquiète de voir la police devenir « aveugle » à force de restreindre ses contacts avec le « diable ». Et lorgne avec envie certaines pratiques anglo-saxonnes qui autorisent un service à négocier en toute transparence avec un procureur l'avenir d'un bon « collaborateur ».

La gestion financière des indics est tout aussi hypocrite. Faute de cagnotte officielle, ils ont longtemps été payés sous le manteau et le sont encore dans certains cas. En fait, on les rémunère comme on peut, le plus simple restant de puiser quelques grammes (ou kilos) de shit ou de cocaïne dans les stocks saisis chez les trafiquants, en espérant que personne n'aura l'idée de faire figurer ces étranges dons dans un rapport officiel. Mais, pour les grosses affaires, cela ne suffit pas.

N'a-t-on pas entendu dire que le syndicat des transporteurs de fonds avait lâché une énorme enveloppe pour rémunérer ceux qui avaient permis l'arrestation d'un « Nino » Ferrara, prince du braquage de fourgons ? Les montants évoqués sont apparemment exagérés, mais l'information est véridique : environ 35 000 euros ont été mis à la disposition de la police, avec l'accord du directeur central de la PJ et du cabinet du ministre. Sans cet apport financier venu des principales victimes, les enquêteurs de l'Office du banditisme n'auraient sans doute pas eu les moyens de convaincre leurs interlocuteurs de se mouiller pour piéger un poisson aussi redoutable.

Mais la PJ à la française, n'est-ce pas aussi depuis toujours une certaine gestion du désordre ?

Il dit que ces hommes sont des « fauves »

Écouter le téléphone d'un voyou peut apporter une note d'ambiance. Davantage, parfois, pour ceux qui savent traduire des propos souvent aussi opaques que du mandarin, mélange d'argot, de mots français, arabes et gitans. Les téléphones portables ont cependant constitué un apport essentiel pour les investigateurs. Tant qu'il est en service, un portable fournit une idée assez précise de l'endroit où se trouve son utilisateur, comme s'il semait des petits cailloux derrière lui. La plupart des gangsters renvoyés devant les tribunaux au cours de ces dernières années l'ont été grâce aux prouesses de la téléphonie. Mais ces preuves sont fragiles, les avocats l'ont bien compris ; surtout lorsque rien de palpable ne vient les étayer.

Ceux qui avaient oublié leurs classiques sont ainsi en train d'y revenir, convaincus que rien ne remplacera jamais une surveillance sur le terrain. « C'est la seule manière de connaître les habitudes d'un type, ses gonzesses, ses hobbies », confie un fonctionnaire, une longue carrière à l'Antigang derrière lui. Curieux métier que celui de ces hommes qui passent leur vie au train des voyous : « À force de les coller, on finit par vivre comme eux, poursuit cet interlocuteur. Toutes ces années, je les ai probablement vus davantage que ma propre famille ! D'ailleurs, entre nous, on les désigne par leur prénom. »

Il se souvient de ces deux hommes qui ne se rencontraient qu'une fois par mois pour braquer une banque : le reste du temps, ils étaient à la pêche – plombs, lignes et bouchons en attestaient. Il se souvient des Manouches de la banlieue sud, en particulier des Lepage, qu'il a connus sur le bout des doigts : il a arrêté le grand-père dans un supermarché, a cueilli le père au retour d'un voyage en Suisse, avant de découvrir son aquarium à truites et d'assister aux premiers pas de « Sergio », l'héritier... Il dit que les bandits sont des « fauves » parce qu'« ils sentent plus qu'ils ne voient ».

Il se souvient de son métier, sur lequel il serait à même de rédiger un petit guide à l'usage des générations à venir. Suivre sans se faire « cramer » (repérer), toujours comprendre ce qui se joue sous vos yeux, rester en alerte maximale lorsqu'on ne sait pas si l'« objectif » est armé : les préliminaires s'éternisent parfois des mois durant, explique-t-il. Tout peut arriver le lendemain. Ou la semaine suivante. Ou jamais. En attendant, rester zen. Ne pas broncher, par exemple, lorsqu'on voit une équipe de « malfaisants » (expression prononcée sans véritable hargne) tester un lance-roquette sur un camion de marchandises dans un recoin de Rungis. Ne pas perdre patience lorsque des voyous vous conduisent une fois, deux fois, parfois cinq fois jusqu'à leur cible sans passer à l'action : le jour J viendra. Se concentrer lorsqu'ils coupent les portables, signe que l'action est imminente. Viser le flagrant délit, le must du point de vue policier, « la signature sur l'œuvre d'art », comme il dit. À condition, bien sûr, que cette arrestation à chaud ne mette pas trop de monde en péril, auquel cas il vaudrait mieux laisser le coup se faire et intervenir le lendemain matin en se disant que l'on retrouvera forcément le butin. Profiter enfin de la garde à vue pour essayer de comprendre ce qui vous a échappé en cours de route. Par exemple, que s'ils ont renoncé trois jours plus tôt à braquer la banque, ce n'est pas parce qu'ils avaient flairé la police, mais simplement parce que l'un d'eux ne s'était pas réveillé !

« La base de la filature, c'est le *feeling*, poursuit notre interlocuteur. Il y a cependant quelques règles à observer. Il faut éviter de regarder dans les yeux les gens que l'on croise dans la rue, tout comme d'observer trop longtemps un point fixe. Il ne faut pas avoir peur d'être démasqué, sinon on finit par l'être, car ceux que l'on suit savent qu'ils peuvent être suivis. Il ne faut pas trop parler pour éviter de laisser le son de sa voix s'incruster dans la mémoire de quelqu'un. La tenue ? Celle de monsieur Tout-le-monde est préférable à un look de play-boy, surtout dans le métro, où personne n'enregistre le visage de personne. Ou alors il faut se déguiser en médecin ou en plombier, ou, pourquoi pas, jouer au type qui entre dans tous les bistrots en racontant qu'il cherche son chien... »

Celui qui est le plus proche de la cible commande la manœuvre, quel que soit son grade. « Quand on sent qu'il faut décrocher, il ne faut pas attendre, sinon c'est trop tard : le doute s'installe et vous pouvez anéantir six mois de surveillance. »

En voiture, un seul homme à bord passe mieux que deux dans le rétroviseur de la voiture suivie. L'ère des téléphones portables a cependant permis de détendre l'atmosphère : avant, celui qui parlait tout seul dans sa voiture avait toutes chances d'être un flic. Aujourd'hui, des dizaines de conducteurs ont l'écouteur à l'oreille.

Les jeunes sont-ils plus faciles à suivre que les vieux routiers ?

« Détrompez-vous : eux aussi ont l'instinct », affirme

le policier, pour qui le plus dur reste de se mettre en planque, dans une voiture ou une camionnette, aux abords d'un quartier dit « chaud ». « Dans l'heure, tout le monde sait que vous êtes là », dit-il. Un comble, car, lorsque le fonctionnaire est tapi dans son « sous-marin » – nom donné à ces véhicules aménagés pour les planques –, il est précisément censé voir sans être vu.

« En cas d'alerte, mieux vaut réagir très vite si l'on tient à ses abattis », lâche-t-il avant de livrer cette confidence : s'il était dans le camp des voyous, « il serait, pour les flics, un client épouvantable » !

« De la chance, il en faut aussi pour la volaille » (un ancien de la PJ)

« Ce sont les truands qui nous obligent à avancer notamment sur le plan technique », dit Patrick Mauduit, ancien flic de terrain reconverti dans le syndicalisme lors de la création de Synergie Officiers. Hommage du chasseur aux chassés, sachant que le chasseur, en l'occurrence, aura toujours une petite longueur de retard. Mais qu'il est tout de même passé, en une décennie et demie, des machines à écrire Olympia aux logiciels capables de décrypter des milliers de « fadettes », les fameux relevés d'appels téléphoniques.

Les progrès viennent souvent de la base, observe ce syndicaliste. C'est un fonctionnaire de la BRB qui a mis au point un logiciel pour répertorier les voitures volées ; c'est un capitaine de l'Office des personnes disparues qui a proposé une révolution informatique ; c'est un flic de la 3e division de Police judiciaire, à Paris, qui a lancé un fichier spécial « Manouches ».

Imagination et débrouille à tous les étages, c'est aussi cela, la PJ. Et le camp d'en face a du souci à se faire, surtout lorsque les flics de terrain vont frapper aux portes des transporteurs de fonds pour obtenir les balises GPS que l'administration ne peut leur offrir, faute de crédits disponibles...

Ces « bricoleurs » ont souvent la passion du métier. Et lorsqu'ils réclament de puissantes autos à leurs chefs, ce n'est pas forcément pour « faire le beau », mais parce qu'« on ne chasse pas les éléphants avec une Clio », comme ils disent. De même lorsqu'on les a entendus pester contre les ratés du système radio Acropole dont l'administration les avait dotés. Cette merveille de technologie a longtemps compliqué les filatures, quand elle n'a pas carrément contraint certains à lâcher prise : à cinquante mètres près, les voitures suiveuses ne communiquaient plus entre elles.

Pour pallier les dysfonctionnements, notamment dans la capitale, où les ondes sont souvent saturées, les fonctionnaires se rabattent facilement sur leurs téléphones portables personnels. Facturés à leurs frais, l'administration étant une adepte des forfaits limités.

« De quoi arrêter de bosser », siffle un ancien de la PJ parisienne qui sait qu'il en restera aux mots et mise sur le facteur chance en reprenant un refrain célèbre : « De la chance, il y en a pour la canaille, alors il en faut aussi pour la volaille... »

Ceci n'a pas de rapport avec cela (encore que), mais « canaille » et « volaille » font parfois bon ménage. On se souvient de cette équipe qui projetait, depuis ses bureaux du Quai des Orfèvres, de monter un gang de braqueurs avec la complicité d'un indicateur. C'était en 1985. Depuis lors, la police parisienne est officiellement moins affectée par les « trahisons » que sa consœur marseillaise. « Le milieu a des alliés à tous les échelons, affirme cependant un fonctionnaire du 36. Cela peut être un gardien de la paix qui va prendre de l'assurance, se renseigner sur telle voiture, soutirer une information à un collègue. Cela peut monter plus haut, et les sommes grimpent aussi. »

Un divorce qui tourne mal, trop d'aigreur accumulée ou une immense lassitude ont conduit des fonctionnaires à perdre leurs repères. Les tentations sont là tous les jours. « Les voyous que tu approches essaient tôt ou tard de te mettre une gonzesse sur les genoux, d'aligner un rail de cocaïne sous ton nez ou de t'entraîner vers le jeu », dit un vieux routier. Pour commencer. Après, c'est la cascade. On a vu un policier louer son arme administrative à un bandit notoire, à la journée. On en a vu un autre photocopier la liste des personnes écoutées par son service, pour la vendre.

À l'autre bout de la chaîne, on a également vu les frères Hornec[1], exemple parmi d'autres, abandonner subitement toutes leurs puces téléphoniques quelques heures après une réunion rassemblant les principaux responsables de la PJ parisienne. Le clan disposait d'une taupe au Quai des Orfèvres, c'était l'évidence, mais les hiérarques préférèrent écraser le coup pour éviter le scandale, au risque de susciter des vocations : les Manouches, on s'en aperçut plus tard, semblaient aussi glaner certaines informations du côté de l'Office du banditisme. Les chefs de service décidèrent aussitôt de tout faire pour découvrir le « traître » avec la ferme intention, cette fois, de le mettre hors jeu...

La première anomalie sérieuse se produisit au détour d'une enquête sur un trafic d'armes. Soit les personnes ciblées étaient très bien renseignées, soit

1. Pour mémoire, une famille de Manouches implantée dans l'Est parisien.

elles avaient eu une chance inouïe, car elles s'étaient évanouies dans la nature à quelques jours de leur interpellation.

Cependant, l'ambiance se crispe dans les couloirs lorsque ses chefs découvrent que Gilles G., un brigadier affecté à la recherche documentaire, était au courant de l'enquête en cours. Laquelle mettait précisément en cause un milieu qu'il connaissait bien pour le fréquenter assidûment depuis le début de sa carrière : celui des Manouches de Montreuil. Le soupçon se renforce lorsque ses collègues le voient débarquer avec des vêtements griffés, le poignet orné d'une montre de marque trop onéreuse, a priori, pour son salaire. La justice est alors mise dans la confidence et les téléphones du fonctionnaire sont placés sur écoute. Où l'on s'aperçoit que le suspect se fait appeler « Bruce » – référence à sa puissante musculature – par ses « amis » de la pègre, ceux-là mêmes sur qui il a pourtant accumulé de précieuses informations pour son service...

Difficile de savoir exactement quand Gilles G. a mis un pied dans l'autre camp, mais sa vie privée avait subi quelques secousses au cours des mois précédents. Ceux qui le côtoyaient voyaient bien qu'il désespérait de voir ses talents de flic reconnus par ses pairs, eux qui avaient plutôt tendance à se méfier de lui. De toute évidence, enfin, les voyous et leurs belles bagnoles le fascinaient, lui qui avait, gamin, partagé la « zone » avec eux.

Certains fonctionnaires, et non des moindres, ont fait de longues carrières à la lisière entre les deux mondes, si l'on en croit les rumeurs dont bruit la maison. Mais ce jeu dangereux comporte ses limites, notamment celle-ci : pour un voyou, un flic ripou ne sera jamais vraiment un voyou. Un sujet que « Bruce » a eu tout le loisir de ressasser en détention.

« Si on se mettait d'équerre... » (un cadre de la PJ)

La PJ n'est pas une et indivisible. À l'instar du milieu, elle est une juxtaposition d'individualités, de familles et de chapelles. Chacun magnifie ses « clients » et ses prises en partageant le moins possible avec la maison voisine. Et ces rivalités sont parfois une aubaine pour les voyous.

« Tous unis, on les démonterait », proclame un policier parisien, membre de la Brigade de répression du banditisme.

« Si on se mettait d'équerre, on les mettrait à genoux », renchérit un fonctionnaire de l'Office du banditisme.

C'est vrai et faux à la fois. Vrai, car la disparition de toute guerre des polices laisserait place à une « armée » dotée de très importants moyens ; faux, parce que cette même guerre est précisément l'aiguillon qui stimule la PJ. Attraper un « Nino » Ferrara avant les autres, voilà l'objectif. Pour la gloire plus que pour l'argent, car les salaires ne s'en ressentiront pas. Pour le service plus que pour la PJ elle-même, voire pour le « groupe », qui est ici l'unité de base, le plus petit dénominateur commun : on chasse en « groupe », à cinq ou six. Et c'est en groupe que l'on fête les prises.

La guerre contre les gros voyous se joue surtout entre trois gros services : l'Office du banditisme, dont la compétence est nationale, et les deux fleurons du Quai des Orfèvres, la Brigade de répression du banditisme et l'Antigang, dont le territoire se limite théoriquement à la région parisienne. Toute la question étant de savoir à quel moment un voyou cesse d'être parisien pour devenir hexagonal, sachant que l'état-major de la gendarmerie n'a de cesse, depuis vingt ans, de grignoter lui aussi des « parts de marché »...

Le rapport des forces évolue au gré de la personnalité des chefs et de leur influence. Il fut particulièrement dur, au printemps 2000, lorsque les uns et les autres se jetèrent à la figure la responsabilité d'un gros cafouillage, à Nanterre, autour d'un braquage qui provoqua la mort d'un convoyeur.

La tension retombe quelques mois plus tard, mais les relations entre la direction centrale et Paris sont prêtes à s'enflammer à la première occasion. Le dossier Ferrara en fournit une belle. Parce que les responsables de l'Office suspectent un pilier du 36 de connivence avec le milieu, ils décident de ne pas alerter la préfecture de police le jour de l'arrestation du meilleur artificier de la région parisienne. Une « provocation », aux yeux des policiers de la capitale.

Après l'évasion de Ferrara, la Brigade de répression du banditisme a la dent dure et refuse d'être saisie de l'enquête en même temps que l'Office, mais le procureur leur impose de collaborer. L'Office joue apparemment le jeu en « invitant » la BRB à participer à la seconde arrestation du jeune braqueur, un an plus tard. Des fonctionnaires se font cependant repérer par Ferrara et ses amis dans une rue du XVe arrondissement, et chacun va accuser l'autre d'avoir mal joué, même si Ferrara n'aura en définitive gagné que quelques heures de sursis...

L'arrestation de Dominique Battini, soupçonné d'avoir participé à la spectaculaire évasion de « Nino », fournit l'occasion d'un nouveau coup de canif dans l'entente cordiale entre les deux « boutiques ».

L'Office recueille un renseignement selon lequel le voyou corse fréquente un immeuble de Boulogne-Billancourt (Hauts-de-Seine). Les premières vérifications ne donnent rien, mais l'information est transmise au 36, qui planque à demeure devant l'immeuble. Jusqu'au jour où l'Office reçoit une autre information relative à l'un des auteurs présumés du retentissant braquage de Gentilly, un certain Patrice Pays, qui exercerait comme restaurateur du côté de Perpignan. Mise au parfum, la brigade parisienne abandonne aussitôt ses surveillances à Boulogne pour tenter d'aller pêcher le suspect... à la barbe de l'Office.

Dans les jours qui suivent, alors que Dominique Battini finit par pointer le nez du côté de l'immeuble de Boulogne-Billancourt, l'Office convie des membres de la BRB au « festin », mais en simples spectateurs !

Riposte immédiate : l'arrestation, peu après, d'un autre complice de Ferrara viendra aux oreilles de l'Office, avec un décalage énorme, par l'intermédiaire... de l'administration pénitentiaire !

Depuis lors, des directeurs ont été promus ou mutés, et les relations se seraient nettement améliorées. De là à gommer un quart de siècle de concurrence acharnée, il y a sans doute de la marge. D'autant que ces rivalités se retrouvent au sein même de la police parisienne, où le voyou est une denrée très saucissonnée : la Brigade criminelle enquête sur les règlements de comptes, la Brigade des stupéfiants suit les dealers, la Brigade de répression du proxénétisme s'occupe des maquereaux... et la Brigade de répression du banditisme de tout le reste.

« On se voit entre nous quand on n'a pas le choix », reconnaît un policier parisien.

C'est aussi cela, la PJ à la française : des services

qui se livrent une concurrence acharnée sur le dos des voyous, lesquels en profitent parfois, mais en pâtissent souvent.

II. Ceux qui les défendent

« Ils ont fait leur Mai 68 avec vingt ans de retard » (Me Jean-Louis Pelletier)

Les voyous ont leurs flics ; ils ont aussi leurs avocats. Les flics ne les aiment guère, mais des avocats capables de faire bouger le fléau de la justice dans les affaires de grand banditisme, il y en a peu.

Parmi les « anciens », l'incontournable s'appelle Jean-Louis Pelletier. Les parrains Gaétan Zampa et Francis Vanverberghe l'ont appelé « maître », car c'est sur leur terrain, à Aix-en-Provence, qu'il a débuté, en 1961, et parce qu'il a toujours mis un frein au copinage entre voyous et avocats. Les deux gangsters étaient en guerre ; lui faisait son travail avec suffisamment de distance pour ne pas s'en mêler. Il n'a d'ailleurs jamais souhaité assister aux funérailles de ses clients disparus. Parce que, à son avis, ce n'était pas sa place.

« Ce sont des marginaux, dit Jean-Louis Pelletier. Ils ont leurs règles, leur morale. Moi, je suis là pour plaider. »

La seule entorse dont il se souvienne, c'est d'avoir accepté une invitation à déjeuner au Fouquet's, à Paris, formulée par « le Belge ». Pour le reste, ni mondanités ni tapage médiatique : un strict cantonnement en deçà de ce qu'il appelle la « ligne jaune ».

« Le jeune avocat qui se laisse attendrir par un client

et accepte, par exemple, de passer une lettre en prison est cuit », tranche-t-il.

Aujourd'hui, les jeunes caïds viennent frapper à la porte de Jean-Louis Pelletier pour son nom et ses plus de quarante ans de carrière, comme l'a récemment fait Hamid Hakkar, prince présumé du trafic de stupéfiants dans les Hauts-de-Seine et allié supposé d'Antonio Ferrara. « Le fait que je sois membre du conseil de l'Ordre les frappe », dit modestement l'avocat. Probablement autant que la présence parmi ses anciens clients d'une autre grande figure disparue, l'ex-ennemi public n° 1 Jacques Mesrine.

Lui regarde cette nouvelle génération avec une certaine distance. « Souvent incultes, ils sont plutôt intelligents, dit-il. Ils ont fait leur Mai 68 avec vingt ans de retard, lorsqu'ils ont constaté qu'ils pouvaient monter leurs coups sans les vieilles barbes, et que ça gagnait. »

Comment parler argent avec ces jeunes qu'il dit « sans foi ni loi » ? « Si l'on veut que tout se passe bien, il faut bien se garder de leur garantir quoi que ce soit ! » observe Jean-Louis Pelletier. Un conseil qu'a certainement retenu Thierry Herzog, l'un de ceux qui ont commencé leur brillante carrière de pénaliste face aux tours de Notre-Dame de Paris, dans l'ombre de ce sage aîné.

« L'avocat qui n'obtient pas de résultat est un traître » (Me Jean-Yves Liénard)

L'autre grande figure, chez les « anciens », s'appelle Jean-Yves Liénard. Une vaste clientèle allant du milieu manouche de Montreuil aux Marseillais en passant par les Corses et le noyau dur des Parisiens. Une vie dans l'urgence, chaque instant à la merci d'un appel pour cause de garde à vue, qu'il conjugue avec une élégance jamais démentie. Une connaissance intime des voyous et de leurs ressorts, qu'il observe depuis son bureau situé à deux pas du château de Versailles, une pièce d'angle sobrement décorée, moquette beige et fauteuils crème. Des hommes qu'il respecte, dit-il – du moins « ceux qui ne font pas de mal à une mouche si ce n'est pas nécessaire ».

Jean-Yves Liénard vendait des chaussures dans un petit magasin d'Eure-et-Loir lorsqu'il s'est dit qu'il n'allait pas passer sa vie dans une arrière-boutique. Il avait vingt-sept ans, âge trop avancé pour devenir professeur d'histoire ou magistrat, mais était doué d'assez d'éloquence pour tenter sa chance comme avocat. Son premier client sérieux fut assassiné à l'instigation du parrain Claude Genova, lequel fut à son tour exécuté, probablement par ses ex-soldats. Il était au cœur de la chaîne, et sa carte de visite tournait entre les bonnes mains.

Trente ans plus tard, comme le bon vin, Jean-Yves Liénard estime n'avoir fait que se « bonifier ». Les flics aussi, constate-t-il, qui sont « infiniment meilleurs » qu'autrefois, avec leurs puces, leurs balises, leur ADN et leurs empreintes vocales.

« La police ne peut que gagner la bataille, hormis celle de la violence », prédit l'avocat versaillais, qui sent bien que personne ne domptera la courbe ascendante de la violence.

« Avant, le voyou regardait ses pompes et avait le respect utilitaire du juge, observe-t-il. La nouvelle génération, avec sa culture de cage d'escalier, c'est plutôt : "Mais t'es qui pour me juger ?", ou encore : "Vas-y, grosse connasse, mets-les-moi, tes cinq ans !" Ils ont tendance à croire qu'avec l'argent ils peuvent tout acheter, même le magistrat. Ils rejettent toutes les valeurs, mais leur révolte n'a pas grand intérêt. »

Et Jean-Yves Liénard de confirmer l'énorme pression qui pèse sur les épaules de l'avocat : « Du juge et des policiers, ils n'attendent pas de bien, mais l'avocat qui n'obtient pas de résultat est considéré comme un traître. »

Malgré ces réserves, Liénard continue de mouiller sa chemise, au sens propre, à chaque fois qu'il descend dans l'arène pour plaider. Il continue à défendre un Jean-Luc Barresi, ce « passionné de foot » dont la police tient à faire le parrain de Marseille. Il continue à s'investir auprès des Manouches, sachant pertinemment qu'il ne sera jamais à leurs yeux autre chose qu'un *gadjo* (non-Gitan). Il persiste à préférer un bon assassin à un mauvais facteur, selon le mot d'Albert Camus. Sans jamais se montrer trop curieux des véritables activités de ses clients, en vertu d'un principe d'une simplicité biblique :

« Si je ne sais rien, on ne pourra pas m'accuser d'avoir parlé. »

« Certains auraient pu faire une grande école... »
(Me Jean-Yves Leborgne)

Certains ténors, avec les années, glissent vers le monde plus feutré du pénal politico-financier et des cols blancs, « ces voyous qui ne s'assument pas », selon la formule d'un avocat. Ces clients, hommes politiques, intermédiaires financiers, grands patrons, sont probablement moins fantasques que les grands voyous, mais ne règlent pas forcément leurs honoraires avec la même générosité, encore qu'il n'y ait en la matière aucune règle...

Poussé vers le pénal par « un goût presque littéraire pour la matière humaine », Jean-Yves Leborgne avait quarante ans en 1990 lorsque les juges se sont aperçus que les textes pénaux pouvaient aussi s'appliquer aux délinquants financiers. L'âge, a-t-il pensé, de tourner le dos aux bandits pour se consacrer aux notables. Des bandits qui, à l'époque se métamorphosaient à pleine vitesse, se souvient le pénaliste parisien :

« J'avais face à moi des voyous fidèles, raisonnables et organisés ; aujourd'hui, on se retrouve avec des fous furieux capables de tuer pour moins de mille euros. J'avais des voyous qui voulaient un avocat issu de la "bonne" société, en phase avec les juges, et mettaient leurs enfants au couvent des Oiseaux, rêvant d'entrer dans le monde des notables ; aujourd'hui, ils sont dans l'explosion de soi et la détestation des "bourgeois judéo-chrétiens". J'avais des hommes qui faisaient carrière dans la voyoucratie ; leurs successeurs sont suicidaires. »

Au point que Jean-Yves Leborgne ne s'est plus senti en mesure de jouer ce rôle de « trait d'union » – de « paravent », dit-il aussi – avec la société, qui est celui de l'avocat. Pour cause de rupture psychologique plus que pour des raisons matérielles, car les voyous payaient plutôt bien, accompagnant souvent leurs honoraires d'un petit cadeau, sac Hermès ou bijou Cartier dans l'emballage d'origine, si possible avec facture jointe pour couper court à toute équivoque. Ils insistaient à l'occasion pour aller plus loin et partager avec lui leur goût immodéré de la vie nocturne, mais l'avocat avait une réponse toute prête : « Le jour où je plaiderai pour toi, j'irai me coucher tôt. »

Souvenir amusé : un jour, Me Leborgne ne sut que faire des billets de banque dont l'avait gratifié un client braqueur, billets neufs dont les numéros figuraient dans le dossier qu'il avait sous les yeux. Il consulta le bâtonnier, dont la réponse le plongea dans un embarras plus grand encore : s'il rendait ces billets, il apportait la preuve de la participation de son client au hold-up. Il les avait gardés longtemps avant de les offrir aux œuvres sociales de la banque, à la grande surprise du client qui s'était fatigué à les voler...

Comment aurait réagi à sa place l'illustre Charles Robaglia, l'avocat le plus corse de Paris, chez qui Jean-Yves Leborgne, comme tant d'autres, avait débuté ? La mort de l'« ancien des anciens » laissait cette question définitivement en suspens.

« L'argent, dit Jean-Yves Leborgne, compense chez le voyou une incapacité à exister socialement. Il n'aura jamais la Légion d'honneur, mais roulera à bord d'une voiture de luxe. Et, dans certaines régions, le costume et la voiture font l'homme, bien plus que la décoration. »

Pas de mépris dans ces mots, car Jean-Yves Leborgne l'avoue : il conserve une dose de considération pour le « courage désespéré » de ses ex-clients, dont certains, dit-il, « auraient pu faire une grande école si le sens du jouissif et du ludique ne les avait pas limités ».

L'autre écueil qui les guette, à l'entendre, c'est qu'ils sont souvent incapables d'imaginer un monde différent du leur. « Ils croient que leurs valeurs sont des valeurs universelles », dit-il, et c'est la raison pour laquelle il est parfois impossible de leur faire accepter que l'on n'achète pas un juge comme on se paie un survêtement Lacoste ou Adidas.

« Les voyous sont présumés coupables,
car ils ne vivent pas comme nous » (Me Denis Giraud)

Dans ce métier plutôt dur et stressant, seuls résistent les avocats les plus solides. « C'est chacun pour soi », dit Denis Giraud, qui se souvient de premières années difficiles, lui qui venait d'un milieu modeste. Sans relations, sans un sou, un peu rebelle, il a eu la chance, comme la plupart de ceux qui ont fini par s'imposer, d'obtenir un strapontin auprès d'un grand avocat. Chargé des « courses » et des tâches désagréables, il est parvenu à fixer l'attention d'un client incarcéré, un braqueur qui l'a pris en sympathie et lui a présenté des amis. C'était en 1976, l'année de ses vingt-quatre ans. Lui qui avait grandi à Montreuil, dans la banlieue est de Paris, allait bientôt retrouver quelques copains en mal d'avocat, par exemple Marc Hornec, qu'il avait connu à l'âge de quinze ans et dont il était bien placé pour savoir exactement de quelle misère il était issu.

« Je voulais lutter contre le système de l'intérieur, contre l'injustice ressentie dans ma jeunesse », se souvient Denis Giraud, qui, en près de trente ans de barreau, n'a pas beaucoup changé. Il n'a plus besoin, comme au jour du serment, d'emprunter une robe à un confrère, mais il conserve cette indépendance et cette liberté dans lesquelles les bandits se retrouvent certainement. Il ne doit rien à personne, pas même le port de la cravate, à laquelle il préfère une tenue sport. Plus facile pour descendre dans la « mine », sans doute. Et pour tenir devant les magistrats ce discours dont il ne s'est jamais départi : les institutions sont là « pour écraser des délinquants marqués au fer rouge » et « pour épargner les puissants ».

« Si vous avez côtoyé des gens un peu en marge, remarque Denis Giraud, il est plus facile de savoir ce qu'ils ressentent. »

Pour un peu, cet avocat se reconnaîtrait derrière les traits d'un Bruno Sulac, « l'archétype du braqueur aux mains propres, intelligent et solitaire », mort à vingt-neuf ans lors d'une tentative d'évasion : Sulac avait un jour attaqué une bijouterie Cartier, à Cannes, en tenue de tennisman...

« L'avocat pénaliste nettoie les chiottes de la société : il met les mains là où les autres ne mettent même pas les pieds », résume Denis Giraud en usant d'une formule volontairement brutale. Mais le « système », ingrat, ne lui en sera aucunement reconnaissant. Pas plus qu'il ne prendra en considération ces hommes qu'il « réprime, cogne et embastille sans jamais rien faire pour qu'ils sortent meilleurs ».

Denis Giraud en a la conviction : « Les voyous sont présumés coupables parce qu'ils n'ont pas les mêmes codes que nous et ne vivent pas comme nous, avec un petit salaire qui tombe tous les mois. Alors, quand on n'arrive pas à les coincer dans les règles de l'art, on en arrive à monter contre eux des dossiers foireux. »

À qui l'avocat pense-t-il en disant ces mots ? À deux de ses clients en particulier : Marc Hornec, « que les gendarmes ont voulu *se faire* coûte que coûte », et le Bastiais Jacques Mariani, fils de François, soupçonné d'avoir flingué un homme dans un cybercafé « alors que les descriptions des témoins ne collaient absolument pas ».

« Francis pensait que personne ne s'en prendrait au symbole qu'il était » (Me Frédéric Monneret)

La chance d'un stage au bon endroit, un procès médiatique au bon moment et quelques résultats honorables : Frédéric Monneret a touché rapidement la combinaison gagnante après des débuts auprès d'une référence dans le milieu pénal des années 70, l'avocate Camille Giudicelli. Grâce à elle, cet Aixois, inscrit au barreau en 1974, se frotte rapidement à de gros calibres. Au passage, il a l'occasion d'intervenir aux côtés de quelques monuments du barreau dans le retentissant procès de Tony Recco, poursuivi devant les assises pour un triple meurtre commis à Carqueiranne (Var).

Le hasard des rencontres fait le reste. Frédéric Monneret devient le défenseur perpétuel de Raymond Mihières, croisé au tribunal des flagrants délits durant sa première année de barreau : alors conducteur de travaux, « le Chinois » venait de se faire prendre sur le Vieux-Port avec un 357 magnum en poche. « Un garçon d'un commerce agréable, féru de peinture provençale et incollable en matière de meubles », dit l'avocat, qui lui a « offert » pas moins de cinq relaxes au cours de sa carrière (pour l'heure inachevée).

Puis c'est un client qui le prie d'intervenir pour l'épouse d'un « vieux de la vieille », le Marseillais Antoine Cossu. Ce qu'il fait apparemment avec succès, puisque « Tony l'Anguille » lui demande de défendre son beau-frère, Francis Vanverberghe, dit « le Belge », qui purge à l'époque une peine de quatorze ans de prison à la centrale de Poissy, et proclame déjà qu'il « aura toujours plus besoin d'un avocat que d'un docteur ».

L'effet est mécanique. Promu avocat du « parrain »

le plus en vue de Marseille, dont il obtient la libération inespérée, Frédéric Monneret devient une figure de la cité phocéenne. Les deux hommes ont d'ailleurs des points communs : même distance avec les convenances sociales et même élégance, l'avocat se départant rarement de sa cravate noire et de ce costume sombre à rayures qui lui tiennent lieu de marque. Jusqu'à cette passion infinie pour les voitures – l'avocat affiche dans son bureau sa collection de Ferrari miniatures, toutes aussi rouges les unes que les autres –, qu'il pilote par ailleurs sur circuit, là où la vitesse n'est pas soumise aux règles qui frappent le commun des mortels ; Francis Vanverberghe, lui, se serait paraît-il damné pour une Aston Martin Lagonda, automobile aussi rare que raffinée.

Trente ans après leur première rencontre, son client fétiche, « le Chinois », est passé des flags à des tribunaux plus sérieux. Antoine Cossu purge sans se plaindre une peine assez lourde, mais toujours plus légère que celle infligée en première instance. Francis Vanverberghe, lui, est mort, et son avocat croit en deviner les raisons.

« Son manque de modestie et de discernement l'a perdu, dit-il. Francis pensait que personne ne s'en prendrait au symbole qu'il était, au point de se séparer de sa garde prétorienne. Il cherchait une respectabilité, fréquentait de nouveaux amis et voulait tourner la page marseillaise. Mais une page comme celle-là ne se déchire pas. »

Frédéric Monneret ne cache pas qu'il a sa petite idée sur l'origine des hommes qui ont supprimé son plus « gros » client. C'est même, à ses yeux, une « évidence » : ceux qui ont armé la main du tueur, ce 27 septembre 2000, venaient de Marseille.

L'avocat ne s'est pas laissé abattre pour autant, si

l'on ose dire. Comme le lui a fait un jour remarquer un magistrat, il a toujours su garder « un pied dans chaque majorité ». Le « parrain » décédé, d'autres ont été propulsés sur le devant de la scène, et Frédéric Monneret a continué son chemin sans oublier ce conseil signé Vanverberghe :

« Soyez extrêmement prudent, car les gens en prison n'ont pas de mentalité et n'hésiteront pas à vous compromettre pour sortir. »

Sa ligne de conduite : faire le boulot « sans arrière-pensées », quel que soit le clan auquel appartient le client. En l'occurrence, il n'en manque pas de nouveaux, venus de ces quartiers nord de Marseille, de la Belle-de-Mai ou du Panier, « où le modèle social le plus envié reste celui de la voyoucratie ».

« Comme avocat, j'ai besoin de garder un pied dans cette délinquance dure » (Me Pierre Haïk)

Denis Giraud avait failli devenir journaliste : Pierre Haïk, lui, met en avant « la foi du pénaliste ». Lorsqu'il a pris la robe, en 1981, lui non plus ne pouvait compter sur ses relations. Fils d'un petit commerçant, il avait grandi dans un milieu où l'on « ne mangeait pas trois poulets par jour ». Non pas à Montreuil, mais dans un quartier juif de Tlemcen, en Algérie, ce qui n'allait pas manquer de tracer des raccourcis entre lui et quelques-uns de ses clients, ravis de lui rapporter bientôt du vin de là-bas, des dattes ou une djellabah.

Durant ses études, Pierre Haïk avait milité au sein du groupe « Prisons » du philosophe Michel Foucault, mais il ne pouvait pas pour autant prétendre connaître l'univers des délinquants. C'est pourquoi il a choisi la seule porte qui s'offrait à lui, la petite, celle des comparutions immédiates et des plaidoiries gratuites. Celles que l'on peut franchir sans maître ni patron, lorsqu'on débute dans la profession.

Pierre Haïk a rapidement compris que les petites affaires amenaient les grosses : celui qui vole un jour une voiture, demain escaladera un mur. « Petit à petit, raconte-t-il, les gens parlent de vous dans les prisons. Ils voient que vous vous battez, que vous allez jusqu'au bout, que vous n'avez pas peur. Ils viennent alors vers vous, de façon pragmatique, parce qu'ils considèrent que vous êtes l'homme de la situation au moment opportun. »

La taule est la caisse de résonance par excellence : c'est là que se mesure l'Audimat des « baveux », comme les appellent volontiers les prisonniers, sans que l'on sache s'ils font référence aux facilités d'élocution des avocats ou à la collerette blanche en forme de bavoir qui orne leur robe noire.

Avocat plus que procureur, Pierre Haïk ne porte sur ses clients « aucun jugement d'ordre moral » et n'éprouve pour eux « ni fascination ni mépris ». Il dit simplement qu'il est « indispensable de garder les pieds sur terre et d'éviter toute symbiose avec son client ». Il est là pour les défendre, les voyous comme les notables, puisqu'il est de ceux qui cultivent les deux jardins, refusant de tirer un trait sur les premiers pour se consacrer entièrement aux seconds. « Comme avocat, explique-t-il, j'ai besoin de garder un pied dans cette délinquance dure et cette défense au corps à corps. » Une façon de s'entretenir, en somme, afin de rester d'attaque à l'heure de descendre dans l'arène.

« Une plaidoirie, dit-il, c'est aussi un combat contre soi-même. »

Mais ne lui parlez pas du tribunal de Bobigny, fief branlant de la justice dans la Seine-Saint-Denis, où l'on juge les « sans-cravate » : « C'est un territoire conquis par les délinquants, où les cabinets des juges sont aussi obscurs que des caves ! » s'emporte-t-il.

Aussi lamentable à ses yeux que le siège parisien de la justice financière, qu'il fustige avec la même force : « On n'a pas l'impression d'entrer dans une institution judiciaire, mais dans une banque ! » Une façade aussi trompeuse pour les délinquants en col blanc que peut l'être le palais de justice de Bobigny pour les bandits.

« Les voyous sont comme tout le monde : ils veulent du fric » (Me Michel Konitz)

Ils sont une centaine de pénalistes sur le marché ; la moitié en vivent vraiment, dont une vingtaine plutôt bien, et trois ou quatre vraiment très bien. C'est peu. Les clients se servent en fonction de leurs besoins, vont d'un cabinet à l'autre, s'offrent le meilleur service possible. Le secret de ceux qui durent ?

« Comme le footballeur, il faut donner de sa personne », ose l'avocat parisien Michel Konitz, qui sait lui aussi que seule compte la sentence, et que l'unique façon de s'attirer respect et fidélité, c'est « de plaider correctement et de sortir quelqu'un de prison ».

« Hors de ce chemin étroit, explique-t-il, le danger guette, car les clients nous prêtent souvent des pouvoirs que nous n'avons pas. Si l'on ne fait pas sortir Untel de prison alors que tel autre a été libéré, c'est forcément qu'on ne le veut pas ! »

Il ne suffit pas de décrocher le beau rôle et le bon client, encore convient-il de tenir son rang en toutes circonstances. « Il faut ne jamais être médiocre, mais être parfois génial et toujours honnête », résume

Michel Konitz. Un peu comme un médecin de famille qui voudrait le rester pour la vie et qui, pour cela, serait astreint à faire au moins un miracle par an...

Comment tenir la distance ? Le seul combustible, c'est la motivation. Si Michel Konitz a tourné le dos au journalisme (lui aussi) pour devenir avocat, c'est pour s'engager contre ce qu'il appelle « l'injustice de la société » et « la brutalité du rapport économique ».

« Si les magistrats étaient parfaits, les avocats seraient inutiles, dit-il. Nous servons de contrepoids face à un système fondé sur la punition et la dureté. »

Lui non plus ne porte sur les grands bandits aucun regard ambigu : ni rejet, ni condescendance, ni copinage, à une ou deux exceptions près.

« Les voyous sont comme tout le monde : ils veulent du fric », lâche-t-il.

Une fric-attitude plus marquée encore chez les caïds de vingt-cinq ans, avec lesquels Michel Konitz préconise de rester « distant et poli », admettant qu'il est parfois difficile de les inviter à plaider coupable, même après leur avoir longuement expliqué que ce serait le meilleur moyen pour eux de ne pas prendre la peine maximale.

« Nice, c'est un peu comme la Corse »
(Me Gérard Baudoux)

Le métier de pénaliste est solitaire, mais les filiations marquent une carrière. Le Niçois Gérard Baudoux a commencé la sienne dans l'ombre du flamboyant Paul Lombard, qui l'avait remarqué à l'occasion d'un dossier plaidé sur la Côte d'Azur. Il avait vingt-trois ans et défendait un petit tricheur pris la main sur la roulette, au Ruhl, le fameux casino de la Promenade des Anglais.

Grâce à la recommandation du ténor, les « beaux » clients ont commencé à arriver. Puis le milieu traditionnel niçois est venu à lui, à commencer par le pied-noir Bastien Bonventre, qui veillait alors scrupuleusement à ce que son bar-discothèque, l'Iguane Café, sur le Vieux-Port, ne devienne pas un repaire de trop mauvais garçons.

« Nice est un petit monde », observe Gérard Baudoux, qui sait tout le mal que le procureur Éric de Montgolfier pense des connivences locales, après quelques années passées sur place. Si petit que l'avocat les a tous vus défiler dans son bureau, jusqu'à Jacques Sordi, dernier « parrain » présumé de la pègre azuréenne, dont l'ultime dossier a réussi à mettre dans l'embarras un célèbre avocat parisien, Philippe Dehappiot[1], champion de la chasse aux fautes de procédure et, de ce fait, très apprécié des grands bandits hexagonaux.

« Nice, poursuit Gérard Baudoux, c'est un peu comme la Corse : on s'est tous plus ou moins croisés à l'école primaire du quartier. On a joué dans les mêmes rues, partagé les mêmes copines. »

Ce particularisme fait que la relation avec le bandit ne peut être empreinte de cette distance mise en avant par plusieurs avocats parisiens. « Au début de ma carrière, raconte Gérard Baudoux, on aurait très mal pris que je refuse de me rendre à certains mariages. »

Comme tous ses confrères, cet avocat se rend fréquemment en prison, au moins une fois par semaine,

1. Il fut un instant soupçonné d'avoir incité un complice de Sordi à prendre la fuite, mais l'accusation s'est rapidement effondrée.

et dit clairement qu'il ne s'est « jamais accoutumé » à cet univers. « Avec un taux d'occupation de 200 % et une incroyable vétusté, la maison d'arrêt de Nice est invivable, » plaide-t-il. Pour éviter l'explosion, le personnel local consent à quelques concessions, comme celle qui permit un jour à un avocat de s'entretenir avec un détenu corse dans le bureau du directeur, loin des parloirs délabrés.

« Mais ne vous trompez pas, tempère Me Baudoux. Ce n'est pas parce que nous sommes à Nice que ces arrangements cachent une quelconque prévarication ! »

« L'avocat est là pour bloquer les rouages »
(Me Gérard Zbili)

Gérard Zbili aurait pu être flic pour débusquer ces délinquants qu'il a vus grandir autour de lui dans les cités de Villejuif (Val-de-Marne). Il a préféré les défendre.

« L'avocat est celui qui met de l'huile dans les rouages : il doit conduire le justiciable à accepter sa sanction », lui disait son premier mentor, l'inusable Daniel Soulez Larivière. Mais Gérard Zbili a viré de bord après quelque temps passé auprès de Me Thierry Herzog.

« L'avocat est celui qui doit bloquer les rouages et trouver les moyens de faire annuler une procédure », dit-il aujourd'hui.

Lui aussi manie quelques mots d'arabe pour avoir passé les huit premières années de sa vie au Maroc. Un atout pour aborder la nouvelle génération de voyous, apparemment plus ingrate que la précédente, mais aussi moins précautionneuse.

« Comment tirer d'affaire un client qui est entré à visage découvert dans une banque, y a laissé un mégot de cigarette et en est reparti au volant de la voiture de son père ? s'interroge Gérard Zbili. Trop de jeunes délinquants ignorent totalement ce qu'ils encourent vraiment. Pour eux, tout n'est qu'une question d'argent, même un verdict, ce que des avocats n'hésitent visiblement pas à leur laisser entendre ! »

Lui préfère leur expliquer d'emblée ce qui les attend vraiment. C'est à son avis la meilleure façon de durer dans le métier, face à ces clients qui vivent à l'heure de la culture du résultat, volontiers persuadés que l'avocat dispose de toutes les cartes pour les tirer – ou non – d'un mauvais pas, comme s'ils n'y étaient pour rien.

Gérard Zbili reste cependant indulgent : « Certaines naissances sont plus criminogènes que d'autres, dit-il. Et si l'on se donnait la peine de remonter l'échelle des responsabilités, beaucoup ne seraient responsables de rien. » Lorsqu'un procureur de Créteil évoque au cours de ses réquisitions les « territoires perdus de la République », il corrige aussitôt : « Il est plus juste, à propos des cités, de parler de territoires *abandonnés* par la République. »

« Ils paient toujours en espèces »
(interlude anonyme)

Tous les pénalistes le disent : leur métier est un éternel rapport de forces. Pas seulement avec une justice qui cogne sur les voyous quand le veut l'air du temps, mais aussi avec les clients.

Faire rentrer les honoraires est un art délicat qui s'apprend sur le tas. « La plupart de nos revenus sont officieux, admet un pénaliste parisien. Non seulement on ne signe pas de contrat avec les voyous, mais ils paient presque toujours en espèces. »

En cas de difficultés, inutile de se tourner vers le bâtonnier. « L'Ordre s'en fout, les flics s'en foutent et les confrères ne veulent rien savoir », résume un avocat. Le plus sûr serait encore d'exiger le paiement des honoraires avant le procès, sans attendre le résultat. Sinon, on risque de devoir se contenter d'un paiement en nature, sous forme de notoriété, lorsque le procès est médiatisé.

L'argent est pourtant là, à portée de main, et le pénaliste est confronté à des tentations tout aussi fortes que celles qui s'offrent aux flics eux-mêmes.

« J'ai vu des Manouches poser un énorme paquet de billets sur le bureau et dire : Si vous sortez le frangin, cet argent est à vous », témoigne un avocat.

Et si le frangin n'est pas libéré ? Le petit monde des pénalistes reste discret sur le sujet, mais on a vu des bureaux fracassés et des avocats méchamment saucissonnés, histoire de les forcer à restituer l'argent avancé. Tous racontent ainsi l'histoire – invérifiable – de ce confrère retrouvé attaché à un arbre dans un bois de la capitale, nu comme un ver : la sanction de voyous mécontents de son travail.

« Il y a deux catégories d'avocats : ceux qui gardent leurs distances et étudient les dossiers, et les autres, qui acceptent de rendre toutes sortes de services », résume un pénaliste. Ces derniers sont évidemment plus exposés que les autres aux représailles.

« On est peu de chose » (Me Franck de Vita)

Niçois lui aussi, Franck de Vita appartient à la jeune génération d'avocats. Comme plusieurs de ses pairs, il a grandi dans la rue, dans ce quartier du Vieux-Port qui a vu défiler les figures du banditisme local. Son sérail n'est pas celui des notables, mais l'univers de ceux qui flambent dans les pages des faits divers.

« Je suis parti de la souche », dit-il lorsqu'on lui demande comment il s'est lancé dans la profession.

Des voyous, il connaît la mentalité et la culture, c'est pourquoi aucun d'entre eux ne le vouvoie. « Il a des clients parce qu'il est de la partie », ricanent flics suspicieux et avocats bougons. Lui cultive un côté sanguin et un style décontracté, blue-jean et chemise ouverte sur un torse bronzé.

« Si j'ai des clients, dit-il, c'est parce que les voyous ont commencé à me désigner le jour même où j'ai apposé ma plaque. »

Le premier était un « petit soldat », mais il relevait du patron des « Italo-Grenoblois », Michel Luisi. Les autres ont suivi, dans une ville dont il confirme qu'elle est « plus proche du village de montagne que de la capitale européenne ».

Franck de Vita fait partie de ces jeunes avocats qui avancent avec la rage au cœur. La mort de Michel Luisi a évidemment freiné le développement de son cabinet : aux yeux des autres, il était déjà devenu l'avocat d'un clan. Il s'est alors démené pour « faire du score » (avoir de bons résultats devant les tribunaux), et de nouveaux clients sont arrivés. Le tam-tam des prisons s'en est mêlé lorsque l'un des frères Perletto (famille influente dans le Var) a croisé l'un des frères Hornec (la plus puissante famille manouche) au quartier d'isolement de la prison de Lyon. Il lui a recommandé Franck de Vita. Pour les Manouches, il n'était qu'un avocat parmi d'autres, mais quand on est encore jeune dans le métier, être désigné par un Hornec est un signe du destin. Surtout lorsque le dossier dont il est question, instruit en l'occurrence à Grenoble, présente une faille assez grande pour miser sur une rapide remise en liberté. Qui plus est, sans avoir à verser la moindre caution.

Mais Franck de Vita ne s'emballe pas. Il sait qu'un avocat, comme la longueur des jupes, ne reste pas à la mode très longtemps.

« On est peu de chose », dit-il.

Surtout lorsqu'on se retrouve seul, au parloir, face à un client manipulateur qui exige soumission, attention et dévouement, et qui tente par tous les moyens de montrer qu'il mérite mieux que les autres.

Sans oublier que les bandits tombent comme des mouches : quinze morts en quatorze ans, cela finit par peser sur les comptes d'un cabinet d'avocat, en l'occurrence le sien...

« La présomption d'innocence n'existe plus ! »
(Me Lionel Moroni)

La vie des voyous ne le fait pas rêver. Les années de cavale, une balle à la sortie du chemin, une vie qui se résume souvent au paraître, ce n'est pas pour lui. « Je ne suis pas un héros, dit le Toulonnais Lionel Moroni, entré dans le métier en 1994. Je suis un auxiliaire de justice. »

Les pieds sur terre, il ne vend pas la lune à ses clients : « Si vous voulez acheter le juge, allez voir quelqu'un d'autre », répond-il à ceux qui le poussent dans cette voie. Rien de pire à ses yeux, en effet, que l'avocat qui se dit ami avec le magistrat. Mais, dans le Var et sur la Côte d'Azur, ces clichés-là ont la vie dure.

L'avocat pénaliste dont rêve Lionel Moroni est à mille lieues de ces connivences plus ou moins factices. Ce n'est pas non plus « un bavard », ni « un adepte des effets de manches », mais « quelqu'un qui fait du droit et analyse les procès-verbaux ».

Lorsque les confrères ont vu frapper à sa porte des stars du fichier du banditisme, certains se sont gaussés : « S'ils le prennent, c'est qu'il fait des commissions. » L'expression désigne ceux qui font le facteur entre client incarcéré et complices en liberté, mais Lionel Moroni dit n'avoir jamais mangé de ce pain-là. Son truc, il le répète, c'est le droit, qu'il défend avec un étonnant entêtement.

Parfois aussi avec succès, comme ce jour où il fit diviser par deux la peine infligée à l'un de ses plus « gros » clients, le Bastiais François Mariani, présumé patron de la « Brise de mer », poursuivi pour le fameux racket d'un restaurant à Sartène. Une affaire dans laquelle il obtint également la relaxe pour le Marseillais Alexandre Chevrière, pourtant condamné en première instance, par défaut, à quatre ans de prison. Une affaire, surtout, dont il a soutenu jusqu'au bout qu'elle n'était qu'une « vaste manipulation ». Sans parler de la disparition d'un morceau du dossier, introuvable au greffe du tribunal d'Ajaccio, anomalie qu'il n'hésita pas à signaler au garde des Sceaux, non sans protester vigoureusement.

« La présomption d'innocence n'existe plus ! s'enflamme Lionel Moroni, assez réaliste sur le maigre pouvoir de l'avocat. Lorsque je vois que l'on veut donner à François Mariani le “prix Nobel” pour l'ensemble de son œuvre sous prétexte que l'on ne peut l'"accrocher" dans le dossier en cours, j'estime que l'on est plus proche de Cuba que de la justice républicaine ! »

C'est pour se battre contre ces « injustices » et « ces condamnations distribuées comme de simples formalités » qu'il a choisi le métier d'avocat, lui qui est également issu d'un milieu modeste. Sa hantise, ce sont les dossiers entièrement bâtis sur des sources anonymes, des interprétations hasardeuses et des imprécisions.

Autre cas d'école à ses yeux : celui de José Menconi. Le jeune Bastiais qui osa défier Nicolas Sarkozy au sommet de sa gloire policière ne serait pas mêlé, à l'entendre, au principal braquage dont on l'accuse (celui de Gentilly), de même qu'il aurait un bon alibi pour le double assassinat commis dans la Haute-Corse et que la PJ entend lui mettre sur le dos. « Mais le showbiz judiciaire veut que l'on renvoie Menconi devant le tribunal ! » s'insurge Lionel Moroni.

« On est du même milieu » (Me Marcel Baldo)

Quand on sonne à la porte du cabinet de Marcel Baldo, on est d'abord surpris par les lieux : une zone pavillonnaire de Sevran, dans la Seine-Saint-Denis. Me Baldo est né dans ces parages en 1960 et il y a grandi. Il n'avait aucune raison d'installer son cabinet près de la place de l'Étoile ou boulevard Saint-Germain. Il n'avait pas besoin non plus d'une adresse prestigieuse. Il a choisi de jouer la proximité avec la clientèle, celle qui vient des cités voisines et anime les audiences du tribunal de Bobigny.

Alors que plusieurs de ses illustres aînés, passés à la défense des notables, se partageaient le procès Elf et celui des emplois fictifs de la mairie de Paris, il est allé récolter sa mise dans des prisons bourrées à craquer. La place était à prendre, il s'y est glissé sans que personne le voie venir. Le téléphone vissé à l'oreille du petit jour à la tombée de la nuit, le moteur de sa Mercedes toujours chaud, constamment prêt à se ruer sur une cause, il a marqué son territoire.

« Ma force, dit Marcel Baldo, c'est d'avoir accepté de prendre des associés, alors que les autres mettent un point d'honneur à rester seuls. » Ce disant, il présente l'un de ses collaborateurs, qui s'appelle Mohamed Serhane ; « Momo » pour les intimes, né en 1974 dans une cité de Pantin, originaire de Tlemcen (Algérie) par son père, lui aussi devenu avocat « pour lutter contre les injustices » (une constante).

« Lui et moi, on est du même milieu, explique Marcel Baldo. On a autant galéré l'un que l'autre et l'on ressent une certaine fierté à exercer ce métier. »

En quoi le fait de venir des mêmes quartiers que les clients favoriserait-il l'exercice du métier ? « Cela facilite le dialogue, assure Mohamed Serhane. La confiance, on n'a pas besoin de l'acquérir : elle est là. C'est comme le langage : on sait jongler entre les différents discours. »

Marcel Baldo confirme : « Vous prenez un gars des cités et vous le mettez dans le milieu de la Bourse, il ne comprend pas ce qui se passe ; vous mettez un bourgeois dans une cité, cela fera le même effet. »

« Ces jeunes sont déconnectés, ils sont sur une autre planète, reprend l'associé. Nous, on peut parler clairement avec eux. »

Question de longueur d'onde, en somme, sans oublier qu'il faut aussi gérer les parents, les frères et les sœurs – et là, « Momo » le confirme : parler arabe, ça peut aider.

Ceux qui jouent l'esbroufe en robe noire ne tiennent

pas longtemps. Trois ans maximum, dit Baldo, dont le cabinet ne cesse de grandir depuis ce jour de 1988 où il a installé deux chaises et une ampoule dans une pièce inoccupée du pavillon familial. Un premier voleur de vélo est venu, puis un autre. Aujourd'hui, dit-on, le clan Hornec viendrait chercher conseil ici. Ce qui équivaut pour le cabinet à une forme de protection. Car même des avocats qui parlent le langage du « 93 » (la Seine-Saint-Denis) ne sont pas à l'abri d'un fou furieux qui aurait pris pour une promesse ce qui n'était qu'un vœu, voire simplement d'un apprenti voyou qui considérerait celui qu'il faut appeler « maître » comme un esclave.

« L'avocat peut se prendre deux balles »
(Me Karim Achoui)

« Karim Achoui était le meilleur avocat sur Paris », dit Marcel Baldo. Pourquoi parle-t-il au passé ? On lui a tout mis sur le dos, à ce jeune et brillant avocat d'origine kabyle. On a claironné qu'il était le cousin d'un voyou célèbre. On a murmuré qu'il était protégé par le clan Hornec. On a raconté qu'il avait malgré tout été mis à l'amende par des voyous. On l'a accablé, sans jamais vraiment rien démontrer...

« C'est un avocat atypique », disent les policiers les plus bienveillants.

« Les flics le détestent, peut-être parce qu'ils considèrent que son origine le prive de toute distance vis-à-vis de ses clients, assure Jean-Yves Leborgne, son défenseur dans ses démêlés avec l'Ordre. Mais il n'y a rien de sérieux dans les dossiers disciplinaires ouverts contre lui. »

Les rideaux rouges qui décorent la salle d'attente de

son cabinet, rue de Rennes, à Paris, se marient plutôt bien avec la peinture orangée du plafond. « Mes confrères font dans le classique, quand ils n'offrent pas de vulgaires chaises en plastique », dit Karim Achoui, qui, dès l'accueil de ses visiteurs, se distingue de ses pairs.

Les machines à sous, les bars à hôtesses, les braquages : cet avocat n'ignore rien du business des uns et des autres, tout comme il maîtrise parfaitement le *Who's who* du crime organisé. Lui aussi a constaté un net rajeunissement du milieu. « C'est simple, dit-il, 80 % de mes clients ont entre vingt-deux et vingt-cinq ans. » La chanson des voitures qui remontent le long des autoroutes leur chargement de cannabis, il la connaît par cœur. « Les bonnes équipes revendent une tonne dans la journée », affirme-t-il. Le parcours initiatique qui mène du braquage d'une boulangerie à celui d'un fourgon passe forcément par la case prison, « le lycée technique des jeunes délinquants », selon ses propres termes. La principale caractéristique du banditisme contemporain ? « Avant, les familles ne se mélangeaient pas ; aujourd'hui, le Black côtoie le Gitan, qui côtoie le beur », explique-t-il avant d'exprimer un regret : « Si les anciens les admettaient davantage dans leurs rangs, les jeunes feraient moins de dégâts. »

Devenu avocat « par hasard », Karim Achoui a appris « sur le tas ». Lorsqu'il a obtenu, voilà quelques années, un non-lieu pour Serge Lepage, un Manouche de la banlieue sud, il a vu sa carrière faire un bond. Figure emblématique, son client était poursuivi pour homicide sur fond de trafic de stupéfiants (une affaire relatée au chapitre 4). Karim Achoui a embauché un détective pour déterminer ce qui ne cadrait pas dans l'accusation, qu'il a finalement taillée en pièces.

L'avocat a récidivé en 2002, au grand dam du juge d'instruction, en sortant Marc Hornec de la prison où il venait de passer un mois : « L'affaire ne tenait pas, une fois de plus », dit-il. Sauf que d'autres avocats avaient prédit au frère de Jean-Claude et Mario une lourde peine, ce qui n'a fait qu'accroître son mérite à leurs yeux. Et lui a attiré les foudres de la police, qui s'est penchée sur ses relations extraprofessionnelles avec le grand banditisme et s'est mise à collectionner les photos où l'on voyait le jeune avocat trinquer avec certains clients ; avec un acharnement redoublé lorsque Karim Achoui est également devenu, à trente-cinq ans, l'avocat de l'ennemi public Antonio Ferrara.

« Je suis dans le collimateur », admet Karim Achoui, qui ne doute pas un instant d'être surveillé et écouté de près, convaincu qu'on lui a prêté un rôle actif dans les spectaculaires évasions de « Nino ». Pas de quoi cependant le décourager, lui qui se voit dans la peau du boxeur remettant son titre en jeu à chaque combat.

Quelquefois, il perd une manche, comme le jour où un magistrat parisien lui assura qu'il pouvait tranquillement laisser rentrer d'Algérie Nordine Mansouri : il n'avait rien contre son client. L'avocat donna sa parole au bandit, qui fit plus que revenir en France : confiant dans les garanties offertes par le juge, il accepta de se rendre à une convocation à la Brigade de répression du banditisme... d'où il ressortit avec les menottes.

« Dans un cas pareil, l'avocat peut se prendre deux balles », admet Karim Achoui, convaincu que l'objectif recherché était précisément de l'éliminer professionnellement.

Un patron du 36 le convoqua alors discrètement au bar de l'hôtel Lutetia pour se dédouaner : il n'était pour rien dans ce traquenard et voulait que cela se sache. Mais la réputation de l'avocat était faite : même sans le vouloir, il avait livré un client.

Karim Achoui a-t-il parfois l'impression de se compromettre avec les gangsters, pour reprendre les termes employés par ses détracteurs ? « Les relations ne doivent pas aller au-delà du déjeuner offert en cas de victoire », dit-il. Mais ce principe supporte des exceptions. Car, dans certains cercles, « le dîner entre intimes est une tradition à laquelle on ne peut se dérober ».

Karim Achoui ne se sent pas pour autant moins vertueux que les policiers et défend le salut de l'acteur Samy Naceri à ses amis voyous incarcérés [1] à l'occasion d'un direct à la télévision, à l'automne 2000. « C'est comme s'il avait envoyé un bisou à sa mère », dit-il. Une affaire de famille, en somme.

---

1. Imed Mohieddine et Nordine Mansouri, cités au chapitre 3.

Épilogue

Les personnages cités dans ce livre ne recherchent pas la publicité : ce sont des hommes de l'ombre, des professionnels de la clandestinité.

Je me suis attaché à montrer leur visage reflété dans le miroir de la PJ, conscient de n'offrir souvent qu'une facette de leur histoire : celle que perçoit un service payé pour les mettre hors jeu. J'aurais évidemment souhaité en rencontrer davantage pour écouter leur propre lecture des faits divers dont ils ont été les héros, mais ceux d'entre eux qui jouissent de leur liberté sont généralement insaisissables. Les autres sont en prison, le plus souvent en quartier d'isolement, eu égard à leur dangerosité supposée. Difficile d'aller frapper à la porte de chacun pour entendre son point de vue, mais j'ai tout de même tenté ma chance. L'administration pénitentiaire, sans doute pour de bonnes raisons, n'a pas souhaité donner une suite favorable à mes demandes, même lorsque le détenu avait lui-même accordé son feu vert.

À chaque fois que je l'ai pu, par défaut, je me suis rapproché de leurs avocats. J'ai tenu compte de leurs remarques et de leurs objections, convaincu qu'ils avaient droit, je le répète, au respect de la présomption d'innocence.

Ces hommes font cependant partie de notre collectivité. Ils en sont en quelque sorte la face cachée. Ou la face déformée, si l'on s'en tient à ce propos lâché par l'avocat parisien Pierre Haïk à la sortie d'une cour d'assises : « La délinquance est une caricature du corps social : les traits sont simplement grossis. »

À ce titre, mais ce n'est évidemment pas le seul, ils méritaient un livre.

À l'heure où la société valorise l'individualisme, le grand banditisme, on l'a vu, s'est atomisé. Une multitude d'équipes restreintes ont pris la place des « écuries » structurées. Ils jouent collectif, le temps d'un braquage ou d'une commande de drogue en gros, puis se dispersent. Cela complique la tâche de la PJ, d'autant que le cercle s'est beaucoup élargi.

Les anciens voyous sont toujours là, mais s'exposent moins. « Ils ont appris à sous-traiter », dit l'avocat Marcel Baldo, qui compare ce système à celui des franchiseurs et des franchisés, en vigueur notamment dans la grande distribution. Et l'univers des sous-traitants, comme dans la « vraie » économie, est aussi flou que mouvant : la formidable documentation accumulée par la PJ au fil des ans est débordée par ces nouveaux venus sortis de cités qui n'ont pas toujours été prises au sérieux – aux yeux de bien des flics, la matière n'était pas assez « noble ».

« Ce qui manque dans le milieu d'aujourd'hui, c'est la confiance, observe Me Lionel Moroni, un connaisseur. Le voyou ne fait plus confiance à ses associés, pas plus qu'aux juges ou aux avocats. Il s'isole. Même ses liens avec le monde politique se font plus discrets. » Tous ne sont pas complètement asociaux, mais le voyou a un problème : il a plus de concurrents que d'amis. Il fonctionne dans la tension et le rapport de force – mais n'est-ce pas là le propre des rapports sociaux dans une économie ultralibérale ?

Leurs valeurs ? La fidélité, la loyauté, le courage, la méchanceté et la rancœur, croit savoir l'avocat niçois Franck de Vita, qui les a vus grandir et qui repère au moins deux points communs entre un voyou et un chef d'entreprise : « Tous les deux, dit-il, doivent savoir se faire en même temps craindre et aimer. »

La violence, qui est l'une des marques des années 2000, est évidemment au rendez-vous. Visible au niveau de la petite délinquance, elle l'est également dans la grande. « Les jeunes des banlieues tirent et réfléchissent après », ironise un « péjiste » qui annonce ce qu'il appelle gaiement un surcroît de « viande froide » – c'est-à-dire de cadavres – pour les années à venir.

Lorsqu'on envisage de placer six cents grammes d'explosif pour éventrer un distributeur automatique de billets, comme c'est arrivé récemment en région parisienne, on peut aussi tuer sans le vouloir, par ignorance des dégâts que peut causer une telle charge.

Poussée à l'extrême, elle aussi, cette façon de consumer le temps : les voyous passent facilement les deux tiers de leur vie au « placard » (la prison, premier lieu de gestation du banditisme de demain), mais brûlent le tiers restant de façon « grandiose », comme ils disent.

« Quand je sors, moi, je vis comme un seigneur, alors que vous, vous vivotez ! » s'est entendu dire plus d'un gardien de prison.

Quant à ceux qui leur proposent de profiter de l'écrou pour passer un CAP, ils se voient en général éconduire poliment :

« Franchement, vous me voyez aller à l'usine tous les matins ? »

Impensable, surtout à l'heure où la police annonce que le nombre de fumeurs de cannabis a doublé en France en l'espace de dix ans : des chiffres qu'envieraient bien des opérateurs de l'économie officielle, toujours avides de « marges de progrès » et de nouveaux consommateurs !

Pour ces hommes, la vie idéale, celle qui a du goût, se rapproche plus du triptyque calibres-bagnoles-gonzesses que du métro-boulot-dodo des gens « ordinaires ». Sauf que, pour conserver son rang dans une structure criminelle et s'assurer ainsi des revenus réguliers, il faut assumer une compétition sans merci.

ANNEXES

1 – LES CHIFFRES[1] DES RÈGLEMENTS DE COMPTES[2] DEPUIS 1983

1983 : 72	1990 : 51	1998 : 47
1984 : 58	1991 : 56	1998 : 47
1985 : 82	1992 : 49	1999 : 42
1986 : 63	1993 : 50	2000 : 39
1987 : 42	1994 : 38	2001 : 36
1987 : 42	1995 : 35	2002 : 34
1988 : 45	1996 : 36	2003 : 26
1989 : 43	1997 : 47	2004 : 23

---

1. Nombre d'affaires recensées par la police et la gendarmerie.

2. « Le règlement de comptes est une infraction se rapportant au grand banditisme, dont l'origine a trait à la lutte d'influence pour le contrôle des machines à sous clandestines, l'appropriation des territoires pour le placement de ces appareils, ou des litiges liés au trafic de produits stupéfiants, mettant en scène des individus dont l'appartenance à ce milieu ne fait pas de doute pour les enquêteurs. »

2 – LES CHEFS DE L'OFFICE CENTRAL DE RÉPRESSION DU BANDITISME (OCRB)

Joseph Le Bruchec, du 11 octobre 1973, date de la création du service, à décembre 1976.

Lucien Aimé-Blanc, jusqu'au 2 février 1981.

Charles Pellegrini, jusqu'au 21 février 1982.

Georges Moreas, jusqu'au 18 juillet 1983.

Georges Nicolaï, jusqu'au 2 mai 1986.

Gérard Girel, jusqu'au 18 mai 1987.

Paul Leray, jusqu'au 31 mai 1991.

Jean-Gustave Paulmier, jusqu'en décembre 1999.

Hervé Lafranque, jusqu'au 30 septembre 2005.

Philippe Veroni depuis le 1er octobre 2005.

3 – LES CHEFS DE LA BRIGADE DE RÉPRESSION DU BANDITISME (BRB)

De 1975, date de la création, à avril 1978 : Camille Bouvier.

Jusqu'en février 1984 : Serge Devos.

Jusqu'en mai 1989 : Raymond Mertz.

Jusqu'en décembre 1992 : Pierre Cavin.

Jusqu'en juin 1994 : Christian Gallo.

Jusqu'en janvier 1996 : Martine Monteil.

Jusqu'en avril 2000 : Frédéric Péchenard.

Jusqu'en mai 2003 : Yves Castano.

Jusqu'en février 2005 : Jean-Jacques Herlem.

Depuis : Loïc Garnier.

4 – LES CHEFS DE LA BRIGADE DE RECHERCHE ET D'INTERVENTION (BRI)

François Le Mouel, de septembre 1964, date de création du service, à septembre 1971.

Jean Sautereau, d'octobre 1971 à mars 1973.

Marcel Leclerc, de décembre 1974 à septembre 1978.

Robert Broussard, de septembre 1978 à juin 1981.

René Querry, d'octobre 1982 à avril 1983.

Claude Cances, de mai 1983 à février 1987.

Pierre Cavin, de mars 1987 à juillet 1989.

Jean-Marc Bloch, d'octobre 1989 à février 1996.

Yves Jobic, de mars 1996 à décembre 2001.

Jean-Jacques Herlem, de janvier 2002 à juin 2003.

Christian Flaesch, d'août 2003 à janvier 2004.

Pascal Carreau, depuis janvier 2004.

BIBLIOGRAPHIE SOMMAIRE

Bianchini, Roger-Louis, *Mafia, argent et politique*, Seuil, 1995.

Broussard (commissaire), *Mémoires* (tomes 1 et 2), Plon, 1997 et 1998.

Derogy, Jacques, *Enquête sur un juge assassiné*, Robert Laffont, 1977.

Derogy, Jacques, et Pontaut, Jean-Marie, *Enquête sur les mystères de Marseille*, Robert Laffont, 1984.

— Id., *Enquête sur les ripoux de la Côte*, Fayard, 1997.

Jaubert, Alain, *D... comme drogue*, Alain Moreau, 1973.

Morin, Marcel, et Missen, François, *La Planète blanche*, Tsuru Éditions, 1990.

Nivon, Hubert, *La Saga des Lyonnais*, Le Cherche-Midi, 2003.

Pierrat, Jérôme, *Une histoire du Milieu*, Denoël, 2003.

Renaud, Franck, *Le Nouveau Milieu : parrains et grand banditisme en France*, Fayard, 1992.

Rossi, Jean-Michel, et Santoni, François, *Pour solde de tout compte*, Denoël, 2000.

Sarazin, James, *M... comme Milieu*, Alain Moreau, 1977.

Tourancheau, Patricia, *Les Postiches, un gang des années 80*, Fayard, 2004.

INDEX

Table

Du même auteur :

UNE AFFAIRE SOUS FRANÇOIS MITTERRAND : LA FRANÇAISE DES JEUX, Fayard, 2001.

ILS SE SONT FAIT LA BELLE (*Parrains et caïds* II), Fayard, 2007.

HUBERT BEUVE-MARY : « NON À LA DÉSINFORMATION », Actes Sud junior, 2010.

LA PRISON DES CAÏDS : ENQUÊTE INÉDITE, Plon, 2011.

Avec Jacques Derogy

ILS ONT TUÉ BEN BARKA. RÉVÉLATIONS SUR UN CRIME D'ÉTAT, Fayard, 1999.

Avec Éric Marlen

LA COMMISSAIRE ET LE CORBEAU, Seuil, 1998.

CONTRIBUABLES, VOUS ÊTES CERNÉS, Seuil, 2000.

TRAFIC DE DROGUE… TRAFIC D'ÉTATS, Fayard, 2002.

CARNETS INTIMES DE LA DST, Fayard, 2003.

MA SÉCU, DE LA LIBÉRATION À L'ÈRE SARKOZY, Fayard, 2008.

Avec Maria Poblete

LA COLONIE DU DOCTEUR SCHAEFER, UNE SECTE NAZIE AU PAYS DE PINOCHET, Fayard, 2004.

Composition réalisée par Nord Compo

Achevé d'imprimer en juin 2012, en France sur Presse Offset par
Maury-Imprimeur - 45330 Malesherbes
N° d'imprimeur : 172601
Dépôt légal 1re publication : juin 2008
Édition 05 - juin 2012
LIBRAIRIE GÉNÉRALE FRANÇAISE - 31, rue de Fleurus -75278 Paris Cedex 06

31/2025/0